Diana Menschig

Hüter der Worte

Roman

Knaur Taschenbuch Verlag

Besuchen Sie uns im Internet:
www.knaur.de

FSC
www.fsc.org
MIX
Papier aus verantwortungsvollen Quellen
FSC® C083411

Originalausgabe Oktober 2012
Knaur Taschenbuch

Ein Unternehmen der Droemerschen Verlagsanstalt
Th. Knaur Nachf. GmbH & Co. KG, München

Redaktion: Kathrin Stachora
Karte: Gisela Rüger
Umschlaggestaltung: ZERO Werbeagentur, München
Umschlagabbildung: FinePic®, München
Satz: Adobe InDesign im Verlag
Druck und Bindung: CPI – Clausen & Bosse, Leck
Printed in Germany
ISBN 978-3-426-51111-4

2 4 5 3 1

Für
Yvonne, die mir vor vielen Jahren
drei grüne Bücher gab,
die ich unbedingt lesen sollte
~ D. M.

Für
Doris und Jannika,
Laryons erste Fans
~ T. S.

Prolog

Das letzte Tageslicht fiel in spärlichen Streifen hoch oben durch die gläsernen Dachlichter. Sie erhaschte einen kurzen Blick auf den Geist, der mit Büchern beladen eines der Pulte umrundete. Er verschwand um eine Ecke, und ihre Augen blieben an den endlosen Regalreihen hängen. Bücher, so weit das Auge reichte. In allen Farben und Größen reihten sie sich ordentlich in Fächern, stapelten sich zu wackeligen Türmen in Gängen, lagen aufgeschlagen auf kleinen Tischen. Jedem Büchernarr wäre das Herz aufgegangen. Sie hatte diesen Ort dagegen gründlich satt. Sie konnte keine Bücher mehr sehen, und der Geruch von Papier und Staub verursachte ihr Übelkeit.

Unbewusst seufzte sie auf und straffte die Schultern, während sie den stummen Pfaden zwischen den Regalen folgte. Dann hatte sie Trakans Schreibtisch erreicht. Wie jeder Fleck des Archivs war die gesamte Tischplatte mit Büchern bedeckt. Sie wartete geduldig. Trakan blätterte in einem dünnen Band, dessen Namen sie nicht erkennen konnte. Er überflog einzelne Seiten und fügte dem Blatt Papier, das vor ihm lag, eine kurze Notiz hinzu. Endlich sah er zu ihr auf.

»Ich kann nicht mehr, Trakan. Das war alles zu viel in letzter Zeit. Und seit dem Tod von …«, brach es aus ihr heraus, doch ein Wink von ihm brachte sie zum Schweigen. »Du darfst dir keine Vorwürfe machen. Es war nicht deine Schuld. Es wäre vielmehr meine Aufgabe gewesen, besser darüber nachzudenken, wen ich dir da zuweise.« Er hielt kurz inne. »Aber du kannst jetzt nicht aufhören.« Es klang nicht nach einem Befehl. Seine dunklen Augen blickten sie flehend an, und das machte die Sache eher schlimmer für sie.

»Ich werde weitermachen, das verspreche ich dir. Nur eine Pause, nur ein paar Wochen. Was sind schon ein paar Wochen?«

»Die Zeit ist gegen uns, fürchte ich.«
»Trakan, ich werde ihn finden. Ich bin ganz nah dran. Aber irgendwie muss ich erst *mich* finden. Neue Kräfte sammeln. Es geht so nicht weiter. Ich mache zu viele Fehler, übersehe Dinge. Bitte!« Sie hatte den Eindruck, als sänke die vertraute Gestalt ein wenig in sich zusammen, sie sah verloren aus hinter dem wuchtigen Schreibtisch. Sie starrte verlegen auf die Rücken der Bücher, die direkt vor ihr lagen.
»Also sei es«, murmelte er widerwillig. »Ich wünschte, ich könnte deine Zuversicht teilen. Entscheide selbst, was für unsere Belange klug ist. Du bist meine letzte Hoffnung. Habe ich eine andere Wahl?«
Verwundert hob sie den Blick. »Man hat immer eine Wahl. Du könntest es mich machen lassen. Ich würde mich nicht wehren.«
»Entspricht das deinem Wunsch?«
»Nein.«
»Siehst du.« Trakan hob die Augenbrauen, und ein feines Lächeln erhellte seine düstere Miene. »Geh nun«, sagte er freundlich. »Denke für eine kleine Weile nicht an deine Aufgabe. Wenn du zurückkehrst, werden wir unsere Schwierigkeiten zu einem guten Ende führen. Mögen gute Worte dich behüten.«
»Mögen gute Worte deinen Weg lenken.« Schnell wandte sie sich ab. Sie wollte endlich weg. Doch sie musste sich noch von jemandem verabschieden, bevor sie ging.
Sie fand den Geist vor einem der Regale stehen, nachdenklich lächelnd, während er den Zeigefinger über die Namen auf den Buchrücken gleiten ließ.
»Ich wollte mich verabschieden. Es muss einfach sein. Es ist … ich habe auch Heimweh, weißt du?«, sprach sie ihn an. Der Geist lächelte herzlich, und sein Finger wanderte über die nächste Reihe Bücher. Sie wunderte sich, warum es ihr so wichtig war, dass er verstand, was sie empfand.

»Trakan ist so verzweifelt«, fuhr sie fort. »Anfangs war ich so neugierig. Er wollte mir nie sagen, was passiert, wenn wir Erfolg haben. Es muss etwas ganz Phantastisches sein.«

Der Geist erhob sich lächelnd und drehte sich, um das Regal hinter sich zu durchsuchen.

»Inzwischen reizt mich nicht mal mehr die Aussicht darauf, dieses Geheimnis zu lösen. Verstehst du das?«

Ihr Mut sank. Es war wie immer: Der Geist lebte in seiner eigenen Welt. Seine Anwesenheit war irgendwie von Bedeutung. Sie fühlte sich zu ihm hingezogen, doch noch nie hatte sie auch nur das kleinste Anzeichen erkennen können, dass er ihr zuhörte, immer nur dieses ewige Lächeln.

»Mögen gute Worte dich behüten«, wisperte sie.

Es war Zeit aufzubrechen. Irgendwohin, wo viele Menschen waren, Leben, Stimmen, Musik oder Krach, egal – nur alles für ein paar Tage vergessen.

WORTSPIELEREIEN

1.

Das Aufheulen eines Motorrollers irgendwo vor dem Fenster zerrte Tom endgültig aus dem Halbschlaf. Stöhnend wälzte er sich auf die Seite. Hämmernde Kopfschmerzen zogen sich bis in den Rücken hinunter. Er musste sich im Schlaf irgendwie verdreht haben, sein ganzer Körper fühlte sich an, als ob ihn eine Dampfwalze überrollt hätte. Ganz vorsichtig öffnete er die Augen. Immerhin musste er, bevor er sich ins Bett gelegt hatte, noch so viele Sinne beisammengehabt haben, dass er das Fenster aufgerissen hatte. Er war froh über den milden Wind, der in das kleine Zimmer wehte, auch wenn ihn die bewusste Wahrnehmung der frischen Luft einen Anflug von Übelkeit hinunterschlucken ließ.

Während er mit den Daumen kreisend die Schläfen massierte, versuchte er sich daran zu erinnern, was am letzten Abend passiert war. Er war mit Felix und den anderen zuerst durch einige Kneipen gezogen und im Plan B gelandet. Nachdem Andreas und Mark sich dann verabschiedet hatten, hatte Felix die Gelegenheit genutzt, ihm endlich von Problemen mit seiner Freundin Katie vorzujammern. Allen Gesetzmäßigkeiten des blöden Zufalls gerecht werdend, war Katie kurze Zeit später mit einer Bekannten aufgetaucht. Das Noch-Paar sah sich und fing an zu diskutieren, während Tom und Katies Begleiterin nichts anderes übrigblieb, als sich verlegen zuzulächeln.

So weit, so einfach. Aber was kam danach? Tom wusste, dass er zu jenem Zeitpunkt weit entfernt davon war, sich als nüchtern zu bezeichnen, es war ihm jedoch ein Rätsel, wie er sich derartig abschießen konnte, um einen Blackout solchen Ausmaßes zu rechtfertigen. Er musste sich erinnern. Es war ihm noch nie so wichtig erschienen, sich zu erinnern.

Ärgerlich warf er die Decke zurück und sprang aus dem Bett –

um sich sofort wieder auf die Bettkante plumpsen zu lassen. Wellen von Übelkeit, Schwindel und Schmerz jagten ihm durch den Körper. Er stützte den Kopf mit den Händen ab und bemühte sich, den Blick auf einen Punkt an der Wand gegenüber zu fixieren. Nach einiger Zeit konnte er die Augen bewegen, ohne dass das Bild nachzog.

»War wohl doch einiges mehr, Herr Schäfer«, raunte er heiser. Das war doch sonst nicht seine Art! Vorsichtig erhob er sich und wankte in Richtung des kleinen Bades.

Tom ließ die Unterwäsche achtlos fallen und drehte die Dusche voll auf. Obwohl er mit dem eiskalten Wasser gerechnet hatte, stieß er einen kurzen Schrei aus. Es hatte jedoch die gewünschte Wirkung.

Melanie hieß sie, lieber war ihr Mellie. Felix' Freundin hatte sie zum ersten Mal ins Plan B mitgenommen. Als die beiden anderen nicht aufhörten, über ihre Beziehung zu streiten, hatten er und Mellie sich in eine ruhigere Ecke zurückgezogen und sich unterhalten. Tom hatte keine Ahnung mehr, worüber. Er wusste nur noch, dass er es als unglaublich spannend, unterhaltsam, inspirierend und liebenswürdig empfunden hatte.

Ungläubig schüttelte er den Kopf, während er das Wasser langsam wärmer drehte. Wieso konnte er sich an jedes Wort von Felix erinnern, aber außer an den Namen an nichts mehr von dem, was Mellie gesagt hatte? Er konnte doch nicht von einer Minute auf die andere die Kontrolle verloren haben!

Ihm fiel ein, dass sie ihm gefallen hatte – sehr sogar. Je länger er darüber nachdachte, desto sicherer wurde er, dass sie ihm so außerordentlich gut gefallen hatte wie keine andere Frau in letzter Zeit. Obwohl er sich absolut nicht mehr erinnerte, wie sie aussah. Es war zum Verrücktwerden. Ob er mit dem Kopf irgendwo angestoßen oder am Ende in eine Prügelei geraten war? Tom tastete den Kopf ab, konnte aber keine Beulen oder andere Anzeichen von Verletzungen entdecken.

Mit einem Handtuch um die Hüften und tropfenden Haaren ging er zu der Pantry-Küche im Flur seines Wohnheimzimmers. Er nahm Kopfschmerztabletten aus einem Schrank, warf sie in ein Glas Wasser und legte ein frisches Kaffee-Pad in die Maschine. Während die Tabletten sich auflösten, durchstöberte er seine Kleidung vom Vorabend, die über den Boden und einen Korbsessel verteilt herumlag, seine Jacke und die Zettel auf dem Schreibtisch. Keine Spur von einer neuen Bekanntschaft. In der Jacke stieß er auf sein Handy, blätterte hektisch durch Adressbuch und Anruflisten, doch auch hier fand er nichts. Das sah ihm ebenfalls nicht ähnlich. Es war, als hätte es diese Begegnung gar nicht gegeben.

Das schmerzliche Gefühl eines großen Verlustes lähmte ihn für einen Augenblick. Ein anderer Teil seines noch immer träge arbeitenden Verstandes ließ ihn verwirrt den Kopf schütteln. Hartnäckig verbannte er alle weiteren Gedanken an den gestrigen Abend. Es war nicht zu ändern. Es war extrem schade, aber es war nicht zu ändern.

Tom half den Tabletten mit einem großen Becher Kaffee nach, zog sich die letzte saubere Jeans sowie ein Kapuzenshirt an und setzte sich mit einer Packung Butterkekse an den Schreibtisch, um zu schreiben. Trotz dieser höllischen Kopfschmerzen musste er endlich arbeiten.

Doch nachdem er sämtliche Zettel und Ordner zur Seite geschoben hatte und der Laptop zum Leben erwacht war, gelang es ihm lediglich, hilflos auf den Bildschirm zu starren. Kurz nach dem Aufwachen, bevor ihm Mellie wieder eingefallen war, hatte er einige Ideen gehabt, wie er den Roman fortsetzen konnte. Und jetzt war sein Kopf wie leergefegt. Dabei waren es Ansätze, die ihn ganz sicher endlich weitergebracht hätten. Vor Toms geistigem Auge flackerte kurz ein Bild auf, wie Mellie ihn bewundernd angesehen hatte, als sie über sein Buch sprachen. Sie hatte Bemerkungen dazu gemacht, das war noch ganz am

Anfang ihres Gesprächs gewesen. Er hatte Mellie von den Gestalten aus seinem Buch erzählt. Sie war nicht nur begeistert, sie hatte auch Anregungen gegeben, die er aufgegriffen und in Gedanken weiterentwickelt hatte. Es handelte sich um geniale Ideen, auf die er selbst niemals gekommen wäre. Doch worum es konkret gegangen war, davon hatte Tom nicht mehr die geringste Ahnung.

»Das kann doch alles nicht wahr sein!«, rief er halblaut, schob den Laptop genervt zur Seite und starrte stattdessen, wütend auf sich selbst, aus dem Fenster. Dabei stellte er fest, dass es bereits viel später war, als er erwartet hatte. Schon vor Stunden war ein milder Frühlingstag angebrochen. Die Sonne schien von einem fast wolkenlosen Himmel, vor dem sich das erste Grün der einzelnen Bäume zwischen den mehrstöckigen Studentenwohnheimen abzeichnete. Viel zu schade, um im Zimmer hocken zu bleiben. Er entschied sich, nur schnell E-Mails durchzusehen und dann einen ausgiebigen Spaziergang zu unternehmen.

Doch statt seine Idee umzusetzen, startete er, einer Eingebung folgend, einen Chat, um Felix zu erreichen. Er hatte Glück.

sheep: Heho Felix!

felix: Moin Tom! Auch noch mal den Weg aus dem Bett gefunden?

sheep: Bin schon lange wach ;-)

felix: Klar! Und jetzt erst am PC, wer's glaubt!

sheep: Gestern, die Frau, mit der Katie da war, kennst du die?

felix: Nein, sorry.

sheep: Kannst du Katie fragen? Hab keinen Kontakt, würd sie echt gern wieder treffen.

felix: Geht nicht.

sheep: ?

felix: Wir gehen ab jetzt getrennte Wege.

Tom schüttelte grinsend den Kopf. Felix hatte eine Schwäche für umständliche Ausdrücke, was das Chatten mit ihm extrem anstrengend machen konnte. Außerdem hasste er Abkürzungen. Wenn er schlechte Laune hatte, brach er den Chat einfach ab, wenn Tom einmal ein Wort nicht ausschrieb. Dann erst wurde ihm bewusst, was Felix' Aussage bedeuten könnte.

sheep: Wer jetzt – du und Katie?

felix: Korrekt.

sheep: Ups, verdammt!

felix: Das kannst du laut sagen. Aber hast du Gedächtnisprobleme?

sheep: Kann sein, etwas. Wieso?

felix: Ich dachte, du hättest die Szene mitbekommen. Aber diese Freundin von Katie war wohl interessanter.

Das lief nicht sehr gut. Felix war sonst nicht leicht eingeschnappt, was nur bedeuten konnte, dass Tom einen schweren Fehler gemacht hatte. Aber sosehr er sich auch konzentrierte, er konnte sich an keinen erinnern.

sheep: Weiß nicht genau. War wohl auch Alkohol im Spiel.

sheep: Felix?

sheep: Felix!!!!

sheep: Lass uns heute Abend noch mal treffen. Um acht vor dem Rathaus, wie immer, o. k.? Ich warte da auf dich, dann können wir reden. CU

Von Felix kam keine Antwort. Tom wartete noch ein paar Minuten, dann schloss er das Dialogfenster. Es konnte nicht schaden, heute Abend am Rathaus zu warten. Meistens war Felix' Bedürfnis, sich bei Tom auszusprechen, größer als sein Stolz. Jetzt wollte er endlich nachsehen, ob es wichtige E-Mails gab, um die er sich kümmern musste, und dann versuchen, mit frischer

Luft den Kopf frei zu bekommen. Oder wieder zu füllen, wie er sich selbst irritiert korrigierte.
Als er den Absender seines Verlages sah, bereute er auch diesen Entschluss sofort wieder. Seufzend öffnete Tom das Nachrichtenfenster.

Tom,
wenn du mir schon keine Rückmeldung über dein Riesenprojekt gibst, komm wenigstens endlich mal von deinem Autorenolymp runter, und gib mir Bescheid, wie das jetzt weitergehen soll! Wir haben noch knapp sechs Monate, und ich habe keine Lust, wieder alles auf die letzte Minute zu machen!
Ich habe langsam den Eindruck, du hast dir noch gar keine Gedanken gemacht, wie der Plot für die neue Reihe aussehen soll. Hauptsache, du konntest dem Chef elf Bücher verkaufen (ich habe nicht einmal verstanden, warum ausgerechnet elf!). Damit eins klar ist: Noch einmal werde ich dich nicht aus dem Schlamassel ziehen, den du dir da gerade einbrockst!
Also, melde dich endlich!
Gruß, Susanne

»Ich habe tatsächlich keine Ahnung, Susanne! Blöde Kuh, verflucht!« Voller Selbstmitleid ließ Tom die Arme auf die Schreibtischplatte fallen und vergrub den Kopf darin. Wenn Susanne wüsste, dass das erste der Bücher gerade zu zwei Dritteln fertig war und er sich seit Tagen krampfhaft darum bemühte, einen guten Schluss zu konstruieren, würde sie vermutlich … nein, darüber wollte er jetzt nicht auch noch nachdenken. Er brauchte Susanne, sie war eine herausragende Lektorin und hatte entscheidenden Anteil an seinem Erfolg. Nur offensichtlich kannte sie ihn inzwischen zu gut, so dass sie gleich gemerkt hatte, dass hinter seinem großspurig angekündigten Fantasy-Zyklus bisher wenig Handlung steckte, die man verkaufen konnte. Außerdem wusste sie, dass er mit der Bachelor-Arbeit fertig war und erst im Herbst mit dem Master-Studium beginnen wollte. Sich mit Verpflichtungen für sein Studium herauszureden, kam demnach auch nicht in Frage.

Also entschied sich Tom widerwillig für ein bisschen Wahrheit und schrieb ihr, dass das erste Buch innerhalb der nächsten sechs Wochen fertig sein würde. Zusätzlich hängte er die erste Hälfte des Manuskriptes an, damit Susanne anfangen konnte zu arbeiten, statt weiter zu drängen. So hatte er sich für einen kurzen Zeitraum Luft verschafft, was den Druck später nur vergrößerte. Susanne würde ohnehin eigene Schlüsse daraus ziehen, dass er nicht auf den Vorwurf der fehlenden Haupthandlung einging.

Gerade als er die E-Mail versandt hatte, piepte der Chat für eine Kontaktanfrage. Tom öffnete das Programm. Felix hatte doch noch kurz mit einem »Meinetwegen« geantwortet. Wenigstens das konnte er heute Abend klären. Dann klickte er auf die Kontaktanfrage.

mescha: Hallo, bist du Tom Schäfer aus Münster?

sheep: Wer da?

mescha: Wenn du es bist, haben wir uns gestern im Plan B getroffen.

sheep: Mellie?

mescha: Genau :-)

Erfreut und erleichtert zugleich lachte Tom auf, während er eine Bestätigung tippte. Er hatte sich also doch nicht eingebildet, dass sie sich gut verstanden hatten. Mellie hatte nach ihm gesucht und ihn gefunden, was gar nicht so einfach war, darauf legte Tom großen Wert.

sheep: Klasse, wie hast du mich gefunden?

mescha: Ich hab da meine Tricks. Außerdem ist es mein Job, Leute zu finden. Schon vergessen?

Wenn sie wüsste, dass er so ziemlich alles vergessen hatte, ob sie ihm das übelnehmen würde? Es so auslegen, er wäre nicht interessiert an ihr? Andererseits würde früher oder später auffallen, dass er sich an den Inhalt ihres Gesprächs nicht erinnern konnte.

sheep: Wir haben über vieles geredet. War 'n schöner Abend :-)

mescha: Fand ich auch! Ist dir was eingefallen? Bin neugierig!

Wovon sprach Mellie da? Tom war hin- und hergerissen. Er wurde das unbestimmte Gefühl nicht los, dass es ihn mächtig in Schwierigkeiten bringen würde, Mellie kennengelernt zu haben. Wobei das Einzige, was er sich bis jetzt vorstellen konnte, war, dass sie ihn vom Schreiben abhalten würde, sollte es über eine Bekanntschaft hinausgehen. Das würde auf Stress mit Susanne und dem Verlag hinauslaufen, aber das war er gewohnt. Andererseits, was sollte schon passieren? Wenn sie ein Problem mit seinem Blackout bei ihrem ersten Treffen hatte oder sonst irgendwie komisch wurde, konnte er sich immer noch zurückziehen.

sheep: Verrat ich dir nur persönlich ;-) Lust auf ein Eis?

mescha: Haben Eiscafés schon wieder auf?

sheep: Klar, längst. Warst du verreist oder so?

sheep: Bist du noch da?

Unruhig begann Tom, mit den Fingern auf die Tischplatte zu trommeln, während er auf eine Reaktion wartete. Offensichtlich hätte er wissen müssen, dass sie längere Zeit nicht in Münster gewesen war. Wenn sie überhaupt hier wohnte und nicht nur zu Besuch war. Oder länger nicht aus dem Haus konnte, wegen einer Krankheit, viel Arbeit oder was auch immer … zu viele Möglichkeiten. Blöder Fehler. Endlich blinkte ihre Antwort auf.

mescha: Du erinnerst dich nicht.
sheep: Wie jetzt? Woran?
mescha: Wie sehe ich aus? Beschreib mich mal.

Tom kratzte sich ratlos am Kopf, tippte und löschte die Antwort dann wieder, ohne sie abzuschicken. Mit dieser Mellie stimmte doch etwas nicht. Wie hatte er sich nur einbilden können, dass er gestern einfach einen überaus vielversprechenden Kontakt geknüpft hatte? Gut, er wusste nicht mehr, wie sie aussah, aber warum war ihr das jetzt so wichtig? Er tippte eine neue Antwort.

sheep: Hm, nicht einfach ;-) … sehr nett, ein bisschen kleiner als ich, längere Haare und wunderhübsche Augen.

Das klang allgemein genug, vielleicht kam er damit durch.

mescha: Du weißt es nicht, hab ich mir gedacht.
sheep: Du hast mir gefallen, echt. Warum ist das so wichtig???
mescha: Nichts Besonderes, hatte nur so eine Idee.
sheep: Hä?
mescha: Schon okay, ist nicht so wichtig.
sheep: Jetzt machst du MICH neugierig.
mescha: Würd dich echt gern treffen. Um zwei vorn an Lamberti?

Tom zögerte. Was steckte dahinter? Wusste Mellie etwas über seinen Gedächtnisverlust oder kannte sie den Grund? War sie am Ende dafür verantwortlich, wie auch immer? So nett der

Abend mit ihr gewesen war – wenn er sich an diesem Punkt nicht selbst etwas vormachte –, so etwas konnte er jetzt überhaupt nicht gebrauchen. Aber vielleicht war ja alles ganz harmlos. Er wollte sie unbedingt wiedersehen, und notfalls konnte er den Kontakt immer noch abbrechen. Er musste ihr ja nicht gleich seine Handynummer geben.

sheep: Okay, bin da. CU

mescha: Schulterlange rotbraune Haare, 1,65 groß, sportlicher Typ. Dunkelblaue Jacke, schaffst du ;-)

sheep: Wiedererkennen ist einfacher, als sich ohne Hilfe zu erinnern. Außerdem erkennst du mich.

mescha: Jepp! Bis dann :-)

Erleichtert atmete Tom aus. Das war ganz anders gelaufen, als er sich vorgestellt hatte, anders als bei sämtlichen bisherigen Bekanntschaften. Aber eigentlich machte gerade das es reizvoll, und wer konnte wissen, ob sich das nicht auch positiv auf seine Kreativität auswirken würde?

2.

Laryons Blick folgte aufmerksam dem Saum des Waldes und blieb an einer Gruppe Buchfinken hängen, die sich lauthals an einem Strauch um die dicksten Früchte zankte. Das schräg einfallende Sonnenlicht ließ die Laubbäume in allen Farben zwischen Gelb, Rot oder Orange erstrahlen, durchsetzt mit dem dunklen Grün einzelner Kiefern. Frischer Wind trieb bereits erste braune Blätter vor sich her, doch der weiche Boden hatte die Wärme des Sommers noch gespeichert. Der Regen der letzten Nacht hatte Feuchtigkeit auf dem dichten Gras hinter-

lassen. Wildschweine hatten den Boden unter den Bäumen aufgewühlt, und das würzige Aroma der feuchten Erde mischte sich nun mit dem Geruch nach modrigem Holz.
Während sein Pferd sich gemächlich den besten Weg suchte, hing Laryon seinen Gedanken nach, ohne dass seine Wachsamkeit dabei nachließ. Zwischen den geraden Stämmen abseits des Weges ließ sich die kleine Anhöhe erahnen, hinter der sich irgendwo die Grenze nach Foryana mitten durch den Wald zog. Es war ein perfekter Tag mit milder Luft und einem wolkenlosen Himmel. Laryon hatte nichts dagegen, wenn er ab und zu jemandem begegnete, mit dem er ein paar Worte wechseln konnte, doch er bevorzugte eindeutig die beschaulichen Runden. Der Frieden würde ohnehin nicht lange währen. Der Sommer mit seinen Wanderern, Kindern, die ihre Waldstunden hier verbrachten, und Reisenden, die mit dem Fußweg durch den Wald abkürzten, war vorüber. Bald jedoch würde die Jagd beginnen, und Laryon durfte dafür sorgen, dass jeder in seinem Revier blieb und sich keine Wilderer unter die erlaubten Gesellschaften mischten.
In einiger Entfernung tauchte eine Wachhütte am Waldrand unter den Bäumen auf. Die meisten übersahen sie und die, die es nicht wussten, hielten den kleinen Verschlag meistens für eine Futterraufe für Rot- oder Damwild.
Laryon sprang federnd aus dem Sattel und ließ die Zügel auf den Boden fallen. Fella blieb gehorsam stehen, ließ die Ohren hängen und entlastete ein Hinterbein. Mit einem letzten Blick auf die Bäume drückte Laryon die Tür der Hütte auf. Dann hielt er kurz inne. Ihm war, als hätte er eine Bewegung wahrgenommen. Sorgfältig suchte er mit den Augen das Unterholz ab. Nichts. Er wartete noch einen Moment, dann entschied er, dass es nur ein Tier gewesen sein konnte. Hier gab es weit und breit keine Pfade in den Wald. Dass sich jemand umständlich durch das Unterholz arbeitete, um von der Grenzwache nicht gesehen

zu werden, war gerade an dieser Stelle schwer vorstellbar. Die Grenze war noch weit entfernt, und es gab keinen Grund, sich zu verstecken.

Mit einem Schritt betrat Laryon den kleinen Raum und schaute sich um. Wenig Licht fiel durch die Ritzen der grob gezimmerten Holzbretter. Ab und zu suchten verirrte Wanderer Schutz in einer der Hütten. Jetzt aber war hier nichts außer einem Pult mit der Chara darauf, einer Scheibe aus einem Material, das ihn immer an Wachs erinnerte. Laryon zog einen kleinen Beutel, den er an einer Schnur um den Hals trug, unter dem Hemd hervor und nahm seinen Stempel heraus. Viermal täglich musste die Scheibe vom wachhabenden Posten markiert werden. Am Ende eines Tages wurde sie herumgedreht und weiter benutzt, während die Abdrücke an der Unterseite verblassten und diese Seite dann am übernächsten Tag wieder verwendet wurde. Sobald ein Stempel fehlte, wusste der kontrollierende Grenzwächter, dass etwas geschehen war. Das System hatte sich seit langer Zeit bewährt und wurde aufrechterhalten, auch wenn die Zeiten blutiger Auseinandersetzungen an der Grenze mit den Foryanern längst vergangen waren.

Stattdessen fanden regelmäßig Schaukämpfe und Turniere statt, damit die Grenzwächter beider Länder sich im Wettkampf messen konnten und in Übung blieben. Laryon lächelte leicht, als er sich an den letzten Ringkampf mit Trogge, einem Freund jenseits der Grenze, erinnerte. Den Spott über seine schmähliche Niederlage durfte Laryon sich ein halbes Jahr lang anhören, ehe seine Kameraden sich wieder dem üblichen Straßenklatsch zuwandten.

Er nahm den Stempel, drückte sein Zeichen auf die Chara und ließ ihn anschließend wieder in den Beutel verschwinden. Dann verließ er die Hütte. Noch an der Tür blieb er verdutzt stehen. Ein Junge, vielleicht acht oder neun Lebensjahre zählend, stand an der Flanke seines Pferdes und zupfte an Steigbügel und

Sattelgurt herum, während Fella ihn mit gesenktem Kopf gelangweilt beobachtete. Er schien Laryon noch nicht bemerkt zu haben.
Laryon verschränkte die Arme vor der Brust und prüfte mit einem Blick, ob noch jemand in der Nähe war, bevor er den Jungen weiter betrachtete. Etwas an ihm war merkwürdig. Ganz offensichtlich hatte er es nicht auf den Inhalt der Satteltaschen oder Laryons Schwert abgesehen, das vorn am Sattel befestigt war. Vielmehr untersuchte er die braune Stute selbst, fuhr mit den Fingern den Kamm der schwarzen Mähne entlang, knickte vorsichtig ein Ohr, beugte sich vor, um in die Nüstern zu spähen. Kurzum, er benahm sich, als würde er zum ersten Mal im Leben einem Pferd begegnen. Fella ließ das Ganze mit großer Gelassenheit über sich ergehen. Es schien, als ob sie entschieden hatte, dass von dem Jungen keine Gefahr drohte.
»Was machst du da?«, rief Laryon schließlich. Er musste weiter und konnte nicht den ganzen Tag hier stehen und warten, bis der Junge sein Vorhaben beendet hatte. Der Junge schrak sichtlich zusammen und drehte sich um. Als er sah, wer hinter ihm stand, wirkte er erleichtert. Trotzdem musste er allen Mut zusammennehmen, ehe er antwortete. »Ich habe euch schon häufiger von weitem gesehen. Das ist ein Pferd.«
Laryon trat einen Schritt auf ihn zu und grinste gutmütig. »Was sonst?«
»Ich mag Pferde und habe so lange keines mehr gesehen. Es ist sehr groß.«
»Es gibt auch kleinere.«
»Ich weiß. Du hast noch zwei andere, eins davon ist kleiner. Die meisten anderen der Reiter, die immer hier vorbeikommen, haben nur zwei verschiedene Pferde.«
Laryon nickte verblüfft. Er konnte das Gesicht des Jungen nun besser betrachten und stellte fest, dass er doch einige Lebensjahre mehr zählen musste, als er vermutet hatte, mindestens

zehn oder sogar noch mehr. Er war ungewöhnlich schmächtig. Mausbraune, leicht gewellte Haare umrahmten kindlich runde Gesichtszüge und gaben seiner Miene etwas ungeheuer Sanftes, Verletzliches. Doch das Erstaunlichste waren die haselnussbraunen Augen, die plötzlich einen so eindringlichen Blick auf ihn warfen, dass Laryon fast schwindelig wurde. Augen, die davon sprachen, bereits alles gesehen zu haben. Alles, bis zurück zum Anbeginn der Zeit. Augen eines Wesens, das über unendlich viele Leben Bescheid wusste – einschließlich Laryons. Ihm lief ein eisiger Schauer unerklärlicher Vorahnung über den Rücken. Dann wandte sich der Junge ab, und der Eindruck war verschwunden.

»Hat es einen Namen?«, wollte er wissen, während er weiter den Hals des Pferdes streichelte. Laryon fuhr sich mit einer Hand durch die Haare und versuchte, sich zu konzentrieren. Er hatte nicht die geringste Ahnung, was gerade geschehen war, aber er war sicher, dass er die Augen des Jungen nie wieder vergessen würde.

»Sie. Es ist eine Stute. Sie heißt Fella«, erwiderte er unsicher.

»Du bist Grenzwächter. Wie heißt du?«, fragte der Junge weiter.

»Laryon. Hast du auch einen Namen?«

»Kary.«

»Schön, Kary, bist du allein unterwegs? Wo sind deine Eltern?«

»Tot.«

»Oh.« Laryon begann, sich unwohl zu fühlen. Es war doch nur ein kleiner Junge! Trotzdem kam es ihm vor, als wäre er selbst derjenige, der sich zur falschen Zeit am falschen Ort befand, und nicht Kary. Er riss sich zusammen. Verirrte Kinder aufgreifen, genau so etwas gehörte zu seinen Aufgaben. Noch einmal sah er sich gründlich nach weiteren Lebenszeichen um, aber seine Erfahrung sagte ihm, dass niemand Kary hierher begleitet hatte. Er war davongelaufen oder hatte sich verirrt.

»Wie wäre es, wenn ich dich zum Hauptquartier bringe? Du

kannst mit mir auf Fella dorthin reiten. Anschließend kümmern wir uns darum, dass du wieder nach Hause kommst. Dorthin, wo du hingehörst. Was meinst du?«

Karys seltsame Augen leuchteten erfreut auf. »Das wäre wundervoll.«

»Abgemacht.«

Etwas mehr als fünf Schritte trennten Laryon von dem Jungen und dem Pferd. Er wollte gerade auf ihn zugehen, um ihn auf Fellas Rücken zu heben, als er plötzlich hinter sich eine Bewegung ahnte. Aus den Augenwinkeln bemerkte er einen Schatten. Reflexartig fuhr seine Hand zu dem kleinen Beil am Gürtel. Er war viel zu langsam. Jemand packte sein rechtes Handgelenk und drehte ihm den Arm nach hinten auf den Rücken. Sengender Schmerz fuhr ihm hinauf bis in die Schulter. Laryon keuchte überrascht auf. Mit einem zweiten Griff wurde auch der linke Arm hart nach hinten gebogen und seine Handgelenke brutal aufeinandergepresst. Mit einer Hand hielt der Angreifer sie in scheinbar lockerer Umklammerung, doch er drückte die Arme so weit nach oben, dass Laryon glaubte, sie würden ihm im nächsten Moment aus den Gelenken gerissen. Er duckte sich, versuchte, sich dem Griff trotz des Schmerzes mit einer Bewegung nach vorn zu entwinden, als sich der andere Arm des Angreifers über seinen Brustkorb schob. Kaltes Metall berührte seine Haut. Die flache Seite einer Klinge lag mit trügerischer Leichtigkeit direkt an seiner Kehle.

Laryon wagte nicht einmal mehr zu schlucken. Er hatte sich übertölpeln lassen wie ein Bauernjunge. Dabei war er immer so stolz auf seine wachen Sinne und sein schnelles Reaktionsvermögen gewesen. Noch nie war es jemandem gelungen, sich an ihn heranzuschleichen und ihn gar zu bedrohen – bis jetzt.

»Es tut mir leid, mein Junge. Es wird ganz schnell gehen. Du wirst es gar nicht spüren, das verspreche ich dir.« Die Stimme des Mannes hinter ihm klang ruhig und sachlich. Laryon war starr vor Entsetzen. Aus den Augenwinkeln konnte er Karys bestürzten Gesichtsausdruck sehen. Der Junge hatte sich schutzsuchend an den Hals des Pferdes gekauert.

»Lauf! Lauf davon, Kary!«, flüsterte Laryon eindringlich.

Heftig schüttelte Kary den Kopf und richtete sich etwas auf. »Nein! Nicht!«, rief er verzweifelt.

»Wirf die Zügel über Fellas Hals, lauf endlich!«

»Kary, er hat recht. Du solltest das nicht mit ansehen. Geh«, befahl der Mann ruhig. Laryon rührte sich immer noch nicht, aus Angst, eine falsche Bewegung zu machen. Sein ganzer Oberkörper verkrampfte sich, seine Arme kribbelten und wurden taub. Es fehlte nicht mehr viel, bis er anfangen würde zu zittern. Innerlich schwankte er zwischen Scham und Wut auf sich selbst. Jetzt richtete Kary sich zur vollen Größe auf. »Hast du nicht gehört, was er gesagt hat? Er will mich dorthin bringen, wo ich hingehöre! Lass ihn in Ruhe!«, widersprach er heftig. Seine Stimme klang bemerkenswert gefasst.

Der Mann reagierte unsicher, der Griff um Laryons Handgelenke lockerte sich etwas. Mit einer blitzschnellen Bewegung wollte Laryon die Gelegenheit nutzen und sich losreißen, trotz der Klinge an seinem Hals. Doch mit unglaublicher Geschwindigkeit packte der Mann wieder zu. Gleichzeitig drückte eine unsichtbare Kraft Laryon vor den Brustkorb und geradezu in die Umarmung des Gegners. Die Klinge schmiegte sich an seinen Hals, sofort bereit für den tödlichen Schnitt. Der Mann drückte Laryons Arme nach oben. Laryon hörte die Gelenke seiner Schultern knacken, bevor der Schmerz durch seinen Körper raste und ihn aufschreien ließ. Schwarze Punkte tanzten vor seinen Augen. Er war der Willkür dieses Mannes hilflos ausgeliefert.

»Gorn, hör auf! Lass ihn los. Ich brauche ihn!« Laryon sah, wie Kary auf ihn zusprang, doch ihm kam die Bewegung entsetzlich langsam vor. Ihm wurde schwindelig. Er hörte das Blut in seinen Ohren rauschen.

Er wusste, er würde sich nicht mehr lange auf den Beinen halten können. Als er ein wenig nach vorn sackte, verstärkte sich der Schmerz in seinen Armen wieder. Unwillkürlich stöhnte er. Dann endlich ließ der Mann ihn mit einem Ruck los und packte ihn stattdessen um die Hüften, um ihn langsam zu Boden gleiten zu lassen. Laryon lag keuchend im Gras und wünschte sich, wenn er schon sterben sollte, dass sie es endlich hinter sich bringen könnten.

3.

Tom drehte sich hastig um. Hinter ihm quietschten die Reifen eines großen Geländewagens. Der Fahrer hupte. Tom sah die Flanke des Wagens auf sich zuschießen. In letzter Sekunde riss er den Lenker seines Fahrrads in Richtung Straßenrand. Prompt verfing sich der Vorderreifen in einer Rille, und Tom verlor das Gleichgewicht. Er wurde durch den Ruck vom Sattel gerissen und landete seitlich auf dem Kopfsteinpflaster, das Rad über sich.

»Verdammter Idiot!«, schrie er und rappelte sich mühsam wieder auf. Er konnte sehen, wie der Fahrer des Wagens sich an die Stirn tippte und weiterfuhr. Ein paar Passanten beobachteten ihn. Als sie jedoch erkannten, dass Tom unverletzt war, beachteten sie ihn nicht länger. Manche schüttelten verständnislos den Kopf.

»Steigst du immer so ab?«, hörte Tom plötzlich eine amüsierte Stimme hinter sich.

»Ich hasse solche rücksichtslosen Autofahrer«, knurrte er wütend, während er sein Rad kurz untersuchte. Es hatte den Sturz ebenfalls unbeschadet überstanden.

»Rücksichtslos? Du wärst ihm völlig grundlos fast vor den

Kühler gefahren. Du kannst froh sein, dass er so geistesgegenwärtig reagiert hat und ausgewichen ist. Passiert dir so was häufiger?«

Erst jetzt sah er auf. Als er erkannte, wer da vor ihm stand, hätte er sich vor Scham am liebsten in Luft aufgelöst. Das war nicht gerade die Begrüßung, die er sich ausgemalt hatte.

»Hallo Mellie«, stieß er verlegen zwischen zusammengebissenen Zähnen hervor.

Sie knickste theatralisch und breitete die Arme aus, als wollte sie ein imaginäres Kleid auseinanderfächern. »Bereit zu Wort und Tat!«, rief sie dabei lachend. Tom stutze kurz, dann stimmte er ein. Ihr Anblick ließ sein Herz höherschlagen. Wenigstens in diesem Punkt hatte er sich nicht geirrt. Sie war wunderhübsch. Rotbraune Haare umrahmten ein rundes Gesicht mit offenen Zügen und schmaler Nase. Graublaue Augen, um die sich, obwohl sie nicht älter war als Tom selbst, bereits kleine Falten andeuteten, die verrieten, dass sie oft und gern lachte. Nein, sie war nicht nur hübsch, sie war … so jemanden hatte er noch nie getroffen. Ihm fehlten die Worte. Während sie lachte, glaubte er, seine Gefühle in ihrer Miene gespiegelt zu sehen. Er hoffte plötzlich, dass er sich nicht irrte. Mit einem Mal gab es für ihn nichts Wichtigeres auf der Welt, als sich nicht zu irren.

Sie stupste ihn leicht mit dem Zeigefinger vor die Brust. »Ground Control to Major Tom, alles okay? Starr mich nicht so an. Lass uns gehen, bevor du anwächst.«

Tom nickte und schob sein Rad neben sich her, während sie die Lambertikirche hinter sich ließen und gemächlich über den sonnigen Roggenmarkt zum Lazzaretti bummelten.

Immer wieder betrachtete er sie verstohlen von der Seite. Ihm war es ein Rätsel, wie er hatte vergessen können, wie sie aussah. Jetzt, wo er sie wiedergesehen hatte, war er sicher, dass er sie unter Tausenden wiedererkannt hätte. Langsam kehrten einzelne Bruchstücke ihrer Unterhaltung vom Vorabend zurück.

Wortfetzen schwirrten ihm durch den Kopf, der Widerhall einer begonnenen Geschichte. Er war überzeugt, dass ihm das Gespräch geholfen hatte, seinen stockenden Roman endlich weiterzuschreiben. Umso schlechter für ihn, dass diese Inspiration sich heute Morgen in Luft aufgelöst hatte. Tom trat ungehalten vor ein Steinchen, das klackernd über die Straße hüpfte. Mellie schaute ihm verwundert nach, schwieg jedoch.

Als sie das Eiscafé erreichten und in der Nähe der großen Fensterfront einen freien Tisch fanden, fiel Tom auf, dass sie auf dem Weg kein Wort miteinander gewechselt hatten. Mellie schien das nicht gestört zu haben, doch für Tom war Schweigen normalerweise unangenehm. Er schüttelte den Kopf über sich selbst. Hatte ihm gestern Abend jemand irgendein Zeug ins Bier gemischt, K.-o.-Tropfen oder Ähnliches? Er hatte gehört, dass solche Dinge vorkommen konnten. Aber hier in Münster? Und wozu? Langsam, aber sicher bestand sein gesamter Verstand nur noch aus Fragezeichen.

»Tom? Setz dich.«

Er schob den Riemen seiner Tasche über den Kopf und befreite sich umständlich aus seiner Jacke. Er hatte einen Entschluss gefasst. Aufrichtigkeit war seine große Stärke. Warum sollte er so tun, als ob er sich an den Vorabend erinnerte, nur um von einer Verlegenheit in die nächste zu stolpern? Das würde nur peinlich enden.

Dann fiel ihm wieder ein, dass er sich setzen sollte, also ließ er sich auf den freien Stuhl fallen. Er grinste Mellie verlegen an und suchte verzweifelt nach einer intelligenten Eröffnung für ein Gespräch. »Ja, also, da sind wir. Klasse, dass du dich gemeldet hast«, setzte er schließlich verlegen an.

Mellie lachte wieder. Ihre Augen strahlten vor Vergnügen. Tom war sich nicht ganz sicher, ob sie ihn nicht sogar auslachte. »Ehrlich, mir hat der Abend gestern auch gut gefallen«, antwortete sie unbefangen.

»Da sind wir schon zwei! Erzähl mal, was machst du so?« Tom angelte eine Eiskarte aus dem Ständer und grinste sie erwartungsvoll an.
»Nein, nein, das wäre unfair. Ich weiß noch fast gar nichts über dich und mit wem ich es zu tun habe. Ich kenne nur deinen Namen und weiß, dass du Bücher schreibst. Darüber hast du gestern fast die ganze Zeit geredet.«
»Na ja, eigentlich studiere ich noch. Habe gerade meine Bachelor-Arbeit abgegeben und wollte jetzt bis Herbst einfach mal Pause machen und dann mit dem Master anfangen. Ist aber alles irgendwie unklar im Moment. Das Schreiben war mehr so nebenbei.« Tom schlug einen betont lässigen Ton an, während er die bunte Karte nach dem passenden Eisbecher absuchte.
»Aber du bist doch erfolgreich?!« Mellie schaute verwirrt von ihrer eigenen Eiskarte auf.
»Ach, was man so erfolgreich nennt. Du kennst die Bücher schon mal nicht, oder?«
»Ich habe sie eben erst in der Buchhandlung in den Händen gehalten.« Mellie lächelte anerkennend. »Deine Bücher sind ja nicht zu übersehen. Angeblich bist du einer der vielversprechendsten Autoren des Genres.«
»Wenn du es sagst.« Tom klappte mit gespielter Bescheidenheit die Karte zu und hielt nach der Bedienung Ausschau.
Mellie schmunzelte. »Du platzt ja bald vor Stolz. Tom, erzähl schon, wie bist du denn auf deine Ideen gekommen?«
Sie wurden kurz von einer Kellnerin unterbrochen, die ihre Bestellung aufnahm. Es herrschte eine angenehme Stimmung. Nur ein paar Tische waren besetzt, die meisten Leute tranken noch Kakao oder aßen Waffeln. Am Nebentisch schauten sich ein paar Mädchen auf einem Handy Videos an und kicherten unentwegt.
Tom holte theatralisch Luft – und stieß sie wieder aus. Nein,

sosehr er es genoss, vor möglichen Fans eine Show abzuziehen und sich wie ein weltgewandter Bestsellerautor zu geben – vor Mellie kam ihm das unangemessen vor. Zumal sie soeben hatte durchblicken lassen, dass sie ihm dieses Gehabe nicht abnahm.

»Ganz im Ernst, es war gar nichts so Besonderes. Ich schreibe schon, seit ich zwölf bin, ohne groß daran zu denken, mal was zu veröffentlichen. Es war reiner Zufall. Ich hatte so eine Idee für eine Kurzgeschichte, die ich meinem Freund erzählt habe – Felix, der auch gestern dabei war. Sein Onkel hat einen kleinen Verlag, ein nettes kleines Familienunternehmen. Ich habe einen Entwurf hingeschickt und gedacht, vielleicht können die das in einer Anthologie veröffentlichen. Felix wollte regelmäßig nachfragen, damit die Lektorin sich das wenigstens anguckt. Das war aber gar nicht nötig. Sie fand die Idee gut, und wir haben die Handlung dann zusammen erweitert, bis es ein kleines Buch war. Na ja, und dem folgten drei in der gleichen Art. Das ist auch schon alles.«

»Ist das Fantasy? Es war im Laden da eingeordnet und sah den Covern nach so aus.«

»Ja. Ich gebe zu, es ist ein bisschen trashig. Ja, irgendwie schon.« Tom schnitt eine Grimasse.

»Trashig?«, wiederholte Mellie verständnislos.

»Trash. Irgendwie ein bisschen Schund, ein paar Klischees, du weißt schon. Bei mir gibt es zwar keine Orks oder Kobolde, aber trotzdem. Ich mag Geschichten, in denen auch etwas Kitsch und Pathos untergebracht sind. Helden müssen Helden sein, finde ich.«

»Ich versteh dich nicht.« Mellie schüttelte entschieden den Kopf.

»Liest du denn Fantasy-Bücher?«, wollte Tom wissen.

»Wenn ich ehrlich bin, ist mir die Wirklichkeit phantastisch genug«, erwiderte sie ernsthaft. Sie wurden von der Ankunft der

Eisbecher unterbrochen, so dass es nicht weiter auffiel, als Tom kurz innehielt. Da war so eine schon fast strenge Sachlichkeit, mit der Mellie etwas sagte, was Tom normalerweise als harmlosen Scherz aufgefasst hätte. In ihrem Tonfall fehlte jedoch jeglicher Humor. Es verlieh ihren Worten etwas beinahe Dramatisches, als bereitete ihr etwas Unbehagen. Er unterdrückte den Impuls, einfach aufzuspringen und sie schützend in den Arm zu nehmen.

»Das kann man doch nicht vergleichen«, widersprach er stattdessen nachdrücklich. »Ich habe mir zum Beispiel eine komplette Welt erschaffen, mit gut funktionierender Fermalogie, etwas Zauberei und, wie gesagt, liebenswerten Helden – beziehungsweise Gestalten, die es noch werden sollen. Ich will jetzt eine ganze Reihe schreiben.« Den letzten Satz betonte Tom etwas kleinlaut, als könnte er es immer noch nicht so recht glauben. Ganz tief im Inneren musste er sogar zugeben, dass dies tatsächlich der Fall war. Wie er die Reihe mit lesenswerten Inhalten füllen sollte, war ihm ein Rätsel.

»Du hast die Welt erschaffen? Wie meinst du das?«

»Also, na ja, ausgedacht eben. Im Kopf erschaffen. Es gibt sie ja nicht wirklich. Es muss ja gut und spannend zu lesen sein. Ich nehme mir sicher auch ein paar dichterische Freiheiten heraus. Was mir einfach so eingefallen ist.« Tom spürte, wie sich seine Kopfschmerzen wieder meldeten. Mellie konnte wirklich komische Fragen stellen.

Sie schwieg eine Weile und schien einem Gedanken nachzuhängen, während Tom sie unauffällig beobachtete und dabei seinen Eisbecher leerte.

»Interessant«, meinte sie schließlich. »Und wie ist das jetzt, willst du dein Studium aufgeben?«

»Gute Frage. Die letzten beiden Bücher waren beide Bestseller. Der Verlag musste sogar eine Kooperation mit einer Verlagsgruppe eingehen, weil die den Vertrieb gar nicht mehr allein geschafft hätten. Aber ich hatte so schlecht verhandelt, dass ich wohl erst noch ein paar weitere Bücher schreiben muss, ehe ich reich und berühmt bin.« Tom schnitt eine mitleidige Fratze, warf dazu übertrieben die Hände in die Luft und fiel schließlich in Mellies Lachen ein. Sie sah wirklich zum Liebhaben aus, wenn sie lachte. Tom nahm sich vor, sie häufiger zum Lachen zu bringen.

»Ich muss noch hart arbeiten. Du hast mich bisher nicht gekannt. Auch wenn dir das Thema Fantasy nicht so zusagt, kannst du ja trotzdem ein Fan von Tom Schäfer werden!«, ergänzte er mit einer weiteren überschwenglichen Geste.

»Okay, bin ich hiermit«, gab Mellie kichernd zurück. Sie nutzte eine kleine Pause und beobachtete die Passanten vor dem Fenster, während Tom sie glücklich ansah.

Dann stutzte er. »Bist du sicher, dass du keines meiner Bücher gelesen hast?«

»Ja, wieso?«

»Weil du eben gar nicht nachgefragt hast, was Fermalogie ist. Die kommt ausschließlich in meiner Welt vor. Habe ich mir exklusiv für meine Leser ausgedacht.« Tom ahmte die Betonung eines Verkäufers nach, der seine Ware anpreist, doch dieses Mal reagierte Mellie nicht.

»Da habe ich wohl nicht genau hingehört. Was ist es denn?«

»Eine Mischung aus Chemie, Physik, Architektur, klassischer Tier- und Pflanzenkunde. Sozusagen eine Universalwissenschaft. Der Begriff Alchemie war mir zu langweilig, außerdem werden damit einige Aspekte ausgeklammert.«

»Schon klar.«

»Das interessiert dich nicht besonders, was?«

»Doch natürlich! Schon allein, weil es von dir ist.« Mellie grinste ihn frech an. Tom schwieg, darum bemüht, sich seine Enttäuschung nicht anmerken zu lassen. Er an ihrer Stelle würde sich vor Neugier kaum bremsen können. Ihre Gleichgültigkeit verwirrte ihn. Sie tat gerade so, als hätte er langweilige Selbstverständlichkeiten in seinen Büchern beschrieben. Zum Glück sahen die meisten Leser das anders. Vor allem, wenn man bedachte, wie viel Zeit Tom aufwandte, um alles stimmig zu gestalten. Es konnte ihn tagelang aufhalten, wenn seine Ideen nicht wortgetreu in den Kontext der übrigen Geschichte passten.

Mellie schien zu erkennen, was in ihm vorging. Sie beugte sich vor und legte ihre Hand auf seine. Tom spürte ein Prickeln auf seiner Haut.

»Tom, ich wollte dich nicht kränken. Ich wollte mich ein paar Tage von meinem Job entspannen und so wenig wie möglich nachdenken und Zusammenhänge verstehen. Deine Welt, das, was du dir ausgedacht hast, hört sich unheimlich komplex an. Das ist mir im Moment echt zu anstrengend, aber es interessiert mich, wirklich.« Mellie lächelte ihn so lange an, bis er nicht mehr anders konnte, als verlegen zurückzugrinsen. Er nahm sich einfach viel zu wichtig.

»Gut, kann ja sein. So«, stammelte er schließlich, »dann erzähl du doch mal, was du so machst und so. Ich bin ehrlich. Mir wabern nur noch geisterhafte Gesprächsfetzen von gestern Abend durch den Kopf. Tu so, als ob ich von nichts wüsste. Ist auch so.« Wenigstens brachte der letzte Satz ein kleines Lächeln auf Mellies Gesicht zurück.

»Ich studiere auch hier. Englisch und Deutsch auf Lehramt«, begann sie. »Genau wie bei dir läuft das Studium mehr nebenbei, weil ich viel zu tun habe. Mein Job besteht darin, Leute zu finden, die verschwunden sind. Du kennst das: Menschen kommen eines Tages nicht mehr nach Hause, sind nicht mehr da, wo sie eigentlich sein sollten, so was alles. Ich recherchiere, suche in den verschiedensten Ländern nach Spuren. Manchmal finde ich sie. Meistens sind sie tot, einem Verbrechen zum Opfer gefallen. Manche bleiben für immer verschwunden.«

»Irre«, murmelte Tom anerkennend. Das hörte sich nach einem aufregenden Leben an. »Dann bist du gerade erst wieder in Münster angekommen, wenn du das mit den Eiscafés nicht wusstest? Kommst du viel rum? Wo warst du denn in letzter Zeit so überall?«

»Es ist hauptsächlich anstrengend und häufig traurig«, wiegelte Mellie ab. »Ich war zuletzt sehr lange in Schottland. Ich untersuche Stammbäume und Chroniken, um möglichst alle Mitglieder einer Familie zu finden, von denen einige ungewöhnliche Fähigkeiten haben sollen.«

»Was denn für Fähigkeiten?«

»Weiß ich nicht.«

»Hast du nie nachgefragt?«

»Nein.« Mellie hob bedauernd die Hände. »Das ist Sache meines Auftraggebers. Ich muss nur die Leute finden. Es gibt immer so viele Fragen. Irgendwann verliert man die Lust, sie zu stellen.«

»Das klingt wirklich total spannend, erzähl mir mehr! Wie kannst du das dann überprüfen?«

»Tom, sei mir nicht böse, aber ich habe im Moment nicht die geringste Energie, darüber zu reden. Außerdem ist es zwar kein Geheimprojekt, ich bin aber trotzdem nicht sicher, wie viel ich dir darüber erzählen dürfte. Ich bin hier, weil ich genau von diesem Thema dringend Abstand brauche.«

»Na gut, verstehe.« Tom schwieg unbeholfen. So ganz wollte ihn diese Angelegenheit nicht loslassen, aber Mellie mit aufdringlichen Fragen quälen wollte er noch viel weniger.

»Arbeitest du mit jemandem zusammen?«, fragte er in der Hoffnung, dass dieses Thema unverfänglich war. Ein erbostes Schnauben zeigte ihm, dass er mit unschlagbarem Instinkt für die falsche Frage danebengegriffen hatte.

»Mein Partner hat sozusagen die Seiten gewechselt. Er war eine Zeitlang ebenfalls verschwunden. Ich weiß inzwischen, wo er ist, aber ich habe einfach keine Lust, das zwischen uns zu klären.«

»Dein Partner? Ein Mann?«

»Ja, wir haben zu zweit im Team gearbeitet.«

»Wart ihr zusammen?«, platzte Tom unbedacht heraus.

Mellie schüttelte entrüstet den Kopf. »Bist du verrückt? Er könnte inzwischen mindestens mein Vater sein. Außerdem ist er ziemlich anstrengend. Eigen und stur, grundsätzlich davon überzeugt, das Richtige zu tun.«

»Gut.« Tom grinste erleichtert. »War nur so eine Frage. Ist nicht wichtig.«

»Wirklich nicht?«

»Na ja, vielleicht ein bisschen.« Tom kratzte sich verlegen am Kopf und bemühte sich um eine neutrale Miene.

»Eifersüchtig?«

»Wieso sollte ich?«

»Nur so.« In stiller Übereinkunft sahen sie sich an, bis sie gleichzeitig loslachten. Toms spürte ein heißes Glücksgefühl aufsteigen.

»Magst du denn Schotten?« Tom hatte sich endlich wieder fangen können, während Mellie immer noch kicherte.

»Wie meinst du das? Ja, schon, wieso?«

»Ich bin Viertelschotte. Mein Großvater stammt aus der Nähe von Edinburgh. Ich war für ein Auslandssemester dort, um sozusagen auf den Spuren meiner Ahnen zu wandeln.«

Überrascht nickte Mellie. »Interessant. Dann weißt du ja so ein bisschen, wie das ist, nach Familienmitgliedern zu suchen.«

»Also, mir hat das Telefonbuch geholfen. Du musst da bestimmt in vielen Archiven wühlen. Das ist doch kein Vergleich«, gab er zu. Mellie strahlte, und er war froh, dass er ihr so hatte zeigen können, dass er sie verstand, ehe er endgültig von diesem Thema abließ. Vielleicht würde sie ihm später mehr erzählen.

Als sie aufbrachen, hatte die Dunkelheit des frühen Abends längst die Straßen erreicht. Schaufenster und Reklameschilder strahlten um die Wette. Die typische Betriebsamkeit der Innenstadt ebbte langsam ab, Geschäfte wurden geschlossen, und Touristen zogen sich in die Restaurants zum Abendessen zurück. Tom begleitete Mellie zu Fuß zu ihrer kleinen Wohnung.

»Hast du Lust, dich morgen wieder zu treffen?«, fragte er hoffnungsvoll, als sie vor dem kurzen Weg standen, der durch den Vorgarten zur Haustür führte, während Mellie in ihrer Tasche nach dem Schlüssel suchte. Der matte Schein einer altertümlichen Laterne, die unter einem gerundeten Vordach hing, erhellte sorgfältig gepflegte Beete mit kahlen Sträuchern und ein paar Frühlingsblumen, von denen Tom außer Narzissen aber keine erkannte.

»Klar, gern, wieso nicht?«

»Wieder um zwei, wie heute?«

»Einverstanden!« Freundschaftlich legte Tom einen Arm um sie und zog sie an sich, während er mit der anderen Hand sein Rad festhielt. Sosehr er sich das wünschte – mehr wagte er am ersten Tag nicht.

Sie erwiderte die Umarmung und legte kurz ihren Kopf an seine Schulter. »Es tut gut, mal mit jemandem zu reden, der einem weder neue Probleme aufdrückt noch ständig Vorschriften macht, weil er alles besser weiß«, flüsterte sie. Tom neigte sachte den Kopf und entschloss sich, ausnahmsweise nicht nachzufragen. Sollte sie selbst entscheiden, wann und was sie ihm erzählte.

Dann löste sie sich von ihm und wandte sich zur Haustür. Tom saß bereits auf dem Rad, als ihm noch etwas einfiel. »Ach, Mellie?«

»Ja?«

»Wegen gestern Abend, also halt mich jetzt nicht für bescheuert, aber ich habe ja so ein paar Aussetzer. Und heute Morgen, also im Chat, da klang das für mich so, als ob du was darüber weißt. Ist das so?«

Mellie hielt verdutzt inne. Sie ließ den Schlüssel stecken, drehte sich zu ihm um und sah ihn offen an. Tom konnte ihr unverbindliches Lächeln deutlich unter der Lampe erkennen.

»Ich glaube, du hattest einfach ein paar Bier zu viel. Ich denke nicht, dass noch mehr dahintersteckt.«

»Vermutlich. Kann schon sein.« Unsicher nickte Tom. Das musste ihm wohl als Antwort erst einmal genügen. »Na, dann also tschüss, bis morgen!«

»Mögen gute Worte dich behüten, Tom Schäfer!« Mellie lächelte und deutete einen Knicks an. Den Bruchteil einer Sekunde starrte Tom sie an. Das klang verdammt hübsch. Es gefiel ihm. Aber was konnte er jetzt darauf erwidern? Ein paar Worte schossen ihm durch den Kopf, die einzigen, die er als angemessen empfand.

»Mögen gute Worte deinen Weg lenken!« Mit einer weit ausladenden Armbewegung verbeugte er sich, wobei sich das Fahrrad gefährlich weit in Richtung Boden neigte. Mellie drückte die Haustür auf, warf ihm eine Kusshand zu und war verschwunden. Immer noch grinsend, steckte Tom sich die Kopfhörer seines MP3-Players in die Ohren und radelte anschließend mit leiser Musik im Hintergrund gemächlich zurück in Richtung Wohnheim.

Während er darüber nachdachte, wie der Rest des Tages verlaufen war, versuchte er, sich über seine Gefühle klarzuwerden. So etwas hatte er wirklich noch nie erlebt. Diese Frau übte eine Faszination auf ihn aus, die er nicht in Worte fassen konnte. Er fühlte sich unbeholfen, noch nie hatte er sich solche Sorgen gemacht, etwas falsch zu machen, was sie dazu bewegen könnte, sich von ihm abzuwenden. Dabei war er sicher, dass sie ihm einiges verschwieg, und das machte ihn erst recht neugierig. Es schien ihm sogar, als wüsste sie Dinge, die über die offiziellen Informationen, die über ihn im Umlauf waren, hinausgingen. Eigentlich war das unmöglich. Andererseits hatte sie seinen Chat-Account gefunden. Wie konnte er wissen, mit welchen Methoden sie für ihre seltsame Agententätigkeit Informationen sammelte?

Aber egal. Was konnte sie schon herausfinden? Ihm fiel nichts ein, was er vor ihr geheim halten wollte. Tom dachte wieder an sein Buch. Mellie inspirierte ihn allein durch ihre Anwesenheit. Er hatte endlich – endlich! – nach mühevollen Monaten und unzähligen verworfenen Ideen wieder einen Ansatz und richtig Lust zu schreiben. Außerdem, wenn er ehrlich zu sich selbst war, machte Mellies undurchsichtiger Charakter den größten Reiz an ihr aus. Er hatte das Gefühl, endlich auf eine Gleichgesinnte getroffen zu sein. Eine Seelenschwester.

»Tom Schäfer hat seine Muse gefunden. Hoffentlich küsst sie ihn auch«, kicherte er albern und glücklich vor sich hin.

An einem Supermarkt hielt er kurz an, nahm Kekse, Cola und Lakritze sowie eine Dose Fertigsuppe als Abendessen mit und freute sich auf die Arbeit. Im Wohnheim angekommen, stellte er das Rad in dem leerstehenden Apartment ab, das er und ein paar andere Bewohner unter falschem Namen angemietet hatten. Es diente ihnen als privater Abstellraum, da im Fahrradkeller ständig alles gestohlen wurde. Außer Rädern und einigen Getränkekästen gab es eine Waschmaschine und einen Trockner, die beide Tom gehörten, aber von allen benutzt wurden, die Zugang hatten. Als er die Tür des Raumes abschloss, blinkte sein Handy. Verwundert schaute er auf das Display. Felix hatte eine SMS gesendet: *Hab eine halbe Stunde gewartet, geh jetzt nach Hause. Brauchst dich nicht mehr blicken zu lassen. Danke auch, FREUND!*

»Mist, verdammter!« Wütend auf sich selbst feuerte Tom den Schlüsselbund den schmalen düsteren Gang entlang. Die Schlüssel rutschten klimpernd über den Boden und blieben ein paar

Meter weiter liegen. Tom hatte ihre Verabredung vergessen. Aber so übel das auch war, Felix und die Probleme rund um sein Liebesleben mussten warten. Tom konnte jetzt unmöglich alle Inspiration beiseiteschieben. Er musste schreiben. Felix würde das verstehen. Vielleicht war es sogar besser, wenn er sich erst einmal beruhigte. Das würde sich schon irgendwie wieder hinbiegen lassen.

4.

Im Unterholz raschelte es. Eine Amsel flog laut zeternd zwischen den Bäumen hervor und verschwand im wolkenlosen, blauen Himmel. Mit überdeutlicher Klarheit nahm Laryon die vielen verschiedenen Grüntöne der Grashalme direkt vor sich wahr. Dahinter verschwamm alles. Der satte erdige Geruch des weichen Bodens stieg ihm in die Nase. Langsam wich die Benommenheit, doch es gelang ihm nur mit großer Mühe durchzuatmen. Es erinnerte ihn daran, wie er einmal einem scheuenden Pferd nicht schnell genug ausgewichen war. Es hatte ihm vor die Brust getreten, und ihm war förmlich die Luft weggeblieben. Doch er konnte sich weder erklären, wie sein Gegner ihm einen solchen Schlag hatte verpassen können, noch wann.

»Was hast du getan?!«, hörte Laryon Kary jetzt erbost ausrufen. Leichte Schritte näherten sich, bis der Junge unmittelbar hinter ihm stehen musste.

»Nichts, Kary, es ist alles in Ordnung mit ihm.« Das war die Stimme des Älteren. Er klang freundlich, sogar fürsorglich.

Laryon hob ganz behutsam den Kopf und betrachtete den Mann. Er hatte einige Schwierigkeiten, den Blick auf einen Punkt zu konzentrieren, doch nach ein paar Augenblicken konnte er Einzelheiten erkennen. Der andere war viel älter, als Laryon vermutet hatte. Gerade schob er das kurze Messer zurück in das Futteral am Gürtel. Offensichtlich erwartete er nicht, dass der Grenzreiter für ihn noch eine Bedrohung darstellte. Breite Schultern und kräftige Arme verrieten Laryon allerdings deutlich, dass er sich auch ohne Messer durchzusetzen wusste. Doch nicht nur sein Oberkörper zeugte von jahrelanger disziplinierter Ausbildung. Seine Bewegungen waren insgesamt kontrolliert und selbstsicher, ließen auf eine Kraft und Schnelligkeit schließen, um die ihn sicherlich manch jüngerer Mann beneidet hätte. Wenigstens ließ das Laryons eigenes Versagen etwas weniger beschämend erscheinen.

Kary trug, wie häufig bei den Kindern in dieser Gegend üblich, eine leuchtend blaue Hose aus gewebtem Stoff und ein passendes hellbraunes Hemd mit langen Ärmeln, das vorn mit einigen dicken Knöpfen geschlossen wurde. Die Kleidung des Mannes dagegen mutete eher wie die eines Kämpfers oder Wächters an als die eines Wanderers: praktisch und unauffällig, perfekt geeignet für den Aufenthalt im Wald. Feste kurze Stiefel und eine Hose – ähnlich Laryons eigener – aus glattem braunen Leder, das vermied, dass man mit den Beinen an Gestrüpp hängenblieb. Darüber ein hellgraues Hemd aus weicherem Leder, dessen Herkunft er nicht auf Anhieb einordnen konnte. Auf dem linken Ärmel war mit dunkler Farbe ein Abzeichen eingebrannt, das Laryon vertraut vorkam. Doch er war sicher, es noch nie gesehen zu haben.

Sein Blick wanderte weiter hinauf zu dem Gesicht des Mannes und verweilte fasziniert. Obwohl jegliche sichtbaren Spuren früherer Auseinandersetzungen fehlten, erkannte er das Gesicht eines Kämpfers. Rauhes Wetter hatte tiefe Spuren in die Züge gegraben, Falten um Mund und Augenwinkel hinterlassen. Die tiefliegenden braunen Augen wirkten erfahren im Anblick von Dingen, über die Laryon überhaupt nichts Genaueres wissen wollte. Das dunkle Haar über der hohen Stirn, das bereits von einigen grauen Strähnen durchzogen war, trug der Mann zu einem ordentlichen Zopf gebunden im Nacken. Das war ungewöhnlich für die Bewohner dieser Gegend und führte unweigerlich zu der Frage, woher dieser Mann stammen mochte. Das und seine Körperhaltung – kampfbereit und gefährlich, selbst wenn er nur so dastand – erinnerten Laryon schlagartig an Nolen. Der Hauptmann der Stadtwache Antrons stammte ursprünglich aus dem Norden. Seine frühere harte Ausbildung als Bergkämpfer hatte ihn für die Grenzwachen beider Seiten im Turnier zu einem unbezwingbaren Gegner gemacht. Zumindest lautete so Laryons Erklärung. Wenn er diesen Mann über sich betrachtete und an seine schnellen Reaktionen dachte, fragte er sich tatsächlich, ob der Fremde Nolen im Zweikampf besiegen könnte. Eine Frage, von der er nie erwartet hätte, dass sie ihm eines Tages in den Sinn kommen würde.

Unwillkürlich schauderte Laryon, doch er konnte seinen Blick nicht abwenden. Wie hatte Kary ihn genannt? Gorn. Das war kein Name, der hier im Süden üblich war. Gorn hatte sich Kary zugewandt. Seine Miene drückte Besorgnis und Bedauern aus.

»Ich werde ihn dennoch töten müssen. Es reicht, wenn er weiß, dass du existierst«, erklärte er dem Jungen.

»Nein! Es gibt eine Geschichte über ihn. Ich muss sie ihm erzählen! Es ist wichtig, diese Geschichte ist lebenswichtig!« Die Verzweiflung in Karys Stimme war unüberhörbar. Was immer das für eine Geschichte ist, schoss es Laryon in einem Anflug bitterer Ironie durch den Kopf, lebenswichtig ist sie für meine Situation unbestreitbar.

Gorn seufzte laut. »Kary, hör mir zu«, setzte er an. »Das ist ein Grenzwächter, der hier seinen Dienst versieht, mehr nicht. Er …«

»Ist er nicht! Schau ihn dir an! Schau hin! Er ist einer von euch«, hielt Kary ihm energisch entgegen. Gorn verzog den Mund und schüttelte ungehalten den Kopf.

»Wir nehmen ihn mit. Es muss sein! Bitte!«

»Nein!«

Laryon stützte sich auf einen Ellbogen, um sich aufzurichten. Schemenhaft nahm er eine flimmernde Bewegung wahr. Im gleichen Moment erhielt er aus heiterem Himmel einen Stoß, der ihn rückwärts wieder ins Gras fallen ließ.

»Niemand hat dir erlaubt aufzustehen!«, fuhr Gorn ihn hart an. Der alte Kämpfer hatte dabei keinen Finger gerührt.

»Dann bring es hinter dich! Töte mich, wenn du unbedingt musst, aber hör auf, mich zu erniedrigen!«, stieß Laryon wütend hervor. Aggression stieg in ihm auf. Die Art, wie er behandelt wurde, die Tatsache, dass er hilflos im Gras saß, über sich einen Gegner, der ihn durch seine bloße Erscheinung einschüchterte – auch wenn es ihm schwerfiel, sich das einzugestehen –, machten ihm mehr zu schaffen als die Aussicht auf seinen bevorstehenden Tod. Dass er sterben würde, schien ihm unausweichlich, doch er wollte keine weiteren Demütigungen mehr über sich ergehen lassen müssen.

Gorn starrte ihn von oben herab einige Augenblicke verwundert an. Dann nickte er kaum merklich. »Steh auf!«, befahl er knapp. Laryon rappelte sich auf und schob sich einige schwarze Haarsträhnen aus dem Gesicht. Kaum auf Augenhöhe, schoss er Gorn einen hitzigen Blick zu, doch er war klug genug, sich nicht weiter zu rühren. Laryon war nicht gerade klein, und sein Gegenüber überragte ihn noch um fast eine Handbreit. Aus dieser Perspektive wirkte der Begleiter des Jungen nicht weniger gefährlich auf ihn.

Gorn beachtete ihn nicht weiter, sondern wandte sich wieder an Kary. »Was ist so lebenswichtig? Woher willst du überhaupt wissen, dass deine Geschichte ihn betrifft? Kommt er darin vor?«

Kary schaute betreten zu Boden. Statt zu antworten, spielte er mit dem Saum seines Hemdes.

»Dachte ich mir«, murmelte Gorn resigniert.
»Er muss mitkommen. Ich bin mir sicher, bitte!«, wiederholte Kary trotzig. »Auf keinen Fall darfst du ... Wenn du ihn töten müsstest, wäre das meine Schuld.«
»Das kannst du so nicht sagen.« Gorn wirkte nicht überzeugt. Kary hob den Kopf wieder und schaute ihn fest an. »Doch. Ich habe recht. Du weißt das so gut wie ich. Ich bin abgehauen – du musstest mich suchen und hast mich gefunden. Laryon war nur ein wenig schneller. Das soll ihm nun zum Verhängnis werden.«
Wie zuvor klangen Karys Worte nicht wie die eines kleinen Kindes. Er wusste ganz genau, was er wollte. Beeindruckt bemerkte Laryon, dass er damit Gorn ein weiteres Mal erfolgreich zu verunsichern schien. Dieser sah den Jungen nachdenklich an. Dann hob er hilflos die Schultern. »Ich kann es nicht ändern. Ich habe klare Anweisungen«, beharrte er und war gleichzeitig einen kleinen Schritt von dem Grenzreiter abgerückt, die Arme vor der Brust verschränkt. Laryon deutete aus dieser Geste, dass seine Befehle im Widerstreit mit seinen eigenen Überzeugungen lagen. Er schöpfte etwas Hoffnung.
»So oder so wird die Grenzwache eurer Spur folgen«, wagte er sich einzumischen. »Ihnen könnt ihr mit nur einem Pferd nicht entkommen.«
»Woher willst du wissen, dass unsere Pferde nicht in der Nähe warten?«, hielt Gorn ihm entgegen.
Laryon lachte spöttisch auf. »Weil ich Kary hier entdeckt habe, wie er das erste Pferd begutachtete, das er seit langem aus der Nähe gesehen hat. Wenn ihr eigene hättet, würden wir jetzt nicht hier stehen und über mein Leben verhandeln!«
»Darüber hinaus müssten wir fliehen. Schon wieder«, setzte Kary nach.
»Das müssen wir auch, wenn wir ihn laufen lassen«, knurrte Gorn gereizt.

»Wenn ich in weniger als zwei Stunden nicht am Hauptquartier eintreffe, wird man mich sicherlich suchen.« Laryon hatte verstanden. Gorn war Karys Wächter. Es ging ihm nicht darum, grundlos Grenzreiter anzugreifen, sondern einzig um Karys Sicherheit. Wer oder was immer es war, das Kary bedrohte, es schien sehr gefährlich für ihn zu sein. Auch wenn er es nicht gern tat, Gorn würde sich nicht davor scheuen zu töten. Darin war er zweifelsohne erfahren. Umso bemerkenswerter, dass Gorn bereit war, auf die Wünsche des Jungen Rücksicht zu nehmen, Laryon nichts anzutun.
»Das ist zu wenig Zeit, Laryon.« Kary wandte sich um und sah ihn ernst an. »Reite deine Wache zu Ende und komm dann wieder. Gorn wird hier auf dich warten.«
»Kary!« Gorn hob mit einer hilflosen Geste die Hände, trat auf den Jungen zu und erstarrte. Was ging zwischen den beiden vor? Laryon glaubte zu beobachten, wie dieser beeindruckende Mann vor dem kleinen Jungen zurückwich. Da Gorn sich dann jedoch mit der gleichen Bewegung zu ihm wandte, konnte er nicht sicher sein.
»Gut. Du bist Laryon, ja?«, begann Gorn etwas schwerfällig und baute sich drohend vor ihm auf. »Laryon, du hast gehört, was Kary gesagt hat. Ich erwarte dich hier eine Stunde nach Sonnenaufgang – ohne Pferd. Dann führe ich dich zu Kary.«
Laryon war starr vor Erstaunen. Fassungslos starrte er seinen Gegner an, fragte sich ernsthaft, ob er ihn richtig verstanden hatte. Noch vor wenigen Augenblicken wollte dieser Mann ihn töten, und jetzt gab er ihm Anweisungen für ein weiteres Treffen in einem Tonfall, als hätten sie sich auf einen Krug Bier verabredet. Tausende Worte schossen Laryon durch den Kopf. Er wollte widersprechen. Er konnte nicht mitkommen, er musste nach einer Pause die nächste Wache antreten. Er konnte nicht mitkommen, ohne zu wissen, wo Gorn ihn hinführen würde. Er konnte nicht mitkommen, weil er sich im Hauptquartier um

die Pferde kümmern musste. Er wollte nicht zu dem Mann zurückkehren, der ihn derartig einschüchterte. Wie sollte er am Ende sicher sein, dass er nicht doch in sein Verderben lief?
»Gib mir deinen Stempel«, befahl Gorn und streckte ihm die Handfläche entgegen.
»Bitte?«, stammelte Laryon.
»Kary vertraut dir. Er meint, er wüsste etwas über dich. Er wird dir etwas erzählen, das dich betrifft. Er glaubt, das reicht, damit du zurückkommst. Ich bin mir da nicht so sicher, mein Junge. Gib mir deinen Stempel.«
Laryon rührte sich nicht.
»Los jetzt!«, zischte Gorn ihn an. Bevor er riskierte, dass Gorn sich nahm, was er haben wollte, griff Laryon unter sein Hemd und zog den kleinen Beutel hervor.
»Und wie soll ich am nächsten Kontrollpunkt die Chara markieren?«, wagte er einzuwenden.
»Lass dir etwas einfallen. Gib mir den ganzen Beutel.« Sobald Laryon das Band über den Kopf gezogen hatte, riss Gorn ihm den Beutel aus der Hand. Dann nickte er mit einer knappen Geste zu Laryons Stute, die immer noch gleichmütig dastand und darauf wartete, dass die Menschen um sie herum ihre Angelegenheiten regelten.
»Geh jetzt. Kein Wort über uns zu niemandem. Zu niemandem, hast du verstanden? Überlege dir gut, ob du Karys Vertrauen missbrauchst! Du könntest es bitter bereuen. Ich werde dich finden, und dann wird dein Ableben weniger friedlich sein. Du kannst dich nicht vor mir verstecken.«
Mit weichen Knien taumelte Laryon auf Fella zu. Sie sah ihn mit ihren beruhigenden großen braunen Augen an und schnaubte leise, als wollte sie ihm Mut zusprechen. Geistesabwesend tätschelte Laryon ihre Flanke und warf die Zügel über ihren Hals. Er war völlig überfordert. Seine Gedanken rasten. Um keinen Preis der Welt wollte er zu diesem Mann zurückkehren.

Er würde sich vorerst krankmelden. In der Stadt konnte er darauf achten, immer von Leuten umgeben zu sein. Gorn würde es nicht wagen, ihn mitten auf der Straße anzugreifen. Er könnte für eine Zeitlang auf den Hof seiner Eltern zurückkehren. Das Gestüt lag weitab im Süden. Die Knechte und Wachhunde seines Vaters würden dafür sorgen, dass sich niemand ungesehen näherte. Er würde Ärger bekommen, weil er seinen Stempel verloren hatte.

Mit einem Anflug von Bedauern dachte er an die anderen Dinge in dem kleinen Beutel. Ein Amulett, das seine Eltern bei seiner Geburt bekommen hatten. Ein kleiner Stein, den Fynn ihm als Kind geschenkt hatte. Eine spezielle Flöte, die er für die Dressur der Pferde einsetzte. Bis auf ein paar Münzen alles unersetzliche Gegenstände. Aber keiner war es wert, sein Leben dafür zu riskieren.

Statt wie üblich mit einem lockeren Sprung auf den Rücken seines Pferdes zu gelangen, stieß Laryon den Fuß in den Steigbügel und zog sich schwerfällig am Sattel hoch. Ihm war übel, das Geschehen lag ihm wie ein schwerer Klotz im Magen. Als er nach den Zügeln griff, blickte er zu Kary, der ruhig und gefasst dastand. Gorn hatte wieder die Arme vor der Brust gekreuzt und war neben den Jungen getreten. Breitbeinig stand er da, den Beutel hielt er in einer Faust. Mit versteinerter Miene folgte sein Blick dem aufbrechenden Reiter.

Fella setzte sich von selbst in Bewegung, sobald sie das Gewicht auf ihrem Rücken spürte.

»Laryon!«

Erschrocken zuckte Laryon zusammen. Ruckartig zog er an den Zügeln. Fella blieb stehen und schlug unwillig mit dem Kopf, eine solch grobe Behandlung ihres Herrn war sie nicht gewohnt. Dann passierte etwas, womit Laryon am allerwenigsten gerechnet hatte. Die Befestigung vorn am Sattelknauf öffnete sich. Die Schwertscheide samt Schwert hob sich wie von selbst in die Luft. Laryon stieß einen entsetzten kleinen Laut aus, doch er war unfähig, sich zu rühren. Aus den Augenwinkeln sah er, dass Gorn sich bewegte. Mit dem Arm beschrieb er einen kleinen Halbkreis. Er stand mindestens fünf oder sechs Schritte von dem Pferd entfernt. Laryon wandte den Kopf um. Gorn erwiderte herausfordernd seinen Blick. Kary rührte sich immer noch nicht, sein Gesicht blieb ausdruckslos.

Das Schwert bewegte sich blitzschnell durch die Luft. Mit einem dumpfen Aufprall landete es vor Karys Wächter im Gras. Gorn hob seine Hand und zeigte mit dem Finger auf Laryon. »Eine Stunde nach Sonnenaufgang. Kein Wort zu niemandem! Ich werde auf dich warten«, knurrte er warnend. Dann winkte er Laryon mit dem Arm davon.

Eisige Kälte breitete sich in seinem Inneren aus, während ihm gleichzeitig der Schweiß ausbrach. Mehr als in jedem Augenblick zuvor, seit Gorn ihn angegriffen hatte, bekam Laryon Angst. Nackte Panik kroch ihm durch die Brust bis zum Hals und ließ ihn würgen. Er zitterte leicht und brachte doch keinen Willen auf, einen Muskel zu bewegen.

Sein Vorsatz, vor diesem Mann zu fliehen, brach in sich zusammen und hinterließ nichts als ohnmächtige Hilflosigkeit. Er würde wiederkommen. Wenn nicht, würde Karys Wächter ihn finden. Gleichgültig, wo er sich verstecken würde, egal, wie lange – er würde ihn aufspüren und seine Drohung wahr machen. Er besaß die nötigen Fähigkeiten.

Ein Schwarzkunst-Magier. Gorn war ein Schwarzkunst-Magier. Sein Leben lang hatte Laryon in der tiefen Überzeugung verbracht, Magier entstammten Ammenmärchen für widerspenstige Kinder. Selbst Nolen, der aus dem Norden stammte, wo diese Gestalten angeblich wandeln sollten, hatte immer nur geschwiegen und Laryon in seinen Zweifeln niemals widersprochen. Es gab sie nicht. Kein vernünftiger Mann glaubte so etwas. Es war nur dummer Aberglaube. Dummer Aberglaube, der gerade das

Schwert durch die Luft hatte segeln lassen. Laryon hatte das Gefühl, sich übergeben zu müssen. Mühsam schloss er die Augen und presste die Lippen aufeinander. Fella spürte seine Verfassung und tänzelte leicht.
»Bitte, komm zurück. Du musst mir helfen. Dir wird nichts geschehen. Ich freue mich auf dich. Laryon, sei mein Freund.«
Die Worte drangen kaum hörbar an sein Ohr. Laryon fasste die Zügel kürzer, öffnete die Augen. Kary lächelte zu ihm auf. Eine sonderbare Wucht traf ihn, als hätten unendlich viele Stimmen einen ganzen Schwall Worte gleichzeitig an ihn gerichtet. Laryon zog schutzsuchend die Schultern zusammen, während er unwillkürlich eine Hand hob und abwehrend die Handfläche nach vorn streckte. Fella legte den Kopf nach vorn und zog schnaubend an den Zügeln. Ihre Ohren zuckten nervös hin und her.
Laryon brach die Bewegung ab, und winkte Kary kurz zu. Er atmete tief durch. Die Panik ebbte ab, er konnte die Muskeln etwas entspannen. Wenigstens hatte Kary ihm so das Gefühl vermittelt, er folgte seiner Bitte und nicht Gorns Drohung.
Dann wandte er sich um. Auf sein Zeichen hin sprang Fella im Galopp davon, froh, endlich laufen zu können. Er würde wiederkommen. Morgen früh, eine Stunde nach Sonnenaufgang würde er hier warten.

5.

Das allmorgendliche Knattern des Motorrollers vor dem Fenster begrüßte Tom zuverlässig wie ein Wecker. Irgendein Nachbar dieser schrecklichen Wohnheimanlage fuhr zur Uni. Tom kniff die Augen zusammen, zog die Decke bis an die Ohren. Er versuchte, an nichts zu denken, dabei ganz ruhig und regelmäßig ein- und auszuatmen. Es war zwecklos, er war wach – mehr oder weniger. So wach, wie man eben nach etwas mehr als drei Stunden Schlaf sein konnte. Wenigstens bedeutete das Geräusch des Rollers gutes Wetter. Würde es regnen, nähme sein Besitzer den Bus.

Tom wagte einen Blick auf das übliche Chaos im Zimmer. Normalerweise machte es ihm nichts aus. Langsam jedoch fand sogar er selbst es nicht mehr angenehm. Nicht nur der Schreibtisch, sondern auch der Boden darum war übersät mit Papieren und Büchern. Dazwischen lagen die Überreste mehrerer Kekspackungen, Tüten und Flaschen, Teller und Kaffeebecher. Der Korbstuhl in der Ecke bog sich unter der Last verschiedenster Kleidungsstücke. Was darauf keinen Platz mehr gefunden hatte, war im restlichen Zimmer verteilt.

Müde stöhnte Tom und stand auf. In der Küchenecke stellte er das kleine Radio an. Auch hier existierte kein Quadratzentimeter, der nicht mit Geschirr, angebrochenen Packungen, Handschuhen, Schlüsseln, USB-Sticks, Kulis und weiterem Kleinkram voll lag. Es hatte keinen Sinn, er musste Ordnung schaffen. Er hatte vergangene Nacht geschrieben, bis ihm fast die Augen zugefallen waren. So viel Spaß es ihm auch gemacht hatte, irgendwann war es anstrengend geworden.

Einmal hatte er versucht, mit Mellie zu chatten, aber die schlief vermutlich schon längst. Er konnte es kaum noch erwarten, sie wiederzusehen und ihr von seinen neuen Ideen zu erzählen. Ganz im Gegensatz zum Anfang hatte sie sich doch extrem interessiert an seinen Geschichten gezeigt, solange Tom sie nicht mit seinen komplexen Plot-Konstruktionen überforderte. Dabei war er sicher, dass sie dieses Interesse nicht nur ihm zu Gefallen heuchelte, sondern verstanden hatte, dass das Schreiben einen großen Teil seiner Persönlichkeit ausmachte, und die wollte Mellie kennenlernen.

Bei diesem Gedanken unbewusst vor sich hin lächelnd, sammelte

Tom sämtliche Klamotten zusammen und warf alles in eine große Tasche. Willkürlich wählte er ein T-Shirt und eine Hose aus, streifte beides über und schleppte die Wäsche zur Waschmaschine in dem Raum am Ende des Flurs. Um diese Zeit brauchte er sich keine Gedanken darüber zu machen, irgendeinem Mitbewohner zu begegnen. Zurück in seinem Zimmer, sammelte er das schmutzige Geschirr ein, um es zu spülen. Anschließend gönnte er sich den ersten Kaffee und musste sich widerwillig eingestehen, dass er tatsächlich besser schmeckte, wenn nicht tagealter Bodensatz in der Tasse klebte.

Es war immer noch früh, nicht einmal acht Uhr. Gähnend betrat er das winzige Bad und betrachtete sich nachdenklich im Spiegel. Mochte Mellie ihn? Mit beiden Händen fuhr er sich durch das kurze dunkelbraune Haar, das ihm in dichten Fransen über die Stirn fiel. Gefiel er ihr? Er legte Daumen und Zeigefinger an das Kinn und drehte den Kopf hin und her. Kritisch betrachtete er sein Profil von beiden Seiten. Er hatte einmal gehört, ein symmetrisches Gesicht wirke attraktiv. Wenn das stimmte, konnte er sich glücklich schätzen. Die braunen Augen unter schmalen Brauen waren gleich groß, die Nase gerade zwischen schmalen Wangen. Tom fuhr sich ein letztes Mal mit der Handfläche über die Haut und entschied sich, mit dem Rasieren noch einen Tag zu warten. Der Bartschatten passte zu den Augenringen und gab ihm etwas Tragisches, fand er.

»Tom Schäfer, hart arbeitender Bestsellerautor nach einer intensiven Nacht voller Kreativität und neuer Ideen, wie die größte Fantasy-Saga aller Zeiten … aller Zeiten … wie die größte Saga … ja, was denn? Spinner.« Er grinste das Spiegelbild an, streckte die Zunge heraus und lachte schließlich über sein blödes Gesicht. Er sollte sich besser doch rasieren. So wollte er bei Mellie nicht wirken. Sie sollte ihn ernst nehmen.

Er konnte nicht im Geringsten bestreiten, dass allein der Gedanke an sie ihm einen Energieschub bescherte. Heute Mittag würde er sie wiedersehen. Zeit genug bis dahin, hier Klarschiff zu machen und sich ordentlich vorzubereiten. Vielleicht lag es tatsächlich an ihr, dass es ihm so gutging und er endlich wieder schreiben konnte. Daher sollte er nicht leichtfertig damit umgehen, sie kennengelernt zu haben, sondern ausnahmsweise gründlich darüber nachdenken, was er tun konnte, um ihr zu gefallen.

Schon früh fuhr Tom in die Stadt, um nach einem kleinen Geschenk für Mellie zu suchen. Er hatte bereits seine beiden Willerin-Bücher mit einer persönlichen Widmung versehen und in Geschenkpapier eingeschlagen. Dass es sich dabei um die knallbunten Überbleibsel für ein Geschenk seiner dreijährigen Nichte handelte, störte ihn weniger. Es ging ja schließlich darum, etwas auszupacken, nicht um die Verpackung selbst.
Fast wie von allein führte ihn sein Weg in eine der größeren Buchhandlungen, wo er ein stabiles Lesezeichen fand. Es war mit Samt bezogen und mit einem Gummiband versehen, das man um ein Buch legen konnte, damit es nicht herausfiel. Tom strich ehrfürchtig über den Samt und die eingestanzten Buchstaben.
»Wortwächter«, murmelte er leise. Er wusste, es würde Mellie gefallen. Es war perfekt.
Zufrieden wanderte er zum Treffpunkt und lehnte sich gegen die Kirchenmauer, bis er endlich – ganz pünktlich – die ersehnte Gestalt näher kommen sah.
»Hey, Major Tom, da bist du ja!«, rief Mellie fröhlich. Toms Herz machte einen freudigen Sprung. Er lachte zurück, als sie ihn kurz freundschaftlich umarmte.
»Wie sieht es aus?«, wollte sie wissen. »Hast du gestern noch gearbeitet? Ich habe eben erst gesehen, dass du versucht hast, mich im Chat zu erreichen. Ich habe dir geantwortet, aber da warst du wohl schon unterwegs.«

»War nicht so dringend. Wo sollen wir hingehen?«
»Was hältst du davon, wenn wir uns in einer Bäckerei was zu essen holen und dann auf der Promenade einen Platz suchen? Ich bin da gern.«
»Einverstanden.«
Genau wie tags zuvor schob Tom sein Rad neben sich her. Sie kauften eine große Tüte Rosinenkuchen und Muffins und schlenderten dann gemächlich die Promenade entlang, bis sie in der Nähe des Zwingers eine Bank fanden, die gerade frei wurde. Drei Männer in Anzügen hatten offensichtlich eine verspätete Mittagspause eingelegt und begaben sich jetzt wieder in ihre Büros. Während Tom ihnen nachschaute, fragte er sich, was man an einem solchen Leben finden konnte. Was immer die Zukunft ihm bringen mochte, so wollte er nicht enden.
Mellie nahm ihren Rucksack ab, zog ihre Jacke aus und stopfte sie als Polster zwischen Bankrücken und Armlehne, bevor sie sich niederließ und ein Bein anzog. Tom stellte seine Tasche und die Kuchentüte auf der Bank ab und setzte sich ihr gegenüber.
»Bist du ein Retrofan?«, fragte er, während er neugierig ihren Rucksack betrachtete. So ein Modell hatte er höchstens als Kind einmal in einem Heimatfilm aus den Sechzigern gesehen.
»Ich habe ihn mir damals nach dem Abitur als Belohnung gekauft, jahrelang stehen lassen und jetzt kürzlich wiederentdeckt. Seit Schottland trage ich ihn regelmäßig. Er ist schon was Besonderes.«
Tom nickte. Das Stück sah wirklich nostalgisch aus, dunkler olivgrüner Stoff mit abgesetztem braunen Leder und zwei dünnen Trageriemen. Dabei wirkte er noch relativ neu. Aber klar, wenn Mellie ihn selbst gekauft hatte, konnte es sich ja nicht um ein Original handeln. Damals, das klang seltsam, dabei konnte es ja gerade erst ein paar Jahre her sein.
Er wollte es genauer wissen. »Wie alt bist du?«
»Dreiundzwanzig.«

»Was, echt?« Tom starrte sie verwirrt an. Es war ihm einfach herausgerutscht, ohne dass er weiter darüber nachgedacht hatte. »Ich meine … äh, ich wollte nicht …«

»Du meinst, ich wirke älter.«

»Ehrlich gesagt … also, du siehst nicht älter aus, irgendwie …«

»Schon gut, Tom, ich nehme dir das nicht übel.«

»Aber das wollte ich gar nicht sagen! Mann, das war unhöflich!«

»Hör auf. Ich habe auch einen Pass, in dem ein anderes Datum steht. Du bist gar nicht so weit von der Wahrheit entfernt.« Mellie setzte ein verschwörerisches Lächeln auf, was Tom einen Zusammenhang zu ihren Rechercheaufgaben vermuten ließ. Vielleicht bewegte sie sich dabei manchmal am Rande der Legalität und besaß verschiedene Identitäten. Die Idee gefiel ihm, das machte die Sache spannend.

Statt zu fragen, schaute er sie erwartungsvoll an. Er wollte vermeiden, sie mit seiner Neugier zu überfallen. Das passierte ihm sonst immer. Nein, es war zu wichtig, dass Mellie erst einmal Vertrauen zu ihm fasste.

Sie beugte sich mit ernster Miene zu ihm hinüber. »Ich möchte nicht darüber reden. Es hat nichts mit dir zu tun. Es liegt mehr an der schlechten Erfahrung, die dazu geführt hat, dass ich hier mit dir sitze.«

»Wenn diese schlechte Erfahrung Vergangenheit ist, bin ich aber froh, dass du sie gemacht hast«, unterbrach Tom sie gedankenlos. »Ich meine, sonst hätte ich dich nie kennengelernt, oder?«, fügte er hastig hinzu. Am liebsten hätte er sich die Zunge abgebissen. Er war auf dem besten Wege, sich um Kopf und Kragen zu reden.

Ihr einlenkendes Lächeln zeigte ihm, dass sein Kompliment dennoch richtig angekommen war. »Ich werde dir alles irgendwann in Ruhe erklären, wenn ich genug Abstand habe.« Sie hielt inne. »Gib mir Zeit.«

»Mach ich!«, versicherte Tom ihr. Um seine Verlegenheit zu überspielen, zog er sein Geschenk aus der Tasche und reichte es ihr. Erwartungsvoll beobachtete er, wie sie die Bücher auspackte.

»Wortwächter! Wie passend!« Sie hatte das Lesezeichen entdeckt und war sichtlich beeindruckt.

»Es ist wunderschön.« Sie schüttelte ungläubig den Kopf und lachte. Tom betrachtete sie liebevoll. Obwohl er gehofft hatte, es könnte ihr gefallen, hätte er nicht mit so einer überschwenglichen Reaktion gerechnet. Im nächsten Augenblick musste er hilflos mit ansehen, wie ihr Tränen in die Augen traten. Bestürzt streckte er beide Hände aus und legte sie auf ihre.

Sofort lächelte sie abwehrend. »Nein, lass nur, das kannst du ja nicht wissen. Ich wurde einmal so genannt: Wortwächterin. Hat nichts weiter zu bedeuten. Es hängen nur einige gute Erinnerungen daran. Es tut mir leid, mach dir keine Gedanken. Danke! Danke, Tom. Und dazu noch deine beiden Bücher. Danke.« Sie schniefte. »Schon gut. Vielleicht war es gar kein Zufall, dass wir beide uns begegnet sind, wie oft findet man schon seinesgleichen?«

Tom nickte, wobei er sie einfach nur beruhigen wollte. Mit dieser Situation konnte er gerade gar nichts anfangen. Er ließ Mellie wieder los und beobachtete sie besorgt, während sie ein Taschentuch aus ihrem Rucksack holte. Sie nickte ihm aufmunternd zu. »Du wolltest mir von deinen Büchern erzählen. Du hast gestern gesagt, ich hätte dich inspiriert und du kämst endlich weiter.«

»Stimmt. Ich würde gern hören, was du von ein paar Ideen hältst. Magst du mir helfen?«

»Klar! Wieso nicht?«

»Wegen gestern, da sah es so aus …«

»Ich war total müde. Wie gesagt, solange es nicht kompliziert wird, bin ich dabei.«

Tom strahlte sie an. »Also, vielleicht erzähle ich dir dann mal, wie so der Stand der Dinge ist, okay? Die Vorgeschichte kennst du ja schon. Diese beiden Bücher haben eingeschlagen wie eine Bombe. Warum, kann ich mir selbst nicht recht erklären. Ich fand sie nicht besser als meine anderen beiden Bücher, aber das Interesse an denen bleibt verhalten.«

»Es könnte einfach daran liegen, dass viele Leute trotz aller dichterischen Freiheit etwas wiedererkennen, was ihnen bereits vertraut ist«, überlegte Mellie laut. Sie hatte sich wieder gefangen und folgte ihm aufmerksam.

»Vielleicht.« Tom zuckte unschlüssig mit den Schultern. »Kann schon sein. Doch, du hast recht. Die Leute denken ja irgendwie immer ans Mittelalter, wenn sie solche Fantasy lesen. Und zum großen Teil stimmt es auch. Die Welt in meinen Büchern entspricht ungefähr dem damaligen technischen Stand. Allerdings mit erheblichen Verbesserungen in der Staatsform, im Gesundheitswesen und in der Kultur. Meine Welt ist sehr zivilisiert, nach meinen Begriffen sogar mehr als so manche Gesellschaft bei uns hier. Sie haben zum Beispiel keine Religion. Ich denke ja, wenn sich die Forscher und Wissenschaftler bei uns früher nicht immer auf Gott als letztendliche Erklärung zurückgezogen hätten, wären sie viel schneller viel weiter gekommen.«

»Na, viele Entdeckungen von Zusammenhängen über die Welt kamen aus den Reihen der Kirchenmänner. Und sie haben viel dazu beigetragen, dass Wissen nicht verlorengeht.«

»Sie haben dieses Wissen aber auch dem Volk vorenthalten«, widersprach Tom, und ihm wurde plötzlich unangenehm bewusst, dass dieses Thema nicht ganz unverfänglich war, solange er nicht wusste, wie Mellie dazu stand. »Glaubst du an Gott?«, fragte er daher sicherheitshalber.

Mellie zögerte einen Moment zu lange. »Ich bin in keiner Kirche, wenn du das meinst. Aber ich bin sicher, dass es eine übergeordnete Instanz gibt, die auf mein Leben Einfluss nimmt.«

Tom musterte sie verblüfft. Wenn er ehrlich war, war das überhaupt nicht die Antwort, die er erwartet hatte, und sie wollte nicht zu dem Bild passen, das er sich bisher von Mellie gemacht hatte. Außerdem ging sie ein ganzes Stück über den üblichen Gottesbegriff der Leute, die er kannte, hinaus. Selbst diejenigen, die überhaupt noch an etwas glaubten, richteten kaum ihr Leben danach aus, und das musste man ja, zumindest nach Toms Verständnis, wenn man an eine Einflussnahme glaubte.

Er musste das abbiegen. So etwas diskutierte man am Ende eines langen Abends unter Freunden nach den entsprechenden Mengen Alkohol, aber nicht bei der zweiten Verabredung.

Also kehrte er zu Themen zurück, bei denen er sich sicher fühlte. »Wie auch immer, das Leben auf Willerin ist schon sehr angenehm. Sie haben zum Beispiel einen hohen Hygienestandard, wissen eine ganze Menge über Krankheiten und deren Heilung, aber das alles komplett nur mit den Kräften der Natur. Jeder hat Zugang zu Bildung und nutzt das auch, die allermeisten können lesen und schreiben. In den Städten gibt es überall fließendes Wasser und all solche Dinge. Wenn du nur an die Alchemie denkst, die es im Mittelalter gab: Die hat ja nicht wirklich funktioniert. Deshalb heißt es bei mir auch Fermalogie. Die funktioniert nämlich und fasst den Begriff viel weiter, beinhaltet zum Beispiel eine Architektur, die gut für den Menschen ist. Sie haben eine große Menge kleiner nützlicher Erfindungen, die einem das Leben leichter machen. Das alles perfekt im Einklang mit den Ressourcen der Natur. Also, mit wirklich funktionieren meine ich natürlich in der Buchwelt, nicht in echt. Du weißt, wie ich das meine, oder?«

»Du bist schon sehr von dir überzeugt, oder?« Mellies spöttisch-amüsiertes Grinsen ließ ihn einen Moment innehalten.

»Wieso?«, fragte er verunsichert. Er hatte ihr doch nur einen Eindruck seiner Ideen geben wollen.

»Na, dass du weißt, was zivilisiert und richtig und gut für eine

Gesellschaft ist. Hygiene und Bildung sind sicherlich eine gute Sache. Aber jedes gesellschaftliche System hat auch seine Pferdefüße. Gibt es keine Konflikte, Auflehnung, Querulanten?«
Tom war einen Augenblick sprachlos. Das hatte seine Lektorin ihn auch schon ein paarmal verwundert gefragt. Sicher, darüber hatte Tom häufiger nachgedacht, aber in seiner Vorstellung war seine Welt eben doch zu perfekt, um großartige Probleme hervorzurufen. Mellie hatte zielsicher den Finger in eine Wunde gelegt.
»Schon, ja, nichts ist perfekt«, stimmte er widerwillig zu. »Das hat meine Erzählungen bisher nicht berührt. Mir ist schon klar, dass es nicht ohne die ein oder andere Schwierigkeit im Leben geht.« Hoffentlich wirkte er jetzt nicht so naiv, wie er sich gerade anhörte. Schnell wechselte er wieder das Thema, damit Mellie nicht nachbohrte. »Jedenfalls sollen jetzt die nächsten Bücher folgen. Ich habe tatsächlich schon weitergeschrieben, sogar unglaublich viel, aber nichts davon eignet sich zur Veröffentlichung. Ich finde es selbst zum Teil langweilig, aber was ich einmal geschrieben habe, werfe ich nie wieder weg. Wäre doch irgendwie blöd, oder?«
Zustimmend nickte Mellie.
»Ich dachte natürlich auch, was so schön angefangen hat, sollte nicht einfach so wieder aufhören. Außerdem ist die Aussicht, von dem, was mir so wahnsinnigen Spaß macht, zu leben, eigentlich gar nicht schlecht. Also dachte ich, ganz oder gar nicht. Ich hatte ja schon gesagt, dass ich bisher nicht gut verdient hatte. Dieses Mal wollte ich ordentlich bezahlt werden und eine komplette Reihe machen. Elf Bücher hatte ich angekündigt. Warum gerade elf, keine Ahnung, ich fand die Zahl einfach gut, nicht einfach drei oder sieben. Schon ziemlich großmäulig, um mal ehrlich zu sein. Ich bekam nämlich die Zusage, eine dicke Vorauszahlung, eine vernünftige Beteiligung, und jetzt stehe ich da. Tusch und Vorhang auf!« Tom legte den

Kopf in den Nacken und kniff die Augen zusammen. Es war das erste Mal, dass er sich jemandem anvertraute. Es tat gut.
Ein paar Sekunden genoss er die Frühlingssonne, während Mellie geduldig darauf wartete, dass er fortfuhr.
»Meine Lektorin ist große klasse, ganz ehrlich. Nach dem, was ich bisher so gehört habe, ist das keine Selbstverständlichkeit. Aber Susanne hat echt was drauf. Sie war von Anfang an dagegen, dass ich den Vertrag unter den gerade beschriebenen Umständen bekomme. Nicht weil sie mir das nicht gönnt, sondern weil sie zu Recht befürchtet, ich könnte mich wieder in Belanglosigkeiten verfangen, wie das schon häufiger der Fall war.
Während Susanne noch darauf bestand, dass ich ihr wenigstens in ganz groben Zügen den Verlauf der Reihe und das große Finale verrate, hat der Verleger mir aber schon den Vertrag unter die Nase gehalten. Der Witz ist nämlich, dass er vermutlich gar nicht weiß, dass es Susanne ist, die für den Schwung in meinen Büchern sorgt. Sie hat oft die entscheidenden Ideen.«
»Du selbst arbeitest Ideen gar nicht intensiv aus, sondern du bringst nur auf Papier, was dir spontan in den Sinn kommt, habe ich recht? Die Geschichte läuft in deinem Kopf ab, und du schreibst sie auf.« Tom erschrak kurz. Das stimmte. Es traf seine Vorgehensweise auf den Punkt. Und er hatte es noch niemandem anvertraut. Denn das war der Aspekt seiner Arbeit, der ihm selbst ein wenig unheimlich war. Bei allen Gesprächen, die er mit anderen Autoren führte, war er noch niemandem begegnet, dem es genauso erging.
»Woher weißt du das?« Und was wusste sie noch alles über ihn und seine Arbeit? Ihm wurde ein wenig mulmig.
»Ich weiß es nicht. Das war nur gut geraten«, erwiderte Mellie leichthin.
»Susanne ist auch entsprechend sauer auf mich«, sprach Tom leicht irritiert weiter, als sie nichts hinzufügte. »Langsam kommt

bei uns beiden voneinander unabhängig Panik auf. Sie hat Angst, dass sie wieder alles auf den letzten Drücker machen muss, und bisher sind ihre Sorgen absolut berechtigt.
Mir fällt nämlich nichts ein. Überhaupt gar nichts Spannendes, nichts, was für den großen Knall sorgen könnte, keine tolle Geschichte, einfach gar nichts! Ich meine, ich kann ja nicht einfach hingehen und festlegen: ›Jetzt kommt ein großer Drache um die Ecke!‹ Oder: ›Durch die ganze Welt wandeln die Toten!‹«
Mellie kicherte und schüttelte heftig den Kopf.
»Davon war in den ersten beiden Büchern ja auch nicht die Rede, das kauft mir keiner ab. Es ist einfach nicht in diese Richtung aufgebaut. Tja, mittlerweile ist es irgendwie so weit, dass ich mich nicht mehr traue, das Susanne gegenüber zuzugeben, weil ich sie nicht enttäuschen möchte. Dabei wäre sie bisher vermutlich die Einzige, die wieder Bewegung in die Handlung bringen könnte. Das Schlimme ist ja: Bisher reichten kleine Schubser, aber inzwischen müssen es dicke Rempler werden, sonst wird es nie für eine ganze Reihe reichen.«
»Dicke Rempler? Was meinst du damit?«, wollte Mellie wissen.
»Damit meine ich, eben nicht nur das aufzuschreiben, was mir durch den Kopf geht, sondern meine Hauptfigur in eine bestimmte Richtung zu schubsen.«
»Das klingt aber nicht gerade freundlich.«
Tom stutzte. Was war das für eine Aussage? »Wem gegenüber?«
»Na, deinem Protagonisten gegenüber. Wie heißt er überhaupt?«
»Laryon.«
»Also Laryon. Machst du dir keine Sorgen, du könntest ihm schaden – wenn du ihm Rempler verpasst?«
»Ich kann dir nicht ganz folgen. Ich habe doch jegliches Recht dazu. Um nicht zu sagen: Dazu bin ich doch da, das ist meine Aufgabe!«, rief Tom leicht verärgert aus. Als ob er es sich jetzt

noch leisten könnte, Rücksicht auf die Befindlichkeit einer erdachten Figur zu nehmen!

Mellie schien jedoch mit genau dieser Sichtweise Probleme zu haben. Sie zog unwillig die Stirn in Falten. »Ich finde es nicht sehr fair, wenn du Laryon Rempler verpassen willst, nur weil du ein Buch vermarkten musst.«

»Warum nicht?«

»Weil es Laryons Leben ist, schlicht und einfach. Es steht dir nicht zu.«

»Was soll das heißen, es steht mir nicht zu?!«, wiederholte Tom aufgebracht. »Das sehe ich aber ganz anders. Ich kann doch nichts dafür, wenn er seiner Verpflichtung nicht nachkommt!«

»Was denn für eine Verpflichtung?«

»Das Übliche, was ein Held eben so macht! Abenteuer erleben. Fremde Welten entdecken. Die Menschheit retten! Was weiß ich, irgendwas davon!«

»Nur weil du ihn zum Helden erklärst, sehe ich immer noch nicht, warum das seine Pflicht sein sollte.«

»Jetzt pass mal auf«, begann Tom. Er bemühte sich um einen sachlichen Ton. »Laryon hat bisher ein verdammt beschauliches Leben geführt. Mal abgesehen von ein paar Eskapaden, von denen die ersten beiden Bücher handeln, entwickelt er sich zum echten Langweiler. Er macht seine Arbeit, verweigert jegliche Verantwortung, die ihm andere zuschieben, und ist mit sich und der Welt zufrieden. Das geht doch nicht!«

»Wieso geht das nicht?«

»Weil ich das nicht verkaufen kann, deshalb! Wie soll ich denn darüber elf Bücher schreiben? ›Laryon tritt morgens seinen Dienst an und reitet abends wieder nach Hause. Ab und zu stöbert er einen Schmuggler oder Wilderer auf, und einmal im Jahr nimmt er am Turnier teil.‹ Wie soll das denn funktionieren?!«

»Das meinte ich doch gerade, warum nimmst du dir das Recht heraus, das zu ändern, wenn es ihm gefällt?«

Tom starrte Mellie fassungslos an. Er war inzwischen aufrichtig empört. Wie kam er dazu, seine Arbeit zu verteidigen? Noch dazu aufgrund der Argumentation, es könnte seinem Protagonisten nicht in den Kram passen! Einer fiktiven Figur, das war Mellie doch wohl klar!
»Weil er, wie gesagt, die Pflicht hat, ein Held zu werden!«, betonte er nachdrücklich. »Das sehe ja sogar nicht nur ich so!«
»Wer noch? Deine Lektorin?«, erwiderte Mellie spitz.
»Nein, sein Mentor, verdammt noch mal! Laryon hat alle Voraussetzungen dazu, etwas ganz Besonderes zu werden, ist fit, intelligent, geschickt und so weiter. Deshalb habe ich mir das mit dem Mentor ausgedacht. Er sollte ihn davon überzeugen, zur Bergwache zu gehen. Das ist sozusagen die Elite.
Aber er will einfach nicht. Sagt einfach nein. Super, jetzt stehe ich da. Und obwohl ich diesen Mentor bisher gar nicht groß ausgearbeitet habe, ist jetzt schon folgende verrückte Situation eingetreten: Laryon würde alles machen, was dieser ihm befiehlt oder wenn er ihn darum bittet. Doch ohne Grund wird sein Mentor weder bitten noch befehlen, denn dazu ist er nicht der Typ. Aber ein Grund fällt mir ja nicht ein! Meine Leser würden mir das nicht abnehmen, wenn er sich plötzlich grundlegend anders verhält als so, wie er angelegt ist. Und dieser Mentor steht leider auf dem Standpunkt, wenn Laryon es nicht freiwillig macht, soll er es bleiben lassen.« Er schnaubte erbost. Mellie setzte an, um etwas zu sagen, doch Tom unterbrach sie mit einer ungeduldigen Handbewegung. »Dann ist da auch noch die Prophezeiung. Laryons Eltern haben zu seiner Geburt von der Hebamme ein Amulett samt Spruch in die Wiege gelegt bekommen. Das habe ich schon ganz früh ins erste Buch geschrieben, ohne diesen Gedanken auszubauen, aber für irgendwas wird es schon gut sein.
Aber wie eben schon gesagt, diese ganze wundervolle Insel Willerin samt ihren beiden Ländern Foryana und Molannen

und dem wilden Nordgebirge ist völlig gottlos. Die glauben einfach an nichts. Und wer an nichts glaubt, was in Richtung Beeinflussung und Vorhersehbarkeit und Schicksal und all den Quatsch geht, der glaubt auch nicht an eine Prophezeiung. Total dämlich und vor allem kurzsichtig angelegt, das Ganze. Ich hätte mir doch einfach irgendeinen religiösen Kram aus den Fingern saugen können!
Laryon hat echt was drauf. Ich verstehe gar nicht, dass er sich mit dem Leben, das er sich bisher ausgesucht hat, zufriedengibt. Es unterfordert ihn und seine Fähigkeiten vollkommen, und er weiß das auch selbst. Was immer es ist, das ihn davon abhält, für etwas mehr Aufregung zu sorgen – ich muss mich doch nicht auch noch damit abfinden.«
Mellie wagte noch nicht, Toms Wortschwall zu unterbrechen. Sie betrachtete ihn aufmerksam, während er sich etwas sammelte.
»Und auf keinen Fall werde ich ihm irgendwie schaden, das wäre doch unlogisch! Wir sind ein gutes Team!« Er holte Luft. Erst jetzt wurde ihm bewusst, wie sehr ihm Laryons Eigenwilligkeit zu schaffen machte. Manchmal kam es ihm tatsächlich so vor, als handelte es sich um eine lebende Person. Gerade jetzt sprach er von Laryon genau wie von Susanne. Das war nicht zum ersten Mal so, er hatte es bisher jedoch noch nie in diesem Ausmaß erlebt. Mellie schien das gar nicht aufgefallen zu sein. Im Gegenteil, einen Moment lang erschien es Tom, als unterhielten sie sich über einen gemeinsamen Bekannten. Mellie konnte noch so sachlich tun, sie schien ebenfalls eine ganze Menge Phantasie zu haben. Vielleicht war ihr das selbst gar nicht so bewusst – in jedem Fall machte sie das noch sympathischer.
»Schon gut, beruhige dich wieder, so habe ich das doch gar nicht gemeint«, lenkte Mellie ein, als Tom noch länger schwieg. »Ich sehe ja, wie viel Mühe du dir gibst.«

»Ich wollte dich nicht so anrüpeln. War mein Fehler«, widersprach Tom besänftigt. Sie lächelten sich etwas unbeholfen an.
»Ich glaube, du solltest mir erst einmal ausführlich von Laryon erzählen«, schlug Mellie dann vor. »Ich lese mir auch die Bücher durch, aber das kann ich ja nicht jetzt mal eben tun. Was denkst du? Gib mir einfach ein Bild von ihm, okay? Dann verstehe ich bestimmt auch besser, was du meinst.«
»Einverstanden. Gib mir mal die Bücher rüber. Bei der Begegnung mit dem Mentor handelt es sich um eine der Schlüsselstellen, an denen ich ansetzen wollte, ein Abenteuer für Laryon zu entwickeln. Ich werde sie dir einfach vorlesen. Die Ausgangssituation ist die, dass Laryon die Schule schwänzt, dadurch Probleme mit seinem Vater bekommt und sich jetzt im Grenzwald verkrochen hat. Und zwei Grenzwächter sammeln ihn dort wieder auf. Von dem einen, seinem zukünftigen Mentor, ist er schwer beeindruckt, und dieser erteilt ihm nun Anweisungen, wie er sein Leben von da an gestalten soll:«

Der Mann betrachtete Laryon durchdringend. Er zögerte nur ganz kurz. »Ich will es dir sagen«, begann er ernst. »Du wirst Grenzreiter. Du kehrst nach Cahrm zurück.« Er hielt inne, um sich aufzurichten, während Laryon verwirrt zuhörte. »Du wirst die Schule beenden. Deine Ausbildung machen. Wenn du so weit bist, werde ich dich ganz besondere Fertigkeiten lehren. Bis dahin kommst du an den schulfreien Tagen hierher zu mir. Ich werde dir alles beibringen, was du möchtest. Du wirst bei Trogges Familie wohnen. Das ist mein Begleiter dort drüben. Als Gegenleistung wirst du deinerseits seinen Sohn alles lehren, was du weißt und kannst. Hast du verstanden?«
Laryon legte konzentriert die Stirn in Falten. Er versuchte, seine Gedanken zu sortieren und zu begreifen, was dieser Mann ihm gerade erklärt hatte. Machte er sich über ihn lustig? Das wäre doch zu schön, um wahr zu sein. Zum ersten Mal in seinem

ganzen Leben nahm ihn jemand ernst, gab ihm ein Ziel vor. Natürlich hatten seine Eltern und die Lehrmeister ihm in der Vergangenheit Vorschriften gemacht. Aber niemand hatte ihm in Aussicht gestellt, für das, was er tun sollte, etwas zurückzubekommen. Würde der Mann weitere Gegenleistungen verlangen, und falls ja, welche?

»Ich kann nicht zurück. Ich verliere ja mein Gesicht, wenn die anderen erfahren, dass du mich hier erwischt hast«, wagte er nach langem Nachdenken einzuwenden.

»Nein«, erwiderte der Mann unbeeindruckt. »Ich werde dich persönlich in Cahrm abliefern. Wenn deine Freunde erfahren, dass dich der Hauptmann der Stadtwache Antrons aufgelesen hat, stellt das bei meinem Ruf keine Schande dar.«

Laryon fragte sich verwundert, was mit diesem Ruf gemeint war und ob er daraus eine versteckte Drohung ableiten sollte. Dann endlich siegte seine Neugier, und er schaute den Mann hoffnungsvoll an. »Und was wirst du mir beibringen – wenn ich hier bin?«

»Was du möchtest. Den Umgang mit Schwert und Armbrust. Wie man Hunde abrichtet. Die Struktur des foryanischen Verwaltungssystems. Den Umgang mit Zahlen, logisches Denken. Die Geschichte des Landes und der Grenze.«

»Was ist mit dem Bergkrieg? Sie sagen uns, das wäre nicht unsere Angelegenheit.«

Der Mann wirkte plötzlich ganz ernst, schon fast niedergeschlagen. Zum ersten Mal wandte er den Blick ab. »Trogge wird dir beibringen, was Kinder in unseren Schulen lernen. Darüber hinaus ist es besser, manche Dinge nicht zu erfahren. Glaub mir«, antwortete er rauh. Und Laryon sah ihn an und glaubte ihm.

»Kann ich mir das noch überlegen?«, fragte er weiter.

Der Mann veränderte nur ein wenig seine Position. Plötzlich wirkte er wieder bedrohlich, seine Haltung strahlte eine Herausforderung aus, die Laryons Herz bis zum Hals schlagen ließ.

»Nein.« Zum dritten Mal lächelte er schief. »Es gibt nichts zu überlegen.«

Als Laryon unschlüssig schwieg, fügte er nüchtern hinzu: »Ständig erzählen sie dir, du wärst etwas Besonderes. Sie weigern sich, auf deine berechtigten Forderungen einzugehen. Bist du wirklich so dumm, dich nicht auf den ersten Menschen einzulassen, der versteht, was du empfindest?« Das war ein klares Angebot. Laryon hob den Blick, während die Scheu vor dem Unbekannten und der Wunsch nach Anerkennung in ihm stritten.

Er tauchte in die klaren blauen Augen des Mannes ein und empfand eine unerklärlich große Zuneigung für ihn. Dieser Mann war wie er, er würde ihn verstehen. Er erkannte es ganz deutlich, und so nickte er feierlich.

»Gut«, sagte der Mann und streckte einen Arm aus, um dem Jungen die offene Hand hinzuhalten. Laryon schluckte nervös. Der Mann meinte es wahrhaftig ernst. Er wollte sein Angebot mit einem Ehrenpakt besiegeln. Jedem Menschen auf dieser Insel war das mehr wert als ein schriftlicher Vertrag. Man bot einen Ehrenpakt nicht bei Kleinigkeiten an. Auch schloss man ihn nur unter Leuten, die wussten, was der Begriff Ehre bedeutete. Eigentlich, beschloss Laryon aufgeregt seinen Gedankengang, galt er nur für Erwachsene. Doch dieser Mann wusste genau, was er tat. Und er sah ohne Zweifel wie jemand aus, der dem Wort Ehre eine äußerst große Bedeutung beimaß.

Verlegen, aber fest entschlossen reckte Laryon sich aus der Umklammerung seiner Knie und streckte dem Mann ebenfalls den Arm entgegen. Dieser packte ihn unterhalb des Ellbogens, und umgehend spürte Laryon einen festen Druck.

Laryon hatte über die Gestaltung seiner Lebensgeschichte entschieden.

Es war ein guter Entschluss, das fühlte er ganz deutlich. Ein wohliger Schauer freudiger Erwartung lief ihm über den Rü-

cken. Beinahe hätte er vergessen, was noch zu einem Ehrenpakt gehörte.

»Nimm mein Wort. Gib dein Wort in Laryons Obhut«, sprach er laut und deutlich.

»Nimm mein Wort. Gib dein Wort in Nolens Obhut«, sprach der Hauptmann der Stadtwache.

6.

»Wie bitte?«, rief Mellie unerwartet aus.

Tom zuckte überrascht zusammen und hätte beinahe das Buch fallen lassen. Nur mit einiger Anstrengung schaffte er es, seine Wahrnehmung wieder auf die Umgebung zu richten. Drei Mädchen auf Inlineskates fuhren an der Bank vorbei, auf der er nach wie vor mit Mellie saß. Verzerrte Musik plärrte zu ihnen herüber und vermischte sich schnell wieder mit dem Straßenlärm in der Ferne. Auf der Rasenfläche in der Nähe schnüffelte ein Hund herum und scheuchte ab und an eine Taube auf. Außer der Hundebesitzerin, die gemächlich über die Promenade bummelte, war niemand zu sehen.

»Hast du mich erschreckt! Was war denn?«, schimpfte Tom ungehalten. Wie immer, wenn er sich ganz und gar auf Laryon und dessen Wahrnehmung konzentrierte, hatte er sich völlig in der Geschichte verloren und Schwierigkeiten, sich in der Realität zurechtzufinden. Vor allem, wenn er derartig abrupt herausgerissen wurde. Benommen blickte er in Mellies erschrocken aufgerissene Augen.

»Tut mir leid, ich dachte gerade … totaler Blödsinn, ich habe mich verhört«, stieß sie hervor. »Dieser Hauptmann von Antrons Stadtwache … Jemand anders heißt auch so. Jemand, den ich kenne. Nur der gleiche Name.«

»Ja?!« Tom kam nicht mit.
»Vergiss es. Kannst du mir etwas über ihn erzählen?«, fragte Mellie beiläufig.
»Über Nolen?«, fragte Tom zurück. Er überlegte. »Nicht viel. Ich habe ihn noch gar nicht ausgearbeitet. Ich meine, er ist ja schon nicht mehr der Jüngste. Hat viel erlebt. Aber was? Keine Ahnung. Er war Bergkämpfer, klar, oder? Im Bergkrieg. Vermutlich auch in Führungspositionen. Aber sonst?«
»Was ist das für eine Geschichte vom Bergkrieg? Kennst du sie?«
»Nein. Ich weiß nur das, was Common Knowledge auf der Insel ist. Es wurde ja außerhalb der Berge nie darüber geredet. Er hat Laryon bisher auch nicht viel erzählt. Er ist schwer zu durchschauen. Nolen, meine ich«, fügte Tom hastig hinzu.
»Das ist genau das, was ich vorhin meinte. Wie soll ich das jetzt erklären, ohne dass es total verrückt klingt?«
»Versuch es einfach. Ich finde bisher nichts übermäßig verrückt. Du hast einfach eine tolle Phantasie!«
»Nun, also, wenn ich über ihn schreibe, kommt es mir immer so vor, als gäbe es irgendeinen großen Plan, den dieser Mann verfolgt. Aber sobald ich genauer darüber nachdenke, pralle ich ab. Ich schreibe etwas, ich beschreibe eine Situation, und dann fallen mir nur Äußerlichkeiten ein. Zum Beispiel könnte ich dir nicht sagen, was Nolen von Laryon hält, ob er ihn mag oder nur benutzt. Dabei wäre es doch einfach, zu sagen: So und so ist es, Punkt. Aber es geht nicht. Ich kann mich einfach nicht festlegen. Und das sind solche Dinge, die mich unglaublich lähmen, wo ich nicht weiterkomme.«
»Du hast vorhin gesagt, es wäre Nolens Wunsch, dass Laryon zur Bergwache ginge. Aber dir fällt nicht ein, warum? Außer, dass er gute Voraussetzungen hat?«
»Korrekt.«
»Weil du nichts über Nolen weißt.«

»Genau.«
»Und du willst dich nicht festlegen.«
»Na ja, wollen schon. Aber es fühlt sich nicht richtig an.«
»Vielleicht habe ich ja ein paar Ideen. Wir überlegen einfach gemeinsam, was passen könnte. Ein paar Hintergründe. Was denkst du?«
Tom überlegte kurz. »Kann nicht schaden.«
»Na gut!« Mellie lächelte ihn an. »Was Laryon betrifft, so könnte er doch nach dieser Frau suchen, die seinen Eltern das Amulett gegeben hat.«
»Ach, wie – auf einmal darf Laryon Abenteuer erleben?«
»Nun ja, vielleicht hast du ja recht. Er wirkt schon recht bequem. Ist eine interessante Frage, wie es dazu kommen konnte, dass er einerseits die Welt verstehen möchte und wissbegierig ist und sich gleichzeitig von allem zurückgezogen hat, wenn du sagst, er reitet nur noch seine Wachrunden und nicht viel mehr. Dafür muss es doch einen Grund geben.«
»Stimmt. Darüber habe ich auch noch nicht näher nachgedacht. Wie machst du das?«
»Was?«
»Dass du erkennst, was fehlt, um Erklärungen zu finden.«
»Ich gehe einfach strukturiert vor, wenn ich über etwas nachdenke, das ist alles.«
Tom lachte und sprang auf. Er zog die überraschte Mellie am Arm von der Bank und drückte sie an sich. »Du bist toll, großartig, ist dir das eigentlich klar?«, sagte er ganz nah an ihrem Ohr, während sie zunächst noch etwas verlegen, aber offensichtlich erfreut über sein Lob die Umarmung erwiderte.

Der Nachmittag verging wie im Flug. Tom stellte Fragen über Handlungsverläufe und erklärte Eigenschaften von Figuren oder bot Alternativen an, von denen Mellie eine auswählen sollte. Zu Beginn noch etwas zögerlich, dann immer sicherer teilte

Mellie ihre Ideen. Tom hörte mit immer größerem Erstaunen zu. Alles, was sie vorschlug, fügte sich nahtlos in seine Geschichten ein. Sie kannte sich nicht so gut in der Welt Willerins aus wie er, doch sie dachte an Dinge und Kleinigkeiten, an die er bisher noch keine Gedanken verschwendet hatte – und das, obwohl seine Welt nachweislich umfassend ausgearbeitet war. Wenn er es nicht besser gewusst hätte, erweckten Mellies lebendige Schilderungen sogar manchmal den Eindruck, als hätte sie alles mit eigenen Augen gesehen. Sie wirkte sicher und souverän, einfach so, als beschäftigte sie sich schon seit ewigen Zeiten mit Toms Welt und nicht erst seit ein paar Stunden. Sie hatte ein hervorragendes Gedächtnis und verstand die Zusammenhänge zwischen Figuren und Handlungen im Handumdrehen. Sofern ihr ursprünglicher Vorsatz, sich nicht mit komplexeren Gegebenheiten auseinanderzusetzen, noch Bestand hatte, empfand sie Toms Geschichten nicht länger als solche.

Als die Dunkelheit hereinbrach, wurde es schlagartig empfindlich kühl.

»Mellie? Mellie, warte mal kurz«, bat Tom mit leiser Stimme und berührte sie gleichzeitig behutsam am Unterarm. »Ich unterbreche dich ja höchst ungern, aber lange können wir nicht mehr hier sitzen bleiben, ohne anzufrieren. Was hältst du davon, wenn ich dich zum Essen einlade? Also sozusagen als Dankeschön für deine ganze Arbeit. Und nur, wenn du mir auch noch weiter hilfst.«

»Das macht riesigen Spaß«, gab Mellie lächelnd zu. »Aber ich kann nicht. Ich habe frisches Hackfleisch gekauft. Das muss zubereitet werden, wenn ich es nicht wegwerfen will.«

Tom bemühte sich, eine zustimmende Miene aufzusetzen und nicht gekränkt zu wirken. Was für eine blöde Ausrede! Sollte sie doch demnächst Dosen kaufen, die waren lange haltbar.

»Moment. Major Tom, ziehen Sie nicht so eine beleidigte Fratze! Das sollte kein Korb werden. Zufällig habe ich genug

für zwei. Was hältst du davon, wenn du mit zu mir kommst und wir zusammen kochen?«
»Kochen? Ich kann nicht kochen.«
»Gar nicht? Zwiebeln schneiden? Gemüse putzen? Oje!« Mellie lachte fröhlich. »Einen Kochlöffel zum Umrühren wirst du noch halten können, oder? Komm schon, so schlimm wird es nicht werden.«
Tom grinste hilflos, während sie ihre Sachen zusammensammelten. Es war ja nicht so, dass er gar nichts gelernt hatte. Seine Großmutter, bei der er den größten Teil seines Lebens aufgewachsen war, wenn seine Eltern unterwegs waren, hatte sich alle Mühe gegeben, ihm wenigstens die Basiskenntnisse zu vermitteln. Doch die Mensa und die unzureichende Kochnische im Wohnheim hatten ihm außer dem Umgang mit einem Dosenöffner keine weiteren Kompetenzen abverlangt. Aber er wollte kein Spielverderber sein.
»Wie bist du eigentlich auf Major Tom gekommen?«, fragte er.
»Zufall. Bei mir lief *Ashes to Ashes*, als wir gechattet haben.«
»Na danke, kam da nicht vor, das wäre ein Junkie?«
Mellie lachte »Na, ich glaube, du kannst ab und zu ganz gut abheben.«
Tom nickte widerstrebend. Eine gute Analytikerin, das war sie tatsächlich.

Genau wie auf dem Hinweg bummelten sie gemütlich durch die beleuchteten Straßen der Innenstadt. Da Tom nun davon ausging, dass Mellie Münster gar nicht so gut kannte, wie er bei ihrer ersten Begegnung gedacht hatte, spielte er den Fremdenführer. Er erzählte Geschichten über Gebäude, an denen sie vorbeikamen, oder über Menschen, die an bestimmten Adressen gelebt haben sollten. Dass er es dabei mit den Fakten nicht so genau nahm, merkte Mellie entweder nicht oder sie nahm es ihm nicht übel. Manchmal streute er auch offensichtlichen

Blödsinn ein. Als er feststellte, dass er sie damit häufig zum Lachen brachte, blieb er dabei. Glücklich strahlte er selbst über das ganze Gesicht. Er fühlte sich zum ersten Mal seit Wochen ausgeglichen und blickte mit Zuversicht auf seine anstehende Arbeit. Mellie hatte ihm alles zurückgegeben, was ihm in letzter Zeit an Worten ausgegangen war. Sie inspirierte ihn schon durch ihre bloße Anwesenheit. Er fühlte sich auf eine wundervolle mystische Weise mit ihr verbunden. Ob es wirklich echte Musen gab?

Er ging nicht länger davon aus, dass sie mit seinem Gedächtnisverlust bei ihrer ersten Begegnung etwas zu tun hatte. Vermutlich war er doch betrunkener gewesen, als er sich eingestehen wollte. Vielleicht hatte sie einen mehr oder weniger heftigen Blackout erwartet und sich daraus einfach einen Spaß gemacht.

Mellie war schon etwas … ganz Besonderes. Für ihn zumindest. Diese Wortwahl ließ ihn schon wieder bis über beide Ohren grinsen. Vielleicht war es für Laryon genau das, als er Nolen begegnet war: eine tiefe Verbundenheit, das Teilen einer gemeinsamen Geschichte. Ohne dass man große Worte darüber verlieren musste, es war einfach so. Und so, wie es war, fühlte es sich unglaublich romantisch an.

Wenn jemand zu Tom sagte, er wäre etwas Besonderes, dann fand er das einfach nur cool und – nun ja, irgendwie auch angemessen. Er war sich dessen bewusst und stolz darauf. Aber erst, seit er Mellie begegnet war, glaubte er, die wahre Bedeutung zu erkennen. Sie hatte eine Ausstrahlung, die Leute, an denen sie vorbeikamen, dazu veranlasste, sich umzudrehen, um ihnen beiden nachzusehen. Als Tom einmal stehen blieb, um ein Stück Papier aus den Speichen seines Rades zu beseitigen, sah er Mellie in der Entfernung aus der Masse der Fußgänger geradezu herausleuchten. Sie fiel auf, stand unauffällig im Mittelpunkt, vermutlich ohne sich dessen bewusst zu sein.

Tom hatte nicht die leiseste Vorstellung, ob die Leute genau das meinten, wenn sie von Besonderheit sprachen. Doch falls es so war, fand er das noch wesentlich genialer als bisher. Er nahm sich vor, dieses Bild des wortwörtlichen Herausleuchtens auch auf Laryon zu übertragen und an einer Stelle in das Buch aufzunehmen. Das war eine schöne Idee, um seine Rolle als Held noch einmal hervorzuheben.

Am Abend zuvor hatte Tom gar nicht so genau auf das Haus geachtet, in dem Mellie wohnte. Es handelte sich um eine freistehende Villa aus der Gründerzeit, die für mehrere Parteien umgebaut worden war. Äußerlich nicht viel anders als andere Altbauten, die Tom kannte, blieb er fasziniert stehen, sobald Mellie ihre Wohnungstür öffnete und das Licht anknipste. Ein rechteckiger Flur mit einer Tür in jeder Wand und einer mindestens vier Meter hohen Decke öffnete sich vor ihm. Die linke Wand war zur Hälfte mit Platten verkleidet und sah aus wie eine Kletterwand. Zwei Seile hingen an großen Ösen von der Decke und hielten eine Sitzschaukel, die sanft im Luftzug der Eingangstür pendelte. Mellie wandte sich um und öffnete eine unauffällige Tür zu einer Schrankwand, in der sie ihre Tasche und ihre Jacke verstaute. Dann erst schien ihr aufzufallen, dass Tom immer noch im Eingang stand und sich verwirrt umschaute. Er sah, wie sie schmunzelnd seinem Blick folgte. Sie war derartige Reaktionen offensichtlich gewohnt.
»Schläfst du da oben? Im Flur?«, fragte Tom ungläubig und deutete mit dem Finger auf eine Nische, die in der Wand rechts von ihm zurücksprang. Sie war lediglich über eine Strickleiter zu erreichen und mit einem rustikalen Geländer aus naturbelassenen Birkenästen versehen. Darüber befand sich eine Dachschräge mit einem großen Fenster.
»Warum nicht?«, lachte Mellie. »Ich wollte mein Wohnzimmer nicht mit einem Bett zustellen, und sonst habe ich keinen Platz. Außerdem ist darunter das Bad, das strahlt von unten Wärme

ab, ist ganz angenehm im Winter. Das Bad wurde später erst angebaut, und da oben sollte eigentlich nur ein Stauraum hin, weil das schräge Dach von außen netter aussieht. Ich habe es mir von Anfang an so eingerichtet.«

»Wie lange wohnst du denn schon hier?«

»Erst zwei Jahre, davon war ich ja die meiste Zeit unterwegs. Das ist nur ein Teil der ursprünglichen Wohnung. Der Hausbesitzer hat eine Wand eingezogen und sie für zwei Parteien ausgebaut. Links hinter der großen Tür ist das Wohnzimmer, der alte Salon. Die Küche geradeaus ist das alte Dienstmagdzimmer. Geh schon mal ins Wohnzimmer. Du kannst deine Sachen auf die Couch legen.« Damit verschwand sie ins Bad.

Tom wandte sich in die Richtung, in die Mellie gewiesen hatte, und betrat einen fast quadratischen Raum. Er fand den Lichtschalter, und zwei Stehlampen erstrahlten in warmem Licht. Tadellos restaurierter Stuck verzierte die Decke, die in der Mitte von einem großen hängenden Kerzenleuchter geschmückt war. Die Hälfte der linken Wand nahm eine riesige dunkelblaue Couch ein, die mit roten und orangen Kissen sehr gemütlich aussah. Neugierig ging er zu einer kleinen Flügeltür an der rechten Wand. Da sie halb offen stand, lugte er hindurch. Der Raum hinter dem Wohnzimmer war eine alte Bibliothek. Sämtliche Wände wurden von dunklen Eichenregalen gesäumt, in denen sich Tausende Bücher aneinanderreihten. Sie verströmten den Geruch alten Papieres und gaben dem hübschen Zimmer die Note eines antiken Archivs. Der Raum lief in einen Erker mit schmalen Fenstern aus. Davor stand ein kleiner Schreibtisch mit Lederauflage. Im Halbdunkel erkannte Tom eine altmodische Tischlampe mit grünem Schirm. Beinahe erwartete er Feder und Tintenfass, doch mit einiger Erleichterung sah er die Oberfläche eines Laptops schimmern.

Er wandte sich zurück in den Raum und starrte staunend auf die mehrere Meter breite Leinwand über der Couch. Er blickte

in ein kreisförmiges muldenartiges Tal, das vollständig von hohen grauen Bergen eingefasst war. Es sah so aus, als ob der Betrachter einen Pass innerhalb dieser Bergkette überquert hatte und nun geradewegs in das Tal hineinging.
Genau in der Mitte erhob sich ein rundes Gebäude. Es war vier oder fünf Stockwerke hoch und wurde von einer mächtigen rötlichen Flachkuppel gekrönt. Das Bauwerk lud zum Verweilen ein, strahlte Wissen und Weisheit aus und schien seit Anbeginn der Zeiten dort in diesem Tal zu stehen. Seine ausgeglichene Symmetrie und sanften Rundungen wirkten beruhigend. Es war fast so, als ob das Gebäude eine eigene Seele besäße, die zu dem Betrachter sprach und ihm zu verstehen gab, dass dies der richtige Ort für ihn wäre.
Fast bekam Tom Angst, den Blick abzuwenden und festzustellen, dass er nur eine Sinnestäuschung gehabt hatte. Obwohl er absolut sicher war, es noch nie gesehen zu haben, kam es ihm vertraut vor. Dabei war es Mellies Bild. Es strahlte ihre Person aus, ihren Charakter. So etwas hatte Tom noch nie erlebt.
»Du hast mein Herz entdeckt«, hörte er eine schüchterne Stimme an der Tür zum Flur. Höchst widerwillig drehte er sich von dem Bild weg und starrte Mellie an. Er war wie berauscht. Sie hatte verlegen eine Hand an den Mund gelegt.
»Ja … nein … ich weiß nicht. Es kommt mir so bekannt vor. Aber ich bringe es irgendwie nicht unter«, stotterte er unbeholfen.
Mellie lächelte und wirkte, wenn überhaupt möglich, noch verlegener.
»Es ist etwas ganz Persönliches«, fügte Tom hinzu.
»Du bist der Erste, der das erkennt.«
»Aber das ist doch offensichtlich!«
»Es ist mein Traum. Mein Paradies.«
Fast erwartete Tom, sie würde sich entschuldigen. Er schwieg, um nicht wieder etwas Falsches zu sagen. Eine verlegene Stille wuchs zwischen ihnen.

»Komm«, brach Mellie schließlich das Schweigen. »Lass uns erst was essen. Danach können wir überlegen, wie wir weitermachen.«

Tom machte einen kurzen Abstecher ins Bad und folgte ihr dann in die Küche. Genau wie die ganze Wohnung strahlte der Raum eine gelungene Mischung aus Alt und Neu aus. Ein altes Küchenbuffet war mit einer hellen Holzplatte und zwei Stühlen zu einer gemütlichen Sitzecke ausgebaut worden. Moderne Hängeschränke mit roten Glastüren ergänzten eine weiße glänzende Küchenzeile. Über dem Spülbecken gab es ein Fenster mit Blick auf alte hochgewachsene Sträucher seitlich des Hauses.

Noch bevor Mellie alle Zutaten hervorgeholt hatte, wurden sie vom Klingeln ihres Handys aus dem Flur unterbrochen. Sie verließ den Raum, und Tom konnte ihre kurzen Antworten hören. Schon nach wenigen Minuten kam sie zurück.

Sie war genervt. »Das war Frank, mein Chef. Ich muss noch mal weg, es wird ungefähr eine Stunde dauern. Angeblich findet er wichtige Unterlagen nicht, die er unbedingt jetzt braucht. Es geht um unser Projekt, wir suchen einen kleinen Jungen, Kary heißt er.«

»Hübscher Name«, warf Tom höflich ein.

»Ach, nur eine Abkürzung, wir wissen noch nicht mal, wie er wirklich heißt. Das macht die Suche nicht gerade einfacher. Verflucht, echt! So viel zur Auszeit.«

»Warum gibst du ihm auch deine Handynummer?«

»Er erreicht mich in jedem Fall, wenn er das will. Sorry, aber ich muss wirklich hin. Setz dich doch so lange ins Wohnzimmer. Willst du was lesen?«

Tom überlegte kurz. »Wenn du ein Netzwerkkabel hast, könnte ich ins Internet, das wäre klasse.«

»Kabel habe ich nicht, aber im Büro unter der Schreibtischauflage liegt ein Zettel mit den Zugangsdaten für mein WLAN, wenn du willst.«

»Na, nicht sehr vorsichtig, Frau Agentin – Passwörter unter der Schreibtischauflage«, versuchte er sie zu necken, aber sie schaute ihn nur finster an, ehe sie den Raum verließ.
»Es wird kaum jemand aus der Gegend hier für den Zugang zu meinem WLAN einbrechen. Andere Passwörter wirst du nicht finden. Bis gleich.« Schon fiel die Haustür ins Schloss.
Tom ging zurück in die Bibliothek, knipste die Schreibtischlampe an und legte Mellies Laptop zur Seite. Darunter fand er einige eng bedruckte Zettel. Gerade als Tom sie ebenfalls wegräumen wollte, hielt er inne. Er schaute genauer hin. Aus den Augenwinkeln hatte er ein vertrautes Wort mitten im Text gesehen: Willerin. Er fing an zu lesen, während er langsam auf den Schreibtischstuhl sank. Keinen Augenblick dachte er daran, dass es sich nicht gehörte, in Unterlagen anderer Leute zu schnüffeln. Es ging um Laryons Heimat, das hier war Toms Geschichte, sein geistiges Eigentum.
Mit immer größerer Verwirrung las Tom Textpassagen. Mellie hatte ihn angelogen. Kein Wunder, dass sie sich alles so gut merken konnte und gar nicht kompliziert fand. Kein Wunder, dass ihre Ideen wie aus der Pistole geschossen kamen. Von wegen kreative Muse! Sie hatte sich sämtliche Gedanken schon vorher zurechtgelegt. Sie schrieb eigene Geschichten in seiner Welt, mit seinen Gestalten. Ihr Stil war grauenhaft, eine Hobbyschreiberin eben, aber trotzdem: Warum hatte sie nicht zugegeben, Fan-Fiction zu verfassen? Wollte sie ihm nicht zu sehr schmeicheln, oder steckte noch etwas anderes dahinter? Tom würde sie kaum direkt darauf ansprechen können. Vielleicht ergab sich eine Gelegenheit, das herauszufinden. Erst einmal konnte er nur abwarten, bis sie wiederkam. Immerhin hatte sie ihn nicht nach Hause geschickt, sondern hier warten lassen. Wenn das kein gutes Zeichen war.

Folgsam ließ Tom sich zum Zwiebelschneiden und Kartoffelschälen anleiten. Er hatte fast die ganze Zeit gelesen, bis Mellie wiedergekommen war, und er war mehr als glücklich. Der Text eröffnete ihm ungeahnte Möglichkeiten für sein Buch und lieferte ihm Ideen, auf die er allein niemals gekommen wäre. Eigentlich hatte er sich vorgenommen, mit ihr darüber zu sprechen, nur nicht jetzt. Sie war so viel entspannter, schien zufrieden, das wollte er nicht zerstören. Es war ja auch gerade jetzt nicht wichtig.

Sie hatten sich für Frikadellen mit Bratkartoffeln entschieden. Die Art, wie Mellie kochte und würzte, weckten in Tom auf wunderbare Weise schöne Kindheitserinnerungen an seine Großmama. Er wusste noch, wie er als kleiner Junge in der Küche gesessen und zugeschaut hatte. Beide Frauen hatten einen verblüffend ähnlichen Stil. Es passte zu Toms Eindruck, dass sich dieser Tag mehr und mehr in einen Traum verwandelte. Einen watteweichen, wunderschön berauschenden Traum, in dem die Grenzen von Wahrheit und Phantasie sich zunehmend auflösten. Er wusste, dass es an Mellie lag. Seine Gedanken verschwammen immer mehr, während er ihr zuschaute. Ständig erwischte er sich dabei, wie er über sein Buch und Zusammenhänge zwischen den Beteiligten nachdachte. Alles floss ineinander, wurde eins. Hätte Laryon in diesem Augenblick die Küche betreten, würde ihn das vielleicht erschrecken, aber gar nicht einmal richtig wundern. Irgendwie hätte es zu diesem Tag und dieser Stimmung gepasst. Doch selbstverständlich geschah nichts dergleichen.

»Magst du Apfelmus?«, fragte Mellie, nachdem sie die Kartoffeln gewürfelt hatte.

»Ja, schon.«

»Dann gehe ich gerade im Keller ein Glas holen. Dort in der Schublade sind die Knethaken. Fang schon mal an, das Hack zu kneten, okay?« Sie wies auf den bereitstehenden Mixer und verließ die Küche.

Tom nahm das Gerät und folgte der Anweisung. Dabei achtete er nicht darauf, dass er in der kleinen Küche ein paar Schritte zurückgetreten war und direkt hinter der Tür stand. Als Mellie wiederkam und sie mit Schwung aufdrückte, machte Tom einen überraschten Satz nach vorn und ließ den Mixer fallen.

»Vorsicht!«, schrie Mellie auf. Tom fluchte laut, während er sich bemühte, sein Gleichgewicht wiederzufinden und nicht in die Hackreste auf dem Boden zu treten.

»Das war meine Schuld. Alles okay?« Mellie klang verlegen.

»Nichts passiert. Ich werde gut behütet«, grinste Tom zurück.

Sie warf ihm einen schwer zu deutenden Blick zu. »Wirklich?«

Er zwinkerte aufmunternd und breitete die Arme aus. »Überzeug dich selbst!«

Sie neigte den Kopf etwas zur Seite, dann lachte sie. Zögernd trat sie auf ihn zu und ließ sich umarmen. Tom spürte ihre Befangenheit, als er sie beruhigend an sich drückte. Allein ihre Nähe war wundervoll, fühlte sich sofort richtig an. Spontan drückte er ihr einen leichten Kuss auf die Schläfe. Mellie hob den Kopf und schaute ihn durchdringend an. Tom wurde mulmig zumute. War er zu weit gegangen? Doch gerade, als er etwas sagen wollte, zog sie ihn wieder an sich und küsste ihn auf den Mund. Er schloss die Augen. Er fühlte sich plötzlich jenseits der Wirklichkeit, spürte ein lebendiges Kribbeln im ganzen Körper. Es war anders als bei jedem Kuss zuvor, ehrlicher, wahrhaftiger. Er wünschte sich, dieser Moment würde niemals enden.

Schließlich löste sich Mellie behutsam und schaute ratlos auf den kaputten Mixer, der in einem feuchten Matsch aus Zwiebeln, rohem Ei und Gehacktem auf dem Boden lag. »Und jetzt?«

»Machen wir die Sauerei weg und kneten mit den Händen – wie in den Zeiten vor solchen Höllengeräten«, schlug Tom vor. Er war immer noch ganz berauscht, hatte Mühe, sich zu konzentrieren. Mellie sammelte die Reste in eine Tüte, während Tom dem Teig Paniermehl zufügte und Frikadellen formte. Dann schloss sie einen MP3-Player an ein Paar Lautsprecher an.

»Achtziger-Pop?«, stellte Tom fest. »Du magst David Bowie wohl sehr?«

»Ach, ich mag vieles, aber ich finde, das passt jetzt gerade.«

Tom summte die eingängige Melodie von *Ashes to Ashes* mit. Ging es da nicht um Sucht? Konnte man nach Küssen süchtig werden? Oder nach einer Person? Dann passte es vielleicht wirklich.

Beinahe hätte dieser kleine Unfall Tom aus seiner inspirierenden Stimmung gerissen. Doch durch ihren Kuss hatte sich diese berauschende halbwirkliche Leichtigkeit wieder eingestellt. Es kam ihm wie eine unglaubliche Wirklichkeit in einem wunderschönen Traum vor. Und Tom sah darin überhaupt keinen Widerspruch. Die Macht einer Muse. Und sie hatte ihn geküsst und eine außerordentliche Wirkung auf ihn.

Sie kochten und aßen in einträchtigem Schweigen, und zum ersten Mal in seinem Leben war es Tom genug, einfach nur in Mellies Nähe zu sein und nichts zu sagen.

»Und jetzt?«, fragte dieses Mal Tom, als er zufrieden seinen leeren Teller zurückschob.

»Was du möchtest. Ich habe jetzt Feierabend«, grinste Mellie und streckte sich genüsslich.

»Hm. Wäre es dann okay für dich, wenn ich erst mal ein bisschen schreibe? Ich werde das sonst trotz aller Notizen niemals alles behalten.«

»So wie ich dich einschätze, machst du kaum einen Schritt ohne Computer, Handy oder Player.«

»Nö, warum auch?«, gab Tom so verwundert zurück, dass Mellie wieder lachte. Sie ließen die Teller stehen und gingen ins Wohnzimmer.

»Wofür sind denn eigentlich diese bunten Dinger an der Wand hier?«, wollte Tom wissen, als sie den Flur durchquerten.

»Das ist zum Klettern, genauer gesagt zum Bouldern. Die Wand ist solide genug. Die Idee hatte ein Freund von mir. Wir haben letztes Jahr im Winter die Wand mit Holzplatten verstärkt und eine Zeitlang hier ein bisschen trainiert. Inzwischen benutze ich sie kaum noch, aber ich klettere schon mein Leben lang.«
»Bist du gut?«
»Denke schon. Aber auch zu risikobereit, wenn es nach Frank geht«, lächelte Mellie. »Er wirft mir immer vor, dass mich das Klettern unnötig in Gefahr bringt.«
»Das ist doch deine Sache.«
»Das sehe ich ja auch so. Willst du es ausprobieren? Ich lege eine dicke Matte drunter, dann kann nichts passieren.«
Tom warf einen zweifelnden Blick auf die bunten Klettergriffe. »Also, ich glaube, ich möchte lieber endlich schreiben.«
»Wie du willst.«
Tom befand sich auf Wolke sieben. Mellie setzte sich mit einem Buch neben ihn auf die Couch, und er fing an zu schreiben. Die Worte flossen durch ihn hindurch, aus ihm heraus und füllten in rasendem Tempo die weißen Seiten des Dokuments. Er zögerte kaum, musste nie nach richtigen Formulierungen suchen. Später holte Mellie Cola für Tom und ein Bier für sich.
Tom schrieb.
Mellie ging, um zu spülen und die Küche aufzuräumen.
Tom schrieb.
Mellie holte ihren Laptop und setzte sich wieder neben ihn.
Tom schrieb.
Die Stunden vergingen. Mellie stellte ihr Gerät ab und streckte sich lang auf der Couch aus.
Tom schrieb.
Falls sie etwas gesagt hatte, bevor sie eingeschlafen war, hatte er es nicht mitbekommen. Als er aufblickte, sah er die Uhr an der Musikanlage auf fünf springen. Mellie musste irgendwann das Licht stark gedimmt haben. Der matte Schein der Straßenlater-

nen schien durch die dünnen Vorhänge. Eines der Fenster war gekippt, und ein sanfter Luftzug bewegte den Vorhang. Er hörte Mellies regelmäßige Atemzüge. Die Musik war irgendwann verstummt. Tom lauschte. Nichts regte sich. Diese Welt stand für einen Moment still. So stellte er sich eine Nacht vor, in der alles passieren konnte. Er wartete. Doch wieder geschah nichts. Nur in seinem Inneren fielen weitere Teile einer Geschichte an ihren Platz. Die Worte waren ausgesprochen.

Seufzend streckte er sich und stellte den Laptop vorsichtig auf dem Couchtisch ab. Mellie lag auf der Seite an sein Bein gekuschelt.

»Mögen gute Worte uns behüten«, flüsterte er mit einem liebevollen Blick auf seine schlafende Gefährtin. Er lehnte sich zurück und legte ganz vorsichtig einen Arm um ihren Oberkörper. Nicht die bequemste Position, doch die Rückenlehne der Couch war weich und warm. Schließlich döste er ein und verfolgte im Traum Laryon auf dem Weg in sein unfreiwilliges Abenteuer.

Wortfetzen

Die Dämmerung brach an. Farnya liebte den Herbst und sein Licht, das das Archiv in goldenes Halbdunkel tauchte. Und sie liebte den Morgen. Wenn alles noch still und schlafend dalag, konnte man fast den Eindruck gewinnen, das einzige Lebewesen an diesem magischen Ort zu sein.

Heute ahnte Farnya allerdings schon, dass sie nicht die Erste sein würde. Trakans Hälfte des Bettes war leer gewesen, als sie aufgestanden war. Sie hoffte, dass ihn nur die Suche nach dem Jungen, diesem Kary, hinausgetrieben hatte und kein unvorhergesehenes Geschehen.

Im Archiv schlug sie den Weg zu Trakans Schreibtisch ein, und schon von weitem sah sie das helle künstliche Licht scheinen. Fackeln und Öllampen vertrugen sich nicht gut mit den Mengen Papier, und die fermalogischen Leuchtstäbe, wie sie zum Teil auf Willerin gebraucht wurden, waren schwer wieder aufzuladen.

Farnya trat mit leisen Schritten näher. Trakan saß dort in ein Dokument vertieft und hatte sie noch nicht bemerkt. So konnte sie ihn in aller Ruhe beobachten. Sie liebte ihn wie am ersten Tag. Es war nicht mehr und nicht weniger als das. Nichts von alldem, was seither geschehen war, hatte etwas daran ändern können. Es war ihr Antrieb gewesen, die Dinge zu tun, die sie getan hatte. Und es war die Furcht, das bisschen Zuneigung zu verlieren, das er ihr entgegenbrachte, die sie davon abhielt, es ihm zu gestehen.

Mit einem entschlossenen Räuspern trat sie an den überladenen Schreibtisch. Es hatte keinen Sinn, sich solchen Gedanken hinzugeben. Sie musste eine Möglichkeit finden, alles wieder in Ordnung zu bringen, ohne Trakan ganz zu verlieren.

»Ich grüße dich, Trakan«, sagte sie, als er immer noch nicht reagierte. »Ist etwas vorgefallen?«

Endlich blickte er auf. Farnya erschrak, als sie sein Gesicht sah. Dunkle Augenringe und ein unvertrauter bitterer Zug um den Mund gaben ihm ein finsteres, verzweifeltes Aussehen. Es war fast so wie bei seiner Rückkehr aus Edinburgh vor einigen Monaten, als die Ereignisse seine Seele fast zerbrochen hatten und Farnyas gleich mit. Als sie hatte einsehen müssen, dass sie einen Fehler gemacht und ihn gefährdet hatte, statt ihn zu schützen.

Sie ließ sich auf den Stuhl vor dem Schreibtisch sinken. »Was ist geschehen?«, fragte sie behutsam.

Trakan stützte die Ellbogen auf und fuhr sich mit beiden Händen durch das Gesicht. »Melanie«, seufzte er laut. »Sie hat sich verliebt. Ich befürchte das Schlimmste.«

Verärgert zog Farnya die Augenbrauen zusammen. »Was soll daran schlimm sein, sich zu verlieben?« Es war bezeichnend für Trakan. Solche Gefühle gestattete er sich schon lange nicht mehr, und es fiel ihm schwer, sie bei anderen zu billigen.
»Er ist ein Worthüter.«
Verständnislos starrte Farnya ihn an. »Das überrascht nicht.«
»Und er schreibt.«
»Das tun wir alle.«
»Nein, nein, nicht auf diese Weise.« Trakan schüttelte ungeduldig den Kopf. »Er veröffentlicht seine Geschichten. Es gibt eine große Anzahl Leser. Wenn Melanie ihm nun bestimmtes Wissen zuträgt, sei es mit Absicht oder aus Versehen, dann könnte dies schwerwiegende Folgen für unsere gesamte Arbeit nach sich ziehen.«
»Ich verstehe nicht«, erwiderte Farnya aus vollem Herzen. Wissen war Allgemeingut. Es dürfte nichts geben, was Mellie verbotenerweise weitergeben könnte.
Trakans Blick wanderte in die Ferne. »Ich verstehe es selbst nicht. Es ist mehr eine Andeutung, eine Ahnung der Ereignisse, die kommen werden«, murmelte er mehr zu sich selbst.
Bei jedem anderen Menschen hätte sie eine solche Aussage mit einem Schulterzucken abgetan. Aber Trakan war nicht irgendjemand. Er war derjenige, der dem Ursprung am nächsten stand, der Erste, der zur Wortgestalt geworden war, um die sich Geschichten formten, der Erste, der selbst angefangen hatte, Geschichten um Wortgestalten zu sammeln, der Oberste Worthüter.
»Du besitzt die Macht, es zu verhindern. Nutze deinen Einfluss auf Mellie.« Sie hatte seine Reaktion erwartet, doch die Heftigkeit, mit der er aufsprang und gleichzeitig mit der Faust auf den Schreibtisch schlug, überraschte sie. »Niemals!«, rief er erbost. »Niemals, wann begreifst du das? Ich habe die Macht, aber nicht das Recht dazu!«

»Du bekleidest nach dem Geschichtenerzähler das höchste Amt der Halle«, versuchte Farnya ihn zu beschwichtigen, obwohl sie wusste, dass es aussichtslos war. »Er ist nicht handlungsfähig. Wer, wenn nicht du, hätte das Recht dazu einzugreifen?«

»Richtig Farnya, niemand hat dieses Recht.« Er kam auf sie zu und beugte sich kurz zu ihr hinab. »Nicht einmal der Geschichtenerzähler würde es tun. Niemand.« Viel zu unruhig, um lange zu verharren, lief er wieder einige Schritte hin und her.

»Und was wäre«, setzte Farnya zögerlich nach, »wenn unsere gesamte Existenz davon abhinge?« Die Worte waren unbedacht ausgesprochen. Es sollte nicht so dramatisch klingen.

»Dann«, begann Trakan mit einem düsteren Blick, »ist es nicht weniger als das.« Er zögerte, schien sich zu einer Entscheidung durchzuringen, während Farnya die Bedeutung dieser Worte bewusst wurde. »Was immer geschieht, ich werde nicht eingreifen. Ich habe kein Recht dazu. Diese Lektion war zu bitter, als sie nicht zu lernen. Ich danke dir, dass du mich daran erinnert hast.«

Nur mit Mühe bewahrte Farnya Haltung. Was auch immer Trakan ahnte – sie hoffte, dass er dieses Mal nicht recht behielt.

BERGKRIEG

7.

Eine kleine Feldtaube erhob sich über Laryon vom Dach der flachen Baracke, als er die Tür aufstieß. Fast hätte er Marwen umgelaufen, der nun einige Schritte in den Flur zurückwich und den Neuankömmling erstaunt begrüßte. »Du bist viel zu spät, Kleiner. Wo kommst du jetzt erst her?«

Laryon schob sich mit der Hand die Haare aus der Stirn und hielt einzelne Strähnen fest, als wäre das die einzige Möglichkeit, sich aufrecht zu halten. Er wich Marwens aufmerksamem Blick aus und versuchte, sich an seinem Kameraden vorbeizuschieben. Was ihn erwartete, war noch viel unangenehmer als dessen Neugier, das wusste er nur zu gut. Dann spürte er Marwens kräftigen Griff am Ellbogen.

»Was ist los? Du bist ja ganz grau im Gesicht. Du siehst aus, als hättest du eine Waldfee gesehen.«

»Lass mich, Mar. Ich muss Aren Bericht erstatten. Ich habe einen Kontrollpunkt ausgelassen. Ich hoffe, Gandalan kommt hierher, statt dort nach der Ursache zu suchen.« Laryon ließ seinen Arm sinken und versuchte unwirsch, die Hand, die ihn hielt, abzuschütteln. Doch Marwen gab nicht nach. Mit einem kräftigen Stoß warf er die Tür zu und zog Laryon unerbittlich durch einen weiteren Durchgang in den großzügigen Aufenthaltsraum. »Aren mistet den Stall aus, den musst du nicht dabei stören. Sag mir erst, was geschehen ist.«

In dem Raum spendeten nur die beiden nach Osten gelegenen großen Fenster auf der einen Seite sowie ein Feuer, das im Kamin an der gegenüberliegenden Wand brannte, Licht. Laryon bemühte sich, im Schatten zu bleiben, als Marwen ihn endlich losließ.

»Nichts, gar nichts«, murmelte er vage. »Ich habe die Chara in der fünften Hütte nicht gestempelt. Fella ist gestolpert. Sie lahmt

ein wenig. Ich bin direkt hierhergekommen, damit sie nicht mehr so weit laufen muss. Ich hatte Angst um das Fohlen, das sie trägt.«
Er spürte, wie Marwen ihn angestrengt musterte.
»Wegen einer trächtigen Stute, die sich vertritt, deine Runde abzubrechen – das sieht dir ähnlich, Kleiner!«
Laryon senkte den Kopf. Wenn der Ältere ihn normalerweise »Kleiner« nannte, dann, um zu sticheln. Sie kannten sich, seit Marwen ihn und seinen Vetter Gandalan als Jungen nach Cahrm geholt hatte, damit sie hier, wie es üblich war, die Schule besuchen und eine Ausbildung machen konnten. Was jetzt jedoch dahintersteckte, war Missbilligung, das Urteil über Laryons Verhalten. Den Grenzreitern ging die Gesundheit der Pferde über alles, doch Laryon stand ganz besonders in dem Ruf, über dem Wohlergehen der Tiere so manches Mal seine eigentlichen Pflichten zu vernachlässigen.
»Aber das war nicht alles«, bemerkte Marwen ruhig.
»Ich bin dabei hinuntergefallen.« Laryon betrachtete weiter eingehend die Holzdielen des Bodens.
»Du?! Niemals!« Marwen gab einen überraschten Laut von sich.
Laryon strich sich abermals die Haare nach hinten und ließ die Hand im Nacken liegen.
Verlegen biss er sich auf die Lippe. »Ist aber so.«
»Sag das noch mal!«
Laryon konnte die Schadenfreude in der Stimme seines stämmigen Kameraden deutlich heraushören. Das war genau das Richtige für ihn. Endlich hob er den Kopf und grinste Marwen unbeholfen an. »Das ist mir schon sehr peinlich.«
»Der Unfehlbarste der Grenzreiter, der begabteste Reiter von ganz Willerin fällt vom Pferd, weil es stolpert?! Das ist ein guter Witz!« Marwen grinste, während er mit dem Finger auf Laryon zeigte. »Ich hätte niemals gedacht, dass ich diesen Tag noch erlebe. Normalerweise ist das für niemanden ein Grund, sich zu

schämen. Das geschieht doch jedem mal. Aber bei dir!« Marwen lachte herzlich. Laryon stimmte ein, während er betont unauffällig den Grasflecken auf dem Ellbogen seines dunkelroten Hemdes rieb.

Sie hörten eine Tür zuschlagen und fuhren beide herum. Ihr Lachen verstummte, als Aren den Raum betrat. Der scharfe Geruch des Pferdemistes, der an seiner Kleidung haftete, tat seinem selbstsicheren Auftritt keinen Abbruch. Im Hauptquartier der Grenzreiter roch ohnehin alles nach Pferd, Leder oder Schweiß, nur im Winter kam eine Note feuchter Wolle hinzu.

Aren zog arrogant die Brauen zusammen, während er Laryon strafend musterte. »Du bist spät.«

»Fella lahmt«, erklärte Laryon. Seine Miene blieb ausdruckslos.

»Vorn rechts? Sie entlastet das Bein. Warum steht sie noch draußen und du hast sie nicht direkt in den Stall gebracht?«

»Ich wollte dir erst Meldung machen, Aren. Ich habe die fünfte Kontrolle ausgelassen. Willst du dir Fella selbst ansehen?«, fragte Laryon nervös.

Aren verzog verächtlich den schmalen Mund. »Ich werde mich doch nicht einmischen, wenn es um Pferde geht. Dafür bist du hier der Fachmann. Sonst noch was?«

»Soll ich zurück zur Kontrolle und die Markierung setzen?«

Jetzt lachte Aren spöttisch auf. »Wozu, Laryon? Wer gibt denn schon etwas auf die Markierungen? Ich werde es eintragen, und morgen ist das vergessen. Es kümmert doch ohnehin niemanden, wie gut oder schlecht die Grenze bewacht wird. Als klarwurde, dass du zu spät kommst, und wir uns gefragt haben, was geschehen sein könnte, habe ich Gandalan angewiesen, in jedem Fall erst hierherzukommen. Er ist vorsichtig genug, um das zu befolgen.«

Für einen Augenblick wallte in Laryon heißer Zorn auf, doch er schluckte ihn hinunter. Feige hatte Aren sagen wollen, nicht vorsichtig. Die Verachtung des derzeitigen Anführers seinem Vetter gegenüber war hinlänglich bekannt – und in Laryons Augen mehr als unangemessen. Doch er schwieg. Das war nichts, was er jetzt und hier ändern konnte.

»Wenn nichts weiter ist, versorg deine Stute, und mach deine Pause.« Aren wandte sich zum Gehen.

»Ich wollte fragen, ob du mir die letzte Wache erlassen kannst«, rief Laryon hastig. Marwen blickte verwundert zu ihm auf, während Aren sich wieder umdrehte. »Warum?«

Laryon verschränkte die Arme und schaute aus dem Fenster. Draußen wurde es langsam dunkler. »Es geht mir nicht gut. Außerdem habe ich gesehen, dass wir kein Blutkraut mehr haben. Ich wollte morgen früh von hier aufbrechen und neues holen. Das wäre mir sehr wichtig.« Laryon spannte die Schultern an und hoffte, dass man ihm seine Unruhe nicht ansah.

»Ich habe keinen Ersatz«, hielt Aren ihm ungehalten entgegen.

»Das macht nichts. Ich reite zwei Wachen. Ich tausche nach der Hälfte einfach die Pferde und nehme Laryons Wallach, wenn er ihn nicht braucht«, mischte Marwen sich rasch ein.

Arens Blick wanderte von einem zum anderen. Dann zuckte er gleichgültig mit den Schultern und wandte sich um. »Ich werde es so eintragen. Macht, was ihr wollt. Hier macht schließlich jeder, was er will.«

»Danke, Mar«, murmelte Laryon, sobald Aren den Raum verlassen hatte. Er starrte weiter unentschlossen aus dem Fenster.

»Immer wieder ein angenehmer Zeitgenosse«, erwiderte Marwen leichthin. Laryon merkte, wie er näher kam und sich neben ihn stellte, als versuchte er zu erkennen, was den Jüngeren jenseits der Scheiben so interessierte.

»Du weißt, dass er Hauptmann werden will. Er ist auf dem besten Weg dazu«, brummte Laryon.

»Das weiß ich nur zu gut, Kleiner«, seufzte Marwen. »Das Schlimmste daran ist, dass ich sogar glaube, dass er es gut machen wird. Er hat etwas an sich. Er ist dazu fähig.«

»Ich weiß, was du meinst. Du hast recht, leider.«
»Ich mag ihn trotzdem nicht und würde mich lieber für jemanden stark machen, den ich für noch fähiger halte.«
Laryon sah ihn von der Seite an, bemerkte Marwens betont unschuldige Miene. »Ein Hauptmann, zu dem du ›Kleiner‹ sagen kannst?« Er lächelte leicht.
»Noch bist du nicht so weit. Du bist noch jung. Aber du magst die Menschen. Er würde sie steuern, du würdest sie führen. Dein Werkzeug wäre die Überzeugung, seines ist zu oft die Drohung. Du verfügst über mehr Potenzial als Aren.«
»Es ist nicht die Aufgabe eines Hauptmanns, beliebt zu sein.«
»Du weißt selbst, wie schwer es ist, unter Drohungen seine Selbstachtung nicht zu verlieren.«
»Vergiss es.« Mit diesen letzten Worten wandte Laryon sich abrupt um und machte Anstalten, den Raum zu verlassen.
Als er fast an der Tür war, hielt Marwen ihn zurück. »Warte!«
Laryon zögerte nur ungern. Er wollte sich endlich um Fella kümmern, doch er blieb stehen.
»Wir haben noch Unmengen Blutkraut.«
»Ach.« Marwen hatte es also doch bemerkt. Jetzt konnte er nur noch hoffen, dass er es darauf beruhen lassen würde. Doch stattdessen kam er wieder ganz nah heran und blickte auf. In der hereinbrechenden Abenddämmerung sah Laryon den Widerschein des Feuers in seinen Augen funkeln.
»Du kannst mich nicht täuschen, Laryon«, begann er behutsam. »Ich sehe dir an, dass du dich wegen etwas schämst, aber ich kann mir bei all dem Spott, den du einstecken müsstest, nicht vorstellen, dass ein Sturz von deinem Pferd ein solches Ausmaß rechtfertigt. Ich sehe deine Sorge, aber anders als damals, als du gefürchtet hast, Fella bei ihrem ersten Fohlen zu verlieren. Das bisschen Lahmen kann es nicht sein. Vor allem sehe ich Angst. Nicht um ein Pferd – um dich selbst.«
Laryon spürte einen dicken Kloß im Hals. Mit einem hastigen

Schritt wollte er zur Tür hinaus, die Aren offen gelassen hatte, als Marwen ihn erneut am Handgelenk packte und zurückhielt. Er kniff die Augen so fest zusammen, dass er Punkte tanzen sah. Bitte frag nicht, Mar, dachte er, ich will dich nicht anlügen.

Es reichte, wenn er selbst in Schwierigkeiten steckte. Er wollte nicht noch andere darin verwickeln.

»Was hast du getan?«

»Nur meine Pflicht erfüllt, mehr nicht. Nur das, was wir immer tun. Wozu wir da sind«, flüsterte Laryon heiser.

»Kann ich etwas für dich tun?«, hörte er Marwen ebenso leise fragen. Laryon schüttelte stumm den Kopf und lehnte sich in den Türrahmen. Dann sah er Marwen an. »Doch. Kannst du Fella in die Stadt bringen lassen? Vielleicht kannst du eine Nachricht an Fynn schicken, dass er sich um meine Pferde kümmert?«

»Das ist alles?«

»Das ist alles.« Er konnte nur hoffen, dass es sich für Marwen nicht so jämmerlich endgültig anhörte, wie es in seinen eigenen Ohren klang. Mit einem Ruck nahm Marwen Laryons Hand in seine beiden und drückte sie fest. Dann legte er die Fingerspitzen auf das Abzeichen der Grenzreiter an Laryons Oberarm. »Mach uns keine Schande. Mögen gute Worte dich behüten!«

Laryon lief den Flur entlang und verließ das Gebäude. Deutlich konnte er Marwens letzte Worte hören, die ihm hinterherhallten: »Wo bist du nur hineingeraten?« Das hätte er selbst gern gewusst. Um alles in der Welt hätte er darauf zu gern selbst eine Antwort gehabt.

Schwer atmend lehnte er sich an die Seite seines Pferdes. Er hatte die mit Feuerdorn behandelte Schnur um die Fessel des Vorderbeins gelöst und unbemerkt in seinen Taschen verstaut. Behutsam tastete er die Stelle ab. Sie war leicht angeschwollen. Der Anblick ließ kurzen Hass auf sich selbst aufflackern. Er hoffte inständig, dass er nicht übertrieben hatte. Er konnte sich sein eigenes Vorgehen kaum verzeihen. Doch wenn es ihm so möglich war, andere nicht mit ins Verderben zu ziehen, war es das Opfer wert, Fella würde nicht viel davon spüren. Wenigstens hatte Aren nicht bemerkt, dass sein Schwert am Sattel fehlte.

Laryon führte Fella um die Baracke herum in den kleinen Anbau, der als Stall für die Pferde der Grenzreiter diente, die hier in verschiedenen Schichten ihren Dienst versahen. Mechanisch versorgte er die Stute und warf anschließend einen Blick auf die anderen drei Pferde. Aren hatte den Stall in ausgezeichnetem Zustand hinterlassen, das musste er zugeben. Heuraufen und Wassertränken waren gut gefüllt, das Stroh frisch und sauber aufgeschüttet, und das Fell seines eigenen Tieres glänzte.

Auch Marwen hatte seine junge Stute bereits für seine Wache heute Nacht vorbereitet, Sattel und Zaumzeug bereitgelegt. Das zappelige Tier teilte sich die Box mit Laryons altem Wallach, der als Ersatzpferd die meiste Zeit auf den Weiden des Hauptquartiers verbrachte.

Hoffentlich hatte er bis hierher alles richtig gemacht. Er hatte keine Ahnung, ob Magier ihre Opfer überwachen konnten. Vielleicht konnten sie Gedanken lesen? Doch niemand wusste etwas von Karys und Gorns Anwesenheit. Marwen würde keine weiteren Fragen stellen, da war Laryon sich sicher.

Ohne sich noch einmal umzublicken, verließ er mit langen Schritten den Stall.

Die Wanderung zurück zum vereinbarten Treffpunkt hatte gutgetan. Laryon hatte ein paar kleine Umwege eingeplant, um weder Gandalan noch später Marwen auf ihren Routen zu begegnen. Kurz nachdem Marwen die Wachhütte passiert hatte, war er schließlich dorthin gegangen und wartete die verbliebene Zeit darauf, dass Gorn eintraf. Seine akute Angst war stetiger

Unruhe gewichen, was allerdings nicht weniger unangenehm war.
Laryon hatte sich neben der Tür niedergelassen und es sich, gegen seinen Rucksack gelehnt, so bequem wie möglich gemacht. Er hatte Kleidung und Proviant gepackt, um sich für einige Tage im Wald zurückzuziehen, wenn er diese Begegnung hinter sich gebracht hatte – sofern er dann noch lebte. Er würde die Kräutervorräte für den Winter aufstocken und mit sich und seinen Gedanken allein sein. Das war seine Methode, mit solchen Situationen umzugehen. Marwen hatte es als Flucht bezeichnet, ohne genau zu wissen, wovor. Es war Laryon gleichgültig. Er war dem älteren Grenzreiter keine Rechenschaft schuldig.
Während er unkonzentriert mit der Schnur spielte, die er Fella um das Vorderbein gebunden hatte, starrte er ziellos in die Dunkelheit. Die Reste des Feuerdorns an der Schnur hinterließen schwache rote Striemen auf seinen Händen. In unregelmäßigen Abständen ertappte er sich dabei, seine Aufmerksamkeit wie gewohnt auf einen bestimmten Punkt zu richten, bevor er missmutig den Blick abwandte. Er machte sich nichts vor: Er würde Gorns Auftauchen nicht bemerken, bevor jener selbst das so wollte. Immer wieder führten ihn seine Gedanken zurück zu diesem beeindruckenden Mann – dem Schwarzkunst-Magier.
Magier waren Volksglaube. Ammenmärchen. Sagengestalten. Es gab sie nicht. Genauso wenig, wie es Geister oder Götter gab. Manch einfachere Gemüter, denen Laryon begegnet war, stellten vereinzelt die Frage, ob der Glaube an höhere Wesen, wie er auf dem Festland üblich war, nicht doch seine Berechtigung hatte. Aber selbst wenn es so wäre: Niemand auf ganz Willerin, der ernsthaft bei Verstand war, käme auf den Gedanken, sein Leben danach auszurichten. Nach diesem Vorbild hatte auch die Vorstellung von den Schwarzkunst-Magiern Laryon als Kind nicht lange einschüchtern können.

Umso schwerer wog der Schock dessen, was er am vergangenen Abend erlebt hatte. Nichts von dem, was je über Magier behauptet wurde, setzte Laryon so zu, nicht die Gerüchte über Feuer, das aus Händen schoss, Blicke, die töten konnten oder willkürliche Grausamkeit und Mordlust, sondern die Erkenntnis, dass sein Weltbild ins Wanken geraten war.
Alles, was er bisher für selbstverständlich gehalten hatte – den Glauben an seine eigenen Fähigkeiten, die Richtigkeit seiner Wahrnehmung, den einfachen Zusammenhang von Ursache und Wirkung und die Beeinflussbarkeit eines solchen Zusammenhangs –, musste er in Frage stellen. Zu akzeptieren, dass Magier existierten – Wesen, von denen nicht einmal sicher gesagt werden konnte, ob es sich um Menschen handelte; Wesen, für die Naturgesetze nicht galten –, hieß, Übernatürliches anzunehmen. Es bedeutete sich zu fragen, was es noch alles gab, das bisher jenseits der eigenen Vorstellungskraft gelegen hatte.
Oder sich zu fragen, ob man den Verstand verloren hatte.
Es mochte auch damit zusammenhängen, dass Gorn trotz seines Auftretens nicht so recht zu dem Bild passen wollte, das Laryon sich bisher von einem Magier gemacht hatte. Im Gegenteil.
Kary war ein munterer kleiner Bursche: menschlich, freundlich, ein ganz normaler Junge, von seinen Augen einmal abgesehen. Vor diesem Hintergrund wirkte Gorns Verhalten nicht anders, als man es von seinem Beschützer erwarten würde. Ein Wächter im Dienst, der sich an seine Vorgabe hielt, sämtliche Bedrohung von seinem Schutzbefohlenen abzuwenden. Nur die Mittel, die er einsetzte, waren ungewohnt. Es gab keine Wache, der es erlaubt war, ohne Not zu töten. Doch Laryons bloße Anwesenheit war für Gorn Grund genug, und er wäre – daran zweifelte Laryon nicht im Geringsten – seiner Pflicht nachgekommen, hätte Kary ihn nicht abgehalten.
Im Geiste ging Laryon die verschiedenen Wachen durch, die er kannte. In seinem Heimatland Molannen gab es die Grenz-

reiter, die die Landesgrenze schützten, die Stadtwache mit Angehörigen in sämtlichen größeren Ansiedlungen sowie die Königswache, die jedoch gemeinhin als kampfunfähig galt und eher repräsentativen Zwecken diente. In Foryana waren Stadt- und Grenzwache zu einer Einheit zusammengefasst. Baia, die Hafenstadt Willerins, die zum Festland gelegen war, beschäftigte eine eigene Hafenwache. Zuletzt die Bergwache, die zwar Kämpfer aus beiden Ländern rekrutierte, formal jedoch dem Senat Foryanas unterstand.
Laryon stutzte und setzte sich etwas aufrechter hin. Schlagartig wurde ihm bewusst, woran ihn Gorns Abzeichen erinnerte: Er kannte Nolens Zeichen so gut wie sein eigenes, und natürlich zeigte Nolens die Grundelemente seiner ursprünglichen Einheit. Laryon hatte das Abzeichen der Bergwache nur bisher noch nie in seiner ursprünglichen Form zu Gesicht bekommen. Wie aber passte das zusammen? Soweit seine Erinnerung ihn nicht täuschte, hatte die Bergwache vor vielen Jahren im sogenannten Bergkrieg gegen Gegner gekämpft, die man vereinzelt auch als Schwarzkunst-Magier bezeichnet hatte. Laryon hatte das immer als erzählerische Ausschmückung betrachtet, um die Verdienste der Bergwache als noch beachtlicher auszuzeichnen. Denn was gäbe es Höheres als einen Sieg über angeblich unbesiegbare Gegner?
Einmal angenommen, es gab Magier, so konnte die Bergwache selbstverständlich gegen sie gekämpft haben. Wer war dann Gorn? Ein Überläufer? Oder ein Mann, dem es Spaß bereitete, die Kleidung eines ehemaligen Gegners als Trophäe zu tragen? Weder die eine noch die andere Vorstellung erschien passend.
Langsam wurde es heller. In der Nacht waren dichte Wolken aufgezogen, die die letzte Wärme des Spätsommers gegen die Erde drückte. Erst jetzt bemerkte Laryon, dass die Luft stickig und dick geworden war. Das konnte ein Gewitter am späten Nachmittag bedeuten. Kein Blatt bewegte sich an den Bäumen

oder Sträuchern des nahen Waldrandes. Vereinzelte Vögel zwitscherten. Nur ab und zu, wenn sich ein kleines Tier zwischen den Bäumen bewegte, raschelte es. Dann war es wieder still.

Diese Geschichte schien ein vorzeitiges Ende gefunden zu haben. Laryon war gerade aufgestanden und überlegte, ob er noch länger warten sollte, als eine große Gestalt zwischen den Bäumen hervortrat. Beinahe empfand er einen Hauch von Enttäuschung, als Gorn sich gänzlich unmysteriös mit langen Schritten näherte.

»Ich grüße dich, Gorn«, rief Laryon, als er bis auf wenige Längen herangekommen war.

»Du bist gekommen. Gut!«, antwortete der Angesprochene. Immerhin glaubte Laryon die Andeutung eines erleichterten Lächelns aufblitzen zu sehen.

»Wohin gehen wir?« Sehr zu seinem eigenen Ärger klang Laryons Stimme unsicher. Gorn warf ihm einen scharfen Blick zu.

»Du meinst, du willst wissen, was dich erwartet. Du hast Angst«, stellte er fest. Laryon fand keine Worte, die seiner Einschätzung nach nicht feige klangen.

Gorn legte ihm einen Arm um die Schultern und drückte ihn mit sanfter Gewalt in die Richtung der Stelle, wo er aus dem Wald gekommen war. »Es besteht kein Grund zur Sorge, Laryon. Du bist hier. Zunächst einmal hast du mein Vertrauen. Ich werde dir die Augen verbinden, damit du den Weg nicht erkennen kannst, aber ich werde dir keine Fesseln anlegen. Kary soll dir seine Geschichte erzählen, und danach werde ich entscheiden, wie wir mit dir umgehen sollen. Wie lange kannst du wegbleiben, ohne dass man dich vermisst?«

»Ich habe erst in zehn Tagen meinen nächsten Dienst«, erwiderte Laryon und fragte sich im gleichen Moment, ob das ein Fehler gewesen war. In zehn Tagen konnte ein flüchtender Mörder weit kommen.

»Gut. Kary braucht manchmal etwas länger. Das weiß er meistens selbst vorher nie so genau«, gab Gorn als Erklärung.
Laryon fiel auf, dass er sich bisher zu der Aussage, Kary wollte ihm eine Geschichte erzählen, keine weiteren Gedanken gemacht hatte, da er so sehr mit Gorns Erscheinung beschäftigt war. »Was bedeutet es, dass Kary mir eine Geschichte erzählen will? Was ist so ungewöhnlich daran?«, erkundigte er sich. Den zweiten Teil der Antwort gab er sich direkt selbst. Ein kleiner Junge mit unergründlich tiefem Blick lebt irgendwo im Wald, bewacht von einem Schwarzkunst-Magier, und erzählt Geschichten. Das war ungewöhnlich genug.
Doch Gorn verstand die eigentliche Frage. »Kary ist voll von Geschichten. Es sind keine Märchen oder erfundene Erzählungen«, erläuterte er, während er ein feines dunkles Tuch aus einer Tasche zog. Verstohlen betrachtete Laryon das Abzeichen auf Gorns Hemd. Es handelte sich um das der Bergwache, da war er jetzt sicher.
»Kary erzählt wahre Geschichten, die sich irgendwann einmal zugetragen haben. Erinnerungen«, fuhr Gorn fort. »Es sind immer persönliche Erinnerungen, die denjenigen, denen er sie erzählt, auch betreffen. In diesem Fall dich. Womit ich nicht unbedingt meine, dass du selbst in diesen Geschichten vorkommst. Den Zusammenhang zwischen der Erzählung und dir musst du selbst herstellen.«
»Aber woran soll ich erkennen, dass ich derjenige bin, den es betrifft?«, beharrte Laryon.
»Kary hat vorausgeahnt, dass du das fragen würdest. Er lässt dir ausrichten, dass es dir Beweis genug sein sollte, dass er deine Prophezeiung kennt.« Gorn trat wieder einen Schritt näher. Laryon hatte gar nicht bemerkt, dass er selbst etwas zurückgewichen war.
»Meine Prophezeiung?!«

»›Erlaub, was sonst verboten.
Führ zu meinem Herz.
Führ hin, der rechten Blutes.
Zum Wort der Ewigkeit.‹

Sind das die richtigen Worte?«

»Das sind sie«, murmelte Laryon tonlos. Sinnlose Worte, die ihm bei seiner Geburt mit auf den Weg gegeben wurden. Sie besaßen keine tiefere Bedeutung, schließlich glaubte solchen Unfug wie Prophezeiungen kein Mensch. Laryon war absolut sicher, dass niemand außer ihm und seinen Eltern sie kannte. Sie waren einfach zu belanglos, als dass man es jemandem erzählt hätte. Er selbst hatte seit Jahren nicht mehr daran gedacht. Und damit waren sie als Beweis für Karys Glaubwürdigkeit äußerst mächtig.

»Gut. Stillhalten jetzt.« Dabei legte Gorn ihm das Tuch um die Augen und zog es so fest zusammen, dass Laryon einen Moment lang Lichtblitze sah. Das Ausschalten seines wichtigsten Sinnes überraschte ihn mit einem Anflug von Hilflosigkeit. Er war ausgeliefert. Instinktiv streckte er eine Hand aus, während er mit der anderen nach der Binde tastete. Sofort hielt ein fester Griff an seinem Unterarm ihn davon ab, sie sich wieder herunterzureißen. Gleichzeitig ließ Gorn es zu, dass Laryon sich an seiner Schulter festhielt.

»Das geht gleich vorbei. Ganz ruhig, Laryon. Kary würde mich in Stücke reißen, wenn ich dich nicht unbeschadet zu ihm führte. Beruhige dich. Vertrau mir«, sagte Gorn sanft. Der Tonfall war der gleiche, in dem Laryon selbst mit nervösen Pferden sprach, und er verfehlte selten seine Wirkung. Als er das erkannte, lächelte er unwillkürlich.

»Das ist schon besser. Komm. Geradeaus, kleine Schritte. Gut so.« Gorn legte ihm eine Hand oberhalb des Rucksacks zwischen die Schulterblätter, und Laryon setzte sich in Bewegung.

Es war nicht das erste Mal, dass Laryon blind durch den Wald geführt wurde, und so konnte er sich seinen Anflug von Panik selbst nicht erklären. Solche Übungen waren fester Bestandteil seiner Ausbildung, um die Sinne unabhängig voneinander zu schärfen. Auch jetzt nahm er ihre dumpfen Schritte und die vielfältigen Stimmen des Waldes um sie herum intensiver wahr, doch lieferten sie Laryon keinen Anhaltspunkt darüber, wo er sich befand. Daher konzentrierte er sich bereits nach kurzer Zeit hauptsächlich auf die Berührungen der Sträucher um ihn herum und die Beschaffenheit des Bodens unter ihm. An dieser Stelle gab es nur wenig Unterholz. Altes Laub raschelte über nachgiebigem weichen Untergrund. Wie erwartet, stießen sie nach einigen hundert Schritten auf einen Pfad, von dem Laryon wusste, dass er in nordwestlicher Richtung tiefer in den Wald führte. Sie verließen den Pfad jedoch nach kurzer Zeit, und Gorn wählte einen Weg quer durch weit auseinanderstehende Bäume.

Er schien keinen Wert darauf zu legen, ob ein Fährtenleser ihre Spur verfolgen könnte. Sein einziges Ziel bestand darin, dass Laryon die Orientierung verlor, was zu irgendeinem Zeitpunkt sehr zu seinem eigenen Erstaunen auch der Fall war. Es lag daran, wie Gorn Laryon lenkte. Es war verwirrend. Die meiste Zeit ging er neben, manchmal hinter ihm, die Hand immer mit leichtem Druck auf seinem Rücken liegend. Dabei war Laryon davon überzeugt, dass er nach einer Weile nicht einmal das zur Führung benötigt hätte. Denn Gorn lenkte ihn mit Worten, doch er sagte ihm nichts über seine Umgebung, sondern ausschließlich das, was Laryon als Nächstes tun sollte. Interessant war, dass die Handlungsanweisungen zum exakt richtigen Moment erfolgten, so dass Laryon weder stolperte noch, wie er nach einer Weile merkte, jemals zögern musste. Er konnte sich ganz und gar auf Gorns Worte verlassen, als ob sie die Funktion seiner Augen übernommen hätten und seinem Körper vorgeben würden, was er tun sollte. Die gleichmäßigen ruhigen Worte lullten Laryon ein, bis er feststellte, dass er nichts mehr wusste, außer dass er sich mit seinem Begleiter durch den Grenzwald bewegte.

Die drückende Schwüle nahm zu. Plötzlich spürte Laryon, dass sie federndes Gras überquerten und ein leichter Wind ihn von vorn streifte. Da wusste er, wo er sich befand. Seine Anspannung wuchs wieder, jedoch mit Neugier vermischt. Wenn er mit seiner Vermutung richtiglag, wurde ihm klar, warum Gorn sich keine Mühe machte, ihre Fährte zu verwischen. Dann würden sie gleich an einen steinigen Felsgrat gelangen, über den ein stetiger Wind strich. Als Junge war Laryon oft hier gewesen und hatte sich an den Abhang gesetzt, um seinen ganz eigenen Gedanken nachzuhängen. Wenn man an der Kante entlanglief, hinterließ man keinerlei Spuren. Je nach Windstärke war das nicht ganz ungefährlich, eine Böe konnte einen aus dem Gleichgewicht bringen und den Abhang hinunterstürzen lassen. Der Felsgrat stellte eine natürliche Grenze zwischen Foryana und Molannen dar, die keiner Bewachung bedurfte. Denn obwohl der Abhang weder sehr lang noch übermäßig steil war, war es unmöglich, ihn zu überqueren.

Es sei denn, man kannte den Weg über einen schmalen Wasserlauf, der einen Bach unterhalb der Felsen speiste. Bisher war Laryon sicher gewesen, dass es außer ihm nur einen gab, dem dieser Weg und das Ziel, zu dem er führte, bekannt war: derjenige, der ihm den Pfad gezeigt hatte. Doch er sollte feststellen, dass er sich irrte.

Gorn führte ihn den Wasserlauf hinunter, der um diese Jahreszeit ausgetrocknet war. Seine Anweisungen blieben knapp, schnell und präzise. Zusätzlich lenkte er Laryon jetzt mit kleinen Gesten, sicherte den Griff seiner Hände beim Klettern, drückte seinen Oberkörper sanft in die richtige Richtung. Ohne dass er sich erklären konnte, warum, vertraute er Gorns Fähig-

keiten. Er fühlte sich sicher. Es war faszinierend, auf eine merkwürdige Weise angenehm. Als ob er die Verantwortung für sich selbst mit jemandem teilen würde.
Laryon wurde nicht enttäuscht. Etwa auf halber Höhe überquerten sie zwei große Felsbrocken und gelangten auf einen Pfad, der sich bald zu einer breiteren Fläche erweitern sollte und von den Felsen oberhalb etwa zur Hälfte überdacht wurde. Auf der abfallenden Seite verdeckten schmale hohe Bäume die Sicht. Weder von oben noch von unten war dieses natürliche Sims einsehbar.
Plötzlich bemerkte Laryon, wie etwas auf ihn zukam. Er blieb stehen, duckte sich leicht und hob abwehrend die Arme. Er hörte das tiefe Knurren von Tieren, vermutlich Hunden.
»Lasst ab! Fort!«, befahl Gorn. Die Hunde kamen nicht näher. Das Grollen des einen schlug in überrascht freudiges Jaulen um.
»Was ist mir dir los? Fort!« Gorn hatte die Hand wieder auf Laryons Rücken gelegt und drückte ihn vorwärts. Laryon konnte jetzt zwei Hunde unterscheiden, die sich in respektvollem Abstand um sie herum bewegten. Der eine jaulte noch immer sehnsüchtig. Abrupt blieb Gorn stehen. Laryon hielt ebenfalls an.
»Der Hund kennt dich«, murmelte Gorn mehr zu sich selbst.
Laryon lauschte.
»Das ist Elfe. Der Hund. Ist das Elfe?«, fragte er zweifelnd.
In diesem Moment sprang der Hund ihn an. Laryon taumelte und streckte instinktiv den linken Arm aus. Er wusste, wo die Felswand neben ihm war, und stemmte sich dagegen, um das Gleichgewicht zu halten. Gleichzeitig spürte er, wie sein Begleiter einen Schritt nach vorn ging, um den Hund zur Seite zu schieben.
Gorn verharrte beinahe regungslos. »Laryon, sag mir, weißt du, wo wir sind?«, drängte seine Stimme plötzlich von ganz nah. Laryon stellten sich die Nackenhaare auf, als ihn der Atem des

anderen streifte. Ihm wurde augenblicklich klar, dass er sich auf eine Weise bewegt haben musste, die Gorn sicher sein ließ, dass er die Umgebung kannte.
Er versuchte, sich nichts anmerken zu lassen. Sie waren an Karys Versteck angelangt. Laryon wusste nicht nur, wo es sich befand, er kannte auch den Weg dorthin. Das war sein Todesurteil.
Gorn riss ihm die Binde vom Kopf und scherte sich nicht um das kleine Büschel Haare, das er versehentlich mit eingeknotet hatte. Wütend stieß er Laryon mit der Faust vor die Brust.
»Woher weißt du von diesem Ort? Wer hat dich hierhergeschickt und wagt es, mich zum Narren zu halten? Wer bist du?«, knurrte er zornig.
Laryon brauchte nur einen kurzen Moment, um sich an die Helligkeit zu gewöhnen. Abwehrend wich er einen Schritt zurück, während er sich die schmerzende Stelle am Hinterkopf rieb. »Ich kann mich nicht erinnern, dich darum gebeten zu haben, mich hierhin mitzunehmen!«, gab er bissig zurück. Er hatte Gorns grundlose Anschuldigungen langsam satt.
Inzwischen hatte Elfe sich unauffällig wieder näher an Laryon herangeschoben. Dieser ließ sich auf ein Knie nieder und tätschelte der großen schwarzen Hündin das drahtige Fell, während sie ihn schwanzwedelnd umkreiste und versuchte, ihm das Gesicht abzulecken. »Erkläre du mir dagegen, wie du an einen von Nolens besten Hunden gelangt bist. Er hat behauptet, er hätte ihn in den Norden verkauft, an die Bergwache«, setzte er nach. Der andere Hund kam neugierig schnuppernd näher.
Aus den Augenwinkeln konnte Laryon erkennen, dass sich Erstaunen in Gorns Miene abzeichnete. Dann grinste er. »So. Nolen. Interessant. Nun, das war nicht gelogen.«
»Woher kennst du Nolen?«, wagte Laryon zu fragen.
Gorn schaute ihn verwundert an. »Woher wohl?«, gab er nur zurück. Dann wandte er sich achtlos um und winkte auffordernd

über die Schulter. Die Frage nach der Vertrauenswürdigkeit des jungen Grenzreiters stellte sich offenbar nicht mehr. Laryon schob den Hund von sich, stand auf und folgte Gorn.

Der kleine Platz war genau so, wie er ihn in Erinnerung hatte. An der breitesten Stelle schmiegte sich eine Hütte unter den Überhang in den Fels. Eine kniehohe Trockenmauer bildete das Fundament. Darüber bestanden die Wände aus dünnen Baumstämmen. Der Teil des Daches, den der Fels nicht überdeckte, war mit grauen Schieferplatten und Soden gedeckt, die inzwischen dicht mit Gras und Kräutern bewachsen waren. Einige der Pflanzen hingen in langen Stengeln fast bis zum Boden. Zum Pfad hin gab es eine schmale Eingangstür und zum Abhang hin ein breites Fenster, das mit zwei Läden verschlossen werden konnte. Vor der Hütte befand sich ein grasbewachsener Flecken, der sich schon mit wenig Sonne angenehm aufheizte. Jetzt jedoch machte die schwüle Gewitterluft das Atmen schwer. Trotzdem saß Kary dort auf einer Holzplanke, die auf zwei größeren Felsbrocken ruhte. Gorn nickte ihm im Vorbeigehen zu und verschwand hinter der Hütte.

Als Kary Laryon erblickte, strahlte er. Er sprang auf und lief auf ihn zu. Zwei Schritte von Laryon entfernt blieb er verdutzt stehen. »Du warst ja schon einmal hier! Du hast diese Hütte gebaut?!«, rief er verwirrt.

»Offensichtlich hat es wenig Sinn, das abzustreiten. Ich grüße dich, Kary«, erwiderte Laryon trocken und lachte verdutzt auf. Die Anmerkung des Jungen überraschte ihn.

»Und du kennst Nolen. Ihr wart gemeinsam hier. Das erklärt mir einiges«, fügte Kary rätselhaft hinzu.

»Verrätst du mir, was?«, fragte Laryon interessiert.

Kary reckte den Kopf und lachte zu ihm auf. »Später!« Er lief näher und umarmte Laryon herzlich, als dieser sich zu ihm hinabbeugte.

Spätestens, seit sie auf dem Platz angekommen und von den Hunden begrüßt worden waren, waren alle Unruhe und Angst von Laryon abgefallen. Die Umgebung war ihm bestens vertraut, er kannte diesen Platz bis in den kleinsten Winkel. Gorn legte nicht länger Wert darauf, ihn zu beeindrucken, Karys Verhalten wirkte dagegen nach nur wenigen Augenblicken familiär. Laryon zweifelte nicht daran, dass er sehr viel über ihn wusste, woher auch immer. Doch auch umgekehrt hatte er den Eindruck, dass irgendetwas an Kary ihn selbst betraf. Unwillkürlich schüttelte Laryon den Kopf, als könnte er so diese ungewöhnlichen Gedanken abschütteln.

»Möchtest du dich erfrischen?«, fragte Kary und deutete mit einer einladenden Geste hinter sich.

»Gern, ich kenne den Weg.« Laryon grinste unbeholfen.

Kary nickte »Ich weiß.« Er lief neben ihm her bis zur Hütte und setzte sich dann wieder auf die Bank, während Laryon das kleine Gebäude umrundete.

Dahinter zog sich der Überhang ungefähr zwanzig Schritte weiter und lief schließlich in den Felsen aus. Dort endete auch der Platz an einem weiteren Bachlauf, der jedoch im Gegensatz zu dem, an dem sie hinuntergelangt waren, munter sprudelte. Einen breiten Felssims, der zwischen Hütte und Bach gelegen war, hatten Nolen und Laryon damals zu einer Kochstelle ausgebaut. Darüber befand sich ein natürlicher Kamin, der irgendwo oberhalb an einer Stelle im Wald endete, an der es nicht weiter auffiel, wenn ab und zu etwas Rauch aus dem Boden quoll. Als er näher kam, konnte Laryon erkennen, dass Gorn die ursprüngliche Feuerstelle weiterhin benutzte. Er hatte außerdem eine kleine Grube ausgehoben, die sie offensichtlich zum Backen oder Räuchern nutzten. Gerade stocherte er darin herum und legte ein paar Platten des Feuermooses nach, das in einem riesigen Stapel neben dem Sims gelagert war. Ein frischer Laib Brot kühlte am Rand der Feuerstelle auf den Steinen aus.

Da Laryon den Eindruck hatte, nicht beachtet zu werden, ging er weiter. Er stellte seinen Rucksack an den felsigen Rand des Baches, der sich an dieser Stelle zu einem kleinen Becken erweiterte. Wenn man das Wasser staute, konnte man darin sogar baden, doch im Moment tanzte das kleine Holzbrett, das dazu nötig war, munter an einer Schnur in der Strömung.
Ein paar roh gezimmerte Regale waren unter einem Vorsprung angebracht, in denen allerlei Kochgeschirr, Reinigungsgegenstände und Tücher aufbewahrt wurden. Dazwischen und darunter verliefen Leinen, auf denen einzelne Kleidungsstücke zum Trocknen hingen. Laryon entdeckte das hellbraune Hemd wieder, das Kary bei ihrer ersten Begegnung getragen hatte. Gestern erst, wie ihm bewusst wurde, doch es kam ihm vor, als wäre es bereits unendlich lange Zeit her. Dabei trug er selbst immer noch das rote Lederhemd seiner letzten Schicht. Er knöpfte es auf und legte es sorgfältig auf den Rucksack.
Erst jetzt, als ein Luftzug ihn streifte, merkte Laryon, dass er schweißgebadet war. Das dünne Unterhemd klebte wie eine zweite Haut an seinem Körper. Abgesehen von der dicken Luft war seine Anspannung wohl doch größer gewesen, als er sich eingestehen wollte. Angewidert zog er das Hemd über den Kopf und suchte in den Regalen nach ein paar Waschsamen. Er fand eine kleine Schale, zerdrückte einige der Kugeln, wusch erst den Stoff aus, benutzte ihn dann als Waschlappen und reinigte ihn danach nochmals gründlich. Anschließend hängte er das Hemd auf ein freies Stück Leine und nahm ein frisches aus seinem Rucksack. Darüber zog er ein einfaches dünnes Leinenhemd mit vorn gekreuzten Schnüren. Schließlich faltete er das Lederhemd zusammen, um es zu verstauen, und begab sich mit dem Rucksack über der Schulter zurück zur Hütte.
Gorn hatte ein weiteres Brett über einen Felsen gelegt, darauf das noch warme Brot, Schälfleisch, einen Laib Käse und ein Messer. Ihn selbst konnte man in der Hütte rumoren hören.

Kary sah Laryon erwartungsvoll an und deutete einladend auf das Essen. Der Grenzreiter dankte lächelnd, schnitt sich von allem eine breite Scheibe ab und setzte sich auf einen Felsblock. Bisher war ihm sein Hunger gar nicht bewusst geworden, doch jetzt freute er sich auf die Mahlzeit. Verwundert sah er Gorn mit seinem Schwert und dem Beutel aus der Hütte kommen.

»Das gehört dir. Bitte.« Er hielt beides auffordernd hin.

»Hast du keine Angst, dass ich dich damit angreife?«, wollte Laryon mit einem spöttischen Grinsen wissen, während er seine Sachen entgegennahm. Er ließ den Beutel unter sein Hemd gleiten und befestigte die Schwertscheide mit der Schnalle an seinem Gürtel.

»Nein«, erwiderte Gorn verächtlich. Dann lächelte er kurz. Es war ein gefährliches Lächeln. »Außerdem hattest du die ganze Zeit dein Wurfbeil. Ein guter Molanne ist damit gefährlicher als mit jedem Schwert. Habe ich recht?«

Laryon schluckte und nickte widerwillig. Die Drohung war unmissverständlich. Bewaffnet oder nicht, Gorn hatte keine Angst vor ihm.

Kary warf ihm einen missbilligenden Blick zu, als er sich neben den Jungen auf die Bank fallen ließ und an den Felsen lehnte. Doch Gorn beachtete ihn nicht, seine Aufmerksamkeit war ganz auf Laryon gerichtet. Plötzlich veränderte sich seine Miene. Sein Lächeln wurde aufrichtig, und ein freundlicher Funke sprang ihm in die Augen. »Laryon, sei willkommen«, meinte er warm. »Kary vertraut dir. Nolen vertraut dir. Es steht mir nicht zu, an dem Urteil meines Hauptmanns zu zweifeln.«

»Deines Hauptmanns?«, wiederholte Laryon verständnislos. Gorn nickte, wieder ernst. »Er war es, er ist es immer noch, wenn auch nicht offiziell. Ich unterstehe anderen Befehlen.«

»Wie …«, setzte Laryon an, doch Kary brachte ihn mit einer resoluten Handbewegung zum Schweigen.

»Lass uns vorn anfangen«, bat er. Wieder fiel Laryon auf, wie erwachsen er wirkte. Er nickte zögernd, während er Mitgefühl für Kary verspürte. In was für einer Gefahr schwebte er, dass er sich hier verstecken musste? Die beiden lebten schon einige Zeit hier, das war unübersehbar.

»Du musst wissen, Laryon, dass dies deine Geschichte ist. Die Geschichte des Bergkrieges.« Mit ruhiger Stimme begann Kary zu erzählen. Laryon folgte ihm vom ersten Augenblick an mit größter Konzentration. Kauend beugte er sich vor, um kein einziges von Karys Worten zu verpassen.

»Es war an einem ungewöhnlich heißen Spätsommertag vor vielen Jahren, als die Bergkämpfer in das Hauptquartier von Zweipass gerufen wurden. Niemand konnte sich erinnern, schon einmal eine so große Versammlung erlebt zu haben. Ebenso wenig konnte man sich an einen vergleichbaren Grund ihres Zusammenkommens erinnern: Es hatte einen Anschlag auf eine der Bergwächterinnen gegeben. Sie konnte im letzten Augenblick fliehen, doch ihre Angreifer befanden sich irgendwo zwischen den Pässen des Nordgebirges.«

Gorn hatte ganz langsam das Messer sinken lassen, mit dem er ein Stück Käse hatte abschneiden wollen. Mühsam schluckte er, warf Kary einen aufgewühlten Blick zu, schwieg jedoch.

»Die Bergkämpfer sind die besten Männer und Frauen, die Willerin vorzuweisen hat. Auch wenn ihre Aufgabe in diesen Tagen hauptsächlich daraus besteht, die verbliebenen Siedler hinter den Bergen freundlich darauf hinzuweisen, sich nicht diesseits der Pässe blicken zu lassen, hat ihre Ausbildung nichts von ihrer Härte verloren. Der hohe Anspruch, den die Berge an diejenigen stellen, die in ihnen und mit ihnen leben wollen, tut sein Übriges.

Die Bergwächterinnen leben als Einsiedlerinnen verstreut über das gesamte Gebirge. Daher wurden Staffeln aus Bergkämpfern zusammengestellt, die diese Frauen schützen sollten. Gorn war damals noch Rekrut, als er einer dieser Staffeln zugeteilt wurde. Sein Anführer war ein Mann namens Nolen.«

Laryon schaute verwundert von einem zum anderen. Gorn saß aufrecht, seine Miene verriet nichts, doch man konnte seine Kiefermuskeln mahlen sehen. Kary nickte.

»Er ist derjenige, den du kennst. Seine Benennung war ungewöhnlich, denn er hatte seine eigene Ausbildung gerade einmal ein halbes Jahr zuvor beendet. Doch es sollte sich sehr bald zeigen, dass er seiner Aufgabe mehr als gewachsen war. In mörderischem Tempo führte er seine Staffel über die Pässe durch das Hochtal Valun Parora bis zum Pera Grija, dem großen Wächter des Nordgebirges. Der Berg begrenzt ein unzugängliches Gebiet von schroffen Felsen und Schluchten, das bis zur Küste abfällt und schließlich in Form von steilen Klippen nur noch vom Meer begrenzt wird. Am Pera Grija enden somit die Befugnisse der Bergwache.

Sie kamen nur knapp zu spät. Die Hütte der dort lebenden Bergwächterin war niedergebrannt, doch die Überreste schwelten noch. Die Frau war nicht einfach nur umgebracht, sondern geradezu hingerichtet worden. Sie war nackt. Ihre sterblichen Überreste waren an zwei gekreuzten Holzstreben aufgehängt, ihr Gesicht verstümmelt. Die Blutlachen auf dem Boden ließen ahnen, was vorgefallen sein mochte. Dunkelrote Flecken trockneten zwischen Steinen und Grasbüscheln. Gnädigerweise war der Tag noch nicht weit vorangeschritten, der Leichnam noch nicht der Sonne ausgesetzt.«

Mit einer Mischung aus Faszination und Abscheu starrte Laryon Kary an. Dem Jungen schien überhaupt nicht bewusst zu sein, was er da erzählte, seine Stimme blieb sachlich, leidenschaftslos. Gorn dagegen wich Laryons Blick aus.

»Jemand hatte ein Mal in ihre Haut geritzt. Unzählige feine Linien bildeten einen Kreis aus verkrustetem Blut. Es waren keine tiefen Wunden, doch sie schienen mit einer hastigen Bewegung

zugefügt worden zu sein. Oder die Bergwächterin hatte sich gewehrt, als ihre Haut zerfetzt wurde.
Es gab keine Spuren, die verrieten, was die Mörder gesucht und vielleicht gefunden hatten. Es gab keine Spuren, die ihre Herkunft und ihr Motiv verrieten. Es gab keine Spuren, die verrieten, warum sie die Bergwächterin auf diese Weise getötet hatten. Nichts.
Nolen entschied sich, bei den Siedlern jenseits des Nordgebirges nach Hinweisen zu suchen. Er schickte zwei Bergkämpfer zurück nach Zweipass und ließ die übrige Truppe bei dem Posten auf dem Savei-Pass als Verstärkung zurück. Er selbst überquerte mit Gorn den Pass und betrat das Reich Trakans.«
»Aber«, wagte Laryon es endlich, Kary zu unterbrechen, und wandte sich an Gorn, »du warst Rekrut. Kein Anführer dürfte im Fall einer möglichen Bedrohung nur in Begleitung eines Rekruten gehen. Das hätte Nolen niemals getan.«
»Nie allein, Laryon? Zählen Pferde als Begleitung, wenn ihr Grenzreiter eure Runden zieht?«, spottete Gorn freundlich. Laryon konnte ihm ansehen, dass er versuchte, darüber hinwegzutäuschen, welche unangenehmen Erinnerungen Kary wachgerüttelt hatte. »Du hast schon recht«, sprach Gorn weiter, bevor Laryon etwas erwidern konnte. »Nolen hat meine Ausbildung kurzerhand für beendet erklärt.« Er lächelte kurz. »Der Anführer des Postens auf dem Savei-Pass hatte bereits einmal in einer Auseinandersetzung mit Nolen den Kürzeren gezogen. Es brauchte nicht viel, ihn davon zu überzeugen, sich Nolens Forderung anzuschließen. Obwohl Nolen jung war, hatten seine Leistungen und Kampfesfertigkeiten ihm bereits einen herausragenden Ruf eingebracht. Er wollte keinen anderen mitnehmen.«
»Warum?«
Gorn nickte Kary zu, der geduldig gewartet hatte. Wenn diese Information zu der Geschichte gehörte, würde Laryon sie erhalten.

»Eins noch, bitte«, fügte Laryon daher hastig hinzu. »Die Siedler, warum nennt ihr sie so? Ich dachte, es wären Gesetzlose.«
»Was weißt du über das Reich Trakans?«, fragte Gorn ihn.
»Nicht viel. Dorthin wurden über Jahrzehnte Männer gebracht, die nach Meinung des Senats von Foryana nicht tragbar waren. Männer, die andere ohne Not getötet, Kindern oder Frauen Schande angetan oder andere ihrer Lebensgrundlage beraubt hatten. Bis vor ungefähr sechs Jahrzehnten, als der Senat entschied, solche Männer zum Frondienst zu zwingen. Wer im Reich lebte, konnte in seine Heimat zurückkehren und sich zum Frondienst melden oder aber bleiben und als freier Mann leben. Die Wahl des Letzteren unterscheidet sich nicht sehr von dem, wie es vorher war, denn schon immer waren diese Männer sich selbst überlassen. Die Bergwache sorgte dafür, dass sie in dem zugewiesenen Gebiet blieben und die Berghirten nicht belästigten. Soweit mir bekannt ist, hat keiner der Männer einen Frondienst angetreten.«
»Alles richtig, Laryon. Ein ganz entscheidender Unterschied nach der Einführung des Frondienstes besteht jedoch darin, dass der Senat den Handel mit den Siedlern des Reiches über den Pass Parom zugelassen hat. Immer unter den Augen der Bergwache. Außerdem darf nun jeder – auf eigene Gefahr – in das Reich Trakans übersiedeln. Seither leben auch Frauen dort. Es gab unter den Anführern der Bergwache solche, die in den Menschen dort nicht mehr als wilde Tiere sahen. Und es gab jene, die ihnen die Regeln eines zivilisierten Zusammenlebens möglich machen wollten. Nolen wurde auf dem Pass Parom ausgebildet. Sein Anführer dort gehörte zur letzteren Sorte. Ihm selbst standen die Siedler immer nahe.«
»Wieso das?«
Gorn lehnte sich wieder an den Felsen. »Wenn Nolen dir darüber bisher nichts verraten hat, wirst du von mir nichts erfahren.«

Laryon schaute Kary an, doch auch dieser schüttelte den Kopf. »Darüber weiß ich nichts. Es ist nicht Teil deiner Geschichte.« Er ließ dem Grenzreiter keine Gelegenheit, weiter darüber nachzudenken, und fuhr fort: »Nolen führte Gorn zu einer Siedlung. Sie fanden die Menschen dort in Aufruhr. Leute verschwanden, verhielten sich sonderbar, als sie zurückkehrten: Manche ließen Gegenstände wie schwerelos durch die Luft gleiten. Andere bewegten sich blitzschnell, die meisten redeten scheinbar sinnlos mit sich selbst. Alle trugen sie an einer Hand einen schwarzen Handschuh. Diese Leute schlossen sich zu kleinen Gruppen zusammen, in denen auch Fremde auftauchten, die zweifelsfrei nicht zu den Siedlern gehörten. Sie überfielen andere Familien, plünderten, töteten sogar vereinzelt. Erst wenige Tage zuvor waren sie in die Berge verschwunden und seither nicht wieder aufgetaucht.«

»Magier«, flüsterte Laryon beklommen.

Kary nickte. »Als Schwarzkünstler oder Schwarzkunst-Magier bezeichneten die Menschen sie – wegen des Handschuhs, ihres unvermittelten Auftretens, der unerklärlichen Fähigkeiten. Sie trugen keine Waffen. Die Waffen derjenigen, die verwegen genug waren, sie gegen einen der Magier zu ziehen, richteten sich gegen ihre Besitzer. Es gab nichts, was man dagegen tun konnte. Mit der tödlichen Anmut eines tanzenden Schattens fielen sie über ihre machtlosen Opfer her.«

Laryon rutschte unbehaglich auf seinem Stein hin und her. Er hatte keine Bewegung bemerkt, als Gorn sein Schwert durch die Luft hatte gleiten lassen, doch ihm graute vor dem möglichen Ergebnis. Gorn hielt seine Aufmerksamkeit auf das Essen gerichtet.

»Sie waren die Gegner, die die Bergwache stellen musste. Nolen und Gorn kehrten nach Zweipass zurück. Die Bergkämpfer überzogen daraufhin das gesamte Gebirge mit einem dichten Netz aus stehenden Wachposten und Kundschaftern. Sie hatten

keinen Erfolg. Die Bergwächterinnen waren das Ziel. Es wurden weitere getötet, samt ihren Bewachern. Erst der Winter unterbrach das Morden, nur damit es im Frühjahr umso erbarmungsloser wieder begann.
Der Senat von Foryana versuchte die Bergwächterinnen davon zu überzeugen, die Sicherheit der Städte aufzusuchen, Antron oder Baia oder wenigstens Zweipass. Sie weigerten sich, gaben an, sie könnten ihren Aufgaben außerhalb der Berge nicht nachkommen.«
»Was sind das für Aufgaben?«, wollte Laryon wissen. Kary zuckte unsicher mit den Schultern und sah Gorn hilfesuchend an. Laryon fand das seltsam. Er konnte kein Muster erkennen, nach dem Kary über bestimmtes Wissen verfügte, dagegen von manchen Dingen offensichtlich keine Ahnung hatte.
»Sie sind Heilerinnen«, erläuterte Gorn daher, »doch nicht im üblichen Sinne. Sie verfügen über besondere Fertigkeiten zu lindern, körperliche Schmerzen genauso wie seelische Qualen. Gerade für uns Kämpfer war ihre Unterstützung gegen die Magier zu wichtig, als dass wir darauf hätten verzichten können, falls sie die Berge verlassen hätten.«
»Heilerinnen? Das ist alles? Haben sie nicht noch andere Aufgaben?«, fragte Kary, verwundert an Gorn gewandt.
Dieser hob abwehrend die Hände. »Nein.«
Laryon hatte den Eindruck, dass der Bergkämpfer nicht die ganze Wahrheit sagte, aber er würde ihn kaum zu einer ausführlicheren Antwort bewegen können. Auch Kary dachte angestrengt nach, schien jedoch zu keinem Ergebnis zu kommen, so dass er seine Erzählung wieder aufnahm. »Es war unmöglich zu sagen, wie vielen Gegnern die Bergwache gegenüberstand. Niemand, der sie zu Gesicht bekam, überlebte. Man wusste nur das, was Nolen von den Siedlern erfahren hatte: von diesen merkwürdigen Handschuhen und dass sie sich in Gruppen von sechs oder mehr Personen bewegten. Ihrem Auftauchen an

verschiedenen Stellen nach zu urteilen, mussten es mehrere Gruppen sein. Die Bergwache stellte daher größtmögliche Einheiten von zwanzig oder mehr Kämpfern zusammen. Es war der erste Sommer des Bergkrieges, der Sommer der unsichtbaren Gegner.«

Laryon nickte unbewusst. Das war das, was er als Junge gelernt hatte. Der Bergkrieg war kein Krieg mit größeren Gefechten kämpfender Verbände, wie er vor langer Zeit auch auf Willerin geführt worden war, bis sich die Grenze zwischen beiden Ländern endgültig geformt hatte. Den Bergkrieg kennzeichneten zahlreiche kleine Gefechte mit hohen Verlusten gegen einen übermächtigen Gegner. Er zog sich über zwei Sommer und sogar einen Winter hin. Bis zuletzt erfuhr niemand, was diese Magier gesucht hatten.

Karys Stimme wurde leiser, und er starrte auf einen unbestimmten Punkt hinter Laryon. »Wieder gab es eine kleine Verschnaufpause, als der Winter einzog und nicht einmal die Magier in der Lage waren, sich im Hochgebirge zu bewegen.

Inzwischen waren zwei Winter und ein Sommer seit dem Mord an der ersten Bergwächterin vergangen. Der späte Frühling hatte in den Bergen Einzug gehalten, und die Tage wurden heller. Die verschlungenen Schutzmethoden der Bergkämpfer zeigten endlich Wirkung. Seit dem Ende des Winters hatten die Mörder bei ihren Überfällen keinen Erfolg mehr gehabt. Dann gelang es einem Trupp Bergkämpfer zum ersten Mal, eine Bande zu stellen.«

Etwas an Kary veränderte sich, ohne dass Laryon genau sagen konnte, was es war. Er wirkte mit einem Mal nicht mehr menschlich. Seine Stimme klang voller, und ein Hauch von Ewigkeit hallte in ihr wider. Gleichzeitig hatte Laryon das Bedürfnis, sich an dem beständigen Fels unter sich festzuhalten, weil er fürchtete, der Strudel des Blickes, der auf ihn gerichtet war, könnte ihn einsaugen und verschlingen. Er versuchte etwas zu sagen, doch

Gorn legte einen Finger an die Lippen und schüttelte den Kopf. Die Augen des Jungen waren nicht auf ihn gerichtet, dennoch konnte auch er sich offensichtlich kaum ihrer Wirkung entziehen. Es war der Widerhall des Vergangenen, und Kary machte es zur Gegenwart.

Gorn lächelte kurz, ehe er sein Schwert zog und locker in der Hand hielt. »Ist das unser letztes Wiedersehen?«, fragte er scheinbar gelassen. Nolen legte ihm als Antwort nur kurz die Hand auf den Oberarm und berührte das Abzeichen der Bergwache. Es war als Unterstützung gemeint. Ihnen stand ein Gefecht mit einer Gruppe von Magiern bevor. Vermutlich würden sie beide heute sterben.

Sie warteten in einem klassischen Hinterhalt auf einem der alten Schmugglerpfade. Ihre Späherin hatte acht Gegner angekündigt. Deren Weg konnte nur aus einem natürlichen Tunnel heraus durch eine Passage mit hohen Felswänden zu beiden Seiten führen.

Die Magier würden sich einer Übermacht von insgesamt zwanzig Bergkämpfern gegenübersehen. Zu beiden Seiten standen Armbrustschützen in den Felshängen. Weitere vier Bergkämpfer warteten auf dem steinernen Dach des Durchgangs, um mit gezogenen Schwertern vor die Öffnung zu springen und ihnen den Rückweg abzuschneiden.

Nolen stand mit Gorn und den Übrigen auf dem Weg, als ihre Gegner aus dem Tunnel heraustraten. Und alle Gerüchte erwiesen sich als wahr: Sie waren gänzlich unbewaffnet und schienen nicht sonderlich überrascht zu sein, dass man sie gestellt hatte. In unauffälliges Braun gekleidet und die Gesichter mit braunen Tüchern verhüllt, waren nur ihre aggressiv funkelnden Augen zu erkennen. Dazu trugen sie je einen seltsamen dicken Handschuh. Ohne ein Wort zu verlieren, gingen sie zum Angriff über.

Obwohl die Bergkämpfer damit gerechnet hatten, einem unbewaffneten Gegner gegenüberzutreten, warteten sie unschlüssig ab, was passieren würde. Sie hatten den Befehl, wenigstens einen Gefangenen zu machen, damit sie endlich herausfinden konnten, was es mit den Überfällen auf sich hatte.

Der Weg war gerade so breit, dass drei Personen nebeneinander stehen konnten. Als die vorderen drei Magier sich den Bergkämpfern bis auf Armeslänge genähert hatten, zischten sie wie aus einem Mund ein Wort in einer fremden Sprache. Augenblicklich wurden den Bergkämpfern die Schwerter von einer unsichtbaren Macht aus den Händen gerissen, wirbelten in die Höhe, drehten sich auf dem Scheitelpunkt und stießen wie von einer starken Hand geführt ihren überraschten Besitzern in die Brust. Armbrustbolzen flogen durch die Luft.

Das alles war innerhalb von wenigen Augenblicken geschehen, und nur ihrer guten Ausbildung sowie dem Mut Nolens war es zu verdanken, dass die Bergkämpfer nicht in wilder Panik flohen. Während er selbst über die erschlagenen Schwertkämpfer sprang und dem nächstbesten Gegner sein Schwert durch die Kehle zog, brüllte er der Staffel zu, sich über die Felsen zu verteilen und von allen Seiten auf die Magier einzuschlagen, um sofort alle zu töten.

Mit Nolens beherztem Angriff und seinen Anfeuerungsrufen kam Bewegung in die erstarrten Bergkämpfer. Gorn hielt sich abseits des Weges und kletterte halb an der Felswand entlang, bis er seinen Anführer erreichte. Dessen Gesicht spiegelte sein eigenes Entsetzen wider.

Noch einmal gelang es den Magiern, die Kontrolle über die Waffen ihrer Feinde zu erlangen. Drei Bergkämpfer brachen unter den Hieben ihrer eigenen Schwerter zusammen. Die Übrigen rückten vor und erschlugen einige Gegner. Eine Magierin ließ sich mit erhobenen Armen geradewegs in ein Schwert fallen und drückte mit ihrem gesamten Körpergewicht ihre Hände auf das Gesicht ihres Opfers, das daraufhin nach hinten gegen den Felsen taumelte. Es schlug auf und rührte sich nicht mehr.

Ein letzter Magier stand nun dem Anführer der Bergkämpfer gegenüber. Nolen zog gerade sein Schwert aus dem Leib eines Gegners und richtete sich hastig auf, war jedoch bei weitem nicht schnell genug, um die Waffe zu heben. Mit einer weit ausholenden Bewegung schleuderte der Magier ihm die behandschuhte Hand ins Gesicht. Beide brüllten gleichzeitig auf, der eine vor Verzweiflung, der andere vor Wut und Schmerz. Nolen ließ sein Schwert fallen, versuchte stattdessen mit aller Kraft, die Hand wegzudrücken. Er spürte, dass das, was immer sich auf der Innenfläche des Handschuhs befand, durch seine Haut drang, wenn auch nicht so tief wie beabsichtigt. Er konnte nichts dagegen tun, dass der Angreifer mit unendlicher Befriedigung die Hand nach unten zog. Wie eine Flamme breitete sich der Schmerz über Nolens gesamte Gesichtshälfte bis zum Hals aus. Seine Kräfte ließen umgehend nach. Sein Griff wurde schwächer, sein Widerstand brach zusammen. In seinen Ohren rauschte es, und er hörte aus der Ferne einen weiteren Schrei, der sein eigener gewesen sein mochte. Gleichzeitig vernahm er in seinem Kopf geflüsterte Worte, warnend, beschwörend, flehend.

Dann ließ der Druck auf seinem Gesicht nach. Sein Gegner erschlaffte. Das Letzte, was er sah, war Gorn neben ihm, der das Schwert präzise in die Seite des Handschuhträgers gerammt hatte. Langsam sackte Nolen gegen den Felsen hinter sich und brach zusammen.

8.

Karys Stimme verhallte, und sein Blick klärte sich. Gorn betrachtete scheinbar unbeteiligt den Boden. Die beiden Hunde lagen friedlich im Gras und folgten mit aufmerksam gespitzten Ohren einem auffliegenden Vogel. Ansonsten rührte sich nichts. Laryon wurde sich wieder der schwülen Luft und der Tatsache bewusst, dass er in dem alten Versteck saß. Er starrte Kary an. Dutzende Fragen schwirrten ihm durch den Kopf, und gleichzeitig fiel ihm keine ein, die er stellen wollte. Der Junge sah erschöpft aus, und ihm standen kleine Schweißperlen auf der Stirn.

Nach einem Augenblick atmete Kary tief durch und richtete seinen eindringlichen Blick auf Laryon. »Ich weiß, was sie wollten. Die Halle. Sie wollten in die Halle. Die Bergwächterinnen kennen den Eingang zur Halle. Doch nur eine von ihnen wacht über ihn.«

Laryon sah Gorn zusammenzucken, als hätte ihm jemand einen Schlag versetzt.

»Warum erzählst du mir das, Kary?«, fragte Laryon hastig. Ohne es vermutlich selbst zu bemerken, hatte Gorn eine bedrohliche Haltung angenommen, alarmiert durch das, was Kary gerade gesagt hatte.

»Es ist deine Geschichte, Laryon. Du sollst wissen, welche Gefahren dir bevorstehen. Die Schwarzkunst-Magier können sehr gefährlich sein. Weil sie auch die Halle suchen, immer noch, wie im Bergkrieg.«

»Wie sollte ich ihnen begegnen? Das Nordgebirge ist weit weg!«

»Weil du versprochen hast, mich nach Hause zu bringen.«

»Ich habe *was?!*« Wenigstens konnte er jetzt erkennen, dass Gorn genauso verwirrt war wie er selbst. Beide schauten den Jungen an, der trotzig das Kinn vorgeschoben hatte. »Du hast mir angeboten, auf Fella zu deinem Hauptquartier zu reiten. Dann hast du gesagt: ›Anschließend kümmern wir uns darum, dass du wieder nach Hause kommst. Dorthin, wo du hingehörst.‹ Du hast es versprochen!«

Laryon schüttelte entschieden den Kopf. »Ich habe gedacht, du bist aus Cahrm oder einem der Dörfer aus der Umgebung. Ich habe dir doch nicht versprochen, dich ins Nordgebirge zu bringen.«

»Aber du bist der Einzige, der die Halle öffnen kann!«, rief Kary hektisch. Er sah Laryon flehentlich an. »Die Halle ist der Ort, wo ich hingehöre. Du musst mich dorthin bringen!«

»Was soll denn diese mysteriöse Halle überhaupt sein? Wieso sollte ausgerechnet ich sie öffnen können?«

»Die Halle ist meine Heimat. Der Ort, wo ich hingehöre«, wiederholte Kary hilflos. Es war dem Jungen deutlich anzusehen, dass er es selbst nicht wusste. Laryons Blick wanderte von Kary zu Gorn, der ihn ratlos erwiderte. Er strich sich die Haare aus der Stirn und setzte mehrmals unschlüssig zu einer Antwort an, während Kary verzweifelt Tränen wegblinzelte.

Schließlich wandte Gorn sich an den Jungen und legte ihm beruhigend eine Hand auf die Schulter. »Kary, geh in die Hütte, und ruh dich aus. Du bist müde«, meinte er sanft.

Kary versuchte, seine Hand wegzudrücken. »Nein. Erst muss Laryon mir versprechen, mich in die Halle zu bringen! Bringst du mich dorthin?«

»Nicht, solange ich es verhindern kann«, widersprach Gorn ruhig, aber bestimmt mit einem warnenden Seitenblick auf Laryon. Dieser Warnung hätte es nicht bedurft. Das Letzte, was ihm in den Sinn kam, war, mit einem fremden kleinen Jungen einmal quer über die Insel zu reisen, ohne ein genaues Ziel zu kennen.

»Das kann ich nicht«, antwortete Laryon daher ebenso bestimmt. Er stand auf und kniete sich vor Kary hin, damit er auf gleicher Augenhöhe mit ihm war. »Kary, ich verstehe nicht einmal, warum du auf diese Idee gekommen bist. Ich sehe keinen Zusammenhang mit den Erlebnissen von Nolen und Gorn im Bergkrieg. Ich kenne weder eine Halle im Nordgebirge noch den Weg dorthin. Und ich kann den Eingang zu dieser Halle ganz sicher nicht öffnen. Es tut mir leid, Kary.«

Kary schniefte und ballte eine Hand zur Faust. »Aber du hast versprochen, mich dorthin zu bringen, wo ich hingehöre. Bring mich in die Halle!«

Ratlos sah Laryon Gorn an, der aufgestanden war.

»Kary, geh und ruh dich aus. Los jetzt«, forderte Gorn. Gleichzeitig schob er Kary sanft, aber unnachgiebig von der Bank, bis dieser aufspringen musste, wenn er nicht fallen wollte. Kary zupfte ein letztes Mal an Laryons Arm, als wollte er ihn auffordern mitzukommen. Dann ließ er unvermittelt los, drehte sich um und trottete mit hängenden Schultern zur Tür. Dort angekommen, wandte er sich noch einmal kurz um. »Versprichst du mir wenigstens, nicht ohne mich zu gehen?«

Laryon zog unschlüssig die Schultern hoch. Sein halbes Nicken schien Kary zu genügen, und er verschwand im Inneren der Hütte.

Mit einem leisen Seufzer ließ Gorn sich wieder auf die Bank fallen. Laryon setzte sich neben ihn, vergeblich seine Gedanken ordnend. »Wie ging es weiter?«, fragte er schließlich.

Gorn zögerte nur kurz. »Nolen hatte Glück. Die Handschuhe waren tödliche Waffen. Auf der Innenseite befanden sich speziell gehärtete vergiftete Nadeln, die so angeordnet waren, dass sie einfach nur die Haut tief einritzten, aber nicht zerfetzten. Das Gift entlud sich, wonach die Opfer innerhalb weniger Atemzüge umkamen.

Nolens Angreifer hatte seinen Handschuh zuvor bereits eingesetzt, und es war nicht mehr viel Gift enthalten. Er war schwer verletzt, aber er lebte.

Wir brachten ihn zu einer Bergwächterin, wo er sehr lange blieb. In jener Zeit ist etwas geschehen, was ihm Hinweise darauf gab, worin wir uns von den anderen unterschieden. Wir waren unempfänglich für Magie. Nolen suchte unter den Bergkämpfern diejenigen aus, bei denen es genauso war. Im Herbst, ein halbes Jahr nach diesem Gefecht, hatte er eine Staffel aus fünfzehn Männern und Frauen zusammengestellt, mit denen er jeden einzelnen verdammten Pass des Nordgebirges absuchte. Sogar den gesamten Winter über blieben wir oben – bis wir sicher waren, auch den letzten Magier besiegt zu haben. Wir haben nie herausgefunden, was sie wollten, noch welche Rolle die Bergwächterinnen spielten. So endete es.
Mein Junge, es steht dir frei zu gehen«, wechselte Gorn abrupt das Thema, als wollte er weitere Fragen im Keim ersticken. »Doch würde ich es sehr begrüßen, wenn du uns einige Tage Gesellschaft leistest. Kary hatte in letzter Zeit wenig Kontakt mit der Außenwelt, von seinen beiden alten Bewachern abgesehen.«
»Ich könnte gehen? Du siehst in mir keine Bedrohung?«
»Ganz sicher nicht. Ich kann Hilfe gebrauchen. Es gibt ein paar kleinere Reparaturen an der Rückseite der Hütte zu erledigen.«
»Nun, wenn ich mich nützlich machen kann, gern«, erwiderte Laryon lächelnd und meinte es auch so. Er mochte Gorn und nahm ihm sein Verhalten nicht übel. Schließlich hatte er nur seine Pflicht erfüllt, Kary zu beschützen. Und keiner der anderen Grenzreiter würde ihn zunächst vermissen, denn sie kannten die Gewohnheiten ihres Kameraden. »Vielleicht gelingt es mir auch, ein wenig mehr Klarheit über Karys Forderung zu erhalten.«
Statt zu antworten, verscheuchte Gorn mit einer unwirschen Handbewegung ein paar Fliegen, die sich auf dem Käse niederlassen wollten. »Hat Nolen dir jemals angetragen, zur Bergwache zu kommen?«

»Nur ein Mal. Ich glaube schon, dass es sein Wunsch war, sowohl für mich als auch für Fynn. Fynn ist der Sohn eines Grenzwächters in Nolens Einheit in Antron. Er brennt darauf zu gehen. Mich dagegen reizen die Berge nicht. Nolen hat das respektiert.«
Laryon spürte einen prüfenden Blick auf sich ruhen. Gorn nickte, als hätte er eine ähnliche Aussage erwartet. »Hat er gesagt, warum du zur Bergwache solltest?«
»Nein, nichts dergleichen.«
Ohne ein weiteres Wort stand Gorn auf und trug das Brett mit dem Essen hinter die Hütte, um es einzulagern. Laryon hing für einen Augenblick seinen Gedanken nach. Wenigstens verstand er jetzt, woher Nolen und Gorn sich kannten und warum Gorn ihn immer noch als seinen Hauptmann bezeichnete. Nolen, so viel wusste Laryon, hatte diesen Posten auch bei der Bergwache innegehabt, bevor er nach Antron gekommen war. Der Auftrag, Kary zu bewachen, musste damit in Zusammenhang stehen. Gorn war Mitglied der Bergwache und hatte nichts mit Nolens heutigen Aufgaben zu tun. Das war aber auch die einzige Schlussfolgerung, zu der Laryon gelangte, und sie passte nicht einmal zeitlich. Als Nolen in den Süden gezogen war, war Kary noch nicht einmal geboren.
Gorn kehrte zurück und nahm Laryon gegenüber auf dem Felsblock Platz. Er wirkte besorgt. »Wenn du hierbleibst, Laryon, lass Kary mit deinen Fragen in Ruhe. Er kann sie dir nicht beantworten.«
»Mir ist die ganze Geschichte ein Rätsel, Gorn.«
»Mir ebenso. Und glaub mir, Kary geht es nicht anders! Ich sagte dir, es sind Erinnerungen, die er im Kopf hat. Von ganz verschiedenen Menschen. Was du heute gehört hast, war noch eher harmlos, eine im Großen und Ganzen zusammenhängende Geschichte. Manchmal erzählt er etwas und wechselt wild die Perspektiven oder springt in den Geschehnissen hin und her. Es

waren Nolens Erinnerungen. Und meine.« Er lächelte bitter. »Vermutlich klang es so geordnet, weil wir einige teilen, die wir lieber vergessen möchten.
Kary ist gezwungen, die Sichtweisen der Menschen, deren Erinnerungen er erzählt, so anzunehmen, wie sie sind. Stell dir vor, du erinnerst dich an dein Pferd. Wenn du das tust, denkst du nicht an die Selbstverständlichkeiten, die das Tier gemeinsam mit jedem anderen Pferd hat. Du denkst an das Besondere, an das, was dieses Pferd von den anderen unterscheidet. Genauso geht es Kary. Wenn Nolen oder ich an eine Bergwächterin denken, erinnern wir uns an die Besonderheiten, die speziellen Erlebnisse, die uns mit einigen von ihnen verbinden. Wir denken nicht an das, worin üblicherweise ihre Aufgabe besteht, das ist für uns augenscheinlich. Kary weiß nichts über diese Frauen, wozu genau sie imstande sind. Er hat es nie gelernt. Solche Fragen könnte er ebenso wenig beantworten, wie er die Namen der Gipfel des Nordgebirges nennen könnte. Er wüsste auch nicht, in welchem Verhältnis die Pässe zueinander liegen.
Er ist, von diesen Erinnerungen abgesehen, ein ganz normaler kleiner Junge. Du hast gesehen, wie überfordert er war. Allerdings«, Gorns Tonfall wurde nachdenklich, »habe ich nie erlebt, dass er mir eine Forderung stellte oder ein bestimmtes Ziel verfolgte.«
»Und diese Halle? Was weißt du darüber?«
Dieses Mal zögerte Gorn lange, bevor er antwortete. Er wirkte unsicher. »Es gibt eine Halle. Doch kann niemand dorthin, der nicht vorher in ihre Geheimnisse eingeweiht wurde. Ich wüsste nicht, wie du sie finden und für Kary öffnen könntest. Das ist völlig abwegig.«
»Aber er stammt von dort? Diese Halle ist sein Zuhause?«
»Karys Mutter starb bei seiner Geburt«, erwiderte Gorn ausweichend. »Nolen gab mir den Auftrag, sich seiner anzunehmen. Ich habe einige Jahre mit ihm in Cahrm gelebt, bevor gewisse

Umstände es nötig machten, Kary aus dem Umfeld dort zu entfernen. Seither leben wir hier. Ich werde keinen Moment zögern, ihn mit all meinen Möglichkeiten zu schützen.«

Laryon überlief eine Gänsehaut. Gorn hatte mit Nolen die Magier gejagt. Er ahnte, dass er als Bergkämpfer Fertigkeiten erlernt hatte, von denen er bisher nur einen kleinen Vorgeschmack bekommen hatte.

Er nickte, darum bemüht, nicht allzu eingeschüchtert zu wirken. »Ich werde Kary nicht ins Nordgebirge bringen. Das war nie meine Absicht«, bekräftigte er.

»Gut.« Gorn lächelte wieder versöhnlicher. »Komm, hilf mir an der Kochstelle. Ich wollte den Felsen weiter ausbrechen, dabei kannst du mir zur Hand gehen.«

Laryon nickte und folgte ihm um die Hütte herum. »Was ist mit dir? Wie bist du zur Bergwache gekommen?«, erkundigte er sich nach einer kurzen Weile. Gorn winkte ihn zu einer soliden Kiste hinter der Hütte, der er Hammer und Meißel sowie eine kleine Spitzhacke entnahm. »Ich stamme aus dem Norden«, erklärte er beiläufig. »Mein Heimatdorf liegt in dem Wald, der sich dort bis an die Nordflanke des Gebirges zieht. Ein kleiner Weiler, der zu Lede gehört. Wie alle dort haben meine Eltern mit Holz zu tun, eine kleine Waldwirtschaft. Mich faszinierten dagegen schon immer die Berge, ich wollte als Hirte ins Valun Parora. Das ist das Hochtal des Nordgebirges. So fing ich schon früh damit an, Geld zu verdienen, indem ich Brennholz hackte und verkaufte, damit ich meine Ausbildung bezahlen konnte. Eines Tages kam der Wanderer auf den Markt von Lede. Hast du jemals vom Wanderer gehört?«

»Ja«, antwortete Laryon verblüfft. »Er war häufiger auf dem Gutshof meines Vaters zu Gast. Ich hätte nicht gedacht, dass er so alt ist.«

Gorn grinste. »Nein, das wird sein Sohn sein. Aber das läuft auf das Gleiche hinaus. Beide ziehen über die Insel, immer auf der

Suche nach Zuhörern für Geschichten und Anregungen, um sich neue auszudenken. Die Hunde dort ...« Gorn deutete mit einer kurzen Geste in die Richtung, in der Laryon die beiden Hunde hatte liegen sehen. »Nolen hat es sich angewöhnt, die Tiere, die er ausbildete, nach diesen Geschichten zu benennen. Es sind Namen aus der Mythologie des Wanderers.
Der Wanderer verwickelte mich damals in ein Gespräch und bestand bald darauf, dass ich mich nach Abschluss der Schule in Zweipass meldete. Er meinte, die Bergwache suche Leute wie mich. So kam es dann auch.«
»Sie suchen Leute wie dich?«
»Und wie dich. Du solltest Nolens Wunsch folgen.«
»Warum?«
»Er hat gute Gründe.«
Statt zu antworten, brummte der Grenzreiter nur ungehalten, und Gorn ließ es dabei bewenden. Laryon schätzte es nicht, wenn ihm jemand vorschrieb, was er zu tun oder zu lassen hatte oder was nach dessen Meinung das Beste für ihn war. Er legte größten Wert darauf, selbst über sich zu entscheiden.
»Du sagtest vorhin, Kary wisse vieles nicht«, brachte er Gorn wieder auf ein anderes Thema zurück. »Ich wusste gar nicht, dass man Wissen und Erinnerungen trennen kann.«
»Nun, es handelt sich nicht um seine Erinnerungen, und sie stimmen nicht immer mit seinen eigenen oder seinem Wissen überein. Ich will dir ein Beispiel geben.« Gorn grinste und warf Laryon unvermittelt einen anzüglichen Blick zu. »Vor einigen Jahren trafen wir eine Frau in den Straßen von Cahrm. Ich erkannte sie wieder, ich war mit ihr eine Zeitlang zusammen. Verstehst du? Ich dachte an unsere gemeinsamen Nächte, entsprechend beeinflusste dies meine Wahrnehmung von ihr. Kary sah nichts anderes als eine hübsche Frau, und gleichzeitig überfluteten ihn wohl meine Erinnerungen an ihre weiblichen Reize. Er hat mir hinterher eine Menge Fragen gestellt.« Er lachte.

»Seither weiß er einiges über die menschliche Sexualität – insbesondere über meine.«
Es tat gut zu sehen, wie Gorn sich entspannte. Laryon stimmte in sein Lachen ein, wobei er sich nicht vormachte, der alte Bergkämpfer wäre ihm gegenüber nun weniger wachsam oder vorsichtig. Dafür war er selbst schon zu lange Grenzreiter und Beobachter. Dass selten etwas während der Wachen geschah, bedeutete nicht, dass man seine Sinne nicht beständig schärfte.
»Ist das immer so?«
»Nein, nein. Von den meisten Dingen bekommt er nichts mit. Wobei ich dir nicht sagen kann, in welchem Umfang er Zugang zu meinen – oder deinen, nimm es, wie du willst – Erinnerungen hat. Ich habe auch erlebt, dass ihm durch einen äußeren Hinweis Dinge einfielen, an die er selbst wenige Augenblicke zuvor nicht gedacht hatte. Das strengt ihn sehr an, doch das ist etwas, vor dem ich ihn nicht bewahren kann.«
Laryon wusste, was Gorn meinte. Er erinnerte sich an den Moment, als er den Platz betreten hatte und Kary plötzlich wusste, dass er zusammen mit Nolen die Hütte errichtet hatte. Es konnte also sein, dass dem Jungen Laryons vollständige Erinnerung an diese Zeit hier zugänglich war. Ein unangenehmer Gedanke.
Um ihn nicht weiter verfolgen zu müssen, richtete er seine ganze Aufmerksamkeit auf Gorn, der begonnen hatte, ihm zu erklären, wie er die Feuerstelle umbauen wollte und was Laryon tun könnte.

Fast acht Tage waren vergangen, seit Laryon von Gorn auf den Platz geführt worden war. Es war eine unbeschwerte Zeit. Gorn nahm die Hilfe des Grenzreiters gern an, und so verstärkten sie gemeinsam die Dämmung der Hütte für den bevorstehenden Winter, besserten schadhafte Stellen des Daches aus und vergrößerten den Vorrat an Brennholz und Feuermoos. Laryon zeigte ihnen ein paar seltenere nützliche Pflanzen und wo sie im Wald zu finden waren, im Gegenzug brachte Gorn ihm neue Handgriffe bei Reparaturen von Leder bei. Außerdem kochte er sehr gut, was Laryon genoss, denn die Verpflegung in seinem Hautquartier ließ häufig zu wünschen übrig. Fast schon widerwillig eröffnete er den beiden daher nach dem Abendessen, dass er am nächsten Morgen aufbrechen müsste. Kary schwieg traurig. Bisher hatte er kein Wort mehr über den Bergkrieg oder diese mysteriöse Halle verloren. Auch sonst hatte Laryon nicht erkennen können, dass er über Erinnerungen anderer sprach.

»Ich bin froh, dass wir deine Bekanntschaft gemacht haben«, erwiderte Gorn freundlich auf Laryons Ankündigung, zu gehen. »Noch viel mehr freut es mich, dass du mir mein Auftreten bei unserer ersten Begegnung nicht nachträgst. Wenn du möchtest, kannst du uns besuchen kommen. Du kennst die Wälder hier und weißt, wie man sich hierherbewegt, ohne Aufmerksamkeit zu erregen. Das wäre gut für Kary, zumal Nolen sich viel zu selten blicken lässt.«

»Aber er kommt hierher? Nolen?«, hakte Laryon nach. Er hatte sich in den letzten Tagen häufiger gefragt, welche Rolle sein Mentor bei dieser Aufgabe, Kary hier zu verstecken, spielte. Darüber schwieg Gorn sich aus. Laryon hatte so viel begriffen, dass diejenigen, die hinter Kary her waren, mindestens mit der Bedrohung durch Magier gleichzusetzen waren. Ob es noch Magier gab oder ob die Bergwache sie alle bei ihrer Hatz hatte besiegen können, war ihm unklar.

»Natürlich. Es ist ihm wichtig, Kary zu sehen und dass es ihm gutgeht.« Gorn überlegte kurz. »Vielleicht ist es besser, wenn du noch nicht erwähnst, dass du hier warst. Er hat sicherlich Pläne mit dir, Laryon, und wir wissen nicht, was das für uns alle bedeutet. Schweige ihm gegenüber. Vielleicht ergibt sich im Frühjahr eine Gelegenheit, wenn ich Fynn ins Nordgebirge bringen werde und er Karys Bewachung selbst übernimmt.«

»Fynn? Du bringst ihn zur Bergwache?«

Gorn lachte gutmütig. »Sagtest du nicht selbst, er könnte es kaum erwarten? Ja, es steht schon fest, ich werde ihn begleiten. So lange kannst du es dir noch überlegen mitzukommen.«

»Aber Trogge, sein Vater, hat es bisher nicht erlaubt. Was sollte sich daran ändern?«, fragte Laryon zweifelnd. Er wollte nicht darauf eingehen, was ihn betraf, zumal Kary ihn entsetzt ansah, als wäre er kurz davor, daran zu erinnern, dass Laryon nicht ohne ihn gehen könnte.

Gorn zuckte nur mit den Schultern. »Nolen hat einen ganzen Winter lang Zeit, um diesen Trogge davon zu überzeugen. Ich mache mir darum keine weiteren Gedanken. Genau aus dem Grund auch meine Bitte, ihm erst einmal nichts zu sagen. Ich möchte nicht vorgreifen.«

»Gut, ich habe verstanden«, versicherte Laryon ihm. Ihm kam das gelegen. Gorn hatte schon recht: Es war nicht einfach, sich gegen Nolens Absichten durchzusetzen. Falls er tatsächlich Pläne hatte, Laryon davon zu überzeugen, zur Bergwache zu gehen, und falls dies mit Karys Bewachung zusammenhing, würde Laryon sich früh genug damit auseinandersetzen müssen. Dass es dafür bisher außer der Tatsache, dass Kary ihm von Nolens Vergangenheit erzählt hatte, keine Anhaltspunkte gab, bedeutete gar nichts.

Doch noch eine Frage quälte Laryon schon seit Tagen. »Gorn?«

»Ja?«

»Seid ihr Magier?«

»Wir? Wer, wir?« Gorn schaute ihn verdutzt an.

»Du. Nolen. Die fünfzehn Bergkrieger, die die Magier gejagt haben. Ihr wart die Einzigen, deren Waffen sich nicht gegen ihre Besitzer richteten. Ihr konntet die Magier besiegen. Seid ihr Magier?« Laryon fand es überflüssig zu erwähnen, dass Gorn ihm seine Fähigkeiten deutlich offenbart hatte, wie immer er diese bezeichnen mochte. Seine Antwort wurde von einem rätselhaften Lächeln begleitet. »Wenn du das herausfinden möchtest, solltest du ins Nordgebirge gehen.«

»Ausgeschlossen!«

Gorns Augen funkelten kurz auf, bevor er ganz ernst, fast schon feierlich wurde. »Du wirst von mir nichts erfahren, Laryon. Nicht aus Boshaftigkeit. Falls du eines Tages erfährst, was du bist und was das Besondere an dir ausmacht, wirst du darauf vorbereitet. Dann erhältst du Antworten. Vorher nicht.«

Laryon musste sich damit zufriedengeben. Er und Kary räumten die Überreste des Abendessens auf, während Gorn seine abendlichen Kontrollen des Geländes mit den Hunden unternahm. Erleichtert glaubte Laryon, Kary hätte seinen Wunsch, diesen sicheren Platz gegen die unbekannten Gefahren einer Reise ins Nordgebirge einzutauschen, aufgegeben.

Es war eine laue Nacht. Nach dem Gewitter am Nachmittag seiner Ankunft war das Wetter merklich kühler geworden, aber während der ganzen Zeit freundlich geblieben. Laryon hatte daher seinen Schlafplatz unter den überhängenden Felsen auf dem Grasplatz vor der Hütte gewählt, da er nicht weiter als nötig in die vertrauten Abläufe von Gorn und Kary eingreifen wollte. Schon im Halbschlaf betrachtete er den samtschwarzen Himmel, als ihn eine Bewegung bei der Hütte aufmerksam werden ließ. Schlagartig war er wach, bereit, sofort aufzuspringen. Doch ein schneller Seitenblick zu Elfe und Kobold, den Hunden, die am Ende des Platzes lagen und nicht einmal die Köpfe hoben, versicherte ihm, dass keine Gefahr drohte. Etwas kam auf Laryons Lager zu.

»Darf ich mich zu dir legen? Es ist so stickig in der Hütte«, flüsterte Kary zaghaft. Laryon konnte nur seine Umrisse erkennen, ein kleiner Schatten, der vor ihm stand.

»Natürlich«, flüsterte er freundlich zurück.
Kary ließ sich auf die Knie fallen. Wie eine Katze rollte er sich zusammen und kuschelte sich mit dem Rücken an Laryons Brust. Dieser breitete seine Decke über ihm aus. Eine Weile schwieg Kary, dann sprach er plötzlich leise in die Dunkelheit:
»War es sehr schlimm?«
»Was meinst du?«
»Die Zeit hier. Mit Nolen.«
Laryon stutzte. Wusste Kary tatsächlich darüber Bescheid? Woher hatte der Kleine all dieses Wissen?
»Wir haben viel geübt – Nahkampf, Schwertkampf. Mit Hunden gearbeitet. Wir haben die Hütte gebaut, die Feuerstelle angelegt. Schließlich haben wir viel miteinander gesprochen«, anwortete er ausweichend.
»Das meine ich nicht«, erklärte Kary schlicht. Laryon wartete. Er wollte nicht, dass die Unterhaltung diese Richtung nahm.
»Ich spreche davon, was er sonst mit dir gemacht hat. Was er dir angetan hat.«
»Nun, das war wohl notwendig«, murmelte Laryon unbehaglich.
»Findest du es richtig?«
»Ich habe mich freiwillig darauf eingelassen. Ich hätte jederzeit gehen können.«
»Das hast du nicht getan.«
»Nein.«
»Warum nicht?«
»Gute Frage. Doch, ich fand es wohl richtig. Ich habe Nolen vertraut, dass er weiß, was er da tut.«
»Obwohl er dir solchen Schmerz zugefügt hat.« In Karys Stimme mischte sich leise Verwunderung.
»Er hat es nicht mit Absicht gemacht – nicht aus Grausamkeit.« Laryon fühlte sich plötzlich verpflichtet, seinen Mentor zu verteidigen.

»Bist du dir da sicher?«, wisperte Kary leise, wie ein schleichender Zweifel.
»Ja.« Laryon holte Luft. »Ich bin mir sicher, Kary«, hielt er ebenso leise, aber nachdrücklich dagegen. Ein Bild erschien vor seinem geistigen Auge. Ein Gesichtsausdruck, von dem er nicht glaubte, dass viele ihn jemals gesehen hatten. Augen, die Verwundbarkeit zeigten, tiefen Schmerz und die Sehnsucht danach, Ruhe zu finden, Frieden mit sich. »Ich bin mir sicher Kary«, wiederholte er mehr zu sich selbst. »Es war nicht allein meine Qual. Was er mir angetan hat, hat er sich auch selbst zugefügt.«
»Du würdest alles für ihn tun, nicht wahr?«
»Ja.«
»Warum?«
»Weil ich ihm vertraue. Weil er mir beigebracht hat, wozu Gehorsam gut ist. Ich glaube, das macht die Stärke der Bergwache aus: innere Disziplin.« Unwillkürlich erschauderte Laryon leicht, als er an Nolens erste Worte zurückdachte, kurz nachdem sie den Platz betreten hatten: ›Zunächst werde ich deinen Willen brechen‹, hatte er ruhig erklärt. ›Du hast keine Disziplin. Erst wenn du erkennst, was unbedingter Gehorsam bedeutet, wirst du diesen auch dir selbst gegenüber leisten können.‹ Dabei klang seine Stimme gefühllos, weder unfreundlich noch drohend, aber auch nicht mitleidig. Ganz nüchtern hatte er es gesagt, als eine Art gemeinsame Vereinbarung. Laryon hatte nur fassungslos nicken können, zu eingeschüchtert, um etwas zu erwidern.
»Wenn er dich darum bitten würde, mich ins Nordgebirge zu bringen, würdest du es tun«, mischte sich Kary wieder in seine Gedanken.
»Ja.« Seine Antwort kam ohne Zögern, obwohl Laryon unsicher wurde, worauf Kary hinauswollte. Er konnte die Anspannung des Jungen spüren. Sie führten keine harmlose Unterhaltung. Kary verfolgte ein ganz bestimmtes Ziel.

»Was wäre, wenn ich dir sage, dass es sein Wunsch ist, dass ich dorthin komme?« Karys Stimme war noch leiser geworden, zeugte von seinen eigenen Zweifeln.
Laryon musste wider Willen lächeln. Die Taktik beeindruckte ihn. »Es steht dir frei, das herauszufinden, Kary. Aber das möchte ich doch lieber von Nolen persönlich erfahren.«
»Warum reicht es nicht, wenn ich dich darum bitte?« Kary klang umgehend gekränkt.
Beschwichtigend legte Laryon einen Arm um ihn und drückte ihn an sich. »Versteh mich doch. Es geht nicht. Vielleicht wäre es etwas anderes, wenn Gorn uns begleiten würde. Aber er hat es mir deutlich zu verstehen gegeben: Seine Anweisungen lauten, dich hier zu versorgen und zu schützen. Solange seine Auftraggeber oder Nolen ihm nichts anderes befehlen, wird er sich hier nicht von der Stelle rühren. Und mich im Übrigen auch davon abhalten, dich mitzunehmen. Was richtig ist, das musst du leider einsehen.«
»Ich bin niemandem wichtig.«
»Wie kommst du darauf?«
»Du hast es gerade selbst gesagt, Gorn tut es, weil er muss. Weil seine Befehle so lauten. Nicht weil er mich gern hat.«
»Das ist doch Unfug«, brummte Laryon verwundert. »Gorn liebt dich wie ein Vater seinen Sohn!«
»Wie kannst du dir da sicher sein?«
»Das ist offensichtlich. Ich sehe es. Ich fühle es. Du fühlst es genauso wie ich, du bist bei ihm aufgewachsen. Du versuchst nur gerade, mich gegen ihn auszuspielen. Lass es sein, Kary.«
Kary blieb still. Laryon war sich nicht sicher, aber er hatte den Eindruck, dass der Junge weinte. Er drückte ihn noch einmal an sich, fuhr ihm sanft durch das Haar. Nach einigen Augenblicken entspannte sich das kleine Bündel in seinen Armen wieder.
»Und Nolen? Was glaubst du, bedeute ich ihm?«, fuhr Kary fort. Dieses Mal dachte Laryon länger darüber nach. Das war

eine Frage, die er sich selbst oft genug gestellt hatte. Erstaunlich, dass sie überhaupt eine solche Bedeutung besaß.

»Darauf kann ich dir keine Antwort geben«, erwiderte er schließlich. »Ich kenne kaum jemanden, der so unnahbar ist. Auch fällt es mir schwer anzunehmen, dass Nolen überhaupt etwas für jemanden empfindet. Ich kann jedoch verstehen, dass es dir wichtig ist. Mir geht es genauso.«

Kary nickte kurz. Eine solche oder ähnliche Antwort schien er erwartet zu haben. »Fürchtest du dich?«

»Vor Nolen? Nein. Ich habe Respekt, ich denke, das ist mehr als angemessen.«

»Das meinte ich gar nicht. Ich meinte, wenn wir beide doch gehen würden. Ganz heimlich, so dass niemand etwas davon erfährt.«

Seufzend legte Laryon sich etwas bequemer hin, ohne dabei Kary aus seiner Umarmung zu lassen. Diese Taktik wiederum war zu gut zu durchschauen.

»Kary, hör auf damit«, bat er ruhig. »Nein, ich habe keine Angst. Ich bin nur vorsichtig und laufe nicht blindlings in eine Gefahr hinein, die ich nicht abschätzen kann. Ich kenne deine Gegner nicht. Du wirst hier versteckt, in der Obhut der besten Kämpfer der ganzen Insel. Das wird seine Gründe haben. Warum sollte ich mich diesem Wagnis aussetzen? Sicher, wenn Nolen mir diesen Befehl erteilen oder mich darum bitten würde, würde ich darauf vertrauen, dass er für mich die Gefahren, soweit möglich, eingeschätzt hat. Er hat viel gesehen und erlebt. Ich bin ein einfacher Grenzreiter. Nenne es Angst, aber damit kannst du mich nicht reizen, verstehst du?«

»Ja«, wisperte der Junge schließlich und machte sich noch kleiner. »Ja, ich verstehe.«

Bedauernd drückte Laryon ihn an sich, die einzige Unterstützung, die er ihm im Augenblick anbieten konnte. Er bemerkte ein leichtes Zittern. Obwohl er seine Entscheidung als unumstößlich richtig empfand, plagten ihn Schuldgefühle. Irgendwie kam es ihm tatsächlich so vor, als hätte er sein Versprechen gegenüber Kary gebrochen. Auch wenn er sich nicht im Geringsten erklären konnte, wieso. Das hier war Karys Zuhause. Es gab Menschen, die ihr Bestes gaben, damit er sich wohl fühlte, und sich darum sorgten, dass er sicher aufgehoben war.

»Es tut mir leid«, murmelte Laryon und streichelte ihn wieder tröstend, etwas unbeholfener dieses Mal. Es fühlte sich nicht gut an, Kary zu enttäuschen.

»Trotzdem danke, Laryon.«

Dann blieb es still. Laryon starrte noch lange in die Dunkelheit.

9.

Ein dreckiges Lachen ertönte, gefolgt von schnellem Schlagzeugtrommeln. Hektisch tastete Tom nach seinem Handy und stellte den Wecker ab. Er fragte sich innerlich fluchend, wann er auf die Idee gekommen war, dieses Lied zum Wecken zu benutzen. Es nervte ihn längst, aber immer wenn er daran dachte, hatte er gerade überhaupt keine Lust, etwas anderes einzustellen. So wie jetzt, es war einfach viel zu früh. Mit einem Brummen ließ er das Handy wieder auf das schmale Holzbrett unter dem Dachfenster fallen und drehte sich zu Mellie. Sie tat, als schliefe sie noch.

Tom schob eine Hand unter die Decke und kitzelte ihr den Bauch. Sie kniff Augen und Mund zusammen. Er spürte, wie sie ihre Muskeln anspannte. Wohlig streckte er sich und schloss die Augen, während er näher rückte und die Hand über die vertrauten Pfade tiefer gleiten ließ. Es war die letzte Gelegenheit für die nächsten drei Tage. Er vermisste sie jetzt schon.

Wie schon einige Male zuvor blieb einer seiner Finger an einem

kleinen Hautknoten hängen. Er war viel kleiner geworden, seit er sie kannte, aber immer noch deutlich zu spüren. »Was ist das eigentlich?«, fragte er leise in ihr Ohr.
»Hm?« Mellie war noch nicht wirklich wach.
»Diese kleinen Narben hier, was ist das?«
»Vergangenheit.«
»Woher kommen sie?«
»Von einer Operation. Nichts Wildes.«
»Was denn für eine Operation?«
»Och, Tom, was willst du?«, grummelte sie grantig und drehte sich von ihm weg auf die Seite. Er rückte nach, ohne die Hand wegzunehmen.
»Wenn es etwas ist, was dich betrifft, will ich es wissen, Frau Agentin«, beharrte er. »Am Ende haben dir fremde Mächte in einer Geheimoperation dort einen Chip eingepflanzt, um dich abzuhören. Vielleicht haben sie dich auf mich angesetzt!«
Mellie schoss hoch und schlug seine Hand weg. »Sag mal, tickst du noch ganz sauber?« Ohne ihm einen weiteren Blick zu gönnen, schwang sie die Beine über das Birkenholzgeländer und sprang von der Plattform, die ihnen als Bett diente. Tom befreite sich aus seiner Bettdecke. Er packte das Geländer und schob seinen Kopf darüber, um zu ihr hinunterzusehen. »Was habe ich denn jetzt Falsches gesagt?«
»Mich hat niemand auf dich angesetzt«, stieß Mellie wütend hervor. »Ich verbringe ganz freiwillig meine Zeit mit einem Idioten.«
»Das war doch nur ein Scherz!« Er verstand sie nicht. Es gab Dinge bei Mellie, die verstand er einfach überhaupt nicht.
Tom konnte ihr Gesicht nicht erkennen. Fieberhaft überlegte er, wie er sie besänftigen und wieder ins Bett locken könnte. Stattdessen holte Mellie tief Luft. Sie ballte die Faust, dann hob sie den Kopf und funkelte ihn wütend an. »Es war eine Bauchspiegelung. Ganz harmlos. Zufrieden?« Mit diesen Worten

stieß sie die Tür zum Bad auf und war verschwunden. Kurz darauf hörte Tom die Dusche unter sich rauschen.
Langsam ließ er sich auf das Kissen zurücksinken und starrte das Dachfenster über ihm an, das noch von der Rolllade verschlossen war. Halb im Liegen griff er nach der Kurbel, und das Fenster gab den Blick auf einen grauen trüben Himmel frei. Das war nicht viel besser, aber immerhin heller.
Er fühlte sich wie vor den Kopf gestoßen. Sie waren jetzt fast drei Monate zusammen. An Mellies Vergangenheit kam er nicht heran, das machte ihn mittlerweile manchmal wütend. Er teilte alles bereitwillig mit ihr. Gut, es gab Themen, die ihn vielleicht wirklich nichts angingen, aber Mellie blockte gern und grundsätzlich ab – so wie jetzt. Was war an einer Bauchspiegelung so schlimm?
Aber mit solchen Dingen konnte er sich jetzt nicht auch noch beschäftigen. Er hatte andere Sorgen. Schwerfällig schob er sich über das Geländer und hangelte sich an der Strickleiter hinunter. Er hatte sich noch nicht so recht an dieses Bett gewöhnen können. Wenn man allerdings zu zweit darin lag und den samtschwarzen Sternenhimmel betrachtete, war es wunderschön romantisch. So ein Start in den Morgen war eher das Gegenteil.
Tom schlurfte in die Küche und setzte Kaffee auf. Mellie benutzte eine altmodische Filtermaschine, was regelmäßig dazu führte, dass sie um die richtige Dosierung feilschten. Den Vorschlag, seine Pad-Maschine zu holen und einfach zwei Kaffeesorten anzuschaffen, hatte sie rundweg abgelehnt. Mellie duldete, dass er schon nach wenigen Tagen mehr oder weniger hier wohnte, aber sie zog klare Grenzen und ließ nur wenige Veränderungen ihrer vertrauten Umgebung zu. Tom respektierte das, auch wenn es ihm vollkommen anders erging. Er träumte manchmal schon von einer gemeinsamen Zukunft.
Mit einem Becher Kaffee in der Hand und einem missmutigen Blick auf die Küchenuhr – es war kurz nach sechs – ging er

durch das Wohnzimmer in Mellies Arbeitszimmer. Immerhin erlaubte sie ihm, hier zu arbeiten und sich auf dem Schreibtisch auszubreiten. Umso besser für ihn, dass er so ungehinderten Zugriff auf ihre Unterlagen hatte, die sie in einer der Schubladen des Schreibtisches aufbewahrte. Er hatte immer noch nicht mit Mellie darüber gesprochen, dass er Teile der Geschichten, die sie sich ausgedacht hatte, einflocht. Er hatte sogar noch einiges mehr gefunden als die Blätter vom ersten Abend. Teilweise kam es ihm vor, als *sollte* er sie finden, sie waren einfach zu offensichtlich plaziert, um übersehen zu werden. Die umfangreichen Kenntnisse, mit der Mellie über Willerin schrieb, faszinierten und erschreckten ihn zugleich. Das war irgendwie auch ein Grund, warum er sie nicht darauf ansprechen konnte. Er hatte Angst, sie würde es als Anschuldigung oder Vorwurf auffassen, weil sie seine Welt benutzte, um sich eigene Geschichten auszudenken.
Seine Gedanken schweiften wieder ab. Tom stellte die Kaffeetasse ab und ließ den Computer hochfahren. Bis heute Abend hatte er noch Zeit, Susanne die fehlenden Seiten zu liefern. Heute Abend, nur sechs Wochen nach dem eigentlichen Abgabetermin. Es fehlten noch fünfzig Seiten für das erste der elf Bücher. Das würde er nie schaffen – er war erledigt.
Gedankenverloren streifte sich Tom Mellies Strickjacke über seinen kurzen Schlafanzug, während er bereits die letzten Seiten las, die er am Abend zuvor geschrieben hatte. Er gähnte. Vielleicht gab es ja noch eine andere Lösung. Ein Zeitsprung, genau, das war es. Laryon war Kary im Spätsommer begegnet. Dann folgte sowieso erst einmal der Winter, keine gute Reisezeit. Also könnte er direkt im Frühjahr wieder einsetzen und …
»Tom, sorry wegen eben. Wir sollten mal in Ruhe darüber reden.«
»Was? Ja, klar, war vielleicht nicht der richtige Zeitpunkt«, erwiderte er zerstreut. Er schaute auf. Mellie stand gegen eins der

Bücherregale gelehnt, ebenfalls mit einer Tasse Kaffee in der Hand, und lächelte verlegen. Er grinste zurück.

»Ich habe noch eine gute halbe Stunde, ehe das Taxi kommt. Lass uns frühstücken«, schlug sie vor.

Tom sprang auf. »Klar, gerne. Ich ziehe mich nur schnell an.«

Kurz darauf saßen sie sich in der kleinen Sitzecke der Küche gegenüber. »Ich muss einen Aufhänger finden, um Laryon in Bewegung zu setzen. Ich habe nur noch bis heute Abend«, grübelte Tom laut vor sich hin.

»Hey, das weiß ich zur Genüge!« Mellie wirkte schon wieder leicht genervt. Sie schien sich ein anderes Gesprächsthema zu wünschen, doch Tom war gedanklich bei der Arbeit. »Vielleicht sollte ich einen Überfall stattfinden lassen. Oder ein Wahnsinniger läuft Amok. Ein Aufstand, zu dem die Grenzreiter gerufen werden. Da muss was her.« Er betrachtete nachdenklich die rote Marmelade auf dem Toast in seiner Hand. »Da muss Blut fließen!«

»Mal ehrlich, findest du das gut, was du da machst?«

Tom starrte verwundert in Mellies aufgebrachtes Gesicht. »Wieso, was soll daran schlimm sein?«

»Du bringst Laryon mit Absicht in Gefahr!«

»Fängst du schon wieder damit an, daran herumzukritisieren?«

»Das kannst du nicht ernsthaft fair finden!«

»Fair? Hast du sie noch alle? Das ist eine Gestalt in meinem Buch! Eine fiktive Figur! Das schadet niemandem. Du tust wirklich so, als ob ich ernsthaften Schaden anrichten würde!«

Mellie schwieg, doch sie schoss Tom einen so finsteren Blick zu, dass er den Impuls unterdrücken musste, zurückzuweichen.

»Was wäre«, grollte sie, jedes Wort einzeln betonend, »wenn das jemand mit dir machen würde?«

»Was machen?«

»Dich in Lebensgefahr bringen zum Beispiel. Gedankenlos über dein Leben entscheiden zum Beispiel.«

Tom verdrehte genervt die Augen. Er ließ den Toast sinken. »Was soll denn das werden?«
»Denk doch einfach mal für zwei Sekunden darüber nach! Versuch doch mal, es dir vorzustellen.«
»Was für ein Schwachsinn, ehrlich, Mellie.«
»Du bildest dir doch sonst so viel auf deine Phantasie ein. Mach es doch einfach! Los!«
»Ich wäre nicht sehr begeistert. Aber das ist doch was ganz anderes! Meine Bücher funktionieren nicht ohne Spannung und ein bisschen Nervenkitzel. Und ich meine: Sieh es doch mal sachlich, ich hätte wohl nichts davon, wenn mein Held bei der ersten Gelegenheit ins Gras beißt!«
»Ach, und du glaubst, du hättest das in der Hand, wenn du ihn unnötig Gefahrensituationen aussetzt?« Mellies Tonfall wurde immer arroganter. Tom hasste sie für ihren belehrenden Ton.
»Natürlich, ich schreibe das doch!«
»Das ist anmaßend!«
»Das ist mein Recht als Autor!«
»Und glaubst du, Laryon wäre begeistert, wenn er das wüsste?«
»Er hat sich jedenfalls noch nicht bei mir beschwert!«
»Du hast gerade gesagt, du selbst …«
»Ich weiß, was ich gerade gesagt habe, es reicht!«, schrie Tom aufgebracht. »Ich muss das wohl kaum mit dir diskutieren. Ich schreibe über Laryon. Ich entscheide, was er macht, und ja, ich schicke ihn auch in Gefahr. Aber sei sicher, ihm wird nichts passieren! Ich weiß, was ich da mache! Ende der Diskussion!«
Mellie seufzte verärgert und zischte etwas, was Tom als »Eben nicht!« zu verstehen glaubte. Sie sprang auf, griff nach ihrem Rucksack und warf ihn sich schwungvoll über die Schultern. Ohne ein weiteres Wort verließ sie den Raum.
»Hä?« Das Letzte, was Tom hörte, war der laute Knall der Haustür, als sie ins Schloss fiel.

Tom ließ das Handy sinken. Mellie hatte ihres bereits für den bevorstehenden Flug ausgeschaltet oder befand sich in einem Funkloch. Es war sinnlos, sich weiter damit zu beschäftigen. Er hatte ihr längst verziehen. Ihr Temperament, ihr Kampfgeist, das war genau das, was er so an ihr mochte. Und er wusste, dass sie stark unter Strom stand, weil sie mit ihrem Job, der Suche nach diesem Kary, nicht weiterkam. Sie hatte ihm nicht allzu viel erzählt, aber sie arbeitete mindestens, seitdem sie zusammen waren, daran. Soweit er sie verstanden hatte, schien das ungewöhnlich lange zu sein. Ihm selbst hatte es immerhin einen hübschen Namen für sein Buch geliefert. Doch jetzt musste er Mellies Problem erst einmal verdrängen. Wenn er das nicht schaffte, würde er auch sein Buch nicht beenden können. Er setzte sich wieder an den Schreibtisch. Es war Viertel vor sieben.

Tom hatte Schwierigkeiten, den Einstieg zu finden. Nachdem er den Monitor lang genug angestarrt hatte, entschied er sich dagegen, zeitlich schon ins Frühjahr zu springen. Es war Winter. Ein ungewöhnlich harter Winter mit viel Schnee und umherstreifenden Wölfen. Genau, das war eine gute Idee. Vielleicht nicht nur Wölfe, sondern sogar Lus. Ein Lu war doppelt so groß wie ein Wolf, doppelt so gefährlich und griff auch Menschen an. Für die Grenzreiter sollten diese Viecher aber kein Problem darstellen. Also ein Rudel hungriger Lus. Und Laryon …

Das Handy klingelte. Tom nahm das Gespräch an, ohne auf das Display zu gucken. »Mellie?«

»Äh, nein, hier ist Daniela – aus dem Wohnheim, weißt du wer?«

»Ja, klar. Hi. Was verschafft mir die Ehre?«

»Tom, wir haben ein Problem. Die Waschmaschine ist übergelaufen. Irgendein Trottel hat wohl gestern die Luke nicht richtig zugemacht, und das Programm ist trotzdem gestartet.«

»Hör zu, Daniela, ich habe keine Ahnung, wovon du da redest, und ich habe auch keine Zeit …«

»Aber es ist deine Waschmaschine, oder? Die in unserem Abstellraum, den wir angemietet haben. Behauptet zumindest Pierre von gegenüber.«

»Wenn sie kaputt ist, bestell einen Klempner oder wer auch immer so was macht! Schick die Rechnung an mich, ist mir egal!«

»Tom, wir müssen den Raum trockenlegen. Wenn die Wohnheimverwaltung spitzkriegt, dass wir das Zimmer angemietet haben, und es wohnt keiner da …«

»Schon gut! Ich habe verstanden. Dann weck mal schön auch die anderen! Ich bin in spätestens einer halben Stunde da.«

Tom drückte das Gespräch weg, ohne eine Antwort abzuwarten. Wozu sollte er weitere Zeit damit verschwenden, sich herumzustreiten, es musste jetzt einfach schnell gehen.

Natürlich war alles halb so schlimm, so dass Tom um kurz nach halb neun mit einem frischen Kaffee wieder in Mellies gemütlichem Arbeitszimmer saß. Er versuchte, seine Gedanken zu sammeln. Wölfe und Lus, das war irgendwie doch keine gute Idee. Also wieder weiter nach vorn ins Frühjahr. Laryon könnte eine wichtige schreckliche Entdeckung machen. Dann bestand keine Gefahr für ihn, das würde Mellie sicherlich begrüßen. Das, was Gefahr bedeutete, war sozusagen schon passiert, und er stolperte nur darüber. Er …

Das musste die Haustür sein. Es klingelte an der Haustür. Völlig in Gedanken wanderte Tom durch den Flur und öffnete.

»Ein Paket für Reichels, dort ist keiner. Nehmen Sie es an?«, fragte der Paketbote.

»Ja, klar«, seufzte Tom. Wo war er? Laryon macht die Entdeckung, dass ein Paket falsch abgegeben wurde?

»Hier unterschreiben. Name?«

»Tom Schäfer.«

»Hier steht aber Schanz an der Tür.«
»Das ist meine Freundin.«
»Na, wenn sie Sie allein hierlässt, wird das schon seine Richtigkeit haben. Aber nicht das Paket aufmachen! Einen schönen Tag noch!«
»Superwitzig!«, knurrte Tom, warf die Tür ins Schloss und legte das Paket neben der Tür ab. Über einen kurzen Abstecher zur Kaffeemaschine kehrte er mit vollem Becher wieder an den Schreibtisch zurück. Er hörte das leise Surren des Laptops. Er starrte auf den Bildschirm. Nichts passierte. Weder hier noch auf Willerin. Laryon war in der Stadt, in Cahrm, und suchte dort in den Stallungen ein Pferd für sein Morgentraining aus. Ein Unfall, er könnte einen Unfall haben. Es waren junge unerfahrene Pferde, die Laryon noch zureiten musste. Nein, das war zu unwahrscheinlich, außerdem brachte Tom das in der Handlung nicht weiter. Es sei denn, es gab eine Sabotage. Jemand wollte Laryon schaden …

andy247: Hey Tom!

Unwillkürlich schaute Tom sich um. So stellte er sich das Gefühl vor, das jemand haben musste, wenn er glaubte, eine versteckte Kamera wäre auf ihn gerichtet. Jetzt war es der Chat. Warum hatte er nicht sämtliche Chatdienste ausgemacht? Seit wann saß Andreas um diese Zeit am Computer?!

sheep: Sorry, keine Zeit!
andy247: Wollte nur kurz fragen, ob du heute zum Rollenspiel kommst. Solltest dich mal mit Felix aussprechen.
sheep: Ja, aber nicht heute Abend!
andy247: Mann, du bist zickig wie ne Diva. Komm mal runter!
sheep: Ich meld mich wieder. Ich mach das auch mit Felix wieder klar. Aber nicht jetzt, hab echt keine Zeit.

andy247: Dann werden wir deinen Char jetzt erst mal abschießen, das nervt, ihn ständig mitzuziehen. Kannst dir ja 'nen neuen machen, wenn du wieder einsteigst.

sheep: Ja, schade, aber versteh schon. Ich meld mich, okay?

andy247: Hoffentlich bis bald! CU

sheep: Grüß die anderen.

Nachdenklich klickte Tom sämtliche Programme, über die er auf seinem PC erreichbar war, aus oder stellte seinen Status auf »abwesend«. Was würde Mellie wohl davon halten? Ob sie auch solche Bedenken hätte, wenn sie erführe, dass Tom sich soeben für den Tod seines Rollenspiel-Charakters verantwortlich gemacht hatte? Ob sie es auch so verwerflich fand, eine Heldengruppe Gefahren auszusetzen? Das war schließlich der Sinn des Spiels. Auf der anderen Seite fiel Tom der schicksalhafte Tod seines ersten Halbling-Diebes ein, der bei dem Versuch, einen Prinzen zu meucheln, erwischt und von der Königswache erschlagen wurde. Im Gegensatz zu der Königswache aus Laryons Heimat, die nur aus einem Haufen dickbauchiger alternder Stadt- oder Grenzwachen bestand, war diese Königswache schwer auf Zack. Tom war damals dreizehn Jahre alt und schwer beleidigt gewesen, weil sein Charakter dran glauben musste. Nur die Drohung seines Bruders Ben, ihn nicht mehr zum Rollenspiel mitzunehmen, falls er weiter schmollte, brachte ihn wieder zur Vernunft. Ben war gut zehn Jahre älter und lebte am anderen Ende der Welt in Australien. Manchmal kam Tom das weiter weg vor als Willerin. Dann vermisste er seinen Bruder ganz schön. Er hatte schon Kinder, zwei total süße Mädels. Vor allem Anna, seine dreijährige Nichte, die ihren Onkel und die Geschichten, die er ihr erzählte, verehrte. Tom hatte sie zuletzt vor einem halben Jahr gesehen. Wie Mellie wohl zu Kindern stand?
»Himmel!«, rief Tom wütend. War das ein Gedankenbrei. Er musste schreiben! Also …

Es klingelte wieder. Leise vor sich hinfluchend öffnete Tom, und Frau Reichels strahlte ihn an. »Das ist ja schön, dass ich jemanden antreffe. Ich bin gerade auf dem Weg zur Arbeit …«

»Hier ist Ihr Paket«, unterbrach Tom sie und zwang sich zu einem Lächeln, als er es ihr hinhielt. Sie bemerkte seinen barschen Ton nicht. »Ja, vielen Dank, wissen Sie, ich stand wohl gerade unter der Dusche, ich habe es zwar klingeln gehört …«

»Auf Wiedersehen!« Tom knallte die Tür zu und lief zurück. Wenn diese blöde Kuh jetzt sauer war, war das nicht sein Problem. Es war ja nicht seine Nachbarin.

Tom starrte wieder auf den Bildschirm. Ob es eigentlich wirklich daran lag, dass seine Muse fort war? Blockierte sie sein kreatives Potenzial? Er wartete. Nichts passierte. Er wartete weiter. Alles blieb ruhig. Vorsichtig näherte er sich mit den Händen der Tastatur. Das Handy klingelte. Dieses Mal schaute er auf das Display. Sein Henker rief ihn zum Galgen. »Hallo, Susanne.«

»Guten Morgen, Tom. Störe ich?«

»Nur beim Verzweifeln. Was gibt es?«

»Verzweifeln höre ich gar nicht gern. Wie weit bist du?« Tom starrte immer noch auf den Bildschirm. Der Cursor pulsierte langsam und gleichmäßig an derselben Stelle wie vor fast vier Stunden. »Susanne, ich muss dir was gestehen. Es geht nicht. Ich kriege es nicht hin. Ich gebe auf!«, jammerte Tom. Ihm war hundeelend. Ausgerechnet jetzt, wo er Mellies aufmunternde Worte gebraucht hätte, saß die in einem Flugzeug auf dem Weg nach Edinburgh.

»Was meinst du damit?«, fragte Susanne langsam.

»Ich kann nicht schreiben. Alles, was ich mir ausdenke, fühlt sich nicht richtig an. Unangemessen. Falsch. Verwerflich. Ich weiß es nicht!« Langsam war es ihm egal, was Susanne über ihn dachte. Er war ohnehin am Ende. Entsetztes Schweigen antwortete ihm.

»So, jetzt noch einmal von vorn«, hörte Tom seine Lektorin dann endlich sagen. Er atmete erleichtert auf. Wenn sie so begann, würde sie seine Gedanken sortieren und neue Ideen anstoßen. Alles würde gut werden. »Wo bist du gerade?«
»Laryon hat diesen Jungen, Kary, in seinem Versteck im Wald entdeckt und sich mit ihm angefreundet. Kary möchte, dass Laryon ihn zum Nordgebirge bringt.«
»Und?«
»Er tut es nicht.«
»Was heißt, er tut es nicht? Schreib, dass er es tut. Er ist ein freundlicher und hilfsbereiter junger Mann, wenn ich mich recht erinnere. Was spricht dagegen?«
»Sein Wächter spricht dagegen, also Karys Wächter. Er will es nicht, sagt, Kary müsste schön an Ort und Stelle bleiben. Vielleicht im Frühjahr, dann könnte man sich das überlegen.«
Tom dankte insgeheim für Susannes schnelle Auffassungsgabe. Womit sie sich auch sonst immer beschäftigen mochte, sie war immer sofort mit ihren Gedanken dabei.
»Dann lass ihn diesen Wächter töten. Brauchen wir ihn?«
»Nein, das kommt nicht in Frage! Das würde Laryon nie tun! Und ihn auch mächtig in Schwierigkeiten bringen.«
»Füge doch einen Zeitsprung ins Frühjahr ein, und sie gehen alle zusammen.«
»Das ist ja genau das Problem. Das habe ich versucht, aber es ist noch mitten im Winter. Es ist noch nicht passiert. Ich kann ja nicht in die Zukunft schreiben. Ich bin doch kein Hellseher. Oh Mann, wie soll ich dir das erklären!« Tom war aufgesprungen und nahe dran, ins Telefon zu schreien. Stöhnend ließ er sich wieder auf den Schreibtischstuhl fallen. Er konnte förmlich vor sich sehen, wie Susanne verständnislos den Kopf schüttelte.
»Panik nützt uns hier gar nichts. Bleib ruhig, Tom. Dann kürzen wir das Ganze eben noch weiter. Wir lassen das erste Buch dort enden, wo du die Bedrohung durch diesen Wächter aufgebaut

hast. Laryon weiß nicht, was ihn erwartet. Du schickst ihn auf diesen Platz, ohne das aufzulösen. Dort endet es. Was denkst du?«

»Hört sich vernünftig an. Dann ist es ja sozusagen fertig«, stimmte Tom zögerlich zu. Nicht gerade das, was er als tollen Cliffhanger bezeichnet hätte, aber besser, als wenn alle in den Winterschlaf gingen und nichts weiter passieren würde. Es gab ja noch zehn weitere Bücher.

Susanne atmete vernehmlich durch. »Gut. Nicht schön, aber ausreichend. Deine Fangemeinde ist groß genug, um die Leser bei der Stange zu halten. Also, einverstanden. Füll die Handlung des Buches in der Mitte noch ein bisschen mit ein paar Querelen über diesen Vetter auf, wie hieß er?«

»Laryons Vetter? Gandalan.«

»Genau. Ein paar Nebenplots, Konflikte zwischen Laryon, Gandalan und deren Anführer, diesem Aren. Ich bin sicher, da hast du noch was. Nimm alles, was du an Handlung schon geschrieben hast, nachdem Laryon auf dem Platz bei Kary ist, für das zweite Buch, schreibe das Ende des ersten ein wenig rund, und dann passt das.« Sie legte eine kleine Pause ein, und Tom hörte sie ungehalten vor sich hin murmeln. Er ahnte, was kam, und die folgenden Worte gaben ihm sofort recht.

»Ich habe in den fast zwanzig Jahren, in denen ich diesen Job mache, noch niemanden erlebt, der so arbeitet wie du. Und ich hatte schon einige ziemlich durchgeknallte Autoren auf der Liste. Wenn das Buch hier durch ist, werden wir beide uns mal zusammensetzen, und dann werde ich dir den Kopf geraderücken. So geht das nicht weiter. Das habe ich davon, dass ich dich ohne Absprachen einfach schreiben lasse!«

Tom war längst wieder aufgestanden und sah aus dem Fenster, während er die altbekannte Tirade über sich ergehen ließ. Er wusste, dass ein Autor dem Verlag normalerweise Zusammenfassungen der Handlung eines Buches zur Verfügung stellte, an

die man sich im Großen und Ganzen auch hielt. Für die ersten beiden Bücher hatte er das auch getan. Aber seit der Willerin-Serie konnte er es nicht mehr. Er wusste ja gar nicht, worüber er morgen und übermorgen schreiben würde. Das mochte unprofessionell sein, aber er konnte prima damit leben. »Dafür lektorierst du das mal eben alles im Vorbeigehen durch. Hier und da ein Komma und ein bisschen Rechtschreibung, und du kannst es fast so, wie ich es liefere, in Druck geben. Und ich bin mit Riesenabstand das beste Pferd in eurem Stall.« Es war ganz gut, sie noch einmal an seine Vorteile zu erinnern.
»Mag sein«, gab sie prompt zu. »Trotzdem wären mir ein paar Logikfehler, die ich beseitigen kann, und etwas mehr Treue zur Deadline deutlich lieber. Sechs Wochen ist selbst für dich ein Rekord, wir sollten längst vor dem Druck stehen. So, heute Abend, Punkt siebzehn Uhr, habe ich deine Mail mit den restlichen Änderungen. Sonst komme ich persönlich nach Münster und drehe dir den Hals um! Alles klar?«
»Geht klar, Chefin! Du hast die Mail heute Abend«, versicherte Tom ihr. Er verabschiedete sich und setzte sich an den Schreibtisch. Das war gerade noch einmal gutgegangen.
»Wir sind schon ein gutes Team, was, Laryon?«, sagte er laut zum Monitor, während er begann, Textabschnitte aufzuteilen und neu zusammenzusetzen. Er hatte noch mehr als sechseinhalb Stunden – Zeit genug.

Wie er Susanne versprochen hatte, hielt er seinen letzten Termin ein, und sie hatte wie erwartet kaum Korrekturen anzubringen. Das erste Buch war endlich im Druck und würde termingerecht auf der Buchmesse in Frankfurt präsentiert. Bald hatte Tom Bahntickets, Hotelbuchung und erste Termine für Interviews und seine erste kleine Pressekonferenz bereitliegen.
Mellie kehrte nach drei Tagen von ihrem geschäftlichen Termin aus Edinburgh zurück, und sie feierten ausgiebig ihre Ver-

söhnung. Wie immer blieb sie wortkarg, was ihre Aufgaben betraf, die jener geheimnisvolle Frank ihr zuteilte, doch Tom spürte die tiefe Enttäuschung, dass sie nach wie vor nicht mit ihrer Recherche nach dem verschwundenen Jungen mit den geheimnisvollen Fähigkeiten weiterkam. Auch über ihren Kollegen schwieg sie sich aus. Tom wusste lediglich, dass er Mitte sechzig war, eine Offizierslaufbahn hinter sich hatte und ein unglaublicher Sturkopf sein musste. Mellie schien sich ihm sehr verbunden zu fühlen, obwohl er sie mit ihrer Aufgabe alleingelassen hatte und sich auch nach wie vor nicht meldete. Tom mochte ihn schon allein aus diesem Grund nicht. Aber auch der militärische Hintergrund stieß ihn ab. Das waren keine Typen, mit denen er gut zurechtkam.

Was dann folgte, war der schönste Sommer, an den Tom sich erinnern konnte. Sie unternahmen einige Ausflüge in und um Münster, und Tom stellte Mellie seiner Großmutter vor. Seine Eltern, so erklärte er ihr, spielten in seinem Leben kaum eine Rolle, da sie den größten Teil ihres Lebens als Ärzte in Krisengebieten Afrikas oder Asiens verbrachten.

Außerdem fuhren sie drei Wochen quer durch Spanien, wobei Mellie das Autofahren und Tom das Sprechen übernahm. Er hatte keinen Führerschein, sprach dafür fließend Spanisch. Viel lieber wäre er nach Australien gereist, um Mellie seinem Bruder und dessen Familie vorzustellen, doch ihnen fehlte das Geld. Und so blieb es bei regelmäßigen Internet-Video-Sitzungen, bei denen Mellie, wie erhofft, sofort ins Herz geschlossen wurde.

Sein Laryon-Zyklus ruhte. Tom glättete die Teile der Erzählung, die vom ersten Buch ins zweite gewandert waren, und schrieb kleine Begebenheiten. Abgesehen davon gönnte er sich eine schöpferische Pause. Der Winter hatte die Insel fest im Griff, so dass es wenige Vorfälle bei den Grenzreitern gab. Das Aufregendste war ein Gerücht, nach dem die Grenzwache reduziert oder sogar aufgelöst werden sollte, aber dabei blieb es.

Tom aktualisierte sein Blog mit der Ankündigung des neuen Buches und einer Leseprobe, bearbeitete die folgende Fanpost und ließ sich im September zu einigen Lesungen aus den alten Büchern überreden, damit den Lesern der Anschluss leichter fiel. Mellie begleitete ihn. Und ganz selbstverständlich saß sie ihm auch jetzt auf der Bahnfahrt nach Frankfurt gegenüber und las. Toms Blick folgte träge der vor dem Fenster vorbeiziehenden Landschaft. Am frühen Nachmittag würde Tom die erste Pressekonferenz seines Lebens halten. Nichts Wildes, aber bei der Mühe, die sich Walter Marquardt, Felix' Onkel und Verlagsinhaber, immer gab, würde schon eine Handvoll Leute zusammenkommen.

Tom schälte sich aus seinem Sitz, umrundete den kleinen Tisch in der Mitte ihrer Sitzgruppe, setzte sich neben Mellie und nahm ihr das Buch aus der Hand. Sie schaute ihn verwundert an.

»Wir sind gleich da. Freust du dich?«, fragte Tom erwartungsvoll.

»Worauf?«

»Auf deine Überraschung. Bist du gar nicht neugierig?«

Mellie grinste und nahm das Buch zurück, um es in ihren Rucksack zu verstauen. »Du bist ein Kindskopf. Den Gefallen, hier vor Erwartung herumzuzappeln, werde ich dir nicht tun. Ich kann sehr geduldig sein.«

»Spielverderber.«

»Nein.« Mellie schaute nachdenklich aus dem Fenster. »Das lehrt einen die Erfahrung.«

Tom stöhnte innerlich. Ihm stand überhaupt nicht der Sinn nach tiefschürfenden Gesprächen. Mellie war in letzter Zeit ohnehin ernster geworden, grübelte viel, hockte Stunden vor dem Computer über irgendwelchen Analysen oder brütete über Unterlagen, von denen Tom keine einzige zu Gesicht bekam.

Er ließ sich tiefer in den Sitz sinken, stemmte sein Knie gegen den Tisch und beugte sich zu ihr hinüber. »Du machst dir viel zu viele Gedanken. Mach dich mal locker. Ist doch nur ein Job. Es liegt doch nicht an dir, wenn du diesen Kary nicht findest.«

»So? An wem denn?«

»Na, du bist doch nicht die Einzige. Vielleicht die Beste, aber nicht die Einzige.« Tom freute sich über das kurze Lächeln, das über ihr Gesucht huschte. »Du kannst nicht alles allein machen. Eine riesengroße bunte Welt, und du suchst einen einzelnen kleinen Jungen.«

Mellie wandte sich ihm zu und rutschte ebenfalls etwas tiefer in den Sitz, damit sie mit Tom auf Augenhöhe war. »Vielleicht hast du recht. Ich nehme es zu persönlich.«

»Genau. Lass dich ablenken. Lass dich auf eine Insel voller unbekannter Möglichkeiten entführen!«

Mellie hob die Augenbrauen. »Lass mich raten: nach Willerin. Und schon bist du wieder bei deinem Lieblingsthema.«

»Was dagegen?«

»Ist schon okay. Dafür sind wir ja gerade unterwegs.«

»Messerscharf gefolgert, Frau Agentin. Nun benötige ich Ihre Hilfe. Was wünschen Sie sich von so einer Insel?«

»Hm.« Sie schaute ihn plötzlich mit großem Ernst an. Tom liebte solche Momente und wartete voller Ungeduld, was sie nun sagen würde.

»Weißt du, was ich mir wünschen würde?«, fragte sie endlich. »Dass wir dort wären – gemeinsam. Dass ich meine Aufgabe zu Ende bringen könnte und endlich Frieden hätte. Und mich ganz auf dich konzentrieren könnte.«

Tom konnte ihr nicht folgen. »Was hat das eine mit dem anderen zu tun?«, fragte er verwirrt.

Mellie neigte den Kopf leicht seitlich und hielt seinem Blick stand. »Du hast mich gefragt. Wünsche sind Wünsche.«

Sie lächelte und beugte sich dann vor. Tom schloss die Augen.

»Komm!«, rief Tom. Mellie lachte und ließ sich mitziehen. Die Messehalle war im Moment nicht sehr gut besucht, und Tom steuerte zielstrebig den Stand seines Verlages an, der an der gleichen Stelle wie im Vorjahr aufgestellt war: Wände mit sorgsam arrangierten Neuerscheinungen und deutlich in der Mitte des Standes auf einem Podest sein neuestes Werk in zigfacher Ausfertigung. Tom schaute sich suchend um, aber weder Susanne noch Herr Marquardt waren irgendwo zu sehen. Er zog Mellie zu dem Podest und nahm eines der Bücher. Bis jetzt hatte er auf diesen Augenblick gewartet. Er hatte nicht einmal in eines der Vorabexemplare geschaut, und das wollte etwas heißen.
Feierlich schlug er das Buch auf und überreichte es Mellie mit einem erwartungsvollen Grinsen. Sie nahm es mit einer ebenso feierlichen Geste an. Ihr war klar, dass dies ein besonderer Moment für ihn war. Tom deutete auf die Widmung.

Für Mellie, meine Inspiration, ohne die
Kary nicht in Laryons Leben getreten wäre.
Für eine Liebe, ohne die
ich mir mein Leben nicht mehr vorstellen kann.
~ Tom

Mellie reagierte nicht wie erwartet. Sie reagierte überhaupt nicht. Ganz langsam, zögerlich blätterte sie durch das Buch, las hier und da einige Zeilen und blätterte weiter.
Schließlich sah sie auf. Ihre Stimme klang unsicher: »Wer ist Kary?«
Tom starrte sie enttäuscht und missmutig an. Das war nicht die Reaktion, die er sich erhofft hatte. Es ging doch um sie beide und nicht um die Handlung! Er machte der Frau seines Lebens vor den Augen all seiner Leser eine Liebeserklärung, und sie fragte nach einer Romanfigur?!
»Wer ist Kary?«, wiederholte Mellie drängender.

Tom machte eine wegwerfende Handbewegung. »Nur so ein Junge, er wird im Wald versteckt gehalten – und bewacht. Er hat auch geheimnisvolle Fähigkeiten, auf diese Idee hast du mich mit deiner Geschichte gebracht.«

»Was für Fähigkeiten?«

»Er kennt Erinnerungen ganz vieler Leute. Er ist ein wandelndes Geschichtsbuch.«

Bei dieser Bemerkung runzelte Mellie finster die Stirn. »Wer? Wer versteckt ihn dort?«, zischte sie.

»Sein Wächter heißt Gorn«, antwortete Tom gehorsam. »Er ist ein Bergkämpfer aus …«

»Ich weiß, wer das ist! Wer noch?« Mellie sah aus, als stünde sie kurz davor loszuschreien. Tom wurde immer verwirrter. »Nolen.«

»Nolen?! Sag, dass das nicht wahr ist!«

»Mellie, was ist los? Ich meine, ich wollte dir die ganze Zeit sagen, dass ich die Namen Kary und Gorn von dir geliehen habe. Die Sachen lagen doch immer auf deinem Schreibtisch. Ich konnte sie gar nicht übersehen. Ich hatte nur nie die Gelegenheit, mit dir darüber zu sprechen.« Tom hielt inne.

Mellie standen plötzlich Tränen in den Augen. »Er war mein Partner. Mein Kollege. Der, der mich sitzengelassen hat. Nolen hat Kary längst gefunden. Tom, wo ist er?«

»Wer?«, fragte Tom hilflos. Was redete Mellie da?

»Kary! Wo ist das Versteck? Warum hast du mir nichts gesagt?!« Mellie umklammerte das Buch, als müsste sie sich daran festhalten. Ihre Hände zitterten, und auf ihren Wangen bildeten sich hektische rote Flecken.

»Es sollte doch meine Überraschung werden! Wo soll er schon sein? Auf einem Platz im Wald. Ungefähr eine halbe Stunde Fußmarsch vom Grenzübergang. Der Platz, wo Nolen vor ein paar Jahren Laryon Manieren beigebracht hat. Mellie, was soll das Ganze, ich komm nicht mehr mit! Hör zu, es tut mir leid,

ich wollte nie in deinen Sachen herumschnüffeln, das war alles ganz anders!«
Dann schrie sie tatsächlich auf. Sie stieß einen Laut aus wie ein verwundetes Tier, während sie das Buch so fest packte, dass das Weiße um ihre Knöchel hervortrat. Im nächsten Moment knallte das Buch mit voller Wucht auf den Boden. Toms fassungsloser Blick folgte den wirbelnden Seiten, bis sie vor dem Podest zum Liegen kamen. Er war unfähig, sich zu rühren oder etwas zu sagen.
Mellie schüttelte den Kopf, als müsste sie einen schlechten Gedanken abwehren. »Ich kann das alles nicht glauben. Verarscht, von meinem eigenen Partner!«, stieß sie hervor. Hastig trat sie auf das Podest zu, nahm ein neues Buch und schob es sich unter den Arm.
Sie funkelte Tom hasserfüllt an. »Du hast deinen Anteil, und dein Worthüter hatte sicher seinen Spaß. Du hast alles in Gefahr gebracht, weißt du das eigentlich? Du hast Karys Versteck verraten, jetzt ist auch für unsere Gegner klar, wo er ist! Du und dein verdammtes Ego! Unbedingt ein berühmter Schriftsteller sein. So ein dreimal verfluchter Mist!« Die letzten Worte blieben ihr fast im Hals stecken, als sie versuchte, zornige Tränen zurückzuhalten. Dann drehte sie sich um und rannte fort.
Als Tom endlich aus seiner Betäubung erwachte und sich entschied, ihr zu folgen, war sie schon fast am Durchgang zur nächsten Halle angelangt.
»Tom? Tom, halt, wo willst du denn hin?« Eine Hand erwischte ihn an der Schulter und drehte ihn mit Schwung aus der Bewegung heraus um. Er taumelte und konnte gerade noch das Gleichgewicht halten. Susanne starrte ihn entsetzt an. »Tom, bist du deinen Schwarzkunst-Magiern begegnet? Was ist passiert?«
»Nach einem Höhenflug hart gelandet«, murmelte Tom. Er verstand rein gar nichts, kämpfte um seine Selbstbeherrschung.

»Was?!«
»Irgendwas ist gerade ganz entsetzlich schiefgelaufen.«
»Na, das wäre aber nicht das erste Mal in deinem Leben«, gab Susanne zu bedenken und versuchte es mit einem aufmunternden Lächeln. Tom verschränkte die Arme und zog sich in sich zurück. »Mag sein. Aber zum ersten Mal habe ich wirklich nicht die geringste Ahnung, was genau ich eigentlich angestellt habe.« Er zögerte kurz. »Hast du schon mal von Worthütern gehört?«
»Keine Ahnung, worüber du redest. In einer halben Stunde beginnt die Pressekonferenz. Herr Marquardt möchte das vorher noch mit dir besprechen.«

10.

Gewohnt wachsam betrachtete Laryon die stille Winterlandschaft, während er seinen Umhang enger zog. In der Nacht war neuer Schnee gefallen und bedeckte alles bis auf die kahlen Bäume und Sträucher. Jetzt war der Himmel trüb, und die Wolken drückten schwer auf die Erde. Nichts rührte sich, nur ein einsamer Falke zog enge Kreise unter dem blassen Grau. Er konnte es kaum erwarten, dass der Frühling endlich einbrach. In diesem Winter war es so kalt, dass niemand freiwillig länger als nötig im Freien blieb. So wurde die Arbeit nicht nur einsam, sondern auch noch todlangweilig. Es war später Nachmittag während seiner dritten Schicht, und dieses Mal war er froh, wenn er seinen Dienst morgen beenden konnte.
Laryon erreichte eine Wachhütte. Es handelte sich um die vorletzte Station, die, an der er Anfang des Herbstes Kary und Gorn begegnet war. Er lächelte bei dem Gedanken an die beiden. Im Winter war der Platz schwer zu erreichen, zumal man

im Schnee viel zu leicht verräterische Spuren hinterließ. Langsam wurde es wieder Zeit, Kary hatte bestimmt schon Sehnsucht nach ihm. Er nahm sich fest vor, die beiden morgen Mittag nach seiner letzten Runde zu besuchen. Eilig stempelte er die Chara und kehrte zu seinem Pferd zurück. Er sah sich um. Für einen Atemzug glaubte er, eine Veränderung zu bemerken. Doch der nahe Wald lag friedlich und kalt im winterlichen Zwielicht. Fella setzte sich schon in Bewegung, noch bevor er wieder ganz im Sattel saß. Sie wusste, in welche Richtung sie gehen musste.

Der Weg führte in südlicher Richtung über einen kleinen Hügel in den Grenzwald hinein und wurde bald schmaler. Zwischen den Bäumen war es genauso kalt, aber wenigstens etwas windgeschützter. Laryon ließ seinen Blick durch die Bäume schweifen, immer auf der Suche nach Anzeichen für Ungewöhnliches. Es gab genug Meldungen über umherstreifende Wolfsrudel, die sich nicht um den Verlauf der Grenze scherten und den Dörfern in diesen kalten Tagen gefährlich nahe kamen. Sogar einzelne Gerüchte über Lus, die aus dem Nordgebirge bis in den Süden gekommen sein sollten, hielten sich hartnäckig. Laryon glaubte nichts davon, und falls doch, war er sicher, sich auf sein Pferd und sein Wurfbeil verlassen zu können. Es konnte nicht schwerer sein, einen Lu zu treffen, wenn die Kehle genau wie der Rest lediglich größer als bei einem Wolf war.

Auf der linken Seite des Weges erhoben sich in regelmäßigen Abständen moosbewachsene Grenzsteine, hinter denen es einen Abhang hinunterging. Die Grenze verlief relativ exakt von Norden nach Süden, und der Wald erstreckte sich über beide Seiten ihres Verlaufs. Nach kurzer Zeit erreichte Laryon den Punkt, an dem es den einzigen Übergang von Molannen nach Foryana gab. Er erblickte den Grenzwächter bedeckt von einem Berg aus Fellen, der sich unbeweglich auf eine Hellebarde stützte. Laryon grinste. Er hatte schon einige Male erlebt, dass Trogge sich einen

Spaß daraus machte, scheinbar dösend dazustehen und kurz bevor Reisende ihn erreichten, seinen Dienst aufzunehmen, indem er sie herrisch anschrie und dann kontrollierte.
»Bist du schon so gebrechlich, dass du dich stützen musst? Das ist eine Waffe und keine Krücke!«, rief Laryon munter.
»Pass bloß auf. Ich werde dich im Frühjahr einarmig besiegen!«, knurrte Trogge drohend zurück.
»Verdammt kalt heute.« Laryon hielt an und holte einen ledernen Trinkbeutel mit Tee aus der Satteltasche. Trogge kam näher und stellte sich an den Hals des Pferdes, um sich die Hände zu wärmen.
»Nicht nur verdammt kalt, sondern auch noch verdammt feucht! Stell dir vor, der Senat hat erlaubt, dass wir Feuer machen, aber es brennt einfach nichts.« Trogge nahm den angebotenen Tee und trank einen Schluck. »Wenigstens haben wir entschieden, die Wachen zu verkürzen, wir wechseln häufiger. Das ist zwar mehr Aufwand, aber immerhin stehen und frieren wir weniger. Wir werden uns morgen auf deiner Schicht also nicht begegnen.«
Laryon nickte verständnisvoll. Er konnte auf seiner Runde wenigstens in Bewegung bleiben. »Wir haben auch einige Ausfälle«, erwiderte er. »Wie geht es Mora und den Kindern?«
»Es gibt keine Klagen.« In Trogges Stimme schwang unverkennbar Stolz mit. »Manchmal denke ich, die kommen zu Hause auch ohne mich aus. Die Mädchen sind so aufmerksam und zuverlässig, dass ich mich frage, ob sie überhaupt von mir sind.«
Laryon lachte. »Wie geht es Fynn?«
Trogge verschloss den Trinkbeutel und reichte ihn Laryon mit einem düsteren Blick zurück. »Das genaue Gegenteil. Ich erkenne ihn nicht wieder. Immer nur der übliche Bergwachen-Unsinn. Nichts als Mist im Kopf, es ist kaum zu ertragen. Du musst unbedingt bald mit ihm sprechen.«
Laryon wollte zu einer Erwiderung ansetzen, aber Trogge un-

terbrach ihn sofort: »Ich bin sicher, du kannst auf ihn einwirken!«
»Ich möchte mich nicht einmischen, Trogge. Das geht mich nichts an.«
»Nolen beginnt, Druck auf mich auszuüben. Er meint, es wäre das Beste für meinen Jungen, ins Nordgebirge zu gehen.«
»Dann möchte ich mich erst recht heraushalten. Es ist Fynns Entscheidung über seine Zukunft.«
»Fynn ist viel zu unbedarft, um solch eine Entscheidung zu treffen. Ich kann nicht auch noch gegen meinen Hauptmann anreden!« Trogges Tonfall wurde vorwurfsvoll.
»Und da verlangst du von mir, ich solle meine Stimme gegen Nolen erheben? Gegen deinen Hauptmann, der bereits eine Entscheidung getroffen zu haben scheint«, schnappte Laryon verärgert zurück.
Beschwichtigend hob Trogge beide Hände und klopfte dann noch einmal Fellas Hals. »Ist schon gut, ich habe verstanden. Komm bald vorbei.«
Er wandte sich ab, um seinen Platz wieder einzunehmen, und schwenkte zum Abschied kurz die Hellebarde. Laryon wendete sein Pferd auf den Weg zurück und winkte. Dabei lächelte er entschuldigend. »Mögen gute Worte dich behüten, mein Freund.«
»Mögen gute Worte deinen Weg lenken, mein Freund.«
Laryon ritt weiter durch den Wald zur nächsten Wachhütte. Die ganze Zeit grübelte er über das nach, worum Trogge ihn gebeten hatte. Genau wie Gorn vorausgesagt hatte, schien Nolen den Plan zu haben, Fynn als Rekruten zur Bergwache zu schicken. Fynn wollte seit Jahren nichts anderes, daher gab es für Laryon keinen Grund, der dagegen sprach. Trogge hatte kein Recht, sich gegen die Wünsche seines Sohnes zu stellen. Trotzdem fiel es Laryon schwer, für seinen jüngeren Freund Partei zu ergreifen. Er war schließlich kein Mitglied der Fami-

lie. Außerdem behagte ihm der Gedanke nicht, welche Folgen sich für ihn ergeben würden, sobald Nolen sich durchgesetzt hatte und Fynn auf dem Weg in den Norden wäre.

Stimmen summten im Hintergrund. Es war unerträglich warm und stickig. Susannes Handy klingelte. Sie hielt Tom immer noch am Arm fest, während sie kurz das Gespräch abwimmelte. »Ich muss das regeln, lass mich los«, rief Tom hilflos. Susanne bedachte ihn mit einem strengen Blick. »Gar nichts musst du. Du wirst jetzt schön beim Chef antreten und dich auf deinen Auftritt vorbereiten. Du hast doch hoffentlich noch etwas anderes dabei als nur diese hässliche T-Shirt?«
»Hör zu, wenn ich Mellie jetzt nicht erwische, dann weiß ich nicht, wann ich das jemals wiedergutmachen soll. Sie kann sehr sensibel sein.«
»Ruf sie doch an!«
»Das kann ich mir schenken, sie geht jetzt niemals ran, wenn sie meine Nummer sieht.«
Susanne lockerte ihren Griff, aber Tom wagte nicht, einfach loszulaufen. »Mellie – der du das Buch gewidmet hast? Deine Muse?«
»Ja, genau die. Bitte!«
Susanne zögerte. Toms Verzweiflung schien sie tatsächlich zu beeindrucken. »Du kannst jetzt unmöglich weg, du bist sowieso schon wieder zu spät«, meinte sie nachdenklich. »Aber ich werde hier erst einmal nicht gebraucht. Ich kann mit ihr reden, kann sie herholen, wenn es dir so wichtig ist.«
»Das würdest du tun?« Tom schöpfte Hoffnung. Susanne kannte ihn gut genug und hatte manche Stunde unter seinen Extravaganzen gelitten. Ihr Verständnis würde Mellie sicherlich beruhigen. Zumindest ging er davon aus, dass Susanne ganz gut zwischen ihnen vermitteln könnte. Sie lächelte ihm beruhigend zu. »Das bekomme ich schon hin. Gib mir mal ihre

Handynummer. In welchem Hotel seid ihr, falls ich sie hier nicht mehr erwische?«

»Steigenberger am Bahnhof. Zimmer 42. Beeil dich!«

Susanne gab ihm ihr Handy, damit er Mellies Nummer eintippen konnte, während sie ihre Tasche holte. Mit einem aufmunternden Klaps und einer kurzen Erklärung, wo er zum Pressetermin erscheinen sollte, war sie verschwunden.

Wie betäubt schlurfte Tom hinter die Stellwände des Standes und meldete sich bei Herrn Marquardt, dem Mann, dem er seine Karriere als Nachwuchsautor des einundzwanzigsten Jahrhunderts verdankte. Dabei grübelte er immer wieder über Mellies Ausbruch nach. Was hatte er nur falsch gemacht? Er hatte bei Mellie auf dem Schreibtisch Texte gefunden. Was war bitte schön schlimm daran, wenn er sie ein wenig nacherzählte, die Figur Gorn daraus in sein Buch übernommen und Laryon diese aufgestöbert hatte? Mellie tat jetzt gerade so, als hätte er ihr tatsächlich etwas verschwiegen.

Genau damit kam Tom ein ganz neuer Gedanke. Die Texte von Mellie waren Fiktion, und zwar in seiner – Toms! – Buchwelt. Aber vielleicht hatte Mellie sie geschrieben, um wahre Erlebnisse zu verarbeiten. Das würde erklären, warum sie nicht gerade begeistert war, dass Tom ihre Texte verwendete. Wie auch immer, er würde das nicht herausfinden, bevor er nicht mit Mellie sprechen konnte.

Tom zwang sich, eine fröhliche Miene aufzusetzen, während er versuchte, seine Termine zu überstehen. Herr Marquardt hatte ganze Arbeit geleistet und massenhaft Rezensionsexemplare versendet. Der Andrang war unbeschreiblich, die Stimmen überwiegend positiv und erwartungsvoll. Er unterschrieb Exemplare für Verlosungen, gab die Zusage zu einem Termin bei einem lokalen Radiosender und beantwortete Unmengen an Fragen, an die er sich später nicht mehr erinnerte. Als Susanne wieder auftauchte und ihre gesamte Botschaft aus einem bedau-

ernden Kopfschütteln bestand, wäre er am liebsten einfach nur noch weggelaufen. Doch seine Lektorin ließ ihn nicht aus den Augen. Immerhin unterstützte sie ihn, so gut sie konnte, lenkte ihn durch Anfragen und wies ab dem frühen Abend sogar Leute ab. Tom beobachtete sie, während er sich an die Rückwand des Standes zurückgezogen hatte und kalten Kaffee aus einem Pappbecher trank. Er hatte ohnehin Magenschmerzen. Ein Mann, etwa Mitte vierzig, schlank, mit ernstem Geschichtsausdruck, ließ sich jedoch nicht abwimmeln. Susanne warf Tom einen entschuldigenden Blick zu und zog dann die Schultern hoch. Tom seufzte leise. Er steckte sein Handy weg, mit dem er gerade zum millionsten Mal Mellie anrufen wollte, und winkte den Mann heran. Es war sowieso zwecklos. Mellie hatte nicht einmal ihre Mailbox an.
Der Mann war athletisch gebaut, etwas größer als Tom, und seine gerade Haltung ließ ihn noch imposanter erscheinen. Er hatte ein selbstsicheres Gehabe an sich, das an Arroganz grenzte, als er Tom zur Begrüßung die Hand schüttelte. Der Fremde kam ihm vage bekannt vor, ohne dass er ihn einordnen konnte.
»Sind Sie Tom Schäfer?«, fragte der Mann. Tom nickte. »Ich muss mit Ihnen sprechen. Greenhand mein Name. Jonathan Greenhand. Sagt Ihnen der Name etwas?« Tom fand die Begrüßung etwas theatralisch, und sie erinnerte ihn an die typische Vorstellung in Filmen, ehe ihm bewusst wurde, dass ihm der Name tatsächlich eine ganze Menge sagte. »Sind Sie mit Arthur Greenhand verwandt?«
»Richtig. Er war mein Vater«, antwortete Greenhand leichthin. Tom stockte sprachlos. Arthur Greenhand war *der* Autor des zwanzigsten Jahrhunderts, sein Werk quasi die Bibel der Fantasy, mit Auflagen in unermesslichen Höhen. Er hatte das Genre erfunden. Ohne ihn gäbe es keine Elfen, Zwerge, Zauberlehrlinge oder Romantikvampire. Ohne ihn gäbe es keine Phantastik, Epic-, Urban- oder Sonst-was-Fantasy, kein Steam-Punk und

andere verrückte Weiterentwicklungen. Ohne ihn gäbe es keine Rollenspielsysteme. Ohne ihn gäbe es kein Willerin und keinen Laryon und keinen Fantasy-Autor Tom Schäfer.

»Und was«, Tom räusperte sich verlegen, »kann ich für den Sohn des Godfather of Fantasy tun?«

Greenhand verzog keine Miene. »Ich muss mit Ihnen sprechen – in Ruhe. Es ist eine ernste Angelegenheit. Haben Sie heute Abend Zeit, mit mir zu essen?«

»Auf keinen Fall, ich kann nicht«, platzte Tom unüberlegt heraus. »Ich meine, es geht wirklich nicht, eine sehr freundliche Einladung und so. Aber es geht um eine Privatsache.«

»Auch nicht, wenn ich Ihnen sage, dass ein großer Teil Ihres jüngsten Buches komplett mit einem Manuskript meines Vaters übereinstimmt?«

»Was?«

»Auch nicht, wenn ich Ihnen sage, dass ein großer Teil Ihres jüngsten Buches fast wörtlich mit einem Manuskript meines Vaters übereinstimmt?«

»Das ist unmöglich!« Tom wurde heiß. Das hatte wirklich noch gefehlt. Hastig trank er den Rest seines Kaffees. Der bittere Geschmack ließ ihn aufstoßen.

»Das denke ich auch. Können Sie mich um neunzehn Uhr treffen?«

»Na gut. Können Sie in mein Hotel kommen?«

Greenhand war einverstanden. Seine Miene verriet nichts. Tom bemühte sich um ein höfliches Lächeln, als sie sich ein weiteres Mal die Hand schüttelten. Er fand es merkwürdig, dass Jonathan Greenhand trotz seiner angeblichen ungeheuerlichen Entdeckung noch relativ gelassen blieb, sogar eher besorgt als verärgert wirkte.

Tom wusste ja, dass an dem Vorwurf nichts dran sein konnte, aber ein schlechtes Gefühl hatte er dennoch. Arthur Greenhand war sein größtes Idol. Er würde es nicht einmal in Gedanken

wagen, sich an dem Werk dieses Mannes zu vergreifen. Die Texte von Mellie hatten etwas damit zu tun, da war er sicher. Aber wie, wann und warum sollte sie Teile eines Manuskriptes von Greenhand in die Finger bekommen?
Tom spürte Flüssigkeit über seine Hand laufen. Ohne dass er es bemerkt hatte, hatte er den leeren Kaffeebecher zerknüllt. Missmutig wischte er die Hand an der Hose ab. Wirklich, das war so ziemlich das Letzte, was er jetzt noch brauchen konnte. Und damit meinte er nicht den kalten Kaffee.

Das Ambiente des Hotels verstärkte Toms Gefühl, sich in einem unwirklichen Traum zu bewegen. Der Lärm der Stadt war ausgesperrt, und man hörte nur das ferne Surren einer Klimaanlage. Die feinen Möbel und das Design, das Mellie scherzhaft als Fünf-Sterne-Standard bezeichnet hatte, waren nicht seine Welt. Jonathan schien damit weit weniger Schwierigkeiten zu haben. Tom wusste nicht, wie es sich damit lebte, Sohn und Erbe eines der erfolgreichsten Schriftsteller der Welt zu sein, aber in solchen Umgebungen Abend zu essen – besser gesagt: zu speisen –, schien dazuzugehören.
Während des Essens beließen sie es bei belanglosem Smalltalk, und Jonathan bot Tom das Du an, da es ihm näher läge. Tom fiel erst jetzt auf, dass er akzentfrei Deutsch sprach. Die Greenhands waren Schotten.
»Was weißt du über Arthur? Hast du seine Biographie gelesen?«, fragte Jonathan dann, nachdem die Teller abgeräumt und Espresso gebracht worden waren.
»Logisch. Ich denke, ich habe alles gelesen, was verfügbar ist. Bis zum unrühmlichen Ende, wo er nicht mehr so ganz nach gängigen Konventionen gelebt hat.«
Jonathan lachte belustigt auf. »Was meinst du damit?«
»Na ja, ich glaube, er hat viel ausprobiert.«
»Sprich es aus: Er hat gesoffen wie ein ganzer Fußballverein

und an Drogen kaum etwas ausgelassen, was in den Sechzigern verfügbar war.«

»So sagen die Biographen«, murmelte Tom verlegen.

»Da kannst du wohl kaum behaupten, er hätte nicht nach den damaligen Konventionen gelebt, oder?«, stellte Jonathan amüsiert fest. »Ich bin wohl auch ein Produkt von Arthurs Ausschweifungen. Immerhin war er mit meiner Mutter zeitweise verheiratet.« Als Jonathan sah, dass Tom seine Offenheit peinlich zu sein schien, wurde er ernster. »Entschuldige. Ich wollte nur sichergehen, dass dein Bild meines Vaters nicht allzu verklärt ist. Die Wirklichkeit war sogar noch schlimmer, Tom. Er hat den Verstand verloren. Und der Grund ist dieses Manuskript, das ich dir zeigen möchte. Vielleicht gibt es nach all dieser Zeit eine Möglichkeit herauszufinden, was ihn in den Wahnsinn getrieben hat.«

Jonathan entnahm einer ledernen Mappe ein dickes Bündel Papier und reichte es ohne ein weiteres Wort Tom. Ehrfürchtig betrachtete dieser den Titel und stockte: Der Titel war derselbe wie bei seinem Buch: *Der Magierjäger von Willerin.*

Das Papier war zum Teil angegilbt und umgeknickt, der braune Abdruck einer Kaffeetasse zierte die untere Hälfte. Die Seiten waren eng mit Schreibmaschine beschrieben. Nach etwa der Hälfte wurde der Schreibmaschinentext von einer unregelmäßigen Handschrift abgelöst.

»Sie kommen!«

»Du hast recht gehabt«, murmelte Nolen anerkennend.

Gorn lächelte kurz, ehe er sein Schwert zog und locker in der Hand hielt. »Ist das unser letztes Wiedersehen?«, fragte er scheinbar gelassen. Nolen legte ihm als Antwort nur kurz die Hand auf den Oberarm und berührte das Abzeichen der Bergwache.

Es war die Erzählung des Bergkrieges.
»Ich sehe, du kannst gut genug Englisch, um mein Problem zu erkennen«, meldete Jonathan sich zu Wort. Tom sah auf, seine Verwirrung stand ihm offensichtlich ins Gesicht geschrieben. Jonathan erhob sich und wedelte mit einer Zigarettenpackung, während er auf das Manuskript deutete. »Lies weiter, ich bin gleich wieder da. Ich bin gespannt, ob du mir das erklären kannst!«
Tom senkte den Kopf und blätterte bis fast zum Schluss. Er fand die Stelle, an der er selbst mit der Nacherzählung des Bergkrieges durch Kary geendet hatte.

Dann ließ der Druck auf seinem Gesicht schlagartig nach. Fassungslos spürte er, wie sein Gegner unter seinen Händen erschlaffte. Das Letzte, was er sah, war Gorn neben ihm, der das Schwert präzise in die Nieren des Handschuhträgers gerammt hatte und jetzt mit grimmiger Entschlossenheit drehte. Das alles konnte höchstens ein paar Augenblicke gedauert haben, und doch schien die Ewigkeit in die Zeit einzugreifen. Langsam sackte Nolen gegen den Felsen hinter sich und brach zusammen.

Wieder war der Text mehr oder weniger identisch. Der wesentlichste Unterschied bestand in den verschiedenen Sprachen, aber Englisch oder Deutsch – das spielte für Tom keine Rolle. Entscheidend war, dass die Art des Erzählens, die Stimmung exakt übereinstimmten. Arthur Greenhand beschrieb die Handlung lediglich noch enger aus der Perspektive Nolens, als Kary das getan hatte. Tom überlief eine Gänsehaut. Doch der Text ging weiter.

Sie brachten Nolen zur nächsten Hütte einer Bergwächterin. In der Nacht erwachte er, von heftigem Fieber geschüttelt. Es

war dunkel, und er konnte kaum etwas erkennen. Da waren Seris, die Bergwächterin, und Gorn. Neben ihnen stand eine Frau.
Ihre rotbraunen Haare umrahmten ein rundes Gesicht mit offenen Zügen und schmaler Nase. Graublaue Augen, um die sich, obwohl sie nicht älter war als Nolen selbst, bereits kleine Falten andeuteten, die ihm verrieten, dass sie oft und gern lachte. Doch jetzt wirkte ihre Miene besorgt und ernst, wie die der anderen. Sie musste eine Bergkämpferin sein, die Nolen nicht kannte.
»Bereit zu Wort und Tat«, begrüßte sie Seris leise und neigte zur Begrüßung ihren Kopf. Dabei entnahm sie einem Beutel einen etwa fingernagelgroßen weißen Gegenstand.

Tom las die Stelle wieder und wieder, jedes Mal überzeugter: Da war doch von Mellie die Rede! Haarfarbe, Augenfarbe und vor allem dieses Motto, das war sie. Wie konnte das sein?
»Was passiert da?«, murmelte er halb zu sich.
»Diese Frau gibt ihnen Penicillin«, erklärte Jonathan. Eine Wolke Zigarettenqualm umnebelte ihn, und Tom rümpfte unwillkürlich die Nase. Sein Gegenüber sah es und grinste »Sorry. Ganz ohne Laster komme ich auch nicht aus.«
»Woher weißt du das? Wieso Penicillin? Wer hat das geschrieben und wann? Ich meine, Willerin, Nordgebirge – das ist mein Setting!«, ergänzte Tom hastig. Er wollte sich jetzt nicht ablenken lassen.
»Das hat Arthur gesagt. Es war eine der wenigen Aussagen, an die ich mich erinnere, die ich überhaupt verstanden habe. Hauptsächlich sprach er davon, dass alle in die Halle wollten. Immer wieder das: ›Die Halle, sie wollen in die Halle.‹ Er hatte schon länger an keinem anderen Buch mehr gearbeitet. Siehst du hier das Datum? Zwei Tage später, nachdem er diese letzten Teile des Manuskriptes verfasst hatte, wurde er in unse-

rer Bibliothek entdeckt. Mit einer Flasche Whisky und einem Tabletten-Cocktail, der ihm nicht bekommen ist.« Jonathan verzog das Gesicht. »Irischer Whisky! Wirklich ein unrühmliches Ende.«

Tom lachte nicht. Dieser Jonathan hatte einen Humor, mit dem er nichts anfangen konnte – zumindest nicht, wenn es um Arthur Greenhand ging. »Aber das passt doch gar nicht zu Greenhands Stil! Also, er hat doch klassische Fantasy geschrieben. Das hier, das ist doch ganz was anderes. Penicillin gehört da nicht rein!«

»Deswegen sitzen wir hier. Ich hatte gehofft, du könntest mir das erklären.«

Tom schüttelte heftig den Kopf und legte das Manuskript behutsam auf dem Tisch ab. »Der Titel«, sagte er, »mein Buch heißt so. Aber ich wusste das nicht. Ehrlich, ich hatte keine Ahnung! Und der Titel war ja nicht einmal vergeben, das hat der Verlag doch geprüft, auch schon auf Englisch, die Verhandlungen für die Übersetzung laufen gerade. Ich habe das nicht abgeschrieben! Ich meine, wenn das möglich wäre, würde ich behaupten, dein Vater hätte bei mir geklaut. Aber er ist seit fast vierzig Jahren tot! Das kann doch alles gar nicht sein!«

»Es hat ihn um den Verstand gebracht«, erwiderte Jonathan gedämpft. »Wirklich. Er hat es nie geschrieben, um es zu veröffentlichen. Das war etwas, an dem er nur für sich arbeitete. Niemand durfte es lesen. Aber anders als bei seinen Büchern war es fast eine Besessenheit. Er hatte Panikattacken. Und als er die letzten Seiten schrieb, auf denen seine Hauptperson Nolen tödlich verwundet wurde, war es endgültig vorbei. Danach hat er behauptet, man hätte ihm die Verantwortung für Nolens Leben weggenommen, es hätte sich jemand eingemischt. Da wäre einfach eine Frau in seinen Geschichten, die nicht hineingehöre. Keiner wusste, was er meinte. Er versuchte weiterzuschreiben, aber es ging nicht. Es war, als ob ihn eine unsichtbare Macht davon abhielte. Er wurde überhaupt nicht mehr nüchtern, tobte oder gab sich seiner Verzweiflung hin. Meine Mutter quartierte meine Schwester und mich zu unserer Grandma aus. Am nächsten Tag hat man ihn dann entdeckt.«

Jonathan schwieg und schien zu versuchen, aus Toms Miene etwas herauszulesen. Tom versuchte, unbeteiligt-interessiert zu wirken, doch er konnte nicht leugnen, dass diese Geschichte ihn faszinierte. Darüber hinaus beunruhigte ihn die für Jonathan vermutlich eher unwichtige Behauptung, eine unsichtbare Macht hätte Greenhand davon abgehalten zu schreiben. Das kam ihm unangenehm bekannt vor.

»In den folgenden zwei Wochen wurde mehrmals eingebrochen, und mindestens ein Mal war meine Mutter sicher, dass die Diebe es auf das Manuskript abgesehen hatten. Sie übergab es einem Notar. Erst über zwanzig Jahre später habe ich es dort eingesehen. Seitdem frage ich mich, was es damit auf sich hat und warum Arthur so durchgedreht ist.

Er war sicherlich labil, und ich will nicht bestreiten, dass der Alkohol gerade am Ende eine große Rolle spielte. Trotzdem wurde ich das Gefühl nicht los, dass mehr dahintersteckt. Dann habe ich per Zufall deine ersten beiden Bücher über Laryon entdeckt und nicht schlecht gestaunt, dass du von seinem Mentor, einem Mann namens Nolen geschrieben hast. Auch sämtliche Beschreibungen, Namen der Orte, die Fermalogie, alles gleich. Als du dein neues Buch angekündigt hast, ließ ich mir ein Vorabexemplar besorgen. Und da schreibst du sogar dieselbe Geschichte. Wie kann das sein?«

»Puh, keine Ahnung, wirklich«, antwortete Tom ausweichend. Ihm wurde unheimlich. Jonathan beugte sich über den Tisch und rückte ganz dicht heran. Tom konnte seinen nach Rauch stinkenden Atem riechen und gab sich große Mühe, nicht zurückzuweichen.

»Wo ist diese Halle? Es gibt sie doch, oder? Natürlich gibt es

sie! Wer steckt noch dahinter? Was habt ihr mit Arthur gemacht?«, zischte Jonathan plötzlich wütend.
Toms Augen weiteten sich vor Schreck. Das klang bedrohlich. Er räusperte sich nervös und hoffte, dass er einen beruhigenden Tonfall anschlug. »Ich war doch noch nicht einmal geboren, ich habe damit sicherlich nichts zu tun, wirklich. Ich kenne keine Halle. Ich habe sie mir auch nur ausgedacht. Und ich arbeite ganz sicher mit niemandem zusammen.« Er stockte. Jonathan war etwas zurückgewichen und starrte ihn finster an. Doch Tom glaubte, eine leichte Unsicherheit in seiner Haltung zu erkennen. »Aber ich bin mir über eins relativ sicher«, fuhr er daher hastig fort. »Dass wirklich etwas dahintersteckt. Ich glaube, dein Vater war nicht verrückt.«
»Wieso glaubst du das?«
»Weil es mir genauso ging.« Tom versuchte, beiläufig zu klingen, doch so ganz konnte er seine Aufregung nicht verbergen. Seltsamerweise schien genau das Jonathan zu beschwichtigen.
»Doch. Es ist bedrohlich, nicht schreiben zu können. Und ich habe eine Vorstellung davon, wie es sich anfühlen muss, wenn der Person, über die man schreibt und die einem am Herzen liegt, etwas zustößt. Ich kann es verstehen. Die Angst ist real. Vielleicht habe ich die Möglichkeit, etwas herauszufinden.«
»Ja?« Jonathan richtete sich auf. Sein Gesichtsausdruck hatte sich wieder gewandelt. Jetzt erinnerte er Tom an einen Verdurstenden, der in der Wüste eine Oase erblickt. Er war nicht sicher, ob er nicht falsche Hoffnungen weckte, aber hatte er eine andere Wahl?
Er nahm Haltung an und lächelte Jonathan zu. »Ja«, wiederholte er mit fester Stimme, »ich verspreche dir, dass ich herausfinden werde, was dahintersteckt.«

11.

In der Nacht hatte es wieder geschneit, und alle Spuren waren von einer weißen flauschigen Schicht bedeckt, als Laryon früh am nächsten Morgen Fella aus dem Stall führte und den Sattel auflegte, um zur letzten Schicht aufzubrechen. Verwundert blickte er auf die stille und unberührte Landschaft. Etwas war anders als sonst. Etwas fehlte. Es war nichts Wichtiges, schien nur eine Kleinigkeit, wie ein Zaumzeug, das nicht an seinem üblichen Platz hing. Doch es bereitete ihm vages Unbehagen.

Er war ohnehin entgegen seinem sonst ausgeglichenen Wesen gereizt und müde. Die Stimmung im Quartier der Grenzreiter war aggressiv, die Ritte in der Kälte anstrengend. Wie schon den ganzen Winter über hatte es in der Nacht Streitigkeiten zwischen Gandalan und Aren gegeben, die ihn um seinen Schlaf gebracht hatten. Es war so weit gegangen, dass selbst Laryon sich irgendwann nicht mehr zurückhalten konnte und einmischte. Es ging ihm nahe, dass Aren seinen Vetter ständig zu Unrecht beschuldigte, wie unfähig er wäre. Laryon war froh, alles bald wieder hinter sich zu lassen. Nur noch diese Runde, und er konnte sich dem Einreiten der Jungpferde widmen, wo er von derartigen Machtspielchen verschont blieb.

Es war noch einige Zeit bis zur Morgendämmerung, als er aufbrach. Da sich kein Wind regte, verzichtete er auf seinen Umhang und steckte ihn stattdessen zu einem kleinen Bündel verschnürt in die Rückentasche seiner Jacke. Er und sein Pferd kannten den Weg im Schlaf, und so verlief die erste Hälfte des Rittes ereignislos, erfüllt von der tiefen Stille des verschneiten Morgens. Laryon wurde endlich ruhiger und entspannte sich ein wenig, ohne in seiner ständigen Wachsamkeit nachzulassen. Als er an der Wachhütte am Rande des Grenzwaldes ankam,

war die Sonne aufgegangen, und die weite Schneelandschaft blendete in den Augen.
Wie immer sprang Laryon ab und ließ die Zügel fallen. Mit einem letzten Blick über die Bäume betrat er den kleinen Verschlag. Er zog einen Handschuh aus, und während er unter der Jacke nach dem Stempel fischte, nahm er die Chara.
Keine Abdrücke. Laryon blinzelte verwirrt und drehte die Scheibe um. Die Rückseite war bereits fast blank, die Male vom Vortag mehr zu erahnen als zu sehen. Er drehte sie erneut. Es stimmte: Statt der zwei Stempel seiner beiden Vorgänger war nur sein eigener von gestern Abend zu sehen, der bereits langsam verblasste.
Verunsichert schaute Laryon sich um. Es war etwas passiert. Weder Gandalan noch Marwen hatten auf ihrem letzten Ritt diese Wachhütte erreicht. Mit leicht zitternden Händen drückte Laryon seinen Stempel schnell an die richtige Stelle und legte die Chara ab. Er hastete aus dem Verschlag und warf sich mit so viel Schwung in den Sattel, dass Fella einen überraschten Sprung nach vorn machte. In der Nähe dieser Hütte war Kary versteckt. Er musste dorthin und sie warnen – wenn es nicht schon zu spät war.
Hastig trieb Laryon seine Stute mitten durch das Unterholz. Er scherte sich weder um den Lärm, den er verursachte, noch um die Spuren, die er für mögliche Verfolger hinterließ. Wer oder was auch immer hier eine Gefahr darstellte, war bereits unterwegs. Er konnte nur hoffen, dass Gorn und die beiden Hunde möglichen Gegnern gewachsen waren. Laryon hatte keinen Zweifel daran, dass Kary das Ziel der Unbekannten war. Es konnte kein Zufall sein, dass Gandalan und Marwen genau diese Hütte nicht erreicht hatten.
Der Wald wurde von immergrünen Fichten und Kiefern beherrscht, die einen Großteil des Schnees abgehalten hatten, so dass der Waldboden nur von einer dünnen Schicht bedeckt war.

Sie kamen schnell voran, bis Fella durch die Bäume brach und von dem hohen Schnee auf der halbkreisförmigen Lichtung ausgebremst wurde. Laryon musste die Augen zusammenkneifen, um nicht geblendet zu werden. Die weiße Fläche brannte in seinen Augen, und einen Moment lang sah er nur schwarze Blitze flackern. Dann wurde sein Blick klarer, und ihm sank der Mut. Der Schnee war an vielen Stellen aufgewühlt. Mehrere Lebewesen waren durch die kniehohe Masse gepflügt. An manchen Stellen war er niedergedrückt, als ob etwas Schweres dort abgestellt worden wäre. Wind hatte die Ränder der Spuren bereits geglättet. Laryon konnte unmöglich sagen, ob Mensch oder Tier und wie viele sich hier bewegt hatten.

Er trieb Fella so weit wie möglich an die felsige Kante und sprang ab. Hier lag der Schnee nicht so hoch, der größte Teil war vom Wind hinweggefegt worden. Er kniete sich kurz hin, um die Spuren genauer zu begutachten. Doch auch hier konnte er nichts erkennen, was ihm weitergeholfen hätte.

Seine Augen suchten die Bäume ab. Ihm war nicht wohl dabei, Fella hier mitten auf der freien Fläche stehen zu lassen, aber die Zeichen verrieten deutlich, dass das, was auch immer hier geschehen sein mochte, bereits der Vergangenheit angehörte und im Augenblick keine Gefahr drohte. Er musste Gorn sprechen. Er musste wissen, was mit seinen beiden Kameraden passiert war.

Trotz des Schnees fand er im Handumdrehen die vertraute Stelle, an der er den Abhang hinabsteigen konnte. Gerade als er den ersten Fuß auf einen der Steine setzen wollte, stockte er. Der Fels war bis auf einige dunkle Stellen fast blank. Laryon betrachtete die Flecken genauer und stöhnte gequält auf. Sein Blick wanderte zur Lichtung zurück und folgte dem zerwühlten Schnee. Nur wenn man genau hinsah, hoben sich vereinzelt kleine rosafarbene Punkte vom weißen Untergrund ab. Das war eindeutig Blut. Laryon fluchte leise und presste Daumen

und Zeigefinger gegen seine Lider. Mit einem Mal wollte er nicht mehr wissen, was hier geschehen war, nur die Sorge um Kary und Gorn trieb ihn voran.
Einen Moment überlegte er, sein Schwert zu holen, doch es würde ihn beim Klettern nur behindern. Stattdessen griff er an seine linke Seite und löste einen schmalen Riemen, der ein langes Messer in einer Scheide an seinem Gürtel sicherte. Das Messer trug er erst seit seiner Begegnung mit Gorn. Er hatte nie gehört, dass Magier einem Gegner zwei Waffen gleichzeitig entwenden konnten. Das Wurfbeil hing griffbereit an der anderen Seite.
Endlich schaffte er es, sich zur Ruhe zu zwingen. Er hatte zwar Angst, doch nicht um sich, sondern vor dem, was geschehen war. Denn was immer vorgefallen sein mochte, es war Vergangenheit. Er war sicher, dass er auf keine Gegner mehr treffen würde. Entweder Gorn hatte die Bedrohung abwenden können oder … nicht.
Laryon klemmte seine Handschuhe hinter den Gürtel, um besser Halt zu finden, und kletterte den vertrauten Pfad abwärts. Als er hinter die Felsen kroch, fand er weitere Blutspuren. Überall war der Schnee platt getreten oder zerwühlt. Alles war totenstill, bis auf das leise Knirschen unter seinen Sohlen. Er hielt das Wurfbeil bereit. Seine Sinne waren bis zum Äußersten angespannt, doch sein Instinkt sagte ihm nachdrücklich, es würde nichts nützen. Ihm war elend zumute.
Das Erste, was Laryon erblickte, war ein großer dunkler Fleck im Schnee auf dem kleinen Platz vor der Hütte. Vorsichtig näherte er sich. Er erkannte eindeutig Kampfspuren. Schwere Stiefel hatten im Schnee Halt gesucht. Immer wieder halbgefrorene Lachen hellen Blutes auf dem blendend weißen Untergrund. Die Tür der Hütte war aus den Angeln gerissen. Dahinter lag Dunkelheit.
Als er noch näher kam, erhob sich plötzlich ein tiefes Grollen.

Es wurde lauter und brach dann in einem unheimlich langgezogenen Jauler ab. Laryon jagte ein Schauer über den Rücken. Etwas zuckte vor ihm, und dann erkannte er den Hund. Die dunklen Augen waren auf den Menschen über ihm gerichtet. Mit kurzen zappelnden Bewegungen versuchte er, auf die Beine zu kommen. Doch der hintere Teil des Tieres bestand nur noch aus einem Haufen Fell, Blut und Knochen, die in grotesken Winkeln aus der Masse hervorragten. Laryon griff sich an die Kehle und unterdrückte ein Würgen.

Ohne weiter zu zögern, kniete er sich hin und nahm die warme Schnauze in seine Hand. Es war der Rüde, Kobold. Er leckte Laryon über das Handgelenk. Der Grenzreiter murmelte ein paar beruhigende Worte, während sein Daumen über die Lefzen strich. Gleichzeitig fand das Beil in der anderen Hand sein Ziel. Der Kopf des Hundes wurde schwer. Laryon ließ ihn sanft zu Boden gleiten und war im nächsten Augenblick mit wenigen großen Schritten an der Hütte. Innen war niemand. Alles sah noch einigermaßen ordentlich aus, lediglich ein Korb mit Geschirr war umgestoßen, und ein Stuhl lag auf dem Boden.

Laryon wandte sich ab und näherte sich dem hinteren Teil des Platzes. Dabei hielt er sich nah an den Wänden der Hütte. Und dann musste er sich dem Anblick stellen, vor dem er sich die ganze Zeit gefürchtet hatte.

Er schob das Wurfbeil in die Halterung zurück. Sein Verstand weigerte sich zu begreifen, was er sah. Einen Augenblick lang übermannte ihn Angst, schloss alle Wahrnehmung aus, und seine einzige Anstrengung galt dem Bemühen, dem weichen Gefühl in seinen Knien nicht nachzugeben.

Er ließ sich auf die Knie sinken. Während er sich mühsam zusammenriss, streckte er vorsichtig beide Hände aus, hob Gorns Oberkörper leicht an und bettete den Kopf auf seinen Schoß. Der Schädel war mit einem mächtigen Schlag gespalten. Das Blut war bereits angefroren und bildete mit den Haaren eine

glitschige Masse. Behutsam streichelte Laryon über die Schläfe des Mannes, den er nicht lange gekannt, jedoch schnell schätzen gelernt hatte.
Er wusste nicht, wie lange er so verharrt hatte, als ihn die Erkenntnis wie ein schmerzhafter Blitz durchzuckte, dass er hier wertvolle Zeit verlor, während er sich seiner unnützen Trauer hingab. Er musste Nolen informieren.
Laryon erhob sich und knetete kurz seine verkrampften Oberschenkel. Ungewissheit trieb ihn an. Die Suche nach Kary auf dem hinteren Teil des Platzes war für ihn nur noch eine Formsache. Außer Gorn lagen dort zwei weitere Tote, ein Mann und eine Frau. Zweifelsohne hatten sie zu den Angreifern gehört. Er durchsuchte sie hastig, fand jedoch nichts. Sie trugen keine Waffen, keine Handschuhe, keine Abzeichen. Vielleicht hatte Kary es geschafft, mit der Hündin zu entkommen. Von beiden fehlte jede Spur. Laryon fürchtete jedoch vielmehr, dass die Gruppe von Gorns Gegnern größer gewesen war und sie Kary mitgenommen hatten. Elfe lag vermutlich irgendwo in der Nähe der Lichtung. Er wollte nicht weiter darüber nachdenken.
Er beugte sich ein letztes Mal zu Gorn und fand nach kurzer Suche dessen Stempel in einer seiner Taschen. Laryon zerbrach die Scheibe und steckte die Bruchstücke ein. Schweren Herzens wandte er sich ab und verließ mit eiligen Schritten den Platz.

Wieder zog die Landschaft an den Fenstern des ICE vorbei. Teilnahmslos starrte Tom hinaus, ohne etwas wahrzunehmen. Er hatte das Hotel früh am nächsten Morgen verlassen und war einfach in den nächsten Zug nach Hause gestiegen. Eigentlich hätte er noch Signierstunden an den Publikumstagen der Messe gehabt, aber das war ihm egal. Susanne würde toben, auch das spielte keine Rolle. Mellie war nicht aufgetaucht.
Der größte Teil ihrer Sachen hatte noch im Hotelzimmer gelegen, nur ihr Rucksack fehlte. Tom wäre nicht einmal sicher

gewesen, ob sie überhaupt ins Hotel zurückgekehrt war, doch sie hatte etwas für ihn zurückgelassen: wieder den Teil einer Geschichte, ähnlich den Aufzeichnungen, die er in ihrer Wohnung gefunden hatte und mit dem Tom nicht das Geringste anfangen konnte.

Die halbe Nacht hatte er in dem Manuskript, das Jonathan ihm sehr widerstrebend überlassen hatte, gelesen und immer wieder versucht, Mellie anzurufen. Am Morgen hatte er sich dann entschieden, nach Münster zurückzufahren. Er besaß einen Schlüssel zu Mellies Wohnung. Dort wollte er auf sie warten. Irgendwann musste sie ja auftauchen.

So saß er eng zusammengekauert am Fenster – mit so viel Privatsphäre, wie ein Großraumabteil bieten konnte. Irgendwann konnte er die Tränen nicht mehr zurückhalten. Die Passagiere, die durch den Gang zwischen den Sitzen liefen, wandten sich peinlich berührt ab. Mellie hätte sich nicht abgewandt. Einmal im Bus hatte sie einer wildfremden Frau zugehört, die genauso dagesessen und geweint hatte. Tom rief das Bild vor seinem geistigen Auge wach: Mellie, wie sie aufmerksam zuhörte und aufmunternd lächelte. Es half, auch wenn sie, da war Tom sicher, im Moment sicherlich kein Lächeln für ihn übrig hätte.

Er streckte sich und versuchte, noch einmal über seine Schlussfolgerungen der vergangenen Nacht nachzudenken. Inzwischen glaubte er, einen Knoten in seinem Verstand zu haben.

Irgendwo waren die Grenzen zwischen Willerin und der Realität verrutscht. Überzeugender denn je hatte Mellie geklungen, als wäre Nolen keine fiktionale Figur, sondern auch ihr Kollege aus dem wahren Leben. Sowohl Arthur Greenhand als auch Mellie hatten über ihn geschrieben. Tom war sicher, dass der Kollege, von dem Mellie häufiger erzählt hatte, als Vorlage für diese Figur diente. Das Alter und das, was er über seine Biographie wusste, passten. Was dagegen überhaupt nicht passte, war die Tatsache, dass Greenhand über eine Frau geschrieben hatte, die zu hundert Prozent Mellie entsprach und in der ganzen Zeit fast keinen Tag älter geworden zu sein schien. Aber es handelte sich um Mellie, da war er absolut sicher. Es war die Art, wie sie sprach, wie sie sich gab. Sie nannte Nolen »Hauptmann«, als er formell noch längst keiner war, genau wie sie ihn »Major« Tom genannt hatte. Ein dünnes Argument, aber Tom überzeugte es. Es entsprach ihr einfach. Er kannte sie und war sicher, sie erkannt zu haben.

Greenhands Manuskript endete bald nach der ersten Nacht, in der Mellie Nolen das Penicillin gebracht hatte. Und ungefähr dort begannen die Aufzeichnungen, die Tom auf Mellies Schreibtisch entdeckt und als Vorlage für sein Buch verwendet hatte. Eine Frau, auf die die Beschreibung Mellies passte, hatte es in Nolens und Gorns Gruppe nicht gegeben. Auch hatte es auf Tom eher so gewirkt, als hätte Mellie das alles als Beobachterin geschrieben, nicht als unmittelbar Beteiligte, aber doch als immer Anwesende. Es musste ein reales Geschehen in Mellies Leben mit ihrem echten Kollegen geben, das dieser fiktiven Geschichte entsprach. Oder war am Ende das, was Mellie geschrieben hatte, alles real?

Tom setzte sich ein wenig bequemer in den Sitz. Er hatte sich gefangen. Einmal angenommen, es war so. Dann hatte Mellies Partner selbst Kary zu dem alten Versteck bringen lassen, in dem er Laryon vor einigen Jahren diszipliniert hatte. Aber Laryon war doch ein Produkt aus Toms Phantasie, oder? Und warum hatte Nolen, wenn das alles so wichtig war, nicht sein Schweigen gebrochen und Mellie über Karys Aufenthaltsort informiert? Oder wusste der »echte« Nolen nicht, was der Nolen in der Geschichte wusste, da ja Tom entschieden hatte, dass dieser Platz im Wald Karys Versteck war? Oder gab es auch einen »echten« Laryon, der dem Mann entsprach, über den Tom schrieb?

Ein ungläubiges Grinsen malte sich auf Toms Gesicht. Er holte seinen Laptop hervor. Er wollte etwas völlig Abgedrehtes ausprobieren und versuchen, sich in Laryons Geschichte hineinzuschreiben. Es wäre doch interessant herauszufinden, ob die Leute immer noch peinlich berührt wegsahen, wenn er sich hier im Sitz des ICE-Abteils auflösen und im Grenzwald wieder auftauchen würde. Er kicherte albern. Ja, er konnte wirklich gut nachvollziehen, was Greenhand in den letzten Tagen empfunden haben mochte. Und er würde zu gern wissen, auf welche Ideen dieser im Drogenrausch noch gekommen war, wenn Tom schon nüchtern bereit war, so einen Quatsch auszuprobieren.

Trotz der Kälte war Laryon schweißgebadet. Er fühlte sich gehetzt und beobachtet. Die kahlen Baumkronen hielten sowohl Licht als auch Schnee ab, so dass Fella in einen leichten Trab gefallen war. Bald schon stieß er auf den Weg, der ihn zum Grenzübergang nach Foryana führte. Der Posten dort musste wissen, wer Gandalan oder Marwen zuletzt gesehen hatte. Vielleicht war ihm sogar ein Junge mit einem Hund aufgefallen.
Der Weg wurde schmaler, und links befand sich der vertraute Abhang, aber keine Grenzsteine. Laryon richtete sich auf und blickte sich um. Was stimmte hier nicht? Der Weg war richtig und sah doch fremd aus. Um ihn herum nur Bäume und Schnee, aus dem dann und wann totes braunes Laub lugte. Hinter ihm war die Lichtung längst verschwunden. Er konnte nur weiter geradeaus reiten. Entgegen seine Vernunft trieb er Fella weiter an, die jetzt leicht schnaufte. Der Weg stieg sanft an, und der Abhang links von ihnen wurde immer steiler. Plötzlich fiel der Weg steil ab und führte Pferd und Reiter unvermutet eine Böschung hinunter. Die Stute hatte damit nicht gerechnet, und von Laryon angetrieben, knickten ihre Hinterbeine ein, und sie schlitterte auf dem fest gefrorenen Boden mehr, als sie lief, abwärts. Laryon wäre aufgrund des unerwarteten Rucks fast aus

dem Sattel geschleudert worden und hielt mit letzter Kraft sein Gleichgewicht.

Unten angekommen hielt er an und sah sich erneut um. Er fühlte sich wie eine Zielscheibe auf freiem Feld, und das Gefühl, als ob jemand jeden seiner Schritte beobachtete, ließ ihn nicht los. Immerhin ermöglichten die kahlen Bäume auch ihm selbst einen guten Überblick. Da war nichts. Niemand. Aber die Gegend war ihm völlig unbekannt. Auf seinem Weg gab es keinen derartigen Steilhang wie den, den sie gerade hinuntergerutscht waren.

Der Pfad verlief kaum sichtbar zwischen den Bäumen. Laryon stöhnte leise auf. Den gefrorenen Abhang würden sie nicht wieder hinaufkommen, also blieb ihm nichts anderes übrig, als weiterzureiten. Er war sicher, dass er sich noch auf molannischem Gebiet befand, denn der Abhang, der die natürliche Grenze zwischen den beiden Ländern bildete, war nicht so leicht zu überwinden.

Bevor er sich endgültig entschieden hatte, setzte Fella sich von selbst wieder in Bewegung. Ihre Ohren zuckten unruhig. Offensichtlich hatte sich die Stimmung ihres Reiters auf sie übertragen.

Der Wald wurde dunkler, und niedrige Büsche wucherten bald zu dichtem Unterholz zusammen. Einige Male hatte Laryon das Gefühl, aus den Augenwinkeln Schatten und Bewegungen wahrzunehmen, aber jedes Mal, wenn er den Kopf wandte, war da nichts. Dabei blieb es die ganze Zeit still, und er hörte nur die Schritte seines Pferdes. Bald konnte er das gleichmäßige Stampfen nicht mehr von dem Klopfen seines Herzens unterscheiden.

Dann brach plötzlich hinter ihm etwas aus dem Unterholz. Fella quiekte und hätte sich fast erneut hingesetzt. Sie sprang nach vorn und raste im wilden Galopp durch die Bäume. Laryon hatte genug damit zu tun, Ästen auszuweichen und sich im

Sattel zu halten. Er konnte weder sehen, wer oder was hinter ihm war, noch welchen Weg die panische Stute nahm. Er glaubte kurz, Stimmen zu hören, die ihn riefen, aber das konnte genauso gut eine Täuschung seiner angespannten Sinne sein.
Genauso plötzlich, wie der Lärm begonnen hatte, riss er wieder ab. Fella fiel in Trab und reagierte bald wieder auf die Kommandos ihres Reiters. Laryon schaute sich um und war nicht mehr überrascht, außer der Spur seines Pferdes nichts zu sehen. Kein Lebewesen, keine Spuren, nur Bäume und Leere dazwischen.
Er fühlte allmählich Verzweiflung in sich aufsteigen. Seit seiner Kindheit bewegte er sich in diesem Wald, und er hätte niemals geglaubt, sich eines Tages hier verirren zu können. Zudem verstärkte sich das Gefühl, fremdbestimmt zu werden und nicht Herr seiner Entscheidungen zu sein.
Der Weg wurde breiter und machte zwei sanfte Kurven, bevor Laryon jäh wiedererkannte, wo er sich befand. Auf der rechten Seite senkte sich das Gelände in einen steilen Abhang, und moosbewachsene Grenzsteine erhoben sich auf dem Grat. Gleichzeitig wusste er mit niederschmetternder Gewissheit, dass etwas in seinem Leben nicht mehr so war, wie es sein sollte.

12.

Tom drückte die Klingel, und der Glockenschlag des Big Ben erklang. Die Haustür wurde aufgerissen.
»Du?!«, rief Felix verdattert.
Tom grinste ihn verlegen an. »Darf ich reinkommen? Ich brauche … äh … deinen Rat.«
Felix blickte seinen Freund finster an, während er die Arme verschränkte und sich gegen den Türrahmen lehnte. »Und was verschafft mir die Ehre deiner Audienz?«

»Wie gesagt, du musst mir helfen. Du bist gut im Schlussfolgern.« Toms unschuldiger Blick verfehlte seine Wirkung. Felix rührte sich nicht von der Stelle. »Fast ein halbes Jahr kein Lebenszeichen von dir, du lässt mich mit all meinem Krempel sitzen, meldest dich beim Rollenspiel ab, bist kaum noch online, nimmst mich nicht mit zur Buchmesse, und jetzt stehst du einfach da und meinst, mit ein bisschen Schmeicheln kannst du wieder landen? Hast du sie eigentlich noch alle?«

»Dein Onkel hat dir doch Karten für die Messe besorgt, oder nicht?«, erwiderte Tom. Es war das Erstbeste, was ihm einfiel. Felix zog erstaunt die Augenbrauen zusammen und betrachtete ihn genauer. »Du hast ja total rote Augen. Hast du geheult oder was genommen?«

»Darf ich vielleicht doch reinkommen?«

»Meinetwegen.« Felix drückte sich vom Türrahmen ab und nahm eine der beiden Reisetaschen, die Tom neben sich abgestellt hatte. Sie ließen das Gepäck im Flur stehen und gingen in Felix' Zimmer. Er wohnte noch immer bei seinen Eltern, was ganz praktisch war. Sie waren häufig unterwegs, und so stand ihnen der geräumige Dachboden schon seit Jahren für Rollenspielabende und andere Treffen ungehindert zur Verfügung.

»Setz dich«, forderte Felix ihn auf und wies auf den kleinen Sessel, während er sich selbst rücklings auf sein Bett fallen ließ.

»Felix, ich weiß, ich habe mich in letzter Zeit rar gemacht, aber ich glaube, ich bin kurz davor durchzudrehen. Ich brauche jemanden, mit dem ich reden kann, ohne dass der mich gleich einliefern lässt«, begann Tom flehend.

»Danke für dein Vertrauen«, knurrte Felix trocken. Da wusste Tom, dass er auf ihn zählen konnte.

»Also, du weißt ja sicher noch, wie ich Mellie kennengelernt habe. Sie ist einfach die tollste Frau, der ich je begegnet bin. An das, was ich bei ihr fühle, kommt einfach keine ran.«

»Allerdings weiß ich, wann du sie kennengelernt hast, schließlich war das der Abend, an dem Katie mich zum Teufel gejagt hat. Bei der dachte ich auch, es wäre was Besonderes. Und? Willst du jetzt dein Liebesleben diskutieren?«

»Sie ist abgehauen«, murmelte Tom. Er las einen Hauch Schadenfreude in der Miene seines Freundes, aber Felix war fair genug, das nicht weiter zu kommentieren.

»Es tut mir leid«, fügte Tom daher hastig hinzu. »Ich weiß erst jetzt, wie sich das anfühlt, meine Beziehungen bisher waren ja eher Kinderkram. Aber der Punkt ist eher der, warum sie abgehauen ist und wohin.«

»Sie taucht schon wieder auf.«

»Glaube ich nicht. Es war so: Sie hat Geschichten über Leute aus Willerin geschrieben. Über Laryons Mentor, Nolen, um genau zu sein. Weißt du, wen ich meine?«

»Ich weiß, dass ich vor dieser Mellie dein bevorzugter Partner war, wenn es darum ging, Handlungen zu besprechen, Spannung einzubauen und Charakterzüge zu definieren. Ich habe das nicht alles plötzlich vergessen«, gab Felix ihm in grantigem Ton zu verstehen. Tom kaute verlegen auf seiner Unterlippe und entschied sich, den Vorwurf zu ignorieren. Er hatte jetzt wirklich keine Zeit, all die tausend Gründe zu diskutieren, wegen denen Felix – zu Recht – sauer auf ihn war.

»Jedenfalls hat sie über Nolen geschrieben. Richtig viel, sie hat sich seinen gesamten Lebenslauf ausgedacht für die Zeit, bevor er in Antron auftauchte. Es kamen andere Figuren darin vor, eine hieß Gorn. Die habe ich mir sozusagen für mein Buch ausgeliehen. Als Wächter für einen Jungen, den Laryon finden sollte und mit dem er in den nächsten Büchern irgendwie schicksalsmäßig verbunden sein wird. So in etwa, so weit bin ich noch nicht.«

»Was heißt ›ausgeliehen‹?«

»Ich habe einen ganzen Haufen aus diesen Texten in mein Buch übernommen, ohne ihr etwas davon zu sagen.«

»Oh Mann, typisch für dich. Kein Wunder, dass dein Mädel sauer ist.«

»Nein, nein, deswegen ist sie ja gar nicht sauer«, widersprach Tom. »Glaube ich zumindest. Ich glaube nämlich mittlerweile, ich *sollte* diese Texte finden und lesen. Nur was ich dann gemacht habe, war nicht in ihrem Sinne. Ich sollte irgendwie anders damit umgehen.«

»Mit ihr darüber reden zum Beispiel.«

»Mit ihr darüber reden zum Beispiel.« Tom war erleichtert. Auch wenn er immer noch Gift spuckte, war Felix jetzt mit seiner gewohnt analytischen Art dabei. Er hatte garantiert die rettende Idee.

»Sie hatte andere Dokumente«, fuhr Tom mit seiner Erklärung fort. »Welche, die mit ihrem Nebenjob zusammenhingen. Davon habe ich nie auch nur einen Fetzen zu Gesicht bekommen. Daher glaube ich nicht, dass ich diese Texte über Nolen nicht lesen durfte. Jedenfalls, ihr Nebenjob: Bei dem sucht sie einen Jungen, den sie Kary nannte, irgendeine Abkürzung, keine Ahnung. Den Namen habe ich ebenfalls eingearbeitet.

Klar? Ich habe Auszüge über Nolens Leben und die Darstellung eines Charakters aus ihren Texten geklaut und einen Namen aus ihrem echten Leben verwendet. Das habe ich in meinem Buch vermischt. Und das hat sie voll geschockt. Sie hat behauptet, ich hätte sie hintergangen und Informationen verheimlicht.«

»Und sie meinte damit nicht, dass du ihr nicht gesagt hast, dass du von ihr Ideen klaust«, gab Felix zweifelnd zu bedenken.

»Nein, es klang eher so, als ob sie sauer war, weil ich gewusst habe, wo der Junge – dieser Kary –, den sie in echt sucht, ist. Und dass ich ihr das nicht gesagt habe.«

»Aha.«

»Dabei habe ich mir das ja nur ausgedacht, und den Platz gibt es ja eigentlich auch gar nicht, aber trotzdem denkt sie wohl, ich hätte ihr das sagen sollen.«

»Hm.«
»Immer wenn ich mir was überlegt habe, was für Laryon gefährlich werden würde, war sie unglaublich empört, als ob ich wirklich jemandem schaden könnte. Jemandem, den es wirklich gibt.«
»Wie vorausschauend von ihr.«
»Und sie hatte einen Kollegen, der sie sitzengelassen hatte. Seine Beschreibung wiederum passt so haargenau auf Nolen, dass ich inzwischen denke, er und Laryons Mentor sind ein und dieselbe Person.«
»Ach?«
»Wir haben viel über mein Buch gesprochen, sie hat mir ja dabei geholfen. Und im Nachhinein glaube ich, dass sie ganz oft von Nolen erzählte. Ich dachte aber, es wäre ihr Partner, über den sie redet.«
»So.«
»Ja, weil ich ein Manuskript bekommen habe, in dem beschrieben wird, wie Mellie und Nolen sich begegnen.«
»Schau an. Und von wem stammt das Manuskript?«
»Von Arthur Greenhand.«
»Ach, eine Nummer kleiner ging es nicht, was?«
»Felix, ich glaube, sie ist in meiner Fantasy-Welt – auf Willerin.«
Felix' einzige Reaktion bestand darin, sein Kopfkissen in den Rücken zu schieben, damit er bequemer saß. Tom wartete. Felix betrachtete ihn. Sie tauschten Blicke. Tom bewegte sich unruhig, hatte Mühe, nicht zu zappeln.
Endlich zog Felix spöttisch die Augenbrauen hoch. »Weißt du, was ich glaube?«, fragte er. Tom sah ihn hoffnungsvoll an. »Ich glaube, das ist der beste Quatsch, den du mir erzählst hast, seit der Story mit den Hühnern, die du und dein Bruder bei der Session mit diesen Live-Rollenspielern angeblich mit Sekundenkleber an den Tisch geklebt habt.

Ich glaube, du bist in Frankfurt am Bahnhof in die falsche Seitenstraße abgebogen. Muss gutes Zeug gewesen sein. Ich dachte, wir wären aus dem Alter raus.«

»Felix, so ist das nicht! Echt nicht! Es ist total verrückt. Ich habe versucht, mich selbst in die Geschichte reinzuschreiben.«

Jetzt beugte Felix sich doch vor. Mit einer Mischung aus echter Neugier und Zweifel sah er Tom auffordernd an. »Hat es geklappt? Was ist passiert?«

»Das ist es ja – es ging nicht. Also, ich konnte nicht über mich schreiben. Ich habe über Laryon geschrieben. Aber auf einmal war alles anders. Er hat mich gehört. Also, ich habe geschrieben, dass er irgendwas gehört hat. Aber er hat auf mich reagiert, ich bin ganz sicher!«

»Oh Mann, Mann, Tom. Du bist total durchgeknallt.« Felix schüttelte den Kopf und schien einen Gedanken zu verfolgen. »Wobei, das finde ich sogar logisch«, dachte er laut.

»Was findest du logisch?«

»Na, du könntest doch nicht über dich schreiben. Hast du bisher ja auch nicht gemacht. Deine Bücher handeln von Laryon. Also kannst du mit ihm machen, was du willst, aber doch nicht mit dir selbst.« Er sah Tom streng an. »Gemäß der Logik von dem, was du da faselst, und nur in der Theorie. Nicht, dass ich dir glauben würde.«

Tom wurde schwindelig. Er schloss die Augen und wartete, dass die Welt aufhörte, sich um ihn zu drehen. Das war es, natürlich!

»Danke! Das ist es, natürlich! Felix, du bist ein Held. Ich muss los!«

»Wohin?«

»Was ausprobieren. Erkläre ich dir später. Ich habe gewusst, dass du das hinkriegst!« Er sprang auf und lief aus dem Zimmer. Im Flur schnappte er seine Umhängetasche, und mit einem letzten »Ciao!« über die Schulter zu dem völlig verdatterten Felix, der ihm langsamer gefolgt war, rannte er aus der Haustür, in der Hand schon das Handy, um sich ein Taxi zu bestellen, das ihn schnellstmöglich nach Hause brachte.

Wortfetzen

Die Tinte floss auf das alte Papier. Nichts war zu hören, kein Schaben, kein Kratzen, als die Feder des Füllers über die letzte Seite glitt.

Worthüter 1. Ordnung: Angus Fergusson
**02. 01. 2275 Edinburgh / Schottland / Erde*
†06. 10. 2357 Edinburgh / Schottland / Erde
Wortgestalt: Gorn Landriksohn
**13. 08. 2298 Lede / Molannen / Talamh*
†06. 10. 2357 Nähe Cahrm / Molannen / Talamh

»Das ist alles meine Schuld«, murmelte Mellie tonlos. Trakan verschloss den Füller mit umständlicher Sorgfalt, ehe er sich von dem Buchständer abwandte. Das Buch, fast so groß wie sein Oberkörper, ließ er auf der letzten Seite aufgeschlagen.

»Hast du mit den neuen Daten eine Analyse durchgeführt?«, fragte er. Mellie wischte sich verstohlen über die Augen und nickte, ohne ihn dabei anzusehen. Sie saß an einem freien Tisch inmitten der hohen Regale des Archives und hatte Trakan zugesehen, wie er die beiden Todesdaten eintrug. Er wirkte geschäftig, doch Mellie wusste, wie nahe ihm jedes Ende ging. Auch Farnya, Trakans rechte Hand, war kurz aufgetaucht und hatte sich wortlos wieder zurückgezogen, als sie erkannte, warum Trakan sich im Archiv aufhielt.

»Beide Bücher sind hier. Ihre Geschichten können archiviert

werden. Zwei Geschichten, die am gleichen Tag enden – wegen mir«, sagte Mellie.

Trakan bedachte sie mit einem strengen Blick und setzte sich ihr gegenüber. Sie nahm die wortlose Zurechtweisung an. Er schätzte es nicht, wenn sie sich Vorwürfe machte, damit er sie tröstete. Nur wenn sie zugab, warum sie sich mies fühlte, ging er auf sie ein.

»Ich fühle mich so hintergangen. Ich kann das einfach nicht fassen«, fügte sie deshalb leise hinzu. Trakan streckte seine Hand aus und streichelte sanft ihren Handrücken. Mellie erschauderte leicht.

»Vor langer Zeit schon habe ich eingesehen, dass es das Recht eines jeden Menschen ist, selbst zu entscheiden«, erklärte Trakan in ebenso ruhigem Ton. »Nolen ist klug und aufrichtig. Ich bin sicher, er hatte seine Gründe, dir lange Zeit zu verschweigen, dass er Kasaryon gefunden hat, ihn sogar versteckt hält. Ja, Melanie, es war dein Stolz, der dich davon abhielt, ihn aufzusuchen und mit ihm ›die Dinge zu regeln‹, wie du es zu nennen pflegst.«

Mellie zog ihre Hand zurück, umschlang ihren Oberkörper und kauerte sich tiefer zusammen. Aus den Augenwinkeln sah sie den Geist, der seine endlosen Wege durch das Archiv abschritt. »Nein, nein. Es ist Tom. Wie konnte er sich nur einfach an meinen Unterlagen vergreifen! Ich habe wirklich geglaubt, er hätte sie nicht gelesen. Ich habe darauf vertraut, dass er mich ansprechen würde, wenn er es täte. Er hätte mich ansprechen sollen, das hätte doch jeder gemacht! Und ich hätte dann alle Vermutungen in Richtung Laryons oder Nolens Existenz verstärken können, bis er selbst diese Gedanken für möglich und richtig hält.«

»Dir war bewusst, dass du eine gefährliche Strategie wählst«, gab Trakan zu bedenken. Mellie musterte ihn unauffällig. Er wirkte älter, besorgter. Für ihn war es immer schwer, wenn eine

Geschichte beendet wurde. Und heute waren es gleich zwei. Doch jetzt mussten sie Kary finden, dringender denn je.

»Was hätte ich denn sonst tun sollen?«, fragte sie trotzig. »Ihm einfach sagen: ›Hey, diese Welt existiert, jetzt hilf mir mal, diesen Jungen zu finden, und sei ein wenig netter zu deinem Laryon, das ist schließlich kein Spiel!‹?«

Ein feines Lächeln huschte über Trakans Züge. Er lehnte sich zurück und stützte das Kinn auf eine Hand. »Das wäre eine Möglichkeit gewesen. Tom besitzt viel Phantasie. Vielleicht hätte er dir geglaubt.«

»Und mir wäre das Gleiche passiert wie dir. Ich hätte in einer psychiatrischen Anstalt landen können.«

»So rasch geht das normalerweise nicht, das weißt du sehr wohl. Das war eine Falle, Melanie, um sich meiner Person zu entledigen. Tom liebt dich«, erwiderte Trakan. Mellie sah, dass sein Gesicht ein wenig blasser geworden war und den nüchternen Tonfall Lügen strafte. Die Verleumdungen, aufgrund derer er einige Monate in der geschlossenen Abteilung einer Klinik in Edinburgh verbracht hatte, hatten ihn weit mehr getroffen, als er zugeben wollte. Es hatte Mellie viel Zeit und einige Anstrengungen gekostet, ihn dort herauszuholen, und es ihr unmöglich gemacht, der bisher einzigen Spur zu Kary zu folgen. Womit ihre Gegenspieler vermutlich ihr Ziel erreicht hatten.

Seufzend zog sie die Schultern noch ein Stück höher. Er hatte recht – in allem, wie immer. Vermutlich hatte sie es unnötig kompliziert gemacht.

»Bedeutet er dir etwas?«, hörte sie Trakan fragen.

»Wer?«

»Tom.«

»Ich weiß nicht. Erst dachte ich, ja, aber so …« Ihre Worte verloren sich. Sie dachte an Gorn, an seinen Worthüter, den alten Angus und an Nolen. An das, was sie gemeinsam mit den anderen Bergkämpfern durchgemacht hatten. Gorn und sie hatten sich eine Zeitlang immer wieder durch die Einsamkeit geholfen. Doch das war keine Liebe gewesen. Es war in einem anderen Leben passiert. Das jüngste Geschehen fühlte sich so unwirklich an, so weit weg. Nicht einmal ihre letzte Begegnung mit Gorn in Cahrm schien mehr real. Da hatte sie Kary gegenübergestanden, ohne zu ahnen, wer er war. Und jetzt war Kary auf dem Weg in ein ungewisses Schicksal und Gorn tot. Sein Tod machte sie ein wenig betroffen, aber viel mehr als das schämte sie sich dafür, dass es sie relativ unberührt ließ. Trakan trauerte viel mehr um ihn, und er war Gorn nie persönlich begegnet.

Würde es sie auch so kaltlassen, wenn Tom etwas zustieße?

Etwas an ihrem Gesichtsausdruck schien Trakan seine eigenen Schlüsse ziehen zu lassen. Er legte beide Hände auf die Tischfläche und stemmte sich energisch hoch.

»Sende Nachrichten aus, Melanie. Der Wanderer soll hierher in die Halle kommen. Ebenso Nolen. Wir benötigen sein Wissen um Kasaryon und die Schwarzkünstler. Es ist die letzte Möglichkeit. Wir dürfen jetzt nicht aufgeben. Fällt dir noch jemand ein, der uns eine Hilfe sein kann?« Mellie sah ihn an und erhob sich dann ebenfalls. Sie nickte. Es gab noch jemanden. Und es gab viel Arbeit für sie.

Wortwechsel

13.

Laryon näherte sich dem Grenzübergang statt aus südlicher aus nördlicher Richtung. Und der foryanische Posten war nicht am Platz. Vorsichtig sicherte er immer wieder mit hektischen Blicken in alle Richtungen, ob irgendwo verdächtige Bewegungen oder Schatten zu sehen waren. Rechts von ihm senkte sich der Pfad nach Foryana abwärts. Laryon schaute sich noch einmal um und sprang dann vom Pferd. Fella ließ die Ohren erschöpft hängen, und kleine Dampfwölkchen stiegen aus ihren Nüstern und von ihren nassen Flanken auf.

Fassungslos starrte Laryon auf den Toten, der auf dem Weg vor ihm lag. Es war Trogge. Es sah aus, als ob dieser große Mann aus heiterem Himmel von einer großen Hand gefällt worden war. Laryon war unbegreiflich, wie jemand so einen Schlag hatte führen können, ohne dass Trogge ihn bemerken konnte. Eine hauchdünne Schicht Schnee bedeckte alles.

Laryon zuckte zusammen und blickte auf. Jemand näherte sich von unterhalb des Pfades nach Foryana. Mit einem prüfenden Blick erwog er seine Möglichkeiten, in Deckung zu gehen, während er gleichzeitig nach dem Wurfbeil griff. Seine Anspannung löste sich aber sofort wieder, als er zu seinem Pferd schaute. Fella hatte die Ohren aufmerksam gespitzt, ohne jedoch nervös zu werden. Nur kurze Zeit verging, als auf dem Pfad eine Handvoll drahtiger Hunde erschien, unmittelbar gefolgt von einem großen schlanken Grenzwächter mit vernarbtem Gesicht. Er hatte eine Armbrust angelegt, ließ die Waffe jedoch augenblicklich wieder sinken, als er Laryon erkannte.

»Laryon! Was tust du hier?«

»Nolen!«

»Wo ist Trogge? Wir haben ein Notsignal erhalten.« Noch während er dies sagte, erfasste Nolen mit einem Blick die Situation.

Er sicherte die Armbrust und legte sie unter einen Baumstamm, bevor er die unruhige Hundemeute mit kurzen Befehlen an den Rand des Weges lenkte. Die Tiere hatten das Blut gerochen und legten sich nur widerwillig ab. Dann stieß Nolen einen kurzen lauten Pfiff aus, ehe er sich an Laryons Seite stellte und auf Trogge hinabblickte.
»Nolen, ich glaube, wer immer das war, befindet sich auf foryanischem Gebiet. Gandalan und Marwen waren mit mir in der Schicht. Sie haben beide die Chara in der vierten Hütte nicht gestempelt. Daher fürchte ich, alles, was deine Leute finden könnten …« Laryon stockte.
»Was werden sie finden, Laryon?«, fragte Nolen ruhig. Er betrachtete den Grenzreiter mit einem durchdringenden Blick seiner blauen Augen. Laryon griff in seine Jacke und zog die beiden Teile von Gorns Stempel hervor. Wortlos reichte er sie Nolen. Dieser nahm eines und hielt es sich dicht vor sein Gesicht, um das Muster besser erkennen zu können. Auf einmal weiteten sich seine Augen vor Entsetzen. Er ballte eine Hand um das Stempelstück zur Faust und presste sie hart gegen seinen Mund.
Laryon fühlte Panik in sich aufsteigen. Hilflos streckte er eine Hand aus und berührte Nolen an der Schulter. Eher zufällig streifte er dabei das Abzeichen der Wache. Nolen schüttelte leicht den Kopf, packte Laryons Handgelenk und wehrte die Berührung mit einer sanften Geste ab. Im selben Moment hatte er sich wieder unter Kontrolle. Er griff Laryons Hand mit seinen beiden und drückte ihm das Stempelstück in die Handfläche.
Laryon setzte an, etwas zu sagen, doch Nolen brachte ihn mit einem kurzen Wink zum Schweigen, ehe er sich abwandte und an den Pfad trat, auf dem nun leise Stimmen zu hören waren. Breitbeinig mit verschränkten Armen stand er dort und erwartete seine Staffel.

Laryon hatte verstanden und schwieg. In der Zwischenzeit versuchte er zu verstehen, was geschehen war. Trogges Hellebarde lag ungefähr drei Schritte von seinem Körper entfernt. Die Klinge war über und über mit Blut verschmiert. Teile der Fellumhänge, welche die Posten verwendeten, um sich warm zu halten, lagen als Fetzen verstreut überall herum. Es war unbegreiflich. Auf den ersten Blick schien Trogge mit seiner eigenen Waffe erschlagen worden zu sein. Wer aber hatte ihm unbemerkt die Hellebarde entwenden und ihn dann erschlagen können? Der klaffenden Wunde am Kopf nach war die Klinge von oben nach unten geführt worden, er müsste also gestanden haben. Damit schied die Möglichkeit aus, dass er im Schlaf überrascht wurde. Es sei denn, er schlief während der Wache mit dem Gesicht auf dem Boden. Die verstreuten Umhänge sahen dagegen eher nach einem Kampf aus.
Laryon streckte sich und rieb sich die Augen. Das war alles so unwirklich und verrückt. Nichts passte zusammen. Gleichzeitig kam ihm ein schrecklicher Verdacht. Wie betäubt beobachtete er Nolens Leute, die nacheinander den Pfad hinaufkamen und die schockierende Nachricht erhielten. Sie reagierten alle ähnlich fassungslos und entsetzt. Bis auf Nolen waren sie alle viel zu jung, als dass der Anblick eines erschlagenen Kameraden ihnen vertraut gewesen wäre. Trogge war bei allen bekannt und bei vielen beliebt, was die Sache nicht einfacher machte.
Nolen schritt zwischen ihnen hin und her und erteilte leise Anweisungen. Ihm war nichts mehr anzumerken. Er hatte für jeden ein paar beruhigende Worte übrig, ehe er routiniert Paare bildete und jedes mit ein oder zwei Hunden in verschiedene Richtungen ausschwärmen ließ, um nach Spuren zu suchen. Eigentlich wäre Laryon derjenige gewesen, dem für das molanische Gebiet die Befehlsgewalt oblag, doch er vertraute völlig auf die Erfahrung des Älteren.

»Verstehst du, was hier geschehen ist?«, wandte sich Nolen endlich wieder an Laryon, als sie allein waren.
»Trogge sah die Waffe nicht kommen. Er muss gestanden haben, als der Schlag geführt wurde. Wir müssen die Waffe weiter untersuchen. Das passt alles nicht zusammen. Trogge gibt jemandem seine Hellebarde und lässt sich dann friedlich erschlagen?«
»Mach mir nichts vor, Laryon. Du weißt es.«
Laryon zögerte unschlüssig. Es gab Dinge, die er immer noch nicht wahrhaben wollte. »Schwarzkunst-Magier.«
Nolen ersparte sich die Antwort. »Es war kein Notsignal«, erklärte er stattdessen. »Elfe ist zu mir gekommen. Ich habe nicht mit dem Schlimmsten gerechnet.«
»Kary war nicht da.«
Nolen nickte wortlos. Beide schwiegen. Laryon erwog, von seinem Ritt durch den Wald zu berichten, verwarf diese Idee dann aber wieder. Inzwischen glaubte er vielmehr, dass seine überreizten Nerven ihm einen Streich gespielt hatten. Womöglich war er ein ganz guter Wächter, solange alles ruhig verlief, versagte aber in Krisensituationen. Es war einfach zu lange nichts passiert, was ihn hätte abhärten können. Das rächte sich nun.
»Wieso war Trogge überhaupt hier? Er meinte, ihr hättet die Schichten verkürzt, ich hätte ihm gar nicht begegnen dürfen.«
»Er hatte Streit mit Mora. Ich vermute, sie hat ihn hinausgeworfen. Kein schönes Ende.«
Laryon stimmte zu. Das wäre nicht das erste Mal, auch wenn er eher Streit mit Fynn vermutete. Und bei dieser Kälte war es kein Wunder, das Nolen Trogges Angebot einer zusätzlichen Schicht angenommen hatte. Im Moment war jeder Wächter froh, wenn er nicht hinausmusste.
Er sah Nolen an. »Was nun?«
»Wir müssen Cahrm und dem Statthalter von Antron berichten«, erwiderte Nolen sachlich. »Dann wird entschieden, wie wir bei der Suche auf beiden Seiten der Grenze vorgehen. Ich

habe wenig Hoffnung.« Nolen schwieg unbehaglich. »Ich muss Kary finden. Hilfst du mir?«
Erstaunt vernahm Laryon leichte Unsicherheit in der Stimme seines Mentors. »Natürlich!«
»Gut.« Dann murmelte er noch etwas, aus dem Laryon ein »Danke« herauszuhören glaubte. Er raffte sich auf und wandte sich seiner Stute zu. Steif vor Kälte und mit schweren Gedanken über das Geschehene zog er sich in den Sattel.
Als Nolen sprach, hatte seine Stimme wieder den gewohnt festen Klang: »Reite nach Antron, und informiere das Büro des Statthalters. Sie sollen auch eine Nachricht nach Cahrm schicken. Dann gehst du zu Mora und wartest dort auf mich.«
»Ich werde Mora von ihrem Mann berichten«, erwiderte Laryon leise.
Nolen nickte wieder. Er warf einen letzten Blick auf den Leichnam Trogges, den sie notdürftig mit ein paar Fellen abgedeckt hatten, und trat dann an die Seite des Pferdes, um sich zu verabschieden.
»Laryon, pass auf dich auf!« Die Formulierung war ungewöhnlich. Sie klang fast wie ein Befehl. Laryon sah den Älteren ein letztes Mal an. In den Tiefen seiner Augen konnte er immer noch Besorgnis flackern sehen. Er nickte und legte seine Finger in Nolens Handfläche. Dann lenkte er die Stute den Pfad nach Foryana hinunter.
Fella setzte ihre Hufe konzentriert auf den schmalen Pfad abwärts. Auf foryanischer Seite war das Gelände unwegsam und führte in ständigen Wellen hinab. Struppige Büsche wucherten immer wieder über die Pfade, und der Boden setzte sich aus einer Mischung aus Sand und Schlamm zusammen, die, gefroren, an manchen Stellen spiegelglatt geworden war. Zweimal musste Laryon absteigen, um sein Pferd zu führen. Die Beschaffenheit des Geländes war der Grund dafür, dass die Foryaner in diesem Bereich der Grenze zu Fuß unterwegs waren.

Er bemühte sich, sich ausschließlich auf den Weg zu konzentrieren und nicht nachzudenken. Nolen hatte Gorn nahegestanden, seine außergewöhnlich intensive Reaktion hatte Laryon viel verraten. Aber trotz seines Entsetzens hatte er nicht die Kontrolle verloren, sondern umsichtig die Situation erfasst und mit der üblichen Autorität beruhigend auf seine Leute eingewirkt und Entscheidungen getroffen.

Laryon kam sich dagegen wie ein kleiner dummer Junge vor, der einen großen Wächter spielte. Statt nachzudenken, hatte er sein Pferd hysterisch durch den Wald gehetzt. Er war sich inzwischen sicher, dass er zwischen den stillen Bäumen die Nerven verloren und einfach nicht auf den Weg geachtet hatte. Dieser Gedanke beschämte ihn.

Endlich war er am Ende des schmalen Pfades, der ihn den Abhang hinuntergeführt hatte, angekommen, und der Weg wurde breiter. Der Wald zog sich nur noch wenige hundert Schritte unterhalb der Steigung hin, bis unmittelbar die ersten Ausläufer von Antron in Form einiger Scheunen in Sicht kamen.

Antron war ein junger Ort ohne Geschichte, der erst in Zeiten des Friedens mit Molannen als Handelsplatz und Sitz des Senats gegründet worden war. Jegliche Verteidigungsanlagen und Stadtbefestigungen fehlten. Lediglich zwei Wachtürme am Waldrand dienten dazu, nicht von der Ankunft von Viehdieben überrascht zu werden und im Sommer aufflackernde Waldbrände frühzeitig zu entdecken.

Ursprünglich hatte der Ort nur aus einem großen Marktplatz mit ein paar Herbergen und Tavernen an einer Kreuzung bestanden, an der die vom westlichen Meer kommende Straße die große Haupthandelsroute von Norden nach Süden kreuzte. Nach und nach hatten sich Kaufleute und Handwerker angesiedelt und Wohnhäuser errichtet. Schließlich lebten so viele Menschen an diesem Flecken, dass der Senat von Foryana eine eigenständige Verwaltung einrichtete, einen Statthalter ernannte, der die

Belange der Einwohner Antrons vertrat und schließlich seinen Hauptsitz von Baia hierher verlagerte.
Laryon erreichte den Marktplatz, an dem sich auch das große Verwaltungsgebäude befand. Er ließ Fella in einem Mietstall und konzentrierte sich nun ganz auf den Bericht, den er abliefern musste. Jetzt wäre es ihm lieber gewesen, Nolen hätte ihm eine kurze Nachricht mitgegeben. Das Treiben auf dem Platz und in den Straßen, die sternförmig von ihm wegführten, wirkte so normal, dass er ihm fast vorkam, als wäre nichts geschehen. Inzwischen war es Mittag geworden, und an vielen Ecken roch es nach Essen. Der Platz war fast völlig vom Schnee geräumt worden, den man zu hohen Haufen zusammengekehrt hatte. Überall stolperte man über spielende Kinder, die sich durch die Schneehügel wühlten oder sich mit Schneebällen bewarfen. Bunte Wagen und Stände, zwischen denen sich dick vermummte Gestalten über mit Sand und Asche bestreutem Kopfsteinpflaster bewegten, strahlten in der Sonne.
Als er den Überfall auf den Grenzposten meldete, löste Laryon beim Statthalter hektischen Alarm aus. Seine Befürchtung, er könnte nicht ernst genommen werden, erwies sich als unbegründet. Nolen hatte bereits über das angebliche Notsignal des Postens im Grenzwald berichtet. Boten wurden ausgesandt, und Laryon fasste die Nachricht für den Hauptmann der Wache in Cahrm persönlich ab. Weitere Staffeln sollten Nolens Truppe unterstützen und Grenzposten warnen.
Stunden waren vergangen. Laryon hatte unzählige Fragen beantwortet, bis er kaum noch sprechen konnte. Es wurde zunehmend anstrengender, eine gefasste Miene zur Schau zu tragen, ohne über seine bevorstehende Aufgabe nachzudenken. Erst als ihm allmählich die Knie weich wurden, verließ er in einem ruhigen Moment das Gebäude und tauchte im Trubel des Marktplatzes unter.
Trotz allem spürte Laryon seinen leeren Magen, und ihm fiel

auf, dass er seit dem Abend zuvor nichts mehr gegessen hatte. Er war am Morgen zu faul gewesen, sich etwas zuzubereiten. Außerdem hatte er keine Lust gehabt, allein zu essen. Jetzt, auf dem belebten Platz, fühlte er sich allerdings noch viel einsamer. Er fand einen kleinen Stand mit gerollten Brotfladen. Lustlos kaute er eine Portion. Sie kam ihm vor wie Sägemehl.
Dann endlich fand er den Mut, sich zum Haus von Trogges Familie aufzumachen. Es war nicht weit in einer der schmaleren Straßen in der Nähe des Marktplatzes gelegen.
Laryon starrte ein paar Momente auf die fröhlich grün gestrichene Tür, bevor er klopfte. Ein kleines Mädchen, ungefähr fünf Lebensjahre zählend, öffnete. Es strahlte, als es ihn erkannte. »Das wird aber auch Zeit, dass du uns einmal wieder besuchst!«, ahmte sie den vorwurfsvollen Ton einer Erwachsenen nach.
Laryon lächelte gequält. »Ich grüße dich, Sori. Kannst du deiner Mutter sagen, dass ich mit ihr sprechen muss?« Die ganze Zeit über hatte er es geschafft, seine eigenen Sorgen und die Tragweite der Nachricht, die er zu überbringen hatte, zu verdrängen. Der Anblick von Trogges kleiner Tochter war fast zu viel für ihn.
Sori drehte sich um und flitzte ins Haus. »Mama, Laryon ist da.« Mora trat aus einem der Zimmer, die von dem schmalen Flur abgingen. Als sie mit Sori im Schlepptau zur Haustür kam, schrak sie zusammen. Laryon war am Türrahmen in sich zusammengesunken und hielt sich nur noch durch puren Willen aufrecht. Energisch wimmelte sie das Kind ab und zog Laryon ins Haus, ehe er seine Selbstbeherrschung vollkommen aufgab. Wortlos ließ er sich von Mora in den Arm nehmen, während sie ganz selbstverständlich mit der Erfahrung einer vierfachen Mutter beruhigend auf ihn einredete.
»Trogge wurde während der Wache heute Nacht erschlagen«, flüsterte Laryon, als er sich wieder etwas gefangen hatte.
Mora erstarrte. »Was sagst du da?«

»Ich habe ihn heute Morgen gefunden. Nolen sucht nach dem Mörder.«
Mora starrte ihn wortlos an.
»Was ist denn?« Sori zupfte Laryon ungeduldig am Ärmel und schaute zu ihm auf. Er wischte sich hastig mit dem Handrücken über die Augen. Dann nahm er das kleine Mädchen hoch und sah es ernst, aber wieder einigermaßen gefasst an.
»Sori, du bist ein großes Mädchen. Deine Mutter wird es dir später erklären.« Sie nickte feierlich. Laryon setzte sie wieder ab und strich ihr kurz über den Kopf.
»Sori, lass uns allein. Laryon, komm in die Küche.« Mora hatte ihre Stimme wiedergefunden und scheuchte das Kind bestimmt in eines der Zimmer. Dann folgte sie Laryon, der seine Jacke abgelegt hatte und verlegen am Küchentisch stand.
»Wo ist Fynn?«, fragte er.
»Ich habe ihn fortgeschickt, erwarte ihn nicht vor morgen zurück. Er und sein Vater hatten die übliche Diskussion.«
Laryon ließ sich auf die Holzbank sinken. Es hätte ihm viel bedeutet, Fynn selbst zu sprechen.
»Erzähl mir alles«, bat Mora ihn leise. Laryon berichtete ihr das wenige, was er ihr über ihren Mann zu sagen wusste. »Nolen gab mir Anweisung, hier auf ihn zu warten, damit ich ihn bei der Suche nach den Tätern unterstütze. Ich hoffe, du bist einverstanden«, beendete er seinen Bericht.
»Sicherlich.« Sofern Mora es ungewöhnlich fand, dass der Hauptmann der Stadtwache persönlich nach Angreifern auf einen Grenzposten suchen wollte, noch dazu unterstützt von einem Grenzreiter des Nachbarlandes, so ließ sie es sich nicht anmerken. Vielleicht, dachte Laryon, genügte ihr die persönliche Verbundenheit zu ihrer Familie.
»Immerhin war Trogge gestern Abend noch einmal hier und hat sich entschuldigt. Das ist sonst nicht seine Art. Aber es gibt mir ein wenig das Gefühl, dass er diese Sache noch beenden konnte«,

seufzte Mora mehr zu sich. Darauf wusste Laryon nichts zu entgegnen und schwieg unbeholfen.
Noch bevor sie weitersprechen konnte, klopfte es erneut an der Haustür, und Sori rief nach ihrer Mutter. Mora ging, um nach dem Besucher zu sehen, während Laryon auf das Holz des Küchentisches starrte. Er war ausgelaugt, brauchte eine Atempause. Der Tag war bereits jetzt viel zu lang, und er war noch nicht vorbei. Er hatte stark geschwitzt, und das Hemd klebte an seiner Brust. Seine Kopfhaut juckte. Mora hatte nicht nach den Blutflecken auf den Schößen seiner Jacke und seiner Hose gefragt. Er wusste selbst nicht, von wem sie stammten. Er bekam Kopfschmerzen.
»Das war ein Mann von der Stadtwache«, informierte Mora ihn, als sie die Küche wieder betrat. »Nolen lässt dir ausrichten, dass du nach Cahrm zurückkehren und dich mit einem frischen Pferd bereithalten sollst. Er wird dich dort treffen.«
Laryon nickte, stand auf und griff nach seiner Jacke. Das schien zu bedeuten, dass Nolen Fynn nicht, wie er ursprünglich vermutet hatte, in seine Planungen einbezog. Aber im Moment wollte er auch nichts weiter darüber wissen, sondern würde einfach nur tun, was man von ihm verlangte. Er legte Mora eine Hand auf die Schulter. »Wenn ich etwas für dich oder die Kinder tun kann, gib mir Bescheid!«
Mora lächelte leicht und begleitete ihn hinaus. »Seltsam, dasselbe wollte ich dir auch gerade sagen!« Sie wirkte immer noch gefasst. Laryon fragte sich, was in ihr vorging.
Sie hatten die Haustür erreicht und umarmten sich noch einmal kurz. Laryon spürte ein leichtes Zittern unter Moras oberflächlicher Fassung. Er trat auf die Straße, winkte ihr noch einmal zu und war bald in Richtung der Mietstallungen verschwunden.

Die winterliche Dämmerung brach früh herein und tauchte die weiße Landschaft in fahles, blaugraues Licht. Laryon hatte sich entschlossen, der südlichen Handelsstraße bis an die Grenze Molannens zu folgen. So konnte er den beschwerlichen Weg bis zum Übergang im Grenzwald umgehen. Gleichzeitig vermied er, an der Stelle vorbeizukommen, an der Fynns Vater erschlagen worden war.

Lange bevor er Molannen erreichte, versperrte ihm unvermittelt ein Zelt den Weg, das quer über die gesamte Straße aufgestellt war. Fast wäre Laryon hineingeritten, denn es hob sich kaum von der Schneelandschaft ab. Er stutzte, hielt Fella an und sprang ab. Das Zelt hatte die klassische Form eines Zirkuszeltes, war aber viel kleiner und aus schneeweißem dünnen Stoff. Es hatte nichts Bedrohliches an sich. Die allumfassende Stille, die Laryon schlagartig wahrnahm, erinnerte ihn dagegen unangenehm an die Atmosphäre am Morgen im Wald. Er hatte gar nicht bemerkt, dass er inzwischen allein auf der üblicherweise belebten Straße geritten war.

Er trat näher an eine Stelle heran, an der sich Planen überlappten. »Ist hier jemand?«

Es kam keine Antwort. Laryon war es jedoch, als hätte er einen leisen Ruf aus dem Inneren des Zeltes gehört. Also hob er die Plane und spähte in die Dunkelheit des Inneren.

»Ist dort jemand? Antworte!«, rief er noch einmal fordernder. Vorsichtig machte er einen Schritt, um unmittelbar darauf zu erleben, wie ihm der Boden unter den Füßen weggezogen wurde.

14.

Laryon fiel, bis er mit einem heftigen Ruck auf etwas Weichem aufschlug. Orientierungslos öffnete er die Augen und versuchte zu erkennen, wo er sich befand. Ihm schwindelte, und in seinem Kopf dröhnte es. Dann spürte er, wie jemand näher kam. Seine Hand glitt zum Wurfbeil und zog es aus der Halterung. Er spannte seine Muskeln an. Kopfschmerzen pulsierten über seine Schläfen.

»Krass! Das hat geklappt! Wie im Film, reinste Science-Fiction«, raunte jemand.

Laryon sah sich einem Jungen gegenüber, der ihn erwartungsvoll anlächelte. Er war seltsam bekleidet mit einer grauen Hose mit vielen aufgesetzten Taschen sowie einem schwarzen Hemd mit kurzen Ärmeln, auf dem in großen Buchstaben unter einem Zeigefinger, der nach rechts zeigte, »Er war's!« stand.

Jetzt beugte er sich zu Laryon, der, wie er bemerkte, auf einem Bett lag, das sich in einem kleinen Zimmer befand. Der Grenzreiter schob eine Hand unter seinen Rücken, um sich besser abstützen zu können, und ergriff mit der anderen das Waffenblatt. Das Metall lag beruhigend kühl und vertraut in seinen Fingern.

»Hey, Laryon, nett, dich …« Sein Gegenüber streckte die Hand aus.

»Keinen Schritt näher!« Laryon drückte sich ab.

»… kennenzulernen. Ich bin Tom!« Das Wurfbeil mit dem Blatt voran schützend vor seinem Oberkörper packte Laryon mit der anderen Hand nach dem Handgelenk seines Gegners. Und griff ins Leere.

Der Junge war einen Schritt nach hinten getaumelt und starrte ihn gleichermaßen überrascht an, die rechte Hand immer noch ausgestreckt. Dann hob er beide Hände und zeigte seine Handflächen. »Hey, hey, alles friedlich, keine Panik!«

Laryon ließ die Hand mit der Waffe in den Schoß sinken. Auch wenn er mit der Situation nichts anfangen konnte, drohte seinem ersten Eindruck nach keine unmittelbare Gefahr. Der Fremde wirkte harmlos, war unbewaffnet und hatte vermutlich keinen Angriff geplant, sondern eine Begrüßung oder Ähnliches. Woher kannte er seinen Namen? Laryon kniff die Augen halb zusammen und betrachtete ihn genauer. Es war gar kein

Junge. Vermutlich war er sogar ungefähr so alt wie er selbst, nur knapp einen Kopf kleiner. Dennoch wirkte er unreif, machte linkische Bewegungen, keinesfalls wie ein erwachsener Mann.

Als Laryon sich noch weiter aufrichtete und dann die Beine auf den Boden stellte, stöhnte er unwillkürlich auf. Er legte das Wurfbeil griffbereit neben sich und presste die Daumen gegen seine Stirn. Das war einfach zu viel. Der gesamte Raum, alles wirkte völlig falsch. Das einzig vertraute war seine Kleidung und der Geruch nach Pferd, der in ihnen hing – Pferd und Blut und obendrein sein eigener Schweiß, wie er angewidert bemerkte.

Der Fremde betrachtete ihn mit einem prüfenden Blick. »Alles okay? Du hast Kopfschmerzen, oder?«

Laryon konnte nur nicken. Während Tom aufsprang und um eine Ecke verschwand, schaute er sich bedächtig um. Er befand sich in einem kleinen, rechteckigen Bereich. Das Bett stand an einer der längeren Seiten. Direkt dahinter knickte der Raum ab, wo es auch eine Tür hinaus geben musste. Von dort hörte er Geräusche, die vermutlich dieser Tom verursachte.

Das Fenster war schräg links gegenüber und mit einem rot-weiß gestreiften Tuch verhängt. Darunter stand ein großer Schreibtisch, der über und über mit Büchern, Papier und allerlei kleineren Kästen und Schnüren überhäuft war. Die gesamte Wand links des Schreibtisches war mit Regalen versehen, in denen weitere Bücher sowie einige bunte Kisten standen. In der rechten Ecke neben dem Schreibtisch, gegenüber dem Bett, gab es eine kleine Sitzgruppe, bestehend aus einer Holzkiste mit fremdartigen Schriftzeichen, die als Tisch benutzt wurde, zwei kleinen Korbsesseln und einem unförmigen grünen Sack. Alles war mit weiteren Büchern und Kleidungsstücken bedeckt. Unterhalb der Decke liefen noch einmal zwei Reihen voll belegter Bücherregale um den gesamten Raum herum. Überall hingen kleine bunte Bilder, Karten und Gegenstände, mit denen Laryon nichts anfangen konnte. Er fühlte sich entsetzlich fehl am Platz.

Tom bog wieder um die Ecke.

»Hier.« Er streckte Laryon ein Glas mit einer klaren Flüssigkeit und ein fingernagelgroßes weißes Plättchen entgegen. »Und du kannst dich auch ausziehen, du musst ja ölen bei der Hitze.«

Laryon ignorierte die Aufforderung und nahm das Glas. Argwöhnisch schnüffelte er an der Flüssigkeit. »Was ist das?«

»Leitungswasser. Du solltest die Tablette nehmen.« Tom hielt ihm das weiße Etwas auf der Handfläche entgegen. Laryon nahm es und spürte eine bekannte, leicht mehlige Oberfläche.

»So etwas habe ich einmal gegen Fieber geschluckt«, meinte er nachdenklich.

»Ich weiß. Das ist fast dasselbe. Gleich bist du deine Kopfschmerzen los.« Die Antwort gab mehr Rätsel auf, als sie aufklärte. Aber Laryon fühlte sich mit einem Mal sicher. Er hatte das unbestimmte Gefühl, Tom voll und ganz vertrauen zu können. So wie man einem lange verschollenen Familienmitglied beim Wiedersehen vertrauen würde. Das war Unfug, aber zu weiteren Erkenntnissen konnte er seinen Verstand noch nicht bewegen.

»Wo bin ich hier?«, wollte er wissen, nachdem er die Tablette genommen hatte. Dass Tom keine Bedrohung darstellte, war die eine Sache. Diese fremdartige Umgebung, bei der es sich, wie Laryon sich noch einmal versicherte, auf keinen Fall um ein Zelt auf der südlichen Handelsstraße handelte, eine ganz andere.

»Ja, das ist nicht so leicht zu erklären. Vielleicht sollten wir einen Kaffee trinken gehen, genau. Ich müsste nur noch ein paar Klamotten auftreiben, so fällst du auf. Hier laufen zwar einige schräge Typen rum, aber na ja. Okay, ich werde mal Pierre nebenan fragen, ob der uns was leihen kann. Er müsste genauso groß sein wie du.«

»Ich gehe mit dir sicher nirgendwohin, bevor du mir nicht erklärt hast, was das alles zu bedeuten hat!« Erstaunt bemerkte Laryon, dass Tom bei seinem scharfen Tonfall zusammenzuckte. Wieder ähnelte seine Reaktion eher der eines Kindes, das man bei einem verbotenen Spiel erwischt hatte, als der eines Erwachsenen.

»Laryon, bitte, entspann dich. Ich erkläre dir alles, Ehrenwort! Eins nach dem anderen. Du kannst mir nicht erzählen, dass du dich in den dicken Winterklamotten bei weit über zwanzig Grad wohl fühlst.«

Laryon schwieg ratlos. Es stimmte, dass er sich nicht wohl fühlte. Aber warum, da hätte er eine Menge anderer Gründe angeben können. Obwohl sie die gleiche Sprache zu sprechen schienen, verstand er nur die Hälfte von dem, was dieser Tom sagte. Vielleicht musste er das erst einmal hinnehmen.

»Also, warte einfach kurz, ja? Bin sofort wieder da.« Tom sprang mit einem Riesensatz davon, und Laryon hörte die Zimmertür zuschlagen. Wo hätte er denn hingehen sollen?

Er stand vorsichtig auf, um einen weiteren Schmerzschub zu vermeiden, und trat an den Schreibtisch, um sich erneut umzusehen. Sein Blick wanderte die Regale entlang. Bei vielen dieser merkwürdig anmutenden Bücher ging es um eine Zeit, die sich das Mittelalter nannte, eine zweite Gruppe bestand aus Reisebeschreibungen verschiedenster Regionen, von denen Laryon nie gehört hatte. Die meisten Exemplare aus weichem Papier mit bunt bedruckten Einbänden schienen Erzählungen mit zum Teil abenteuerlichen Namen zu sein. Er zog willkürlich einige aus dem Regal. Die Einbände waren mit übertriebenen Zeichnungen versehen: Gesichter mit viel Pathos, wallende, aber unpraktische Kleidung, unhandliche, viel zu groß dargestellte Waffen und Pferde mit stolz aufgerichteten Hälsen und wehenden Mähnen. Laryon nahm eines der Bücher von einem Stapel auf dem Schreibtisch. Auch hier sah er auf der Vorderseite einen stolzen blonden Reiter mit heroischen Zügen auf einem riesigen Schimmel und mit einem viel zu langen Schwert bewaffnet. Hinter ihm ragten hohe Berge in einen strahlenden Himmel. Laryon kam der Reiter vage bekannt vor, aber er konnte ihn nicht einordnen.

Timotheus M. Schäfer: Der Magierjäger von Willerin. Laryon-Zyklus Band 1 – Jugend und Ausbildung lautete der Titel. Laryon stutzte. Ein Buch über jemanden, der seinen Namen trug? Er schlug das Buch irgendwo in der Mitte auf und begann zu lesen.

Neugierig zog Laryon die Schnüre auf und kippte den Inhalt auf seine Handfläche. Außer den Münzen fiel eine weitere kleinere Hülle heraus. Sie war aus rotem Samt und enthielt einen flachen Gegenstand, wie eine dicke Scheibe oder etwas Ähnliches. Er legte die Münzen zurück und zog einen runden silbernen Behälter aus dem Samtbeutel hervor, etwa zwei Finger breit und halb so dick. Laryon hielt ihn an einer dünnen Kette in die Luft und betrachtete ihn, wie er vor seinen Augen langsam hin- und herpendelte. Dann entdeckte er etwas. Er legte beide Beutel auf dem Schreibtisch ab und öffnete ehrfurchtsvoll einen Deckel, der mit einer winzigen Öse verschlossen war. Der Behälter war bis auf ein eingeritztes herzförmiges Symbol auf dem Boden leer.

»Was ist das?«

»Das kann ich dir leider nicht beantworten, Laryon. Als du geboren wurdest, war die Hebamme des Dorfes hier, um deiner Mutter zu helfen. Sie sah dich und gab es uns mit den Worten, sie würde es in deiner Obhut lassen, bis sie es eines Tages zurückholen könne. So lange gehört es dir. Du wärst etwas Besonderes, sagte sie. Die Frau, an deren Namen ich mich leider nicht mehr erinnere, ist später nach Cahrm gegangen, ohne es zuvor einzufordern. Weiter ist mir nichts über sie bekannt.«

Laryon sah zu seinem Vater auf und rollte den ungewöhnlichen Gegenstand auf der Handfläche hin und her. »Sie hat nicht gesagt, wozu es gut ist?«
»Nein. Sie meinte, es gäbe eine Prophezeiung.«

Laryon schnappte entsetzt nach Luft und ließ das Buch fallen. Ein Anfall von Panik schnürte ihm die Kehle zu. Noch jemand, der von dem Amulett mit der Prophezeiung wusste! Da schrieb jemand über ihn! Der Schock und seine Erschöpfung drohten jetzt, ihn vollends zu überrollen. Ihm war schwindelig, und er musste sich auf den Schreibtisch aufstützen. Obwohl seine Kopfschmerzen nachließen, war ihm übel. Sein Blick fiel auf einige Papiere, und es wurde noch schlimmer. Dort lagen sein aktueller Dienstplan und eine grobe Skizze von ganz Willerin, eine Liste mit Namen seiner Familie und Freunden, Abbildungen der Stempel verschiedener Wächter und vieles mehr, das er auf den ersten Blick gar nicht einordnen konnte. Allein die Menge an bedrucktem Papier verwirrte ihn – als wäre das nichts Besonderes.
Im gleichen Augenblick hörte er jemanden hinter sich das Zimmer wieder betreten. Er musste weg von hier. Benommen versuchte er, seinen Körper zu einer Reaktion zu bewegen, falls Gefahr drohte. Aufrecht stehen zu bleiben schien jedoch das Einzige zu sein, wozu er noch in der Lage war. Noch nie hatte er sich derartig ausgeliefert gefühlt. Wo war er hier hineingeraten?

Tom hatte seinen Nachbarn nicht angetroffen. Aber er hatte Glück und passende Kleidung neben der Waschmaschine gefunden. Dem Stil nach waren es Pierres Sachen. Die konnte er nehmen, das würde kein Problem werden. Außerdem fand er ein paar alte Schuhe, die sein Bruder irgendwann vergessen hatte. Vielleicht passten sie ja.

Eigentlich war er ganz kribbelig vor Vorfreude auf das erste Gespräch mit Laryon. Er konnte es immer noch nicht fassen, er würde mit seiner eigenen Romanfigur reden, sie leibhaftig vor sich sehen, sie anfassen. Jetzt, da Tom sein Zimmer wieder betrat, überkam ihn allerdings eine böse Vorahnung, die seiner Hochstimmung einen gehörigen Dämpfer verpasste. Laryon stand halb vornübergebeugt vor dem Schreibtisch und sah so aus, als würde er sich gleich übergeben. Mit wenigen Schritten war er bei ihm.

»Hier, ich habe ein Paar Baggies für dich, ein T-Shirt und Chucks. Das sollte es tun.« Tom bemühte sich, betont unbefangen zu klingen. Als er feststellte, dass Laryon überhaupt nicht reagierte, gab er das sofort wieder auf. »Du bist ja völlig blass um die Nase. Alles okay?« Sein Blick fiel auf den Schreibtisch und das Buch, das Laryon hatte fallen lassen.

»Nicht gut«, murmelte Tom. Wie mochte das auf seinen Gast wirken? Es musste so aussehen, als ob er ihn ausspionieren würde. Laryon wandte sich ihm zu und sah ihn an, seine grauen Augen farblos und leer. Verunsichert schnappte Tom nach Luft. Ihm kam ein ganz furchtbarer Gedanke. Konnte Laryon überhaupt hier sein und mit ihm sprechen, oder war das eigentlich gar nicht möglich? Bestand die Gefahr, dass er gleich einfach tot umfiele, weil Tom ihn aus seiner Umgebung herausgerissen hatte? Über solch eine Konsequenz hatte er noch gar nicht nachgedacht. Wenn er ehrlich war, hatte er überhaupt nicht über Konsequenzen nachgedacht. Und jetzt sah es ganz so aus, als wären die Folgen eher unangenehm. Seine Freude über sein gelungenes Experiment verflog endgültig und verwandelte sich langsam in leichtes Unbehagen.

»Vielleicht sollte ich wirklich die Jacke ausziehen«, flüsterte Laryon plötzlich. Erst jetzt bemerkte Tom, dass sich auf dessen Stirn ein Schweißfilm gebildet hatte. Der Grenzreiter bewegte sich mit der Langsamkeit einer Aufziehpuppe, der bald der

Akku ausgeht. Eilig packte Tom ihn am Handgelenk. Ein wenig überraschte es ihn, wie normal sich die Berührung anfühlte, wie bei jedem anderen Menschen auch. Andererseits hatte er auch diesbezüglich nichts Konkretes erwartet, also hakte er das ab.
»Richtig, der Kreislauf. Dich hat die Hitze umgehauen. Der Temperaturschock, das ist es! Komm!« Tom zog ihn durch das Zimmer bis zu der schmalen Tür neben der Pantry-Küche und öffnete sie. Laryon folgte willenlos.
»Das ist mein Bad, dort kannst du dich waschen.«
»Was soll das werden?«, knurrte Laryon ungehalten. Sein Ärger schien ihn etwas zu beleben.
»Also, ich dachte, du solltest erst einmal in Ruhe ankommen. Wasch dich gründlich, und danach fühlst du dich bestimmt besser«, erklärte Tom eilig.
Laryon fixierte ihn finster. »Das ist nicht dein Ernst!«
»Doch, natürlich«, versicherte Tom noch hastiger und drückte seinen Gast weiter in Richtung des winzigen Bades. »Du hast doch gerade noch bei Mora in der Küche gesessen und darüber nachgedacht, wie unangenehm dir der Geruch und das ganze Blut sind. Deshalb …« Er stockte. »Geht es dir gut?«
Laryon war, wenn das überhaupt möglich war, noch blasser geworden, und das Entsetzen, das aus seinen Augen sprach, konnte Tom fast körperlich spüren. »Woher weißt du das?«
»Ich weiß alles über dich«, antwortete er und erkannte sofort, dass diese Antwort nicht besonders klug war. Laryon taumelte, und als Tom ihn losließ, griff er mühsam mit einer Hand nach dem Türrahmen und hielt sich daran fest, während er das Gesicht in der anderen Hand vergrub. »Bei allen guten Worten – das kann alles nicht sein!«, stöhnte er mit schleppender Stimme.
Tom wusste sich nicht mehr zu helfen. Vorsichtig zog er Laryon die Hand vom Gesicht und deutete in die Duschkabine. »Das wird dir guttun, wirklich, du wirst dich danach viel besser füh-

len. Schau, dort ist ein Hebel. Nach links kaltes Wasser, nach rechts warmes. Stell dich da unter diese Stange …«

Laryons Blick folgte Toms ausgestrecktem Arm. »Da ist genau *ein* Hebel. Da werde ich doch wohl noch Wasser aus einer Leitung herausbekommen«, grollte er unwirsch.

Tom seufzte innerlich. Jetzt fühlte sein Gast sich offensichtlich für dumm verkauft. »Ja … äh … richtig, aber das ist vielleicht doch ein bisschen anders.« Er schlug einen Ton an, von dem er glaubte, er wäre fest und bestimmt. »Wie gesagt, lass dir Zeit. Zieh die Sachen hier an. Ich werde dir gleich alles erklären.« Schnell drückte er seinem immer noch erstarrten Gegenüber das Bündel Kleidung in die Hand, schob ihn mit sanfter Gewalt in den winzigen Raum und knallte mit Schwung die Tür zu.

Erleichtert vernahm er kurz darauf das Rauschen der Dusche. Währenddessen räumte er eilig seinen Schreibtisch leer. Alles, was mit Willerin zu tun hatte, warf er in einen Pappkarton, den er ganz hinten in eine Zimmerecke verbannte. Dann drückte er eine Taste, und der Bildschirmschoner auf dem Monitor vor ihm ging aus. Tom las die letzten Zeilen des Textes. Dort stand es, und so war es: Laryon war hier bei ihm in Münster. Felix hatte recht gehabt. Er konnte sich nicht nach Willerin schreiben, er konnte nur Laryon steuern.

»Na toll, und was jetzt?«, fragte er den Monitor, erhielt aber keine Antwort. Musste er jeden Schritt, den Laryon gehen sollte, vorher aufschreiben, damit er ihn machte? Das konnte nicht sein, dann würde er doch jetzt nicht im Bad stehen? Aber ging es ihm vielleicht deshalb so schlecht, weil Tom nichts schrieb? Tom fiel auf, dass er völlig planlos war. Das war zwar normal für ihn, aber zum ersten Mal bereitete es ihm ein wenig Sorge. Es war einfach alles ganz anders, als er sich ausgemalt hatte.

Er lauschte. Die Dusche lief noch immer. Tom zog die Tastatur heran und schrieb, Laryon würde an den Hebel stoßen und das

Wasser komplett auf kalt drehen. Nichts passierte. Tom probierte es mit »Hebel auf heiß«. Unmittelbar hörte er einen unterdrückten Schmerzensschrei und einen lauten Fluch durch die dünne Wand. Das funktionierte, warum und wie auch immer. Tom atmete tief durch. Dann speicherte er das Dokument, schaltete den Laptop aus, befreite ihn vom Monitorkabel und verstaute ihn in seiner Tasche. Die Willerin-Bücher packte er ebenfalls dazu. Tom musste Laryon irgendwie begreiflich machen, dass er sein Leben steuerte. Er war gespannt auf dessen Reaktion.

»Womit kann ich mich abtrocknen?« Tom drehte sich um. Laryon reckte den Kopf aus der Badezimmertür, Wasser tropfte aus seinen dichten Haaren. Er schien wieder ein wenig mehr er selbst zu sein.

»Moment, ich gebe dir was.« Mit wenigen Schritten war er an dem Schrank in dem winzigen Flur. Laryon stand mit dem Rücken zur Tür und betrachtete sein Gesicht im Spiegel. Tom erstarrte, als er die Narbe auf Laryons Rücken sah. Sie war über die Jahre blasser geworden, aber immer noch deutlich zu sehen. Ein breiter knotiger Striemen zog sich von der linken Schulter bis zur rechten Hüfte hinunter und bildete mit der Wirbelsäule ein groteskes X. Es war ein Wunder, dass der Schlag ihm damals nicht das Rückgrat gebrochen hatte. Das hatte Laryon ihm zu verdanken. Ob er sauer werden würde, wenn er es erfuhr?

Als Laryon sich umdrehte, wandte Tom sich hastig ab und kramte ein Duschtuch aus dem Schrank. Verstohlen versuchte er, einen weiteren Blick zu erhaschen, als er ihm das Handtuch reichte, doch er hatte nicht das Glück, auch das Brandzeichen zu sehen, das Laryon sich zur gleichen Zeit unterhalb des Hüftknochens hatte setzen lassen.

»*Das* soll ich anziehen?«, fragte Laryon ungläubig, das T-Shirt zwischen spitzen Fingern Tom vor die Nase haltend.

»Das trägt man hier so. Ich könnte in der Zwischenzeit deine Sachen waschen und trocknen.«
Laryon sah ihn misstrauisch an. »Wie willst du das machen?«
»Na, mit einer Waschmaschine und einem Trockner – Apparate, mit denen man so was machen kann.« Tom hoffte, dass das als Erklärung reichte. Und er hoffte, dass Laryons Sachen waschmaschinenfest waren. Gab es eigentlich Baumwolle auf Willerin, oder woraus wurde Kleidung hergestellt?
»Du lässt deine Finger von meiner Kleidung«, brummte Laryon zerstreut. Tom fand, dass er immer noch ziemlich fertig aussah. Eigentlich hatte er das nicht erwartet. In seiner Erinnerung war der Grenzreiter nie so fürchterlich erschöpft oder derartig geschockt. Aber er hatte es hier, zugegeben, schon mit einer ungewöhnlichen Situation zu tun, und er hatte in den letzten beiden Tagen kaum geschlafen. Sein Verstand lief offensichtlich immer noch im Notprogramm, und seine gesamte Konzentration war mit der Aufgabe, sich anzuziehen, vollkommen ausgelastet. Laryon begutachtete weiter die Sachen, die Tom ihm gegeben hatte. »Und was zieht man *hier* so darunter an?«
»Darunter?«
»Unter die Hose. Unter dieses Hemd.« Laryon sah ihn an, als wäre er schwer von Begriff. Tom versuchte, ein geistreiches Gesicht zu machen. Unterwäsche war in seiner Vorstellung des Lebens auf Willerin bisher nicht vorgekommen. Na ja, man konnte schließlich nicht alles wissen. Er kramte wieder im Schrank. »Moment, ich gucke mal, könnte sein, dass ich noch was habe. Hier.« Er hielt Laryon eine wild gemusterte Boxershorts hin. Dieser betrachtete sie kritisch und schien abzuwägen, ob er nicht doch wieder seine eigene Kleidung anziehen sollte, nahm dann aber die Hose aus Toms Händen.
»Soll ich wirklich nichts waschen?«, fragte Tom noch einmal und versuchte es mit einem gewinnenden Lächeln.
»Das mache ich lieber selbst. Hast du Waschsamen?«

»Nein, äh, nein, vielleicht meine Nachbarin«, erwiderte Tom. Er hatte ja nicht einmal eine genaue Vorstellung, was diese Samen genau waren. Daniela von nebenan kannte sich vielleicht mit solchem Ökokram aus. Sie hatte einmal behauptet, sie würde Nüsse zum Waschen benutzen. Sie war ihm seit der Sache mit der übergelaufenen Waschmaschine ohnehin noch etwas schuldig.
»Dann frag sie – aber später.« Nachdem er sich angezogen hatte, legte Laryon seine eigenen Sachen ordentlich zusammen und stapelte sie neben der Dusche. Ungeduldig sah Tom ihm zu, er wollte endlich aufbrechen. »Wenn du fertig bist, können wir gehen«, meinte er, als Laryon sich aufrichtete.
Doch dieser schüttelte müde den Kopf. »Ich sagte doch, wir gehen nirgendwohin. Du wirst mir erst einmal erklären, wer du bist, wo ich hier bin und warum.«
»Will ich ja, aber hier ist es doch total ungemütlich. Lass uns unten ins Café gehen.«
»Nein!«, stieß Laryon in einem Ton hervor, der keine Widerrede duldete und Tom wieder kurz zusammenzucken ließ. Sein Ärger schien ihm einen weiteren kleinen Energieschub zu geben, was Tom in erster Linie erleichterte. Laryon würde ja nicht gleich auf ihn losgehen. Dann erinnerte er sich wieder an das Missverständnis bei seinem Begrüßungsversuch. Vielleicht sollte er vorsichtiger sein. Sein Romanheld war im Moment nicht ganz berechenbar.
Beschwichtigend hob er die Hände. »Gut, gut, du hast gewonnen. Wir bleiben hier, ich erkläre dir, wer, wie, was und warum, und dann sehen wir weiter.«
Laryon nickte kurz und setzte sich wortlos aufs Bett. Tom sah, dass er sein Wurfbeil damit wieder in greifbarer Nähe hatte und sehr bedacht darauf war, seinem Gastgeber nicht den Rücken zuzukehren. Vermutlich hatte er ihn eben im Bad auch die ganze Zeit im Spiegel beobachtet. Tom entschied, dass es vielleicht

ganz gut war, Laryon in dem Glauben zu lassen, er würde über das weitere Vorgehen bestimmen. Dass genau das Gegenteil der Fall war, würde er früh genug einsehen müssen.

Im nächsten Moment glaubte Tom zu wissen, was Laryon gerade dachte. Er schien weiter zu sich zu kommen, nahm all die fremden Details aufmerksam auf. Seine Anspannung war ihm nicht anzusehen, schwelte jedoch immer deutlicher spürbar hinter seiner neutralen Miene. Tom ging zum Schreibtisch, öffnete seine Tasche und holte die Bücher und den Laptop wieder hervor. Nachdem er den Computer gestartet hatte, schob er nach kurzer Überlegung die Klamotten von einem der Korbsessel und setzte sich Laryon gegenüber, um ihm das Buch, in dem er kurz zuvor gelesen hatte, unter die Nase zu halten.

»Timotheus M. Schäfer, das bin ich«, begann er, erst zögernd und dann immer sicherer. »Eigentlich heiße ich nur Tom, und das M. bedeutet auch nichts. Aber der Nachname war einfach langweilig, damit sollte es mysteriöser klingen. Diese Bücher sind der Laryon-Zyklus.« Er deutete auf den Schreibtisch. »Ich schreibe über dein Leben, über alle, die du so kennst, und alles, was auf Willerin abgeht. So.« Tom legte eine kurze Pause ein, um Luft zu holen, Laryons gereizt zusammengezogene Augenbrauen unter dem verständnislosen Stirnrunzeln beharrlich ignorierend. »Und in den Magierjägern ging es nun darum, dass du Kary begegnest …«

»Kary? Was weißt du darüber?«, unterbrach Laryon ihn alarmiert und riss ihm das Buch aus der Hand.

»Ja doch, Kary.« Tom wand sich unbehaglich. »Er ist der Grund für meine Probleme. Der Grund, warum du hier bist. Ich glaube nämlich, dass ich die Kontrolle verloren habe. Da läuft was mächtig schief. Warte eine Sekunde.« Mit einer Handbewegung hielt Tom Laryon davon ab, etwas zu sagen, wandte sich stattdessen um und griff nach dem Laptop. »In dieser Kiste sind

meine Bücher, ich kann dir das jetzt nicht genauer erklären«, erläuterte er sorgfältig. Er hielt das Gerät auf dem Schoß und drehte seinem Gegenüber den Bildschirm zu.
Feierlich blickte er Laryon ins Gesicht. »Ich gestalte dein Leben, Laryon. Hier, das ist der letzte Text. Er endet ungefähr vor einer halben Stunde. Du machst, was ich mir ausdenke. Du erlebst, was ich schreibe. Ich bin dein geistiger Vater. Irre, oder?«
Laryon schien gar nicht zuzuhören. Er hatte sich, zunächst vorsichtig, über den Bildschirm geneigt und überflog die Zeilen des Dokumentes. Es war der Anfang des zweiten Buches über Willerin, mit dem Tom ein wenig experimentiert hatte.
Tom räusperte sich vernehmlich und versuchte, die Aufmerksamkeit wieder auf sich zu ziehen. »Ich habe zuerst versucht, dich in der Geschichte anzusprechen. Leider hat das nicht so ganz funktioniert. Dein Pferd ist durchgegangen.«
»*Du* warst das?! Heute Morgen im Wald?« Laryon fuhr auf und schnappte wütend nach Luft.
Tom nickte schuldbewusst. »Ja, das tut mir total leid, so war das gar nicht geplant. Eigentlich wollte ich nach Willerin. Ich konnte ja nicht ahnen, dass das nicht geht.«
»Was geht nicht? Wieso nicht?«, fragte Laryon verwirrt. Erschöpfung hin oder her – Tom hatte von Laryons schneller Auffassungsgabe eigentlich mehr erwartet. »Na, ich schreibe über dich und entscheide, was du machst, aber ich kann ja nicht über mich selbst schreiben. Also, kann ich natürlich schon, aber nicht so, dass es dann wahr wird.«
»Schreiben, dass es wahr wird? Was soll dieser Unfug?« Laryon fuhr sich mit beiden Händen durch die Haare und starrte Tom an. Dieser hatte schon den Eindruck, dass Laryon langsam begriff, was diese Aussagen bedeuten sollten, und sich lediglich weigerte, die Wahrheit dahinter anzuerkennen.
»Das ist kein Unfug«, erklärte Tom daher geduldig und freundlich lächelnd. »Ich bin dein Erschaffer, dein Schöpfer.«

»Was meinst du mit ›Schöpfer‹?«

»Wie ich schon sagte: Ich denke, ich bin dein geistiger Vater. Ich habe mir die Gestalt Laryon ausgedacht. Ich habe dich alles erleben lassen, was dir in deinem Leben bisher passiert ist.« Tom wurde ein bisschen verlegen. Das war zugegebenermaßen eine ungewöhnliche Situation, so etwas demjenigen zu sagen, den es unmittelbar betraf. Gleichzeitig konnte er den Stolz nicht so ganz aus seiner Stimme verbannen. Schließlich konnte niemand behaupten, er hätte seine Sache bisher nicht gut gemacht. Laryon war gesund und intelligent, hatte Freunde und einen sehr angesehenen wie einträglichen Beruf – kurzum: Er führte ein zufriedenstellendes Leben. Tom konnte keinen Anlass zur Beschwerde erkennen.

»Du hast dir was? Mich *ausgedacht*?!« Das letzte Wort spuckte Laryon voller Ablehnung fast aus.

»Ja, so würde ich das nennen. Ich habe dich und dein Leben erschaffen.«

Laryon schien zu verblüfft, um etwas zu sagen. Abwechselnd schaute er auf den Monitor und dann zu Tom. Stärker als zuvor glaubte Tom, plötzlich zu wissen, was der Grenzreiter gerade dachte: Er zweifelte. Äußerlich beherrscht versuchte er, das Gehörte zu begreifen und einzuordnen. Sein Unwille wuchs, und es gelang ihm nicht, die Dimension zu erfassen, in der ein anderer die Kontrolle über ihn besaß. Tom gestand ihm zu, dass dieser Umstand sicherlich nicht einfach zu verstehen war. Erst langsam, dann immer bestimmter schüttelte Laryon den Kopf und deutete schließlich anklagend auf den Laptop. »Das ist unmöglich!«

»Aber es ist so, wie ich sage, Laryon. Du könntest es einfach akzeptieren.«

»Nein, das werde ich nicht!« Schneller, als Tom es je erwartet hätte, schoss Laryons Hand vor und kniff ihn kräftig in den Unterarm. Er schrie auf und hätte beinahe den Laptop fallen gelas-

sen. Im letzten Moment hielt er das Gleichgewicht. »Spinnst du? Was soll das?« Wütend rieb er sich den Arm.
Laryon lächelte dünn. »Können Gedanken kneifen? Du denkst dir schon seltsame Dinge aus, wenn sie dir Schmerz zufügen.«
»Verflucht, du bist doch kein Hirngespinst, auch wenn ich das bisher gedacht habe, das ist doch das Tolle!«, versuchte Tom ihn zu beschwichtigen. Es fehlte noch, dass Laryon weitere Experimente unternahm. »Aber ich schreibe etwas, und du tust es oder dir passiert es dann. Ist doch eigentlich ganz einfach!«
»Ist es nicht! Deine Annahme weist eine ganze Menge Lücken auf!«
»Was denn noch?«
Missmutig verdrehte Laryon die Augen. Ganz schön arrogant und auch beleidigend, fand Tom. Er hätte nicht erwartet, dass seine eigene Hauptfigur ihm gegenüber derartig herablassend auftreten würde. Laryon hob beide Hände, drehte sie kurz in der Luft und ließ sie wieder sinken. »Siehst du? Ich hebe meine Hände. Ich sitze hier. Ich mache mir Gedanken«, zählte er auf. »Nichts von alledem hast du aufgeschrieben. Dein Text endet damit, dass ich deine Waschkammer benutze. Wer steuert mich jetzt gerade, in diesem Augenblick?«
»Ich kümmere mich nur um die wichtigen Angelegenheiten in deinem Leben. Ich schreibe ja auch nicht, dass du atmest oder pinkeln gehst.«
»Dann ist also meine Begegnung mit meinem *Schöpfer* keine wichtige Angelegenheit?«
»Doch, natürlich. Ich habe dich ja nicht einfach so hergeholt.«
»Und dennoch steuerst du mich und meine Handlung gerade nicht. Diese Logik entzieht sich mir, Tom. Das ist erst einmal die größte Lücke, von vielen weiteren kleinen einmal abgesehen.« Laryons Tonfall klang jetzt beißend vor Spott. Er versuchte die offensichtlichen Tatsachen zu leugnen. Doch es war etwas dran an dem, was er sagte. Tom schrieb gerade nicht, und

Laryon schien seine Handlungen als eigenständig zu empfinden. Daher fiel Tom keine angemessene Antwort ein. Er fing an, mit einem Kugelschreiber zu spielen, der ihm irgendwie in die Finger geraten war. Das Klicken untermalte das folgende Schweigen. Laryon wartete geduldig.
Irgendwann stieß Tom ein ärgerliches Zischen aus. Falls es sich hierbei um ein Machtspiel handelte, war er auf dem besten Wege, es zu verlieren.
Er hielt die Stille nicht mehr aus. »Aber ich habe es eben erst ausprobiert – beim Duschen«, beharrte er bockig. »Du bist an den Hebel gestoßen, und das Wasser wurde heißer, oder? Das passierte fast gleichzeitig, als ich es geschrieben habe!«
»Zufall«, wehrte Laryon ab. »Weißt du, was ich als Nächstes sagen will?«
Tom verzog verächtlich den Mund. »Natürlich nicht, ich bin kein Hellseher.«
Laryon grinste. Und in diesem Moment spürte Tom große Erleichterung wie eine Woge über sich hereinbrechen. Er stutzte. Warum sollte er erleichtert sein?
»Da siehst du es. Wenn du mich beeinflussen würdest, könnten wir nicht einmal vernünftig miteinander reden.«
»Wieso das denn nicht?«
»Wie könntest du denn schreiben und gleichzeitig mit mir reden? Du siehst doch selbst, dass du es gerade nicht tust. Du würdest mit dir selbst sprechen. Dich dürfte nichts von dem, was ich sage, überraschen. Streng genommen müsste ich nichts mehr sagen, denn du wüsstest bereits, wie das Gespräch verläuft. Du entscheidest für mich, lässt mich sagen, was du willst, und ich würde genau das tun, was für dich keinerlei tieferen Sinn und Nutzen hätte. Es wäre wie eine endlose Reflexion in zwei Spiegeln, ohne dass du erkennen könntest, welcher Spiegel echt und welcher nur eine Spiegelung wäre. Also?«
Tom zwinkerte. Er hatte gerade den Eindruck, als wäre alles

nur ein unglaublicher Traum. War er wirklich heute Morgen noch in Frankfurt gewesen? War Mellie abgehauen? War er ihr überhaupt begegnet? War das wirklich Laryon, der ihm gegenübersaß? Der-der-ihm-gegenüber-saß hatte recht, das war alles total absurd. Laryon war Fiktion, er konnte ihm nicht gegenübersitzen. Felix hatte recht, er war dabei durchzudrehen. Er sollte mit Felix sprechen. Felix würde das alles ruhig angehen und logisch auseinandernehmen. Er würde den Fehler in dem, was er da gerade gehört hatte, finden. Das war eine beruhigende Idee inmitten dieser kreisenden Gedanken. Tom kam wieder ein wenig zu sich, straffte die Schultern und lächelte selbstbewusst.

»Nun, wo bin ich, und wie komme ich auf dem schnellsten Weg wieder nach Hause?« Laryon hatte die Suche nach Logikfehlern fallen gelassen. Sein Tonfall wurde fordernder.

»Augenblick, dieses Händeheben gerade, das will ich doch mal ausprobieren.« Bevor Laryon die Gelegenheit ergriff und etwas anderes tat, ließ Tom den Stift fallen, zog den Laptop zu sich heran und tippte eilig: *Laryon hob die Hände.*

Nichts passierte. Es war irgendwie nicht so, wie es sein sollte. Es war zum Verzweifeln.

»Merkst du irgendwas?«, fragte Tom verunsichert.

»Mir kribbeln die Hände ein wenig. Was sollte ich bemerken?«

»Ach nichts. Vielleicht hast du ja recht. Es ist alles gar nicht so, sondern anders«, rief Tom grantig. »Dann weißt du besser als ich, wie du hierhergekommen bist und was du hier machst, denn dann war es ja *deine* Entscheidung und nicht *meine,* dass du hier mit mir sitzt.« Aggressiv klappte er den Laptop zu.

Laryon beugte sich wieder zu ihm, sein Blick hart und grau wie Felsgestein. »Das ist der Punkt, den ich noch nicht klären konnte. Und ich wäre dankbar für eine Antwort: *Wo* bin ich?!«

»In einer Stadt namens Münster in einem Land namens Deutschland. Auf der Erde.«

»Erde? Nie gehört.«
»Das ist der Planet, auf dem wir leben.« In dem Maße, wie Laryons Anspannung langsam ein klein wenig nachließ, fühlte Tom sich plötzlich müde, unendlich müde.
»Der Planet, auf dem wir leben, heißt Talamh«, widersprach Laryon lauter als nötig.
Tom zuckte verwirrt zusammen. »Ja. Nein. Ich weiß. *Dein* Planet. Ich weiß nicht, wo der jetzt gerade ist. Du bist bei *mir,* auf der Erde. Und ich muss gerade zugeben, dass du recht hast. Das kann alles gar nicht sein. Was habe ich da gemacht?!«
»Das kann ich dir nicht beantworten. Du scheinst uns beide ganz schön in Schwierigkeiten gebracht zu haben. Geht es dir gut?«
»Wieso?« Tom verschwamm plötzlich alles. In seinem Kopf brach ein Sturm unzusammenhängender Sätze und Wortfetzen los. Er war nicht mehr in der Lage, Ordnung zu schaffen. Er hob seine Hand, um sie zu packen, und griff ins Leere. Das war also damit gemeint, keinen klaren Gedanken fassen zu können. Er kicherte hysterisch. Eine Reihe sinnloser Wortspiele waberte vor seinem geistigen Auge, stürzte auf ihn ein und zerstob in einzelne Buchstaben. Er fühlte einen kräftigen Griff, der seinen Oberkörper wieder aufrichtete.
»Leg dich hin«, erklang die Stimme des Fremden eindringlich an seinem Ohr. Tom wusste nicht, ob er zugestimmt hatte, aber der andere umschlang seine Brust und hielt ihn sicher. Dann war da ein Bett. Er stöhnte, als der Griff sich löste und er vornüber auf das Kissen fiel. Danach umfing ihn gnädige Stille.

Eine Zeitlang betrachtete Laryon ratlos seinen Gastgeber, nachdem er sich versichert hatte, dass er ruhig und regelmäßig atmete. Es kam ihm mehr als gelegen, dass Tom sich nicht weiter rührte, auch wenn er sich kurz fragte, was der Auslöser dieser Ohnmacht sein mochte. Doch er hatte andere Sorgen.

Diese gesamte Angelegenheit verstörte ihn zutiefst, obwohl er überzeugt war, dass es sich nur um das verrückte Geschwätz eines jungen Mannes handeln konnte, der sich gewaltig überschätzte.

Toms Heilmittel und das Waschen hatten ihn ein wenig belebt, dennoch nahm er vieles nur gedämpft wahr. Das half ihm, seine Gefühle in den Hintergrund zu drängen und seiner Situation mit ruhiger Sachlichkeit zu begegnen. Sein Verstand arbeitete immer noch nicht normal, und das war auch besser so. Er wollte nicht verstehen, was Tom versucht hatte, ihm zu erklären. Ihm aufzuzeigen, wie unlogisch seine Behauptungen waren, hatte Laryon alle Reserven gekostet, über die er noch verfügte. Jetzt verbot er sich jeden weiteren Gedanken daran. Ein Schritt nach dem anderen. Jetzt musste er den Weg zurück nach Hause finden.

In Toms Kleiderschrank fand er eine Tasche, in der er seine Habseligkeiten verstaute. Der Schwertgurt mit dem Wurfbeil sah auf dieser Kleidung wirklich zu auffällig aus. Tom trug keine Waffen, und es waren auch sonst keine zu sehen. Es schien also nicht üblich zu sein, sie offen zu tragen. Daher steckte Laryon nur das Messer in die sackartige Seitentasche seiner geliehenen Hose. Er wollte gerade das Zimmer verlassen, als sein Blick auf einen Schlüsselbund fiel, der auf der Anrichte lag. Er nahm ihn an sich – und tatsächlich, einer der Schlüssel passte in das Schloss der Tür. Laryon grinste grimmig, als er Tom einschloss. Er wusste nicht, ob er ihm folgen wollte oder konnte, in jedem Fall würde es ihm nun ein wenig schwerer fallen. Beiläufig nahm er die Zahl wahr, die auf der Tür geschrieben stand.

Er fand sich in einem Gewirr von Türen und Gängen wieder und entdeckte nach einigem Suchen eine Treppe, die nach unten führte. Als er ins Freie trat und sich umschaute, wurde ihm für einen Moment schwindelig.

Es war früher Abend und ein herrlicher Herbsttag. Die Sonne stand bereits tief, und die umliegenden Gebäude warfen lange Schatten. Die Sonne, ein paar Bäume und der Himmel waren aber auch alles, was normal wirkte. Alles andere war vollkommen falsch. Fünf unglaublich hohe Häuser in schäbigen blassen Farben waren im Kreis um einen Platz angeordnet, und alles sah gleich aus. Laryon zählte sieben Stockwerke. Wie übereinandergestapelte Kisten mit Löchern erhoben sich unzählige Fenster und starrten auf die wenigen Menschen hinaus, die auf Bänken oder schmutzig grauen Grasstreifen hockten. Es war bedrückend.

Niemand beachtete Laryon, als er all seinen Mut zusammensammelte, den Schlüsselbund in ein Gebüsch warf und zwischen den Häusern hindurchlief. Keiner bestimmten Richtung folgend, befand er sich schnell inmitten von dröhnendem Lärm, hektischer Betriebsamkeit und, nachdem die Sonne untergegangen war, grellem Licht. Laryon verstand die Welt nicht mehr. Die Umgebung war und blieb unbekannt und jenseits von allem, was er sich je hätte vorstellen können. Erstaunlicherweise konnte er sich auf seinen Instinkt und seine Reflexe verlassen, die zum Glück endlich wieder funktionierten. Ähnlich wie in einem Kampf oder wenn er mit Pferden arbeitete, dachte Laryon nicht weiter nach, sondern reagierte einfach, wenn eines dieser seltsamen Gefährte auf ihn zuschoss oder unbekannte Geräusche auf ihn eindrangen. Manches machte er anderen Menschen nach. Er fiel in der Menge überhaupt nicht auf und empfand zu seinem eigenen Erstaunen keine Angst. Das war vielleicht aber auch noch diesem gnädigen Betäubungszustand zuzuschreiben.

Schilder, Plakate und Namen an Gebäuden boten Laryon die einzige Orientierungsmöglichkeit. Bald war er überzeugt, dass das Leben dieser Menschen hier sich nur um Sex, fermalogisches Spielzeug oder Gesundheit drehte. Er begriff nicht, warum

gerade diese Themen solch eine Faszination ausübten, nichts davon hatte ihn selbst bisher besonders interessiert.
Insgesamt wirkte alles ungewöhnlich albern, überflüssig, bunt und unreif. Laryon musste zugeben, dass Tom vielleicht nicht ganz allein verantwortlich dafür war, dass er so sehr in seiner Entwicklung zurückgeblieben war. Einige der Menschen, denen er begegnete, wirkten auf die gleiche Weise kindisch.
Der einzige Mensch, mit dem er sprach, war ein Straßenhändler, der ihm einen bräunlichen Klumpen in silbernem Papier anbot. Laryon hielt es für Calmant, ein gutes Beruhigungsmittel, das weder in Antron noch in Cahrm leicht zu bekommen war. Als der Mann jedoch nur eine kleine Münze aus denen wählte, die Laryon ihm zur Auswahl entgegenstreckte, und auch die Konsistenz nicht ganz stimmte, war er nicht mehr sicher. Er steckte das Päckchen in seinen Beutel und vergaß es.
Laryon begriff zwar schnell, wie er sich in dieser Umgebung verhalten musste, entschied jedoch, dass er vieles von dem, was er sah und hörte, überhaupt nicht genauer verstehen wollte. Das hier war kein Platz für ihn. Er gehörte nicht hierher. Und in dem Maße, in dem diese Erkenntnis wuchs, festigte sich auch die Überzeugung, dass Tom es wahrhaftig geschafft hatte, ihn in eine Art Parallelwelt zu befördern.
Er träumte nicht. Er wusste, dass dies wirklich geschah. Auch wenn er Toms Absichten nicht durchschaute, so hegte er irgendwann nicht mehr den geringsten Zweifel, dass alles, was dieser ihm bisher erzählt hatte, der Wahrheit entsprach. Zumindest glaubte Tom an das, was er sagte. Er machte allerdings nicht den Eindruck, selbst in vollem Umfang zu verstehen, was genau mit ihnen geschah. Es gab auch keine sichtbaren Anzeichen, an denen Laryon all dies festmachen konnte, er wusste es einfach. So sicher, wie er seinen eigenen Namen und Geburtstag kannte. So sicher, wie er wusste, dass er zwei Arme und eine Nase hatte.

Und er sah ein, dass er ohne Toms Hilfe nicht nach Willerin zurückkehren konnte. Mit wachsender Sorge darüber, was wohl in der Zwischenzeit in seiner Heimat geschah, kehrte er zurück und fand nach kurzer Suche auch das richtige Zimmer.

Halb hatte Laryon erwartet, Tom schreibend zu sehen. Bisher hatte er die Idee, sein Gastgeber nähme tatsächlich auf diese Weise Einfluss auf ihn, ganz und gar abgelehnt. Seine eigenen Reaktionen in dieser unbekannten Welt ließen ihn sich nun fragen, ob Tom einen personifizierten Instinkt darstellte. Doch sein Gastgeber schlief selig, und Laryon vermochte ihn nicht zu wecken.

Die Tragweite dessen, was Tom ihm eröffnet hatte, vermochte er immer noch nicht zu ermessen. Der Gedanke, dass irgendjemand eine solche Macht über ihn besitzen, sein Leben bestimmen, ihn manipulieren könnte, war ihm zutiefst zuwider. Er konnte seine eigene Abscheu fast körperlich spüren. Für einen Moment war er sogar versucht auszuprobieren, welche Konsequenzen das Ableben seines Schöpfers hätte. Unschlüssig umspielten seine Finger den Griff des Messers.

Bisher hatte Laryon noch nie so weit gehen müssen, nicht einmal in Gedanken. Allerdings hatte auch noch niemand ihm damit gedroht, sein Leben, seine Freiheit zu zerstören. Und es war nicht weniger als das, was Tom getan hatte. Gleichzeitig fühlte Laryon etwas, das ihn an seine intensiven Empfindungen für die Menschen erinnerte, die ihm am meisten bedeuteten. Es war ein Zusammengehörigkeitsgefühl, das sie alle zu etwas Besonderem machte. In Bezug auf Tom kam jedoch das Gefühl des Unwillens hinzu, das in seiner Stärke nahe an Hass grenzte.

Es war müßig, solche Gedanken weiterzuverfolgen, solange Laryon nicht einordnen konnte, welche Rolle sein Gastgeber spielte und welche Ausmaße seine Macht tatsächlich annahm. So wanderte er ruhelos auf der Suche nach Antworten in dem kleinen Zimmer umher. Er begutachtete den kleinen Kasten, mit dem Tom geschrieben hatte, und schaute sich nach etwas Essbarem um, beides ohne Ergebnis. Schließlich blieb ihm nichts anderes übrig, als sich mit der Schlafrolle, die er in dem Schrank gefunden hatte, neben den Schreibtisch in die Zimmerecke zu legen. Von dort hatte er Tom und den Eingang im Blick. Es war spät, die Erschöpfung der letzten Tage tat ihr Übriges, und irgendwann fand er tatsächlich auch etwas Schlaf.

15.

Das vertraute Geräusch des Motorrollers weckte Tom. Es schien ein neuer Morgen zu sein. Wirre Träume hatten ihn glauben lassen, er würde ersticken, und die Realität war nicht viel besser. Ihm fehlte jegliche Orientierung. Die Möbel standen anders, die Korbsessel waren weiter in den Raum gerückt, als hätte jemand dahinter mehr Platz benötigt. Immerhin war das Fenster weit aufgerissen, trotzdem roch die Luft in dem Raum muffig und abgestanden. Kein Windhauch regte sich.
Dazu kam ein fauliger Geschmack im Mund, und die Kleider von gestern klebten ihm am Leib. Kurz: Sein Zustand fühlte sich an wie ein dicker Kater, aber ein Blick genügte, um ihm klarzumachen, dass er am Abend keinen Tropfen getrunken hatte, bevor er wie ein Toter ins Bett gefallen war. Darin bestand seine letzte vernünftige Erinnerung. Was war davor passiert? Hatte er wirklich noch alle Sinne beisammen und versucht …?
Aus dem Flur hörte er Geräusche. Stöhnend stand er auf und lugte um die Ecke. Laryon kramte mit konzentriertem Blick im Hängeschrank der Küchenecke.
»Lust auf einen Kaffee?«, krächzte Tom. Er konnte seine eigene Stimme kaum erkennen. Laryon sah ihn mit wenig Mitleid an.

Er selbst wirkte unverschämt frisch und erholt, bewegte sich in dem engen Flur, als hätte er nie etwas anderes getan.
»Wie wäre es mit kaltem Wasser?«, drang Laryons Vorschlag in Toms umnebeltes Bewusstsein.
»Guter Plan.« Ohne ein weiteres Wort ließ er sich durch die kleine Tür ins Bad fallen. Wenige Augenblicke später strömte kaltes Wasser auf ihn ein. Es war wirklich Laryon, der da in der Küche stand. Wie bescheuert war das eigentlich? Was hatte er sich dabei gedacht, die Hauptperson seiner Bücher zu sich zu holen? Wieso hatte es funktioniert? Was sollte er hier? Wie kam er zurück? Wieso gab es Menschen, die unter diesen Umständen hausten? – Stopp! Was waren das jetzt für Gedanken, die ihm im Kopf herumpfuschten? Tom schüttelte sich wie ein Hund, so dass Wasser nach allen Seiten spritzte. Sein Gast hatte ohnehin schon für reichlich Feuchtigkeit im Bad gesorgt. So penibel Laryon sonst war, Pfützen nach dem Duschen aufzuwischen, schien nicht zu seinem Repertoire zu gehören.
Langsam klärte sich Toms Kopf. Er rubbelte sich mit dem Handtuch ab, bis seine Haut rot glühte, und wischte dann den Boden trocken. Erst jetzt bemerkte er, dass Laryon seine Reithose und die schwere Uniformjacke zum Trocknen aufgehängt hatte und ein Teil der Wasserlachen von der Kleidung stammen mochte, die immer noch leicht feucht war. Irgendwie hatte Laryon es geschafft, die Blutflecken zu entfernen, vermutlich schon gestern Abend, nachdem Tom ins Bett gefallen war. Was er wohl sonst noch getrieben hatte?
Nachdem Tom sich die Zähne geputzt hatte und sich endlich wieder wie ein Mensch fühlte, trat er aus dem Bad. Laryon stand mit verschränkten Armen gegen die Zimmertür gelehnt und grinste hämisch. »Ausgeschlafen?«
Tom hob unsicher die Schultern, während er Jeans und T-Shirt aus dem Schrank suchte und sich anzog. »Ich hatte wohl einiges an Schlaf nötig.«

»Von Nahrung hältst du auch nichts? Ich habe nur ein Paket helles Brot gefunden, das allerdings eine ungesunde Grünfärbung aufweist.« Laryon deutete auf eine Packung mit schimmeligem Toast. Tom grinste verlegen. »Wie wäre es, wenn ich dich zum Frühstück einlade? Wir essen erst einmal in Ruhe. Dann erkläre ich dir endlich, was ich von dir möchte.«
»In Ruhe?« Laryon beugte sich in einer blitzschnellen Bewegung vor, so dass Tom wie ein erschrecktes Kaninchen einen Satz zurück machte und beinahe das Gleichgewicht verloren hätte.
»Ich sollte mit Nolen auf der Spur der Entführer sein und nicht einem dummen Jungen Wünsche erfüllen«, grollte Laryon mit unheilvollem Unterton. Tom hatte an diesem Morgen bisher den Eindruck gehabt, Laryon wäre gelassener als am Vorabend, aber das Gegenteil traf zu: Er besaß neue Energie, und die zeigte sich in Ungeduld.
Beschwichtigend hob Tom die Hände. »Das sollte kein Problem sein«, wiegelte er ab. »Ich habe dich von der Handelsstraße hergeholt, ich werde dich ganz in der Nähe von Nolen wieder zurückbringen. Ich weiß, dass sie Fella heute Nacht schon nach Antron geholt haben.«
»Woher weißt du das?!«
Tom wunderte sich selbst. Er hatte es nur so gesagt. Und es stimmte, da war er sich sicher. »Ich weiß es einfach.«
»Na gut«, seufzte Laryon. »Gehen wir also frühstücken. Du fühlst dich wohler, wenn du unter Menschen bist, das respektiere ich. Aber du musst auch so keine Angst vor mir haben.«
»Ich, Angst? Ich habe doch keine Angst vor dir!«, rief Tom empört. Laryon betrachtete ihn abschätzend. »Dann sind diese ständigen schreckhaften Zuckungen krankhaft. Du solltest das untersuchen lassen.« Er wandte sich zur Tür. »Kommst du?«
Kurze Zeit später gingen Tom und Laryon über den Betonplatz und betraten ein kleines Café, das sich in einem der Gebäude-

komplexe befand. Zum Glück war hier vor kurzem renoviert und der klinische Plastikcharme der Vergangenheit beseitigt worden. Wände, Möbel, Bilder, alles war mit viel Holz oder Bambus in ruhigen Braun- und Beigetönen gestaltet. Große kräftige Grünpflanzen setzten freundliche Akzente und teilten kleine behagliche Sitzecken ab. Es war noch früh, so dass außer ihnen nur an zwei weiteren Tischen ein paar Leute saßen. Durch die weit geöffneten Fenster strömte angenehm kühle Luft.
Tom fühlte sich etwas besser, aber er wusste, dass man ihm seine Erschöpfung immer noch ansah. Er hatte keine Ahnung, was sein Zusammenbruch am Abend zuvor verursacht hatte. Ein allergischer Schock?
Laryon schwieg weiterhin abweisend, und das enttäuschte Tom. Wie so ziemlich alles hatte er sich auch das Verhältnis zu seiner Romanfigur anders vorgestellt. Er hatte innere Verbundenheit erwartet, gegenseitiges Erkennen und Vertrauen. Stattdessen wirkte Laryon angespannt, trotz seiner oberflächlichen Teilnahmslosigkeit spürte Tom vorsichtige Wachsamkeit, die ihn an eine Raubkatze vor dem Sprung denken ließ. Außerdem war er irgendwie viel zu normal, viel zu menschlich und viel zu real. Im Moment war Tom mit der Situation und ihren Möglichkeiten selbst überfordert. Vielleicht sollte er wirklich erst einmal für etwas zu essen und Kaffee sorgen.
Nachdem er den Raum kurz in Augenschein genommen hatte, machte er einen kleinen Tisch in einer ruhigen Ecke aus, lotste Laryon dorthin und verschwand, um das Frühstück zu holen. Er kehrte mit einem vollbeladenen Tablett zurück und steuerte gerade um eine Trennwand mit einer Palme, als er eine vertraute Stimme hörte. Er blieb stehen.
»Hey, war das gerade Tom?«
»Mein Begleiter? Ja, so nennt er sich.«
»Sag mal, ich kenne dich doch von irgendwoher?«
Was soll's, dachte Tom und grinste. Er trat hinter der Trenn-

wand hervor. »Hallo Felix, darf ich dir Laryon vorstellen? Er ist gerade erst angekommen«, rief er schon von weitem.
»Hey Tom. Laryon, nett, dich kennenzulernen«, erwiderte Felix ganz offensichtlich verwirrt. Er sah abwechselnd von Laryon zu Tom. Der Grenzreiter saß mit verschränkten Armen und düsterer Miene hinter dem runden Bistrotisch. Mit dem Rücken zur Wand wachte sein unablässig umherschweifender Blick über die Umgebung. Tom setzte das Tablett bedächtig ab, damit er nichts verschüttete, und bemühte sich, so zu tun, als wäre es die normalste Sache der Welt, mit Laryon hier am Tisch zu sitzen.
Felix wirkte wie ein einziges Fragezeichen. Er trat auf Tom zu und flüsterte so, dass Laryon es nicht hören konnte: »Wer ist das, wo kommt der Typ her?«
»Sag ich dir doch: Das ist Laryon. Es war tatsächlich so, wie du gesagt hast. Ich kann mich nicht in die Geschichten reinschreiben, aber ich kann über Laryon bestimmen.«
»Spielt der da mit?«
»Na ja, er ist noch nicht so begeistert, wie ich dachte, aber das kommt schon noch.«
»Zahlst du ihm was?«
»Quatsch, wofür?«
»Tom, meinst du nicht, du übertreibst?«
»Dürfte ich vielleicht erfahren, worum es geht? Betrifft es mich?«, grollte Laryons Stimme barsch hinter ihnen. Tom schaffte es dieses Mal, nicht zusammenzufahren, doch er sah Felix an, dass dieser ebenfalls beeindruckt war. Laryon hatte einen ziemlich finsteren Blick drauf, wenn ihm etwas nicht passte.
Felix wirkte plötzlich sehr besorgt. Er setzte an, etwas zu sagen, doch dann schlug er Tom auf die Schulter und wandte sich zum Gehen. »Ich wollte dich eigentlich nur fragen, wann du die beiden Taschen abholst, die du beim letzten Mal bei mir stehen

gelassen hast. Und ob du was von deiner Mellie gehört hast. Wie es dir geht. Melde dich, wenn ich was für dich tun kann. Laryon, sei nett zu ihm, ich weiß ja nicht, was das hier werden soll, aber du guckst echt drein wie jemand, dem man nachts besser nicht allein begegnet. Ciao!«

Entgeistert schaute Laryon ihm nach und richtete seinen fragenden Blick dann auf seinen Gastgeber, während dieser Essen und Getränke verteilte, als ob nichts gewesen wäre. Tom wedelte mit der Hand, als wollte er ihre Begegnung mit Felix einfach wegwischen.

Laryon musterte den Tisch. »Was ist das?«

»Latte macchiato aus absolut fair gehandeltem Kaffee, einmal das ›Rundum-sorglos-Frühstück‹ mit allem, was die Küche hergibt. Pfannkuchen mit Ahornsirup, Joghurt, Croissants, Gouda, Camembert, Schinkenwurst, Salami, Marmelade und zusätzlich zwei Cranberry-Muffins.«

Schweigen.

»Wie bitte?«

Tom sah auf. Ihm wurde heiß. Laryons Stimme hatte plötzlich wieder an Schärfe zugelegt, die ihn nervös machte.

»Irgendwas nicht korrekt?«, fragte er vorsichtig.

Laryon beugte sich schnell vor und starrte ihm ins Gesicht. Tom bemerkte ein gefährliches Glitzern in seinen Augen. Er zuckte zurück. Halb erwartete er, Laryon würde ihn am Kragen seines T-Shirts packen.

»Du scheinst über alles Bescheid zu wissen, vor allem über mich. Du hast mich hierhergebracht«, zischte Laryon. »Du siehst seltsam aus. Du sprichst dieselbe Sprache, nur immer mit sinnlosen Worten dazwischen. Ich weiß nicht, was du vorhast. Aber wenn du wirklich so ein kluger Bursche bist«, Laryon hob drohend die Stimme, »dann sprich so, dass ich dich verstehe!«

Tom erstarrte. »Ich sehe seltsam aus?«

»Ja.« Laryon lehnte sich wieder zurück.
»Wie meinst du das?«
»Du hast eine ungesunde Hautfarbe. Du wirkst schwächlich, wenig widerstandsfähig, sowohl körperlich als auch geistig. Ungeübt, mit deinen Fähigkeiten umzugehen – worin immer die bestehen mögen.«
»Nicht gerade ein Kompliment«, murmelte Tom beleidigt.
Laryon schob sich ein paar Haarsträhnen aus der Stirn und wartete schweigend.
»Das ist bei uns allen so«, setzte Tom unbeholfen an. »Wir sind nicht mehr so gut trainiert in unseren Fähigkeiten. Die Folgen unserer Wohlstandsgesellschaft. Ich konnte mich nie überwinden, ins Fitnessstudio zu gehen.«
»So, so.« Laryon zog spöttisch die Augenbrauen hoch und verschränkte die Arme. Zum ersten Mal entspannte er sich etwas, wirkte fast erheitert. Er glaubte, die Situation langsam in den Griff zu bekommen. Tom schwitzte. Das hatte er sich endgültig anders vorgestellt.
Er holte tief Luft, ehe er in beschwichtigendem Tonfall ansetzte. »Sorry, ich meine, Entschuldigung, das hast du jetzt wieder nicht verstanden, oder? Das spricht nicht gerade für mich.«
»Nein.«
Tom holte tief Luft. »Ja. Ich fange noch mal ganz von vorn an. Ich bin Tom. Tom Schäfer. Student der Kommunikationswissenschaften im achten Semester. Ach, nein, nein … vergiss das wieder, das erkläre ich dir später. Ich erkläre dir alles. Lass uns erst was essen, okay? Ich meine: in Ordnung?
Also, das ist Kaffee, so was Ähnliches wie Tee, also auch aus Pflanzen, nur anders – irgendwie. Mit ganz normaler Kuhmilch. Dazu Brot, Schweinefleisch und Käse. Dann Kuchen mit … Was sind denn eigentlich Cranberrys?« Tom verstummte und warf Laryon einen verzweifelten Blick zu.
»Schweinefleisch?«

»Ja, genau.«
»Ihr esst Landtiere? Das ist ja ekelhaft. Wie verträgst du das? Kein Wunder, dass du so eine ungesunde Hautfarbe hast.«
»Das macht hier jeder oder wenigstens die meisten.«
»So etwas tut auf Willerin kein Mensch!«
Das lief ja blendend. Wie bekam er da jetzt wieder die Kurve? Wobei, machte Laryon sich gerade über ihn lustig, oder wollte er ihn testen?
»Aber ihr esst doch auch Fleisch? Schälfleisch?«, wagte Tom einzuwenden.
Laryon schnalzte verächtlich mit der Zunge. »Ich denke, du weißt alles? Über mich und das Leben, das mich normalerweise umgibt?«
»Na ja, dieses Detail ist mir vielleicht gerade entgangen.«
»Schälfleisch ist die zweite Schicht der Rinde des Ponjin-Baumes. Wenn man die erste harte Rinde wegschneidet, kann man sie abschaben und zubereiten. Mit Wasser und Gewürzen kann man sie zu einem Braten backen«, erläuterte er geduldig.
Brummend zog Tom Laryons Teller zu sich. »Isst du Käse? Ist Käse bei euch ein Produkt aus Milch von Kühen, Schafen oder Ziegen, das entsprechend zubereitet wird?« Wie machte man Käse? Das wurde echt komplizierter, als er erwartet hatte.
»Das klingt vernünftig. Käse wird aus Milch gemacht. Wenigstens das hast du gelernt«, spottete Laryon.
Tom seufzte. Das konnte ja heiter werden. »Gut, dann tauschen wir einfach. Guten Appetit.«
Was auch immer Laryon ursprünglich beabsichtigt hatte, er ließ sich Zeit und langte ordentlich zu, schließlich hatte er seit gestern Mittag nichts mehr gegessen. Wieder und wieder schossen Tom Gedanken über seine eigenen Essgewohnheiten durch den Kopf. Waren das vielleicht Laryons Gedanken? Zu seiner eigenen Enttäuschung gelang es ihm nicht, sich lange genug zu konzentrieren, um das herauszufinden.

»Okay«, stöhnte Tom schließlich zufrieden, nachdem Laryon ihm erlaubt hatte, für beide einen weiteren Becher Kaffee zu holen. »Am besten, du fragst mich einfach. Ich werde versuchen, dir alles irgendwie zu erklären. Dann wirst du hoffentlich verstehen, was ich von dir will.«

»Wo bin ich? Wie bin ich hierhergekommen? Warum bin ich hier? Wieso sprichst du so eine merkwürdige Sprache? Wie komme ich zurück?« Laryon sah Tom herausfordernd an.

Dieser hatte schon nach der zweiten Frage abwehrend die Hände gehoben. »Ich habe dich hierhergeholt, auch wenn ich nach wie vor nicht glauben kann, dass das funktioniert hat.«

Laryon nickte. So weit war er einverstanden.

»Bisher nahm ich an, die Ideen für dein Leben kämen einfach so aus meiner Phantasie. Aber jetzt glaube ich, das stimmt gar nicht. Schon vorher hatte ich beim Schreiben ab und zu den Eindruck, die Handlungen besäßen ein Eigenleben. Mir kam es dann mehr so vor, als ob ich einen Ablauf beobachte, den ich einfach nur beschreibe. Da läuft was ab, ohne dass ich irgendwas mache. Ich gebe das nur noch wieder. Versteht du, was ich meine?«

Tom nickte aufmunternd, doch Laryon schüttelte den Kopf. Wieso sollte etwas, das dieser Verrückte irgendwo aufschrieb, Einfluss auf das haben, was er tat? Flehend sah Tom ihn an, verwirrt von seiner eigenen Verständnislosigkeit. Nein, nicht er selbst war es, der das nicht verstand! Aus heiterem Himmel traf ihn plötzlich die Erkenntnis, dass er wirklich Zugang zu Laryons Gedanken hatte. Das war es: Die Gedanken und Empfindungen seiner Romanfigur hatten sich mit seinen eigenen vermischt, seitdem sie sich begegnet waren. Daher hatte Tom immer wieder Dinge, die ihm im Kopf umhergingen, nicht einordnen können. Jetzt konnte er sie immer deutlicher voneinander trennen. Er betrachtete Laryons Gedanken synchron zu seinen eigenen. Was war das doch für ein genialer Wahnsinn!

In dem Grenzreiter brodelte es allerdings extrem beunruhigend. Der Schock, der ihn gestern betäubt hatte und keinen klaren Gedanken fassen ließ, war extremer Anspannung gewichen. Tom wurde unangenehm bewusst, dass Laryon recht hatte: Im Gegensatz zu dem Charakter in seinen Büchern, hatte er in diesem Augenblick keine Kontrolle über die Person, die ihm gegenübersaß. Das löste die kurze Freude über seine neueste Entdeckung, die Gedanken seines Gegenübers wahrnehmen zu können, in Nichts auf.

Verunsichert versuchte Tom, den Faden wieder aufzunehmen. »Manchmal überlege ich, ob eine Figur im Buch etwas tun soll oder nicht. Dann entscheide ich das und schreibe entsprechend weiter. Bei anderen Gelegenheiten habe ich gar keine Wahl. Ich schreibe, wie es abgelaufen ist, einfach *weil* es *so* passiert ist und nicht anders.

Und jetzt sitzt du in voller Lebensgröße vor mir, Laryon. Daher lautet meine einzige Erklärung, dass du recht hast: Ich habe mir nichts von dem ausgedacht, was ich über dich und die anderen geschrieben habe. Ich glaube, dass ich nur über eine Art ›Gabe‹ Zugang zu dem habe, was bei euch, mit euch geschieht. Manchmal kann ich vielleicht Kleinigkeiten beeinflussen, aber nicht dein Leben an sich.« Tom brach ab. Laryons Gedanken waren extrem beunruhigend.

»Aber du bist sicher, dass du Entscheidungen treffen kannst?« Laryons Stimme klang gefährlich leise.

»Nur kleine. Winzige, Laryon, ich …«, stotterte Tom.

»Dann hast du also …«

»Bleib mal cool! Das hast du falsch verstanden!«

»… entschieden, dass Kary in der vorletzten Nacht entführt und Gorn und Trogge erschlagen wurden?!«

»Ich bin doch kein Meister über Leben und Tod!« Tom war der Panik nah. »Ich lüge dich nicht an. Das war nicht meine Entscheidung. Ich weiß, was in der Nacht vorgefallen ist, aber ich

habe es nicht beeinflusst – oder kaum. Lass mich doch erst mal ausreden.«
Laryon stand die Drohung immer noch ins Gesicht geschrieben, keine Spur mehr von Gelassenheit. Seine Augen waren dunkel vor Wut. Mit Erleichterung konnte Tom jedoch spüren, dass er ihm glaubte. Schließlich hatte er gestern selbst Argumente dafür aufgezählt, dass Tom über weniger Einfluss verfügte, als er sich ursprünglich eingebildet hatte. Trotzdem war ihm mulmig zumute. Er konnte sich nur an wenige Situationen erinnern, in denen Laryon wütend gewesen war, aber er wusste, wozu dieser durchtrainierte Kerl fähig war.
»Bitte versprich mir, mich erst einmal anzuhören. Bitte!«, flehte Tom inständig.
»Sprich weiter«, forderte Laryon mühsam beherrscht.
»Dieses Kapitel kannst du lesen, wann immer dir danach ist«, versicherte Tom daher eilig. »Das hilft mir vielleicht sogar weiter. Es ist in meinem Zimmer. Aber ich habe es gar nicht geschrieben. Das ist ja das Verrückte. Den Verlauf kann ich sowieso nicht aufhalten.«
»Gut. Später.« Laryon entspannte sich noch etwas. Er trank seinen Kaffee aus. »Weiter!«
»Wir sind schon beim Kern des Problems angelangt.« Tom machte eine kurze Pause, um ebenfalls einen Schluck Kaffee zu nehmen. Seine Hand zitterte deutlich. »Ich schreibe über dein Leben. Aber ich verstehe nicht, wann ich es beeinflussen kann und wann nicht. Zum Beispiel hatte Trogge vor seiner zusätzlichen Wache Streit mit Mora, das hat sie dir selbst gesagt. Ich habe dann ein kleines Kapitel geschrieben, in dem er noch einmal zurückgeht und den Streit mit ihr beilegt, bevor er … du weißt schon. Es war kein Problem, das zu beeinflussen. Aber du, das ist was ganz anderes. Es ist viel, viel schwerer.
Du hattest auch recht mit der zeitlichen Abfolge. Die verstehe ich gar nicht. Bisher dachte ich, ich schreibe zeitgleich. Aber das

kann echt nicht sein, sonst könnten wir nicht hier sitzen. Jetzt glaube ich, dass es bereits geschehen ist, wenn ich es schreibe. Ich schreibe ja nicht in Echtzeit, dazu tippe ich viel zu lahm. Wann also geschieht etwas? Wann schreibe ich es auf?«

»Wer entscheidet, ob es aufgeschrieben wird?«, murmelte Laryon nachdenklich. Seine Augen schweiften blicklos in die Ferne.

Tom schwieg gespannt.

»Geschieht nur das, was aufgeschrieben wird?«, ergänzte Laryon leise.

Tom zuckte zusammen und ärgerte sich im gleichen Moment darüber. »Meinst du, ich könnte einen Vorgang nicht passieren lassen, indem ich ihn nicht aufschreibe?«, fragte er ungläubig.

»So in etwa. Dann ist es nur in deinem Kopf geschehen«, erwiderte Laryon. Er kniff konzentriert die Augen zusammen. »In deinem Kopf. In deiner Phantasie. Aber deine Phantasie ist meine Realität. Ich höre nicht auf zu existieren, bloß weil du gerade nicht über mich schreibst.«

Tom stöhnte auf. Er stemmte die Ellbogen auf die Tischplatte und vergrub das Gesicht in seinen Händen. Er und Laryon versuchten gleichzeitig, ihre Gedanken zu ordnen. Da er beide Bemühungen verfolgen konnte, hatte er bald den Eindruck, ihm müsste der Kopf platzen.

»Gut«, meinte Laryon schließlich, »ich fasse zusammen: Du schreibst Geschichten, von denen du glaubst, dass du sie dir gar nicht ausdenkst, sondern sie dir – sagen wir – eingegeben werden. Bisher dachtest du, es handelte sich um deine Phantasie.

Es scheint eine Möglichkeit zu geben, wie du Einfluss auf Geschehnisse auf Willerin nehmen kannst. Gestern vor deinem Zusammenbruch dachtest du noch, du hättest die volle Kontrolle über mein Leben. Das ist, da sind wir uns einig, nicht der Fall.

So weit konnte ich dir folgen. Was aber soll ich nun hier? Und woher wusstest du, dass ich tatsächlich existiere?« Tom bemerkte erleichtert, dass Laryons Neugier ein wenig die Oberhand gewann.

»Ich gebe ja zu, dass ich gestern vielleicht etwas dick aufgetragen habe. Jedenfalls wollte ich eigentlich nach Willerin. Das hat nicht geklappt. Dass du jetzt hier sitzt und ich dich bitten muss, etwas für mich zu tun, das ist nur Plan B – also die Alternative. Ich will, dass du jemanden für mich findest, eine Frau. Und ihr eine Botschaft übermittelst. Ich bin sicher, dass sie im Nordgebirge ist, noch eher in der Halle.«

»In der Halle?«

»Ja doch. Diese Halle, von der Kary erzählt hat. Sie ist der Schlüssel zu dem Ganzen. Du gehst dorthin, bringst dieser Frau, Mellie, meine Botschaft, und das wäre schon alles für deinen Teil.«

»Und wie soll ich diese Halle finden?«

»Ich dachte, du wüsstest, wo sie ist.«

»Tom!«, rief Laryon ärgerlich aus. »Ich habe letzte Nacht in diesem Buch gelesen. Du hast meine Zeit mit Gorn und Kary sehr exakt dokumentiert. Daher solltest du genauso gut wie ich wissen, dass ich nicht die geringste Ahnung habe!«

»Dann musst du eben suchen!«, gab Tom ebenso aufgebracht zurück. Das fehlte noch, dass Laryon jetzt immer noch zickte, wo er einmal so weit gekommen war.

»Ich werde Nolen folgen und die Suche nach Kary aufnehmen. Für die Übermittlung von Botschaften habe ich keine Zeit! Schon gar nicht, wenn ich nicht weiß, wo ich den Empfänger finde.«

»Das ist es doch, das hängt doch alles irgendwie zusammen, da bin ich sicher.«

Laryon lehnte sich zurück. Er zögerte. Seitdem er in der Nacht die Bücher gelesen hatte, rätselte er über den Zusammenhang zwischen ihm und Tom. Und er versuchte, Toms wahre Absichten zu ergründen, bisher vergeblich. Als er bemerkte, wie dieser selbsternannte Schöpfer ihn beobachtete, schoss er ihm einen finsteren Blick zu, dem Tom nicht standhalten konnte. Obwohl Laryon ihm tatsächlich eine gewisse Angst einjagte, war Tom fasziniert davon, einen inzwischen vollkommen klaren Einblick in dessen Gedanken zu erhalten. Als ob es seine eigenen wären. Laryon schien davon bisher nichts bemerkt zu haben.

»Du musst die Halle finden«, drängte Tom noch einmal eindringlich.

»Nein.«

»Doch!«

»Warum sollte ich das tun, Tom?«

»Weil es wichtig ist!«

»Für dich oder für mich?«

»Für uns beide!« Tom konnte ihm jetzt schlecht sagen, dass es wirklich noch einen Grund gab, weshalb Laryon sich endlich in Bewegung setzen sollte: sein Buch. Zum einen wollte er Mellie wiederhaben, das war das Wichtigste. Das allein würde Laryon schon kaum verstehen, denn er hatte es bisher nicht so mit Frauen. Aber für das zweite Buch endlich Handlungsansätze zu erhalten, indem Laryon die Halle suchte, bedeutete ein Geschenk, das er nicht achtlos ausschlagen konnte. Er wollte Laryon genauestens instruieren, so dass nichts schieflief, und damit war er das Problem, dass er wieder nicht wusste, worüber er schreiben sollte, los. Dann wäre es wirklich so, wie er gestern behauptet hatte: Er kreierte die Handlung, und sein Held führte sie durch. Die perfekte Schöpfung.

Nur das musste Laryon noch viel weniger erfahren, denn so wie Tom dessen Sympathie ihm gegenüber bisher einschätzte, würde Laryon ihm kaum freiwillig einen Gefallen tun. Aber das spielte keine Rolle. Notfalls würde Tom auch Druck ausüben. Seine Buchreihe war es wert. Und Mellie natürlich auch. Wieder entstand eine unbeholfene Stille zwischen ihnen. Wer

sie brach, würde den Kürzeren ziehen. Dieses Mal wollte Tom standhaft bleiben.
Die leichte Brise, die durch die geöffneten Fenster wehte, versprach einen weiteren warmen Frühherbsttag. Das Sonnenlicht fiel schräg zwischen den Hochhäusern hindurch und verlieh der Atmosphäre einen warmen sanften Glanz. Das Café hatte sich im Laufe des späten Morgens gefüllt, die Luft summte von leiser Musik und Gesprächen an vielen Tischen. Es wurde gegessen, geredet, gelesen. Es roch nach frischen Brötchen, Kaffee und Pfannkuchen oder leicht verbranntem Rührei. Niemand beachtete Tom und Laryon weiter. Nur eine Fliege summte über den vollgestapelten Tisch und entschied sich schließlich für Marmeladenreste auf einem der Teller.
Nach einer Weile konnte Tom das Schweigen kaum noch ertragen. Laryon beobachtete scheinbar gleichgültig seine Umgebung und versuchte, das alltägliche Geschehen um sich herum nachzuvollziehen. Tom griff in die Seitentasche seiner Hose und zog unauffällig einen Notizblock und einen Stift hervor. Dann schrieb er: *Laryon fuhr sich mit der Hand durch die Haare.*
Laryon fuhr sich mit der Hand durch die Haare. Unmittelbar darauf sprang er auf, schaute sich nach allen Seiten um. Er wirkte … berauscht, Tom fand keine passenderen Worte für den gleichermaßen erschreckten wie rätselhaft beglückten Gesichtsausdruck. Ein kurzer Moment purer Freude hatte alle weiteren Gefühle überschwemmt. Tom selbst konnte ein zufriedenes Grinsen nicht vermeiden. Es funktionierte also doch.
Laryon ließ sich verwirrt wieder auf den Stuhl fallen. Er hob die Hand und hielt in Augenhöhe wieder inne. Verlegen lächelnd starrte er seine Finger an, bevor er dann nach dem Kaffeebecher griff, der längst leer war.
»Weißt du was, Laryon? Ich hole dir dieses Kapitel, von dem ich dir erzählt habe. Mellie, diese Frau, die du für mich finden

sollst, hat es für mich zurückgelassen. Es muss eine Botschaft dahinterstecken. Warte hier. Bin gleich wieder da.« Ohne eine Antwort abzuwarten, sprang Tom auf und verließ das Café.

16.

Während Tom zurück zu seinem Zimmer sprintete, schaute Laryon zum Fenster hinaus. Ein paar Sperlinge zankten sich lauthals um Brotkrümel. Er richtete sich verblüfft auf. Der Anblick übte eine unerklärlich beruhigende Wirkung auf ihn aus. Es war nichts Besonderes, nur ein paar Vögel, und dennoch hatte er das Gefühl, als wäre wenigstens eine Kleinigkeit wieder ins rechte Lot gerückt. Es tat gut – nach der Erfahrung vorhin, als er kurz den Eindruck hatte, jemand manipulierte seine Bewegung wie ein Gaukler eine Fadenpuppe. Seufzend lehnte er sich zurück. Noch etwas, das er nicht einordnen konnte. Tom war ihm ein Rätsel. Diese ganze fremdartige Welt war ihm ein Rätsel.

Jetzt, in der trägen Ruhe des Studentencafés, war Laryon gar nicht mehr sicher, ob er so genau wissen wollte, was vor zwei Nächten in seiner Heimat geschehen war. Er musterte Tom eingehend, als dieser zurückgekehrt war. Sein Gastgeber wirkte zwar immer noch mitgenommen von seinem gestrigen Zusammenbruch, schien dennoch von den Ereignissen fasziniert zu sein. Die Aufregung verlieh Tom Energie. Er drückte Laryon mit geradezu kindlicher Begeisterung einen Stapel Papier in die Hände, besorgte ihm einen neuen Kaffee und ließ ihn dann allein.

Dagegen hatte Laryon den Eindruck, seine Reise in diese Welt laugte ihn aus. Einerseits schwelte Unruhe in ihm. Je größer der Vorsprung der Entführer wurde, desto gefährlicher wurde es für

Kary. Gleichzeitig fühlte er sich hilflos, hatte nach wie vor größte Mühe, sich zu konzentrieren. Zusätzlich machte ihm die unerwartete Hitze zu schaffen. Nicht zu vergessen, dass er seine normale Schicht von drei Tagen und vier langen Ritten durch Eiseskälte hinter sich hatte.
Er wischte sich den Schweißfilm vom Gesicht. Ungehalten schüttelte er seinen Oberkörper, als könnte er so nicht nur die Muskeln lockern, sondern auch seine unguten Gefühle auflösen. Er musste sich zusammenreißen. Es entsprach nicht seinem Charakter, sich derartig gehen zu lassen und sich auf Ausreden wie Hitze oder lange Ritte zu berufen. Im Moment konnte er an seiner Situation wenig ändern, solange er sie nicht verstand. Er würde diesen Text lesen. Anschließend würde er Tom versprechen, was dieser hören wollte, und dann hoffentlich zurückkehren können.
Laryon schob den Stuhl so weit nach hinten, dass er mit den Schultern die Wand hinter sich berührte und die Beine ausstrecken konnte. Beiläufig strich er mit dem Daumen über das Papier und fing an zu lesen. Es waren wahrhaftig die Geschehnisse in der Nacht der Entführung. Schon nach kurzer Zeit fiel ihm auf, dass er vor Anspannung zitterte. Er wollte nicht mehr darüber erfahren, wie Gorn umgebracht wurde. Es ging ihm zu nahe. Laryon riss sich zusammen und blätterte durch das Papier. Als er die Stelle fand, an der die Entführer Trogge begegneten, begann er noch einmal.

Einige Schritte vor ihm blieb die Gruppe stehen. Jetzt konnte Trogge erkennen, dass es sich um zwei Erwachsene und einen Jungen handelte. Einer der beiden Männer kam auf den Grenzposten zu.
»Ich grüße dich!«, rief er höflich. Trogge hörte einen leichten Akzent, den er nicht einordnen konnte. Ganz sicher waren die Fremden nicht von der Insel.

»Wir erbitten Passage nach Foryana. Wir sind sehr spät dran, der Kleine sollte schlafen.«

Trogge winkte mit der Hellebarde und trat einen Schritt zur Seite. Er hatte seine Meinung über Männer, die mitten in der Nacht mit Kindern durch einen dicht verschneiten Wald liefen, aber das ging ihn nichts an. Der Junge war dick eingepackt und sah müde, jedoch nicht krank oder verletzt aus.

Der Fremde vor ihm nickte dankend und wollte gerade den Pfad betreten, als der Junge sich losriss und auf Trogge zulief.

»Hilf mir! Sie haben mich entführt!«

»Was?!« Trogge war sofort in Alarmbereitschaft. Was ging hier vor sich? Der Junge war fast bei ihm, als der Mann vor ihm ihn grob an der Schulter festhielt.

»Er ist erschöpft, phantasiert Geschichten, schenk ihm keine Beachtung!«, versuchte er halbherzig zu erklären. Er hatte schon gesehen, dass Trogge die Hand an den Griff seines Kurzschwertes gelegt hatte.

»Dennoch denke ich, ihr solltet mir etwas genauer erklären, was ihr um diese Zeit mit dem Kind hier im Wald treibt!«, knurrte er drohend.

Erneut versuchte der Junge, sich der Hand an seiner Schulter zu entwinden. »Sie haben meinen Vater erschlagen. Hilf mir!«

»Wir müssen weiter. Mach endlich den Weg frei!« Der Mann vor Trogge stieß den Jungen mit einem kräftigen Ruck rückwärts, so dass er einige Schritte nach hinten taumelnd in die Umarmung seines Begleiters fiel. Gleichzeitig zog er sein Schwert.

Laryon blätterte weiter. Trogge war ein zu guter Nahkämpfer, als dass ein normaler Schwertkampf alles gewesen sein konnte.

»So, das ist genug. Ich werde das regeln!« Der Mann, der den Jungen festhielt, sprach zum ersten Mal. Trogge ließ sich davon nicht ablenken. Er hatte immer darauf geachtet, diesen Mann

ebenfalls im Auge zu behalten. Auch jetzt schien er keine Anstalten zu machen, in den Kampf einzugreifen.
Trogges Gegner lachte kurz höhnisch auf, stoppte seine hektischen Angriffe und sprang zwei Schritte zurück. Nun fixierte er einen Punkt hinter Trogge. Gegen seinen Willen drehte sich der Grenzwächter um und erstarrte. Lautlos schwebte seine eigene Hellebarde durch die Luft. Das Fackellicht spiegelte sich matt auf dem breiten Waffenblatt. Das boshafte Lachen seines Gegners ließ ihn wieder herumfahren. Dieser hatte sein Schwert eingesteckt und nahm eine lockere Haltung ein, als wollte er einer Turnierdarbietung beiwohnen. Trogge sah den anderen Mann an, der sich nicht vom Fleck gerührt hatte und immer noch das Kind in Schach hielt. Seine Augen waren halb geschlossen, während sein Blick konzentriert der Waffe folgte. Ein hämisches Grinsen umspielte seinen Mund.
Die schwere Hellebarde zischte durch die Luft und hätte Trogge um ein Haar einen Arm abgehackt. Im letzten Augenblick konnte er noch einen Schritt zur Seite springen. Teile seines Umhangs flatterten zu Boden. Schneller, als jeder Mann dies hätte tun können, wurde die Klinge wieder nach oben gerissen. Trogge sah sich hektisch um. Erst jetzt wurde ihm mit Entsetzen klar, dass er keinen Gegner hatte, gegen den er kämpfen konnte. Die Hellebarde schlug wieder auf ihn ein, und er rettete sich mit einem weiteren Sprung vor dem tödlichen Schlag. Den nächsten Angriff konnte er gerade noch mit dem Schwert abwehren. Seine Bewegungen wurden panischer, und er rutschte auf dem festgetretenen Schnee weg. Seine Zuschauer rührten sich nicht. Der Junge hatte die Hände vor das Gesicht geschlagen. Noch einige Male wirbelte die Hellebarde mit tödlicher Eleganz durch die Luft. Trogge keuchte, der Schweiß rann ihm in die Augen. Immer knapper entkam er der Klinge.
Dann fasste er einen verzweifelten Entschluss. Er musste den Mann erreichen, der den Jungen hielt. Er war sicher, dass dieser

die Waffe führte und er ihn töten musste, wenn er diesen Kampf überstehen wollte. Hastig wandte er sich um und machte zwei schnelle Schritte auf die Dreiergruppe zu. Nicht schnell genug, um der Reichweite der Hellebarde zu entkommen.
»Genug gespielt!« Der Mann schien seine Absicht erkannt zu haben. Die Hellebarde flog hoch und krachte auf den Hinterkopf des Grenzwächters. Trogge und der Junge schrien gleichzeitig auf. Blut tropfte auf den weißen Schnee.
Der Mann, der gegen ihn gekämpft hatte, ging ungerührt vorbei und verschwand ohne einen weiteren Blick den Pfad nach Foryana hinunter. Trogge taumelte. Noch stand er aufrecht und spürte das warme Blut in seinen Nacken fließen. Seltsamerweise empfand er keinen Schmerz. Er bemerkte nur das Entsetzen, die Machtlosigkeit, mit der er seinen Tod kommen sah. Zwei weitere Gestalten traten zwischen den Bäumen hervor und folgten schweigend. Der Wald verschwamm Trogge vor den Augen. Das Letzte, was er wahrnahm, als er zu Boden sank, war der Junge, der von seinem Begleiter rüde an ihm vorbei zum Pfad gestoßen wurde. Ein paar knirschende Schritte, und der Wald lag wieder still da. Der Schnee fiel sanft auf die Erde und bedeckte die Spuren des Kampfes, der Fremden und der Bluttat. Nur auf der Klinge der Hellebarde und auf Trogges Gesicht schmolzen die Flocken.

Einer der Sperlinge vor dem Fenster zeterte, und der Schwarm flog auf. Laryon spannte sich an. Mechanisch fuhr seine Hand zur Hüfte, ohne auf das Wurfbeil zu stoßen. Er hob den Kopf und stellte fest, dass es nur Tom war, der vor ihm stand. Laryon zwinkerte ein paarmal, bis er wieder klar sehen konnte.
»Sorry, ich wollte dich nicht erschrecken«, murmelte Tom.
Laryon hatte Mühe, sich zurechtzufinden. Ihm war ein wenig übel. Die Schilderung des Vorfalls an der Grenze schien ihm so real, dass er das Gefühl hatte, er hätte danebengestanden. Jetzt

war Trogge zum zweiten Mal getötet worden, und er kannte seine Mörder und damit auch Karys Entführer, auch wenn er nicht wusste, wo er sie finden würde.

»Alles okay bei dir?« Tom setzte sich ihm gegenüber. Laryon starrte ihn düster an. »Mir geht es gut, danke«, wehrte er ab.

Tom lächelte. Vermutlich sollte es gewinnend wirken, doch Laryon sah nichts als Hohn. Sein selbsternannter Schöpfer war zutiefst davon überzeugt, dass sein Plan aufgehen würde. Nun, Laryon würde ihm den Gefallen tun und ihm die Suche nach dieser Frau zusichern. Was er tatsächlich machte, sobald er wieder zu Hause war, musste Tom nicht erfahren. Dessen Lächeln wurde breiter und, da war Laryon sicher, gehässig. Seine Unruhe nahm wieder zu. Er musste endlich weg hier.

»Hast du die Abschnitte gelesen?«, wollte Tom wissen.

»Ja. Ausreichend. Es sind also mehrere, mindestens vier Entführer, und sie sind zu Fuß aufgebrochen. Sofern sie in Antron Pferde gemietet haben, können wir das herausfinden.«

»Haben sie nicht. Sie haben von weiteren Mittelsmännern Pferde bekommen und sind auf dem Weg in den Norden.«

»Woher …«

»Ich weiß es einfach«, schnitt Tom ihm das Wort ab. Laryon nahm es hin. Es stimmte. Sowohl das, was Tom ihm erzählte, als auch die Geschichte, die er in den Händen hielt, entsprachen dem tatsächlichen Geschehen.

»Du glaubst also auch, dass es so passiert ist?«, fragte Tom, als hätte er seine Gedanken gelesen.

»Hast du weitere Hinweise erhalten?«, wollte Laryon seinerseits wissen, während er auf Toms Frage hin widerwillig nickte.

»Nein.« Er zögerte kurz und sah Laryon dann fast feierlich an. »Ich möchte dich bitten, Mellie einen Brief von mir zu überbringen. Ich weiß nicht, wie sie reagieren wird. Sie legt im Moment Wert auf eine gewisse Distanz zu mir«, erklärte Tom.

Was das anging, so konnte Laryon den Wunsch dieser Mellie gut nachvollziehen.
»Wenn du die Halle findest und meine Nachricht übergibst, war es das schon. Ich werde weiter über dich schreiben, aber ich verspreche dir, dich ansonsten in Ruhe zu lassen.«
»Nun gut, meinetwegen. Schreibe deinen Brief, und dann kehre ich zurück. Ich habe schon viel zu viel Zeit verloren. Nolen wird ohne mich aufgebrochen sein.« Laryon sah Tom erwartungsvoll an.
»Falls Nolen nicht in den Norden geht, um nach den Entführern zu suchen, was wirst du tun?«, hakte Tom misstrauisch nach. Laryon bemühte sich, gleichmütig zu klingen. »Ich werde deiner Bitte nachkommen und diese Mellie suchen.«
Erleichtert sah er, dass Tom ihm zu glauben schien, denn nach einer kurzen Pause wechselte der das Thema. »Glaubst du, es sind Schwarzkunst-Magier?«
»Zweifellos. Das stand auch vorher schon fest. Die Begebenheiten haben sich genauso abgespielt, wie wir aufgrund der Spuren vermutet haben«, bestätigte Laryon.
»Weißt du mehr über diese Magier?«
»Nicht viel. Es gibt eine Hierarchie. Schwarzkünstler sind den Magiern übergeordnet. Gorn war Magier. Der Mann, der die Hellebarde lenkte, scheint ebenfalls Magier zu sein.« Laryon schwieg betroffen, als ihm plötzlich Karys Entsetzen während des Kampfes an der Grenze wieder in den Sinn kam.
»Kary geht es gut. Sie werden ihm nichts antun«, sagte Tom leise wie als Antwort auf Laryons unausgesprochene Frage. Bevor dieser etwas erwidern konnte, schüttelte Tom den Kopf. »Nein. Das weiß ich nicht mit Bestimmtheit. Aber sie benötigen ihn für irgendetwas, und so lange müssen sie ihn gut behandeln. Wenn sie es auf sein Leben abgesehen hätten, hätte er die Lichtung nie verlassen.« Toms Miene wurde hart. »Daher kommt es auch nicht so sehr darauf an, ob du Kary einen Tag

früher oder später suchen gehst. Erst die Halle. Wobei ich nach wie vor sicher bin, dass das eine mit dem anderen zusammenhängt. Kary behauptet ja, die Halle wäre sein Zuhause. Vielleicht soll er den Entführern helfen, sie zu betreten, was weiß ich.«

Laryon glaubte seinen Ohren nicht zu trauen. Hatte er nicht gerade noch Tom zugesichert, die Halle zu suchen? Wieso zweifelte er plötzlich daran? Was war dieser Mensch für eine widerwärtige Kreatur?

Noch einmal wechselte Toms Gesichtsausdruck, und Empörung mischte sich in seine Züge. »Du brauchst dich gar nicht auf ein so hohes Ross zu setzen, Laryon. Du hältst dich wirklich für was Besseres. Dabei solltest du einfach nicht vergessen, dass ich zumindest einen Teil der Fäden in der Hand halte. Wenn du nicht tust, was ich von dir verlange«, mit einer ausholenden Handbewegung bezog er die gesamte Umgebung mit ein, »bleibst du eben hier. Oder kommst zurück, ich weiß ja jetzt, wie es geht. Ich muss es nur schreiben.«

Die Wucht ohnmächtigen Zorns, mit der diese Worte und das folgende Verstehen Laryon trafen, hätte ihn beinahe vom Stuhl gerissen. Mühsam hielt er sich mit einer Hand an der Tischkante fest, während er die andere so fest gegen die Augenlider presste, dass er nur noch Lichtblitze sah. Mit zusammengebissenen Zähnen drängte er alle Empfindungen zurück. Er konzentrierte sich auf einen der Lichtpunkte. Die Wut wurde zu einem kleinen kreisenden Punkt in seinem Inneren. Krampfhaft fixierte er das Bild.

Nichts weiter denken, nicht denken, nichts denken, kein Gedanke.

Weg, nur weg, nicht weiter denken.

Tom hatte Zugang zu seinen Gedanken. Es gab kein Entkommen mehr vor ihm. Laryon hatte soeben das letzte Stück Freiheit eingebüßt. Er wusste nicht, wie lange es dauerte, bis er wieder in der Verfassung war, sein Gegenüber anzusehen. »Hast du keine Achtung vor dem Leben anderer, dass du so leichtfertig bereit bist, es zu zerstören?«, raunte er heiser.

Voller Überzeugung schüttelte Tom den Kopf. »Kary droht keine Gefahr. Aber du wirst sehen, es hängt zusammen, Kary wird praktisch auf deinem Weg liegen. Wirklich!«

»Ich meinte nicht Karys Leben.« Freudlos betrachtete Laryon diesen wahr gewordenen Alptraum. Entgegen seiner sonstigen Art gab er sich keine Mühe, seine zunehmende Abscheu vor seinem »Schöpfer« zu verbergen. »Ständig wechselst du deine Position. Heute glaubst du dies, morgen bist du dir sicher, dass es anders ist. Deine Argumentation ist völlig unzusammenhängend. Du hast nur eine oberflächliche Vorstellung von meinem Leben. Mehr noch, du weißt nicht im Geringsten, was du tust! Du probierst einfach aus und überraschst dich genauso mit dem Ergebnis deiner Handlungen wie mich. Und nun verlangst du, ich solle mich solch einem sprunghaften, chaotischen Charakter freiwillig ausliefern. Niemals!«

»Hast du eine andere Wahl?«, fragte Tom lauernd. Er lehnte sich mit einem überlegenen Grinsen zurück und verschränkte siegessicher die Hände vor der Brust. Laryon konnte es kaum fassen. Dieser unreife Bursche wagte es tatsächlich, ihn zu erpressen. Er spürte, wie seine Fingernägel sich schmerzhaft in seine Handflächen bohrten, und zwang sich, die Fäuste wieder zu öffnen.

Sie starrten sich an. Tom grinste noch immer. So ungern Laryon es zugab, Tom hatte gewonnen.

»Nein«, antwortete Laryon endlich tonlos. Das mörderische Glitzern in seinen Augen unter den tief gezogenen Brauen sagte etwas anderes.

17.

Fynn wälzte sich unruhig in seinem Bett. Die Ereignisse raubten ihm den Schlaf, schwere Gedanken plagten ihn. Einen Tag war es jetzt her, dass Laryon bei ihnen gewesen war, um ihnen die Nachricht vom Tod seines Vaters zu überbringen. Seither war er verschwunden. Fynn hatte ihn um wenige Stunden verpasst.

Seine Mutter hatte nur gewusst, dass er die südliche Handelsstraße nehmen wollte. Am späten Abend des gleichen Tages hatten Reisende Fella mitten auf der Straße entdeckt und die foryanischen Grenzposten benachrichtigt. Dass es sich um das Pferd eines molannischen Grenzreiters handelte, war sofort klar gewesen, denn die Tiere waren darauf abgerichtet, sich nicht von der Stelle zu rühren, solange die Zügel den Boden berührten. Sie suchten das gesamte Gebiet ab, prüften jede Spur im Schnee, auch abseits der Straße, konnten aber keine Anzeichen entdecken, dass der Reiter sich irgendwo in der Nähe befand. Schließlich legten sie der Stute die Zügel über den Hals und nahmen sie mit.

Nolen reagierte besorgt, als er diese Nachricht erhielt. Er war gerade erst von der ergebnislosen Suche zurückgekehrt und schickte sofort neue Staffeln aus, um die Handelsstraße nochmals mit Hunden nach Laryon absuchen zu lassen. Am nächsten Tag kam der Senat zusammen, um über die Konsequenzen der Ereignisse zu sprechen. Seit fast vierzig Jahren hatte es keinerlei derartige Vorfälle mehr gegeben.

Während Mora Formalitäten erledigte, kümmerte Fynn sich um seine drei jüngeren Geschwister. Er war gerade dabei, mit seiner ältesten Schwester süße Fladen zu backen, als ein Bote mit der Nachricht von dem Verschwinden Laryons eintraf. Fynn bemühte sich daraufhin, Nolen zu erreichen, um mehr darüber zu erfahren, doch dieser war viel zu sehr mit der Koordination der Suchtrupps oder zusätzlicher Wachen beschäftigt und saß den Rest der Zeit mit dem Senat zusammen.

Den ganzen Tag lang hatte Fynn das Gefühl gehabt, nicht er selbst zu sein. Sein Vater tot, Laryon verschwunden, die Grenzwachen in Aufruhr. Alles kam ihm vollkommen unwirklich vor. Die Zeit schien stillzustehen. Dabei empfand er keine Trauer, sondern eher Angst und Unbehagen, begleitet von einer Rastlosigkeit, die ihn zwischen ihrem Haus, dem Marktplatz und der Wache hin- und herpendeln ließ, ohne etwas zu erreichen.

Viele Freunde, Nachbarn und Mitglieder der Wache waren gekommen und boten ihre Unterstützung an, was Mora herzlich, aber bestimmt abgelehnt hatte. Völlig erschöpft war Fynn schließlich spät in der Nacht ins Bett gefallen, nur um festzustellen, dass sich kein Schlaf einstellen wollte. Er konnte immer noch nicht trauern.

Plötzlich horchte er auf. Er vernahm eine männliche Stimme in der Küche unter ihm. Noch bevor er sich entschieden hatte, ob er seiner Neugier nachgeben und nachsehen sollte, hörte er leise Schritte auf der Treppe. Fynn schlug die Decke zurück und setzte sich auf die Bettkante. Der eiskalte Boden schmerzte an den nackten Füßen. Lautlos öffnete sich die Tür zu seinem Zimmer, und ein großer schmaler Schatten hob sich vom Licht des Flurs im Türrahmen ab.

»Fynn?« Da die Gestalt vom Hellen ins Dunkle schaute, konnte sie noch nicht erkennen, dass er ganz offensichtlich wach war. Fynn sprang auf und war mit zwei schnellen Schritten an der Tür. Er fühlte sich mit einem Mal ein kleines bisschen erleichtert. »Nolen! Ich habe den ganzen Tag nach dir gefragt. Habt ihr Laryon gefunden?«

Nolen ließ den Türknauf los und trat in den hell erleuchteten Flur zurück, um Fynn durchzulassen. Dieser schlüpfte durch die Tür und lächelte kurz hoffnungsvoll. Im nächsten Augenblick fuhr er vor Schreck zusammen. Das Lächeln gefror auf seinen Lippen. Mit seinen neunzehn Lebensjahren war Fynn fast ebenso groß wie Nolen und konnte ihm direkt in die Augen sehen. Dessen Blick war stumpf und müde, die Linien und Narben seines zerfurchten Gesichtes wirkten noch tiefer und malten zusätzliche Schatten auf seine Züge. Als er stumm den Kopf schüttelte, kannte Fynn die Antwort bereits.

Nolen berührte ihn leicht am Unterarm, um ihn in die Richtung seines Zimmers zu lenken. »Gut, dass du noch wach bist. Zieh dich an, und komm hinunter. Ich muss etwas mit dir besprechen.« Trotz seiner Erschöpfung klang Nolens Stimme fest und gewohnt autoritär. Fynn setzte an, um Fragen zu stellen, aber Nolen schüttelte ein weiteres Mal den Kopf, packte dann seinen Unterarm fester und drückte ihn sanft, aber bestimmt durch die Tür. Dann wandte er sich ab und ging die Treppe hinunter.

Als Fynn wenig später die Küche betrat, sah er Mora und Nolen wortlos gegenüber am Küchentisch sitzen. Nur weil er genau hinschaute und sie gut kannte, merkte er, dass seine Mutter zum ersten Mal geweint hatte. Sie wirkte äußerlich gefasst, knetete aber kleine Wachsstückchen von der Kerze vor sich. Wenn eines der Kinder das machte, forderten sie damit meistens eine Strafpredigt heraus. Vor Nolen dampfte frischer Tee, und er kaute gedankenverloren einen der übrig gebliebenen Fladen. Dabei starrte er unbeteiligt auf einen Punkt an der Wand hinter Mora. Fynn setzte sich zwischen die beiden an den Tisch und blickte erwartungsvoll von einem zum anderen. Trotz der Trauer, die auf dem Haus lastete, trotz der schrecklichen Ereignisse war er aufgeregt. Gespannt wartete er.

»Du wolltest doch zur Bergwache.« Nolens Stimme klang völlig unbeteiligt. Er sah Fynn nicht an, sondern stierte weiter geradeaus.

»Ja?« Fynn stutzte verwirrt. Seine Berufswünsche waren nicht das, worüber zu sprechen er erwartet hatte, nachdem er weit nach Mitternacht aus dem Bett geholt worden war.
»Wenn du möchtest, dann kannst du packen. Wir brechen auf, sobald du fertig bist.« Nolen wandte Fynn nun seinen müden Blick zu und sah ihn lange an. »Überlege dir gut, wie du entscheidest. Du könntest in Schwierigkeiten geraten.« Fynn war es, als hätte Nolen sagen wollen: »Du könntest es nicht überleben«, aber aus Rücksicht auf seine Mutter eine mildere Formulierung gewählt hatte. Er erschauderte. Weitere unausgesprochene Worte hingen in der Luft, aber Nolen erweckte nicht den Eindruck, Erklärungen abgeben zu wollen. Vielmehr sah er aus, als hätte er Mühe, aufrecht auf dem Stuhl sitzen zu bleiben. Selbst Mora warf ihm besorgte Blicke zu.
Unerwartet lächelte Nolen ganz leicht. Ein Funken Energie kehrte in seine blauen Augen zurück. Aufgrund der Narben um seinen rechten Mundwinkel bildete sich immer ein schiefes Lächeln, und Fynn fand, dass es noch geheimnisvoller als sonst wirkte.
»Macht euch keine Gedanken. Ich bin seit fast drei Tagen auf den Beinen. Aber ich werde noch einige Stunden reiten, ehe ich Schlaf bekomme. Mit dir, Fynn, oder ohne dich.« Bei den letzten Worten wurde sein Blick hart.
Fynn war von dieser Wendung überfordert. Den ganzen Tag hatte er sich nichts sehnlicher gewünscht, als mit Nolen sprechen zu können, um von ihm zu erfahren, was mit seinem Vater geschehen war und wo Laryon stecken könnte. Tief im Inneren hatte er gehofft, getröstet zu werden. Jetzt tauchte Nolen mitten in der Nacht auf, um mit ihm in die Berge zu reiten und dort seine Ausbildung zu beginnen.
In diesem Augenblick, in dem Nolen von ihm eine Entscheidung verlangte, fragte Fynn sich, ob sein Vater mit seinen Bedenken nicht recht gehabt hatte. Darüber hinaus fiel ihm auf,

dass er nie nach den Gründen gefragt hatte, die für Trogge dagegen gesprochen hatten. Stattdessen hatte Fynn sofort Streit provoziert und sich für sein Alter unangemessen bevormundet gefühlt. Er könnte sich jetzt frei entscheiden, denn Mora stand seinen Wünschen nicht entgegen, aber irgendwie empfand er das als genauso falsch.

»Wieso kommst du mitten in der Nacht, um mir das zu sagen? Hast du nur darauf gewartet, dass mein Vater aus dem Weg ist?«, fragte er schließlich. Fynn wollte seine Stimme fest und selbstbewusst klingen lassen, aber er hörte selbst, dass er unsicher klang und Nolen mit weitaus mehr Bitterkeit angriff, als er beabsichtigt hatte. Mora setzte an, ihn zurechtzuweisen, aber Nolen winkte müde ab. Er strich sich mit der Hand durch das Gesicht, ehe er Fynn wieder ansah. Sein Blick blieb hart, kein bisschen Freundlichkeit lag darin. Mit einem Mal wirkte er alt, viel älter, als er tatsächlich war. In dieser Nacht fiel Fynn schlagartig auf, dass der ehemals goldene Schimmer in seinen grauen Haaren einem hellen Weiß gewichen war und um seine Augen tiefe Schatten lagen.

»Wenn du glaubst, ich freue mich, dass Trogge deinen Wünschen nicht mehr im Wege steht«, antwortete Nolen bedächtig, aber mit einem scharfen Unterton, »dann glaube es. Er war einer meiner besten Grenzwächter, und er war mein Freund.«

Fynn spürte, dass ihm das Blut in die Wangen schoss, und er senkte beschämt den Kopf, um auf den Tisch zu starren.

»Wenn du jedoch meinst, es gebe einen Grund, aus dem ich dich ausgerechnet jetzt frage«, fuhr Nolen etwas freundlicher fort, »ist das richtig. Ich benötige Unterstützung. Laryon sollte mich ebenso begleiten, doch er wurde weggelockt. Hier war ein Mann der Stadtwache, angeblich mit einer Botschaft von mir, doch ich habe niemanden geschickt. Ich möchte, dass du mich begleitest. Doch es ist deine freie Entscheidung.«

Schweigen machte sich in der kleinen Küche breit. Nolen trank einen Schluck Tee und wartete. Fynn schaute zu seiner Mutter, die ihm stumm zunickte. Dann sah er zu Nolen. Dessen Gesicht wirkte wieder ausdruckslos, unbeteiligt und erschöpft. Fynn spürte plötzlich, dass ihm warme Wellen der Aufregung durch den Körper strömten. Es war eine wilde Mischung aus Entdeckerfreude, Angst und dem Gefühl, wichtig zu sein.

Er schob mit einem Ruck den Stuhl zurück und wandte sich der Küchentür zu. »Ich bin gleich so weit.«

»Gut«, erwiderte Nolen.

18.

Tom starrte abwechselnd auf den Monitor und aus dem Fenster. Er hatte das rote-weiße Tuch, das ihm als Vorhang diente, zur Seite gebunden und freie Sicht auf die deprimierende Betonlandschaft. Ihm war elend zumute. Er hätte niemals gedacht, dass er sich noch mieser fühlen könnte als in dem Moment, in dem Mellie ihm das Buch vor die Füße geknallt hatte und gegangen war. Was das anging, hatte er sich getäuscht. Es kostete ihn unendlich viel Energie, all die schlechten Gedanken zurückzudrängen und nicht loszuheulen.

Er versuchte, sich abzulenken, indem er sich dem Monitor zuwandte und die Kapitel korrigierte, die er in den letzten beiden Tagen geschrieben hatte.

Laryon war noch am gleichen Tag nach Willerin zurückgekehrt, aber das war auch so ziemlich das Einzige, was entsprechend Toms Plänen funktioniert hatte. Es war ihm nicht gelungen, Laryon in die Nähe von Zweipass hineinzuschreiben, ja nicht einmal nach Antron. Vielmehr landete er exakt an derselben Stelle, an der Tom ihn aus seinem alten Leben herausgerissen hatte. Tom war froh, dass er sich nicht in der Nähe befand, als Laryon

das erkannte und eiligst in Richtung Antron marschierte in der Hoffnung, Nolen dort immer noch anzutreffen.
Seine Laune musste Tom als mindestens hochexplosiv, wenn nicht gar kurz vor einem Amoklauf beschreiben. Erst die Begegnung mit Händlern und ihrem liegengebliebenen Ochsenkarren brachte den Grenzreiter wieder etwas zur Besinnung. Die beiden Kinder der Familie himmelten ihn an und löcherten ihn mit neugierigen Fragen, bis Laryon sogar einmal kurz lächelte.
Dann kam er zur Grenze. Sie war abgeriegelt. Das hätte für Laryon normalerweise kein Hindernis dargestellt, doch die Wachen verwehrten selbst ihm den Übergang und freuten sich über die unerwartete Verstärkung, so dass Laryon nichts anderes übrigblieb, als sie bei der Koordination der Reisenden und Händler zu unterstützen. Immerhin erfuhr er auf diese Weise, dass weitere Wachposten entlang der Grenze überfallen worden waren. Von den Tätern fehlte jede Spur. Gandalan und Marwen waren dagegen in Cahrm aufgetaucht und hatten dem Hauptmann gegenüber beteuert, dass sie keine Wachhütte ausgelassen und auch sonst keine Vorkommnisse auf ihrem Ritt zu melden hätten.
Als endlich der Befehl erteilt wurde, die Grenze wieder zu öffnen, war es weit nach Mitternacht. Laryon war todmüde. Dennoch lief er die Strecke nach Antron, so schnell er konnte, und klopfte trotz der späten Stunde direkt bei Mora – nur um zu erfahren, dass er und Fynn beziehungsweise Nolen sich wiederum knapp verpasst hatten. Er wäre am liebsten direkt aufgebrochen, doch Mora nötigte ihn erfolgreich, sich erst einige Stunden auszuruhen. Im Morgengrauen brach er nach Zweipass auf. Immerhin hatte Tom bis hierher recht gehabt: Er musste nach Norden.
Tom empfand nicht den geringsten Funken Freude an seiner Arbeit. Er schrieb und kam sich dabei eher wie ein Abhängiger

vor, der Drogen nicht mehr nahm, um einen guten Trip zu erleben, sondern um den Absturz und den Entzug zu vermeiden.

Im Nachhinein konnte er sich überhaupt nicht erklären, was in ihn gefahren war, mit Laryon derartig rüde umzugehen. Was hatte ihm diese Machtdemonstration gebracht, außer dass die Hauptperson seiner Bücher jetzt ihren Autor hasste? Hätte es einen so großen Unterschied bedeutet, wenn Laryon erst Kary retten und dann die Halle suchen ginge?

Warum hatte er so beharrlich darauf bestanden?

Weil es um Mellie ging und er sie um jeden Preis so schnell wie möglich wiederhaben wollte.

Warum hatte er Laryons Sorge um Kary nicht respektiert?

Weil Kary für ihn nur ein Name in einem Buch war. Tatsächlich war Kary so real wie Laryon und Tom selbst. Und schwebte in einer genauso realen Gefahr. Das hatte Tom nicht im Blick gehabt, wie er sich eingestehen musste.

Wenn er ehrlich zu sich war – und das war er, dazu war sein Elend immerhin gut –, hatte er das alles ordentlich vermasselt. Sollte Laryon tatsächlich die Halle finden, würde er Mellie wohl kaum freundliche Grüße von Tom ausrichten und wieder gehen.

Aber warum hatte Laryon ihn auch so beleidigt? Tom konnte sich nicht daran erinnern, einmal als »widerwärtige Kreatur« bezeichnet worden zu sein. Ihn beschäftigten gar nicht so sehr die Worte selbst, sondern diese tiefe Verachtung, die mitgeklungen hatte. Das war nicht fair gewesen. Tom war davon überrumpelt gewesen, hatte sich alles ganz anders vorgestellt. Statt sich über Laryons Unmut erhaben zu zeigen und ihn mit Freundlichkeit für sich einzunehmen, hatte er sich rachsüchtig dazu hinreißen lassen, ihn zu erpressen. Was er im Nachhinein viel schlimmer fand. An diesem Punkt erkannte er sich selbst nicht wieder.

Am liebsten hätte er Laryon noch einmal zu sich geholt, um sich zu entschuldigen, und alles noch einmal von vorn begonnen. »Wir sind doch ein gutes Team!«, hätte er ihm gern gesagt. So wie vor ihrer persönlichen Begegnung. Vielleicht hätte Laryon ihn dann auch nicht so von oben herab behandelt, nicht so verachtet.

Aber das traute Tom sich nicht, denn erstaunlicherweise trat genau das Gegenteil von dem ein, was er sich erhofft hatte: Es fiel ihm viel schwerer als vorher, Laryon zu lenken oder ihm Handlungen, selbst Kleinigkeiten, vorzugeben. Wer konnte wissen, was passierte, wenn Laryon einen weiteren Ausflug nach Münster unternahm?

Vielleicht könnte Tom ihn zwingen, bestimmte Dinge zu tun, doch er wagte nicht, das auszuprobieren, aus Angst vor möglichen Konsequenzen. Außerdem empfand er es als unfair. Die meiste Zeit handelte Laryon ohnehin so, wie Tom es auch getan hätte. Es gab also wenig Anlass, etwas zu ändern. Auch wenn Laryon das kaum bewusst sein mochte. Tom sah darin, ihn die meiste Zeit frei entscheiden zu lassen, die einzig mögliche Form der Wiedergutmachung.

Tom bemerkte, dass er seit längerem auf den Monitor gestarrt hatte, ohne auch nur ein Wort zu lesen. Er war müde, und seine Augen brannten. Mit schleppenden Bewegungen speicherte er das Dokument und erhob sich wie ein alter Mann. Es war bereits wieder dämmrig. Er schaffte ein paar kurze Schritte und ließ sich schwer auf sein Bett fallen. Er war so einsam. In seinem ganzen Leben hatte er sich noch nie so verlassen gefühlt. Nicht, als seine Eltern ihn mit drei Jahren endgültig bei seinen Großeltern abgestellt hatten, um sich weiterhin beruflich selbst zu verwirklichen und die Welt zu retten, dabei aber ihre eigenen Söhne übersahen. Nicht, als sein Großpapa gestorben war und ihn allein zurückließ. Nicht, als sein Bruder ihm erklärte, dass er am anderen Ende der Welt seine große Liebe gefunden hatte und nicht nach Deutschland zurückkehren würde.

Der Gedanke an Ben und seine beiden Nichten ließ Tom trocken schlucken. Er konnte es kaum erwarten, die wunderbare Familie seines Bruders in wenigen Tagen wiederzusehen. Das war zurzeit sein einziger Trost, aber jetzt gerade half es ihm überhaupt nicht.

Wie war es nur möglich, sich so ungeliebt zu fühlen? Mellie, das war eine Sache. Das wollte er wieder richten, koste es, was es wolle. Das würde er schaffen, er musste einfach! Aber warum kränkte ihn Laryons Abneigung so sehr? Sie würden sich nie mehr persönlich begegnen. Tom hatte ein Versprechen gegeben, ihn nicht wieder zu belästigen, und das würde er halten. Das war ihm wichtig.

Er könnte mit dem Buch-Laryon machen, was er wollte – was immer das sein mochte. Wobei genau das nicht stimmte. Er konnte ihn kaum dazu bringen, den – seinen – Autor Tom zu mögen. Und falls dies möglich wäre, was wäre das dann schon wert?

Zu seinem eigenen Erstaunen empfand Tom es unendlich viel wichtiger, dass Laryon ihn mochte, als dies bei Felix oder anderen Freunden der Fall war. Mehr noch: Seit sie sich begegnet waren, spürte er erst, wie wenig ihm diese Freundschaften bedeuteten. Felix verhielt sich freundlich, versuchte aber ganz offensichtlich, Distanz zu wahren, zumindest, bis Tom wieder zu sich käme, wie er sich ausdrückte. Andy hatte ihm ebenso wenig geglaubt, als er ihm von der Begegnung mit Laryon erzählte, ihm sogar geraten, sich nach einem Psychotherapeuten umzuhören. Nachdem beide ihn behandelten, wie man es üblicherweise kleinen Kindern oder Schwachsinnigen gegenüber tat, zog Tom sich zurück.

Wenigstens Ben hatte nicht so reagiert, als sie per Video-Chat miteinander gesprochen hatten. Er hatte gutmütig gelacht und Tom ein wenig aufgezogen. Dann wurde er besorgt und hatte seinem kleinen Bruder geradezu befohlen, ein Ticket nach Australien zu buchen und zu kommen. Sie würden über alles reden,

seine Schwägerin Janet würde guten Wein dazu aufmachen, und alles würde ein wenig leichter werden, immerhin.
Er wollte so gern alles wiedergutmachen. Einfach die letzten Absätze streichen und ein neues Kapitel beginnen. So war er doch gar nicht. Ihm würde im Traum nicht einfallen, jemandem in voller Absicht etwas anzutun, und niemals würde er Laryon vorsätzlich quälen. Es war einfach eine Verkettung unglücklicher Umstände. Wenn er nur eine Chance hätte, alles zu erklären, vielleicht sogar zuzugeben, wie unglaublich wichtig Mellie für sein Leben war – Laryon würde es vielleicht verstehen, ja, vielleicht. Tom würde sich entschuldigen. Wenigstens das konnte er: zu den Fehlern stehen, die er machte. Auch wenn das sicherlich der größte Mist war, den er je gebaut hatte. Und nicht nur er musste ihn ausbaden, sondern auch Laryon und Kary! Wer weiß, was geschehen würde, wenn Laryon am Ende doch zu spät kam und weder er noch Nolen Kary rechtzeitig finden konnten. Ganz nebenbei hatte alles damit angefangen, dass es Mellies Auftrag gewesen war, Kary zu finden. Wie würde sie reagieren, falls ihm etwas zustieß? Tom trug ganz allein alle Schuld.
Die Festplatte schnurrte leise. Ein neues Lied erklang. Tom nahm die Musik gar nicht mehr bewusst wahr, mit der er fast Tag und Nacht in einer endlosen Shuffle-Schleife versuchte, die einsame Stille zu verbannen. *Ashes to Ashes* hatte er gelöscht. Doch das war der Song, den er gehört hatte, nachdem er sich zum ersten Mal mit Mellie getroffen hatte, an jenem fernen Nachmittag im März.
Blicklos starrte er ins Leere. Die ganze Welt hatte sich gegen ihn verschworen, und er konnte nichts dagegen tun.

Wortfetzen

Trakan starrte Mellie fassungslos an. »Bist du sicher?!« Er schrie es fast. Mellie konnte sich nicht daran erinnern, ihn jemals so aufgebracht erlebt zu haben.

»Ja.« Sie zögerte nervös. »Laryon war in Münster bei Tom. Weil Tom über eine absurde, aber letzten Endes richtige Schlussfolgerung herausgefunden hat, dass es ihn wirklich gibt.«

Leise vor sich hin murmelnd, schlug Trakan die Hände vor das Gesicht und verharrte lange in dieser Position. Mellie setzte sich auf den Stuhl vor seinem Schreibtisch. Sie fühlte sich unbehaglich und wartete auf weitere Anweisungen. Die Tischplatte war überladen mit Büchern und Papieren. Auf einem der Stapel thronte ein kleiner Laptop, ein Fremdkörper inmitten der eher wie eine mittelalterliche Schreibstube anmutenden Umgebung des Archivs.

»Wo ist der Wanderer? Konntest du ihn benachrichtigen?«, fragte Trakan endlich, als er sich wieder etwas gefasst hatte. Er begann, ruhelos Bücher neu zu sortieren und Papiere zusammenzuschieben, ohne dass Mellie darin ein Muster erkennen konnte. Der Turm unter dem Laptop schwankte bedenklich.

»Er ist auf dem Weg«, gab sie Auskunft. »Aber es wird dauern. Er befand sich am anderen Ende der Insel. Vermutlich wird er um die gleiche Zeit in Zweipass eintreffen wie Laryon.« Als der Laptop ins Rutschen geriet, griff sie eilig danach, klappte ihn zu und legte ihn sich auf den Schoß. Sosehr Trakan technische Spielereien liebte – er würde sich vermutlich nie daran gewöhnen, dass solche Geräte nun einmal empfindlich waren. Umgehend streckte Trakan fordernd beide Hände aus, und Mellie reichte ihm den Computer über den Schreibtisch. Er verstaute ihn achtlos in einer Schublade und widmete ihr dann wieder seine volle Aufmerksamkeit. »Und Nolen?«

»Wir sind in Kontakt. Er ist ebenfalls aufgebrochen.« Mellie stockte. »Aber etwas an ihm ist seltsam. Etwas treibt ihn.«
»Trakan?«, hörte Mellie Farnya rufen, als sie sich näherte.
»Jetzt nicht!«
Mellie zuckte zusammen. Das war nicht Trakans Art. Aber er und Farnya hatten in der letzten Zeit andauernd Streit, und seine bisher unerschöpfliche Geduld neigte sich langsam dem Ende zu.
»Es ist wichtig. Es gibt eine fehlerhafte Zuordnung zu einem Worthüter und …«
»Ich sagte: jetzt nicht!«, stieß Trakan ungehalten hervor. »Mach du deine Arbeit, und ich mache meine. Ansonsten gibt es bald weder Worthüter noch Wortgestalten, die man einander zuordnen könnte!«
Farnya nickte eingeschüchtert. »Jawohl.« Mellies und ihr Blick trafen sich. Keine von beiden verstand Trakans Verhalten. Aber für Farnya war es sicher schmerzhafter, von ihm so behandelt zu werden. Trakan beachtete sie nicht weiter, als sie ging, sondern wandte sich wieder Mellie zu. »Was ist mit Nolen?«
»Im Großen und Ganzen ist er ganz der Alte, aber manchmal erkenne ich ihn kaum wieder. Er und Fynn wurden unterwegs überfallen. Fynn sollte sich heraushalten, da er unbewaffnet war, lenkte dann aber sein Pferd mitten in die Straßenräuber und hat so einen von ihnen niedergeritten. Da sah es einen Moment für mich so aus, als wollte Nolen auf Fynn losgehen. Ganz sicher jedenfalls hat er ihn mit dem Schwert bedroht. Und das nur, weil er helfen wollte? Der Arme ist ohnehin total verstört. Seitdem schweigt Nolen den Jungen, von knappen Befehlen abgesehen, an, was es nicht besser macht.«
»Letzteres klingt nun doch ganz nach Nolen, dem Wortlosen.«
»Ich werde mich da heraushalten, auch wenn es mir schwerfällt. Aber ich weiß es inzwischen besser.«
»Gibt es irgendwelche Spuren oder Anzeichen von Kasaryon?«

»Nein.«
»Der Schlüssel? Konntest du etwas über den Schlüssel in Erfahrung bringen?«
»Auch nicht.«
»Sei es, wie es ist. Geh an deine Arbeit. Ich werde mich persönlich um deinen Tom kümmern.« Mit einer kleinen Handbewegung war Mellie entlassen. Sie wandte sich zum Gehen, als ein Ruf von Trakan sie zurückhielt. »Melanie.«
»Ja?«
Ernst sah er sie an. »Ich weiß, wie schwer das alles ist. Ich werde mein Versprechen halten, auch wenn ich kaum noch glauben mag, dass je das geschehen wird, was notwendig ist, um es einzulösen. Ohne deine …« Er stockte und holte Luft. »Danke!«
Mellie lächelte Trakan verlegen an, der ihren Blick aufrichtig erwiderte. Damit war alles gesagt.

BERGWACHE

19.

Ich grüße dich! Mein Name ist Wildun. Ich müsste mich sehr irren, wenn du nicht gerade erst eingetroffen bist?!«, fragte eine freundliche Stimme neben Fynn.

Verdutzt drehte er sich zur Seite. Er hatte gar nicht bemerkt, dass Wildun sich ihm genähert hatte, so sehr war er damit beschäftigt, Eindrücke aufzunehmen und zu verarbeiten. Er stand unschlüssig an einem Ende einer rechteckigen niedrigen Halle, die sich vor ihm in die Länge zog. Einige Handvoll Männer und ein paar Frauen saßen an verschiedenen Tischen, die über den gesamten Raum verteilt standen. Dicke Luft war erfüllt von Stimmengewirr und Besteckgeklapper, und es roch nach Essen und nasser Kleidung. An einer der langen Seiten reihten sich Regale, die mit Gepäck, Waffen und Kleidung vollgestopft waren. Die andere Seite nahm ein Tresen ein, an dessen hinterem Ende sich eine Ausgabe für Essen und Getränke befand. Der vordere Bereich, nahe dem Eingang, an dem Fynn stand, war zu einem Empfangsbereich ausgebaut worden. Dort stapelten sich Papier, Ordner, Stempel und vieles andere. Wildun musste von dort durch die hüfthohe Schwingtür gekommen sein.

»Ich grüße dich ebenso«, erwiderte Fynn gedehnt. Er war unsicher und wusste nicht, wie er sich verhalten sollte. Als sie angekommen waren, war Nolen todmüde vom Pferd gerutscht und konnte kaum noch stehen. Sofort nachdem sie die Halle betreten hatten, hatte er Fynn einen aufmunternden Klaps auf die Schulter gegeben und unbestimmt mit der Hand in Richtung Empfang gewedelt. Dann hatte er, trotz allem beherrscht, mit langen Schritten den gesamten Raum durchquert und war durch eine der Türen verschwunden, die Fynn gegenüber gerade noch erkennen konnte. Die Bergkämpfer, an denen er vorbeilief, sahen ihm nach, als ob sie ihn erkennen würden, aber niemand grüßte oder sprach ihn an.

»Und? Mit wem habe ich das Vergnügen? Was machst du hier?«, versuchte Wildun erneut, Fynns Aufmerksamkeit auf sich zu ziehen. Der Junge riss sich zusammen.

»Ich weiß nicht. Also, ich soll ... Fynn. Mein Name ist Fynn«, stotterte er und spürte zu seinem Unmut, dass er rot wurde. Wildun streckte sich, legte ihm einen Arm um die Schultern und schob ihn zu einem unbesetzten Tisch in der Nähe des Tresens.

»Komm, setz dich erst mal. Das klären wir alles. Hast du Hunger? Bist du sehr müde von der Reise?«

»Ehrlich gesagt ja. Und müde, nein, überhaupt nicht. Ich bin hellwach.«

Fynn setzte sich und sah Wildun nach, der den Tresen entlang zur Ausgabe ging, um kurz darauf mit einem Teller Kartoffeleintopf und einem großen Krug Bier zurückzukommen. Während Fynn sich hungrig über das Essen hermachte, holte Wildun sich selbst ein Bier und ließ sich dann ihm gegenüber auf den Stuhl fallen.

»Nichts gegen eine kleine Pause«, lachte er gelassen. »Seit drei Tagen ist hier der Wahnsinn ausgebrochen, wegen der Grenzvorfälle im Süden. Wahrscheinlich wie überall anders auch. Und? Willst du deine Ausbildung hier machen? Rekrut der Bergwache?«

Fynn kaute und zuckte ratlos mit den Schultern. »Schon. Aber ich wollte im Frühjahr anfangen, wie das üblich ist. Ich weiß wirklich nicht, warum ich jetzt mitkommen sollte.« Sehr zu seinem eigenen Missfallen hörte sich das ziemlich beleidigt an, obwohl ihm daran gelegen war, nichts Schlechtes über Nolens Verhalten ihm gegenüber in den letzten Tagen zu sagen.

Wildun ignorierte seinen Unterton jedoch. »Bist du mit Nolen aus Antron gekommen? Bist du unnahbar?«

»Was soll ich sein?«
»Hm, wenn du das nicht weißt, eher nicht. Und Nolen hat dir nichts darüber verraten, warum du mitkommen solltest?«
Fynn zögerte. »Ehrlich gesagt hat er seit unserem Aufbruch vielleicht sechs Worte mit mir gesprochen«, erwiderte er schließlich bitter. In Wahrheit war es sogar noch schlimmer gewesen. Immer wieder hatte Fynn unterwegs angesetzt, Fragen zu stellen. Irgendwann hatte Nolen ihn gefragt, ob er wüsste, warum er so gern mit Hunden arbeitete. Als Fynn verneinte, bekam er zu hören, dass die Tiere keine Fragen stellen würden. Seitdem hatte er tief gekränkt den Mund gehalten.
»Sechs Worte!« Wildun hob vergnügt die Augenbrauen. »Du musst ihm aber sehr nahestehen. Seid ihr verwandt?«
»Er ist – war – der Hauptmann meines Vaters.« Fynn schluckte und spürte plötzlich einen Kloß im Hals. Mit der einen Hand schob er den Teller von sich, während er etwas Bier trank. Der Kloß ließ sich nicht hinunterspülen. Wildun beobachtete ihn aufmerksam.
»Ich weiß wirklich nicht, was er von mir will! Er behandelt mich wie Luft«, platzte es plötzlich aus Fynn heraus. Fast wären ihm Tränen in die Augen geschossen. Zum ersten Mal seit Tagen versuchten die aufgestaute Trauer und Angst, aus ihm herauszubrechen. Fest wischte er mit der Handfläche über die Augen und versuchte, sich zusammenzureißen. »Wir sind fast drei Tage durchgeritten. Wir haben nur angehalten, wenn ich gesagt habe, ich könne nicht mehr, dabei stimmte das gar nicht. Es war nur, weil er so müde und erschöpft aussah, und ich wollte nicht, dass ihm auch noch etwas zustößt – jetzt, wo mein Vater tot und mein Freund verschwunden ist. Keiner weiß was. Aber er war noch nie so abweisend zu mir, und er hat mir überhaupt noch nichts gesagt, dabei hat er meinen Vater gefunden, und ich weiß nur, was alle wissen. Ich wollte immer hierher, aber ich kann meine Mutter doch jetzt nicht allein lassen.«

Fynns Stimme klang heiser und verzweifelt. Er schluckte trocken. Wildun machte nicht den Eindruck, als hätte er all das verstanden, schwieg nur freundlich und wartete, bis Fynn sich wieder beruhigt hatte.

»Komm zur Ruhe, Fynn«, sagte er schließlich mitfühlend. »Ich glaube, du wirst für alles noch eine Erklärung erhalten. Dein Vater war der Grenzposten, der getötet wurde? Das tut mir sehr leid.« Wilduns Anteilnahme klang warmherzig und echt, was Fynn erneut an den Rand der Verzweiflung brachte.

»Dann weiß ich jetzt auch, wer du bist. Wir haben euch erwartet. Nolen hat uns eine Nachricht geschickt, dass ihr euch auf den Weg macht. Für heute bekommst du eine kleine Kammer für dich allein, und dann werden wir weitersehen. Ich glaube nicht, dass ihr euch hier lange aufhalten werdet. Komm!« Er schob seinen Stuhl zurück und winkte Fynn, ihm zu folgen.

Kaum jemand beachtete sie, als sie kurz darauf in Richtung der Schlafräume gingen, die hinter den Türen am anderen Ende der Halle lagen. Wildun erläuterte, wohin die Korridore führten, aber Fynn hörte schon nicht mehr zu. Er war mit einem Mal so müde wie seit langem nicht mehr.

Wildun führte ihn zu einer kleinen Kammer, in der sich nur ein Bett, ein leerer Schrank und ein wackeliger Tisch befanden. »Morgen sieht die Welt ganz anders aus. Sei trotz allem herzlich willkommen bei der Bergwache!« Er verabschiedete sich schwungvoll mit einer angedeuteten Verbeugung und zog die Tür leise hinter sich zu. Fynn war allein. Es war schon fast dunkel, und der blauweiße Schein des Schnees schimmerte ins Zimmer.

Er ging zum Fenster und versuchte, in der hereinbrechenden Dunkelheit etwas zu erkennen. Die Kaserne von Zweipass lag nur einen Steinwurf von den Ausläufern der ersten Berghänge entfernt. Fynn vermutete einen sanft ansteigenden Grashügel unter der dichten Schneedecke, der in schroffe Felsen überging. Hier und da lugten senkrechte graue Felsbrocken aus dem

Weiß hervor, bevor das erste Bergmassiv in einiger Entfernung aufragte.
Da ihm erst jetzt auffiel, dass er und Nolen das Gepäck bei den Pferden gelassen hatten, zog er sich nur den Reitumhang, die Jacke und seine dicken Stiefel aus, dann schlüpfte er unter die Decke. Bald darauf war er eingeschlafen.

Fynn hatte das Gefühl, dass es erst wenige Stunden her sein konnte, dass er sich hingelegt hatte, und erwachte davon, dass ihn jemand sanft, aber bestimmt an der Schulter rüttelte. Unwirsch schlug er die Hand weg.
Jemand lachte leise. »Du bist hier nicht zum Vergnügen, komm schon!« Fynn schlug die Augen auf und sah sich Wildun gegenüber, dessen Gesicht von einem kleinen Leuchtstab erhellt wurde.
»Was ist los?«, fragte er verschlafen. Es war tiefste Nacht oder allenfalls früher Morgen.
»Ich habe dir doch gesagt, dass du nicht lange hierbleiben wirst. Es ist noch einige Zeit bis zum Morgengrauen. Wir brechen in einer Stunde auf. Ich habe dein Gepäck mitgebracht. Wenn du fertig bist, komm in die Halle frühstücken.«
Wildun stellte eine größere Öllampe auf den Tisch, zündete sie an und verließ den Raum. Fynn sprang aus dem Bett und streckte sich. Obwohl es so früh war, musste er an die zehn oder elf Stunden geschlafen haben und fühlte sich, nachdem er in Schwung gekommen war, frisch und erholt. Er ging in den kleinen Waschraum, den Wildun ihm am Abend gezeigt hatte, und wusch sich flüchtig. Dann zog er ein frisches Hemd und eine neue Hose an, stopfte die Sachen, die er die letzten zwei Tage fast ununterbrochen getragen hatte, in seinen Rucksack, warf ihn über den Rücken, löschte die Lampe und machte sich auf den Weg in die Halle.
Er hatte erwartet, dass er dort um diese Uhrzeit niemanden

antreffen würde, aber er irrte. Zwei Tische waren von Gruppen belegt, die ihrem Äußeren nach kurz vor dem Aufbruch standen. Die Regale waren überwiegend leer, Fynn konnte einige Armbrüste und Schwerter erkennen, die dort lagen.
An einem dritten Tisch saßen Wildun und Nolen und aßen. Zögernd ging er auf den Tisch zu. Sobald Wildun ihn sah, sprang er auf, um hinter den Tresen zu schlüpfen und einen Korb hervorzuholen, in dem sich Brot, Käsestücke, Marmelade sowie eine Tasse befanden. Er drückte Fynn den Korb in die Arme und begleitete ihn zu seinem Platz.
»Tee oder Milch?«, fragte Wildun munter.
»Tee, bitte«, antwortete Fynn scheu. Er hatte mit einem Mal ein schlechtes Gewissen, weil er am Abend zuvor so schlecht über Nolen gesprochen hatte. Dieser sah zum ersten Mal seit ihrem Aufbruch erholter aus. Seine Augen schimmerten klarer, und er hatte den grausilbernen Bartschatten entfernt. Fynn nahm daher an, dass er die Nacht ausnahmsweise zum Schlafen genutzt hatte. Die Nacht zuvor hatten sie eine Rast gemacht, die diesen Namen gar nicht verdiente. Soweit Fynn wusste, hatte sich Nolen die Hälfte der Zeit mit den Wächtern des Postens beraten.
Wildun brachte den Tee und setzte sich wieder. Nolen bedachte Fynn mit einem kurzen Seitenblick. »Ausgeruht?«, fragte er fast unhörbar.
»Ja. Und du?«
Nolen nickte nur. Fynn stöhnte unwillkürlich verzagt auf. Es sah immer noch nicht so aus, als ob Nolen seine Einsilbigkeit aufgeben wollte. Also schwieg er ebenfalls.
»Ist alles bereit?«, erkundigte Nolen sich schließlich bei Wildun.
»Jawohl. Ich wusste allerdings nicht, ob Fynn Waffen braucht. Kannst du mit Schwert und Armbrust umgehen?«
»Ich habe die Grundausbildung hinter mir«, erklärte Fynn stolz. »Der Umgang mit der Armbrust liegt mir nicht.«

»Also nur ein Schwert«, stellte Wildun fest, sich mit einem Seitenblick auf Nolen absichernd.
»Komm mit, du kannst dir selbst eine Waffe aussuchen. Hast du deine Sachen? Dann gehen wir am Arsenal vorbei und treffen uns anschließend wieder hier.« Wildun war schon auf dem halben Weg zur Tür, als Fynn noch kauend aufsprang, um ihm zu folgen. Statt zu den Schlafquartieren zu gehen, bog Wildun in die entgegengesetzte Richtung ab und betrat über eine Treppe einen schwach erleuchteten Keller.
»Werden wir reiten?«, fragte Fynn, als er seinen letzten Bissen hinuntergeschluckt hatte.
»Wieso? Reitest du gern? Kannst du das gut?«
»Ja, sogar besser als … viele andere«, verbesserte Fynn sich rasch. »Als Nolen«, hatte er sagen wollen, aber dann wurde ihm bewusst, dass er sich nicht in Antron befand und vor Gleichaltrigen prahlte. Aber auch so ärgerte er sich über seine selbstgefällig klingende Aussage. Wildun schien sich nicht daran zu stören.
»Leider müssen wir zu Fuß los. Es geht direkt in die Berge. Noch hier im Ort beginnt die Steigung und führt zunächst nach Norden, bevor sich der Weg gabelt und sowohl nördlich als auch östlich auf je einen Pass zuläuft. Bei diesem Schnee kommt kein Pferd durch, wir dagegen werden uns mit Schneeschuhen einigermaßen mühelos über die Oberfläche bewegen.
Unser Weg führt nach Osten, wo wir gegen Abend die Hütte von Bendis erreichen. Sie ist Bergwächterin. Weißt du etwas über die Bergwächterinnen und ihre Aufgaben?«
»Nicht so richtig.«
Wildun lachte nachsichtig. »Das ist üblich bei euch Leuten aus dem Süden. Ich bin hier aufgewachsen. Die meisten von denen, die hier leben, haben viel Respekt vor diesen Frauen. Das solltest du dir merken. Aber das Beste ist, du lernst Bendis selbst kennen. Sie ist bezaubernd«, schwärmte er, während er seinen

Stempel aus einer Tasche hervorzog. Er presste sein Zeichen in die Chara neben der Tür. Dann stieß er die massive Eisentür auf, und sie schwang nach innen.
»So, sei vorsichtig, hier steht und liegt viel herum. Seit drei Tagen sind die Bergkämpfer wieder in Alarmbereitschaft, und unser Arsenal ist ziemlich geplündert. Aber wir werden schon noch etwas finden.« Wildun nahm einen Leuchtstab aus einer Halterung im Flur. Zielsicher betrat er ein schmales Kellergewölbe, das zu beiden Seiten mit Regalen und Ständern vollgestellt war. Die meisten waren bis auf ein paar zerbrochene Waffen, Decken oder kleine Ölflaschen leer. Auch in den Ständern befand sich nichts außer einigen Axtschäften ohne Klingen.
Wildun war fast am Ende des Gewölbes angekommen und schlug in einem Regal einige Decken auf. Neugierig trat Fynn näher und sah matt schimmernde Schwerter auf dem groben Stoff liegen. Frisches Öl glänzte auf den solide breiten Klingen, die er von seiner Ausbildung her kannte.
»Du kannst so eines hier haben. Ich habe auch noch etwas längere Klingen. Und dann sollten wir dir noch ein Beil suchen.« Während Wildun sich bückte und in einem anderen Regal wühlte, hob Fynn eins der Schwerter auf und wog es probeweise in seiner Hand. Es fühlte sich vertraut an. Dann schaute er sich nach Wildun um, der sich wieder aufgerichtet hatte und eine Decke mit kleinen Beilen auf dem Regal ausbreitete.
»Das nehme ich. Und wieso das Beil?«
»So ein Beil ist gerade hier im Gebirge viel praktischer als ein Dolch oder Messer. Du kannst kleinere Äste zu Brennholz verarbeiten, Felsbrocken lockern oder beim Klettern den kleinen Dorn notfalls als Haken verwenden. Ursprünglich stammen sie von molannischen Grenzwächtern, die sie als Wurfbeile für einen ersten Angriff benutzen, wenn sie ihr Schwert nicht griffbereit haben. Irgendein Molanne hat sie sicher auch hier eingeführt.« Er sah auf und stutzte. »Ist alles in Ordnung mit dir?«

Fynn war blass geworden. »Nichts weiter. Ich kann damit umgehen – mit dem Beil, meine ich«, murmelte er wenig überzeugend und vermied es, Wildun direkt anzusehen. Er musste sich heftig zusammenreißen, um sich seine Betroffenheit nicht anmerken zu lassen. »Gut, dann haben wir alles«, schloss Wildun, nachdem er eine zu Fynns Schwert passende Scheide aus weichem Leder und einen schmalen Schwertgürtel ausgesucht hatte. Er tat, als bemerkte er Fynns Unsicherheit nicht. »Wir tragen keine Rüstungen.«

»Ich weiß«, entfuhr es Fynn wie selbstverständlich. Die Bergkämpfer verließen sich auf ihre Gewandtheit. Außerdem hatten sie es selten mit Feinden zu tun, gegen die eine Rüstung etwas ausrichten konnte. Umherstreifende Gesetzlose waren selten gut bewaffnet und suchten ihr Heil eher in der Flucht. In den Kämpfen während des Bergkrieges war bei einem magischen Angriff jegliche Rüstung nutzlos.

Sie verließen das Gewölbe. Wildun drückte seinen Stempel ein zweites Mal auf die Chara und prüfte anschließend, ob die Tür sich nicht mehr öffnen ließ. Über die Treppe betraten sie die Halle.

»Weißt du, ich bin eher ein Papierdrache, mache den Empfang, sorge dafür, dass alle genug zu essen und ordentliche Ausrüstungen bekommen. Aber als ihr gestern Abend ankamt, wurde mir das gesamte Ausmaß der jetzigen Wirren bewusst. Da war mir klar, dass ich wenigstens meinen Anteil leisten möchte, indem ich euer Bergführer sein werde«, erklärte Wildun feierlich.

»Was meinst du damit?«, fragte Fynn verwirrt.

»Wir sind wieder im Krieg, Fynn. Die Magier sind zurück.«

Fynn versuchte noch, Wilduns letzte Aussage zu verdauen, als sie zu Nolen zurückkehrten, der sie bereits fertig zum Aufbruch erwartete. Wildun und er schlüpften in ihre Jacken und nahmen ihre Rucksäcke. Fynn bemerkte, dass ihm jemand noch

Brot, etwas hartes Winterobst und einen ledernen Wasserbeutel eingepackt hatte.

Kurz bevor sie das Gebäude verließen, sprang ein Mädchen etwa in Fynns Alter von einem der anderen Tische auf ihn zu.

»Du! Bist du unnahbar?« Fynn erstarrte. Das hatte ihn Wildun doch gestern auch gefragt?!

»Ich …«, begann er.

»Ja«, unterbrach Nolen ihn rüde und schob ihn zur Tür hinaus. Aus den Augenwinkeln sah Fynn, dass das Mädchen ihnen folgen wollte, ein schneller Seitenblick auf Nolen sie jedoch davon abhielt.

»Gehen wir!«, rief Wildun fröhlich und löste damit die seltsame Situation auf. Er nahm einen armlangen Leuchtstab aus einem Korb neben dem Eingang und knickte ihn zweimal, so dass er hell aufleuchtete. Fynn wunderte sich etwas über den selbstverständlichen Gebrauch der Stäbe. Die Flüssigkeit im Inneren leuchtete eine ganze Nacht, sobald die Stäbe geknickt wurden, dann mussten sie von Fermalogen wieder aufgeladen werden. Im Süden waren daher eher Lampen oder Fackeln gebräuchlich.

Wildun trat neben Fynn und begleitete ihn in die weiße Kälte hinaus. Die Luft war beißend und prickelte auf der Haut, doch zum Glück wehte kein Wind. Fynn zog sein Salesc, ein warmes Tuch, über den Kopf und versenkte die Hände tief in den Taschen. Dann stapfte er hinter Nolen und neben Wildun an dunklen Gebäuden vorbei auf den unmittelbar ansteigenden Passweg. In dem kleinen Ort regte sich noch nichts. Die zweigeschossigen, aus großen, grob behauenen Steinen gebauten Häuser wirkten vor den rasch aufsteigenden Berghängen winzig und gedrungen.

Mit jedem Schritt spürte Fynn die ungewohnten Waffen an seiner Seite baumeln, das Schwert und auf der anderen Seite das Halfter mit dem Beil. Für die foryanischen Bergkämpfer schien die Klinge mehr ein praktisches Werkzeug darzustellen, aber gut geschleudert, konnte sie tödlicher sein als ein Armbrustbolzen. Er hatte Wildun gegenüber nicht zugegeben, dass er sie außerordentlich gut als Wurfbeil einzusetzen wusste. Laryon hatte ihm das schon vor Jahren beigebracht. Sie hatten im Grenzwald Kaninchen gejagt, die Laryon mit einem einzigen, scheinbar lässigen Wurf aus dem Handgelenk tötete. Das Gefährlichste daran war, dass er sich am Ende seiner Ausbildung befunden hatte und nicht erwischt werden durfte, wie er auf foryanischem Gebiet wilderte. Unwillkürlich grinste Fynn, als er an diese unbeschwerte Zeit zurückdachte.

»Ich bin sicher, Laryon geht es gut«, meinte Nolen unvermittelt links neben ihm. Fynn schreckte sichtlich aus seinen Erinnerungen hoch. Wildun hatte die Führung übernommen und stapfte noch ohne Schneeschuhe bergan. Nolen war mit Fynn etwas zurückgeblieben.

»Woher weißt du das?«

»Du musst wachsamer werden, Fynn. Beobachte immer deine Umgebung. Es darf nichts geben, was dich überraschen kann«, entgegnete Nolen.

»Bitte!«, jammerte Fynn gequält. Er hatte gehofft, Nolen würde sein Schweigen brechen, stattdessen belehrte er ihn. Nolen richtete seine Aufmerksamkeit auf Fynn und sah ihn durchdringend an. Er wirkte wieder kraftvoller, herrisch und sogar ein wenig beängstigend. »Du willst Bergkämpfer werden. Du musst deine Gefühle in den Griff bekommen.«

»Noch bin ich aber kein Kämpfer«, hielt Fynn ihm hitzig entgegen. »Außerdem scheine ich der Einzige zu sein, der hier gar nichts weiß. Wieso sollte ich unnahbar sein?«

In einer versöhnlichen Geste legte Nolen ihm einen Arm um die Schultern. Fynn hatte allerdings auch den Eindruck, dass er sich bei manchem Schritt etwas aufstützte. »Für den Kampf gegen die Magier habe ich nur Bergkämpfer ausgewählt, deren Waffen sich nicht gegen sie selbst richteten. Das gab uns den

Beinamen ›die Unnahbaren‹. Ich selbst wurde verwundet, hatte lange Zeit starke Schmerzen, besonders beim Sprechen. So habe ich geschwiegen. ›Der Wortlose‹ nannten sie mich. Der Name und der Ruf blieben hier, als ich nach Süden ging.«

Es klang, als hätte Nolen noch vieles andere in den Bergen zurückgelassen. Fynn betrachtete die Narben des Älteren und versuchte, sich vorzustellen, wie es sich anfühlte, von dem Handschuh eines Magiers verletzt zu werden. Er und Laryon hatten oft über Nolens Vergangenheit gegrübelt, doch welche Rolle er genau im Bergkrieg innerhalb der Bergwache eingenommen hatte, darüber wusste Fynn wenig. Würde sich das jetzt ändern?

»Unnahbar, der Begriff ist nicht angemessen«, fuhr Nolen fort, seinen Blick auf den Weg gerichtet. »Wir sind gegen magische Angriffe immun. Gegen die Handschuhe und das Gift können wir nichts ausrichten.«

»Weißt du, warum ihr immun seid?«

»Ja.«

Fynn wartete, aber Nolen gab keine weitere Erklärung ab.

»Und ich soll ›unnahbar‹ sein?« Fynn wollte nicht lockerlassen, jetzt, da er Nolen endlich wieder zum Reden gebracht hatte.

»Ganz sicher.«

»Warum hast du mir das bisher nie gesagt?«

»Ich hatte meine Gründe.«

»Wenn es mich betrifft, möchte ich es erfahren.«

Nolen seufzte unwillig, verlagerte sein Gewicht auf die Seite und stützte sich damit etwas mehr auf Fynns Schulter. »Hör zu, Fynn. Dein Vater hat mir über Jahre ausreichend Vorwürfe gemacht, weil ich dich überzeugen wollte, in die Berge zu gehen. Es bleibt gefährlich, selbst wenn man unnahbar ist.«

Der Weg vor ihnen machte eine Biegung und gabelte sich. Sofern es sich bereits um die Verzweigung handelte, die zu den beiden Pässen führte, vermochte Fynn es nicht zu erkennen. Es war immer noch dunkel, und bereits häufiger hatten Spuren vom Hauptweg fortgeführt. In regelmäßigen Abständen ragten grellrot bemalte Stöcke aus der weißen Fläche, die die Pfade markierten. Sie setzten ihren Weg, den rechten Spuren folgend, bergauf fort.

Eine Weile gingen sie schweigend nebeneinander her. Die eisige Nacht wich allmählich dem Morgen. Eine rot aufgehende Sonne malte lange Schatten auf die Felsen, während sich das Licht nach und nach über die Schneeflächen ergoss. Es hatte seit einigen Tagen nicht weiter geschneit, so dass die Oberfläche harsch unter ihren Schritten knirschte. Wildun legte ein zügiges Tempo vor, so dass sie gut vorankamen. Nolen hatte Fynn wieder den Arm um die Schultern gelegt. Fynn konnte jetzt deutlich spüren, dass er unauffällig versuchte, seine Kräfte etwas zu schonen. Äußerlich war ihm nichts anzumerken.

Fynn entschied sich, diskret darüber hinwegzusehen. Gleichzeitig aber fragte er sich, was er und Laryon dem Älteren bedeuteten. Er hatte sich immer eingebildet, dass Nolen sie gern hatte. Er war häufig bei seinen Eltern gewesen und hatte viel Zeit mit ihm und Laryon verbracht. Immer war er ihm ruhig und gelassen erschienen, oft wortkarg, aber nie schweigsam oder unnahbar. In Antron, so viel wusste Fynn, hatte Nolen keine Angehörigen, daher hatte er immer gedacht, seine Familie böte ihm einen Ersatz dafür.

Nun konnte es genauso gut sein, dass Nolen die ganze Zeit nur darauf hingearbeitet hatte, Fynn und Laryon für die Berge zu rekrutieren, weil das für ihn aus irgendeinem Grund wichtig war. Das würde sein Verhalten der letzten Tage erklären, denn er hatte sein Ziel erreicht, und sich mit Fynn gut zu stellen, war nicht länger notwendig. Die Erkenntnis schmeckte bitter, denn wenn er es recht betrachtete, hatte Nolen ihm gegenüber noch nie mehr als freundliche Zuneigung gezeigt.

»Dann kannst du mir jetzt auch sagen, was genau mit meinem Vater passiert ist«, stieß Fynn heftig hervor, ohne sich darüber im Klaren zu sein, dass Nolen von seinen Gedankengängen nichts mitbekommen haben konnte.

»Nein«, entgegnete dieser bestimmt.

»Wieso nicht?«

»Du kannst Laryon fragen. Er hat ihn gefunden, nicht ich.«

»Laryon? Ich dachte …«

»Ich werde dir nichts sagen!«, unterbrach Nolen ihn schroff. Fynn schluckte. Dann spürte er, wie Nolen seine Schultern fest drückte. Im gleichen Moment stolperte er.

Es tut ihm leid für dich, Fynn, auch wenn er es dir nicht zeigen kann. Hab Vertrauen.

»Wir sind bald da. Dann wirst du Bendis kennenlernen. Sie wird sich freuen, wenn du sie mit deinen Fragen löcherst«, fügte Nolen etwas freundlicher hinzu. Den weiteren Weg legten sie schweigend zurück.

20.

Passengers for Singapore Airlines flight SQ279 to destination Adelaide please …« Aus dem Geschäft gegenüber dem Aufzug folgte Tom penetranter Parfumgeruch. Die Fahrstuhltür schloss sich. Er kannte den Weg im Schlaf und hatte noch Zeit genug. Die ewig gleichen Stimmen, egal, auf welchem Flughafen der Welt man sich befand, waren nicht dazu geeignet, ihn aus seiner Teilnahmslosigkeit herauszureißen. Der Parfumgeruch hing ihm noch immer in der Nase. Er rückte seinen Trekking-Rucksack zurecht und wartete darauf, dass sich die Tür wieder öffnete, was sich endlich mit einem metallisch scheppernden Gong ankündigte.

»Ich muss noch eine Kleinigkeit besorgen, dann brechen wir auf. Warte einen Augenblick, bitte«, hörte er von draußen eine Männerstimme.
Ein eisiger Windhauch fegte in den Aufzug. Tom schaute sich verdutzt um. Das war nicht der übliche Gang zum Terminal. Das war ein Schuppen oder so etwas. Ein etwa drei mal drei Meter großer Raum mit Holzwänden und festgetretenem sandigen Boden. Nur durch eine weit offen stehende Tür fiel blendend helles Licht hinein. Es zog wie Hechtsuppe. Tom fuhr sich fröstelnd über die nackten Arme, auf denen sich sofort eine Gänsehaut gebildet hatte.
Schritte näherten sich draußen vor der Tür. Es klang, als führten sie über eine verkrustete alte Schneedecke.
Bis auf ein paar Kisten war der Raum leer. Der nächste Gongschlag des Fahrstuhls ließ Tom herumfahren. Er konnte sich gar nicht erinnern, ausgestiegen zu sein. Obwohl er das Rauschen der Türen hören konnte, befand sich vor ihm eine Steinwand. Mit einem leisen Schmatzen saugten sich die Gummilippen der Türdichtungen aufeinander. Die Wand vibrierte ganz leicht, kaum merklich, und das Geräusch der sich entfernenden Kabine hallte im Fahrstuhlschacht wider.
Die Schritte verharrten an der Tür.
»Oh, Scheiße!«, flüsterte Tom, drehte sich, starrte auf die helle Öffnung. Er hielt sich an den Riemen seines Rucksacks fest. Das war ihm alles nicht geheuer. Gleichzeitig durchlief ihn ein dumpfes Gefühl der Vorahnung. Er wusste nicht, ob er lachen oder weinen sollte. Was für ein Wahnsinn lief hier ab?
Etwas klirrte, dann polterte es, und die Schritte entfernten sich wieder.
»Fertig. Ich komme«, rief eine angenehme Männerstimme fröhlich. Die gleiche, die eben darum gebeten hatte, auf ihn zu warten. Tom zögerte. Er wandte sich noch einmal um. Da war eine aus grob behauenen, riesigen Steinen errichtete Mauer. Keine

Spur mehr vom Flughafen in Singapur, weder Geräusche noch Gerüche. Mit einem Schlag gegen die Wand vergewisserte er sich dessen, was er eigentlich schon wusste: Dahinter war nichts, auf keinen Fall ein ganzer Flughafen. Er lief zum Ausgang.

Der Schock der eisigen Winterluft raubte ihm den Atem. Als er mühsam Luft holte drang die Kälte schmerzhaft durch Mund und Nase. Gleichzeitig konnte er so gut wie nichts erkennen. Sonnenschein strahlte über eine gleißend helle Schneefläche, so dass nur der Eindruck von Lichtgewitter und dunklen Nachbildern zurückblieb, bevor er die Augen zusammenkniff.

»Dort ist jemand.«

»Tatsächlich.«

Toms Knie drohten nachzugeben. Die erste Stimme kannte er nur zu gut. Immer hell, offen und freundlich, häufig amüsiert oder spöttisch, mit weichem Singsang, wenn sie zu Pferden sprach – und grollend voller Abscheu, als er sie zum letzten Mal gehört hatte. Krampfhaft blinzelnd versuchte er, etwas zu erkennen. Er stand am Ende eines langgestreckten Gebäudes. Zwei Gestalten näherten sich aus ungefähr zehn Metern Entfernung. Als Laryon ihn erkannte, zog Tom ängstlich die Schultern zusammen. Die Gedanken, die dem Grenzreiter durch den Kopf schossen, waren alles andere als nett.

Sein Begleiter war von stämmiger Statur, gut einen halben Kopf kleiner als Tom. Sein rundliches Gesicht war von der Kälte gerötet und von einem wilden Schopf brauner Haare umkränzt. Lange Koteletten und ein Spitzbart betonten eine markante Kinnpartie. Seine Kleidung war der von Laryon nicht im mindesten ähnlich und dennoch gleichermaßen auf die praktischen Belange einer Reise ausgerichtet. Er trug ein enganliegendes Wams über einem wollenen Oberteil mit verschnürten Ärmeln. Darüber einen kurzen Umhang, der Tom an eine Mischung aus mittelalterlicher Gugel und Poncho erinnerte und auch den Rucksack auf dem Rücken abdeckte. An einem breiten Gürtel hingen zwei Beutel, ein Messer und ein Wurfbeil. Ein Paar Fäustlinge waren ebenfalls unter das Leder geklemmt. Eine Hose aus dickem Stoff und fellbesetzte Stiefel, die ihm bis fast zu den Knien reichten, wirkten auf Tom mollig wärmend und erinnerten ihn unangenehm daran, dass er nur eine abgeschnittene Bundeswehrhose und Chucks trug.

»Du! Was machst du hier?« Laryon war auf ihn zugekommen und schubste ihn rüde an der Schulter, so dass Tom einen Schritt nach hinten taumelte. Er hielt sich im Türrahmen fest und versuchte, selbstbewusst zu wirken.

»Ich war auf einer Reise, wollte gerade in mein Flugzeug steigen, da bin ich hier herausgekommen. Das war so nicht geplant!«, beteuerte er hastig. Laryons Begleiter hatte den Kopf zur Seite geneigt und betrachtete Tom interessiert. »Kennst du ihn?«, fragte er. »Er trägt sehr interessante Kleidung, hochinteressant.«

»Wir sind uns bereits begegnet«, knurrte Laryon. Er war unentschlossen, ob er Tom hier stehen und sich selbst überlassen sollte oder nicht. Tom überlegte hastig, seine Gedanken überschlugen sich. Wie und warum auch immer das hatte geschehen können, war ihm im Moment gleichgültig. Es war passiert, und das war das Entscheidende. Da taten sich doch vollkommen neue Möglichkeiten auf, alles wiedergutzumachen!

»Wo bin ich?«, fragte er daher betont arglos und schaute sich übertrieben neugierig um.

»Vor einem Lagerschuppen auf der Rückseite der Kaserne von Zweipass«, lautete die freundliche Auskunft des Fremden. Er ließ es sich nicht nehmen, ein paar Schritte zur Seite zu treten, um Tom auch von hinten zu begutachten und leise vor sich hin zu murmeln. Laryon verschränkte die Arme. Er wirkte gelassen, aber Tom musste nicht groß auf seine Gedanken schielen, um zu wissen, was er gerade über ihn dachte.

»Hör zu, Laryon, das tut mir alles total leid, das war ein fürchterliches Missverständnis!« Tom setzte ein munteres Lächeln auf. »Wir … du kannst erst Kary suchen. Du kannst überhaupt tun, was du willst. Ich mische mich nicht ein. Ich habe das alles so nicht gewollt!«
Laryon verzog keine Miene. »Was hast du wie nicht gewollt?«
»Alles einfach. Ich wollte gar nicht so … gemein sein. Ich habe so vieles nicht bedacht, das ging alles so schnell, und mir war eigentlich nur wichtig, dass du losgehst, dabei hattest du das ja schon längst vor, und es war gar nicht mehr nötig, dass ich … Mellie nannte das immer ›Schubser geben‹ und meinte, dass es nicht fair wäre. Und irgendwie ja auch total überflüssig, weil du, wie gesagt, schon … und so, na ja.« Tom hielt inne, um Luft zu holen.
Unvermittelt packte Laryon ihn an der Schulter und schüttelte ihn kurz, in der Art, wie man ein Gerät schüttelte, das nicht mehr funktionierte. Tom spürte die Wärme seiner Hand durch den viel zu dünnen Stoff seines T-Shirts und schauderte.
»Wie bist du hergekommen? Was willst du?«, herrschte Laryon ihn an. Er schien jetzt schon beinahe mit seiner Geduld am Ende.
Tom riss sich los und trat einen Schritt zurück in den Schuppen. Mit einer Geste deutete er in den Raum. »Ich bin dort hinten aus der Wand gekommen. Ich kann nicht zurück. Das war nicht meine Idee, Laryon, wirklich nicht! Ich war auf dem Weg zu meinem Bruder!«
Der Fremde drückte sich an ihm vorbei und durchquerte den kleinen Raum, um vor der hinteren Wand stehen zu bleiben. »Wahrlich erstaunlich. Hier ist nichts. Und doch kam er aus der Tür dieses Schuppens, das habe ich selbst gesehen.«
Das veranlasste Laryon, Tom energisch zur Seite zu schieben und sich ebenfalls davon zu überzeugen, dass es sich um eine solide Wand handelte. Doch Tom wusste bereits, dass er ihm glaubte, wie immer er auch sonst zu ihm stand.

Der Fremde musterte Tom immer noch von oben bis unten. »Was machen wir nun mit diesem bemerkenswerten Burschen?«

»Soll er doch ins Reich Trakans wandern«, knurrte Laryon genervt. Er lehnte sich gegen eine Kiste.

Der Fremde kicherte. »Nur so eine Redensart bei uns, Fremder, doch du könntest es wörtlich nehmen. Nur das Nordgebirge trennt dich von diesem Landstrich. Gestatten, dass ich mich vorstelle: der Wanderer von Willerin.«

»Ich heiße Tom Schäfer.«

»Angenehm. Ich wurde von der Bergwache beauftragt, unseren werten Freund Laryon zum Pera Grija zu begleiten, wo er sich weitere Hinweise auf das Ziel seiner Aufgabe erhofft.«

»Richtig«, bestätigte Laryon. Er stieß sich ab. Ohne Tom anzusehen, fuhr er fort: »In einer Sache hattest du recht: Nolen hinterließ mir hier eine Nachricht. Ich solle ihm so schnell wie möglich folgen – in die Halle.« Laryons Mutlosigkeit überraschte Tom. Dabei fügte sich doch alles gerade ganz prima.

Laryon hatte die Tür erreicht und wandte sich an den Wanderer, der immer noch an der Wand stand. »Wir müssen aufbrechen. Komm.«

»Was machen wir mit ihm?« Der Wanderer zeigte auf Tom.

»Er kann tun, was immer er für richtig hält«, antwortete Laryon giftig, und Tom erkannte sehr wohl den an ihn gerichteten Vorwurf hinter diesen Worten.

»Wir könnten ihn mitnehmen«, schlug der Wanderer vor.

»Ich würde gern mitkommen«, stimmte Tom zu.

»Auf keinen Fall!«

Der Wanderer schaute Laryon erstaunt an. »Aber wenn er nicht dorthin kann, wo er hergekommen ist, wo soll er dann hin?«

»Das ist doch wohl kaum unser Problem.«

»Man lässt doch seine Freunde nicht einfach im Stich!«, rief der Wanderer aus und erntete dafür einen verächtlichen Blick.

»Ich könnte dir helfen, Laryon«, setzte Tom eiligst nach.

»Das ist nicht mein Freund!«, grollte Laryon, doch der Wanderer ließ sich nicht beeindrucken.
»Ihr seid euch bereits begegnet, wenn auch, so erscheint es mir, nicht unter erstrebenswerten Umständen. Das kommt einem Freund noch am nächsten, wenn man hier fremd ist und darüber hinaus niemanden kennt.«
»Eine sehr weit hergeholte Begründung, Wanderer.«
»Ich könnte selbst zu der Halle aufbrechen und meine Botschaft ausrichten, ich will überhaupt nichts mehr von dir, Laryon«, versicherte Tom. Hörte ihm eigentlich irgendjemand zu?
»Ich nehme ihn nicht mit.« Laryon wollte die Diskussion beenden.
»Laryon, warte! So bist du doch gar nicht!« Laryon stand jetzt so, dass Tom sein Gesicht im Gegenlicht nicht mehr erkennen konnte.
»Was willst du damit sagen?« Die aggressive Schärfe in seiner Stimme war nicht zu überhören. Tom schluckte beklommen. Er schlotterte inzwischen vor Kälte und hatte Mühe, nicht mit den Zähnen zu klappern. Auf diese Weise machte ihm die körperliche Empfindung, dass er sich an einem absolut falschen Ort befand, erst das gesamte Ausmaß bewusst und dass er hier verdammt hilflos sein könnte, wenn Laryon ihn jetzt zurückließ. Aus diesem merkwürdigen Glücksfall könnte sich eine höchst unangenehme Katastrophe entwickeln.
Er nahm allen Mut zusammen, um überzeugend zu wirken. Da er meinte, was er sagte, fiel ihm das nicht schwer. »Ich meine, du bist sonst auch zu allen freundlich und hilfsbereit. Nur zu mir nicht. Ich sehe ja ein, dass du allen Grund dazu hattest. Ich war auch mit der ganzen Situation überfordert.« Er schwieg unbeholfen. Laryon war hin- und hergerissen. Einerseits verabscheute er den Gedanken, Tom um sich zu haben, andererseits war ihm klar, dass dieser sich nun in einer für ihn genauso fremden Welt befand wie er zuvor.

»Ich bin nicht gut in solchen Dingen«, hakte Tom an genau diesem Gedanken ein. »Aber ich habe mir wirklich Mühe gegeben, damit du dich in meiner Welt zurechtfindest. Wir hatten ja auch nicht viel Zeit. Ich hätte dir gern mal in Ruhe gezeigt, dass bei mir zu Hause nicht alles so schlecht ist, wie das für dich den Anschein gehabt haben muss.« Laryon trat zurück in den Raum. Er studierte Tom, der sich bemühte, geduldig zu bleiben, suchte nach Anzeichen einer List. Dann endlich entschied er, dass er Tom wirklich nicht allein lassen konnte. Und ganz nebenbei konnte er so diesen Kerl mit dem Verstand eines halbwüchsigen Fohlens unter Aufsicht behalten. Tom begegnete unschuldig lächelnd Laryons missbilligendem Grinsen, doch beide wussten, dass sie beide wussten, was Laryon gerade dachte. Sie beließen es dabei.
»Also gut. Wir nehmen dich mit. Du solltest dir allerdings noch ein wenig mehr anziehen, du frierst sonst«, sagte Laryon endlich.
Der Wanderer, der den Austausch der beiden aufmerksam verfolgt hatte, strahlte über seine runden Wangen. »Ich werde anfragen, ob wir unserem Tom eine Schlafrolle und etwas Proviant borgen können. Ich komme umgehend wieder.« Er wollte sich abwenden und hielt noch einmal kurz inne. »Tom ist übrigens ein sehr hübscher Name. Aus unserer Mythologie, wahrlich. Der Zwilling, das ist seine Bedeutung, wahrlich, außerordentlich passend. Ich hatte«, er strahlte Tom an, »mal einen Esel mit diesem Namen. Ich hoffe, er genießt seinen Lebensabend. Ich vermisse ihn. Nun, ich spute mich.«
Tom stand wie angewurzelt, während er diesem Typen mit offenem Mund nachsah, wie er nach draußen verschwand. »Was war das denn?«
»Der Wanderer«, seufzte Laryon. »Gewöhn dich daran. Du bist nicht der Einzige, der hier seltsam spricht. Diese verdrehte Ausdrucksweise, das ist sein Erkennungszeichen, wahrlich ein-

zigartig.« Er ahmte den Tonfall des Wanderers nach, und Tom konnte sich ein Grinsen nicht verkneifen. Das war schon eher der Laryon, den er kannte. Vielleicht konnte er endlich auf etwas Entspannung hoffen. Doch bevor er diesen Satz zu Ende gedacht hatte, ragte Laryon direkt vor ihm auf. »Wo ist dieses Ding, in dem du die Bücher über mich hast?«
»Mein Laptop? Im Rucksack.«
»Gib ihn mir!«
»Ich soll was?«
»Her damit!«
»Warum?« Tom hatte den Rucksack abgenommen und vor sich abgestellt, unwillkürlich damit eine kleine Schutzwand zwischen sich und seinem Gegenüber bildend.
»Es ist mir zu gefährlich, wenn du schreibst. Ich möchte nur sichergehen, dass du mir damit keine Schwierigkeiten bereitest«, erklärte Laryon unwirsch. Widerwillig öffnete Tom den Rucksack und zog die Filzhülle mit seinem Laptop hervor. Er hatte beschlossen, erst einmal ganz brav zu tun, was Laryon von ihm verlangte. Diesen winzigen Bruchteil Vertrauen, den er sich gerade erarbeitete, wollte er nicht aufs Spiel setzen. »Wie du meinst, Laryon. Wobei ich auch von Hand schreiben kann, das ist ja nur eine Frage des Mittels, nicht der Handlung des Schreibens an sich«, gab Tom freundlich zu bedenken.
Scheinbar gleichmütig zuckte Laryon mit den Schultern und verstaute den Laptop in seinem eigenen Rucksack. »Das stimmt. Aber ich habe gesehen, in welcher Geschwindigkeit du das Ding benutzt. Deine Fertigkeit, mit der Hand zu schreiben, ist dagegen armselig.«
Die verächtlichen Gedanken, die seine Aussage begleiteten, ließen Toms Mut sinken. »Hast du denn gar kein Vertrauen zu mir?«
»Nein.«
So viel dazu. Seine Freude darüber, die Gelegenheit zu bekommen, mit Laryon zu sprechen, verpuffte. Er hatte sie nicht

vernünftig genutzt. Warum war es im wahren Leben so schwer, die richtigen Worte zu finden, schlagfertig zu sein und eine positive Beziehung herzustellen, wenn es darauf ankam?
Er begann, in seinem Rucksack zu wühlen, um sich seine Betroffenheit nicht anmerken zu lassen. Wenigstens hatte er Wanderschuhe und vernünftige Socken dabei, aber nur eine lange Jeans. Das würde auf Dauer ganz schön kalt werden. Zwei T-Shirts übereinander, das ging. Dazu ein Kapuzenshirt und eine dünne Windjacke. Mehr geeignete Kleidung hatte er nicht. In Australien war gerade Sommer.
Laryon stand mit dem Rücken zu ihm gegen den Türrahmen gelehnt. Das Schwert an seiner Hüfte bot einen ungewohnten Anblick, zumal es kürzer war als die Klinge, die er sonst vom Pferd aus nutzte. Sehnsüchtig ließ Tom seinen Blick über die Kleidung des Grenzreiters gleiten. Es war dieselbe, die er auch in Münster getragen hatte. Daher wusste Tom, dass die Beine der eng geschnittenen Lederhose innen mit einer Schicht dichtem Fell gefüttert waren. Genau wie die dunkelrote Uniformjacke, deren Kragen er hochgeschlagen und mit einer Schnalle verschlossen hatte. Sie war so warm, dass Laryon darunter nur ein dünnes Oberteil und ein Unterhemd trug. Er hielt es nicht einmal für nötig, den Umhang anzulegen, der sich als kleine Wölbung in der Rückentasche abzeichnete. Tom fand es damals, als er sie zum ersten Mal beschrieb, einen tollen Einfall, diese Jacke mit der breiten Tasche hinten, in der ein Reiter bequem Dinge transportieren konnte und so störende Beutel an seinem Gürtel vermied. Jetzt fragte er sich, wessen Idee es in Wahrheit gewesen war – seine oder die des Grenzreiters?
Mit einem kleinen Grunzer schulterte Tom seinen Trekking-Rucksack und trat neben Laryon. Dieser wunderte sich zwar über die viel zu dünne Kleidung, verzichtete aber auf einen Kommentar. Seine Gedanken weilten bei Kary, und er bemühte sich vergeblich, einen Zusammenhang zwischen seiner

Entführung und Nolens Wunsch, er solle sich in die Halle begeben, herzustellen.

»Wieso hat dieser Wanderer meine Aussage, ich wäre durch die Wand gekommen, einfach so hingenommen?«, fragte Tom vorsichtig.

»Dieser Kerl ist verrückt. Er begleitet mich seit Pasa, dem letzten Halt vor Zweipass, wo ich die Pferde gewechselt habe. Seine Gedanken sind unglaubwürdig und verworren, und er erzählt pausenlos davon. Er nimmt niemanden ernst, und niemand nimmt ihn ernst. Vermutlich wird er eine Geschichte daraus machen.« Laryon sah ihn tadelnd an. »Kein Wort mehr davon. Du hattest unglaubliches Glück, dass er es ist, den ich als Führer genommen habe. Die Menschen hier sind voller Vorurteile und Misstrauen. Die Furcht vor den Magiern ist immer noch lebendig und die Bereitschaft, Übernatürliches zu glauben und abzulehnen, hoch.«

»Verstanden.«

Zum ersten Mal sah Laryon ihm voll ins Gesicht. »Du siehst traurig aus«, bemerkte er verwundert. Tom senkte verlegen den Kopf. Mitleid war auch nicht das, was er sich von Laryon erhoffte.

»Es tut mir wirklich leid. Ich hatte gedacht, wir beide, wir wären ein gutes Team. Das wollte ich sein«, murmelte er betreten.

»Was soll das sein, ein Team?«

»Menschen, die etwas gemeinsam tun, Verbündete. Leute, die auf derselben Seite stehen, für eine Sache kämpfen. Ich möchte dein Partner sein, nicht dein Gegenspieler oder Feind.«

Laryon lächelte dünn. »Dann haben wir wohl noch einen langen Weg vor uns.«

Schon von weitem winkte der Wanderer ihnen mit einer Schlafrolle, einem Tuch und einem Beutel voll Proviant. Tom erkannte das Tuch aus Mellies und Greenhands Erzählungen. Es war ein Salesc. Trotz des dünnen seidenartigen Stoffes hielt es Hitze und Kälte gleichermaßen ab. Die Bergkämpfer nutzten es als Kopfbedeckung und zogen es bei Bedarf vor die Augen, damit Sonne oder Schnee nicht so blendeten. Dankbar nahm er es an und schlang es sich um den Nacken bis über die Ohren. Laryon zupfte seinerseits die Zipfel seines Salesc höher und setzte sich in Bewegung. Der Wanderer hielt sich neben ihm, und Tom beeilte sich, ihnen zu folgen. Er erfuhr, dass sie noch heute die Weggabelung erreichen wollten, nach der der Ort Zweipass benannt worden war. Dort gab es einen ständigen Wachposten der Bergwache, und sie konnten unter einem festen Dach übernachten. Früh am nächsten Morgen würden sie aufbrechen, um den gesamten Gebirgszug von West nach Ost zu durchqueren, um an den Pera Grija, das Ziel ihrer Reise, zu gelangen.

»Warum der Pera Grija?«, wandte sich Tom irgendwann an Laryon.

»Dort fing alles an. Dort lebte die Bergwächterin, die als Erste von den Magiern ermordet wurde. Sie wurde getötet, weil die Magier nach der Halle suchten. Irgendwo muss ich mit dieser Geschichte beginnen.«

Tom konnte gut Schritt halten, und nachdem sie Zweipass hinter sich gelassen hatten und in der Steigung liefen, wurde ihm auch einigermaßen warm. Das Tuch hatte er komplett um Kopf und Gesicht gewickelt und seine Sonnenbrille aufgesetzt. Die aggressive Stimmung seines Begleiters hatte nachgelassen.

»Magst du?« Tom hielt Laryon eine Tüte Gummibärchen hin.

»Was ist das?«

»Es nennt sich Fruchtgummi. Hauptsächlich besteht es aus Zucker. Probier einfach mal.« Laryon nahm eines und kaute argwöhnisch darauf herum. Es war ungewöhnlich, aber gar nicht so schlecht. »Kannst noch mehr haben. Sie sind sehr beliebt bei uns.« Tom schüttete ihm ein paar auf die Handfläche. »Es gibt ganze Forschungszweige, Fermalogen sozusagen, die sich mit den kleinen Kerlen beschäftigen, mehr aus Spaß natürlich.« Tom redete weiter, einfach, um irgendetwas zu sagen. »Die grünen haben früher nach Erdbeeren geschmeckt, die eigentlich rot sind. Und es gibt sogar ein Gummibärchenorakel, mit dem man die Zukunft voraussagen kann.«

»Und so etwas glaubst du«, stellte Laryon sichtlich amüsiert fest. Tom lachte. »Nein. Ich glaube nicht daran, dass das Schicksal eines Menschen vorherbestimmt ist. Das müsste es ja sein, wenn man es vorhersagen könnte.«

»Was soll das sein, das Schicksal eines Menschen?«

»Komische Frage.«

»Das Wort habe ich noch nie gehört.«

Tom dachte nach. Es war doch erstaunlich, wie man Wörter benutzte, ohne sich darüber im Klaren zu sein, welcher Sinn eigentlich in ihnen steckte.

»Das Schicksal eines Menschen ist das, was sein Leben lenkt. Was ihm widerfährt, ohne dass er einen Einfluss darauf nehmen kann. Es ist eher negativ gemeint, verheißt meistens nichts Gutes. Es führt ihn auf einen bestimmten Pfad seines Lebens, ob er will oder nicht. Wenn man glaubt, dass es so etwas gibt, kann man ihm meistens nicht entkommen.« Tom hielt verzagt inne.

»Das werden wir noch sehen«, raunte Laryon leise. Seine Worte jagten Tom einen kalten Schauer über den Rücken.

»Ich vermute, es ist ein Teil einer Religion?«, mischte sich der Wanderer neugierig ein und verlangsamte seine Schritte, um neben Tom zu gehen und fröhlich zu ihm aufzuschauen. Da der Weg nicht breit genug für drei war, ließ Laryon sich hinter die beiden zurückfallen.

»Na ja, denke schon, so genau kenne ich mich da nicht aus. Es steht im Gegensatz zum freien Willen, glaube ich«, stotterte Tom unsicher.

»Ah, das erklärt einiges. Es gibt keine Religion auf Willerin«, rief der Wanderer erfreut aus. Tom wollte ansetzen, um zu sagen, dass er das wüsste, als Laryon ihm den Ellbogen in den Rücken stieß.

Sei still, lass ihn reden! Du bist fremd, das hat er akzeptiert.

Tom war froh, dass niemand sehen konnte, wie er unter dem Salesc blass wurde. Er hatte sich schon daran gewöhnt, dass ihm Laryons Gedanken und Empfindungen gleich seinen eigenen durch den Kopf schossen. Aber dass er so direkt angesprochen wurde, das war neu.

»Ganz gleich, ob Foryaner oder Molanne, man glaubt nicht an so etwas wie ein Schicksal«, dozierte der Wanderer, ehe Tom weiter darüber nachdenken konnte. »Glaube und Aberglaube behindern dich nur auf deinem Weg. Du entscheidest frei über dein Handeln. Eine höhere Macht, die dich führt – ganz gleich, wie gut oder schlecht ihre Absichten sein mögen –, das ist wahrlich ein höchst unreifer Gedanke. Du lieferst dich aus. Du gibst das Wertvollste, was du hast, aus der Hand: dein Leben. Über das solltest du selbst bestimmen. Man hat immer eine Wahl. Schicksal, das ist eine grauenhafte Vorstellung!« Der Wanderer schaute ihn erwartungsvoll an. Tom fühlte sich nicht wohl in seiner Haut. Er warf einen entschuldigenden Blick nach hinten, ehe ihm einfiel, dass Laryon das hinter der Sonnenbrille gar nicht erkennen konnte. Doch dessen verkrampfte Kiefermuskeln rieten ihm, besser zu schweigen. Dann entdeckte er am Wegesrand eine Gruppe kahler Sträucher mit unnatürlich blau leuchtenden Kugeln.

»Laryon, da, sind das Waschsamen?« Laryons Blick folgte der Richtung von Toms ausgestrecktem Arm. »Ja, das sind Netija. Sträucher mit Waschsamen. Sie sind noch nicht reif.«

Tom war durch den hohen Schnee daruf zu gewatet. Nur die oberen kahlen Äste der etwa ein Meter hohen Büsche ragten aus dem Schnee. Kleine Trauben von gut einem Dutzend hellblauer Kugeln hingen daran. »Kann man sie denn noch nicht benutzen, wenn sie nicht reif sind?«, rief er über die Schulter.

»Doch, kann man.«
Tom nahm die Sonnenbrille ab und winkte. »Darf ich ein paar mitnehmen?«
»Wenn du willst. Eine Rebe pro Strauch, mehr zu nehmen gehört sich nicht.« Laryons Worten haftete eine spöttische Note an, aber Tom war zu abgelenkt, um darauf zu achten. Vorsichtig pflückte er zwei Trauben und legte sie in seinen Rucksack. Diese Dinger waren toll, transportierbare Seife, hundertprozentig biologisch und einfach anzuwenden. Ihre dicke Haut war so gut wie unzerstörbar und löste sich erst in Verbindung mit Wasser einfach auf. Eilig folgte er den anderen beiden, die sich wieder dem Aufstieg zugewandt hatten.
»Es macht dir Freude, hier zu sein.« Das war keine Frage, sondern eine Feststellung von Laryon, als er wieder aufschloss.
»Selbstverständlich!« Tom strahlte. »Wann bekommt man schon mal die Gelegenheit, das Land eines Volkes kennenzulernen und zu bereisen, von dem man bis vor ein paar Tagen noch nicht einmal wusste, dass es überhaupt existiert! Das ist phantastisch, das ist wahr gewordene Fiktion. Etwas Schöneres kann ich mir in meinen kühnsten Träumen nicht vorstellen!«
Laryon musste wider Willen lächeln. Für einen Augenblick sah er den gutmütigen Charakter Toms, seine Begeisterungsfähigkeit und die Liebe zu all den kleinen Wundern, die er bisher nur als Worte in seinem Kopf kannte und zu Papier brachte. Tom tat, als studierte er den Himmel. Bald würde die Sonne hinter den Bergen verschwinden. »Wie spät ist es eigentlich?«
»Es sollte noch knapp eine Stunde bis Sonnenuntergang sein. Wir werden zur achten Tagesstunde an der Gabelung eintreffen«, gab der Wanderer zur Antwort. Tom blieb stehen.
»Was ist los? Komm weiter!«, wandte Laryon sich um, ohne selbst stehen zu bleiben.
»Ich komme. Mir ist nur gerade was eingefallen«, rief Tom. Er dachte plötzlich an Mellie und ihren »Nebenjob«. Sie suchte

nach spurlos verschwundenen Leuten. Spurlos hieß, keine Spur zu hinterlassen. In einen Aufzug im Flughafen von Singapur einzusteigen und nicht im gleichen Gebäude wieder herauszukommen. Das Puzzleteil fiel an seinen Platz, gab ihm Gewissheit, auf Mellies Fährte zu sein. Sie hatte gewusst, dass es Leute gab, die in eine andere Welt verschwanden.

»Was hast du?« Tom fuhr zusammen. Laryon stand genau vor ihm, unschlüssig, was er von dem abrupten Stimmungswechsel seines Begleiters halten sollte. Der Wanderer folgte ihm in einigem Abstand.

»Mein Bruder erwartet mich in ein paar Stunden. Er wird sich Sorgen machen«, flüsterte Tom hilflos. »Er ist der einzige und wichtigste Mensch, den ich in dem Leben dort noch habe. Er und seine Familie. Alle anderen haben mich verlassen. So oder so.«

Laryon schwieg betroffen. »Gibt es keine Möglichkeit mit euren fermalogischen Gerätschaften, ihn zu benachrichtigen?«

»Bei uns heißt es Technik. Wir haben einen Haufen Möglichkeiten, uns über große Distanzen zu sehen oder zu sprechen. Mit dem Internet ist das alles kein Problem. Wenn ich ihm eine Mail schicken könnte, dass ich mich entschlossen hätte, in Singapur zu bleiben, dann wäre das erst mal ausreichend.«

»Ich kann dir deinen Laptop geben, wenn du ihn benötigst.«

»Das reicht nicht. Wie gesagt, wenn ich ins Netz könnte …«

»Dann versuch es doch«, schlug Laryon vor.

»Ja, warum auch nicht? Ich habe alles dabei. Handy oder Laptop mit Netzwerkkarte. Fehlt nur der Access Point.« Trotz seiner trüben Gedanken musste Tom über Laryons arglose Ratschläge lachen. Dieser ließ sich davon nicht beeindrucken. »Warum hast du den nicht auch noch eingesteckt?«

»Was für ein Quatsch, ich brauche eine Verbindung. Das Internet ist doch nicht auf meinen Geräten, sondern über die ganze Welt verteilt auf Servern, und ich muss mich dazu einwählen. Verstehst du das nicht?«

»Nein.«
»Ich, ach ...« Tom brach genervt ab, unfähig, die Dinge zu erklären, die für ihn so selbstverständlich waren wie für andere Essen und Schlafen. »Hier gibt es keine Computer und kein Internet«, versuchte er, verständlich zu machen.
»Aber diese Technik ist unsichtbar?«
»Sozusagen. Nicht direkt sichtbar, zumindest nicht in Sichtweite.«
»Was also haben wir zu verlieren, wenn wir es ausprobieren?«
»Gut! Damit du deinen Frieden hast.« Missmutig riss Tom sein Handy aus der Jackentasche und schaltete es ein. Er tippte seine PIN und startete sämtliche Dienste. Einen verrückten Moment lang glaubte er tatsächlich, es würde eine Verbindung angezeigt, aber er irrte sich. Auffordernd hielt er Laryon das Handy hin. »Siehst du? Kein Netz zum Telefonieren. Kein Datennetz. Kein Satellit.«
Statt auf das Display zu gucken, starrte Laryon ihn finster an. »Erwartest du von mir, dass ich verstehe, wovon du da redest? Ich wollte dir helfen.«
Tom verzichtete darauf, etwas zu erwidern. Natürlich konnte Laryon nichts dafür, aber im Moment überwog seine Enttäuschung. Erschreckend, wie sehr er inzwischen von der Technik seiner eigenen Welt abhängig war. Was das anging, war Willerin eben doch alles andere als perfekt.

21.

Der Abend legte sich über die Gipfel, manche Felsspalte lag bereits in langgezogenen Schatten. Die Silhouetten zweier Greifvögel hoben sich scharf vor dem dunkler werdenden Horizont ab. Mit einem Mal trafen die Strahlen der untergehenden Sonne auf die Felsen, die daraufhin zu glühen begannen. Ein Farbenmeer aus Rot-, Braun- und Grautönen leuchtete gegen das Blau des Himmels. Die gesamte Umgebung strahlte eine friedliche Unschuld aus, doch Laryon lief es kalt den Rücken hinunter. Ein Schrei hallte zwischen den Felswänden wider, erinnerte ihn an die klagenden Möwen, denen er als Junge fern im Süden an den Steilklippen zugeschaut hatte, wie sie in endlosen Spiralen über die Wellen kreisten. Er fröstelte.

»Es sind Schwarzmilane«, murmelte Tom neben ihm.

»Diese Vögel da?«

»Sie sollten gar nicht hier sein. Es ist viel zu kalt für ein Winterquartier. Aber ich bin sicher, dass es Schwarzmilane sind.«

»Kennst du dich da aus?« Laryon wurde neugierig. Toms Blick folgte sehnsüchtig dem Flug des Vogelpärchens, bis es inmitten der felsigen Farbenpracht versank. »Mein Großvater hat es mir beigebracht. Er hat mit mir Vögel beobachtet, als ich klein war. Wir haben Zuchtstationen für Greifvögel und Zoos besucht und Bücher gelesen. Es war toll. Er hat mir überhaupt alles beigebracht, was zu der Zeit für mich wichtig war.«

»Und?«, fragte Laryon, als Tom schwieg.

»Er starb, als ich vierzehn war. Da war er fünfundsiebzig.«

»Ist das für Menschen bei euch alt?«

»Es geht so, für diese Generation schon. Sie hatten kein leichtes Leben – Krieg, Zerstörung, Hunger und so. Inzwischen werden die Menschen viel älter.« Laryon musste sich eingestehen, dass er nicht erwartet hatte, es könnte Menschen geben, die Tom wichtig waren und denen umgekehrt auch Tom etwas bedeutete. Die ihn vermissen würden, wenn er tatsächlich nicht mehr wiederkehrte. Wer oder was immer ihn hierher nach Willerin geführt hatte, hatte ihm vielleicht nur auf den ersten Blick einen Gefallen getan. Auf lange Sicht gesehen wollte er vermutlich zurückkehren. Die Frage war, ob ihm das gelingen würde.

»Nun, ich kenne mich nicht gut aus mit Vögeln. Zu der Zeit

habe ich in der Schule gefehlt. Ich wollte es immer lernen, aber es ergab sich keine Gelegenheit«, erläuterte Laryon leichthin und riss seinen Blick von den glühenden Felsen los, um dem Wanderer zu folgen, der sich bereits wieder in Bewegung gesetzt hatte. Da spürte er, wie Tom ihn am Arm zupfte. »Was meinst du, du kennst dich nicht aus?«

»Wie ich es sage: große Vögel, kleine Vögel, bunte Vögel. Große braune sind meistens Greifvögel. Hühner, Enten und Gänse. Mehr kenne ich nicht – schon gar keine aus dem Gebirge.« Laryon wunderte sich über Toms plötzliche Erregung.

»Aber das passt irgendwie gar nicht zu dir. Du reitest den ganzen Tag herum, dann siehst du doch einen ganzen Haufen, Buchfinken, Amseln, Sperlinge.«

»Natürlich sehe ich sie, aber ihre Namen hat niemand auf die Flügel geschrieben«, gab Laryon ungehalten zurück. Er schätzte es nicht, dass ausgerechnet Tom ihn auf solche Wissenslücken hinwies. »Wenn ich sie sehe, kann ich dir sagen, was sie fressen und wie sie leben, aber nicht, welche es sind. Ich bevorzuge bodenständige Tiere und benötige keine Federn, da hatte ich Besseres zu tun, als danach zu fragen. Warum ist das so wichtig?«

»Ich …« Tom stockte. Es schien ihm unangenehm. »Wenn ich über dich schreibe, dann fange ich die Kapitel jedes Mal mit einem Vogel an. Egal wie und in welcher Form, es kommt immer ein Vogel am Anfang vor. Das habe ich von Susanne gelernt, die mir hilft, diese Bücher zu schreiben. Es gibt den Lesern ein gutes Gefühl, ohne dass sie wissen, warum.«

Entsetzt wandte Laryon sich ab, lief mit weit ausholenden Schritten den Berg hinauf, als könnte er auf diese Weise Toms Enthüllungen entkommen. Nur zu gut erinnerte er sich an den Morgen vor Karys Entführung und das unangenehme Gefühl, dass ihn plötzlich begleitet hatte. Wenn er Toms Gerede von Schicksal folgte, hätte man es als Vorahnung bezeichnen können. Weil er an jenem Morgen keine *Vögel* bemerkt hatte?! War

er von Tom manipuliert worden? Wer war dieser Mensch? Was war das für ein Spiel, welche Macht übte er aus? Laryon unterdrückte die aufwallende Wut und lenkte die Energie in seine Bewegungen.
Tom hatte von seinem Gedankengang glücklicherweise nichts mitbekommen. Er schloss auf, kleine weiße Atemwölkchen ausstoßend. »Was wohl jemand benutzen würde, um über mich zu schreiben?«, überlegte er laut.
»Etwas, das überflüssig und laut ist und stört«, knurrte Laryon erbost. Zufrieden sah er, dass Tom den Kopf einzog wie ein getretener Hund.

Ob es nun daran lag, dass sich keine weiteren Vögel mehr am Himmel blicken ließen oder nicht – Laryon ging es plötzlich mit jedem Schritt schlechter. Er bekam Krämpfe. Von seinem Magen breiteten sich langsam stechende Schmerzen über den ganzen Körper aus. Er presste die Lippen aufeinander und stapfte voran, bis endlich eine gedrungene Mauer den Posten der Bergwache ankündigte. Die beiden Späher grüßten freundlich. Laryon und Tom überließen dem Wanderer das Reden, er und die Wachposten schienen sich gut zu kennen. Laryon fühlte sich fiebrig. Seine Wahrnehmung reduzierte sich auf das Sichtfeld direkt vor ihm, und er musste sich zu jedem Schritt zwingen. Halb blind folgte er dem Wanderer.
Sie betraten einen kleinen Raum, in dem eine Bergkämpferin sie in Empfang nahm und ihnen den Weg durch eine Tür zum hinteren Teil des Gebäudes wies, der mindestens zur Hälfte aus dem Fels geschlagen war. Laryon hatte Mühe, im Halbdunkel etwas zu erkennen. Seine Augen brannten. Zu seiner Erleichterung schienen sie die Einzigen zu sein, die hier übernachten würden. Der Raum bot etwa zwei Dutzend Lagern Platz.
Es wurde immer schneller immer schlimmer. Laryon taumelte zur nächsten Wand und ließ sich an ihr hinabgleiten. Mit hölzer-

nen Bewegungen versuchte er, den Rucksack abzustreifen, als eine kräftige Hand das störende Bündel hochhob und ihm von den Schultern zog.

»Laryon, mein Freund, was ist mit dir?«, rauschte die Stimme des Wanderers in seinen Ohren. Er war unfähig, etwas zu erwidern. Plötzlich war da Licht. Ein Leuchtstab tanzte vor seiner Nase. Die Augen des Wanderers funkelten im Widerschein.

»Kannst du sprechen?«, fragte er besorgt.

Laryon versuchte es. Seine Zunge war angeschwollen und ließ sich nicht bewegen, fühlte sich an wie ein Fremdkörper. Machtlos schüttelte er den Kopf. Im Hintergrund näherte sich jemand.

»Was ist los?« Das musste Tom sein. Laryon konnte es nicht erkennen.

»Es ist erstaunlich, wahrlich nicht zu erklären. Es sieht mir ganz nach einer Fleischvergiftung aus«, murmelte der Wanderer mehr zu sich.

»Fleischvergiftung?«, wunderte sich Tom. Das Gesicht des Wanderers verschwand aus Laryons Blickfeld.

»Richtig. Diesen Anschein erweckt es. Die meisten Menschen auf Willerin vertragen kein Fleisch von Landtieren. Daher werden nur Fische und Vögel verspeist. Zuwanderer, deren Vorfahren vom Festland stammen, vertragen es manchmal. Für jemanden wie mich wäre es umgehend tödlich. Nun, ich kenne Laryons Stammbaum nicht, um sagen zu können, wie lange es dauern würde, wenn es eine Fleischvergiftung ist und er …«

»Kann man etwas dagegen tun?«, unterbrach Tom ihn. Warum klang er so panisch? Laryon schaffte es gerade so, die Hand zu heben, um sich über das feuchte Gesicht zu wischen. Er schwitzte und fror gleichzeitig. Zitternd holte er Atem.

Auch dem Wanderer war Toms Nervosität nicht entgangen. »Gibt es etwas, das wir wissen müssten?«

»Na ja, vielleicht … . Ich wusste doch nicht … ich dachte, das wäre so ein moralisches Ding.« Tom riss sich zusammen. »In

diesen Gummibärchen von vorhin ist Gelatine. Das ist aus Knochen von Schweinen oder Rindern, also tierisch«, stieß er hastig hervor.
Laryon wollte aufschreien und brachte nur ein qualvolles Stöhnen hervor. Wie dumm war dieser Trottel eigentlich? Er ließ sich auf die Seite fallen und rollte sich zusammen, die Fäuste verzweifelt gegen seinen Bauch gepresst. Sein Körper war inzwischen ein einziges flüssiges Feuer.
»Moralisch?« Der Wanderer lachte verdutzt. »Du hast wunderliche Vorstellungen und bist überdies blind. Sieh mich an! Wir stellen Leder und Felle her, wir füttern unsere Hunde mit Fleisch von Tieren, weil es ihre Art ist. Es hat nichts mit Moral zu tun. Wir vertragen es nicht. Wahrlich, also eine Fleischvergiftung. Tom, hol mir meinen Rucksack dort drüben.«
Laryon verlor jedes Zeitgefühl. Um ihn herum brandeten Geräusche heran und verhallten wieder. Ab und zu waberten leise Stimmen durch den Nebel seiner Wahrnehmung. Dann packte der Wanderer ihn, zog ihm mit unerwartet sanfter Geschicklichkeit Jacke und Hemden aus und befreite ihn von seinem Waffengurt. Nur mit größter Anstrengung gelang es Laryon, sich so lange aufrecht zu halten.
»Verzeihung, Laryon, mein Freund«, vernahm er plötzlich ganz nahe an seinem Ohr wieder die Stimme des Wanderers. »Der Beutel um deinen Hals ist aufgegangen. Ich hoffe, ich habe alles wiedergefunden, was darin war.« Etwas Silbernes tanzte Laryon vor Augen. Schwerfällig schüttelte er den Kopf, um das Bild zu klären. War es das Päckchen von diesem Straßenhändler in Münster?
»Ist es von Tom?«, fragte der Wanderer. »Ich meine nicht, dass es ihm gehört, sondern aus seiner Heimat?« Das war es. Laryon nickte und schloss die Augen. Es war nicht mehr wichtig. Sie konnten ihn hier liegen lassen. Er wollte nur noch, dass diese Schmerzen endeten.

»Gut, gut. Ich komme gleich zurück.«
Laryons Gedanken flossen davon. Der Schmerz raubte ihm fast alle Sinne und hielt ihn doch in einem Zustand hilfloser Wachsamkeit gefangen. In seinem Kopf hallten Schreie wider, formten sich zu flehenden Klagen. Weiße Punkte tanzten auf und ab. Er war ein kleiner Junge. Er saß am Rande einer bemoosten Klippe und fragte sich, wo seine Mutter hingegangen war. Ob sie zurückkehren würde. Und falls nicht, was das für sein Leben bedeuten mochte. Es war einsam ohne sie. Niemand sonst zählte. Jetzt gab es nur noch die Pferde. Sie waren treu und blieben treu. Die Punkte wurden zu Möwen, folgten dem ewigen Tanz des Meeres. Es war beruhigend, ihren Drehungen zuzusehen. Alles würde gut werden. Alles würde enden und neu beginnen. Tom hatte nur freundlich sein wollen.
Verschwinde! Lass mich in Ruhe!
Er wusste nicht, ob er die Worte nur gedacht oder gesprochen hatte. Er war sich nicht einmal sicher, wem sie galten. Jemand zupfte beharrlich an seiner Schulter. Laryon quälte seinen Kopf hoch. Es war der Wanderer, der ihn verständnisvoll anblickte und ihm sogleich mit einem Tuch über die Stirn tupfte. In der anderen Hand hielt er eine Schüssel.
»Das bringen wir wieder ins Gleichgewicht, mein Freund«, murmelte er beruhigend. »Mach den Mund auf. Das wird jetzt nicht sehr angenehm.« Laryon gehorchte. Der Wanderer stieß ihm das Ende eines Stocks zwischen die Zähne, den er mit einer weichen widerwärtigen Paste eingeschmiert hatte. Der Geschmack fauliger Süße machte sich breit. Der Stock glitt bis tief in den Rachen. Laryon versuchte zu schlucken. Er würgte.
»So ist es gut. Nun denn.«

Laryon konnte kaum glauben, dass er bereits wieder aufrecht mit dem Rücken an die Wand gelehnt und einer Decke über den Schultern dasitzen konnte. Bereitwillig nippte er unaufhörlich an einem Becher bitterem Tee, von dem er nur wusste, dass er Calmant enthielt. Er linderte das Brennen in Brust und Hals, das die Gewaltkur des Wanderers hinterlassen hatte. Laryon hatte das Gefühl, ihm wären sämtliche Eingeweide herausgerissen worden, und die Wahrheit war seinem Geschmack nach viel zu nahe dran.

Der Wanderer war dabei, ein Feuer in einem breiten Kamin zu entfachen. Wie Laryon zuvor richtig gesehen hatte, waren sie die einzigen Gäste. Sie befanden sich in einem kahlen, rechteckigen Raum. Kleine Lagerplätze konnten mit Vorhängen abgeteilt werden, die jetzt allesamt mit Schnüren an der Decke befestigt waren. Dazu gab es an der kurzen Seite gegenüber dem Eingang große Fächer, die aus dem Fels herausgehauen und mit Brettern zu Regalen ausgebaut worden waren. Ungefähr in der Mitte des Raumes, direkt hinter dem Kamin, konnte man sehen, wo die Wand der Außenmauer in den Felsen überging. Laryon war froh, dass er direkt am Eingang und somit möglichst weit vom Kamin entfernt saß. Das Fieber verließ seinen Körper nicht so schnell wie das Gift, und der Tee wärmte zusätzlich.

Die Tür ging auf, und Tom betrat den Raum. Als er sah, dass der Grenzreiter aufrecht saß, begann er zu strahlen. Er kam näher. Laryon umklammerte den Becher. Die inzwischen schon wohlvertraute Wut kroch in ihm hoch. Konnte dieser Quälgeist ihn nicht einfach in Ruhe lassen?!

»Oh Mann, bin ich erleichtert, wirklich. Hör zu, es tut mir …« Tom hielt verlegen inne. Der hasserfüllte Blick, der ihn traf, hielt ihn schnell davon ab, sich weiter zu verteidigen.

»Hast du eben über mich geschrieben?«, zischte Laryon unheilvoll. Er setzte sich ein wenig aufrechter und vermied es, den Kopf zu heben. Es war unglaublich. Dieser Trampel wusste noch nicht einmal, was sich gehörte. Stand über ihm, als ob er irgendein Recht hätte, auf ihn herabzusehen. Mit einem uneleganten Plumpser ließ Tom sich nieder. »Besser?«

Laryon nippte am Tee. Besser wäre es, Tom würde gehen.

»Wie geht es dir denn jetzt?«, erkundigte sich sein Gegenüber nun höflich und erntete dafür einen weiteren vernichtenden Blick.

»Was fragst du, als ob du das nicht wüsstest. Dabei geht es dich nichts an. Gar nichts! Überhaupt nichts!«

»Ich kann doch nichts dafür«, stammelte Tom betroffen.

»Nein? Wofür? Dass ich hier an diesem Ort sitze?«, fauchte Laryon. »Dass ich nicht rechtzeitig in Antron war, um Fynn davon abzuhalten, sich auf die Spur dieser Entführer zu begeben? Magier zu verfolgen? Dafür, dass du mich um ein Haar vergiftet hättest? Oder dafür, dass du mich manipulierst?« Er spürte förmlich, wie der Zorn noch heißer durch seinen erhitzten Körper wallte.

»Ich manipuliere dich doch nicht!«

»Doch, das tust du! Du wühlst in meinen Gedanken herum. Es macht dir Spaß, mein Wissen freizulegen und auseinanderzunehmen. Ich bin für dich doch nur ein spannendes Projekt!«

»Das stimmt doch gar nicht, deine Gedanken interessieren mich nicht die Bohne!«

»Du zerpflückst meine Erinnerungen auf der Suche nach Dingen, die du noch nicht über mich oder andere weißt. Du holst das Unterste nach oben und machst mir Gefühle bewusst, von denen ich bisher keine Ahnung hatte. Tom, ich will das nicht!« Laryon beugte sich immer näher zu Tom, der gleichermaßen zurückwich. »Ich weiß nicht, was du von mir willst. Ich weiß nicht, was du vorhast. Aber ich sage dir noch einmal: Es gefällt mir nicht, dass du mich manipulierst! Ich habe den Eindruck, ich stehe dir bei deinen widerwärtigen Plänen im Weg. Glaub nicht, dass du so einfach davonkommst, wenn du dich mit mir anlegst!« Laryons Stimme war ganz leise geworden. Mit einiger Genugtuung bemerkte er, dass dies auf Tom eine umso bedrohlichere Wirkung ausübte. Er bewegte sich linkisch, als wollte er aufspringen und davonlaufen. Ihre Gesichter waren nur noch wenige Fingerbreit voneinander entfernt, und Tom hatte die Arme kreuzweise um die Schultern geschlungen, wie um sich zu schützen.

»Das ist doch gar nicht wahr. Du übersiehst da einiges«, sagte Tom schnell. Seine Stimme klang zittrig und dünn.

»So?« Fragend hob Laryon die Augenbrauen und sah Tom auffordernd an.

»Erst mal hast du selbst entschieden hierherzukommen, ich habe dir gesagt, dass du tun kannst, was du für richtig hältst.« Laryon schnaubte verächtlich, als Tom vergeblich versuchte, ein überzeugendes Gesicht aufzusetzen.

»Oh ja«, stimmte Laryon zu und lachte boshaft. »War das denn wirklich meine eigene Idee? Oder hast du schnell ein bisschen auf deinem Laptop herumgetippt«, er betonte die beiden Worte besonders abfällig, »während ich versuchte, über die Grenze nach Antron zu gelangen?«

»Viel wichtiger ist doch, dass du überhaupt nicht wüsstest, was mit Kary passiert ist und wer ihn entführt hat. Und warum würdest du Fynn abhalten, wenn du gar nicht wüsstest, wovon?«

Laryon schwieg verdutzt.

Mit einer versöhnlichen Geste drehte Tom ihm die Handflächen zu und richtete sich etwas auf. Er holte tief Luft und fuhr hastig fort: »Ich nehme deine Gedanken immer stärker wahr. Aber dagegen kann ich gar nichts tun. Kann sogar sein, dass ich Dinge weiß, die du selbst vergessen hast. Was soll ich denn machen? Außerdem will ich dich nicht manipulieren.« Flehend blickte er auf.

»Was du machen kannst? Nicht mehr über mich schreiben. Gar nichts. Lass es einfach sein.«

»In Ordnung. Abgemacht. Ich schreibe nichts mehr. Obwohl – was ist, wenn du in Gefahr gerätst? Vielleicht könnte ich dann helfen.«

Laryon gab keine Antwort. Stattdessen sank er in sich zusammen und stierte nachdenklich vor sich hin. Langsam wich seine Wut größer werdender Ratlosigkeit. Das Calmant wirkte allmählich. Er war müde. Es war so anstrengend, sich damit nun auch noch auseinandersetzen zu müssen. Die Stille des Raumes wurde lediglich von dem leisen Prasseln des Feuers durchbrochen, in dem der Wanderer immer noch herumstocherte.
Unschlüssig starrte Laryon Tom ins Gesicht. »Woher soll ich wissen, ob ich dir trauen kann? Du besitzt Macht über mich.«
»Von der ich nicht weiß, wie ich sie nutzen könnte. Ich will dir nichts Böses. Da läuft gerade was ziemlich aus dem Ruder.«
»Du schreibst etwas, und dann wird es wahr. Wenn du jetzt schreibst, ich liefe gegen eine Felswand, muss ich das dann tun?«
»Ich glaube nicht.«
»Aber du weißt es nicht.«
»Nein.«
»Gleichzeitig hast du Angst vor mir. Warum?«
»Eben weil ich das Gefühl habe, dass ich keine Kontrolle über dich habe. Der Laryon in meinen Geschichten ist ausgeglichen und zufrieden mit sich und der Welt. Du bist völlig aggressiv und voll mit düsteren Gedanken. Ich finde das total schrecklich. Außerdem hast du Kraft und bist trainiert. Wenn du mich angreifen würdest, hätte ich keine Chance.«
»Angreifen? Warum sollte ich dich ohne Grund angreifen? Hältst du mich für einen irren Wilden? Ich habe in meinem ganzen Leben noch niemanden getötet oder schwerer verletzt.«
»Du kannst hervorragend mit deinem Schwert umgehen.«
»Ich kann was?« Amüsiert schüttelte Laryon den Kopf und schwieg, seinen Gedanken nachhängend.
»Junge, bist du leicht zu beeindrucken. Mein Schwert löste sich vom Sattel und schwebte Gorn entgegen, als ich es zum letzten Mal angefasst habe.«
»Aber du hast das Potenzial.«

»Potenzial? Tom, ich bin Grenzreiter und kein Krieger!«
Laryon stellte den leeren Becher neben sich ab und drückte seinen Rücken gegen die kühle Wand. Es war viel zu warm. Tom kauerte eine Armlänge von ihm entfernt. Er schien hin- und hergerissen zwischen dem Verlangen, etwas wiedergutzumachen und möglichst großen Abstand zu halten. Laryon lachte laut auf, während er ungläubig den Kopf schüttelte. Tom sprang hoch und sah ihn fassungslos an.
»Hast du was gehört?«, fragte er eindringlich.
»Was denn? Nein, nichts.«
»Genau!« Tom hob eine Hand vor den Mund und schüttelte ratlos den Kopf, während er etwas vor sich hin murmelte.
»Sprich lauter, ich verstehe dich nicht«, fuhr Laryon ihn an. Anstrengend, dieser Mensch war einfach nur anstrengend.
»Aber jetzt verstehst du mich, oder?«
Tom hatte die Hand nicht vom Mund genommen.
Tom hatte nicht lauter gesprochen.
Tom hatte einfach gar nichts gesagt.
Toms Stimme war in seinem Kopf. Tom war in seinem Kopf. Nur mit Mühe konnte Laryon die aufwallende Panik zurückhalten, die ihn endgültig an seinem Verstand zweifeln ließ. Nahm dieser Alptraum überhaupt kein Ende?
Der Wanderer hatte gesehen, dass Laryon den Becher abgestellt hatte, und näherte sich mit einer bauchigen Teekanne.
»Es tut gut, dich wieder munter zu sehen. Diese Kanne Tee kann ich dir wahrlich nicht ersparen, doch spätestens morgen früh sollte das Fieber endgültig abgeklungen sein, damit wir weitergehen können.« Er hob einen Leuchtstab, der in einer Bodenhalterung in der Nähe steckte, und schwenkte ihn in Toms Richtung. Dieser wich mit einem großen Schritt aus. Unwillkürlich musste Laryon an ein verschreckt aufflatterndes Huhn denken. Toms Augen waren unnatürlich groß und blutunterlaufen. Hatte er geweint? Falls ja, war es beruhigend zu

wissen, dass er sich über seine Fehlleistungen immerhin Gedanken machte.

»Such dir einen Platz, wo du schlafen möchtest, und lass Laryon für heute seinen Frieden. Husch, ab mit dir!«, rief der Wanderer und schaffte es tatsächlich, Tom zu vertreiben. Er trollte sich zu einem Platz in der Nähe des Kamins, steckte sich etwas in die Ohren, an dem lange Schnüre befestigt waren, und legte sich mit dem Rücken zu ihnen hin. Der Wanderer beobachtete ihn missbilligend, während er Laryons Becher füllte.

»Ich frage mich, was mit ihm los ist. Er wirkt noch unruhiger und fahriger als ohnehin schon«, brummte Laryon. Sich um Tom Gedanken zu machen, lenkte ihn ein wenig von der Frage ab, ob und wie er es ertragen könnte, dass dieser zukünftig in Gedanken zu ihm sprechen würde.

»Nun, ich bin nicht ganz unschuldig an seinem Zustand.« Der Wanderer grinste listig. »Ich habe ihm, deine Erlaubnis vorausgesetzt, den Inhalt dieses silbernen Päckchens verabreicht. Es ist ein Rauschmittel. Tom wird dich den Rest der Nacht nicht mehr behelligen.«

Laryon atmete tief durch. Der Wanderer hatte ja keine Ahnung, welche Erleichterung er ihm soeben verschafft hatte. »Aber woher kennst du dieses Kraut? War das nicht sehr verantwortungslos?«

»Ich musste sicher sein, dass ich mich ungestört mit dir unterhalten kann.«

Laryon nippte wieder an seinem Tee. Ihm war sehr wohl aufgefallen, dass der Wanderer seine Frage nicht beantwortet hatte. Doch er war zu schläfrig, um weiter darauf zu dringen.

»Ich denke, es ist Zeit, dir ein paar Dinge beizubringen«, fuhr der Wanderer fort. »Ich lege großen Wert auf ein Gleichgewicht. Und eins solltest du dir wahrlich merken, mein Freund: Die letzte Entscheidung liegt immer bei dir!«

»Ich fürchte, ich kann dir nicht folgen.«

»Du wirst sehen. Hör einfach auf das, was ich zu sagen habe.«

»Woher beziehst du deine Weisheiten? Kanntest du Tom schon vorher? Kennst du seine Heimat?«

»Das nicht, aber ich wandere schon mein Leben lang und sammle unendlich viele Informationen. Es ist ganz leicht, wenn man Augen und Ohren offen hält und mit regem Geist den Geschehnissen folgt.«

Laryon trank weiter seinen Tee und gab sich große Mühe, dem Wanderer zu folgen. Er behauptete, Toms Heimat nicht zu kennen, ohne zu wissen, wo sie überhaupt lag? War das nicht ein Widerspruch?

Der Wanderer ließ sich Laryon gegenüber nieder und stellte den Leuchtstab so, dass er ihre Gesichter beschien, ohne zu blenden. »Worin besteht deine größte Schwierigkeit im Umgang mit Tom? Auf mich wirkt er ganz freundlich, ein wenig unreif, aber doch harmlos und in dieser Harmlosigkeit schon fast wieder liebenswert.«

»Er versucht, Einfluss auf mich zu nehmen. Er manipuliert mich«, knurrte Laryon.

»Nein, genau dies scheint ihm fern zu liegen«, widersprach der Wanderer geduldig. »Ja, er mag Einfluss nehmen wollen. Doch nicht mutwillig oder in planender Absicht, ist er doch aufrichtig und wenig berechnend. Jemanden zu manipulieren, das gehört wahrlich nicht zu seinem Wesen. Schau ihn dir an: Sein argloses Gesicht ist wie ein offenes Buch. Um hinter seine Gedanken zu kommen, muss man sie nicht lesen können.«

»Das ist wohl wahr«, gab Laryon widerstrebend zu.

Unvermittelt begann der Wanderer mit einer Geschichte. »Einige Antworten liegen in der Vergangenheit. Ich erzähle dir die Fabel der freien Entscheidung. Es geht um zwei Männer, wir nennen sie Forma Verbi und Animus.«

»Seltsame Namen«, brummte Laryon, wurde aber nicht beachtet.

»Sie liebten beide die gleiche Frau. Beide wollten nicht, dass ihre Freundschaft daran zerbrach. Nun besaß Animus die Macht, Forma von der Liebe zu dieser Frau abzubringen. Doch Animus bestand darauf, dass Forma sich ausschließlich aus freiem Willen einer zweiten Frau zuwenden solle, die ihm sehr zugetan war.
Forma, der sogar darum gebeten hatte, dass sein Freund diese Macht nutzen solle, wurde wütend. So wütend, dass er in einem Streit blindlings zuschlug. Er konnte Animus nicht töten, doch er raubte ihm mit dieser Tat seine Existenz.
Die Frau, die sich längst entschieden hatte, bekam Angst und floh. So verlor Forma seinen Freund und seine Liebe – und das nur, weil er nicht selbst die Verantwortung übernehmen wollte für das, was er war und wie er empfand.«
Die Worte verhallten sanft im Raum. Laryon fühlte sich in der Stimme des Wanderers geborgen, als ob sie ihn behütete. Er verstand, warum die Menschen ihm gern zuhörten. Träge nahm er den erneut gefüllten Becher aus den Händen seines Gegenübers entgegen. Wie zuvor verschwamm seine Wahrnehmung, und die Zeit schien fast stillzustehen. Doch dieses Mal war es ein freundliches, behagliches Dahingleiten.
»Was soll das bedeuten?«, raunte er endlich in die Stille.
»Es ist ein Gleichnis für deine Situation«, erklärte der Wanderer. »Animus ist ein Worthüter, und Forma ist seine Wortgestalt. Genauso ist Tom dein Worthüter, und du bist seine Wortgestalt. Das ist so, und ihr beide hattet in dieser Hinsicht wahrlich keine Wahl. Er kann dich lenken, beeinflussen, vor Schaden bewahren. Es ist sogar seine Pflicht, er muss das tun, er kann gar nicht anders. Es ist ein Drang in ihm, wie essen oder atmen. Er ist, was er ist.«
»Das klingt nicht sehr gerecht«, protestierte Laryon kläglich. »Was ist denn, wenn er mir – ganz egal, ob mit Absicht oder aus Unbedachtheit – etwas antut oder mich sogar umbringt?«

Der Wanderer lächelte beruhigend. »Ich will es nicht ausschließen, aber das ist doch unwahrscheinlich. Er hat ja selbst einen Worthüter, der darauf achten würde. Es gibt eine ganze Hierarchie, und es gibt Regeln, die verhindern, dass eine Wortgestalt zu Schaden kommt.«

»Also gibt es viel mehr von diesen Hütern und Gestalten? Mehr von … uns?« Laryon richtete sich etwas auf und versuchte, sich zu konzentrieren. »Eine Art Stammbaum? Bin ich auch ein Worthüter?«

»Hast du je den Drang verspürt, über eine Person zu schreiben? Oder väterliche Fürsorge für jemanden empfunden, der nicht mehr als ein Gedanke in deinem Kopf ist?«

»Nein, niemals.«

»Das ist wahrlich die Antwort auf deine Frage.« Der Wanderer strahlte über seinen Schüler und brachte Laryon ebenfalls zum Lächeln. »Nun sind Wortgestalten, die nur Wortgestalten sind, also das Ende der Kette«, erläuterte er langsam weiter, seine Worte mit kurzen Gesten untermalend. »Und jede hat einen Worthüter, der wiederum Wortgestalt eines Worthüters weiter oben in der Hierarchie ist.«

»Also ist ein Worthüter immer beides? Tom ist eine Wortgestalt, so wie ich? Jemand kann das Gleiche mit ihm machen wie er mit mir?« Laryon erntete ein weiteres strahlendes Nicken. Er runzelte die Stirn. »Und wer legt die Zuordnungen fest?«

»Niemand. Sie sind einfach, wie sie sind, und unveränderlich.«

»Was steht am Ende?«, fragte Laryon weiter. »Oder besser gesagt: am Anfang der Hierarchie?«

Der Wanderer schaute ihn verblüfft an. »Die Geschichte.«

»Die Geschichte? Was meinst du damit?«

»Der Ursprung. Jemand, der die Geschichte erzählt. Animus«, zählte der Wanderer zögernd auf. Er wurde unsicher. »Das ist nicht so wichtig«, fügte er eilig hinzu, als er Laryons verständnislose Miene sah. »Viel wichtiger ist, dass du dich mit Toms

Existenz abfindest und ihm nachsiehst, dass er diesen Einfluss auf dich hat. Und ich lehre dich nun ein paar Kniffe, mit denen du ihn in bestimmte Grenzen verweisen kannst.«

»Du meinst«, rief Laryon selbst überrascht von einer plötzlichen Erkenntnis, »es ist ganz gleich, ob und in welcher Form Tom mich zu beeinflussen versucht – er wird immer an Grenzen stoßen, die ich ziehe? Wenn ich die Verantwortung dafür übernehme, was ich bin und empfinde?«

»Ich sehe, du hast wahrlich einen klugen Kopf, Laryon. So ist es. Doch es gibt noch mehr.«

Und Laryon lauschte. Das Calmant wirkte immer stärker, betäubte seinen Verstand und half seinem Körper, die Reste der Vergiftung auszuschwitzen. Es gab so vieles, was er den Wanderer fragen wollte, und es war ihm unerklärlich, wo dessen Kenntnisse herrührten. Doch er hatte genug damit zu tun, das nachzuvollziehen, was er zu hören bekam.

Irgendwann lächelte er froh in sich hinein. Zum ersten Mal seit Tagen verspürte er eine gewisse Erleichterung, die seine Situation etwas erträglicher machte. Es war schlimm genug, sich hier im Norden zwischen grauen Felswänden und Berggipfeln, die einem ständig die freie Sicht auf den Himmel versperrten, zu bewegen. Hinzu kam die beständige Sorge um Kary und die Ungewissheit, wie es Nolen und Fynn erging. Toms Allgegenwart und das Gefühl, geradezu nackt vor ihm zu stehen und das Innerste nicht vor seiner Aufdringlichkeit schützen zu können, das war schlicht grauenhaft und etwas, das Laryon nah an die Grenzen seiner Belastbarkeit gebracht hatte.

Ihm wurde einiges klarer, was die Angelegenheit jedoch nicht weniger kompliziert machte. Er musste nun abwägen, wie er mit dem gerade Gehörten umgehen wollte. Wenn er sein Wissen mit Tom teilte, könnte dieser das ausnutzen – neugierig, wie er war. Sagte er ihm dagegen nichts, war Tom imstande, ihm ungewollt Schaden zuzufügen oder ihn am Ende sogar umzubringen. Eine verfahrene Situation – aktuell allerdings mit einem kleinen Wissensvorsprung für Laryon, was die Möglichkeiten für beide Seiten etwas gerechter verteilte.

22.

Am Abend erreichten Nolen und Fynn unter Wilduns Führung wie angekündigt die Hütte der Bergwächterin. Etwa auf der Hälfte des Anstiegs zur Passhöhe hatten sie den festen Posten der Bergwache passiert. Dort hatten sie eine kurze Rast eingelegt, bevor sie die Schneeschuhe festschnallten und den breiten Passweg in leicht nordwestlicher Richtung verließen. Als die Sonne untergegangen war, hatten die Felsen aufgeleuchtet, und Fynn wurde stumm vor Staunen. Auch danach war es nicht richtig dunkel, denn der sternenklare Himmel warf das Licht des hellen Schnees zurück.

Der Pfad endete auf einem Felsvorsprung über einem steilen Abgrund, nur etwa fünfzig Schritte breit. Auf der Fläche selbst waren einige Schneisen in den Schnee geschaufelt worden, ansonsten gab es keine größeren Anzeichen dafür, dass hier jemand lebte. Ungefähr an der breitesten Stelle lag direkt am Hang eine kleine, aus grauem Fels erbaute Hütte. Genau wie das mit grauem Schiefer bedeckte Dach, hob sie sich kaum vom Schnee ab. Lediglich eine Tür aus weißem Holz war deutlich zu erkennen.

Nolen bedeutete Fynn, zu der Tür zu laufen und dort zu warten. Dann ging er zu Wildun, der ihm ein in Decken gewickeltes Bündel übergab, das an seinem Rucksack befestigt gewesen war. Fynn sah, wie Wildun einige Anweisungen erhielt und schließlich nickte. Nachdem Nolen sich abgewandt hatte, winkte Wildun Fynn schwungvoll zum Abschied und machte sich auf den Rückweg. Schon nach wenigen Schritten war er außer Sichtweite.

Nolen stapfte schwerfällig durch den flachen Schnee der Schneise. Noch bevor einer von ihnen an die Tür klopfen konnte, wurde geöffnet. Eine hochgewachsene blonde Frau stand ihnen gegenüber und strahlte sie herzlich an. Sie hatte überhaupt nichts gemein mit der Vorstellung, die Fynn sich bisher von einer Bergwächterin gemacht hatte. Bendis war auf eine unaufdringliche Weise schön, mit einer Ausstrahlung, die auf Anhieb etwas Vertrautes vermittelte. Sie war nur wenig jünger als seine Mutter, schlank und mit hellen, praktischen Leinenhosen und einem dicken wollenen Hemd bekleidet. Ihre langen Haare hingen zu einem lockeren Zopf geflochten den Rücken hinab. Einige Strähnen hatten sich gelöst und umrahmten nachlässig ihr schmales Gesicht. Ihre Haut war leicht gerötet und betonte den weichen Schwung hoher Wangenknochen. Dominiert wurde ihr Antlitz jedoch von durchdringenden strahlend blauen Augen, die sie jetzt auf Fynn richtete. »Wie schön, dass ihr da seid. Herzlich willkommen! Hinein ins Warme mit euch.« Sie nahm Nolen das Bündel ab und machte Platz, damit sie den Raum durch die schmale Tür betreten konnten. Sie schnallten sich die Schneeschuhe ab und folgten ihr.

Der Raum war fast quadratisch. In der rechten Wand befand sich ein Fenster, das Fynn von außen gar nicht aufgefallen war, daneben ein großer Schrank. Dem Eingang gegenüber, in der Wand, die dem Felsen zugewandt sein musste, befand sich eine weitere Tür. Fynn vermutete, dass sie ein Stück in den Felsen hineinführte. Diese und die Hälfte der linken Wand nahmen Regale ein, in denen sich überwiegend Bücher befanden, aber auch ein paar Alltagsgegenstände wie Schalen und Becher, Vorratskrüge und ein Stapel Tücher. Neben dem Eingang in der Ecke gab es ein kleines Steinbecken mit einem Zufluss darüber, daneben, ebenfalls aus Stein, eine große Platte, mit einem abgedeckten Loch, das von unten befeuert werden konnte. In der Mitte des Raumes stand ein Tisch mit zwei Stühlen.

»Setzt euch«, wies Bendis sie munter an und deutete auf den Tisch. Sie legte das Bündel unter dem Fenster ab. Dann nahm sie einen kleinen Eimer neben dem Schrank und verließ die Hütte. Nolen zog seine Jacke aus und legte sie ebenfalls unter das Fenster. Fynn tat es ihm gleich. Während er seinen Rucksack abstellte, bemerkte er verwundert, dass Nolen die große Satteltasche gar nicht dabeihatte.

»Hast du kein Gepäck dabei?«, erkundigte er sich neugierig.

Nolen ließ seinen Blick durch den Raum schweifen, und für einen Wimpernschlag huschte ein wehmütiger Ausdruck über seine Miene. »Ist das wichtig?«, fragte er ausdruckslos zurück.

Fynn runzelte die Stirn und wusste nicht, was er darauf erwidern sollte. Nolen schien auch keine Antwort erwartet zu haben und setzte sich auf einen der beiden Stühle. Er wirkte schlagartig wieder genauso erschöpft wie in der Nacht, in der er Fynn geholt hatte. Um seine Augen lagen tiefe Schatten, und seine Narben traten scharf auf der grauen Haut hervor. Fynn empfand plötzlich Mitleid. Er wusste nicht, was er tun sollte, daher wandte er sich verlegen dem Becken zu, vor dem er stand.

Mit einem Schwall kalter Luft kam Bendis wieder herein. Sie warf einen kurzen Blick auf Nolen, bevor sie Fynn sanft zur Seite schob und den mit Schnee gefüllten Eimer in das Becken stellte.

»Im Sommer plätschert meine Quelle hier ununterbrochen durch das Haus, aber im Winter friert die Leitung einfach zu. Ist das nicht furchtbar?«, meinte sie lachend, als ob sie das ganz und gar nicht furchtbar fand.

Fynn lächelte sie an. Bendis war ihm sofort sympathisch. Sie hatte eine unkomplizierte und herzliche Ausstrahlung, die ihn auf Anhieb für sich einnahm. Während sie mit einem Zündholz das Feuer entfachte, nahm er die Abdeckung des Feuerlochs ab und stellte den Eimer darüber.

»So«, rief Bendis resolut, während sie sich die Hände mit etwas Schnee säuberte und dann achtlos an der Hose abwischte. »Gleich gibt es Tee. Mehr kann ich leider nicht bieten, denn wie ihr an den fehlenden Spuren gesehen haben müsstet, ist Zweipass inzwischen sehr gemächlich, was die Versorgung mit frischen Vorräten angeht.«

Nolen warf ihr einen missbilligenden Blick zu, schwieg aber. Bendis seufzte und setzte sich ihm gegenüber auf den zweiten Stuhl. Fynn blieb unschlüssig an der Kochstelle stehen. Der Schnee in dem Eimer schmolz allmählich.

»Mein Lieber, was ist mit dir?«, fragte sie besorgt.

Nolen wandte den Blick ab. »Nichts. Das gleiche Spiel wie damals«, wehrte er unwillig ab. Er streckte die Beine aus und versuchte, ein Gähnen zu unterdrücken.

»Was weiß er denn bereits?« Bendis schaute freundlich zu Fynn hinüber.

»Wenig. Geschwätz, das er in der Kaserne aufgeschnappt hat. Das kannst du jetzt machen. Erzähl ihm alles.« Mit diesen Worten erhob Nolen sich ruckartig und war mit einem Schritt an der hinteren Tür. Bendis, die direkt davor gesessen hatte, sprang ebenfalls auf und schnitt ihm den Weg ab. Überraschend breitete sie die Arme aus und umarmte ihn fest. Dabei flüsterte sie ihm etwas ins Ohr. Einen Moment dachte Fynn, Nolen würde sie rüde zurückschieben. Stattdessen lächelte er schief, hob seinerseits die Arme und drückte Bendis kurz an sich. Dann löste er sich sanft, aber bestimmt, und stieß die Tür auf. Undurchdringliche Dunkelheit lag dahinter. Ohne einen weiteren Blick zurück trat er durch die Öffnung und schloss die Tür hinter sich.

Fynn schluckte trocken. Die Geste umgab etwas Intimes und Vertrautes, so dass er sich fehl am Platz vorkam. Wie so oft in den letzten Tagen, fühlte er tiefe Einsamkeit. Am liebsten wäre es ihm gewesen, wenn Bendis ihn genauso in ihre Arme geschlossen hätte. Als ob sie seinen Wunsch gespürt hätte, wandte sie sich um und strahlte ihn wieder an.

»Nur Mut, Fynn. Setz dich. Nolen ist ein großartiger Mensch, aber es kann ganz schön anstrengend sein, längere Zeit mit ihm zu verbringen. Erzähl mir erst einmal alles von dir«, fügte sie energisch in einem Ton hinzu, der keine Widerrede duldete. Fynn setzte sich auf den Stuhl an der Fensterseite, auf dem zuvor Nolen gesessen hatte.

»Wo soll ich denn anfangen?« Er lächelte schüchtern.

»Wo du willst.« Bendis lachte. »Ich will dir nichts vormachen: Ich glaube, ich weiß schon einiges über dich. Bitte erzähl mir alles, was dir wichtig ist.« Während sie sprach, nahm sie zwei Becher aus dem Regal und füllte eine große Teekanne mit getrockneten Kräutern.

»Woher weißt du von mir?«, fragte Fynn erstaunt.

»Von Nolen, von wem sonst?«, erwiderte Bendis ebenso verwundert. Als das Wasser endlich kochte, goss sie Tee auf. Anschließend stellte sie alles zusammen auf den Tisch und setzte sich.

»Triffst du ihn denn häufiger? Erzählt er dann von mir?«

»Er besucht mich jeden Sommer. Na komm, jetzt erst mal du«, kam sie Fynn zuvor, der schon zur nächsten Frage ansetzen wollte. Stockend begann er zu erzählen. Anfangs reihte er unzusammenhängende Erinnerungen an seine Familie aneinander, an seine Schwestern und Freunde, besonders Laryon. Als er bei den Ereignissen der letzten Tage angekommen war, bemühte er sich, ihr möglichst sachlich die Fakten zu schildern, nichts auszulassen und seine Gefühle zurückzuhalten. Dabei richtete er den Blick immer mehr auf die Tischplatte oder seinen Teebecher, den er unbewusst fest umklammert hielt. Auf einmal war alles so leicht. Bendis strahlte die Geborgenheit aus, die ihm bisher

niemand geben konnte. Hartnäckig versuchte er, die aufsteigenden Tränen zu unterdrücken.
Dieses Mal sollte ihm das nicht mehr gelingen. Irgendwann schluchzte er leise vor sich hin, statt zu sprechen. Eine kleine Weile saß Bendis ihm gegenüber, ohne ein Wort zu sagen. Merkwürdigerweise fand Fynn allein das schon tröstlich. Er hatte das Gefühl, dass nichts anderes auf der Welt wichtig war außer ihm und das, was ihn bewegte. Endlich wich ein großer Teil seiner Anspannung.
Irgendwann erhob sich Bendis, beugte sich zu ihm und schloss ihn ebenso fest in die Arme wie kurz zuvor Nolen. Fynn nahm unbestimmt einen Geruch wahr, der in ihm die Erinnerung an unbeschwerte Sommertage wachrief.
»Lieber Fynn. Ihr hattet zuletzt viel Streit, du und dein Vater. Das muss für euch beide schrecklich gewesen sein«, stellte sie behutsam fest. Fynn konnte nur stumm nicken.
»Gab es auch ganz zum Ende hin Streit?«
»Ja«, schniefte er. Er hatte sich etwas beruhigt und konnte wieder sprechen. »Aber das ist nicht das Schlimmste. Das Schlimmste ist, dass er nicht mehr zu mir gekommen ist.«
»Was meinst du damit?« Bendis löste sich und sah ihn aufmerksam an. Fynn betrachtete wieder die Tischplatte.
»An dem Abend, dem letzten Abend, haben wir uns gestritten – wie jeden Abend in letzter Zeit. Mama hat meinen Vater schließlich hinausgeworfen, weil sie fand, dass er immer ungerechter wurde. Das kam schon mal vor. Dieses Mal bin ich wahrscheinlich auch zu weit gegangen. Ich habe ihm gedroht. In der Nacht ist er irgendwann zurückgekommen. Die beiden haben sich wieder vertragen. Ich habe gehört, dass er da war. Aber warum ist er nicht zu mir gekommen? Wenn es ihm wichtig war, sich mit Mora zu versöhnen, warum nicht mit mir? Das sieht ihm nicht ähnlich. Und jetzt ist es zu spät. Es ist nicht mehr wichtig.« Fynns trotziger Ton strafte seine letzten Worte Lügen.

Bendis runzelte die Stirn und überlegte. Dann schenkte sie ihm ein aufmunterndes Lächeln. »Eines Tages wird sich das lösen. Glaub mir.«
Fynn schüttelte unwillig den Kopf, aber es klang überzeugend. Irgendwie wusste er, dass sie recht hatte, auch wenn er nicht verstand, warum. Plötzlich ging es ihm besser.
»In den letzten Tagen hat dir niemand die Gelegenheit gegeben, zu dir selbst zu finden.« Bendis war zu ihrem Platz zurückgekehrt und sprach nun mit sanfter Stimme. »Es tut mir so leid für dich. Aber mehr kann ich jetzt nicht tun. Meine Aufgabe besteht darin, dich auf das vorzubereiten, was vor dir liegt.«
»Den Kampf gegen die Magier?«
»Es gibt keine Magier, Fynn. Die Leute außerhalb der Berge nennen sie so, weil sie es anders nicht verstehen«, erwiderte Bendis nachdrücklich. »Ich werde versuchen, dir zu erklären, wer sie sind. Das macht sie nicht minder gefährlich. Zum Glück gibt es jemanden, der gut auf dich aufpasst und dich begleiten wird.«
Fynn blickte unwillkürlich zur hinteren Tür, doch Bendis schüttelte den Kopf und lächelte warm.
»Niemand, den du dir vorstellen könntest. Es ist ganz einfach und doch so unendlich kompliziert. Es gibt jemanden, der dich lenken kann. Er kann über alles entscheiden, was du tust, alles, was du weißt, und auch alles, was du empfindest. Zu deinem Glück ist es jemand, der mit dieser Macht verantwortungsvoll umgeht. Das ist nicht immer so.«
»Das verstehe ich nicht.«
Bendis nickte zustimmend. »Das kann ich mir denken. Und ich habe so wenig Zeit, dir alles begreiflich zu machen, doch ich werde es versuchen. Deine Lebensgeschichte, Fynn, jemand schreibt sie. Was du Tag für Tag erlebst, das entscheidest du nicht allein. Es gibt jemanden, der über dich und dein Leben wacht und dir bestimmte Richtungen vorgibt. Der dein Innerstes genauso gut

kennt wie du selbst, der alles, was du wahrnimmst, mit deinen Augen sieht oder deinen Ohren hört.«

»Wieso entscheide ich nicht allein? Meine Eltern haben bisher über mein Leben mit entschieden, aber ich kann doch inzwischen selbst bestimmen, was ich mache. Und vor allem, was ich fühle!«, widersprach Fynn heftig.

»Nein.«

Fynn wartete auf eine weitere Antwort, aber Bendis schwieg.

»Es ist mein Leben. Ich bestimme darüber. Allein«, setzte er eigensinnig hinzu. Bendis' Gesichtsausdruck verunsicherte ihn, denn sie schien keine Zweifel an dem zu haben, was sie ihm gerade erläuterte.

»Möchtest du es ausprobieren? Ich würde es dir gern ersparen. Es ist keine angenehme Erfahrung. Deiner Worthüterin ist nicht daran gelegen, ihre Macht zu beweisen«, erklärte Bendis schlicht. Fynn zögerte verunsichert mit einer Antwort. Seine Worthüterin? Er fühlte sich auf einmal beobachtet. Ihm fiel auf, dass ihm die Art, auf die Bendis ihn so eindringlich ansah, bekannt vorkam, aber er konnte nicht sagen, woher. Dann regte sich erneut sein Unwille darüber, jemand anders könnte größeren Einfluss auf ihn nehmen, und er schob den Gedanken energisch von sich.

»Nein!«, stieß er etwas lauter als beabsichtigt hervor. »Nein, ich glaube dir nicht. Was soll der Unsinn?«

»Gut«, erwiderte Bendis gequält. »Was würdest du nun auf keinen Fall tun? Du musst es mir nicht einmal sagen, überlege es dir einfach. Anschließend wirst du genau das tun.« Sie verschränkte die Arme vor der Brust und blickte teilnahmslos aus dem Fenster. Fynn starrte sie verdattert an. Er verstand rein gar nichts. Was sollte diese Scharade? Es gab eine ganze Menge, was er nicht tun würde! Das war ein Spiel, das er nicht mitspielen wollte. Statt Antworten zu erhalten, machte Bendis sich einen Spaß daraus, ihm neue Rätsel zu stellen.

Ärgerlich schlug er mit der flachen Hand auf den Tisch, sprang hektisch auf und war mit zwei Schritten am Wasserbecken. Daneben stand noch der Eimer auf der Steinplatte. Fynn konnte die Hitze spüren, die von der Platte ausströmte. Bendis hatte das Feuer unter der Kochstelle angelassen, damit der Raum geheizt wurde. Feiner Rauch kräuselte aus dem Loch empor. Ruhelos betrachtete Fynn den Eimer, ehe er die rechte Hand in das restliche Wasser tauchte. Er schrie auf. Der Schmerz fuhr ihm durch die Finger bis in die Schultern. Hastig riss er den Arm hoch und starrte ungläubig auf seine Hand. Die Haut färbte sich umgehend rot und brannte.
Bendis betrachtete immer noch die Landschaft vor dem Fenster. »Wenn du möchtest, kannst du deine Hand draußen mit etwas Schnee kühlen, bevor sie noch weiter anschwillt«, schlug sie vor, während sie freudlos die Mundwinkel hochzog.
Fynn stieß die Eingangstür auf und rannte nach draußen. Bald kam er mit einer Handvoll Schnee, in den er die verbrannten Finger drückte, wieder in den Raum. Mit einer fahrigen Bewegung ließ er sich auf den Stuhl fallen und starrte Bendis wütend an. »Was soll das? Was machst du?«
Endlich löste Bendis ihren teilnahmslosen Blick vom Fenster und schaute ihm so lange tief in die Augen, bis Fynn nicht mehr standhalten konnte. »Ich bin nur eine Vermittlerin. Es war deine freie Entscheidung, die Hand in heißes Wasser zu tauchen, vor allem die rechte. Dabei hast du bisher die linke Hand benutzt.« In ihrer Stimme klang milder Spott mit. »Sogar wenn du Dummheiten machst, passt sie auf dich auf. Es wäre ungünstig für dich, wenn du keine Waffe mehr führen könntest, nur weil du dich verbrühen möchtest«, fügte sie unverfroren hinzu.
Sie setzte sich auf dem Stuhl zurecht und betrachtete Fynn wieder etwas freundlicher. »Ganz im Ernst, Fynn. So etwas tut sie nicht gern. Natürlich glaubst du, dass du einen freien Willen hast. Und das stimmt auch. Aber dein Wille und ihre Macht, das

ist eins. Sie würde dich nie gegen dich selbst lenken. Sei ehrlich: Hast du Widerstand gespürt, als du die Hand in den Eimer gesteckt hast? Hast du etwas getan, das du nicht selbst wolltest?«

Fynn schüttelte fassungslos den Kopf. Es hatte keinen Zwang gegeben, kein ungutes Gefühl. In jedem Augenblick hatte er sich ganz normal gefühlt. Die Hand auszustrecken, war seinem eigenen impulsiven Wunsch entsprungen, das stimmte. Aber wieso hatte er einfach so seine Hand in heißes Wasser tauchen wollen?

»Du wirst behutsam gelenkt.« In Bendis' Stimme war die milde Wärme zurückgekehrt. »Es ist ein Geben und Nehmen. Dein bisheriges Verhalten bestimmt das zukünftige. Dein Charakter formt sich in einem Wechselspiel von Beobachtung und Einfluss. Du wirst, was du selbst sein möchtest. Deine Worthüterin besäße die Macht, dich alles tun zu lassen, was sie will. Aber ein verantwortungsvoller Worthüter nutzt diese Macht nicht, sondern lässt dem Charakter seinen Lauf und begleitet ihn.«

Stille umfing den Raum, als Fynn versuchte, Bendis' Erläuterungen zu verstehen. »Bist du auch eine solche Hüterin?«, fragte er schließlich vorsichtig.

»Ich bin Bergwächterin. Das ist etwas anderes.«

»Und jemand lenkt mich?«

Bendis nickte.

»Wie geht das? Kann ich das auch?«

»So einfach ist das nicht«, lachte Bendis. »Nein, du kannst es nicht. Es ist eine Gabe, mit der man geboren wird, genau wie eine Wortgestalt zu sein. So nennt man die, die gelenkt werden, jemanden wie dich. Damit, dass sie existieren, gestalten sie die Worte ihrer Hüter, füllen sie mit ihrem Sein. Nicht jedes Lebewesen dieser Welt wird gelenkt, nur eine gute Handvoll pro Generation. Die Auswahl trifft der Zufall – eine noch höhere Macht? Das kann ich dir nicht beantworten.« Sie zuckte gleichgültig mit den Schultern, als ob dieser Punkt sie nichts anginge. »Wie es geht? Es wird aufgeschrieben, Wort für Wort. Jeder Schritt, jeder Gedanke, alles wird festgehalten. Am Ende ist es deine Lebensgeschichte, die in Worte gebannt und unveränderlich für alle Zeiten festgeschrieben ist.«

»Mein Leben in einem Buch«, hauchte Fynn ehrfürchtig.

»Ja, so kann man es ausdrücken. Es müssen weitere Bedingungen erfüllt sein, damit die Geschichte festgeschrieben wird. Das wirst du später mit eigenen Sinnen erleben, wenn ihr, du und Nolen, aufbrecht.«

»Und meine Hüterin – Worthüterin – schreibt alles auf?« Fynn dachte kurz nach. »Wie schafft sie das? Jedes Leben ist so ... umfangreich.«

»Sie macht es nicht allein. Es gibt immer eine feste Zuordnung. Jeder Worthüter ist für eine oder mehrere Wortgestalten verantwortlich. Aber er schreibt nur über wichtige Ereignisse, Gefühle oder Entscheidungen von großer Tragweite. Den Rest machen die Helfer des Ortes, an dem die Geschichten gesammelt werden. Dann ist da die Zeit. Es spielt normalerweise keine Rolle, wann etwas geschrieben wird. Wenn deine Worthüterin jetzt etwas aus deiner Vergangenheit schreiben würde, dann würde das als deine Erinnerung in deinem Gedächtnis auftauchen, so, als wäre es immer schon da gewesen.« Bendis zögerte kurz, als wollte sie noch etwas hinzufügen, unterließ dies jedoch. »Es gibt noch viele Dinge, die du wissen musst«, fuhr sie fort. »Nolen hat gesagt, du hättest in Zweipass Geschwätz aufgeschnappt. Haben sie dich gefragt, ob du zu denen gehörst, die gegen Magier kämpfen können, zu den Unnahbaren?

Dein Worthüter kann sich dir offenbaren. Das nennt man Verschmelzung. In diesem Augenblick gibt er Macht ab, denn sobald er mit seiner Wortgestalt in Kontakt tritt, könnte diese sich auflehnen und der Lenkung verweigern.« Bendis hielt inne, um ihre Worte wirken zu lassen. Fynn bemerkte nebenbei, dass sie damit ihre eigenen Aussage, er würde fremdbestimmt, abmilderte und ihm ermöglichte, doch an seinen unbeeinflussten und selbstbestimmten Willen glauben zu können.

Aber Bendis schien auf etwas ganz anderes hinauszuwollen. »In dem Augenblick, in dem die Macht geteilt wird, könnt ihr das tun, was Unwissende als Magie bezeichnen: Doppelhandlungen.«

»Doppelhandlungen?«, echote Fynn erstaunt.

»Ganz genau. Zwei Handlungen gleichzeitig. Du führst beide aus, aber die eine initiierst du selbst, die andere dein Worthüter. Dass so etwas möglich ist, offenbarte sich zum ersten Mal im Bergkrieg. Die ›Magier‹ murmelten Worte, vollführten großartige Gesten und zogen so die Aufmerksamkeit ihrer Gegner auf sich. Die Worte oder Gesten dabei dienten lediglich der Ablenkung.

Der Worthüter ließ den Magier währenddessen einen Schwertschlag führen oder Ähnliches. Das war jedoch unmöglich zu erkennen, denn die Sinne sind von der ersten, selbst initiierten Handlung der Wortgestalt – den Worten und Gesten – abgelenkt. Eine ganz einfache Wahrnehmungstäuschung, da der Verstand nicht in der Lage ist zu verstehen, dass gleichzeitig eine zweite Handlung ausgeführt werden könnte.«

Fynn fühlte sich gleichermaßen fasziniert wie verunsichert, doch er konnte nicht aufhören, Fragen zu stellen. »Heißt das, Magier sind Wortgestalten?«

»Ja, zunächst einmal nicht mehr als das. Ihre Worthüter sind das Problem. Sie nennen sich Schwarzkünstler und werden ihrerseits von niemandem gelenkt. Das soll Nolen dir beizeiten erklären.«

Bendis hielt inne, um etwas Tee zu trinken. Fynn dachte, dass sich diese Erklärung der magischen Handlungen völlig einfach und einleuchtend anhörte. Auch wenn der Gedanke, jemand könnte zwei komplexe Handlungen absolut gleichzeitig ausfüh-

ren, seine Vorstellungskraft überstieg. Wobei, wenn er es recht betrachtete, war genau das der Grund, warum es möglich war.
»Es muss Einigkeit zwischen dem Worthüter und der Wortgestalt herrschen, sonst funktioniert es nicht«, fuhr Bendis fort. »Dazu gehört, dass sie aufeinander achten und sich absolut vertrauen. Denn wenn einer von beiden etwas tut, womit der andere nicht rechnet – also der Worthüter einen Befehl erteilt, den die Wortgestalt nicht ausführen kann oder will, oder umgekehrt: die Wortgestalt eine Handlung vollzieht, die dem Worthüter vorher nicht bekannt war –, so führt das für beide zu großen Schwierigkeiten.
Genau das Gleiche würde geschehen, wenn der Worthüter sich seiner Macht nicht bewusst ist. Nicht jeder, der diese Gabe besitzt, weiß auch davon. Es ist Aufgabe der anderen Worthüter, ihn dahin zu führen, dass er seine Fähigkeiten erkennt und sinnvoll nutzt. Darüber hinaus darf er dazu nicht gezwungen werden. Er muss es freiwillig tun. Wenn er denen begegnet, über dessen Leben er bestimmen kann, ohne dass er von diesen Zusammenhängen weiß, wird es gefährlich. Deshalb«, Bendis schloss die Augen und holte Luft, »gibt es die Trennung der Völker. Es gibt zwei Welten, die unabhängig voneinander existieren. Talamh und eine andere, die die Erde genannt wird.« Sie hielt inne. Fynn schaute sie erst ungläubig an, dann grinste er.
»Nein, jetzt machst du dich über mich lustig!«, protestierte er. Diese gesamte Hüter-Wortgestalt-Geschichte war phantastisch genug. Dass Bendis ihm im nächsten Schritt weismachen wollte, dass es tatsächlich Menschen in anderen Welten gab, ging zu weit. Sie wirkte jedoch nicht so, als ob sie Scherze machte. Nach wenigen Augenblicken wurde Fynn wieder unsicher und fragte sich, mit was für Überraschungen der Tag noch aufwarten könnte. Ihm wurde unheimlich.
»So ist es. Es sind die Völker der beiden bekannten Welten. Sie unterscheiden sich gar nicht so sehr, wie du glaubst. Trotz allem

gibt es eine strikte Trennung. Erst durch die Worthüter stehen alle in Verbindung. Sie können sich treffen, miteinander sprechen, und viele wissen über die Werke der anderen Bescheid.«
Eine weitere Pause entstand.
»Und wer lenkt nun mich?«, erkundigte Fynn sich zögernd, obwohl er gar nicht mehr sicher war, ob er das wissen wollte.
»Eine Frau, eine der Besten. Außer dir hütet sie noch eine weitere Wortgestalt. Mit ihm ist sie bereits verschmolzen, und die beiden sind perfekt aufeinander eingespielt.«
Mit einem Mal wurde Fynn die Tragweite des Gehörten bewusst. Sein gesamtes Weltbild war ins Wanken gekommen. Gleichzeitig ahnte er, was von ihm erwartet wurde. Ängstlich schaute er Bendis an. »Kenne ich ihn? Wen hütet sie noch?«
»Mich.«
Fynn schrak zusammen. Er hatte gar nicht bemerkt, dass Nolen im Türrahmen stand. Er lehnte wohl schon eine ganze Weile gegen den hölzernen Pfosten und beobachtete sie. Ein Anflug von Missmut huschte über seine Züge, was vermutlich daher rührte, dass Fynn nicht aufmerksam gewesen war. Er wurde rot und schlug verlegen die Augen nieder. Bendis wandte den Kopf. Sie schien nicht überrascht. »Du findest keine Ruhe«, seufzte sie.
»Ich habe Fynn schreien gehört«, erwiderte er kühl. Fynn ballte unauffällig die verletzte Hand, die er unter dem Tisch hielt, und betrachtete angeregt die Pfütze, die der geschmolzene Schnee zwischen seinen Beinen gebildet hatte. Auf einmal war Nolen über ihm, packte seinen Arm und zwang ihn, die Hand auf den Tisch zu legen. Die Haut war immer noch rot, und auf dem Handrücken hatten sich mehrere Brandblasen gebildet.
»Musste das sein?«, fragte er Bendis scharf. Sie hielt seinem Blick mühelos stand.
»Du weißt besser als ich, dass ich damit nichts zu tun habe«, antwortete sie sanft. Nolen stieß ein unwilliges Zischen aus, richtete sich auf und drehte sich zum Fenster. Draußen strahlte der auf-

gehende Mond ungerührt von einem nachtdunklen Himmel auf die umliegende weiße Fläche.
»Wir können genauso gut aufbrechen. Das muss schneller gehen«, murmelte er. Fynn wandte sich ratlos an Bendis, die energisch den Kopf schüttelte.
»Wir haben nicht einmal angefangen. Wir sind noch nicht annähernd so weit«, widersprach sie.
»Das ist mir bewusst!«, unterbrach Nolen sie heftig. »Uns bleibt nicht viel Zeit. Sie haben immer noch Vorsprung, und jetzt will Trakan, dass wir erst in die Halle kommen.« Er wandte den Kopf um und bedachte Bendis mit einem vorwurfsvollen Blick.
Sie ließ sich nicht beeindrucken. »Ich bin keine Worthüterin. Was soll ich deiner Meinung nach tun?«, erkundigte sie sich nachsichtig.
»Soll ich dir jetzt noch sagen, wie du deine Aufgaben zu erfüllen hast?!«, fuhr Nolen sie plötzlich wütend an. Fynn schluckte verstohlen. Er fühlte sich unbehaglich. Zum ersten Mal erlebte er, wie Nolen jemanden laut und offen angriff. Er erinnerte sich an eine Begebenheit, als er einmal zur Wache gekommen war, um Trogge abzuholen. Dort hatte er unfreiwillig gelauscht, wie sein Vater sich einen schweren Verweis wegen eines Regelverstoßes eingehandelt hatte. Sein Hauptmann war selbst in dieser Situation nach außen hin ruhig und beherrscht geblieben, obwohl er unglaublich wütend gewesen sein musste. Nolen musste unter noch viel größerem Druck stehen, als Fynn auch nur ahnen konnte.
Bendis wurde dagegen immer eisiger, und er konnte spüren, wie ihre bisherige Herzlichkeit unerbittlicher Härte wich. Die Atmosphäre wurde zunehmend unangenehmer und die Spannung zwischen ihnen fast greifbar. Unwillkürlich hielt Fynn den Atem an und musste mit ansehen, wie beide begannen, im wahrsten Sinne des Wortes gegeneinander anzugehen. Bendis

war aufgestanden und zwei Schritte auf Nolen zugetreten, der seinerseits dem Fenster den Rücken zugekehrt hatte.
»Du hast Angst«, bemerkte sie kalt. Aus ihren Augen schossen Blitze.
Nolens Gesicht war wutverzerrt. »Dagegen hast du keinen Respekt«, zischte er zurück.
»Vor wem?«
»Vor einem, der dir sagt, was du tun sollst. Was richtig ist!«
»Ich lasse mich nicht benutzen.« Bendis sprach ganz ruhig, aber ihre Stimme war schneidend. Fynn überlief ein Schauer. Doch Nolen wich nicht zurück.
»Dann unternimm etwas!«, stieß er heftig hervor.
Die beiden standen sich gegenüber und maßen sich mit harten Blicken. Bendis war nur wenige Fingerbreit kleiner und konnte Nolen in die Augen sehen, ohne zu sehr aufschauen zu müssen. Völlig unerwartet hob sie die linke Hand und fuhr mit einer zarten Bewegung die feinen Narben nach. Fynn konnte sehen, wie Nolens Haltung sich verkrampfte. Hastig hob er den Arm, aber Bendis hatte ihre Hand bereits weggezogen und sich abgewandt.
»Es geht nicht«, hauchte sie bekümmert. »Ich kann nichts tun. Wäre ich sonst noch hier?«
Nolen ließ die Schultern sinken. Innerhalb eines Herzschlags war seine ganze Wut verpufft und erneut Müdigkeit gewichen.
»Verdammt, mach es nicht noch schwerer. Lass uns gehen, Bendis«, bat er sie mit matter Stimme.
»Einen Tag! Dann könnt ihr gehen.«
Nolen wollte widersprechen, doch schließlich gab er nach. »Ein Tag – mehr nicht. Morgen Abend brechen wir auf.«
»Gut. Wir beginnen vor Morgengrauen. Für heute ist es genug. Lasst uns noch etwas essen, und dann legt ihr euch schlafen«, entschied Bendis, während sie sich dem Becken und der Feuerstelle näherte, um den Eimer zu greifen.

»Fangt heute an!«, herrschte Nolen sie an.
»Wir werden«, wiederholte sie geduldig, »etwas essen und dann schlafen. Meinetwegen kannst du so lange Löcher in die Luft starren. Dir sollte klar sein, was ich davon halte, wie du mit deinen Reserven umgehst.« Mit einem Nicken beendete sie die Diskussion, und Nolen schwieg tatsächlich.
Bendis sah Fynn ernst an. »Du hättest mindestens einen Monat bei mir bleiben und vorbereitet werden müssen. Es ist nicht immer leicht, mit dieser Situation umzugehen. Doch du scheinst einen festen Charakter zu haben und stark zu sein, Fynn. Ich bin da, wann immer du mich brauchst, um dir zu helfen, mit deinen neuen Erfahrungen umzugehen. Sei es, wie es ist. Möchtest du deine Worthüterin kennenlernen? Bist du bereit, in die Halle zu gehen?«
Fynn fühlte sich elend. Seit Nolen aufgetaucht war, hatte sich die Stimmung verändert. Er hatte noch nie erlebt, dass jemand es gewagt hatte, diesem Selbstsicherheit und Autorität ausstrahlenden Mann zu widersprechen. Bendis war ihm nicht nur ebenbürtig, sie war ihm überlegen.
»Habe ich denn eine Wahl?«, gab er kläglich zurück. Bendis warf ihm ein aufmunterndes Lächeln zu und nickte.

23.

Sie waren früh am nächsten Morgen aufgebrochen und marschierten bereits seit Stunden mit Schneeschuhen, die die Bergwache ihnen überlassen hatte, bergan. Tom war der Letzte in der Reihe, und es fiel ihm schwer, Anschluss zu halten. Den MP3-Player auf den Ohren, hing er lange wirren Gedanken nach, bis ihm auffiel, dass Laryon einen ausgesprochen gelassenen Eindruck machte.

Tom gestand sich nur höchst widerwillig ein, dass er Heimweh hatte. Nicht unbedingt nach Münster, aber er sehnte sich nach Dingen, die ihm vertraut waren. Nicht einmal auf seiner Rucksacktour durch Indien war er sich so fehl am Platz vorgekommen.
Außerdem hatte er das Gefühl, sowohl Laryon als auch der Wanderer ließen ihn absichtlich auflaufen. Morgens beim Packen hatte er festgestellt, dass die Waschsamen allesamt geschmolzen waren und den halben Inhalt seines Rucksacks in eine Pampe aus seifiger Paste und Stoff verwandelt hatten. Der Wanderer hatte ihm daraufhin einen langen Vortrag über die Logik dieser Samen gehalten und wann die Natur es für sinnvoll halten würde, diese zu verteilen, und dass er daher von selbst darauf hätte kommen können, dass die Samenkapseln bei der Wärme des Kamins schmelzen könnten und so weiter.
Laryon hatte einfach nur hämisch gegrinst und wiederholt, er hätte ihm gesagt, die Samen wären nicht reif.
Geholfen hatte ihm keiner, und so packte Tom allein die verschmierten Sachen in eine Plastiktüte und schob sie ganz unten in den Rucksack. Er fühlte sich ungerecht behandelt.
Die grauen Bergwände zeichneten sich scharf gegen den nächtlichen Himmel ab. Es dauerte höchstens noch eine Stunde, bis die Sonne über ihren Gipfeln aufging. Tom ging seine Musik langsam auf die Nerven. Das war ein schlechtes Zeichen. Er stellte den Player ab und staunte. Friedlich lag die Welt da, die Stille nur durchbrochen von den stapfenden Schritten der drei Wanderer und einem gelegentlichen Schnaufen oder Husten.
Nach Sonnenaufgang machten sie eine kurze Rast und aßen von dem Proviant, den die Bergwache ihnen mitgegeben hatte. Tom konnte nun erkennen, dass der Wanderer Spuren folgte, wo Menschen vor ihnen entlanggelaufen waren. Bis dahin war es ihm ein Rätsel gewesen, wie man in der konturlosen Schneelandschaft nicht die Richtung verlor. Je höher sie kamen, desto

häufiger sahen sie kahle Felsen, entweder weil der Wind den Schnee fortgeblasen hatte oder die Wände so steil waren, dass er erst gar keinen Halt gefunden hatte.

Als sie weitergingen, wurde der Pfad, dem sie folgten, etwas breiter. Einträchtig gingen Laryon und der Wanderer nebeneinander her und begannen, sich zu unterhalten. Tom folgte mit kleinem Abstand. Er hatte die Kapuze über die Ohren gezogen und das Salesc um die Hände gewickelt. Unter der dünnen Jeans schmerzte seine Haut vor Kälte, und ihm war durch und durch ungemütlich.

»Ich kenne die ganze Insel, doch in den Bergen zu laufen ist mir wahrlich die größte Freude«, bemerkte der Wanderer sinnend.

»Ich bevorzuge die Weite der Grasebenen bei uns im Süden, wo man den Blick über den Horizont schweifen lassen kann«, widersprach Laryon. »Hier und da ein Stück Wald, das mag angehen, aber die Berge sind mir zuwider. Sie blockieren die Sicht.« Um seine Worte zu bekräftigen, schlug er mit der flachen Hand auf den Fels links von ihm.

Der Wanderer lachte leise. »Mir wird unheimlich, wenn ich keine Wand habe, an die ich mich notfalls anlehnen könnte. Die Felsen bedeuten mir Beständigkeit. Sie geben Schutz und währen noch lange, wenn ich längst nur noch ein Staubkorn der Geschichte bin.«

Unwillkürlich schaute Tom nach oben zu den fernen Gipfeln. Er verstand, was der Wanderer meinte. Im gleichen Moment ging ein Ruck durch seinen Körper. Sein Schneeschuh war an etwas hängengeblieben. Vergeblich versuchte er, seine Hände noch rechtzeitig aus dem Salesc herauszuwinden, bevor er der Länge nach in den Schnee fiel. Stöhnend stemmte er sich auf die Ellbogen und versuchte, sich aufzurappeln. Wenigstens fiel man weich. Dann hörte er unvermittelt ein Schnarren und wandte sich zur Seite. Ein dunkles Loch klaffte in der Felswand in Höhe seines Kopfes, nicht viel größer als ein Kaninchenbau.

Kauerte dort ein Tier? Es verging nicht einmal eine Sekunde, bis ihm etwas entgegensprang. Es fauchte aggressiv. Überrascht wollte Tom seine Hände heben, die er immer noch nicht aus dem dünnen Tuch befreit hatte. Er nahm einen schlanken Körper wahr und ein Maul voller nadelscharfer Zähne, das sich viel zu nah vor ihm öffnete. Dann folgte ein dumpfer Schlag, und das Tier fiel mitten im Angriff zu Boden. Es zuckte noch einmal und lag dann still. Tom hatte nicht einmal Gelegenheit gehabt, wirklich Angst zu empfinden, doch jetzt starrte er mit vor Schreck geweiteten Augen auf den Kadaver.

Laryon fasste ihn am Oberarm, murmelte etwas Beruhigendes und zog ihn hoch. Mit der Fußspitze kontrollierte er, ob das Tier wirklich tot war, bevor er sich hinabbeugte und sein Wurfbeil aus dessen Körper zog.

Er musterte Tom prüfend. »Das war ein Tas. Ziemlich klein, aber ziemlich gefährlich, wenn sie gestört werden. Ist noch alles dran bei dir?«

Tom konnte nur stumm nicken, als er in Laryons ernstes Gesicht aufschaute. Verlegen versuchte er immer noch, seine Hände aus dem Salesc zu winden. Als Laryon das sah, verstand er, was geschehen war. Er legte missbilligend die Stirn in Falten, ehe er sich bückte, um den Kadaver kurzerhand über den Abhang zu werfen. »Wie kann man sich nur so dämlich anstellen!«, schimpfte er dabei. »Du bist hier nicht zu Hause. Hast du das immer noch nicht begriffen? Du bist nicht nur imstande, mich in Gefahr zu bringen, du kannst nicht einmal auf dich selbst aufpassen! Leg das verdammte Salesc um den Hals, wo es hingehört, und komm!«

Ohne ihn eines weiteren Blickes zu würdigen, stapfte Laryon davon. Tom zögerte kurz, ehe er missmutig folgte. Die Situation war für sie beide schwierig, da musste Laryon sich nicht auch noch aufspielen. Er tat gerade so, als ob Tom dieses Vieh mit Absicht in seinem Winterschlaf gestört hätte! Überhaupt war der Grenzreiter seit heute Morgen unglaublich selbstbewusst. Kein Anzeichen von Schwäche, im Gegenteil, und er war fast gut gelaunt. Tom war sich inzwischen sicher, dass er eine Möglichkeit gefunden hatte, ihn aus seinen Gedanken auszuschließen. Die innere Aggression schien verschwunden, stattdessen konnte Tom nur belanglose Überlegungen aufschnappen. Er versuchte, sich stärker zu konzentrieren, aber es war zwecklos. Es ärgerte Tom, auch wenn er gleichzeitig eine gewisse Erleichterung verspürte, als wäre er Verantwortung losgeworden.

Außerdem fragte er sich, ob er wirklich gestern Abend in Gedanken mit Laryon gesprochen hatte. Eine echte funktionierende telepathische Verbindung, was böte das für Möglichkeiten! Sie könnten sich austauschen, andere überraschen, und niemand würde etwas mitbekommen. Es waren nicht einmal irgendwelche Hilfsmittel oder Rituale nötig, es war einfach passiert.

Oder auch nicht. Tom war sich inzwischen nicht mehr so sicher. Seine Erinnerungen an den vergangenen Abend waren unvollständig und verwaschen. Vielleicht hatte er sich das alles auch nur eingebildet.

Er seufzte laut und tief, doch Laryon tat ihm nicht den Gefallen, darauf zu reagieren. Ihn anzusprechen, traute Tom sich im Moment auch nicht. Wenn es doch nur ein Hirngespinst war, würde das nicht gerade dazu beitragen, sein Ansehen bei dem Grenzreiter zu verbessern. Also konzentrierte Tom sich darauf, wo er seine Schritte hinsetzte und die Landschaft zu bestaunen, die, wie er zugeben musste, viel schöner und grandioser war, als alle Worte, die er in seinen Büchern bisher dafür hatte finden können.

Der folgende Tag war der schönste und zugleich anstrengendste, den Fynn je erlebt hatte. Bendis weckte ihn lange vor Sonnenaufgang, und sie begannen mit dem Unterricht.

»Als Erstes, Fynn, widmen wir uns den Wortgestalten. Hast du Geschwister?«
Fynn nickte gespannt. »Drei Schwestern.«
»Wie sehen sie aus?«
»Wie sie aussehen? Ganz normal.«
»Beschreibe mir deine älteste Schwester. Wie sieht sie aus?«
»Normal eben. Kleiner als ich, schüchtern«, stammelte Fynn. Er hatte keine Ahnung. Beschämt erinnerte er sich an Nolens Belehrung, genauer auf seine Umgebung zu achten.
»Wie sieht deine Mutter aus?«
»Also. Sie hat … Sie ist kleiner als ich … braune Augen. Oder doch nicht? Das kann doch nicht sein.« Fynn brach peinlich berührt ab. Sosehr er sich auch bemühte – er glaubte, seine Mutter vor seinem geistigen Auge deutlich vor sich zu sehen, aber sobald er sich auf Einzelheiten konzentrierte, verschwamm das Bild.
»Beschreibe mir Laryon.«
»Er ist der beste Reiter, den ich kenne, schlank, fast dünn. Er ist genauso groß wie ich, und seine Augen sind grau, wie ein Eismeer an einem klaren Wintertag. Schwarze Haare, die er sich ständig aus der Stirn streicht, wenn sie zu lang werden. Er hat ein kleines braunes Mal am Hals, das fast aussieht wie ein winziger Stern. Er ist geschickt und kann sich sehr schnell bewegen und manchmal richtig furchteinflößend werden, wenn er sich gereizt fühlt. Aber meistens hat er gute Laune und ist immer hilfsbereit. Wenn er lacht, hat er Grübchen. Ich ärgere ihn manchmal damit, aber es hält ihn nie davon ab zu lachen.« Fynn stutzte. »Bendis, was soll das?«
»Merkst du nichts?«
»Das ist mir unangenehm.«
»Dass dir dein Freund Laryon mehr bedeutet als deine eigene Familie?« Bendis lächelte warm. »Das ist normal. Ihr seid Wortgestalten. Ihr ragt aus der Masse heraus wie Leuchtfeuer. Du

konntest das schon immer wahrnehmen. Du erkennst ihre Eigenheiten, spürst ihre Ausstrahlung, die Tiefe ihres Charakters. Du fühlst dich zu ihnen hingezogen. Jetzt, da du es weißt, wird es mit der Zeit deutlicher. Wenn du nicht aufpasst, verschwimmt die Wahrnehmung der anderen und wird unscharf und farblos.«
Sie wartete, während Fynn nachdachte. »In Zweipass war Nolen der Einzige«, grübelte er schließlich halblaut, was Bendis mit einem Nicken bestätigte. »Und du, du bist keine Worthüterin, aber du bist auch eine Wortgestalt.«
»Richtig.«
Fynn versuchte, sich seinen Vater vorzustellen. Genau wie bei allen anderen ergab sich kein genaues Bild. Diese Erkenntnis versetzte ihm einen Stich. Es kam ihm vor, als hätte er soeben etwas unendlich Wichtiges verloren. Tiefe Einsamkeit überfiel ihn. Hilflos starrte er Bendis an. Sie lächelte ihn abermals an, freundlich und verständnisvoll, während sie ihm eine Hand auf den Arm legte.
»Du ziehst die falschen Schlüsse, Fynn. Weil du deine Familie oder Freunde anders wahrnimmst, bedeuten sie dir nicht weniger. Du bedeutest ihnen sehr viel. Ja, du bist etwas Besonderes. Das heißt nicht, dass du etwas Besseres bist. Achte auf deine Wahrnehmung, ebenso auf deine Bewertung. Es könnte dich überheblich machen, anders zu sein.«
Fynn schüttelte entschieden den Kopf. »Nein, ich glaube nicht, dass ich besser bin als andere.«
Bendis lachte. »Du hast dein Herz auf dem rechten Fleck, Fynn. Wortgestalten also – die Hauptfiguren und Gestalter ihrer eigenen Lebensgeschichte. Du wurdest nun dein ganzes Leben von deiner Worthüterin begleitet. Einerseits, weil du etwas Besonderes bist, andererseits macht es dich zu etwas Besonderem. Das ist eine Wechselwirkung – und nein, frag mich bitte nicht, wo und wie es anfängt.« Sie lachte wieder und hob abwehrend eine Hand, da Fynn schon den Mund geöffnet und eingeatmet hatte.

Er grinste und folgte ihren Ausführungen. Überwiegend erzählte sie, manchmal leitete sie ihn zu kleinen Übungen an, und immer wieder betonte sie, dass es noch viel, viel mehr gab, was er lernen müsste. Er sollte offenen Herzens und wachen Verstandes das, was auf ihn zukäme, annehmen. Fynn fiel es leicht, diesem Rat zu folgen.

Von Nolen bekam Fynn kaum etwas zu sehen, bis Bendis ihnen am Abend endlich widerstrebend die Erlaubnis gab aufzubrechen.

Es dauerte nicht lange, bis sie bereit waren. Nolen nahm das Bündel, schlug die Decken zurück, und mit einiger Verwunderung konnte Fynn erkennen, dass es sich um zwei leichte Armbrüste und eine Schwertscheide samt Schwert, ähnlich seinem eigenen, handelte. Demnach hatte Wildun die Waffen den Berg hinaufgeschleppt. Bisher war Fynn gar nicht aufgefallen, dass der Hauptmann der Stadtwache unbewaffnet war, so vertraut war ihm dieses Bild. Nolen warf einen bedauernden Blick auf die Armbrüste, hob das Schwert auf und reichte es an Fynn weiter. Danach ergriff er seine Jacke und sah den Jüngeren, der unschlüssig herumstand, auffordernd an.

Endlich entschied Fynn sich verwirrt, die zusätzliche Klinge an seinem Rucksack zu befestigen, während Bendis und Nolen an die Tür traten, die zu der hinteren Kammer führte. Bendis griff in das Regal hinter sich und zog einen großen Leuchtstab hervor, den sie Nolen in die Hand drückte. Dieser knickte den Stab zweimal, der sofort hell aufflammte. Dann öffnete er die Tür und winkte Fynn.

»Wir sollten los.« Seine Stimme klang gewohnt fest und ansonsten ausdruckslos. Er warf Bendis einen letzten funkelnden Blick zu und ging dann voraus in den dunklen Raum. Einen Augenblick war es Fynn, als ob Bendis wieder versuchte, ihn zu umarmen, aber dieses Mal war Nolen schneller und verschwand aus ihrer Reichweite. Fynn wollte gar nicht erst darüber grübeln, warum Nolen den Felsenraum betrat, sondern versuchte rasch, ihm an Bendis vorbei zu folgen. Doch sie hielt ihn an der Schulter zurück und drückte ihn fest an sich. Einen kurzen letzten Augenblick spürte er die freundliche Wärme ihres Körpers.

»Du wirst alles andere auch noch verstehen«, flüsterte sie. »Frag ihn, Fynn. Er muss dir die Antworten geben, für die ich keine Zeit hatte. Pass auf ihn auf! Fynn, versprich mir das!«

»Wieso?«

»Nolen ist lange nicht so widerstandsfähig, wie er den Anschein geben möchte. Natürlich ist er viel zu stolz, als dass er um Hilfe bitten würde. Er braucht dich!« Ihre Augen schimmerten ernst und traurig. »Mögen gute Worte euch behüten.«

Fynn nickte und schlüpfte durch die Tür. Nolen wartete am anderen Ende des Raumes auf ihn. Der Stab in seiner Hand beleuchtete die fensterlose Umgebung, in der sich außer einem Bett, einem Schrank und einer Wand mit weiteren Regalen voller Bücher nichts weiter befand. Die hintere Wand bestand aus massivem Felsen, doch genau gegenüber der Tür gab es einen weiteren Durchgang, der, vermutete Fynn, tiefer in den Berg hineinführte. Er durchquerte den Raum mit wenigen Schritten. Durch die Tür betrat er einen schmalen Gang, in dem sie nur hintereinander gehen konnten. Nolen hielt den Stab möglichst hoch, trotzdem wurde ein großer Teil des Lichtes von seinem schmalen Körper abgeschirmt. Fynn stolperte durch die halbe Dunkelheit und hatte Mühe, Schritt zu halten.

»Sie ist ein freches Biest. Und sie weiß genau, was sie will!«, schimpfte Nolen unvermittelt in barschem Ton. Dabei schwang ein Unterton mit, den Fynn nicht deuten konnte. War es Stolz?

»Sie hat dir gesagt, dass du auf mich achtgeben sollst«, setzte Nolen argwöhnisch nach.

Fynn zog es vor, keine Antwort zu geben, um nicht lügen zu müssen. »Wie habt ihr euch denn kennengelernt?«, versuchte er stattdessen abzulenken.

»Kennengelernt?« Nolen blieb abrupt stehen und drehte sich um, so dass Fynn fast aufgelaufen wäre.

»Hast du keine Augen im Kopf? Sie ist meine Tochter.« Nolen lächelte amüsiert über Fynns verdattertes Gesicht. Das Licht beleuchtete die unversehrte Hälfte seines Gesichtes und ließ seine Züge ausnahmsweise gleichmäßig erscheinen. »Es war dir nicht klar, ich sehe es dir an. Du musst genauer beobachten, Fynn – immer und überall.« Er setzte sich wieder in Bewegung.

»Aber«, stotterte Fynn verlegen, »du hattest doch nie eine Frau.«

Nolen lachte spöttisch auf, lief aber dieses Mal weiter. »Fynn, sei nicht so naiv.«

Zum Glück konnte Nolen nicht sehen, dass Fynn schon wieder rot wurde. Er war vollkommen durcheinander. Wenn es die Absicht des Älteren gewesen war, ihn zum Schweigen zu bringen, dann hatte er das geschafft.

Der Felsengang war länger, als Fynn erwartet hatte. Gleichförmige, unbewachsene grauschwarze Steinwände, die einen niedrigen Durchgang bildeten, in dem man hintereinander aufrecht gehen konnte. Es dauerte nicht lange, und er hatte jegliches Zeitgefühl verloren. Vergeblich versuchte er, sich abzulenken, indem er seine Schritte zählte oder seine Hände am Stein entlanggleiten ließ. Spätestens das Pochen seiner Verbrennung führte ihn aber immer wieder zu den gleichen Gedanken zurück. Er wusste immer noch nicht genau, was von ihm erwartet wurde.

Dann endlich wurde es heller. Fynn konnte in einiger Entfernung eine Öffnung ausmachen, durch die schon erste Streifen des Nachthimmels zwischen schneebedeckten Berggipfeln zu erkennen waren. Als sie ins Freie traten, entfaltete sich ein atemberaubender Blick über die verschneite Berglandschaft, die im sanften Zwielicht schimmerte. Nolen blieb stehen. Der Gang lief auf einem einige Schritt breiten Sims aus, von dem der Wind den

Schnee weggefegt und dunkelgrauen Felsen freigelegt hatte. Sie befanden sich oberhalb eines Taleinschnittes, der vollständig von hohen Gipfeln umschlossen war. Wind und Millionen Jahre hatten eine einzigartige Landschaft geschaffen. Die Gipfel bildeten mal flache Ebenen, die von hohen Schneehauben gekrönt waren, mal erhoben sie sich in mehreren kahlen Zacken aus großen Schneefeldern. Die Felswände ragten steil in breiten grauen und roten Streifen vor dem winterlichen Tiefblau auf. Dort, wo der Schnee ausreichend Platz fand, bildete er breite weiße Streifen zwischen den kahlen Graten.

»Es ist schön hier«, raunte Fynn ehrfurchtsvoll.

Nolen deutete auf die Bergflanke. »Unser Weg führt an den Hängen dieses Kessels vorbei und bis ans Ende des Einschnittes. Dahinter liegt die Bibliothek der Worthüter: die Halle.«

Als er genauer hinschaute, sah Fynn links von sich grellrote Stäbe aus dem Schnee herausragen. Es handelte sich um die gleichen Markierungen wie auf dem Aufstieg von Zweipass. Unter der unberührten Schneedecke musste ein Weg liegen, der sich, dem Verlauf des Tales folgend, zwischen den Felsen entlangschlängelte.

Obwohl die Luft auf der Haut prickelte, empfand Fynn die Kälte nicht als unangenehm. Nolen war stehen geblieben, daher ging Fynn an ihm vorbei und stapfte probehalber auf den Schnee. Er entschied, dass sie sich einigermaßen sicher fortbewegen konnten, solange sie sich nahe an der Felswand und den Markierungsstangen hielten. Nachdem er seine Schneeschuhe angelegt hatte, marschierte er vorsichtig los. Nolen folgte ihm, den Leuchtstab in der Hand.

Das Laufen war mühsam, und sie kamen nur langsam voran. Geruhsamer Frieden lag über der stillen Landschaft und beruhigte Fynns kreisende Gedanken ein wenig. Auch die Anstrengung tat gut, nachdem er den ganzen Tag lang konzentriert gelernt hatte.

Irgendwann war er schweißgebadet. Seine Hose war nass vom Schnee, und unter dem Rucksack klebte ihm das Hemd am Rücken. Immer wieder lösten sich unter ihren Füßen kleinere Schneebretter und rutschten den Abhang hinunter. Doch zum Glück waren an vielen Stellen kräftige Halteseile mit Haken in den Fels geschlagen, so dass sie sich daran festhalten konnten.
Auf einem breiteren Vorsprung legten sie eine kurze Rast ein. Fynn bemerkte, dass Nolen ungewöhnlich erschöpft wirkte, wie er dort aufrecht gegen den Fels gelehnt stand. Das Atmen schien ihm Mühe zu bereiten. Oder war es Fynn nur deutlicher bewusst, da Bendis ihn darauf hingewiesen hatte? Dieser Gedanke brachte ihn zu den vielen weiteren Fragen, die ihm immer noch auf der Zunge brannten.
Plötzlich lächelte Nolen ihn schief an. »Nun stell deine Fragen. Bendis hätte uns nie gehen lassen, wenn sie nicht sicher wäre, dass ich sie dir beantworte. Also muss es sein.«
»Es ist so schrecklich verwirrend«, begann Fynn zögernd. »Ich bin gar nicht mehr sicher, was ich alles hören möchte. Vor allem die Vorstellung, dass alles von außen gelenkt wird.«
»Alles?« Nolen runzelte leicht die Stirn.
»Dass ich keinen eigenen Willen habe. Dass alles durch die Worthüterin bestimmt wird.«
»So ist es nicht. Worthüter mit Verantwortungsgefühl greifen nur selten in unser Leben ein. Sie dokumentieren es und hegen kein Interesse zu manipulieren. Ist es erst zu einer Verschmelzung gekommen, kann ein offener Austausch stattfinden. Du kannst dich dem Willen deiner Worthüterin widersetzen.
Die wenigsten Wortgestalten wissen überhaupt davon. Die meisten Worthüter verzichten darauf, sich zu erkennen zu geben. Du hast es erlebt, es ist nicht zu spüren.«
»Und man wird vor Gefahren behütet«, bestätigte Fynn, während er auf einem kleinen Apfel kaute, den er in der Tasche seiner Jacke gefunden hatte. Dann stutzte er. »Was ist dann mit

dir? Du wurdest schwer verletzt«, wagte er vorsichtig einzuwenden, aber Nolen schien ihm das nicht übelzunehmen.
»Richtig«, erwiderte er gelassen. »Nur schwer verletzt. Ich lebe noch.« Er schien diesen Punkt nicht weiter vertiefen zu wollen und bedachte Fynn stattdessen mit einem langen, unergründlichen Blick, dem dieser nur einen kleinen Moment standhalten konnte. Dann drückte Nolen sich von der Wand ab und marschierte los. Seine linke Hand ließ er an dem Seil entlanggleiten, um bei Bedarf zuzugreifen. Fynn folgte ihm auf die gleiche Weise.
»Was erwartet uns in dieser Halle?«, fragte Fynn schon nach kurzer Zeit weiter. »Ich weiß immer noch nicht, was ich für Aufgaben habe und warum ich hier bin. Meine Ausbildung ist es nicht, so viel ist mir klar.« Obwohl Fynn sich Mühe gab, klang der letzte Satz etwas patzig. Das ärgerte ihn, da er befürchtete, dass Nolen das Gespräch sofort wieder beenden würde, wenn er merkte, dass er ungeduldig wurde.
»Ich erkläre es dir. Erwarte nicht, dass du dich besser fühlst, sobald du Zusammenhänge verstehst«, entgegnete Nolen nüchtern. Sofern er Fynns Unruhe wahrgenommen hatte, ließ er sich das nicht anmerken.
»Worthüter fassen das Leben der Wortgestalten in einer Geschichte zusammen, die in der Halle archiviert wird.
Hat Bendis dir gesagt, dass ausnahmslos jeder Worthüter auch eine Wortgestalt ist? Vor fast vierzig Jahren versuchten ein paar Worthüter erfolgreich, ihre eigenen Wege zu gehen – das waren die Schwarzkünstler.«
»Warum?«
»Sie suchten den Eingang zur Halle. Die Wortgestalten der Schwarzkünstler waren die Magier, welche die Bergwächterinnen töteten. Hätten sie Erfolg gehabt, wäre der Eingang vom Nordgebirge in dieses Tal offen gewesen.
Es hatte sein Gutes. Seither erst wissen wir, dass ein Worthüter

mit seiner Wortgestalt verschmelzen kann. Zuvor hatte kein Worthüter die Idee gehabt, Verbindung mit den Figuren, die für sie nur in den Geschichten existierten, aufzunehmen. Selbst den wenigen, die wussten, dass sie über das Leben eines realen Menschen schrieben, war es nicht wichtig.« Nolen machte eine Pause und konzentrierte sich auf seine Schritte. Fynn glaubte, ihn keuchen zu hören.

»Soll ich vorgehen?«, bot er zaghaft an.

Nolen ignorierte ihn. »Als ich damals in dem ersten Kampf verwundet wurde, hatte mein Worthüter die Kontrolle über die Handlung verloren. Ich hatte Glück. Wenn der Schwarzkünstler des Magiers, der mich angegriffen hatte, darauf geachtet hätte, wäre ich jetzt tot. Da unsere Gegner verschmolzen waren, waren sie uns haushoch überlegen.

Sie brachten mich zu einer Bergwächterin. Meine neue Worthüterin fand den Mut und suchte mich dort auf. Sobald sie mir gegenüberstand, fand die Verschmelzung statt. Sie hat vollen Zugang zu meinen Gedanken, meinem Bewusstsein, doch sie nutzt das nicht aus. Ich könnte mich ihr verschließen, aber das kostet eine Menge Kraft. Ich vertraue ihr völlig.«

Inzwischen war Fynn sicher, dass er Nolen leise schnaufen hörte. »Können wir kurz anhalten?«

»Wieso?«

»Ich möchte die Hose wechseln«, stammelte Fynn verlegen. Nolen drehte sich um und sah ihn scharf an, aber damit hatte er gerechnet. Unschuldig deutete er mit gesenktem Kopf auf seine Beine. »Die ganze Hose ist nass von der Scheewehe vorhin. Es wird immer kälter.«

Der Ältere brummte unwillig. Während Fynn seinen Rucksack abnahm und erst umständlich ein Hemd hervorholte, das er auf dem Boden ausbreitete, um nicht mit den Füßen im Schnee zu stehen, lehnte Nolen sich sichtlich erschöpft gegen den Felsen. Nachdem Fynn sich umgezogen hatte, verstaute er alles wieder, trank noch einen Schluck Wasser und warf sich den Rucksack auf den Rücken. »Fertig!«

Schwerfällig richtete Nolen sich auf und schritt voraus. Der Stab gab kaum Licht an die Umgebung ab, doch es war ohnehin nicht richtig dunkel. Der Schnee tauchte das gesamte Tal in einen matten blaugrauen Schimmer.

»Nach eurer Begegnung habt ihr nach anderen Wortgestalten gesucht, und sie haben ihre Worthüter getroffen und sich verschmolzen«, nahm Fynn den Faden der Geschichte wieder auf.

Nolen nickte.

»Dann habt ihr auch Doppelhandlungen eingesetzt?«

»Magie, ja. Im Gegensatz zu der Mördertruppe achteten wir darauf, dass es niemand zu sehen bekommt. Unsere Fähigkeiten blieben ein weiteres Geheimnis der Unnahbaren.« Fynn grinste, weil er begriffen hatte, wie wenig Nolen diese Mystifizierung der Gruppe schätzte.

»Die Auseinandersetzung fand auf zwei Ebenen statt. Hier in den Bergen kämpften wir, auf einer anderen Ebene die Worthüter«, fuhr Nolen sachlich fort. »Nachdem ich meine Leute gefunden und ausgebildet hatte, waren wir den anderen überlegen, denn wir hatten für jeden Kämpfer einen Worthüter, während mancher Schwarzkünstler mehrere Magier lenkte. Dafür konnten sie Menschen ihrer Existenz berauben und in ein Dasein als Magier zwingen.« Er betonte seine Worte so beiläufig, dass Fynn die Tragweite des Gesagten zunächst gar nicht klarwurde. Als er begriff, was er gehört hatte, sprach Nolen bereits weiter.

»Unzählige Gegner. Wir waren fünfzehn gegen immer und immer wieder neue Gruppen. Wir haben sie nur hingehalten. Während unsere Worthüter versuchten herauszufinden, wer dahintersteckte, waren wir die Köder und mussten die Bergwächterinnen schützen. Fast ein Jahr lang mitsamt dem Winter verbrachten wir hier oben und hofften jedes Mal, das nächste

Gefecht wäre das letzte. Ich habe nur drei Männer und eine Frau verloren, bis es aufhörte. Die Worthüter hatten das geregelt. Wie, habe ich nie erfahren. Ich will es nicht wissen.«

»Menschen in ein Dasein als Magier zu zwingen. Sie wurden zu Sklaven«, murmelte Fynn beklommen. Nolen schwieg. Nur das Knirschen ihrer Stiefel auf dem harten Schnee war zu hören.

Fynn wagte kaum, weiterzufragen. »Glaubst du, diese Schwarzkünstler mit ihren Magiern sind jetzt wieder aufgetaucht?« Ihm wurde unbehaglich, und er konnte dem Bedürfnis nicht widerstehen, sich hastig in der Umgebung umzusehen.

»Ja. Ich habe dir davon erzählt, damit du Zusammenhänge nachvollziehen kannst. Eigentlich bestand genau darin Bendis' Aufgabe.« Er seufzte kurz. Für Fynn war jetzt endgültig klar, wie wichtig das alles sein musste. Nolen hatte in den vergangenen Stunden mehr mit ihm gesprochen als in seinem gesamten Leben zuvor. Ganz nebenbei erschien er ihm weniger verschlossen und distanziert, aber auch sehr besorgt.

Fynn beharrte auf einem weiteren Halt, um sich zu erleichtern. Dabei täuschte er Schwierigkeiten mit dem Schwertgurt vor und benötigte einige Zeit, bis er seine Kleidung wieder geordnet hatte. Nolen schüttelte unmerklich den Kopf. Dann ging Fynn wie selbstverständlich voraus. Da er sich mit der linken Hand hin und wieder am Seil festhalten musste, umklammerte er mit der verbrannten rechten Hand krampfhaft den Stab und ignorierte den Schmerz.

Nolen schnaufte nun deutlich, während Fynn unverdrossen vorausstapfte und seinem Mentor eine kleine Pause gönnte, während er über alles nachdachte. Er begriff langsam, aber sicher die Zusammenhänge. Nur war es genau so, wie Nolen ihm angedroht hatte: Er fühlte sich dadurch nicht besser, sondern zunehmend überfordert. Mit großer Willensanstrengung drängte Fynn das aufkommende Gefühl der Hilflosigkeit zurück.

Endlich hatten sie eine vorspringende Felsnase erreicht, hinter

der das Tal eine Krümmung machte, deren Verlauf der Weg folgte. Nachdem sie den Vorsprung umrundet hatten, öffnete sich vor ihnen ein weiteres Tal.
Unwillkürlich blieb Fynn stehen und starrte ehrfurchtsvoll hinab. Das zweite Tal war kleiner und runder als das, was sie auf ihrer Wanderung durchquert hatten. Auch hier lag überall eine dichte Schneedecke. Genau in der Mitte, umrahmt von zackigen Berggipfeln, wartete ihr Ziel.

24.

Tom stemmte den Oberkörper hoch und krachte mit dem Kopf gegen ein Hindernis. Fluchend ließ er sich hilflos zurücksinken. Im nächsten Augenblick flammte vor seinem Gesicht eine Taschenlampe auf. Er spürte, wie er unter den Achseln gepackt und nach vorn auf die Füße gezogen wurde.
»Vorsicht! Du bist im Schlaf unter diesen alten Tisch gerollt«, hörte er Laryon sagen. Tom versuchte, sein Gleichgewicht zu halten, und stöhnte nur, während er sich den Hinterkopf hielt. Laryon hatte die Lampe gegen die Decke gerichtet, so dass er Tom nicht blendete, und sah ihm prüfend ins Gesicht.
»Wie spät ist es?«, fragte Tom. Außer der Taschenlampe war es stockdunkel im Raum der kleinen Hütte.
»Es muss nach Mitternacht sein.«
»Hast du nicht geschlafen?«
»Der Wanderer hat mich geweckt, bevor er aufgebrochen ist.«
»Was?!«
Laryon nickte mit dem Kopf in Richtung eines Bretterstapels. »Setz dich. Ich werde sehen, ob ich etwas Brennbares finde, damit wir Licht haben. Und ich möchte etwas essen.«
Tom folgte der Anweisung. Vorsichtig hockte er sich auf den

wackeligen Stapel und betrachtete seine Umgebung. Sie befanden sich im Hochtal des Nordgebirges, dem langgestreckten Valun Parora, und hatten in einer der kleinen Hütten, die im Sommer die Schäfer nutzten, Unterschlupf gesucht. Kaum ein Lichtschimmer sickerte durch die grob mit Latten vernagelten Fenster. Stattdessen drang von überall her eiskalter Wind durch die Ritzen. Fröstelnd zog Tom die Schultern zusammen. Er hatte bis auf die dünne Regenjacke all seine Kleidung angelassen, doch nicht einmal das war mit der dünnen Schlafrolle, die er von der Bergwache erhalten hatte, genug.

Laryon hatte seine Jacke an und fror daher nicht. Tom sah ihm zu, wie er zielsicher einige der kleineren Bretter zusammensuchte und sie in einer alten Metallwanne in Brand setzte. Bald schon tanzte ein fröhliches Feuer in den rostigen Überresten. Dankbar spürte Tom die Wärme zu sich hinüberziehen.

»Was ist mit dem Wanderer?«, fragte Tom schließlich leise.

»Er ist gegangen«, erklärte Laryon kurz. Eine böse Vorahnung befiel Tom. Als wollte er sie bestätigen, sah Laryon ihn mit einer Mischung aus Mitleid und Belustigung an. »Er nimmt einen anderen Weg, einen direkten, der uns nicht möglich ist. In die Halle.«

»Bitte? Das klingt ja spooky.«

»Was meinst du damit – unheimlich? Nicht mehr als alles, was in den letzten paar Tagen geschehen ist, zumindest mir. Beruhige dich, Tom. Wenn du mir vom Leib bleibst, werde ich dich nicht fressen.« Laryon bleckte theatralisch die Zähne und grinste dann aufmunternd. Tom fand das weniger lustig. Im flackernden Halbdunkel der Hütte wirkten die Grimassen zusammen mit den umschatteten Augen seines Begleiters durchaus beängstigend.

Laryon hatte seinen Rucksack in der Nähe der Feuerstelle abgelegt und holte nun die Reste des Proviants hervor, die sie von der Bergwache bekommen hatten. Mit Brot, Käse und rosafarbenen Scheiben, die Tom an Wurst erinnerten, richtete er geschickt für beide das Essen her. Seine Schlafrolle breitete er als Unterlage vor dem Feuer aus.

»Das sieht doch ganz wie Hühnchenfleisch aus«, merkte Tom an und wies auf die rosafarbenen Scheiben.

»Das *ist* Hühnchenfleisch. Kannst alles du essen.«

»Wie jetzt? Ich dachte …«

»Keine Landtiere. Essbar ist alles, was Eier legt. Fische und Vögel«, stellte Laryon richtig. »Dass ich Letztere nicht esse, ist tatsächlich ein moralisches *Ding*. Ich habe seit kurzem eine Ahnung, wo es herrührt. Aber ich möchte das Thema höchst ungern vertiefen.«

»Schon gut, verstanden.« Tom war näher an das Feuer gerückt und hatte sich die Kapuze seines Shirts übergezogen. Fröstelnd rieb er sich die Hände.

Laryon schaute auf. Dann griff er in die Rückentasche seiner Jacke und warf Tom seinen Reitumhang zu. »Hier. Er ist zwar nicht sehr warm, aber besser als nichts«, fügte er freundlich hinzu. Tom fing das Bündel und entfaltete dankbar den Umhang, den er sich über die Schultern legte und anschließend mit der Spange am Hals verschloss. Er spürte sofort den Unterschied, sobald die äußere Lederhaut den Wind abhielt, während sich innen eine dünne Schicht Kaninchenfell um seinen Oberkörper schmiegte.

»Nanu? Wofür sind denn die Bänder hier unten?«

Laryon grinste. »Du bist zu klein. Bei mir sind sie genau an der Hüfte.«

Toms Geschichtsausdruck blieb verständnislos. Laryon verdrehte seufzend die Augen. »Deine merkwürdige Phantasie. So ein Umhang ist nicht dazu da, romantisch hinter mir herzuflattern, sondern um Wind und Regen abzuhalten. Mit den Bändern bleibt er fest an meinem Oberkörper, während das untere Ende die Kruppe meines Pferdes abdeckt. Solange man langsam reitet oder läuft, geht es noch ohne die Bänder, aber bei heftigem Wind oder einem schnellen Ritt wäre er nutzlos.«

Fasziniert zupfte Tom an den Lederbändern. Ihm wurde immer deutlicher klar, wie wenig er über das wirkliche Leben auf Willerin und über Laryon wusste. Bei dem, was er schrieb, war ihm tatsächlich der Gesamteindruck wichtig. Seine Leser forderten das. Wenn sein fiktionaler Laryon Patrouille ritt, dann meistens im Galopp mit malerisch wehendem Umhang. Undeutlich formte sich die Erkenntnis, dass selbst die molannischen Pferde kaum regelmäßig sechsstündige Ritte in harter Gangart durchhalten würden.

Tom beobachtete Laryon verstohlen, der sich nun dem Essen widmete. Die Ereignisse der letzten Tage hatten ihre Spuren hinterlassen. Die Haare hingen ihm strähnig in die Stirn, solange er sie nicht mit einer unwilligen Bewegung zurückschob. Er war seit mindestens einer Woche nicht rasiert, dichte schwarze Stoppeln betonten sein Kinn. Um seine Augen hatten sich kleine Furchen eingegraben, die durch feinen braunen Staub, der in ihnen klebte, zusätzlich hervorgehoben wurden. Seltsamerweise haftete Laryon noch kein bemerkenswerter Geruch an – im Gegensatz zu Tom, der inzwischen den Eindruck hatte, auch so ungewaschen zu riechen, wie er sich fühlte. Im Posten der Bergwache waren die Leitungen eingefroren, und mehr als eine nachlässige Wäsche vor ihrem Aufbruch war nicht drin gewesen.

Toms Leser, insbesondere die Leserinnen, wären über Laryons äußerlichen Zustand sicherlich entsetzt. Ihm selbst war das dagegen herzlich gleichgültig. Er dachte ganz praktisch, erst an Wärme, dann ans Essen. Sicher beschäftigte er sich schon in Gedanken damit, was danach kam, doch im Moment besann er sich auf die lösbaren Aufgaben.

»Meine Leser, also eigentlich mehr die Frauen, würden eine Menge geben, dich persönlich zu treffen«, sagte Tom nachdenklich.

»Deine Leserinnen würde ich auch gern kennenlernen«, meinte Laryon mit unbewegter Miene.
»Im Ernst?!«
»Nein!!«
Endlich begriff Tom, dass er nicht länger seinen eigenen Phantasien nachhängen durfte. Die Struktur seiner Geschichten war einfach, die Handlung logisch aufgebaut, die Figuren glatt und berechenbar – sowohl für ihn als auch für seine Leser. Es war eine heile Welt mit strikter Trennung von Gut und Böse. Er wusste selbst, dass er keinen hohen literarischen Ansprüchen gerecht wurde. Aber er hatte Erfolg und konnte, wenn er wollte, zukünftig davon leben, heitere Bücher über das manchmal aufregende, doch insgesamt geordnete Leben auf Willerin zu schreiben.
Die Realität sah anders aus. Laryons Charakter war vielschichtiger, und er war nicht einfach nur der freundliche »Molanne von nebenan« wie in Toms Romanen. Vor allem aber war er ganz und gar nicht dankbar dafür, dass Tom sich in sein Leben einmischte. Warum auch? Entscheidungsfreiheit war ihm immer über alles gegangen. Und eigentlich beharrte er doch nur darauf, mit Respekt behandelt zu werden.
»Was ist los?«
»Hä?«
»Du starrst mich an. Keinen Hunger?« Glücklicherweise klang Laryon nicht verärgert, sondern eher interessiert, während er seinerseits sein Gegenüber musterte. Tom ließ beschämt den Kopf hängen. Auf einmal hatte er so viel zu sagen und brachte doch kein Wort hervor. Er spürte Laryons forschenden Blick auf sich ruhen.
»Du lebst – du bist, existierst«, murmelte er schließlich.
»Tatsächlich!«
»Ja … es … ich … es ist dein Leben, okay?« Tom hob den Kopf. Laryon hatte die Augenbrauen hochgezogen und begegnete ihm mit ratlos-amüsierter Miene.

»Ich habe gar nichts zu entscheiden«, ergänzte Tom nachdrücklich. »Ich habe gar kein Recht, mich einzumischen. Es stimmt schon, irgendwie wollte ich die Kontrolle über das, was du tust. Das steht mir nicht zu. Ich möchte mich in aller Form entschuldigen.« Er stockte. Ihm war irgendwie … dramatisch zumute.

Laryons einzige Reaktion bestand dagegen in einem gleichmütigen Schulterzucken. »Weißt du, ich fange an, mich damit abzufinden. Außerdem unterschätzt du dich. Du musst jetzt nicht so tun, als hättest du gar keine Ahnung von deinen Möglichkeiten.«

»Habe ich die?«

»Was, Ahnung oder Möglichkeiten?«

»Beides. Ich weiß doch nichts, sagst du selbst. Was kann ich schon ausrichten?«

Laryon sah ihn lange wortlos an. Tom spürte ein Kribbeln über seine Haut ziehen, als er versuchte, der eingehenden Prüfung standzuhalten.

»Alles«, murmelte Laryon endlich tonlos. »Mein Leben liegt in deiner Hand.«

Toms Herz setzte einen Schlag aus. Vergeblich bemühte er sich, lässig zu bleiben. »Jetzt übertreibst du.«

Seine Worte blieben zwischen ihnen in der Luft hängen. Das Feuer knisterte und warf unregelmäßige Schatten auf die Holzwände der kleinen Hütte mitten in den Bergen.

Laryon widmete sich einem kleinen Apfel und schnitt ihn mit seinem Messer sorgfältig in gleichmäßige Scheiben. »Glaubst du, ich freue mich darüber?«, raunte er dem Apfel zu.

»Wenn ich versuchen würde, dir etwas anzutun? Du würdest dich doch wehren.«

»Könnte ich? Nein, könnte ich nicht. Ich würde alles machen – mit Freuden, wenn das deinen Vorstellungen entspricht. Wenn ich es richtig verstanden habe, könnte ich mich wehren, wenn mir bekannt wäre, was du vorhast, aber solange das nicht der Fall ist, muss ich das tun, was dir gefällt. Dabei würde ich glauben, es wäre meine freie Entscheidung. Immerhin, ich würde mich gut dabei fühlen.« Laryon grinste schwach.

»Das ist ja völlig abgefahren!«

»Ja.«

»Warum erzählst du mir das? Du lieferst dich mir gerade vollkommen aus!«

Laryons Miene verzog sich schmerzhaft. »Was habe ich für eine Wahl? Ich sage es dir und muss nun darauf vertrauen, dass du verantwortungsvoll damit umgehst. Oder besser gesagt: mit meinem Leben. An dem hänge ich nämlich. Wenn ich dir nichts sage, laufe ich Gefahr, dass du so lange ausprobierst, bis aus Versehen etwas passiert. Ich wollte dir nichts erzählen, aber derjenige, von dem ich erfahren habe, über was für eine Macht du verfügst, ohne dir darüber im Klaren zu sein, meinte, dass dies der gefährlichere Weg wäre. Du hast genug von den Früchten der Erkenntnis genascht, um auf den Geschmack gekommen zu sein. So drückte er sich aus.«

»Er? Wer?«

»Normalerweise wissen Leute wie du von ihrer Gabe, das Leben anderer zu lenken«, fuhr Laryon fort, Toms Frage ignorierend. »Sie nehmen eher sanft Einfluss, schützen sogar das Leben, das ihnen auf diese Weise anvertraut ist. Eine Kontaktaufnahme ist gründlich überlegt und wird intensiv vorbereitet. Was man bei dir nicht gerade behaupten kann.«

»Daher weißt du also, wie du deine Gedanken abschirmen kannst. Jemand, der viel mehr Ahnung hat als wir beide, hat dir das alles erklärt.«

»So ist es.«

»Nun sag schon, wer hat dir das verraten?«

»Kommst du nicht selbst darauf? Der Wanderer. Nachdem du mich fast vergiftet hattest.«

Tom lachte kurz auf. »Logisch, sonst ist uns ja auch niemand großartig begegnet. Der Typ kam mir gleich so merkwürdig vor.« Er schwieg, peinlich daran erinnert, in welcher Gefahr sich Laryon durch seine Unachtsamkeit befunden hatte. Das Knistern des Feuers füllte die folgende Stille.

»Hey, Laryon!« Tom schlug einen lockeren Ton an. Innerlich bebte er vor Aufregung. Es war so wichtig, dass er jetzt die richtigen Worte fand.

Laryon blickte auf.

»Ich möchte dir was sagen. Es klingt vielleicht komisch, wir beide sind ja fast gleich alt. Aber ich bin ja doch so eine Art Vater von dir – also von dem fiktiven Laryon aus meinen Büchern. Deshalb: Du bist mir enorm wichtig. Ich werde dir bestimmt nichts antun. Ich habe verstanden, worauf es ankommt. Ehrlich!«

»Da bin ich beruhigt. Ehrlich.« Laryon war zu einem leicht spöttischen Unterton zurückgekehrt. Aber Tom war ganz sicher, Erleichterung in den grauen Augen zu erkennen. Er nahm sich fest vor, Laryons Vertrauen nie wieder zu enttäuschen.

»Was machen wir jetzt?«, fragte Tom schließlich.

»Ich denke darüber nach aufzubrechen. Der Wanderer hat mir einen Hinweis gegeben.«

»Geht er wirklich zur Halle? Hast du ihm gesagt, dass wir dorthin wollten?«

»Natürlich nicht. Er hielt Wache. Kurz vor Mitternacht weckte er mich und sagte, es wäre Zeit für ihn zu gehen. Er hätte schon zu lange getrödelt, aber unsere Gesellschaft wäre zu erquicklich gewesen. Er müsste nun schnellstens in die Halle, da wir sie ansonsten niemals erreichen würden, und das wäre doch unser Ziel. Es folgte viele Male ›wahrlich‹, und damit war er fort.«

»Du hast nicht nachgefragt, wieso er von der Halle weiß und davon, dass wir dorthin wollten?«

»Ich hatte wohl kaum noch eine Gelegenheit.«
»Und was für einen Hinweis hat er dir gegeben?«
»›Achte auf die Wächter der Berge. Folge ihrem innersten Pfad. Zum Wort der Ewigkeit.‹«
Etwas in Toms Gedanken klingelte bei diesem Zitat. Es klang wie ein Rätsel. Doch er konnte es nicht unterbringen. Einfallslos sah er Laryon an. »Was soll das bedeuten?«
»Ich glaube, es ist ziemlich einfach wörtlich zu nehmen. Es gibt Felsengänge zwischen den Posten und Hütten der Bergwache.«
»Echt?«
»Ja. Nolen erzählte einmal davon, dass es im Winter oft die einzige Möglichkeit ist, entfernter gelegene Hütten zu erreichen. Die Frage lautet aber eher, in welche Richtung wir uns halten müssen.« Laryon wirkte ungehalten, als hätte er schon einige Zeit darüber nachgegrübelt, ohne zu einem Ergebnis zu kommen.
»Zum Wort der Ewigkeit«, wiederholte Tom nachdenklich. Waren das nicht seine Worte? »Die Prophezeiung! Dieses Ding, das du von deinem Vater bekommen hast – zeig mal!« Er streckte auffordernd eine Hand aus. Nach kurzem Zögern griff Laryon unter sein Hemd, zog erst den Lederbeutel, dann den kleineren Samtbeutel hervor und legte die Silberscheibe in Toms geöffnete Hand. Ehrfürchtig betrachtete Tom sie. »Darf ich es öffnen?«
»Natürlich. Vorn ist eine kleine Öse.«
Tom öffnete mit dem Daumennagel die Öse, und der Deckel klappte zurück. »Das habe ich mir ganz anders vorgestellt«, rief er enttäuscht.
»Was denn?«
»Das Herz, es ist ja schief. Das sieht irgendwie schlampig aus. Als hätte es jemand mit einem Pressstempel lieblos einfach hineingehauen.«
»Lass mich sehen.« Laryon nahm das Amulett an sich und legte es auf seine Handfläche. Er stutzte. Die Hand hin- und her-

kreisend, betrachtete er stirnrunzelnd das Innere des kleinen Behälters. »Es bewegt sich, wenn man es dreht. Warum ist mir das nie aufgefallen?«

»Wie meinst du das?«

»Schau selbst.«

Tom nahm es und drehte sich mit ausgestreckter Hand langsam im Kreis. Laryon hatte recht. Das eingeritzte Herzsymbol bewegte sich in gleichmäßig langsamer Geschwindigkeit mit, als ob es auf einer trägen Flüssigkeit läge, pendelte ein wenig nach und blieb dann stehen, die Spitze in die immer gleiche Richtung weisend.

»Das ist ein Kompass. Vielleicht hat der Wanderer das gemeint. Das Herz zeigt in Richtung Halle.«

»Gut möglich«, stimmte Laryon zu.

Tom blickte von dem Silberbehälter auf. »Dann wäre mit der Aufforderung ›Führ zu meinem Herz‹ keine Person gemeint, sondern das Amulett? Kann doch sein, oder?«

»Darauf wäre ich nie gekommen!« Laryon schüttelte ärgerlich den Kopf, während Tom sich um eine neutrale Miene bemühte. Laryon würde es kaum behagen, dass ausgerechnet er etwas herausgefunden hatte, woran er selbst bereits sein halbes Leben lang herumrätselte. Doch ein ganz kleines bisschen stolz auf sich war er schon. Dann fiel ihm noch etwas ein. »Ich habe noch eine Idee. Eins meiner Bücher enthält eine Karte. Wenn du mir den Laptop gibst, könnten wir nachsehen, in welche Richtung das Herz zeigt.«

Etwas widerwillig nickte Laryon und packte den Laptop aus. Kurz darauf erfüllte das vertraute Summen des Geräts höchst unpassend die schlichte Umgebung der halb verfallenen Hütte. Laryon rutschte neben Tom, um ihm über die Schulter zu gucken. Gemeinsam betrachteten sie die Karte. Es handelte sich nur um eine grobe Skizze, aber sie bestätigte das wenige, was sie wussten, anhand der Entfernungsangaben.

Der Grenzreiter deutete auf einen Punkt am Anfang des Hochtals. »Wir sind hier, irgendwo hinter dem Pass Coece. Das Herz zeigt nach Nordwesten direkt auf die Berge. Was nützt uns das jetzt? Selbst wenn wir die Stollen finden, wie sollten wir uns unter der Erde orientieren? Es hat keinen Sinn, nach einem Eingang zu suchen.« Erstaunt bemerkte Tom, dass Laryon anscheinend kurz davor stand aufzugeben. Ganz in Gedanken ließ er seinen Blick an den Wänden der Hütte entlangschweifen.
»Da vorn in der Ecke ist eine Klappe«, rief er überrascht aus. Er starrte mit großen Augen erst auf die Falltür, dann zu Laryon. »Diese Hütte steht frei, ist nicht an einen Felsen gebaut, was bleibt also noch übrig?«, fügte er hinzu.
Erstaunlicherweise reagierte Laryon nicht. »Dies ist eine alte Schäferhütte, hier hat keine Bergwächterin gelebt«, wandte er ein.
»Woher willst du das mit Sicherheit wissen? Denk doch mal daran, wie der Wanderer uns an einigen Hütten vorbeigetrieben hat, obwohl ich längst Pause machen wollte. Erst als wir zu dieser kamen, war er zufrieden. Und ganz offensichtlich weiß er etwas über die Halle und darüber, dass sie unser Ziel ist.«
Tom war aufgesprungen und näherte sich der Ecke. Die Ränder der Falltür hoben sich dunkel und scharf vom Boden ab. An einer Seite entdeckte er ein kleines Loch, durch das man bequem zwei bis drei Finger stecken und die Klappe so anheben konnte. Vorsichtig fühlte Tom mit einem Finger hinein. »Soll ich?«
»Es wird schon kein Ungeheuer herausspringen.« Laryons plötzlich angespannter Ton strafte seine zur Schau getragene Gelassenheit Lügen. Er hielt das Wurfbeil bereits in der Hand.
Tom ging um die Falltür herum und stellte sich auf die Seite mit den Scharnieren. Dann langte er über die Klappe und zog sie Stück für Stück zu sich heran. Es knirschte etwas, ansonsten schwang sie leicht zurück. Einen Moment lang hielt er die

Klappe wie einen Schutzschild vor sich. Als nichts geschah, trat er einen Schritt zurück, legte sie ab und beugte sich ganz langsam vor, um mit der Taschenlampe in das schwarze Rechteck zu leuchten. Ein Schacht mit glatten Wänden führte etwa fünf Meter nach unten, bevor er festen Boden erkennen konnte. In einer Wand waren größere Vertiefungen ausgeschlagen worden, die von kleineren, leicht gewölbten Mulden flankiert wurden. Toms Herz machte einen erleichterten Hüpfer.

»Ein Schacht!«, keuchte er aufgedreht. »Keine Gefahr. Wir sind anscheinend beide mittlerweile etwas schreckhaft.«

Laryon lächelte und hängte das Beil zurück in die Halterung. Die gesamte Situation, stellte Tom fest, zehrte an den Nerven des Grenzreiters, und er war fest entschlossen, sich von nichts und niemandem mehr überraschen zu lassen. Andererseits, wenn ihnen jemand auflauern wollte, hätte er die Gelegenheit längst genutzt und sie angegriffen.

»Und jetzt?« Laryon sah Tom auffordernd an.

»Jetzt gehen wir da hinunter und folgen der Spitze des Herzens.«

»Ist denn da unten nur ein Gang? Kennst du den Weg?«

»Hm. Sicherlich gibt es Abzweigungen. Aber wenn wir dem Herz folgen, sollte das kein Problem darstellen. Hast du eine bessere Idee?«

»Mir missfällt der Gedanke, nicht zu wissen, in welche Richtung wir uns bewegen und wie lange wir unter der Erde sein könnten«, beharrte Laryon.

»Jetzt stell dich nicht so an! Der Gang ist künstlich angelegt, er wird schon irgendwo herauskommen.«

»Es bleibt ein Gang unter der Erde!«

»Na und, was soll denn da schon passieren?«

»Ich bin einfach praktisch veranlagt. Wie ich bereits sagte, dient das einem langen Leben«, stieß Laryon zwischen zusammengebissenen Zähnen hervor und wandte sich ab.

Tom schwieg verwirrt. Er wäre einfach den Gang entlanggelaufen und hätte versucht, die Richtung beizubehalten. Gut, es war sicher klüger, darüber nachzudenken, was sie erwartete. Doch Laryons aggressive Unruhe fand er unangemessen. Was machte es für einen Unterschied, ob sie über- oder unterirdisch liefen? Sollte ihnen der Proviant ausgehen, bevor sie ihr Ziel erreichten, würde es ohnehin schwierig. Aber darüber konnte man sich dann immer noch Gedanken machen.

»Ich habe doch selbst keinen blassen Schimmer, was uns erwartet«, brummte Tom daher widerwillig.

Laryon winkte unwirsch ab. »Schon gut. Du sollst einfach ein wenig darüber nachdenken. Es scheint ja der Weg zu sein, den der Wanderer meinte. Gehen wir.« Er rollte bereits seine Schlafrolle zusammen und griff nach dem Rucksack.

Tom deutete auf den Laptop, der immer noch auf dem Boden stand. »Willst du ihn wieder nehmen?«

»Nein. Du hast ein Versprechen gegeben. Der Laptop ist eine Verbindung zu deiner Welt. Und falls mir etwas zustößt …« Laryon lächelte. Oberflächlich wirkte es unbekümmert, aber Tom spürte im gleichen Augenblick die Gedankenbarriere fallen und bemerkte die Beklemmung dahinter. Er lächelte zuversichtlich.

»Alles wird gut, Laryon!«

»Wollen wir hoffen, dass du recht hast.«

»Was, du kannst mich hören – oder spüren oder was auch immer? Du fängst meine Gedanken auf? Laryon, das ist doch der absolute Wahnsinn!«

Laryon schaut ihn ernst an. »Ich finde es eher anstrengend, du bist wie eine Stimme in mir. Hast du gedacht, du hättest dir das nur eingebildet?«, fragte er laut. Tom lauschte fasziniert dem Unterschied zwischen dem Gesagten und dem Widerhall von Laryons Gedanken in seinem Kopf. Am liebsten hätte er sich sofort wieder hingesetzt und alles in Ruhe ausprobiert,

aber ihm war klar, dass sein Begleiter wohl kaum in der Stimmung dazu war.
»In jedem Fall kann es nützlich sein, wenn wir beide auf diese Weise in Verbindung bleiben können.«
»Das ist mir klar, Tom. Es ist nicht notwendig, mich versöhnlich zu stimmen. Aber was immer du nun tust, denke über die Folgen nach – für dich und für mich. Bitte!«
Tom nickte eifrig. Während Laryon vorsichtig mit dem Abstieg begann, zog er schnell sein Handy aus der Tasche und fotografierte die kleine Hütte. Das Feuer war sorgsam gelöscht, daher war die Beleuchtung seiner Taschenlampe sicherlich zu schwach, aber Tom wollte es wenigstens versuchen. Er hatte auch unterwegs einige Fotos gemacht. Sobald er wieder nach Münster zurückgekehrt war, würde er seine Reise dokumentieren. Sollten seine Leser sich den Kopf darüber zerbrechen, ob sie ihm die Geschichte als wahr abkauften oder als unterhaltsame Spinnerei.
Dann folgte er Laryon. Sachte ließ er die Klappe der Falltür hinter sich zufallen. Der Abstieg war noch leichter, als er erwartet hatte. Die Mulden waren griffig und die Vertiefungen für die Füße leicht nach innen gekippt, so dass man nicht herausrutschte. Nach wenigen Augenblicken stand er neben Laryon und schaute sich im Schein seiner Taschenlampe um.
»Oha! Du hattest recht«, murmelte Tom mehr zu sich selbst. Er erhielt keine Antwort. Sie standen in einem kleinen, langgestreckten Raum, von dem mehrere Gänge in verschiedene Richtungen abzweigten. Außerdem gab es noch zwei kleine Kammern, von denen eine als Lagerraum benutzt worden war. Einige leere Regale und ein klappriger Schrank zeugten davon. Die andere hatte offensichtlich auch als Schlafstätte gedient. Drei schmale Pritschen standen eng nebeneinander dem Eingang gegenüber.
»Sehr einladend«, schnaubte Laryon ironisch. Tom stieß ein

zustimmendes Grunzen aus. Sie warfen einen Blick auf den Herzbehälter, und Tom deutete auf den Gang, der nach Nordwesten führte. »Hier entlang!«
Laryon nahm das Amulett an sich und legte es sich mit der Kette um den Hals, damit sie es jederzeit schnell öffnen und die Richtung kontrollieren konnten.
Der Gang war breit genug, dass sie nebeneinander gehen konnten. Tom überließ Laryon seine Taschenlampe und benutzte selbst eine kleine LED-Lampe, die er am Schlüsselbund trug. Im huschenden Schein setzten sie sich in Bewegung. Tom konnte aus den Augenwinkeln erkennen, dass Laryon unwillkürlich seine rechte Hand auf dem Schaft des Wurfbeils ruhen ließ. Außerdem bestand er darauf, dass Tom wenigstens das Messer an sich nahm, das der Grenzreiter am Gürtel trug. Tom selbst war weniger mulmig zumute. Sie befanden sich doch nicht in einem Rollenspiel, in dem der Spielleiter ihnen Monster auf den Hals hetzte, um die Sache spannender zu gestalten. Was sollte schon in einem alten Berggang auf sie lauern?

Die Wände waren gleichmäßig in den grauen harten Fels geschlagen. Es hatte sicherlich viele Jahre gedauert, um das System anzulegen. Bald wurde der Gang schmaler, und sie mussten hintereinander gehen, doch die Decke über ihnen war immer noch hoch genug, dass nicht einmal Laryon sich ducken musste. Er bestand darauf, dass Tom die Führung übernahm, betonte, er fühle sich wohler, ihn im Blick zu haben. Der Boden bestand ebenfalls aus Fels, doch ihre Schritte hallten kaum wider. Immerhin war es hier unten nicht ganz so kalt wie draußen, so dass Tom warm wurde. Eintönig zog sich ihr Weg durch das Gestein.
»Ich kann es kaum noch erwarten, wieder auf einem Pferd zu sitzen«, murmelte Laryon irgendwann. Es klang verbissen.
»Wieso? Läufst du nicht gern?«

»Das ist es nicht. Ein Pferd braucht Platz. Zu reiten würde bedeuten, dass ich mich nicht in einem schmalen Gang befinde, in dem die Wände auf mich zukommen. Diese Berge waren schrecklich genug, das hier grenzt dagegen an Folter.«
»Das hört sich an, als wärst du klaustrophobisch.«
»Ist das eine Beleidigung?«
»Nein! Das bedeutet, dass du nicht mit engen Räumen klarkommst, dass es dich bedrückt, dir Angst oder zumindest Unbehagen verursacht.«
»Ich habe keine Angst. Ich finde es nur unangenehm, dass die Wände ständig den Eindruck erwecken, sie kämen auf mich zu.«
»Aber das tun sie nicht.«
»Ist mir klar.«
Tom konnte die Anspannung in Laryons Stimme deutlich hören. Er drehte sich kurz um und erschrak. Laryon ließ die Taschenlampe ständig die Wände auf und ab zucken, und seine dunklen Augen folgten nervös dem Lichtstrahl. Sein Gesicht war von einem dünnen Schweißfilm bedeckt, die Konturen stachen scharf aus der blassgrauen Haut hervor. Er hatte die Lippen fest zusammengepresst und atmete flach durch die Nase. Es brauchte keine weitere Bestätigung. Tom konnte sehen, dass Laryon kurz vor einer Panikattacke stand. Das war es also, weshalb er so wenig darauf aus gewesen war, die unterirdischen Stollen zu finden. Fieberhaft dachte Tom darüber nach, wie er ihn ablenken könnte, aber ihm wollte nichts Gescheites einfallen.
»Außerdem wird die Luft dünner, das Atmen wird immer schwerer«, setzte Laryon jetzt leise hinzu. Das stimmte nicht. Die Luft war nicht einmal abgestanden, sondern frisch und kühl, weshalb Tom vermutete, dass es ein Belüftungssystem geben musste. Laryon kam einfach nicht mit der Umgebung zurecht.
Die Rettung nahte in Form einer Höhle. Unvermittelt endete

der Gang in einem größeren unterirdischen Raum, der so hoch war, dass der Strahl ihrer Lampen nicht bis zur Decke reichte. Die Wände waren gerade noch am Rand des Lichtkegels zu erkennen. Mehrere Gänge zweigten in verschiedene Richtungen ab.

Laryon atmete tief durch. »Das ist schon besser.« Er fuhr sich mit der Handfläche durch das Gesicht, um sich den Schweiß abzuwischen.

Tom war beunruhigt. Er wusste nichts über die Stollen. Er war zwar davon überzeugt, dass es nicht ewig dauern konnte, bis sie wieder ans Tageslicht kamen. Aber was wäre, wenn die Gänge flacher oder schmaler wurden oder sie sogar kriechen müssten? Wenn sie Glück hatten, blieb ihnen das erspart, aber wer konnte das schon sagen? Was sollte er machen, wenn Laryon durchdrehte? Das könnte sie beide gefährden.

»Wollen wir hier übernachten? Ich bin ziemlich kaputt«, schlug er endlich hilflos vor. Laryon hatte schon eine ganze Weile unschlüssig herumgestanden und immer wieder die Wände abgeleuchtet. Die hektischen Bewegungen des zuckenden Lichtkegels machten auch Tom allmählich nervös.

»Hier unten? Bist du verrückt?!« Laryons Stimme überschlug sich unerwartet entsetzt. »Wir sollten zusehen, dass wir von hier wegkommen, sonst ersticken wir noch!«

»Die Luft ist völlig okay!«, erwiderte Tom gereizt. Die Situation begann, ihm aus den Händen zu gleiten. Er musste einen Weg finden, um Laryon zu beruhigen.

»Hör zu. Setz dich dort an die Wand, schön aufrecht, und atme tief ein und aus. Entspann dich, okay? Die Luft reicht wirklich noch. Ich möchte noch mal auf die Karte sehen und sichergehen, dass wir richtig sind. Bitte!« Flehend sah Tom zu Laryon auf. Ein leichter Schleier hatte sich auf dessen Augen gelegt. Mit stumpfem Blick schaute er durch Tom hindurch und nickte endlich. Dann ließ er sich schwer an der Wand niedersinken, um mit geschlossenen Augen wie geraten tief ein- und auszuatmen. Tom bemerkte verwundert einen leicht säuerlichen Geruch. Niemals hätte er geglaubt, dass man Angst wirklich riechen könnte. Für ihn war es bisher nur eine blumige Formulierung, die er für die Beschreibung entscheidender Situationen häufig verwendet hatte.

Hastig zerrte er den Laptop aus dem Rucksack und startete den Editor. Er öffnete das richtige Dokument und schrieb, ohne groß zu überlegen, einige Sätze. Tom hatte keine Ahnung, ob es funktionieren würde, aber es kam auf einen Versuch an. Gespannt beobachtete er Laryon, der an der Wand etwas tiefer gerutscht war. Seine Atemzüge wurden gleichmäßiger und entspannter. Nun war zu hoffen, dass seine Träume ihm eine kleine Auszeit bescherten. Mochten diese guten Worte ihn behüten.

Merkwürdigerweise fühlte Tom sich schlecht. Nach Laryons eigener Aussage sollte er seine Gabe dazu benutzen, ihn sanft zu lenken und zu behüten. Das hatte er gerade getan. Trotzdem kam es ihm wie ein Vertrauensbruch vor. Er hatte versprochen, keinen Einfluss mehr zu nehmen. Andererseits empfand er es als Verpflichtung, Laryon zu schützen, wenn es brenzlig wurde. Wo war die Grenze? Grübelnd starrte Tom auf den Bildschirm. Er war hellwach und aufgekratzt.

Welche Rechte und welche Pflichten hatte er hinsichtlich Laryons Leben? Lag es vollständig in seiner Hand? Tom fiel es immer noch schwer anzunehmen, dass über seine Beschreibungen in Büchern hinaus Menschen lebten und handelten. Was Laryon anging, bestand daran aber kein Zweifel. Eine Weile dachte er weiter darüber nach, bis seine Anspannung sich löste. Dann verstaute er den Laptop, rollte seine Schlafrolle aus und legte sich dort, wo er zuvor gesessen hatte, hin. Erschöpft sank er schon nach wenigen Sekunden in einen traumlosen Schlaf.

25.

Es war, als schimmerten die Flanken der Berge. Der volle Mond war gerade über die Gipfel gewandert, und der Schnee reflektierte seinen kräftigen Schein. Im Zwielicht täuschten die Dimensionen, und so konnte Fynn unmöglich abschätzen, wie groß das Tal und das runde Gebäude in seiner Mitte wirklich waren.

Er brauchte nicht weiter hinzusehen. Er erfasste die Halle mit seinem Inneren, als ob das Gebäude eine eigene Seele hätte, die ihm zu verstehen gab, dass er sich am richtigen Ort befand. Er wollte so schnell wie möglich nach unten, in die Geborgenheit der dicken Steinmauern. Gleichzeitig hatte er Angst, sich von der Stelle zu bewegen und festzustellen, dass er einer Sinnestäuschung erlegen war.

Nolen war neben ihn getreten und blickte ebenfalls ins Tal.

»Schön«, flüsterte Fynn ehrfürchtig. Er hätte bis in alle Ewigkeit dort stehen und hinabsehen können.

Nolen wandte sich ihm zu. Seine Augen glitzerten dunkel. »Du kannst es dir überlegen Fynn. Du musst deiner Worthüterin nicht begegnen. Du hast eine Wahl.«

»Du hast mit Absicht gewartet, bis wir hier sind, um mir dieses Angebot zu machen.« Fynn lächelte gefügig. »Ich habe keine Wahl. Ich will dahin!« Die Entscheidung war gefallen.

Mit einem aufmunternden Blick setzte Nolen sich in Bewegung, und sie folgten dem Pfad, der sich in engen Kurven die Bergflanke hinunterwand. Der Weg war von einem behelfsmäßigen Geländer aus Pfosten und Seilen gesäumt, und obwohl Splitt auf die Schneedecke aufgebracht worden war, schlitterten sie mehr abwärts, als sie gingen, so dass Fynn sich nach kurzer Zeit fragte, ob es nicht einfacher wäre, auf dem Hosenboden abwärtszurutschen. Er hatte den Leuchtstab, der allmählich seine volle Leuchtkraft verlor, an einem Riemen seines Rucksacks befestigt. So hatte er beide Hände frei, um sich an den Seilen festzuhalten. Jedes Mal, wenn er mit der verbrannten Hand zupacken musste, biss er sich auf die Lippen, um nicht aufzuschreien, sobald er die Finger krümmte.

Schließlich erreichten sie die Talsohle. Fynn sah nun, dass das Gebäude von einem weißen Mauerring umschlossen war. Er schien eher symbolischen Charakter zu haben, denn er war kaum mehr als hüfthoch. Dort, wo der Weg auf die Mauer traf, erhob sie sich in einem weichen Schwung und umfasste eine kleine Pforte. Es handelte sich um ein oben abgerundetes Holztor, ebenfalls in schlichtem Weiß und gerade so groß, dass sie nebeneinander hindurchschreiten könnten. Auch dieses Tor schien nicht dazu zu dienen, Eindringlinge abzuhalten, denn es war unverschlossen. Dahinter lief der Weg auf ein hohes, gläsernes Tor zu, das auf beiden Seiten von vorgelagerten breiten Säulen flankiert wurde. Daran schlossen sich flache Brüstungen an, auf denen mehrere Feuerschalen standen. Zusätzlich kam helles, weich schimmerndes Licht von riesigen weißen Kugeln hinter der Glasfassade.

Vor dem Tor zeichnete sich der Umriss einer Person ab, die sie offensichtlich erwartete. Als sie näher kamen, erkannte Fynn einen Mann, der sie mit breitem Lächeln empfing. Er reichte Fynn ungefähr bis zum Kinn und war weder besonders schlank noch sehr kräftig. Dichtes rotblondes Haar kräuselte sich widerspenstig auf seinem Kopf, und scharf geschnittene Züge betonten den wachen Blick seiner tiefliegenden Augen, die von vielen kleinen Lachfalten umrahmt waren.

Mit zwei Schritten trat er an Nolen heran und bot ihm seine Handfläche dar. »Es wird Zeit, Nolen. Es freut mein Herz, dich zu sehen. Melanie war in großer Sorge.«

Nolen lächelte leicht und erwiderte die Begrüßung. »Ich weiß. Ich grüße dich, Trakan.«

Trakan wandte sich an Fynn und lächelte ihm freundlich zu. »Herzlich willkommen. Ich bin froh, dass du dich dazu entschieden hast herzukommen.« Fynn nickte verlegen und war zu überwältigt, um etwas zu sagen. Trakan strahlte pure Macht aus. Während sein Äußeres eher unscheinbar wirkte, war seine Stimme volltönend und dunkel. Dazu spürte er eine ähnliche Ausstrahlung wie bei Bendis, etwas, das Sicherheit, ein Gefühl von Zuhause versprach und Sehnsucht weckte. Das alles, zusammen mit dem Hauch des Unbekannten, war fast zu viel für Fynn. Ihm wurde schwindelig.

Trakan bedeutete ihnen mit einer Handbewegung, ihm zu folgen. Er schob den Flügel des Glastors nach innen auf und schritt durch die Halle. Das Tor schloss sich von selbst wieder. »Ihr werdet heute Nacht hierbleiben. Möchtet ihr etwas essen und euch erfrischen oder umgehend Melanie treffen?«

»Sofort zu ihr«, entschied Nolen. Fynn versuchte vergeblich, die Eindrücke, die auf ihn einstürmten, zu verarbeiten, während Trakan Nolen über Angelegenheiten unterrichtete, denen Fynn nicht folgen konnte. Sie durchquerten lange Gänge, von denen unzählige Türen abgingen. Die inneren Ausmaße der Halle schienen mit dem Eindruck, den er von außen gewonnen hatte, überhaupt nicht übereinzustimmen. Überall standen Regale und Vitrinen, in denen sich Bücher befanden. Von kleinen dünnen Heften bis zu großen in Leder gebundenen Wälzern war alles vertreten. Hinter jeder Tür, die offen stand, konnte Fynn Tische erkennen, an denen Menschen saßen, die schrieben – manche mit altertümlichen Federn auf Papier, andere mit normalen Stiften. Einige erzeugten klappernde Geräusche auf metallenen Geräten. Ausnahmslos alle Räume waren bis zur Decke mit Regalen ausgestattet, die weitere unzählige Bücher enthielten. Männer und Frauen standen auf Leitern und überprüften Listen oder ordneten Stapel in die Regale. Überall herrschte ein geschäftiges, aber ruhiges Treiben.

Sie mussten ungefähr das halbe Gebäude umrundet haben, als Trakan einen der Bücherräume betrat. Eine kleine, dunkelhaarige Frau erwartete sie. Sie stand bereits vor dem Tisch und strahlte über das ganze Gesicht. Fynn war sofort klar, wer sie war.

»Nicht erschrecken«, warnte Nolen sanft.

»Hallo Fynn, ich bin Mellie. Ich freue mich, dass du gekommen bist.«

»Ich grüße dich«, erwiderte Fynn hastig und warf Nolen einen verdutzten Blick zu. »Warum?«

»Hat Mellie dich begrüßt? Sie hat nicht gesprochen. Man merkt es kaum, wenn sie vor einem stehen.«

»Wie meinst du das?« Fynn verstand gar nichts.

Mellie lachte. »Erst wenn du jetzt meine Stimme hörst, merkst du den Unterschied!«, sagte sie fröhlich und legte ihm beruhigend eine Hand auf den Unterarm, als sie seine schockierte Miene sah.

»Das ist die Verschmelzung. Schon passiert. Niemand außer dir kann mich jetzt hören.«

»Du sprichst in meinem Kopf? In meinen Gedanken?«

»Genau. Du gewöhnst dich schnell daran. Aber Nolen scheint dir nichts verraten zu haben, der alte Geheimniskrämer.«

»Schlechte Vorbereitung, Hauptmann«, wandte Mellie sich tadelnd an Nolen, der keine Miene verzog. Mellie betrachtete prüfend sein Gesicht und wirkte plötzlich besorgt. »Du siehst arg mitgenommen aus, wenn ich das mal so sagen darf.«

»Danke.«

»Trotzdem schön, dich nach all der Zeit wiederzusehen«, meinte sie leise, und Nolen begegnete ihrem Lächeln zu Fynns Erstaunen ein wenig schuldbewusst.

»Ich lasse euch später euer Quartier für heute Nacht zuweisen«, mischte Trakan sich ein. »Melanie, beginne umgehend mit der Ausbildung von Fynn. Ich lasse euch ein Nachtmahl bringen.«

Er nickte Fynn und Mellie aufmunternd zu und verließ mit Nolen den Raum.
Nachdem Mellie eine der kleinen Kisten, eine Tasse und eine Packung Kekse in eine Tasche gepackt hatte, zog sie Fynn, der unschlüssig zugesehen hatte, am Arm mit sich. »Das ist nicht der übliche Weg, Fynn«, murmelte sie entschuldigend. »Wir haben einfach zu wenig Zeit, dich vorzubereiten. Wir müssen so lange arbeiten, wie wir beide durchhalten.«
Sie folgten dem Gang ein paar Schritte zu einer weiteren Tür. Der Raum, den sie betraten, war überraschend klein und fensterlos, aber mit freundlichen strohgelben Wänden und hell erleuchtet. Er schien eher als Schlafquartier zu dienen: Außer einem Bett, einem Tisch und zwei Stühlen befand sich nichts weiter darin.
Ein kleiner schwarzbrauner Hund begrüßte Mellie freundlich wedelnd. »Darf ich vorstellen: mein Beschützer Henry. Du musst dich vor ihm in Acht nehmen. Er besitzt Killerinstinkt und schafft es, dich totzuschlecken«, stellte Mellie ihn mit gespieltem Ernst vor. Fynn lachte, beugte sich hinab und tätschelte den Hund, der kurz an seiner Hand schnüffelte und sich dann brummend auf das Bett legte, um das weitere Geschehen aufmerksam zu beobachten.
»Setz dich«, fuhr Mellie schließlich ein wenig feierlich fort, während sie den Inhalt ihrer Tasche auf dem Tisch ausbreitete. »Nun also, ich bin deine Worthüterin. Ich werde dich den Rest deines Lebens begleiten, so wie ich es bei Nolen mache.«
»Wie kannst du Nolen sein ganzes Leben lang begleitet haben?«, platzte Fynn sofort dazwischen. »Du bist viel jünger.«
Mellie grinste amüsiert. »Da bin ich aber froh, dass man mir mein wahres Alter nicht ansieht. Ehrlich gesagt bin ich sogar noch ein paar Jahre älter als Nolen. Das erkläre ich dir später. Wenn du willst, erzähle ich dir auch von meiner Welt, damit du das alles ein bisschen besser verstehst.« Sie wurde ernst und musterte ihn eingehend. »Wie geht es dir?«

»Gut.« Fynn wurde rot. »Etwas müde gelaufen, aber sonst gut.« Mellie lächelte. »Es ist wichtig, dass du verstehst, dass ich nichts tun werde, was du nicht selbst möchtest. Nolen wollte, dass ich mit dir Doppelhandlungen übe. Damit fangen wir an, einverstanden?« Mellie schaute Fynn erwartungsvoll an. Dieser hatte längst entschieden, erst einmal alles auf sich zukommen zu lassen und einfach nur das zu tun, was Mellie von ihm verlangte. Sie bemühte sich, behutsam vorzugehen, trotzdem war er im Moment überfordert. Er nickte.

Während Mellie ihm erläuterte, wozu sie diese Kiste, ihren Laptop, benötigte, legte er den Rucksack und seine Jacke neben das Bett und setzte sich ihr gegenüber. Kurz darauf kam ein junger Mann, den Trakan aus der Küche geschickt hatte, mit einem Tablett voller Brot, Kuchenstücken, Wasser und einer großen Kanne.

Nachdem sie gegessen hatten, nahm Mellie eine Handvoll Walnüsse, die ebenfalls auf dem Tablett gelegen hatten, und begann mit der ersten Lektion. »Es geht los. Normalerweise gibt es zwei Möglichkeiten für dich: Du machst etwas, zum Beispiel eine Bewegung. Und fertig. Oder ich als deine Worthüterin lasse dich eine Bewegung machen. Ach, wegen der Hand«, unterbrach Mellie sich selbst verlegen. »Ich hatte nicht mitbekommen, dass das Wasser noch so heiß war. Ist es sehr schlimm?«

Fynn hob die Rechte und begutachtete die geschwollene rote Haut mit den dicken Brandblasen. Schuldbewusst zog Mellie den Kopf ein. »Es tut mir leid. Wir brauchen Zinksalbe«, murmelte sie. »Ich werde gleich etwas besorgen. Hältst du es so lange noch aus? Wir starten mit kleinen Vorübungen. Am besten stellst du dich hinter mich, so dass du den Bildschirm sehen kannst.«

Gehorsam stand Fynn auf und folgte der Anweisung. Auf dem Bildschirm konnte er nur eine weiße Fläche mit einem blinkenden Strich erkennen. Er war aufgekratzt, konnte es kaum noch

erwarten zu erfahren, was Mellie mit ihren rätselhaften Ausführungen meinte.
»Pass auf. Ich lasse dich die Hand heben. Bleib ganz locker, mach einfach nichts. Fertig?« Mellie tippte, Fynn las:
Fynn hob die linke Hand.
Im selben Moment sah er sich selbst seine eigene Hand heben. Genau wie die Bewegungen in der Hütte bei Bendis fühlte es sich ganz normal an. Sprachlos starrte er auf die Worte auf dem Bildschirm. Er war völlig durcheinander.
Mellie sah ihn zufrieden grinsend an. »Ganz einfach, oder? Nächste Übung. Heb die Hand jetzt nicht.« Sie tippte erneut:
Fynn hob die linke Hand.
Nichts passierte. Fynn konnte ein Ziehen spüren, ähnlich dem Gefühl, als ob seine Hand eingeschlafen wäre und jetzt die Durchblutung wieder einsetzte.
»Das hättest du nicht tun können, bevor du mir begegnet bist. Der zweite Trick ist, dass du wusstest, was du verhindern wolltest. Wenn ich dich überrumpeln würde, müsstest du erst einmal herausfinden, was ich dich machen lassen wollte. Dann brauchst du viel mehr Willenskraft, um dich mir zu widersetzen, oder würdest sogar scheitern«, erklärte Mellie weiter. »Jetzt wird es erst spannend: Seitdem du mir nun begegnet bist, haben wir eine dritte Möglichkeit: Wir führen eine Doppelhandlung durch, zum Beispiel eine Bewegung. Stell es dir so vor: Normalerweise gibt dein Kopf deinem Körper den Befehl, eine Bewegung auszuführen. Mein Kopf gibt denselben Muskeln einen Befehl, und du machst beides gleichzeitig. Die Bewegungen – oder Handlungen generell – dürfen sich nicht widersprechen. Außerdem musst du von beiden Handlungen vorher wissen, um sie zuzulassen.
Wir üben das: Du wirst jetzt mit der linken Hand zwei Dinge gleichzeitig machen. Ich gebe einen Befehl für eine Bewegung und du ebenfalls.« Mellie nahm eine Nuss und hielt sie Fynn

hin. »Hier, halte sie in der ausgestreckten rechten Hand. Wenn ich das Zeichen gebe, wirst du mit links deinen Oberschenkel berühren. Ich lasse dich gleichzeitig mit derselben Hand etwas anderes tun, nämlich die Nuss greifen und werfen. Fertig? Los!« Blitzschnell tippte sie einige Worte. Fynn folgte genau ihren Anweisungen und spürte den Druck seiner linken Hand auf dem Bein. Gleichzeitig sah er, wie die Walnuss über seiner rechten Handfläche schwebte, sich dann mit Schwung erhob, um unmittelbar darauf gegen die Wand zu krachen.
Erschrocken hob Henry den Kopf, um mit aufmerksam nach vorn gerichteten Ohren den Weg der Nuss zu verfolgen, die über den Boden klackerte. Dann sprang er vom Bett, schnappte sich die Nuss und schleppte sie zu seinem Platz zurück, wo er sie hingebungsvoll ableckte.
Fynn taumelte fassungslos zwei Schritte zurück und knallte mit den Schultern gegen die Wand hinter sich. Schockwellen durchströmten seinen Körper, so dass er sich verkrampfte. Er war in einer unfassbaren Stimmung, es fühlte sich entsetzlich und dennoch unbeschreiblich schön an. Dabei fiel ihm unangenehm auf, dass Mellie ihn ansah, als wüsste sie ganz genau, was er empfand. Ihm wurde peinlich bewusst, dass er ihr gegenüber nichts mehr verheimlichen konnte. Er fühlte sich ihr ausgeliefert. Verlegen schlug er die Augen nieder, als ihm das Blut in die Wangen schoss.
»Das ist uns allen so gegangen«, flüsterte Mellie, während sie sich diskret abwandte. Fynn schüttelte benommen den Kopf und fasste sich an die Stirn. Das Blut rauschte in seinen Ohren, die verbrannte Hand pochte.
»Du gewöhnst dich daran, wenn du es ein paarmal gemacht hast. Wir können aber auch aufhören, wenn das nichts für dich ist.«
»Nein, nein, ist schon in Ordnung«, krächzte Fynn heiser. Er versuchte noch einmal, das Flimmern vor seinen Augen wegzuschütteln.

»Du kannst auch beide Bewegungen sehen, daher das Flimmern. Wenn du später andere Wortgestalten triffst, hat das viele Vorteile. In einem Kampf kannst du dich auf die gefährliche Aktion konzentrieren. Dich kann so schnell nichts mehr überraschen. Aber das bleibt immer Stress für den Körper.« Mellie wandte sich ihm wieder zu und sah ihn ernst an. »Jede Handlung nimmt deinen Körper in Anspruch. Du musst lernen, darauf zu achten. Wenn du zu erschöpft bist, kannst du sonst in Lebensgefahr geraten.«

»Ich denke, du schützt mich und mir passiert nichts, bevor meine Geschichte nicht zu Ende ist.«

»Schon klar, mache ich auch.« Mellie lächelte nachsichtig. »Ich kann dich vor Unfällen oder einigen Gefahren warnen. Aber wann deine Geschichte zu Ende ist, weiß ich genauso wenig wie du selbst. Auch wenn ich es wüsste: *Das* könnte ich nicht ändern.«

Schweigend grübelte Fynn über ihre Worte nach. Allmählich fühlte er sich wieder einigermaßen normal.

»Willst du weitermachen?«

»Ja. Ja, ich denke schon. Gib mir noch einen Augenblick.«

Mellie erteilte die nächsten Anweisungen, die Fynn konzentriert befolgte. Bald sausten weitere Walnüsse durch die Luft. Eine schleuderte Fynn so hart an die Wand, dass die Schale platzte und die Nusssplitter sich im gesamten Zimmer verteilten. Henry hatte bald genug davon, weitere Beute zu verschleppen, und beäugte sie misstrauisch, die Nase zwischen den Pfoten vergraben. Irgendwann hatte Fynn jegliches Zeitgefühl verloren. Von einer Pferdeherde überrannt zu werden, konnte sich nicht sehr viel anders anfühlen.

Als es kurz darauf an der Tür klopfte, übten sie bereits komplexere Bewegungsabläufe. Nolen betrat den Raum, gab ihnen wortlos mit einem Nicken zu verstehen, sich nicht stören zu lassen, während er einen Verband sowie einen Tiegel mit Salbe auf den Tisch legte und sich Kaffee aus der Kanne nahm. Anschließend setzte er sich auf das Bett neben Henry, der erwartungsvoll mit dem Schwanz auf die Decke klopfte. Der Hund seufzte hingebungsvoll und kuschelte sich an Nolens Seite, der ihm daraufhin die langen Ohren kraulte.

»Das ist klasse, Nolen. Er hat Talent und Biss. Bisher hat er alles gut weggesteckt.«

»Sag ihm das. Fynn ist viel zu bescheiden. Er kann Zuspruch gut gebrauchen.«

»Es kommt mir nicht so vor, dass du dich bisher daran gehalten hast?!«

»Darüber steht dir kaum ein Urteil zu.«

»Herrje, du bist echt nicht gut drauf.«

»Pause«, rief Mellie, klappte ihren Laptop zu und goss sich ebenfalls Kaffee ein. Nolen deutete auf seine Tasse.

»Immerhin hast du Kaffee. Bei Trakan bekommt man nur bitteren Tee. Werde ich nie verstehen.« Nolen verzog angeekelt das Gesicht. Mellie lachte. Sie bedeutete Fynn, ihr die Hand hinzuhalten, und legte ihm einen Salbenverband an.

»Fynn hat ihn auch schon lieben gelernt. Macht mir keine Vorwürfe, ich würde euch koffeinsüchtig machen«, merkte sie beiläufig an.

»Warum gibt es bei uns keinen Kaffee?«, fragte Fynn.

»Zu kalt. Auf Willerin würden keine Kaffeepflanzen wachsen«, brummte Nolen. »Ist besser so, sonst gäbe es gar keinen Anreiz mehr hierherzukommen.« Mellie war fertig und begutachtete ihr Werk. Die Brandblasen waren dick mit Salbe beschmiert und Fynns Hand stramm mit dem Verband umwickelt. Es fühlte sich sofort besser an.

»Kommst du nicht gern hierher?« Fynn konnte das schwer nachvollziehen. Er wollte das Tal und die Halle am liebsten gar nicht mehr verlassen.

»Ich komme selten aufgrund guter Nachrichten.«

»Nolen war nicht nur Anführer der Spezialtruppe im Bergkrieg, sondern erledigte auch Sonderaufgaben für die Worthüter«, erläuterte Mellie. »Wir beide haben lange zusammengearbeitet, und ich habe einen großen Teil meiner Zeit davon hier verbracht.«

»Wir suchen einen Jungen, den wir hierherbringen sollten«, fügte Nolen hinzu. »Er wurde entführt. Mir ist bekannt, wo die Entführer sich aufhalten. Wir brechen bei Sonnenaufgang auf. Ich will, Fynn, dass du diese Konfrontation überlebst.«

Entsetztes Schweigen antwortete ihm. Fynn starrte Mellie an. Mellie starrte Nolen an. Er erwiderte ihren Blick vollkommen ungerührt.

Mellie löste sich als Erste. »Du hast schon recht«, sagte sie leise und dennoch deutlich. »Ich werde dich bestmöglich vorbereiten. Wir müssen Kary finden, und ihr müsst ihn herbringen. Das ist keine leichte Aufgabe.« Sie wandte sich wieder an Nolen. »Was ist mit Laryon? Werdet ihr auf ihn warten?«

»Nein. Es ist zu gefährlich. Falls er heute Nacht eintreffen sollte, fehlt uns die Zeit, ihn und seinen Worthüter auszubilden.« Nolen lächelte schief. »Bendis hat mir ausreichend zu verstehen gegeben, was sie davon hält, Fynn mitzunehmen, aber ich weiß, in welch kompetenten Händen seine Geschichte liegt.«

Mellie räusperte sich verlegen. Nolen erhob sich, stellte die leere Tasse zurück auf das Tablett und wandte sich zur Tür. Henry sprang auf den Boden, wedelte zaghaft, warf einen schuldbewussten Blick auf Mellie und trabte dann wie selbstverständlich Nolen hinterher. Dieser schaute Mellie an, die ihren Hund nachsichtig betrachtete. »Henry ist treu bis auf den Grund seines Herzens – solange niemand einen Kühlschrank öffnet. Und solange Nolen mit seinem Charme nicht in der Nähe ist. Den Hund, den er nicht rumkriegt, habe ich noch nicht getroffen«, erklärte Mellie an Fynn gewandt. Nolen nickte beiden zu und tätschelte Henry, der erwartungsvoll zu ihm aufblickte,

liebevoll den Kopf. Dann verließ er mit dem Hund auf den Fersen den Raum. Für einen winzigen Augenblick hatte Fynn Entspannung in Nolens vernarbten Gesichtszügen erkennen können. Er spürte eine Gänsehaut über seine Arme prickeln.
»Mellie?«
»Hm?«
»Du hast eben gesagt, du bist sogar ein paar Jahre älter als Nolen.«
»Hm.«
»Wie lange kennst du ihn schon?«
Mellie schwieg so lange, dass Fynn schon ansetzen wollte, seine Frage zu wiederholen, als sie doch antwortete. »Ganz am Anfang, unsere zweite Übung: Du kannst dich mir widersetzen. Es ist ein aktiver Prozess. Du könntest auch verhindern, dass ich mit dir in Gedanken spreche. Du machst komplett zu und verhinderst jeglichen Einfluss.«
»Was willst du mir damit sagen?«
»Na ja, Nolen hat sich mir lange widersetzt, bis er endlich eingesehen hat, dass das unnötig war. Ich war wohl auch etwas ungestüm, habe nicht lockergelassen.«
»Zu mir hat er gesagt, ich könnte dir vertrauen«, wunderte Fynn sich.
Mellie starrte weiter geradeaus. »Das hat er dann irgendwann auch verstanden. Wir haben viele Jahre sehr gut zusammengearbeitet. Seitdem er aber in den Süden gegangen ist, hat er den Kontakt abgebrochen. Ich denke, ich sollte dir nichts erzählen, was er dir nicht persönlich anvertraut.«
Beide schwiegen. Im Grunde war Fynn gar nicht so sehr an der Vergangenheit interessiert. Die Frage, ob er den erfahrenen Bergkämpfer bei der Suche nach diesem Jungen unterstützen würde, stellte sich selbst dann nicht, wenn er dabei in Lebensgefahr geriet. Aber er kannte Nolen schon sein ganzes Leben. Etwas an ihm hatte sich in den letzten Tagen verändert und machte

ihm sogar körperlich zu schaffen. Fynn wollte herausfinden, was das war.

»Können wir weitermachen?«, fragte er schließlich. Er war mit seinen Grübeleien zu keinem Ergebnis gekommen.

»Klar, wenn du willst. Ich werde dir zeigen, wie wir in Gedanken miteinander Kontakt halten können und wie du dich abschirmen kannst.«

»Ich glaube, das wird nicht nötig sein. Ich vertraue dir!«

»Danke. Aber du solltest wissen, wie es geht, ob du es anwenden willst, ist deine Sache.«

»Einverstanden.«

»Fynn? Du bist echt große Klasse. Mach weiter so!«

Verlegen wandte Fynn sich ab. Mellie beugte sich über ihren Bildschirm. Nach etlichen Stunden verließ seine Worthüterin ihn, und Fynn sank erschöpft auf das Bett. Danach erinnerte er sich an nichts mehr.

26.

Wir müssen weiter! Los, komm schon!«, hörte Tom Laryons Stimme an seinem Ohr. Gähnend setzte er sich auf. Erstaunlicherweise hatte er den Schlaf als erholsam empfunden und war, soweit die Umstände es erlaubten, sogar erfrischt. Laryon war sichtlich ruhiger, fühlte sich aber nach wie vor unbehaglich. Tom spürte die unterdrückte Angst, als wäre es seine eigene. Anhand seiner Armbanduhr konnte er feststellen, dass in der Welt außerhalb ihrer Höhle ein neuer Tag angebrochen war. In ein bis zwei Stunden würde die Sonne aufgehen.

»Wie geht es dir?«, fragte Tom, gleichzeitig wieder auf eine bissige Antwort gefasst.

Doch Laryon zuckte nur unschlüssig mit den Schultern. »Es

könnte besser sein. Du hattest wohl recht, ich war nahe am Ende meiner Kräfte. Ich muss sofort eingeschlafen sein, nachdem du sagtest, ich solle mich hinsetzen. Daher erscheint die Pause berechtigt. Ebenso reicht die Luft – bisher.«

Tom vermied es, ihn direkt anzusehen, indem er geschäftig seine Schlafrolle verstaute. »Wie hast du das gemacht, du bist viel entspannter«, bemerkte er beiläufig.

Er hörte Laryon verlegen lachen. »Das kann ich dir nicht beantworten. Ich musste an ein paar Lektionen während meiner Ausbildung denken. Du kennst die Geschichte sicherlich.«

»Nur oberflächlich. Ich weiß, wovon du redest, aber ich habe diese Phase nicht wirklich aufmerksam verfolgt«, log Tom gekonnt. Er hatte damit gerechnet, dass Laryon das Thema anschneiden würde. Es war ihm peinlich, was Tom nur zu gut nachvollziehen konnte. Laryon meinte seine Zeit mit Nolen auf dem Platz, der später Karys Versteck wurde. In Wahrheit hatte Tom dieser harten und intensiven Ausbildung einige Kapitel gewidmet. Sein Arbeitstitel für diese Abschnitte hatte »Boot-Camp« gelautet, und Tom hatte dafür über amerikanische Erziehungslager recherchiert. Jetzt im Nachhinein fragte er sich natürlich, ob er tatsächlich etwas zu den Schikanen beigetragen hatte, mit denen Nolen Laryon damals zusetzte. Jedenfalls hatte Tom ihm die Erinnerung an Übungen zur Selbstkontrolle ins Gedächtnis gerufen. Das schien geholfen zu haben. Laryon war nervös, aber insgesamt gefasst. Tom knipste seine kleine Taschenlampe an, dann sprang er auf und packte seinen Rucksack. »Zähneputzen fällt wohl aus?«, rief er.

Laryon grinste verwundert. »Wieso? Wir haben zwar kein Wasser zum Waschen, aber ein Salinzblatt zu kauen, so viel Zeit sollte sein.«

»Ein was?«

Laryon nestelte an der Brusttasche seiner Jacke herum und zog ein Briefchen aus hauchdünnem Leder hervor. Er klappte eine

Lasche zurück, und Tom erblickte ein paar getrocknete dunkelgrüne Blätter, die ihn an Pfefferminze erinnerten. Laryon nahm eins und bot es ihm an. »Kennt ihr so etwas nicht? Einfach gründlich kauen.«

Tom legte das Blatt auf die Zunge und kaute darauf herum. Es schmeckte auch minzig, aber mehr wie Zahnpasta. Fasziniert bemerkte er, wie seine Zähne glatter wurden, als hätte er sie gerade gründlich geputzt.

Tom fühlte sich schon viel besser. Zuversichtlich grinste er zu Laryon auf. »Ich bin echt froh, dass es dir bessergeht.«

»Ich werde das Gefühl nicht los, dass du deine Finger im Spiel hast, aber wenn es mir hilft durchzuatmen, ist das gut so.«

Gemeinsam betraten sie den Gang, den Tom anhand des Amuletts als den richtigen ausgewählt hatte. Er übernahm wie zuvor die Führung. Eine Weile liefen sie hintereinander durch den gleichförmigen dunklen Fels. Nach wie vor konnten sie bequem aufrecht gehen und hatten ein paar Handbreit Platz zu den Seiten. Tom war stets bemüht, die Unterhaltung nicht versiegen zu lassen. Ab und zu zögerte Laryon unsicher, murmelte vor sich hin oder wechselte abrupt das Tempo, ansonsten kamen sie gut voran. Der Weg führte stetig bergab. Nach wie vor wehte kalte, aber angenehm frische Luft. Tom überlegte, wie tief sie wohl unter dem Berg waren, aber er hütete sich, Laryon anzuregen, darüber nachzudenken.

»Was erwartet uns wohl am Ende dieser Gänge?«, grübelte Laryon irgendwann laut.

»Gute Frage.« Tom kamen eine ganze Menge anderer Gedanken, die ihm nicht behagten. Was, wenn sich die Ausmaße der Stollen doch als viel größer erwiesen? Was, wenn sie in eine Sackgasse gerieten? In das Gangsystem einzudringen, war kein Problem gewesen. Das hieß aber noch lange nicht, dass sie genauso leicht wieder hinauskamen. Es war zu hoffen, dass Laryon nicht auf den gleichen Gedanken kam.

Unruhig drehte Tom sich um, damit er seinem Begleiter direkt ins Gesicht sehen konnte. »Ich glaube nicht, dass wir uns Sorgen machen müssen. Die Bergwache ist …« Weiter kam er nicht.
Tom nahm nur noch vorbeirauschende Schwärze wahr. Er stürzte ins Bodenlose. Realer als im schlimmsten Alptraum spürte er die Luft, das Ziehen in seinen Eingeweiden, die nackte Angst, die ihm durchs Bewusstsein jagte. Und er fiel noch immer.

Laryon blieb ruckartig stehen und leuchtete mit der Taschenlampe auf den Boden. Vor ihm klaffte eine drei Ellen breite schwarze Spalte, die sich von einer Wand zur anderen zog. Tom war verschwunden. Er hatte nicht einmal mehr Zeit gehabt zu schreien. Laryon entdeckte undeutlich einen tanzenden Lichtpunkt in der Tiefe. Dann war auch der nicht mehr zu sehen. Nur noch gleichförmiger grauschwarzer Fels glänzte im Strahl seiner Lampe. Seine Gedanken setzten aus.
Vorsichtig und mit zittrigen Beinen trat er ein, zwei Schritte zurück, bis er mit dem Rucksack an eine der Seitenwände stieß. Er lehnte sich dagegen.
Genauso vorsichtig atmete er ein und aus.
Unvermittelt brach ihm der Schweiß aus. An seinen Schläfen bildeten sich feine graubraune Staubstreifen.
Ein und aus.
Er schloss die Augen. Langsam wie ein schleichendes Tier kroch die Panik in ihm hoch.
Ein und aus.
Niemals hätte er geglaubt, Tom zu vermissen.
Ein und aus.
Er war allein.
Ein.
Sein Herz schlug immer heftiger.
Aus.

Ohne große Hoffnung lauschte er auf Toms Stimme in seinem Kopf.
Ein.
Alles blieb still. Er wusste nicht einmal, wo er entlanggehen sollte, um zu der Höhle zurückzufinden.
Aus.
Um ihn herum war es dunkel. Wie in einem Grab.
Ein.
Nur tonnenweise Stein über ihm. Einer davon legte sich auf seine Kehle. Sein Brustkorb zog sich krampfartig zusammen, die Lungen begannen zu brennen. Er würgte verzweifelt. Der Stein blieb fest an Ort und Stelle.
Er reckte eine Hand in die Höhe und schabte umgehend schmerzhaft mit den Knöcheln an Felsen über sich. Er zog die Hand sofort zurück. Einen wahnsinnigen Moment lang hatte er den Eindruck, die Decke würde sich auf ihn herabsenken. Unwillkürlich duckte er sich, aber nichts geschah.
Dann nahm er die Stille wahr. Absolute Stille. Kein Klackern von Steinen, kein Tropfen von Wasser, keine Schritte, keine Anzeichen von Leben. Totenstille. Er hörte nur noch das Blut in seinen Ohren rauschen.
Mit allem Willen, den er aufbieten konnte, stieß er die angehaltene Luft aus. Dann lauschte er seinem heftigen Atem.
Stück für Stück sank er an der Wand entlang zu Boden. Der Gang war so schmal, dass er seine Beine nicht ausstrecken konnte. Mit angezogenen Knien stemmte er seine Füße gegen die gegenüberliegende Wand, als ob er sie so von sich wegdrücken könnte. Die Taschenlampe entglitt seiner Hand und rollte knirschend den Gang hinunter. Ein paar Schritte weiter blieb sie liegen.
Laryon konnte keinen klaren Gedanken mehr fassen. Sein Atem ging flach und stoßweise. Er hielt die Augen geschlossen und versuchte nur noch, sich auf die bunten Lichtpunkte hinter seinen Lidern zu konzentrieren.

Wortfetzen

Es war eine Pyramide mit quadratischem Sockel. Die Fassade wirkte, als ob sie aus graubraunem porösen Vulkangestein bestünde. Sie sah aus, als hätte sie schon immer dort gestanden. Die Außenwände waren über und über mit steinernen Figuren verziert. Körper und Gliedmaßen türmten sich übereinander, kreuzten sich und bildeten ein scheinbar sinnloses Wirrwarr von Linien. Gesichter von Menschen, Elfen, Zwergen, Gnomen, Fratzen von Fabelwesen wie Drachen, Gargoyles oder Kobolden sowie unzählige Tiergestalten waren selbst auf die Entfernung hin deutlich zu erkennen. Die Anordnung der Figuren schien vertraut, obwohl keine Anzeichen von Symmetrie oder Ordnung zu erkennen waren. Erst auf den zweiten Blick sah man hohe Fenster, die aus den Strukturen hervorbrachen. Jedes war umrahmt von steigenden Linien und weiteren Gesichtern, die eine Verbindung zu den Abschnitten darüber und darunter bildeten. Er war eine perfekt abgestimmte Komposition von Chaos.

»Wahrlich, ein mächtiges Symbol für die Zusammenhänge zwischen den Welten! Alle Wesen in ihrer Existenz im Stein vereint.«

Rasch begann der Wanderer mit dem Abstieg. Er wusste, was ihn erwartete. Dabei fügte sich alles vortrefflich. Er würde ein gemütliches Zimmer mit Blick auf die Berge im ersten Stock wählen und … Überrascht keuchte er auf. Er stand vor dem weißen Tor und wollte es gerade aufstoßen, als er die Gefahr spürte. Mit voller Wucht rammte er mit der Schulter gegen das Holz, während er sich die Handschuhe von den Händen riss und sein Notizbuch sowie einen Kohlestift aus den Taschen fingerte. Er schrieb schon, als er noch nach einer einigermaßen angenehmen Position suchte. Den Schnee hastig davongewischt

und das Buch auf die Mauer gelegt, raste der Stift weiter über das Papier.
Er hatte es gerade noch geschafft. Was für eine unverzeihliche Nachlässigkeit!
»Wir haben dich früher erwartet! Und du stehst hier hinter dem Tor, und dir kommt nichts Besseres in den Sinn, als dich auf die Mauer zu setzen und deine Wortgestalt zu begleiten!«
Trakan, zweifelsohne, dachte der Wanderer ungehalten.
»Was, glaubst du wohl, mache ich in dieser unwirtlichen Kälte?!«, fauchte er und hörte, wie Trakan scharf die Luft einsog.
»Was machst du?«, fragte dieser nun betont ruhig.
»Tom fällt. Schnell und tief.«
»Dann fang ihn auf!«
»Selbstredend. Ihn hüten gute Worte. Nur gute Worte, Trakan. Begleiten ihn auf seinem Weg durch diese Welt. Ich kenne meine Pflichten, wahrlich!« Er brummelte noch ein wenig vor sich hin, während sein Stift weiterflitzte, als hätte er ein Eigenleben. Dann schließlich stoppte er genauso unvermittelt, wie er angefangen hatte. Er steckte den Stift in seine Hosentasche und klappte das Notizbuch zu. »Es ist vollbracht!« Er strahlte sein Gegenüber an.
Trakan hatte die Arme vor der Brust verschränkt und folgte seinem Handeln mit finster zusammengezogenen Augenbrauen. »Es wurde allerhöchste Zeit, dass du kommst. Es ist allerhöchste Zeit, dass ich dir deine Pflichten ins Gedächtnis rufe, wahrlich!«, knurrte er. Dann machte er eine ungeduldige Handbewegung und scheuchte den Wanderer vor sich her auf die Halle zu.

Wortgestalten

27.

Die Wände schienen näher zu rücken. Immer häufiger rammte Tom gegen harten Stein. Laryons Reitumhang war längst an mehreren Stellen zerrissen. Und dann hielt ihn etwas fest. Sein Fall wurde abrupt abgebremst. Sein Körper wurde nach unten gezogen und hing still. Die Schultergurte des Rucksacks spannten sich. Der Beckengurt schnitt empfindlich in seinen Bauch und raubte ihm erneut den Atem. Das Aluminiumgestänge im Inneren des Rucksacks ächzte, an einer Seite knirschte Metall. Seine schaukelnden Beine traten ins Leere.

Der Rucksack war stecken geblieben. Eingekeilt zwischen zwei Felsvorsprüngen, während Tom in den Gurten in der Luft baumelte. Irgendwo löste sich ein Steinchen und fiel an ihm vorbei. Es klackerte nicht weit unter ihm zu Boden.

»Ich stecke wohl in der Klemme!« Tom lachte hysterisch auf. Er wusste nicht, ob er lachen oder weinen sollte. Er lebte noch, das war die gute Nachricht. Aber er hatte keine Ahnung, wie er sich aus seiner Lage wieder befreien sollte.

»Laryon? Laryon!« Seine Stimme hallte dumpf zwischen den Felswänden wider, aber eine Antwort blieb aus.

»Laryon? Hilfe!«

Die Tatsache, dass Laryon nicht reagierte, ließ in Tom Panik aufsteigen. Er zweifelte keine Sekunde daran, dass ihm ebenfalls etwas passiert sein musste. Es wäre unlogisch, wenn er sich in dieser Situation gegen ihn abschottete, denn Toms Anwesenheit hatte ihn, seitdem sie in den Stollen waren, eher beruhigt. Er verbot sich, für den Moment länger darüber nachzudenken.

Vergeblich versuchte er, um sich herum etwas zu erkennen, aber es war und blieb stockfinster. Einfach die Gurte zu lösen und sich fallen zu lassen, wagte er nicht. Auch wenn der Boden nicht mehr weit entfernt sein konnte, hatte er immer noch keine Vorstellung davon, was unter ihm lag. Außerdem müsste er dann den Rucksack zurücklassen, und das kam nicht in Frage.

Immer noch leicht zitternd, atmete er tief durch und tastete nach und nach die Wände um sich herum ab. Unter seinen Händen spürte er Unebenheiten und Vertiefungen, an denen er sich leicht festhalten könnte. Wenn er sich traute, in den Felsen zu klettern, könnte er sich drehen und nach dem Seil in seinem Rucksack suchen. Irgendwo mussten auch noch Streichhölzer sein, die er am Flughafen nach dem Essen mit der Rechnung bekommen hatte. Wie gut, dass er so etwas nicht liegen lassen konnte.

Wenn er sich traute. Unschlüssig tastete er weiter. Mellie hätte sich sicherlich über ihn lustig gemacht, wenn sie ihn jetzt sehen könnte. Für sie wäre es eine Fingerübung gewesen. Sie hätte keine Sekunde gezögert, die Gurte zu öffnen und sich auf den Felsen um sie herum zu verlassen. Tom konnte sich nicht erinnern, dass sie jemals in eine Situation geraten war, aus der sie nicht wieder herauskam. Auch wenn das bedeutete, meterlange Überhänge zu klettern oder sich fast einhändig an Wänden entlangzuhangeln. Bei den beiden stabilen Seitenwänden, zwischen denen Tom steckte, hätte sie nicht einmal großartig darüber nachgedacht, sich zu sichern.

Immer wieder hatte Tom versucht, es ihr nachzumachen. Anfangs war er bereit gewesen, zuzuhören und ihren Anleitungen zu folgen. Aber Mellie war zu ungeduldig, und irgendwann waren sie an einem Punkt angelangt, an dem sie der Meinung war, dass er bockig jegliche Anweisung ignorierte, und er fand, dass sie sich nicht verständlich genug ausdrückte und er nichts von dem umsetzen konnte, was sie ihm erklärte.

Der Gedanke daran ärgerte Tom und verlieh ihm gleichzeitig den fehlenden Mut.

Er band die Schnüre von Laryons Umhang – oder das, was davon noch übrig war – los und ließ ihn bedauernd in die Dunkelheit fallen. Vorsichtig löste er einen Gurt, umklammerte mit beiden Händen einen Vorsprung und stemmte sich mit der Schulter gegen den Felsen. Dann schwang er mit den Beinen. Es dauerte drei, vier Versuche, bis er mit den Füßen die gegenüberliegende Wand erreichte. Die stabilen Sohlen seiner Wanderschuhe boten guten Halt, und nachdem er die anderen Gurte gelöst hatte, gelang es ihm, sich weiter hochzudrücken. Er konnte kaum glauben, wie leicht es ging. Er ertastete einen flachen Vorsprung, auf dem er sich schon fast bequem über seinem Rucksack setzen konnte. Dann wühlte er lange blind darin herum, bis er sowohl das Seil als auch die Streichhölzer fand. Er schaffte es, beides mit größter Vorsicht hervorzuziehen.

Obwohl das Licht des ersten Hölzchens schwach war, musste er kurz die Augen schließen, so sehr blendete ihn die plötzliche Helligkeit. Um ihn herum glänzte schwarzgrauer Stein im matten Licht. Tom leuchtete in alle Richtungen und erkannte, wie viel Glück er gehabt hatte. Die Spalte war nicht an allen Stellen so schmal. Wäre er nur ein paar Meter weiter rechts oder links heruntergekommen, wäre er ungebremst auf den Boden unter sich aufgeschlagen. Undeutlich sah er einige Meter unter sich Laryons Umhang liegen.

Kurz bevor das Licht erlosch, sah er einen breiten Felsfinger, der sich als Befestigung eignen würde. Im Dunkeln tastete er nach der ledernen Scheide und zog Laryons Messer hervor.

Er kürzte das Seil auf knapp die doppelte Länge bis zum Boden, um sich an zwei Strängen hinablassen zu können und eine Sicherung zu haben, falls er fiel. Aus dem Rest knüpfte er sich einen provisorischen Gurt, den er sich um Oberkörper und Hüfte legte. Es dauerte unendlich viele Streichhölzer, bis alles richtig saß. Zuletzt zerrte er den Rucksack aus der Klemme. Dieser löste sich jedoch mit einem plötzlichen Ruck, so dass

Tom das Gleichgewicht verlor und jäh nach unten gerissen wurde. Unwillkürlich schrie er auf, als er die Felswände vorbeirauschen spürte.

Kurz vor dem Aufprall straffte sich das Seil und schnitt ihm schmerzhaft in den Leib. Tom hing wenige Zentimeter über dem Boden und pendelte sanft aus. Er schluckte trocken, während Erleichterung wie eine heiße Woge durch seinen Körper zog. Er war viel zu nahe daran gewesen, sein kurzes Leben hinter sich zu lassen.

»So viel Aufwand für ein bisschen Überleben!«, stieß er zwischen zusammengebissenen Zähnen hervor. Die einzige Antwort war ein dumpfes Echo.

Tom ließ den Rucksack los und nahm die Streichhölzer aus der Hosentasche. Viele waren nicht mehr übrig.

Durch den Ruck hatten sich die Knoten so festgezogen, dass er sie nicht mehr lösen konnte. Kurzerhand schnitt er sie durch und rollte die Reste des Seils auf. Es hatte ihm aus dieser Notsituation geholfen, und wer wusste schon, wofür er es noch brauchen konnte. Laryon hatte ihn ausgelacht, als er sich im Posten der Bergwache das Seil erfragt hatte. Er hätte in seinem Leben noch kein Seil benötigt, von kurzen Fesselstricken für Schmuggler oder Führleinen für Pferde abgesehen. Die Bergkämpfer fanden es dagegen gar nicht so abwegig, in den Bergen ein längeres Seil dabeizuhaben, und auch der Wanderer hatte zustimmend genickt. Und sehr zu Toms Entzücken hatte er ein starkes und ultraleichtes Seil erhalten, das ganz seinen verklärten Vorstellungen von Elfen-Handarbeit entsprach.

Er nahm den Rucksack auf und legte den Umhang, der lange Risse und einige Löcher aufwies, wieder über Schultern und Rucksack. Die Taschenlampe war nicht zu sehen, aber wenigstens hatte sein Handy den Sturz unbeschadet überstanden.

Mann, wie dämlich, fuhr es Tom durch den Kopf. Er hätte doch einfach das Handy als Taschenlampe benutzen können, statt

sich mit den Streichhölzern abzumühen! Manchmal dachte er einfach zu kompliziert.
Im Schein des Gerätes sah er sich um. Er stand in einem Gang, der offensichtlich künstlich aus dem dunklen Stein herausgehauen worden war. Genau zwei Richtungen standen zur Auswahl. Willkürlich entschied er sich für die, in die er gerade blickte, und lief los.
Er war müde und spürte, dass seine Knie unkontrolliert zitterten. Er wollte hinaus, die Sonne sehen. Er hatte keine Angst, aber mit einem Mal bekam er eine vage Vorstellung davon, was in Laryon vorging, seit sie sich in dem Stollensystem befanden.

Früh am nächsten Morgen wurde Fynn von einem freundlichen alten Mann geweckt. Er fühlte sich trotz der kurzen Nacht ausgeruht und konnte es kaum noch erwarten, unterwegs zu sein. Er lernte gern, aber genug war genug. Inzwischen glaubte er, einen ganz guten Überblick zu haben, auch wenn ihm die Vorstellung seines Lebens als Geschichte in dieser Bibliothek nach wie vor merkwürdig vorkam.
Man hatte seine Kleidung gereinigt und getrocknet, während er mit Mellie geübt hatte. Erstaunt fühlte Fynn, dass seine Sachen sich ganz weich anfühlten und unbestimmt dufteten. Er wusch sich in dem kleinen Waschraum, den er gegenüber auf dem Gang entdeckte, und zog sich eines der dicken frischen Hemden und die saubere Hose an. Den Rest ließ er nach kurzer Überlegung auf dem Bett liegen und machte sich auf die Suche nach dem Speisesaal. Mellie hatte ihm den Weg grob erklärt, und er folgte dem gekrümmten Gang, bis er den großen Raum fand.
Fynn fühlte sich sofort an das Frühstück in Zweipass erinnert. Der größte Teil der Tische, die sich in einem rechteckigen Saal verteilten, war leer. Auf einer langen hölzernen Theke standen

verschiedene Körbe mit Brot und Obst. In der Nähe saßen bereits Nolen und Mellie sowie Trakan, der mit einem kleineren Mann mit rundem Gesicht angeregt diskutierte.

Als Fynn näher kam, murmelte er eine Begrüßung und lächelte schüchtern in die Runde, während er sich auf einem der freien Stühle niederließ. Der kleine Mann grüßte höflich zurück, während Trakan und Nolen wortlos nickten. Mellie lächelte.

»Hey, Fynn, guten Morgen! Alles gut bei dir?«

Fynn entdeckte Henry, der diplomatisch zwischen Mellies und Nolens Beinen lag, und streichelte dem kleinen Hund kurz über den Kopf.

»Danke, alles gut. Und du? Wie geht es dir?«

Mellie warf ihm einen verwunderten Blick zu. Offensichtlich war sie es nicht gewohnt, dass sich jemand für ihr Befinden interessierte.

»Ich bin nervös.«

Das konnte Fynn gut nachvollziehen. Ihm ging es ähnlich. Er wusste, was er zu tun hatte und warum, dennoch kam ihm alles fremd und seltsam vor. Aber Mellie hatte es selbst gesagt: ein Schritt nach dem anderen. Zuerst mussten sie den entführten Jungen finden. Dann mussten sie herausfinden, was mit Laryon geschehen war und warum er sie noch nicht eingeholt hatte. Fynn hoffte einfach nur, dass er seinen Freund bald unversehrt wiedersehen würde.

Er warf Mellie einen aufmunternden Blick zu und fing an zu essen. Dabei musterte er verstohlen die anderen am Tisch. Der Fremde war trotz der anhaltenden Debatte mit Trakan entspannt, der Oberste Worthüter selbst dagegen ernst und besorgt. Nolen wirkte im Verhältnis zu den letzten Tagen einigermaßen ausgeschlafen. Seine Miene war undurchdringlich und abweisend. Einen Moment war Fynn versucht, Mellie zu fragen, wie es ihm ginge, aber er war sicher, dass er von ihr ebenso wenig eine Antwort erhalten würde wie von Nolen selbst.

»Weißt du schon, wo wir mit der Suche beginnen?«, wagte Fynn sich schließlich vor.
Nolen nickte kurz. »Sie haben Kary zu der verlassenen Hütte einer Bergwächterin gebracht und halten ihn dort gefangen. Wir werden die Stollen nutzen, um uns unbemerkt zu nähern.«
Fynn verzichtete auf die Frage, woher Nolen das wusste. Er wusste es eben.
Schließlich gab Trakan ihnen das Zeichen zum Aufbruch. Fynn lief zu seinem Zimmer zurück, rüstete sich mit Schwert und Wurfbeil aus. Jemand hatte eine gefüllte Wasserflasche auf den Tisch gestellt. Er hängte sie an den Gürtel, nahm seine Jacke und machte sich auf den Weg zum Ausgang. Dort warteten Mellie und Nolen auf ihn. Einen Moment überkam Fynn Unsicherheit. Zum ersten Mal, seit er sich erinnern konnte, trug Nolen sein Schwert griffbereit an der Hüfte. Das war ungewohnt, und einen umso bedrohlicheren Eindruck hinterließ es bei Fynn. Nervös trat er auf Mellie zu.
Sie umarmte ihn herzlich, wobei Fynn auffiel, wie klein sie doch war. Sie reichte ihm gerade einmal bis zur Brust. »Mögen gute Worte euren Weg begleiten!«, verabschiedete sie sich. Sie zwinkerte zu ihm hoch und grinste.
»Pass auf dich auf!«
Dann berührte sie Nolen flüchtig am Arm und nickte. Er legte ihr als Erwiderung kurz die Hand auf den Oberarm, dort, wo die Wächter normalerweise ihr Abzeichen trugen, und neigte nur leicht den Kopf. Mellie hob eine Hand und winkte. Neben ihr saß Henry, der wedelte und mit den Augen folgte, ohne Anstalten zu machen aufzuspringen.
Nebeneinander traten Nolen und Fynn in die Kälte hinaus. Nolen drückte ihm einen großen Leuchtstab in die Hand und folgte dem geräumten Weg durch die Pforte hinaus. Er hatte die Schultern straff gespannt und schien über Nacht einige Energie wiedergewonnen zu haben. Eine Weile gingen sie schweigend

durch die morgendliche Stille. Nolen hielt sich an einen Pfad, der beständig anstieg und in der Ferne bei einem weiteren Zugang zum Tal endete. Eine runde Höhle klaffte als tiefschwarzer Fleck deutlich zwischen grauem Fels und weißen Schneeflächen hervor. Da Fynn bereits gelernt hatte, dass es in den Bergen schwierig war, Entfernungen richtig einzuschätzen, stellte er sich auf einen mehrstündigen Marsch ein. Immerhin war das Laufen nicht ganz so mühselig, da die Gipfel diesen Teil des Tales abschirmten und der Schnee nicht sehr hoch lag.

»Nolen?«, setzte er schließlich leise an. Dieser sah ihn fragend an.

»Weißt du, was mit Laryon ist?«

Nolen schüttelte schweigend den Kopf.

»Aber er lebt doch?«

Dieses Mal ein Nicken. Fynn wartete und versuchte, seine Ungeduld in Schach zu halten.

»Trakan wüsste es sonst«, seufzte Nolen endlich. »Er war mit seinem Begleiter unterwegs in den Stollen. Sie wurden getrennt. Mehr wissen wir nicht.«

»Glaubst du, wir können ihn finden?«

Jetzt setzte Nolen seine vertraut hintergründige Miene auf. Er lächelte sogar leicht. »Wir werden uns finden. Er hat sein Wort gegeben.«

Toms Hoffnung auf Licht und Sonnenschein sollte sich nicht so schnell erfüllen. Einige Stunden wanderte er durch gleichbleibend dunklen Fels. Ihm fiel auf, dass die Gänge auf die gleiche Weise angelegt waren wie einige Stockwerke über ihm. Es schien sich um weitere, vielleicht ältere, angelegte Gänge der Bergwache zu handeln. Zu Toms Erleichterung rann an einigen Stellen Wasser von den Wänden. Wie alles Wichtige hatte Laryon auch beide Wasserflaschen im Gepäck.

Je weiter er ging, desto unruhiger und mutloser wurde er.

Solange Laryon ihn begleitet hatte, war er stets zuversichtlich gewesen, irgendwie schon sein Ziel zu erreichen und wieder nach Hause zurückkehren zu können. Jetzt hatte er nicht mehr die geringste Ahnung, wo er sich befand und wohin dieser Weg ihn führen würde. Mellie jemals wiederzusehen und in die Arme zu schließen, erschien ihm undenkbar.

Die ganze Zeit über versuchte er, mit Laryon Kontakt aufzunehmen, doch vergeblich. Tom war sicher, dass ihm ebenfalls etwas passiert sein musste, anders konnte er sich nicht erklären, wieso er keine Antwort erhielt. Kurz fragte er sich sogar, ob Laryon auch in die Spalte gestürzt war. Er hatte es derartig eilig gehabt, den Stollen zu verlassen, dass er sich nicht weiter umgesehen hatte. Irgendwie konnte Tom sich aber nicht vorstellen, dass er es nicht bemerkt hätte, wenn Laryon dort unten gelegen hätte. Daher verdrängte er die Vorstellung und suchte nach anderen Erklärungen, doch vergebens.

Er bereute inzwischen heftig, dass er seinen Buch-Helden überhaupt zu diesem Abenteuer getrieben hatte. Vielleicht hätte Laryon sich ohne Toms jämmerliche Erpressung Nolens Wünschen widersetzt. Er hatte nie danach gestrebt, etwas Aufregendes zu erleben. Vor seinem geistigen Auge sah er Laryon den Grenzwald entlangreiten, entspannt, aber wachsam in alle Richtungen spähend, während er Fella am langen Zügel sich ihren eigenen Weg suchen ließ und die Sonne genoss.

Selbst jetzt konnte Tom den tiefen Frieden spüren, der Laryon dabei erfüllte. Er hatte oft genug solche Begebenheiten beschrieben, so oft, dass er sie miterlebte. Er fühlte die Wärme der Sonne auf seiner Haut, den leichten Hauch des sanften Windes, spürte die gleichmäßigen Bewegungen der Muskeln unter dem Sattel. Er vernahm die dumpfen Hufschläge auf dem weichen Waldboden, konnte die Vögel in den Bäumen singen hören. Fliegen brummten, angelockt durch den Schweiß des Pferdes. Und er roch das warme Fell, die Feuchtigkeit des nahen Waldes, das verrottende Laub oder das warme Gras auf sonnigen Lichtflecken.

Beinahe wäre Tom gegen eine Wand gelaufen, da er das Handy immer wieder ausmachte, um den Akku zu schonen. Danach gab er den Versuch, Laryon zu erreichen, auf und konzentrierte sich auf seinen Weg.

Tom hatte sämtliche der seltenen Abzweigungen ignoriert und war dem Hauptweg gefolgt, der deutlich an seiner Breite zu erkennen war. Er konnte bequem aufrecht gehen, und es wurde nie so eng, dass er Beklemmungen bekam. Dann endlich spürte er, dass der beständige Luftzug stärker wurde, und unerwartet sah er den ersehnten Lichtschein. Mit einem erleichterten Ausruf steckte er das Handy in die Hosentasche und lief schneller, begierig, Tageslicht zu sehen. Es war hell, und die vertraute Sonne stand hoch am Himmel.

Der Gang öffnete sich zu einem breiten Höhleneingang, von dem ein Pfad in sanften Windungen hangabwärts führte. Vor Tom breitete sich eine weitläufige, flach abfallende Schneelandschaft aus, nur hier und da von großen grauen Felsen unterbrochen, die von einem jahrtausendealten Steinschlag auf die Ebene verteilt worden sein mochten.

Dann hörte er neben sich ein tiefes Grollen.

Tom schaute sich um und schrie auf. Es hatte ganz den Anschein, dass sein Glück ihn in diesen Tagen endgültig verlassen hatte. Mit einem großen Satz sprang er hinter einen Felsen und kauerte sich in die Nische, die er dahinter entdeckte. Keine Sekunde zu früh, denn schon beugte sich der riesige Kopf des überraschten Lu über das Versteck. Er sah aus wie ein Wolf, war aber eher von der Größe eines Ponys. Tom keuchte ängstlich und drückte sich enger an den Fels. Mit zitternden Händen löste er die Tragegurte des Rucksacks und rückte ihn als Schutzschild zurecht. Der Lu war zu groß, um sich hinter den Felsen zu quetschen. Stattdessen versuchte er, mit einer Pranke nach

seiner Beute zu langen. Das Schaben der Krallen auf dem Fels jagte Tom eine Gänsehaut über den Rücken. Schaudernd betrachtete er das Maul des Raubtieres, das alle ihm bekannten Dimensionen sprengte. Er war Beute: hilflos und ohne Aussicht zu entkommen. Tom konnte ein hysterisches Wimmern nicht länger unterdrücken. Er kniff die Augen zu und presste den Rucksack an sich. Gab es eine winzige Chance, aufzuwachen und festzustellen, dass dies alles doch nur ein abgefahrener, seinetwegen auch drogeninduzierter Traum gewesen war?
Der Geruch des Raubtieres und sein plötzliches lautes Gebrüll zerstörte Toms halbherzigen Versuch, sich vorzustellen, es wäre alles gar nicht wahr und er läge friedlich unter der Dachschräge in Mellies Flur oder – wenn es sein musste – auch einsam in seinem trübseligen Wohnheimzimmer.

Lange bevor sie den Eingang erreichten, sahen sie die Umrisse des Tieres, das sich nur dann von der grauen Wand hinter ihm abhob, wenn es sich bewegte. Jetzt sprang es auf einen hervorstehenden Felsen neben dem Eingang zu.
Fynn kniff die Augen zusammen. Ein Wolf, doch die Ausmaße des Tieres stimmten nicht. »Ist das ein Lu?«
»Ja – und er ist dabei, Beute zu schlagen. Wir sollten warten, bis er abgezogen ist.«
»Leider ist die Beute Tom Schäfer, wie ich gerade erfahren habe.«
»Mellie?« Fynn wandte seinen Kopf, aber natürlich war seine Worthüterin nicht bei ihm. Nolen fluchte und rannte los, während er sein Schwert zog.
»Wartet, das ist …«
Nolen war schnell, aber Fynn war schneller. Er überholte den Älteren und sprang in Riesensätzen den Abhang hinauf. Dann hatte er die volle Aufmerksamkeit des Tieres. Es brüllte wütend

und setzte sofort zum Sprung an. Fynn wollte sich zur Seite werfen und spürte, wie seine Bewegung mitten in der Ausführung blockiert wurde. Er konnte sich nicht von der Stelle rühren. Voller Angst schrie er auf, riss sein Schwert in die Höhe, während der massige Körper des Lu auf ihn zukam. Dann war Nolen neben ihm. Fynns Muskeln gehorchten ihm wieder, und er löste sich endlich aus seiner Erstarrung. Halb fiel er, halb warf er sich nach links und rollte sich ab. Er roch frisches Blut. Als er endlich wagte, den Kopf zu heben, stand Nolen schon über ihm und reichte ihm die Hand. Fynn nahm sie und zog sich hoch.

Der Lu lag mit aufgeschlitzter Kehle im Schnee und rührte sich nicht mehr.

»Was ist passiert?«, wollte Fynn wissen. Er fühlte sich benommen, für einen Moment hatte wieder alles vor seinen Augen geflimmert. Er spürte, wie sich seine Wangen erhitzten. Er hatte versagt.

»Ein Missverständnis zwischen dir und Mellie. Ihre Anweisungen für deinen Körper standen im Widerspruch zu deinen geplanten Bewegungen«, erklärte Nolen. Er legte eine Hand unter Fynns Kinn und zwang ihn aufzusehen. Unter seinem prüfenden Blick errötete Fynn noch mehr.

»Fynn, das war mein Fehler! Geht es dir gut? Nolen, ist er in Ordnung?«

Verwundert wandte Fynn sich an Nolen. »Spricht sie mit uns beiden gleichzeitig?«

»Es sieht so aus. Zuzutrauen ist es ihr.« Nolen zuckte gleichgültig mit den Schultern und legte ihm mit einer anerkennenden Geste eine Hand auf den Oberarm. Fynn sah ihn an, unsicher, verwundert. Völlig unerwartet packte Nolen den Jüngeren und drückte ihn leicht an sich. Fynn erschauderte.

»Du schaffst das, mein Junge. Vertrau dir!«

Fynn war sich nicht so sicher. Er dachte nicht, dass Mellie die

Schuld trug. Er hatte nur handeln wollen – wegspringen – und vergessen, dass er seine Handlung zuvor ankündigen musste. Um die Situation zu überspielen, wandte er sich zu der Spalte hinter dem Felsvorsprung und spähte in das Halbdunkel des Gesteins. Für einen hoffnungsfrohen Moment dachte er, Laryon kauerte dort. Doch dann erkannte er eine Gestalt, die in dessen Umhang gehüllt war.

»Alles in Ordnung?«, rief er hinein.

»Ja?!«, kam es zögerlich aus der Spalte.

»Du kannst herauskommen. Es droht keine Gefahr mehr.«

Umständlich arbeitete Tom sich zwischen den Felsen hervor, den Rucksack vor sich herschiebend. Fynn wischte sich die Hände an seiner Hose sauber und lächelte ihn zurückhaltend an. Der Neuankömmling war ihm ein wenig unheimlich, aber er bemühte sich, sich nichts anmerken zu lassen.

Tom richtete sich auf und lachte nervös. »Hi! Tom Schäfer. Danke, das war echt gut.« Seine Stimme dröhnte unsicher.

»Fynn«, stellte dieser sich zurückhaltend vor.

»Fynn, erklär ihm bitte, dass er jetzt abgeholt wird. Er soll einfach abwarten. Ich möchte nicht, dass er sich Gedanken über das macht, was ihm bevorsteht. Er ist jetzt in Sicherheit.«

»Hört sich an, als wäre er dir wichtig?«

»Er ist wichtig. Das reicht. Du kannst ihm auch bestellen, dass ich ihm den Hals umdrehe, sobald er hier ist.«

»Ich soll dir ausrichten, dass du nun abgeholt wirst. Du musst nur hier warten«, sagte Fynn laut.

Tom grinste hilflos. »Habe ich eine Wahl?«

»Man hat immer eine Wahl!«, entgegnete Fynn und hörte erstaunt, wie überzeugt seine Worte klangen.

Nolen hatte sein Schwert vom Blut des Lu gereinigt und anschließend mit verschränkten Armen schweigend zugesehen. Tom wirkte verlegen, als er zum ersten Mal zu Nolen aufsah. »Hallo Nolen. Freut mich, dich kennenzulernen.«

Nolen nickte bedächtig.
»Ich meine ... persönlich ... sozusagen«, stotterte Tom weiter. Fynn spürte Kälte aufsteigen. Nolens Miene blieb unbewegt, und dennoch war seine Ablehnung spürbar. Dann trat er unvermittelt einen Schritt auf Tom zu, der sofort zurückwich.
»Was hast du mit Laryon gemacht?!«, fragte er gefährlich leise.
»Gar nichts, ich bin in eine Spalte gestürzt!«, stammelte Tom abwehrend. Unvermittelt verhärtete seine Miene sich. »Wobei ich mir wohl kaum von dir eine Lektion dazu anhören muss, wenn es darum geht, andere im Stich zu lassen!«
Nolen zeigte immer noch keine Regung, dennoch erwartete Fynn beinahe, er würde seinem Gegenüber vor Verachtung ins Gesicht spucken. »Ist das deine Methode?«, zischte der Bergkämpfer. »Schnappst um dich wie ein schlecht ausgebildeter Köter und wagst es, über Dinge zu urteilen, die du weder verstehst noch dich etwas angehen!« Seine bedrohliche Haltung reichte, um Tom einzuschüchtern. Er zog den Kopf zwischen die Schultern und schwieg verlegen, und mit einem Mal tat er Fynn leid.
»Wovon spricht Tom?«
»Eine lange Geschichte. Er hat einiges mitbekommen, was Nolen betrifft. Aber er sollte klüger sein, dieses Wissen nicht gegen ihn auszuspielen.«
Nolen rückte noch ein Stück näher an Tom heran, der jetzt fast am Felsen stand und nicht weiter zurückweichen konnte. »Wage es nie wieder, deine Worte gegen Laryon einzusetzen, hast du mich verstanden!?«, knurrte er, seinen Zorn mühsam unterdrückend. »Sollte ich jemals erfahren, dass du ihn noch einmal in Gefahr bringst, wirst du das zutiefst bereuen!«
»Tom ist Laryons Worthüter. Er hat ihn gegen alle Regeln und gegen Laryons Willen zu sich in seine Welt geholt. Laryon hat das sehr mitgenommen. Er hat Laryon erpresst und seit er hier ist mehrfach in Lebensgefahr gebracht.«

»Das war doch nicht mit Absicht!«, wehrte Tom sich verzweifelt. »Ich würde alles für Laryon tun, um ihm zu helfen, wirklich!«
Fynn starrte Tom sprachlos an, während Mellies Worte sich mit eigenen Gedanken in seinem Kopf überschlugen.
»Er ist Laryons Worthüter? Er ist für ihn, was du für mich bist?«
»Mit dem nicht ganz unwesentlichen Unterschied, dass ich weiß, was ich mache, und Tom unbedarft herumexperimentiert und wie ein Fermalogenadept dabei billigend in Kauf nimmt, Laryon zu gefährden.«
Bei allem, was recht war, aber Fynn hatte nicht den Eindruck, dass es Tom gleichgültig war, wie es Laryon erging – im Gegenteil. Er machte sich ganz offensichtlich große Sorgen. Und daran, in eine Spalte zu fallen und dadurch von Laryon getrennt zu werden, konnte er ebenfalls kein eigenes Verschulden erkennen.
»Dann musst du uns helfen, Laryon hier in den Gängen zu finden und herauszuholen«, mischte Fynn sich ein und lächelte hoffnungsvoller, als ihm zumute war. Hastig drehte Nolen sich um und starrte ihn überrascht und wütend an. Nach einem Augenblick, der Fynn endlos schien, löste sich seine Anspannung. Der alte Bergkämpfer nickte kaum merklich und trat einen Schritt zurück.
Tom war die Erleichterung deutlich ins Gesicht geschrieben. »Ja. Ja, natürlich! Du hast recht. Ich bin so weit. Lass uns gehen.« Er versuchte, sich möglichst unauffällig an Nolen vorbeizuschieben.
»Du brauchst nur hier zu warten«, rief Fynn.
Verwirrt hielt Tom inne. »Was passiert denn dann?«
Und Fynn wiederholte fast wörtlich das, was Mellie ihm vorsagte: »Du bist die größte Hilfe, wenn du deinen Arsch endlich in die Halle bewegst. Sie werden dich sofort … expedieren? Es hat keinen Sinn, Fynn – also mich – zu fragen, was das genau

bedeuten soll. Es ist ungefähr das, was du mit Laryon gemacht hast. Und denk demnächst zweimal darüber nach, dich mit Nolen anzulegen!«

Fynn lief den Weg zu der Stelle zurück, wo er den Leuchtstab hatte fallen lassen, als sie den Lu erspäht hatten. Als er sich umdrehte, war Tom verschwunden. Einfach nicht mehr da. Als ob er sich in Luft aufgelöst hätte. Nolen wartete mit versteinerter Miene am Höhleneingang. Fynn folgte ihm hinein, und bald blieb das Tageslicht hinter ihnen zurück. Stein umgab sie, dunkler als in den Gängen bei Bendis' Hütte, auf unerklärliche Weise älter und urtümlicher.

Nolen schritt, ohne zu zögern, durch die Gänge. Fynn dachte, dass es Mellie wäre, die ihm den Weg vorgab. Er selbst hörte und spürte nichts von ihrer Anwesenheit. Ein Zeichen für ihn, dass sie ihre gesamte Aufmerksamkeit auf seinen Begleiter richtete.

Zu Beginn gab es unzählige Abzweigungen, aber irgendwann folgten sie einem breiten Hauptgang, der leicht, aber stetig bergauf führte.

»Es gibt nur wenige Leute, die mich so reizen können. Am liebsten würde ich diesen Tom erwürgen. Mich wundert schon fast, dass Laryon es nicht getan hat«, stieß Nolen unvermittelt hervor. »Er hat keine Disziplin.«

»Nein, das stimmt nicht, aber er kann sich schwer unterordnen. Er war nie beim Militär. Stattdessen hat er in Mexiko gearbeitet und Flüchtlingen geholfen.«

Energisch mischte sich Mellie ein. Sie hatte wieder Kontakt zu beiden, Fynn vernahm ihre Antwort klar und deutlich.

»Das ist unerheblich. Musste er dort niemandem gehorchen, der mehr Ahnung hatte als er selbst?«, erwiderte Nolen schroff.

»Du hättest ihm nicht drohen müssen.«

»Ich lege keinen Wert darauf, dass du mein Verhalten billigst.«

»Ich weiß. Das macht es so leicht, dich gern zu haben.«
Nolen brummte ungehalten. Sofern er Mellie eine Antwort gab, tat er dies in Gedanken. Stille umfing Fynn, die nur von dem Scharren ihrer Stiefel durchbrochen wurde. Plötzlich spürte er erneut Mellies Anwesenheit in seinem Kopf.
»Fynn, danke. Tom ist eine Nervensäge, aber das war nicht angemessen.«
»Wenn er Nolen kennt, hätte er es besser wissen müssen, als ihn zu reizen.«
»Da hast du recht. Ich habe befürchtet, dass es so kommt, falls die beiden jemals aufeinandertreffen. Tom ist sehr unbedacht, und Nolen kann schlecht mit Widerspruch umgehen. Insofern ist es noch glimpflich verlaufen, dank dir.«
»Magst du ihn?«
»Auch eine lange Geschichte, aber irgendwie schon. Das ist nicht so einfach. Ich erzähle es dir irgendwann. Ich bin wirklich müde. Bis später.«

Tom wirbelte durch Schwärze und kam unsanft auf dem Hosenboden auf. Nur ein Schneehaufen bewahrte ihn vor einer härteren Landung. Während er sich aufrappelte, klopfte er sich den Schnee von der Kleidung. Er stand auf einer Art Aussichtsplattform, einem fast runden Platz, von dem ein Pfad zwischen hohen grauen Steinwänden wegführte. Schon nach wenigen Schritten war eine Kurve. Dahinter erblickte Tom nur massives Gestein. Einen langen Moment stierte er stumpfsinnig vor sich hin. Irgendwie war das einfach alles zu real.
Die Begegnung mit Nolen hatte ihn in seiner augenblicklichen Verfassung völlig überfordert. Er konnte nur zum Teil nachvollziehen, warum dieser ihm so übel gesonnen war.
Für ihn war Nolen immer eine Randfigur gewesen. Laryon verehrte ihn und brachte ihm bedingungslosen Respekt entgegen. Es stellte die klassische Beziehung zwischen Lehrmeister und

Schüler dar. Aber Tom verstand Laryons Hingabe zu diesem schroffen, gefühlskalten Bergkämpfer nicht. Seit er Mellies Erzählungen über ihn gelesen hatte, kannte er Nolens Vergangenheit, die nach Toms Meinung nicht gerade für ihn als Menschen sprach. Er war eine Zeitlang mit einer Bergwächterin zusammen gewesen, die ihn leidenschaftlich geliebt hatte, während er ihr mehr aus selbstauferlegter Verpflichtung zugetan war. Vielleicht plagten ihn auch ein paar Schuldgefühle, besonders, nachdem ihre Tochter geboren war. Später, nach dem Tod der Mutter, hatte er seine eigene Tochter bei irgendwelchen Pflegeeltern abgeladen und war in den Süden abgehauen. Und Mellie hatte er auch im Stich gelassen. Was maßte sich so jemand an, über Tom zu richten? Was hätte er in Bezug auf Laryon denn bisher anders machen sollen, wenn ihm niemand etwas erklärte?

Mit Fynn war es ganz anders. Tom hatte die Figur, die er in den Büchern als Laryons kleinen Bruder bezeichnete, ebenfalls nie so recht wahrgenommen. Sein Umgang mit Nolen hatte ihn allerdings beeindruckt. Tom erschien die Beziehung zwischen den beiden unerwartet gleichberechtigt.

Er drehte sich um. In der anderen Richtung war die Aussicht frei. Wie gebannt starrte er auf das Gebäude in der Talmulde. Er lief ein paar Schritte in Richtung Abhang und erkannte dann den mit Seilen befestigten Weg, der in das Tal hinabführte. Während er abwärts wanderte, konnte er die Augen nicht von der Halle lassen. Fasziniert betrachtete er die zahllosen Türmchen, Erker und Balkone. Genau so hatte er sich einen solchen Ort immer vorgestellt. Er wirkte auf Tom wie eine wilde Mischung aus Hogwarts, Bruchtal und Disneyland, kombiniert mit realen mittelalterlichen Festungsanlagen, die er kannte. Er beschleunigte seinen Gang. Der Drang, den er auf einmal verspürte, dort anzukommen, wurde immer stärker. Das war der Ort, zu dem er wollte, wo er hingehörte.

Er schritt über eine lange hölzerne Brücke auf einen großen Eingang zu, dessen riesige eisenbeschlagene Torflügel weit offen standen. Eine Gestalt zeichnete sich vor dem Licht ab, das aus dem Inneren schien. »Hi Tom. Wird auch Zeit, dass du kommst.«

»Mellie?!«

Sie war es, sie musste es sein. Ohne dass es ihm bewusst war, hatte er bereits begriffen, dass dies der Ort war, zu dem es ihn tief im Inneren immer schon hingezogen hatte. Er hätte zuvor nie sagen können, wie er sich die Halle konkret vorstellte, aber sie sah genauso aus, wie sie aussehen sollte: perfekt. Und wenn sie perfekt war, gehörte auch Mellie zu diesem Bild. Die Freude darüber, sie zu sehen, ließ ihn über das ganze Gesicht strahlen.

»Wir müssen uns beeilen. Tom Schäfer, es hängt jetzt eine Menge davon ab, dass wir gut zusammenarbeiten. Los, komm schon.« Sie machte eine ungeduldige Handbewegung.

Toms Lächeln gefror auf seinen Zügen. Das war nicht die Form von Begrüßung, die er sich vorgestellt hatte, und er verspürte nicht die geringste Lust, sich sofort bevormunden zu lassen. »Zu Befehl, Chefin, ich eile und gehorche!«, knurrte er gereizt. Mellie blitzte ihn wütend an.

Sofort hob er beschwichtigend die Hände. »Hey, warte mal. Das geht jetzt alles etwas schnell. Gerade stehe ich noch vor so einem Riesenmonster, dann blafft mich dein alter Kollege wegen nichts an, und dann fliege ich hier einfach mal so durch die Luft. Und du stehst hier, als ob nichts gewesen wäre, und treibst mich an.« Verlegen schlug er die Augen nieder. »Ich habe dich vermisst.«

»Wenn du nicht einfach in meinen Sachen herumgeschnüffelt und in die ganze Welt hinausposaunt hättest, wo Kary ist, hätten wir jetzt nicht diesen Schlamassel«, giftete Mellie unbeeindruckt zurück.

Tom glaubte seinen Ohren nicht zu trauen. »Was geht denn hier ab?!«, rief er erbost. »Dein Geschreibsel, das sollte ich doch finden, gib es doch zu! Ich habe nie auch nur einen Fetzen anderer wichtiger Unterlagen bei dir rumliegen sehen!«

»Ja, und du solltest mich dann aber ansprechen und die Texte nicht einfach als prima Ideen für den Herrn Bestsellerautor klauen!«

»Das soll jetzt meine Schuld sein, dass ich nicht exakt so reagiert habe, wie du es dir gewünscht hast? Ist ja super!« Er schnaubte.

Mellie hatte sich umgewandt und betrat das Gebäude mit schnellen Schritten. Tom lief ihr nach. »Ich wollte dich ja fragen, die ganze Zeit. Aber das Buch ... es war so ein Stress wegen der Deadline und die Zeit mit dir sonst so schön und alles. Warum hast du denn nie was gesagt?«

»Hast du es jemandem gesagt?«

»Was gesagt?«

»Als dir der Verdacht kam, Talamh wäre eine Parallelwelt und man könnte irgendwie hin oder die Wortgestalten zu sich holen?«

»Wortgestalten?«

Mellie blieb stehen. »Laryon ist deine Wortgestalt. Du bist sein Worthüter. Du beeinflusst sein Leben mehr, als dir zusteht.«

»Könntest du mir vielleicht erst mal in Ruhe erklären, wovon du redest? Ist irgendwie schwierig, sich zu verteidigen, wenn man nicht wirklich genau weiß, warum und wogegen.« Tom schwankte immer noch zwischen der Hoffnung, Mellie möglichst schnell wieder für sich zu gewinnen, und der Erkenntnis, dass er vielleicht noch mehr falsch gemacht hatte, als er auch nur ahnen konnte. Mellies Temperamentsausbruch überrumpelte ihn.

»Reicht es nicht«, begann sie, jedes Wort unheilvoll betonend, »erst einmal einzusehen, dass du Laryon unglaubliche Qualen bereitet hast? Geht das in deinen Kopf? Bist du eigentlich wahnsinnig? Was hast du dir dabei gedacht, ihn nach Münster zu schreiben?!«

»Ehrlich gesagt: gar nichts. Prima Gelegenheit, einfach mal auszuprobieren, was passiert.«
»Das ist genau der Punkt! Einfach mal machen, ohne nachzudenken. Weißt du, wie das ist, *einfach mal* in einer anderen Welt zu landen?«
»Äh … ja. Oder wie jetzt?« Hatte man mit ihm nicht das Gleiche gemacht? Tom fiel auf, dass er sich nie die Frage gestellt hatte, wie das eigentlich möglich sein konnte. Sein Kopf war zu voll mit anderen Dingen und Eindrücken. Gut, manches war unangenehm und ein wenig beängstigend, aber seine Entdeckerfreude hatte doch die meiste Zeit überwogen. Gut, vielleicht gestaltete die Situation sich für Laryon etwas anders, er war nach seiner Ankunft schon sehr überfordert gewesen. Dagegen war Tom Willerin ja nicht vollkommen fremd.
Seine Gedanken spiegelten sich in seinem zerknirschten Gesichtsausdruck wider. Als Mellie dies bemerkte, schüttelte sie genervt den Kopf und setzte sich wieder in Bewegung. Im Vorbeigehen registrierte Tom Wände, Türen zu dahinterliegenden Räumen und überall Regale mit Büchern, Büchern und nochmals Büchern.
»Ich habe sofort gesehen, dass du einer von uns bist, Tom – ein Worthüter. Was sonst? Es war unverkennbar. Es war mein erster Abend in Münster, ich hatte wohl auch ein paar Bier zu viel, alles war so entspannend normal. Du hast die ganze Zeit nur von deinem Buch gefaselt und dass Laryon – da wusste ich ja noch nicht, wer er ist – endlich mal was Aufregendes erleben soll. Am nächsten Tag war ich dann unsicher. Dein Blackout hängt auch damit zusammen, es ist ein Schutzmechanismus. Ich musste einfach herausfinden, ob du verschmolzen, also eingeweiht bist. Ob du deinerseits deinem Worthüter bereits begegnet warst.«
»Ich verstehe. Durchaus, Frau Agentin.« Tom gab sich Mühe, unbefangen zu klingen. So viel zu der Annahme, er hätte ihr ebenso gut gefallen wie sie ihm.

Mellie kam jetzt in Schwung. »Seit zig Jahren suche ich Kary beziehungsweise seine Vorfahren. Nolen spielt irgendein Doppelspiel, er wusste nicht nur die ganze Zeit, wo der Junge steckt, er lässt ihn auch noch ausdrücklich versteckt halten. Ich habe keine Ahnung, warum, aber Trakan findet sein Verhalten okay. Du lässt deinen Laryon mit riesengroßer Arglosigkeit einfach mitten hineintraben. Und alles, was dir dazu einfällt, ist, dass du unbedingt einen Bestseller abliefern musst, weil du sonst Ärger mit deinem Verlag kriegst. Ich blöde Kuh habe dir vertraut. Was habe ich davon? Ein Menschenleben gegen eine Liebeserklärung. Echt ein Riesenmist!«, rief sie und hielt inne, um Luft zu holen. Tom starrte sie an wie das berühmte Kaninchen, das von einer Schlange fixiert wird. Er war sich nicht sicher, ob ihr Monolog nun als Vorwurf gedacht war und wenn ja, für wen: für ihn oder sich selbst. Seine Enttäuschung über das verpatzte Wiedersehen wurde nach und nach von einer tiefen Ratlosigkeit verdrängt. Fast wäre er vor einen wuchtigen Bücherschrank gelaufen. Im letzten Moment wich er aus und folgte Mellie durch eine Tür in den dahinterliegenden Raum.

Vor ihm lag ein gemütliches Büro mit einer großen Fensterfront, die auf die schneebedeckte, von grauen Bergen begrenzte Ebene zeigte, die nach wie vor unschuldig im Sonnenschein erstrahlte. Mellie steuerte auf ein Ecksofa zu, das mit zwei breiten Sesseln, auf denen man auch noch zu zweit bequem Platz gehabt hätte, um einen flachen Tisch gruppiert war. Vor dem Fenster befand sich ein langer Schreibtisch, auf dem Tom sehr zu seinem Erstaunen mehrere Monitore und Docking-Stationen erkannte. Neben dem Schreibtisch hing an der Wand ein Whiteboard, auf dem ein Wirrwarr an Kästchen, Linien, Namen und Listen aufgemalt war. Daneben stand ein großer Schrank mit Aktenordnern, dem wiederum volle Bücherregale an allen restlichen Wänden folgten.

Mellie hatte sich auf die Couch fallen gelassen und schien irgendeine Antwort hören zu wollen, doch Tom war überhaupt nicht klar, was sie eigentlich von ihm erwartete. Und genau das musste sie einsehen, entschied er, während er sich zögernd aus dem Umhang schälte und seinen Rucksack abstellte.
»Ich bin ja jetzt da – wo auch immer. Ich helfe dir, versprochen. Aber was genau wirfst du mir denn jetzt vor?«
»Kannst du dir das nicht denken?!«, fauchte Mellie.
Tom ließ sich ihr gegenüber auf den Sessel sinken. Er hätte viel lieber neben ihr gesessen, sie berührt, in den Arm genommen. Sie sah gestresst und unausgeschlafen aus.
»Nicht so richtig«, gab er zu, um sie zu beschwichtigen. »Du bist sauer, weil ich dich nicht angesprochen habe. Aber noch mal: Warum hast du nie selbst was gesagt?«
»Und noch mal die Gegenfrage: Hast du es jemandem erzählt, als dir der Verdacht kam, Willerin existierte irgendwo?«
»Ja, schon ein paar Leuten.«
»Wie haben sie reagiert?«
»Sie haben mich nicht ernst genommen.«
»Siehst du!« Mellie klatschte spöttischen Beifall.
»Nein, das ist etwas völlig anderes«, widersprach Tom umgehend. »Mensch, Mellie! Ich beschäftige mich seit sieben Jahren mit Laryons Leben, ich spiele Rollenspiele, seit ich dreizehn bin, und habe in meinem Kopf mehr Welten erschaffen, als ich je zu Papier bringen werde. Und jemand wie ich hätte dir nicht glauben sollen?«
Leichte Unsicherheit huschte über Mellies Miene. »Wem hast du es denn erzählt, bevor du angefangen hast, den Weltenübergang zu testen?«, beharrte sie.
Tom schwieg, von der plötzlichen Erkenntnis betroffen, dass das meiste von dem, was er gerade über sich gesagt hatte, auch auf Felix und Andy zutraf. Von kurz aufflackernder Neugier bei Felix abgesehen, hatten sie beide ihn eher wie jemanden

behandelt, den man besser nicht ernst nehmen sollte, weil er sich zu sehr in etwas hineingesteigert hatte.

»Aber mein Bruder«, rief er plötzlich laut auf und konnte sich nicht beherrschen, erleichtert aufzulachen. »Ben hat mir vielleicht nicht geglaubt, aber er hat mich ernst genommen. Ich war auf dem Weg zu ihm, bevor ich hierherkam.« Seine Augen wurden groß.

Auf einmal passte alles zusammen.

Er musste schlucken, weil er plötzlich das Gefühl hatte, keine Luft mehr zu bekommen. »Mein Großpapa hätte mir geglaubt«, flüsterte er, und Mellie reckte sich mit gerunzelter Stirn vor, um ihn besser zu verstehen. »Ganz sicher. Bens Frau Janet auch und sogar Anna. Du kennst sie ja nicht.

Sie sind auch solche wie wir, oder? Wortgestalten. Worthüter, wie auch immer. Sie hätten mir geglaubt. Vielleicht hätten sie es nicht verstanden, aber sie hätten es spüren können, weil ich ihnen etwas bedeute. Du bist die erste Wortgestalt, der ich begegnet bin, die nicht zu meiner Familie gehört. Ich hätte dir geglaubt, weil ich genauso bin wie du. Weil wir etwas Besonderes sind. Weil du mir wichtig bist wie sonst niemand auf der Welt.« Beinahe trotzig starrte er sie an.

Mellie zog die Beine an und umschlang ihre Knie, während sie Toms Worte abwog. »Trakan hatte recht. Er hat so etwas Ähnliches behauptet«, gab sie widerwillig zu.

»Wer ist Trakan?«

»Trakan ist mein Worthüter. Ich habe dir von ihm als Frank erzählt – das ist der Name, den er in unserer Welt benutzt.«

»Dein Auftraggeber. Dein Chef.«

»Er ist die Erste Wortgestalt, er ist der Oberste Worthüter. Tom, bitte, ich erkläre dir später alles, was du wissen willst, alles, was du wissen musst. Aber wir haben jetzt nicht die Zeit, dass ich hier den Info-Elf mache. Nolen und Fynn sind auf dem Weg, Karys Entführer zu stellen, und du musst Laryon da rausholen!«

»Wie denn? Was ist mit ihm? Geht es ihm gut?«

»Das kannst nur du herausfinden.« Mellie zog ihren Laptop unter dem Tisch hervor und wies auf den Schreibtisch. Sie stand auf, blieb vor ihm stehen. »Du hast doch deinen Computer dabei, oder? Komm, schauen wir, was sich machen lässt.«

»Gibt es hier echt Strom?«

»Wir sind nicht auf Willerin, die Halle folgt ihren eigenen Gesetzen. Was spricht gegen Strom?«

»Na ja, von draußen sah es eher aus wie …«

»Toms Traum aus tausend und einem Fantasy-Schloss?«

»Ja. Es ist das gleiche Gebäude wie auf dem Bild in deinem Wohnzimmer, oder? Das mit dem Malen solltest du aber noch mal üben. Es sieht ganz anders aus.« Tom schaute schüchtern lächelnd zu ihr auf. Es war ihm gelungen, den richtigen Ton anzuschlagen und Mellie zum Lachen zu bringen. Zum ersten Mal verschwand die steile Falte über ihrer Nase etwas.

»Das ist deine Sicht«, grinste sie. »Die Halle ist perfekt, für jeden und aus jedem Blickwinkel. Von so einem Ort hat nun einmal jeder seine eigene Vorstellung, also sieht sie für jeden von uns anders aus, ist doch logisch. Was ist jetzt, hilfst du mir?«

»Klar, habe ich dir versprochen.« Hastig sprang er auf. »Und Laryon. Er ist sauer genug auf mich. Tja.« Tom berührte Mellie wie zufällig am Arm, traute sich dann aber doch nicht, sie festzuhalten. Sie bemerkte es nicht oder tat zumindest so, ging und setzte sich auf einen der beiden Stühle vor dem Schreibtisch.

Tom nahm all seinen Mut zusammen. »Was ist jetzt mit uns?«

Mellie wandte sich nicht um, verkabelte ihren Laptop mit einer Docking-Station und ließ das Gerät hochfahren.

»War das jetzt alles?«, fragte er noch einmal eindringlich, fast flehend.

»Setz dich«, murmelte Mellie.

»Bitte. Ich … Mellie, du bedeutest mir so viel!«
»›Das habe ich alles nicht gewollt!‹ Das ist dein Motto, stimmt doch, oder? Vielleicht ein Ende, vielleicht nur ein Neubeginn. Wir werden sehen, Major Tom, wir werden sehen.«

28.

… den leichten Hauch des sanften Windes … Er vernahm die dumpfen Hufschläge auf dem weichen Waldboden, konnte die Vögel in den Bäumen singen hören … Und er roch das warme Fell, die Feuchtigkeit des nahen Waldes, das verrottende Laub …
Die Erinnerung überflutete alle anderen Wahrnehmungen. Eine weitere Brise streifte seine Wangen. Vom Jackenärmel löste sich ein Pferdehaar und kitzelte ihn an der Nase. Mit einem Mal spürte er, wie sehr die Mischung aus Schweiß und Staub auf der Haut juckte. Er stützte sich so schwer auf die Hände, dass die Ellbogen sich schmerzhaft in seine Oberschenkel bohrten.
Laryon hob den Kopf, um sich mit dem Unterarm über die feuchte Stirn zu wischen. Unverkennbar haftete der Geruch seines Pferdes an der Jacke und brachte ihn in die Realität zurück. Bedächtig zwang er sich, die Augen zu öffnen.
Es war gar nicht so dunkel, wie er gedacht hatte. Die grauen Wände hoben sich deutlich vor dem Lichtkegel ab, den die Taschenlampe wenige Schritte neben ihm warf. Der Spalt, in dem Tom verschwunden war, klaffte als tiefschwarzer Riss auf dem Weg.
Zitternd atmete er tief durch. Noch einmal. Ein weiteres Mal. Es funktionierte. Es war immer noch Luft da.
Jeder einzelne seiner Muskeln schmerzte. Laryon richtete sich etwas auf und massierte sich mit den Fingerspitzen den Nacken. Dann drehte er sich leicht zur Seite, um seine Beine auszustre-

cken. Die Bewegung schreckte Schatten auf, die über die Wand huschten und sie lebendig aussehen ließen.
Denk an etwas anderes, befahl er sich selbst. Die Luft war kalt und feucht, fast frisch. Laryon schloss die Augen und sog den Geruch seiner Jacke ein. Wie mochte es eigentlich Fella ergehen? Hatte man sie sicher nach Antron zurückgebracht, nachdem er sie auf dem Weg gegen ein frischeres fremdes Pferd eintauschen musste?
Augenblicklich wurde ihm bewusst, dass er handeln musste. Er war es gewohnt, auf sich allein gestellt zu sein. Was sollte dieses Mal anders sein? Nun, um ihn herum befand sich unendlich viel Fels. Er hatte keine Ahnung, in welche Richtung er laufen sollte. Und was sollte er tun, wenn er wo auch immer angekommen war?
Verärgert über sich selbst schüttelte Laryon den Kopf. So ging er auch sonst nicht vor, wenn er Schwierigkeiten anpackte. Hatten ihn die Ereignisse derartig aus der Bahn geworfen, dass er nicht mehr klar denken konnte?
Was war aus Tom geworden? Irgendwie konnte Laryon sich nicht vorstellen, dass er zu Tode gestürzt war. Es gab nur eine Möglichkeit, das herauszufinden.
Mit zusammengebissenen Zähnen zog er sich an der Wand hoch, bis er mit wackeligen Knien dastand. Er musste sich zu jeder Bewegung zwingen. Erst als er die stabile Taschenlampe in den Händen hielt, fühlte er sich etwas wohler.
Laryon hatte jegliches Zeitgefühl verloren. Es mochten wenige Augenblicke oder ganze Tage vergangen sein, er wusste es nicht. Schritt für Schritt wagte er sich an den unheilvollen Riss heran und leuchtete hinunter. Er wirkte wie eine Wunde im Gestein, vermutlich von einem lange zurückliegenden Erdbeben aufgerissen. Felsvorsprünge und kleine Nischen an den Wänden warfen das Licht unregelmäßig zurück. Hinter dem Strahl wartete nur bedrohliche Schwärze. An einer Stelle glaubte Laryon,

einen Fetzen seines Umhangs zu erkennen, das war alles. Einen Moment erwog er hinabzusteigen, aber ohne Seil war das einfach zu viel verlangt. Woher konnte er wissen, wie tief die Kluft war und ob er von dort weiterkam? Sollte Tom noch am Leben sein und verletzt unten liegen, würde sie das auch nicht weiterbringen.

Er dachte daran, wie Tom darauf bestanden hatte, ein Seil mitzunehmen, und es mit einem merkwürdigen Ritual eines Spiels erklärt hatte. Laryon hatte es für eine absolut sinnvolle Idee gehalten, sich aber gleichzeitig darüber geärgert, dass Tom alles immer noch für ein Abenteuer zu halten schien und seine Situation einfach nicht ernst nahm. Als Tom dann seine trotzige Miene aufsetzte, nachdem Laryon ihn zurechtgewiesen hatte, ließ er das Thema genervt fallen. Das Seil hatte Tom jedenfalls nichts mehr genützt.

Vorsichtig rückte er von der Spalte ab. Dann nahm er seine Wasserflasche und trank. Noch immer war er unfähig, eine Entscheidung zu treffen. Seine Panik war abgeflaut, pochte aber beständig im Hintergrund seiner Gedanken.

Laryon sog prüfend die Luft ein, die unverändert frisch und kalt den Gang entlangwehte. Dann trat er an den Rand der Spalte und sprang an der schmalsten Stelle hinüber. Es war völlig unproblematisch. Er packte die Taschenlampe fest und folgte dem Gang, ohne sich noch einmal umzusehen. Es ging stetig bergab. Solange keine Abzweigungen auftauchten, würde er weitergehen. Andernfalls würde er sich nach dem Herzen des Amuletts richten.

Er kam nur langsam voran. Ihm selbst war, als bewegte er sich überhaupt nicht von der Stelle. Alles sah gleich aus. Es dauerte immer wieder kleine Ewigkeiten, ehe er genug Mut fand, wenn der Durchgang enger oder niedriger wurde. Manchmal setzte er sich, konzentrierte sich nur darauf, tief zu atmen, wie Tom ihm geraten hatte. Einmal fiel ihm ein, was Tom ihm über seinen

Großvater erzählt hatte. Wie würde er es wohl schaffen, einen Vogel in ein Kapitel einzubauen, das tief unter dem Fels begann? Laryon grinste. Er fühlte sich auf einmal etwas weniger verloren.

Am Ende war stets sein Überlebenswille stärker und brachte ihn über das jeweilige Hindernis. Dennoch war dieser Weg anstrengender als alles, was er bisher durchgemacht hatte.

In einer kleinen Höhle fand er eine Quelle, an der er sich notdürftig das Gesicht wusch und die Wasserflaschen füllte. Das Atmen fiel ihm inzwischen leichter. Doch der enge dunkle Stollen blieb eine beständige Qual, die ihm zunehmend Kopfschmerzen bereitete.

Dann veränderte sich etwas. Laryon konnte nicht sagen, was es genau war. Seine Sinne waren mit einem Schlag hellwach. Er spürte die Anwesenheit von Leben. Ein Geruch, der ihn entfernt an feuchte Wolle erinnerte, hing in der Luft. So weit das Licht seiner Taschenlampe reichte, ging es schnurgerade weiter.

Laryon blieb stehen und massierte sich mit den Fingerspitzen die Schläfen. Es fiel ihm schwer, sich zu konzentrieren, aber sein Instinkt sagte ihm, dass keine unmittelbare Gefahr drohte. Das Vernünftigste wäre, das Licht zu löschen und sich vorsichtig weiter voranzutasten. Vernünftig, sicher und ganz einfach. Laryon stöhnte leise auf und ließ sich mit der linken Schulter gegen die Wand fallen, während er die Lampe auf den Boden richtete. Hastig knipste er sie aus. Unwillkürlich duckte er sich leicht. Er hatte gedacht, dass er sich inzwischen an seine Umgebung gewöhnt hätte, es nicht so schlimm sein würde. Angespannt knirschte er mit den Zähnen.

Die veränderte Wahrnehmung trug ganz leise Geräusche zu ihm. Laryon lauschte in die Finsternis um ihn herum. Zunächst hielt er es für einen Luftzug, doch dann war er sicher, dass es sich anhörte wie dünner Gesang.

Die Schulter gegen die Wand gepresst, schob er sich Schritt für Schritt vorwärts. Trotz der Kälte wurde ihm wieder heiß, und sein Puls beschleunigte sich. Am liebsten hätte er laut geschrien. Diese gesamte Situation war so belastend, entwürdigend.
Mühsam riss er sich zusammen. Er wechselte die Lampe in die linke Hand und packte mit der anderen sein Wurfbeil. So arbeitete er sich an der Wand entlang. Nach etwa dreißig Schritten spürte er die Wand an seiner Schulter plötzlich zurückspringen. Der Gesang war lauter, klang jedoch immer noch dumpf und fern. Laryon blieb stehen und horchte. Als sich nichts weiter rührte, nahm er kurz entschlossen die Lampe, schaltete sie ein und leuchtete die Umgebung ab. Er stand vor einer Nische. An den Seiten des Ganges erkannte er weitere Vertiefungen. Einige bildeten nur dunkle Löcher, doch die meisten waren mit Holztüren verschlossen, denen Alter und Feuchtigkeit bisher nichts hatte anhaben können. Verblüfft streckte Laryon eine Hand aus und strich mit den Fingerkuppen über das Holz. Ein einfacher eiserner Riegel hatte das, was sich dahinter befand, sicher eingesperrt.
Ratlos starrte er auf die Tür. Noch einmal schaute er sich um. Nichts regte sich. Der Gesang war verstummt.
Laryon war langsam, aber sicher von seiner eigenen Zaghaftigkeit genervt. Er straffte die Schultern und fing an, die Nischen systematisch abzuleuchten. Überall waren die Riegel vorgeschoben. Als er das Ende der Reihe erreicht hatte, befand er sich an einer Kreuzung, an der rechts und links weitere Gänge abgingen. So weit das Licht reichte, war nichts zu erkennen.
Er drehte sich wieder und löschte die Lampe. An der ersten Tür vor der Kreuzung war ein schwacher Lichtschimmer zu sehen. Lautlos näherte Laryon sich und legte sein Ohr an das Holz. Eine Kinderstimme drang heraus, gedämpft, aber deutlich zu vernehmen. Er zögerte nicht länger und schob vorsichtig den Riegel zurück. Es ging ganz leicht, als wäre er vor kurzem erst

benutzt worden. Mit einem Ruck riss er die Tür auf. Dabei hielt er die eingeschaltete Taschenlampe so, dass seine Gegner ihn nicht direkt erkennen würden.

Jemand schrie entsetzt auf. Ein Junge stand mitten im Raum, packte blindlings ein Stück Holz und hielt es mit beiden Händen ausgestreckt, um sich zu verteidigen.

Laryon senkte die Lampe. »Kary! Wie kommst du hierher? Wo sind die Männer, die dich hergebracht haben?«

»Weggegangen. Laryon, ich bin so froh, dass du gekommen bist!«, stammelte Kary verwirrt und erleichtert. Laryon stand die Erleichterung ebenfalls ins Gesicht geschrieben, als er das Wurfbeil wegsteckte und sich durch die Haare fuhr. Kary lief auf ihn zu, und Laryon drückte ihn fest an sich.

»Wie hast du mich gefunden?«, wollte Kary wissen, nachdem der Grenzreiter sich wieder aufgerichtet hatte.

»Das weiß ich selbst nicht genau. Wir sollten zusehen, dass wir hier wegkommen«, erwiderte Laryon. Sein Blick fiel auf das armselige Strohlager, neben dem ein Krug mit Wasser, Brot und ein paar Äpfel lagen. Kary hatte nichts angerührt. Daneben entdeckte er einen größeren Leinenbeutel. Ihm fiel auf, dass er selbst nichts mehr zu sich genommen hatte seit ... ja, seit wann? Zuletzt hatte er mit Tom in der Hütte die Reste des Proviants geteilt. Kein Wunder, dass er Kopfschmerzen hatte.

»Kennst du den Weg, auf dem du hergebracht wurdest? Wir müssen versuchen, aus dem Stollen hinauszufinden. Dann sehen wir weiter. Ich muss auch bald etwas essen. Doch wenn wir hier in diesem Gang bleiben, sitzen wir wie die Ratten in der Falle.« Laryon zwang seine Gedanken auf die naheliegenden Probleme.

»Ich habe genug zu essen, die Entführer haben mir einiges dagelassen.« Kary deutete auf den Beutel. »Und ich weiß ungefähr, wo wir diesen Gang betreten haben. Es ist nicht weit, und es gab nur wenige Abzweigungen.«

Beunruhigt fragte Laryon sich, ob die Gefahr bestand, den Entführern direkt in die Arme zu laufen. Ihm graute bei dieser Vorstellung. Normalerweise scheute er sich nicht vor handgreiflichen Auseinandersetzungen, aber hier unten wäre das etwas anderes. Doch er versuchte, sich nichts anmerken zu lassen, winkte Kary aufmunternd zu und verließ rasch den Raum. Der Junge griff den Leinenbeutel und folgte ihm.

Laryon ging es schlagartig besser. Er machte sich nichts vor, seine momentane Situation war nach wie vor alles andere als komfortabel. Aber es sah nach einem Fortschritt aus. Er hatte wider Erwarten Kary gefunden, und er würde bald wieder das Tageslicht erblicken.

Im Gehen aßen sie Brot und Äpfel. Das vertrieb Laryons Kopfschmerzen, so dass er sich wieder einigermaßen gut fühlte.

»Was denkst du? Ist es okay so?« Tom sah Mellie unsicher an. Sie hatte sich zu ihm gebeugt und den letzten Abschnitt gelesen. Draußen vor dem Fenster hatte die Sonne ihren höchsten Punkt erreicht und blinkte dann und wann durch immer dichter aufziehende Wolken. Auf den zweiten Blick hatte Tom eine Tür in der Fensterfront entdeckt, die auf den Balkon vor ihrem Zimmer führte. Draußen standen einige Kübel mit Büschen und Bäumen, die erstaunlicherweise blühten. Sie saßen nebeneinander am Schreibtisch. Ihre Laptops waren mit je zwei Monitoren verbunden, auf denen mehrere Dokumente geöffnet waren, darunter eine schematische Karte des Stollensystems. Auf der Tischplatte befand sich ein großer Teller mit Keksen und Obst, eine Thermoskanne Kaffee und einige Unterlagen. Henry schnarchte auf dem Ecksofa. Er hatte Tom freudig in sein Rudel aufgenommen. Es herrschte eine konzentrierte, dennoch entspannte Atmosphäre.

»Und du meinst wirklich, ich soll keine Verbindung zu Laryon aufnehmen?«

Mellie schüttelte entschieden den Kopf. »Nein. Es tut ihm gut, dass er wieder an sich selbst glaubt. Er muss nie erfahren, wie groß dein Anteil daran genau ist. So arbeitet ein guter Worthüter.«
Bei diesem Stichwort fiel Tom etwas ganz anderes ein. »Du weißt so viel. Kannst du mir eigentlich sagen, wieso ich plötzlich doch nach Willerin gekommen bin? Und wo mein Worthüter ist? Hat das eine was mit dem anderen zu tun?«
Mellie nickte grimmig, während sie sich etwas auf einem Zettel notierte. »Eine ganze Menge. Seine Wortgestalt zu expedieren – also von einem Ort zum andern zu ›beamen‹, wenn du so willst –, das geht nur, wenn der Worthüter auch in der Nähe ist. Allerdings ist noch niemand auf diese hirnverbrannte Idee gekommen, seine Wortgestalt aus seiner Umgebung zu reißen und in seine eigene Welt zu holen, wie du es mit Laryon getan hast. Normalerweise ist das etwas, das wir nutzen, um zur Halle und zurück zu kommen!« Der Vorwurf war ihr deutlich ins Gesicht geschrieben, als sie fortfuhr. »Ausgerechnet dein Worthüter ist einer von denen, die extrem schwer berechenbar sind. Er fand deine Idee so toll, dass er sie einfach gleich mal nachgemacht hat. Das diskutiert er schon seit Stunden und vermutlich immer noch mit Trakan, der darüber alles andere als erfreut war. Das wird Trakan dir aber ganz sicher auch noch selbst sagen.«
»Das klingt jetzt nicht gerade verlockend.«
Mellie lächelte nur zur Antwort, doch Tom konnte ihre Miene nicht deuten. Spiegelte sich dort Mitleid, Häme oder Verärgerung?
»Bedeutet das, dass mein Worthüter hier ist? Kann ich ihn kennenlernen?«, fragte er weiter.
»Auf keinen Fall! Normalerweise bereiten wir alle Beteiligten intensiv darauf vor. Und beide müssen sich frei dazu entscheiden. Aber: Ja, er musste herkommen, damit du wiederum überhaupt in die Halle gelangen konntest.«

»Dann können wir ja jetzt Laryon herexpedingsen, und alles ist gebongt!«
»Und Kary?«
»Den kann doch sein Worthüter holen.« Tom blickte sie erstaunt an, als sie wütend schnaubte.
»Wenn das so einfach wäre. Schalt doch mal dein Gehirn ein! Karys Worthüter ist nicht zu ermitteln. Ich suche seit Jahren nach ihm und nach dem Grund dafür, warum er nicht in den Verzeichnissen steht. Ich habe Tausende Paarungen aus Hunderten Jahren in eine Datenbank eingeben lassen und Abfragen ohne Ende generiert, um herauszufinden, wie ich Kary – oder schon vorher einen seiner Vorfahren – hierher bekomme. Für wie blöd hältst du mich eigentlich?!« Sie wurde etwas ruhiger. »Sein Worthüter ist verschollen – wie einige andere. Es gibt ein paar Wortgestalten, die von niemandem gelenkt werden, der für mich greifbar wäre. Dein Worthüter gehört zum Beispiel auch dazu.
Kary ist ein Nachfahre des Geschichtenerzählers. Der ist sozusagen der Ursprung von uns allen, steht noch über Trakan. Der Erzähler war schon lange vor meiner Zeit nicht mehr hier. Also, ›nicht mehr hier‹ ist falsch, denn sein Geist irrt im Archiv umher.«
»Sein Geist? Ein Gespenst?!«, unterbrach Tom sie entzückt.
»War klar, dass dir das gefällt. Nein, kein Spuk mit Bettlaken oder so was. Er war wohl einmal eine Person wie ein Mensch, ansprechbar, handelnd, fühlend, und das ist er jetzt nicht. Er ist substanzlos. Klingt ziemlich irre, ich weiß, aber ich kann dir das auch nicht besser erklären. Ich weiß außerdem nicht ganz genau, warum dieser Erzähler so wichtig ist. Trakan hat gesagt, ohne ihn könnte die Halle nicht existieren, aber sein Geistdasein scheint dafür zu reichen. Kary hat etwas oder kann etwas, um ihn zurückzuholen, und er ist der Letzte, der das tun kann.

Ich weiß nicht, was passiert, wenn Kary es nicht schafft oder wenn ihm vorher etwas zustößt. Aber ich möchte das Risiko nicht eingehen, es herauszufinden.«

Tom bemerkte, dass sein Mund offen stand. Rasch nahm er seine Tasse, um etwas zu trinken. Er konnte nicht behaupten, dass er das jetzt alles verstanden hatte.

»Wie lange machst du das denn schon?« Er fragte das Erstbeste, was ihm in den Sinn kam und ihn am meisten interessierte: Mellies Anteil an der ganzen Geschichte.

Mellie wandte sich ihrem Laptop zu. »Wir müssen weitermachen«, murmelte sie betont gleichgültig.

»Jetzt sag schon! Fair bleiben – deine Worte«, drängte Tom. »Was ist so Besonderes an dir? Warum durfte ich nichts über dich und deine Vergangenheit erfahren? Wer bist du?«

Mellie starrte weiter den Monitor an. Es dauerte eine Zeit, bis sie sich zu einer Entscheidung durchrang. »Meine Mutter lebte in den letzten Kriegstagen des Zweiten Weltkriegs in Aachen. Sie liebte Amerika, vor dem Krieg hatte sie dort studiert und war Übersetzerin für Niederländisch und Englisch. Daher wurde sie von den Alliierten rekrutiert. Sie hatte eine Affäre mit einem amerikanischen Colonel.« Tom erkannte Wehmut in Mellies Gesichtsausdruck. »Mein Name, weißt du, woher sie ihn hat? Aus *Vom Winde verweht.* Das Buch gehörte zu den wenigen Besitztümern, die sie durch den Krieg gerettet hat. Ich bin froh, dass ihr Melanie besser gefallen hat als Scarlett.

Jedenfalls traf sie ihren Rhett Butler. Sie sagte immer, mein Vater wäre etwas ganz Besonderes gewesen. Er hatte die Kampfeinsätze seiner Einheit ohne eine Schramme überstanden und galt dabei nicht als Drückeberger. Im Gegenteil, er hatte schon mehrere Tapferkeitsauszeichnungen. Er besaß Ausstrahlung, war jung und intelligent, würde sicherlich noch einige Schritte auf der Karriereleiter machen. Kommt dir das bekannt vor? Die typische Beschreibung einer Wortgestalt, wie ich sie Hunderte

Male gehört habe. Das Ergebnis war ich. Ich wurde am 6. August 1945 geboren.«
»Was?!?«
»Mit neunzehn holte Trakan mich in die Halle. Ohne mein Wissen und ohne meine Einwilligung. Es war eine Verzweiflungstat. Im Jahr zuvor waren die ersten Schwarzkünstler aufgetaucht. Ich war die Erste, die in die Halle expediert wurde und lernte, Magie anzuwenden. Ich habe einen sauberen Schnitt gemacht. Meine Mutter und alle Menschen von damals halten mich für tot, durch einen Unfall ums Leben gekommen. Meinen Vater habe ich ohnehin nie kennengelernt.
Ich habe Karys Stammbaum recherchiert, lange bevor er geboren wurde. Ich suchte nach seinen Vorfahren, sie lebten allesamt im Verborgenen, und ihre Worthüter stehen ebenfalls außerhalb des Systems. Ich weiß nicht warum, nur, dass es so ist.«
Tom fiel es immer noch schwer, Worte zu finden. »Und die ganze Zeit warst du hier in der Halle?«
»Die meiste Zeit, ja.« Mellie sah ihn an. »Ich habe mehrfach versucht, ein neues Leben außerhalb der Halle zu beginnen und gleichzeitig hier meine Aufgaben zu erfüllen. Es geht nicht. Dieser Ort liegt jenseits von Raum und Zeit. Die Zeit vergeht hier zwar genauso schnell wie überall – es sei denn, du schreibst. Dann hast du alle Zeit der Welt. Die Zeit, die du benötigst, um es zu schreiben, für die Welt, in der deine Wortgestalt lebt. Das ist vor allem wichtig, wenn du mehr als eine Wortgestalt lenkst. Du kannst dich gleichzeitig um alle kümmern. Das bildet die notwendige Voraussetzung für eine Doppelhandlung, die demnach nur funktioniert, wenn der Worthüter sich in der Halle aufhält. Es gehört noch einiges mehr dazu, aber vielleicht solltest du erst einmal versuchen, das zu verdauen.«
»Das verstehe ich nicht.« Tom schüttelte erst zögernd, dann immer bestimmter den Kopf. »Das verstehe ich überhaupt nicht. So was ist doch physikalisch unmöglich!«

Mellie lachte in bitterer Zustimmung. »Es gibt Tage, da macht mich diese ganze Vorstellung wahnsinnig«, flüsterte sie mehr zu sich selbst. Tom verstand sie trotzdem. Und er konnte in diesem Augenblick nur ahnen, was sie empfand. Er hatte schon häufiger bemerkt, dass Mellie über einen umfassenden naturwissenschaftlichen Hintergrund verfügte. Wenn es um Analytisches oder Zahlen ging, war Tom immer ganz schnell hinter ihr auf der Strecke geblieben. Wenn es ihm also schon schwerfiel, diese derart verbogene Logik der Halle zu verstehen, musste es für sie schier unerträglich sein.

Und er verstand noch etwas – vielmehr glaubte er, es zu verstehen. Mellie war einsam. Wenn er ihr wichtig war, seine Freundschaft und Liebe wichtig war, dann hatte für sie noch viel mehr auf dem Spiel gestanden, weshalb sie ihn nicht von sich aus in das Geheimnis der Worthüter eingeweiht hatte. Denn wenn Tom sie nicht ernst genommen, sich von ihr abgewandt hätte, dann hätte sie doch den einzigen Menschen verloren, der sie um ihrer selbst willen schätzte, und nicht, weil sie irgendjemandes Wortgestalt war.

Er wagte es nicht zu fragen. Ihm gefiel die Vorstellung, er könnte ihr so viel bedeuten, dass sie ihm deshalb nichts erzählt hatte. Er wollte nicht von etwas anderem überzeugt werden.

Als sie mit ihrem Geständnis begonnen hatte, hatte Tom sie beneidet. Ein Ort, an dem man nicht alterte – der Jungbrunnen, der uralte Menschheitstraum. Aber sie hatte sich nicht dafür entschieden. Wenn er sie außerdem gerade richtig verstanden hatte, hatte sie mehr als einmal ihr Leben und damit mögliche Freundschaften hinter sich lassen müssen. Das klang nicht erstrebenswert.

Tom sah Mellie ernst an. »Und wirst du weitermachen? Wirst du dein Leben hier verbringen?«

Er wurde von der Heftigkeit ihrer Reaktion überrascht. »Nein. Niemals! Ich möchte mir mein eigenes Leben aufbauen. Trakan hat mir versprochen, dass ich das tun kann, sobald wir unsere Aufgabe gelöst haben und Kary endlich in der Halle ist. Was kommt, wenn uns das nicht gelingt, weiß niemand. Dann wäre ich gescheitert, aber auch in diesem Fall wäre meine Aufgabe erfüllt.

Versteh mich nicht falsch. Niemand zwingt mich, hier zu sein. Das ist meine Entscheidung. Ich will nicht aufgeben, wo ich nun so weit gekommen bin.

Ich bin jung, ich fühle mich so jung, wie ich aussehe. Aber manchmal trage ich die Verantwortung einer alten Frau mit mir herum, und in Kombination mit der entsprechenden Lebensweisheit kann das ganz schön belastend werden.«

Mellie beugte den Kopf. Ihre Hände auf der Tastatur zitterten leicht. Ihre Selbstsicherheit brach zusammen. Zögernd legte Tom ihr eine Hand auf die Schulter. Dann zog er sie zu sich, nahm sie in die Arme. Sie ließ es geschehen. Tom spürte ihre Anspannung, als er sie fest an sich drückte. Darauf hatte er so lange gewartet. Erleichterung und Glück durchströmten ihn. Als sich hinter ihnen die Tür öffnete, fuhren sie auseinander, als hätte sie jemand bei etwas Verbotenem erwischt. Sie wandten sich gleichzeitig um.

»Hey, was machst du denn hier?«, rief Mellie freudig überrascht. Sie sprang hoch und umarmte stürmisch die großgewachsene blonde Frau, die hereingekommen war. Sie erwiderte die Umarmung herzlich. Henry umkreiste sie schwanzwedelnd.

»Trakan ließ mich kommen. Er meinte, es wäre besser für uns alle, wenn ich hier bin.«

»Tom, das ist Bendis«, stellte Mellie vor.

Tom erhob sich. »Hallo, ich bin Tom, aber das weißt du ja schon«, stellte er sich unbeholfen vor und streckte die Hand aus, vorsichtig, da er sich an Laryons Reaktion darauf erinnerte. Bendis strahlte ihn offen an und legte zu seinem Erstaunen drei

Finger auf seine Handfläche. Endlich, das war also die richtige Form der Begrüßung!
Bendis wies auf die Monitore. »Ich sehe, ihr beide seid fleißig.«
»Ja.« Mellie nickte und ließ sich auf ihren Stuhl fallen. »Fynn und Nolen sind heute Morgen aufgebrochen.«
Mit einem Schlag wurde Bendis ernst. »Das ist schade. Ich habe gehofft, ich könnte sie noch antreffen. Mellie, ich fürchte, Nolen plant etwas. Er war so anders. Ich mache mir Sorgen!«
»Ich weiß, was du meinst«, stimmte Mellie bedrückt zu. »Aber ich kann dir auch nicht mehr sagen. Er hat wieder dicht gemacht. Im Moment habe ich nur eine Verbindung zu Fynn.«
»Ja, Fynn macht sich gut!«
Mellie kicherte unwillkürlich. »Wenn er nicht gewesen wäre, hätte Tom die Halle vermutlich als fest verschnürtes und vor allem geknebeltes Paket erreicht.«
Erstaunt schaute Bendis ihn an, doch Tom kaute verlegen auf seinen Lippen und wandte sich ab. Sie war wunderschön, aber er fürchtete ihre blauen Augen, die vermutlich den gleichen harten Zug annehmen konnten wie die ihres Vaters.
Bendis löste die Spannung, indem sie sich zum Gehen wandte. »Ich gehe zu Trakan. Mögen gute Worte euch behüten.«
Mit einem letzten Blick zu Mellie, der auf eine tiefe Verbundenheit zwischen den beiden Frauen hindeutete, verließ sie den Raum.
Tom stand immer noch vor seinem Stuhl, bis Mellie ihn gutmütig stupste. »Ground Control to Major Tom! Wir machen weiter!«

29.

Fynn kam es so vor, als ob sie schon Ewigkeiten in den Stollen wären, dabei konnte es gar nicht so lange her sein, dass sie die Gänge betreten hatten. Nolen folgte unbeirrt seinem Weg, dessen Ziel nur er kannte. Fynn ging davon aus, dass Mellie ihn leitete, wobei ihm nicht ganz klar war, woher wiederum sie wissen konnte, wo sie hinmussten. Irgendwann gab Fynn auf, sich darüber den Kopf zu zerbrechen. Es war schließlich nicht seine Angelegenheit.

Nolen zischte leise und streckte seine flache Hand nach hinten aus. Genau wie er blieb Fynn stehen und rührte sich nicht. Er atmete ganz flach. Dann sah Nolen ihn an, und Fynn nickte. Er hörte es auch. Mindestens zwei Stimmen, die langsam näher kamen. Sie machten sich überhaupt keine Mühe, leise zu sein.

Fynn fiel es schwer, die Entfernung abzuschätzen, denn in den Gängen wurden Geräusche manchmal weit getragen. Mit großer Achtsamkeit bewegten sie sich vorwärts, bis der Gang sich schließlich zu einer größeren Kreuzung mit mehreren Abzweigungen verbreiterte. Die Stimmen waren lauter zu hören. Fynn konnte jedoch unmöglich sagen, aus welcher Richtung sie kamen.

Nolen bedeutete ihm, den Leuchtstab unter die Jacke zu stecken, damit das Licht sie nicht verriet. Sie versteckten sich, so gut es ging, in den Schatten ihres eigenen Ganges und warteten. Lautlos zog Fynn sein Schwert. Der Griff fühlte sich kühl und fest an. Das Gewicht der Waffe gab ihm Sicherheit.

»Fynn? Bist du bereit? Nicht vergessen: erst denken, dann handeln. Das wird alles viel schneller gehen, als du glaubst.«

Fynn sah im Geiste wieder den Lu springen. Umso mehr Zuversicht versuchte er in seine Gedanken zu legen.

»Wofür haben wir denn geübt? Das klappt schon!«
»Okay, sei trotzdem vorsichtig, und konzentrier dich!«
Die Stimmen kamen näher, klangen jetzt etwas verhaltener. Dann wurde es plötzlich still. Nichts rührte sich mehr.
Unruhig verlagerte Fynn sein Gewicht auf ein Bein. Er nahm ganz deutlich die Anwesenheit anderer wahr. Eine Luftbewegung, ein hauchzartes Scharren. Fynn spürte, wie sich seine Nackenhaare aufstellten Seine verletzte rechte Hand pochte. Er packte das Schwert fester.
Dann traf ihn jäh ein blendend heller Lichtstrahl. Er kniff die Augen zu schmalen Schlitzen zusammen und sprang, mit dem Schwert seinen Körper deckend, in die Höhle. Eine weitere Klinge blitzte im Schein der Lichtquelle auf.
Schnell sprang er nach links, um auszuweichen. Und er dachte daran, nach links zu springen. Eine unsichtbare Kraft erfasste seinen Körper und schleuderte ihn mit doppelter Geschwindigkeit in die gewünschte Richtung. Ihm blieb fast der Atem weg, aber er hatte keine Zeit, sich zu orientieren.
Im letzten Augenblick sah er, dass der Boden von zum Teil mehrere Schritte breiten Spalten durchzogen war. Jemand lachte. Sein Gegner hielt die helle Lampe direkt auf sein Gesicht gerichtet, so dass er kaum etwas erkennen konnte. Fynn bemühte sich, nicht direkt in den Lichtkegel zu sehen. Stattdessen starrte er auf den Boden und achtete nur aus den Augenwinkeln auf die Schwertklinge. Diese kam ohne Vorwarnung mit rasender Geschwindigkeit auf ihn zu. Fynn konnte gerade noch seine eigene Waffe heben. Ein wuchtiger Hieb schüttelte ihn. Er sprang wieder zurück, die tanzende Lampe in seinem Blickfeld. Sein Gegner kam ihm nach, während er begann, auf Fynn einzudreschen. Er konnte nicht mehr denken. Schlag um Schlag wehrte er ab, während er sprang, den Bodenspalten auswich und gleichzeitig versuchte, etwas zu erkennen. Im Hintergrund erhob sich weiterer Kampflärm. Soweit er es mitbekam, kümmerte

Mellie sich darum, wohin er seine Füße setzte, denn er geriet nie in Gefahr, in eine der Spalten zu stürzen. Doch irgendwann bestand seine Wahrnehmung nur noch aus Licht, Metall und Bewegung.

Fynn war ratlos. Er war es nicht gewohnt, fast blind nur aus der Defensive heraus zu kämpfen. Ein oder zwei Mal versuchte er, sein Schwert zu plazieren, aber sein Gegner konnte mühelos ausweichen. Wenn das so weiterging, würde er irgendwann erschöpft seine Deckung aufgeben, und der andere konnte ihn mühelos abstechen.

Endlich hatte er eine Idee. Gleichzeitig mit der nächsten Abwehr griff er unter seine Jacke. Noch während er den Leuchtstab herausriss, knickte er ihn bereits und schleuderte ihn dann im hohen Bogen mitten in den Raum. Der Stab wurde heller und warf einen breiten Lichtkreis. Klappernd schlug er auf dem Boden auf.

Fynn konnte sehen, dass der Mann, der gegen Nolen kämpfte, sich überrascht umdrehte. Er war nur ganz kurz unachtsam, doch dem erfahrenen Bergkämpfer reichte das. Mit einer einzigen fließenden Bewegung zog Nolen das Schwert quer über den Bauch seines Gegners, der aufschrie und sich auf ihn stürzte.

»Fynn!!«

Um ein Haar hätte sein eigener Gegner ihn mit einer weit ausholenden Bewegung geköpft. Er hatte die Lampe fallen gelassen und führte sein Schwert mit beiden Händen und dem Einsatz seiner gesamten Körperkraft. Fynn hatte nicht aufgepasst. Wenn Mellie ihn nicht zu einem kräftigen Sprung nach hinten gelenkt hätte, wäre es um ihn geschehen gewesen.

Doch Mellie konnte auch nicht auf alles achten. Der Angreifer setzte nach, und Fynn rutschte erst mit den Fersen, dann gänzlich über den Rand einer Spalte. Er schaffte es gerade noch, sich festzuhalten, doch sein Gegner war mit einem hämischen

Lachen über ihm und bohrte seinen Stiefelabsatz in Fynns Finger – selbstverständlich in die der verletzten Hand. Mit einem entsetzten Aufschrei ließ Fynn los.

»Verdammt, Tom, hilf mir!«, japste Mellie hektisch. Tom hatte selbst schon länger nicht mehr geschrieben. Die Anwesenheit von Kary gab Laryon Sicherheit. Sie bewegten sich stetig durch die Gänge. Je weiter sich dagegen der Handlungsstrang von Fynn entwickelte, desto faszinierter war er ihm gefolgt.
»Was kann ich denn tun?«, fragte er verwirrt.
»Hier, gib mir die Karte. Wo ist Laryon denn? Er kann doch nicht mehr weit weg sein!«
Tom hatte zwar keine Ahnung, warum Mellie so eine Unruhe verbreitete, da sie doch eben noch erläutert hatte, alle Zeit der Welt zum Schreiben zu haben, aber es war ansteckend. Vermutlich spielte es keine Rolle mehr, wenn man die Gefahr verspürte. Und er vermutete, dass sie sich um Nolen sorgte, der sich immer noch vor ihr verschloss und nun zwei Gegnern gegenüberstand, die ihm vermutlich ebenbürtig waren. Laryon musste ihm zu Hilfe kommen.
Sekunden später tippten beide, als ob es um ihr eigenes Leben ginge.

Das Schwert glitt Fynn aus der Hand, und wenige Atemzüge später konnte er es tief unter sich auf dem Fels aufschlagen hören. Er selbst prallte gegen eine leicht geneigte Seitenwand und rutschte ein Stück an ihr entlang. Mit verzweifelter Anstrengung kratzte er mit der linken Hand über den Stein, suchte nach Vorsprüngen, an denen er sich festhalten konnte. Dann spürte er, wie Mellie ihn dazu brachte, auch mit rechts zuzugreifen. Der Schmerz zuckte ihm bis zu den Ellbogen hoch, und er wehrte sich.
Seine mangelnde Erfahrung mit den Möglichkeiten seiner Wort-

hüterin rettete ihm das Leben. Mellie hatte offensichtlich mit seinem Widerstand gerechnet. Sie ließ zu, dass er die Hand wegzog, und überraschte ihn im gleichen Moment, indem sie ihn an derselben Stelle mit ganzer Kraft zupacken ließ. Fynn konnte sich nicht verweigern. Dieses Mal wallte der Schmerz durch seinen gesamten Körper, dass ihm fast übel wurde. Er brüllte auf. Gleichzeitig merkte er, wie seine Füße Halt suchten. Mit einem gequälten Fluch überließ er Mellie das Kommando, bis sein Körper sich an den Rand der Spalte hochgearbeitet hatte. Dort versuchte er, sich einen Überblick zu verschaffen.

Nolens erster Gegner war zu Boden gegangen, und der Bergkämpfer wandte sich nun Fynns Kontrahenten zu. Beide umkreisten sich im Schein der Lampen in der Mitte der Höhle. Der Angreifer war ungefähr im gleichen Alter wie Nolen. Unablässig zischte und flüsterte er vor sich hin. Auf die Entfernung war es nicht zu verstehen, doch Nolen blieb unbeeindruckt. Fynn sah nur das Profil der unversehrten Gesichtshälfte, in seiner Miene nichts als konzentrierte Entschlossenheit.

Fynn rief etwas, wollte den Gegner ablenken, doch dieser reagierte nicht. Stattdessen sprang der Mann zurück und schnellte unmittelbar darauf vor, die gesamte Wucht der Bewegung nutzend, um sein Schwert Nolen in die Brust zu rammen. Mit einem lässigen, fast schon gelangweilten Schritt wich dieser zur Seite aus und nutzte den Moment, um seinem Gegner die Waffe aus der Hand zu schlagen. Doch bevor er einen weiteren tödlichen Schlag plazieren konnte, duckte der Angreifer sich und tauchte mit einer ungelenken Bewegung unter dem Schwertarm hindurch. Nolen war gezwungen, sich umzudrehen. Diese Verzögerung schien zu reichen. Eine neue kleine Waffe blitzte auf der Handfläche des Mannes auf. Er rief Nolen etwas zu und lachte höhnisch.

Fynn überlief es eiskalt. Er löste sich aus seiner Erstarrung und stemmte sich aus der Spalte. Den pochenden Schmerz seiner

Hand ignorierte er beharrlich. Er musste zusehen, dass er Nolen zu Hilfe kam. Auf einmal hatte er Angst. Er spürte Mellie nicht mehr. Hatte sie ihn sich selbst überlassen? Ganz plötzlich war Fynn mit seinen Kräften am Ende. Um sein Leben zu kämpfen, war eben doch etwas ganz anderes, als Walnüsse zu werfen und in die Hände zu klatschen. Seine Glieder fühlten sich schwer und träge an. Er kniete am Rand der Spalte und musste kurz Atem holen.

Nolen war stehen geblieben und erwiderte mit fester Stimme die Herausforderung. Doch der andere lachte wieder. Er drehte sich so, dass er Fynn den Rücken zuwandte. Dann sprang er wie eine Raubkatze mit ausgestreckten Armen auf Nolen zu. Dieser hob sein Schwert und stieß es seinem Gegner entgegen. Doch der Sprung war perfekt kalkuliert, der Weg der Waffe eingerechnet. Dieses Mal wich der Mann aus und schlug, immer noch lachend, mit der Hand in Nolens Gesicht. Eine Mischung aus Überraschung und plötzlicher Erkenntnis spiegelte sich auf dessen Miene. Die Narben färbten sich rot. Er ließ das Schwert fallen und taumelte.

Entsetzt keuchte Fynn auf. Ohne weiter darüber nachzudenken, riss er das Wurfbeil aus dem Gürtel und schleuderte es mit einem zornigen Aufschrei dem Mann in den Rücken. Er hörte das Knirschen von Knochen. Der Mann drehte sich erstaunt um und spuckte Blut. Wenige Augenblicke später brach er vornüber zusammen. Fynn hatte einen Lungenflügel getroffen.

Mit einem Satz sprang der junge Bergkämpfer auf und lief, den Bodenspalten ausweichend, auf die Männer zu. Noch bevor er ihn erreichen konnte, war Nolen auf die Knie gesunken. Mit der linken Hand fasste er sich ins Gesicht und starrte verwundert auf das Blut, das sich zwischen seinen Fingern verteilte. Als Fynn endlich neben ihm war, machte Nolen eine abwehrende Geste. Ohne einen Laut von sich zu geben, kippte er auf die Seite und rührte sich nicht mehr.

Fynn beugte sich bestürzt zu ihm, doch er konnte kein Lebenszeichen erkennen. Bevor er irgendetwas tun konnte, nahm er eine weitere Gefahr wahr. Gedämpfte Schritte näherten sich. Vielleicht war es nur der entführte Junge, aber er wollte kein Risiko eingehen. Ohne zu zögern, griff er Nolens Schwert und war mit einem Satz bei dem Leuchtstab. Er verstaute ihn wieder unter seiner Jacke, dann nahm er die seltsame Lampe seines Gegners. Es war ein Metallstab, der vorne leuchtete. Fynn fand einen kleinen Knopf, und die Lampe erlosch. Er entschied sich, die gleiche Taktik anzuwenden wie die Angreifer und das Licht einzusetzen, um den anderen zu blenden. Also stellte er sich in die Mitte des Raums und wartete.

Der Laptop erzeugte ein langgezogenes Piepsen. Tom wurde ganz flau, als er Mellie anschaute. Sie starrte fassungslos auf die Worte vor sich auf dem Bildschirm, dann drückte sie hektisch einige Tasten, markierte den letzten Abschnitt und versuchte, ihn zu löschen. Es war zwecklos. Die Handlung war festgeschrieben.

Sie fand keine Worte, starrte nur mit leerem Blick vor sich hin. Plötzlich ballte sie wutentbrannt die Fäuste. Tom erwartete zwar nicht, dass sie auf ihn einprügeln wollte, aber sicherheitshalber wich er ein Stück zurück.

»Was ist denn los?!«, rief er gequält. Er fühlte sich von ihrer Reaktion etwas überfordert.

»Was los ist? Er hat Nolen getötet, ist dir das eigentlich klar?«, schrie Mellie aufgebracht. Sie boxte in die Luft und sprang auf, um ziellos durch das Zimmer zu tigern.

Tom blieb unbeeindruckt. »Wer sagt denn, dass er tot ist?«

»Das war so ein Handschuh, ja? Diese Dinger mit den Giftnadeln, ja? Es dauert nur wenige Sekunden, bis es wirkt. Es ist zu spät!«

»Aber …«

Sie blieb stehen und schloss die Augen, bevor sie mit betont geduldiger Stimme erklärte: »Ja, ich hatte alle Zeit der Welt. Aber das ist der Nachteil, wenn man in der Halle sitzt, während man schreibt: Man gerät in einen Fluss, rattert das Geschehen einfach so herunter. Und dann ist es festgeschrieben, nicht mehr zu ändern!« Ihre letzten Worte wurden von einem trockenen Schluchzen begleitet. Sie riss die Balkontür auf und stürzte nach draußen.

Leise seufzte Tom, während er ihr hinterherblickte. Sie hätte ihm einfach nur zuhören sollen. Er wusste, wie diese Geschichte weiterging. Das war doch seine Aufgabe: den weiteren Verlauf festzulegen. Er konnte das, hatte er doch häufig Handlungen in seinem Buch verändert.

Tom setzte sich auf seinem Stuhl zurecht und überprüfte sicherheitshalber das Stromkabel seines Laptops. Das war alles ganz einfach und nur noch ein wenig Schreibarbeit.

Es ging Laryon besser, seit er Kary gefunden hatte. Doch er blieb wachsam, lauschte nach wie vor angespannt auf seine Umgebung. Daher hörte er sofort die leisen Geräusche, die auf einmal den Gang hinauf zu ihnen drangen. Wortlos zupfte er Kary an der Schulter, damit dieser stehen blieb.

Er nahm dem Jungen kurz die Taschenlampe aus der Hand und schaute sich prüfend um. Sein Puls beschleunigte sich wieder, Schweiß trat ihm auf die Stirn. Ihm durften jetzt nicht die Nerven versagen. Er biss sich hart auf die Lippen, bis er Blut schmeckte. Das brachte ihn wieder zur Ruhe.

Etwas weiter vorn gabelte sich der Gang, und Laryon fasste einen Entschluss. »Kary, hör zu. Du bleibst hier – so lange, bis ich wiederkomme. Wenn etwas oder jemand auf dich zukommt, dann flieh in einen der Gänge. Dann kann ich nichts mehr für dich tun, und du musst es allein versuchen. Verstanden?«, wies er ihn flüsternd an. Kary nickte, während er versuchte, ein tapferes Gesicht aufzusetzen. Er wollte Laryon die Taschenlampe geben, doch dieser winkte ab.

»Lass nur. Ich muss zusehen, dass ich im Dunkeln klarkomme. Wenn meine Gegner Licht haben, umso besser. Ansonsten habe ich keinen Nachteil.« Er gab Kary einen kameradschaftlichen Schubs, während er seinen Schwertgurt löste. »Hier, nimm mein Schwert.«

Kary sah entsetzt zu ihm auf. »Du brauchst es!«

Laryon lächelte. »Nein. Ich habe gesehen, was Gorn dir beigebracht hat. Du kannst damit umgehen, und vielleicht wirst du es dringender benötigen als ich. Ich habe mein Wurfbeil.« Laryon legte ihm eine Hand auf den Oberarm. Kary verstand die Geste: Es war der Befehl eines Wächters und Zuspruch zugleich. Er nickte tapfer, als er das Schwert nahm. »Mögen gute Worte deinen Weg begleiten«, flüsterte er. Laryon lächelte ihm verschwörerisch und ein bisschen gequält zu, bevor er sich abwandte.

Viel zu schnell blieb der Schein der Taschenlampe hinter ihm zurück, und er tastete sich im Dunkeln voran. Es ging besser, als er erwartet hatte. Wie zuvor schob er sich vorsichtig mit der Schulter an der linken Wand entlang, in der rechten Hand das Wurfbeil. Dabei zwang er seine Wahrnehmung auf die Geräusche in der Ferne. Undeutlich vernahm er Rufe und das Geklirr von Waffen. Dann wurde es still. Eine leichte Brise wehte durch den Gang. Es war stockfinster, nicht einmal Umrisse waren zu erkennen.

Jemand näherte sich. Laryon wischte sich mit dem Ärmel feuchte Haarsträhnen aus der Stirn. Er spürte seinen Gegner auf sich zukommen. Vermutlich hatte dieser ihn auch bemerkt. Seine Muskeln spannten sich an. Der Gang war schmal. Er würde nur eine einzige Gelegenheit haben auszuweichen, indem er rechtzeitig zurücksprang. Für einen Augenblick erwog er, das Beil blind in die Dunkelheit zu schleudern, aber ihm missfiel der Gedanke, dann gänzlich unbewaffnet zu sein.

Auf einmal ging alles so schnell, dass Laryon keine Zeit mehr hatte, bewusst zu reagieren. Eine starke Lampe flammte auf und blendete ihn. Er hob die freie Hand schützend vor die Augen, während er einen Riesensatz rückwärts machte. Dabei prallte er mit der Schulter gegen die Wand und fiel rücklings zu Boden. Instinktiv streckte er die rechte Hand aus, um den Sturz abzufedern. Sein Wurfbeil klapperte zu Boden. Ein Schwert zischte an ihm vorbei, ihn nur um wenige Fingerbreit verfehlend. Jemand keuchte entsetzt auf. Jetzt fiel auch die Lampe.

»Laryon!!«

»Wer hat dir das Kämpfen beigebracht?! Du hättest mich mit einem Schlag erledigen müssen!«, rief Laryon aufgebracht. Er konnte nicht glauben, dass es sein kleiner Bruder war, der ihm gegenüberstand. Fynn war völlig aufgelöst, sah aus, als ob er jederzeit in Tränen ausbrechen würde. Er schüttelte hektisch den Kopf und fasste Laryon am Arm, um ihn hochzuziehen.

»Nolen ist tot. Du musst mir helfen. Wir müssen uns beeilen!«, stammelte er zusammenhanglos.

Laryon sah ihn scharf an. Mit einem erschöpften Laut ließ Fynn sich auf die Knie fallen.

»Was ist geschehen, wo ist er?« Laryon richtete sich auf und schüttelte Fynn. Doch dieser ließ die Schultern hängen und kauerte sich hilflos zusammen. Entsetzt sprang Laryon auf und beugte sich zu ihm, um ihn zu packen und kräftiger zu schütteln. Sein eigener Verstand verweigerte den Dienst, er reagierte einfach nur. Er erkannte seinen Freund kaum wieder. Sein Blick war leer, alle Lebensgeister hatten ihn verlassen. Laryon zögerte nur kurz, bevor er Fynn mit dem Handrücken hart ins Gesicht schlug. Das half. Er kam wieder einigermaßen zu sich und starrte Laryon verständnislos an.

»Bei allen guten Worten, Fynn! Was ist geschehen??«

»Die Entführer von Kary«, stotterte Fynn schließlich. »Er hat sie beide umgebracht. Aber einer hatte ihm ins Gesicht ge-

schlagen und seine Narben aufgerissen. Es ging alles so schnell. Auf einmal war überall Blut!« Fynn verstummte. Seine Augen glänzten.
Laryon ließ ihn los. Er griff nach der Lampe und seinem Wurfbeil. Wachsam zu allen Seiten spähend, schlich er zum Eingang der Höhle.
Es drohte keine Gefahr mehr. Er sah die beiden Männer, bei denen es sich um die beiden Entführer handeln mochte, am Boden liegen. Nicht weit davon entfernt lag eine dritte Gestalt. Die braune Uniformjacke der foryanischen Grenzwache war unverkennbar.
Mit wenigen Schritten war Laryon bei ihm. Vorsichtig ließ er sich auf die Knie fallen, packte Nolen sanft an der Schulter und drehte ihn auf den Rücken. Der Anblick des verwüsteten, blutüberströmten Gesichts war fast zu viel für seine überreizten Nerven. Unwillkürlich zuckte er zurück.
Nolen stöhnte und schlug die Augen auf. »Laryon. Endlich.« Er hob den Kopf ein wenig und spuckte Blut. Laryon konnte sehen, dass ihm das Sprechen Qualen bereitete, und es versetzte ihm einen weiteren schmerzhaften Stich. Mühsam schluckte er und zwang seine Hand zur Ruhe, als er sie vorsichtig unter Nolens Kopf schob, um ihn zu stützen.
»Du lebst«, flüsterte er erleichtert. Nolen verzog den unversehrten Mundwinkel. Es sollte ein Lächeln sein, aber es wirkte wie eine Drohung.
»Ich halte mich an die Regeln«, erwiderte er nüchtern. Er richtete sich mit Laryons Hilfe etwas weiter auf und sah ihn eindringlich an. In mehreren dünnen Rinnsalen lief ihm Blut über den Hals.
»Es war meine Entscheidung, Laryon«, flüsterte er schwerfällig. »Verstanden? Ich allein trage die Verantwortung.«
»Was soll das?«, fragte Laryon verständnislos. Nolen griff nach seiner Hand und drückte sie.

»Finde Kary. Laryon, finde ihn für mich!« Nolens Stimme wurde schleppend. Er schloss die Augen. »Führe ihn zur Halle.«
»Kary wartet in den Gängen. Ich habe ihn gefunden. Aber …« Laryon versuchte, Nolen den Arm um die Schultern zu legen, und wurde mit einem überraschend kräftigen Wink abgewehrt. Er zögerte unschlüssig. Das war so bezeichnend für diesen Mann. Gab Anweisungen, statt sich helfen zu lassen. Nolen öffnete die Augen und blinzelte.
»Gut. Wo ist Fynn?«
»Er ist drüben – unverletzt.«
»Du und Fynn, ihr seid … Beschützt Kary.« Seine Stimme wurde leiser. Laryon beugte sich weiter vor. Er konnte die folgenden Worte gerade noch verstehen, auch wenn er ihren Sinn nicht begriff.
Nolen löste seine Finger. Verwirrt tauchte Laryon in seinen Blick ein. Entsetzen überfiel ihn. Dann Erleichterung. Schließlich Frieden. Nolens Augen brachen. Schwer ruhte sein Kopf auf Laryons Arm. Stille erfüllte die Höhle.
Ganz behutsam zog Laryon die Hand zurück und vergrub sie in seinem Haaransatz. Taubheit breitete sich in seinem Inneren aus. Er wusste, was soeben geschehen war, ohne es wirklich erfassen zu können.
Dann schluchzte er auf. Er bemerkte, dass ihm Tränen über die Wangen liefen. Fynn kam näher. Teilnahmslos ließ er sich fallen und lehnte sich schwer gegen seinen Freund. Er weinte lautlos. Laryon legte ihm einen Arm um die Schultern und zog ihn enger zu sich. Hielt ihn fest, bis er nichts mehr wahrnahm außer der tröstlichen Wärme ihrer Körper.

WORTFETZEN

Langsam ließ Tom Arme und Kopf auf den Schreibtisch sinken. Mellie hatte recht gehabt. Das konnte doch alles nicht wahr sein?!

Eine Hand legte sich auf seine Schulter. Tom fuhr zusammen. Gleichzeitig lief ihm ein Prickeln über die Haut, und er glaubte, von Ferne jemanden rufen hören. Doch er verstand die Worte nicht.

»Komm mit«, vernahm er dagegen direkt über sich eine feste Stimme. Er drehte sich um. Der Mann, der ihm gegenüberstand, kam ihm bekannt vor, doch er konnte ihn nicht einordnen. Mit der weiten dunklen Tunika, die er mit einem breiten Gürtel über hellen Hosen trug, passte er exakt in Toms ursprüngliche Vorstellung von der Halle und ihren Bewohnern und wirkte in dem modern eingerichteten Büro umso mehr fehl am Platz.

Er folgte dem Unbekannten nicht weit über den Flur zu einer riesigen zweiflügligen Tür. Ohne anzuhalten, stieß sein Begleiter einen Flügel auf und schritt hindurch. Tom folgte ihm, darauf bedacht, nicht über die Schnürriemen seiner Wanderstiefel zu fallen, die er so schnell nicht hatte zubinden können.

Vor ihm öffnete sich ein Raum, dessen Dimensionen nicht einzuschätzen waren. Sonnenstrahlen fielen durch Dachlichter viele Meter über ihm. Bis zur Decke erstreckten sich Regale, teilten den Raum in schmale Gänge, so dass es Tom vorkam, als stünde er vor überdimensionalen Steckfächern. In manchen Gängen standen Stehpulte oder flache Tische. In, neben und vor den Regalen und Pulten, auf dem Boden – einfach überall lagen natürlich Bücher. Manche, hatte Mellie ihm erklärt, nannten die Halle auch »Hort der Worte« oder einfach »Bibliothek«. Hier also schlug ihr Herz.

Tom hatte ein paar zögernde Schritte in den Raum gemacht.

Jetzt betrachtete er grübelnd die Regale. Hinter der Tür befand sich ein Bereich von vielleicht zehn Metern Durchmesser, der noch nicht mit Büchern vollgestapelt war.
Eine helle, durchscheinende Gestalt näherte sich aus einem der Gänge. Sie trug ein Buch unter den Arm geklemmt. Als sie Tom sah, nickte sie grüßend mit dem Kopf und lächelte dabei herzlich. Dann war sie verschwunden. Sie ging nicht etwa in einen anderen Gang oder bewegte sich aus Toms Blickfeld, sondern war einfach nicht mehr da.
Das also war der Geist der Halle. Tom empfand seine Anwesenheit gar nicht als beunruhigend, nicht einmal als ungewöhnlich. Er hatte dadurch nur nicht darauf geachtet, welchen Gang sein Führer gewählt hatte.
Zunächst unschlüssig, setzte Tom sich in Bewegung und tauchte in das endlos scheinende Gewirr des Archivs ein. Manchmal glaubte er, Schritte zu hören, und folgte dem Geräusch. Zu rufen wagte er in dieser heiligen Stille nicht. Irgendwann führte ihn ein Gang zu einem freien Fleck mit einem überladenen großen Schreibtisch und einem Ständer, auf dem ein unfassbar riesiges aufgeschlagenes Buch lag. Tom schätzte, dass mindestens zwei Leute nötig wären, um es anzuheben. Davor stand eine Frau, die eine Seite studierte. Gerade als Tom sich bemerkbar machen wollte, wandte sie sich ab. Mit schnellen Schritten und einem knappen Gruß ging sie an ihm vorbei und verschwand zwischen den Regalen.
Neugierig näherte er sich dem Buch. Auf der Seite, welche die Unbekannte nachgeschlagen hatte, stand der Name Farnya und dahinter weitere Namen und verschiedene Daten. Farnya war eine Worthüterin erster Ordnung, was immer das bedeuten mochte. Es ging um irgendwelche Zuordnungen. Das war interessant, ob er wohl nachsehen könnte, wer sein Worthüter war?
»Ich sehe, du hast deinen Weg gefunden«, ertönte plötzlich die Stimme des Mannes hinter ihm.

Tom fuhr erschrocken zusammen. »Verzeihung, ich wollte nicht …«
»Du bist ein Worthüter. Ich habe dich in das Archiv geführt.« Der Mann lächelte beruhigend. »Es gibt nichts Verbotenes, was du hier tun könntest.« Er packte die Seiten des Buches mit beiden Händen und wuchtete sie mehrmals um, bis er die letzte beschriebene Seite erreicht hatte. Dort trug er etwas ein. Sein gesamtes Benehmen drückte Sachlichkeit aus, als ob das, was er tat, seit ewigen Zeiten zu seinen Aufgaben gehörte. Plötzlich war Tom sicher, dass es sich nur um Trakan handeln konnte. Beinahe hätte er über sich selbst gelächelt. Wenn es so war, entsprach er ebenso wenig Toms Vorstellung vom Obersten Worthüter wie alles andere, was er bisher gesehen hatte. Gut, dieses Archiv, dieses riesige Buch, das war alles schön passend. Auch Trakans Kleidung fügte sich ins Bild. Und dennoch … Wieder hatte Tom den Eindruck, den Mann irgendwoher zu kennen, aber es wollte ihm nicht einfallen.
Trakan wandte sich zu ihm. »Es ist nicht die Zeit, über das zu sprechen, was du Laryon angetan hast. Sei es, wie es ist.« Seine Stimme nahm an tadelnder Schärfe zu. »Doch denke zukünftig an die Auswirkungen deines Tuns. Du hast nun erfahren, dass du nicht der Einzige bist, der damit wird leben müssen. Hast du so viel begriffen?« Die Worte hallten dumpf in Toms Kopf nach. Er wollte zu einer Antwort ansetzen, doch Trakan brachte ihn mit einem Wink zum Schweigen. Wieder griff er in die Seiten des Buches und blätterte darin zurück, bis er eine bestimmte Stelle gefunden hatte.
»Sieh her.« Tom las die Namen, die dort eingetragen waren. Da standen sein eigener und Laryons, gefolgt von Tag und Monat ihrer Geburtstage sowie einer absurd hohen Jahreszahl.
»Was ist das?«, fragte Tom verwirrt. »Das Buch des Schicksals?«
»Es ist die Zeitrechnung der Halle. Alles hat einen Ursprung, an dem es beginnt. Hier ist nicht deine Zukunft festgelegt«, stellte

Trakan mit ruhiger Stimme richtig. »Was ich dir soeben über die Auswirkungen deines Tuns erläutert habe, gilt nicht nur für dich.« Er deutete auf den zweiten Namen, der Toms zugeordnet war. »Das ist dein Worthüter. Solltest du ihm jemals außerhalb dieser Mauern ohne mein ausdrückliches Einverständnis begegnen, dann muss ich es wissen. Hast du das verstanden?« Tom prägte sich den Namen ein, er sagte ihm nichts. Dann nickte er gehorsam. Die unausgesprochene Drohung, sollte er jemals wieder Laryon ohne Erlaubnis des Obersten Worthüters expedieren, hatte er ebenso vernommen. Er nickte noch einmal, um dies zu bekräftigen.

»Gut. Und nun.« Trakan ließ ihm keine Gelegenheit, weiter darüber nachzudenken. »Versprich mir, dass du Melanie beistehst. Sie braucht dich. Du bist etwas ganz Besonderes für sie.«

Tom senkte den Kopf. Als er seine offenen Wanderstiefel sah, kniete er sich nieder, um sie zuzubinden. Was konnte er da versprechen? Er würde nichts lieber als das tun, wenn man ihn nur ließe. Allein herauszufinden, was er dieser Frau eigentlich bedeutete, dafür war er hergekommen. Er richtete sich wieder auf, und Trakan schob ihn mit einem müden Lächeln in einen Gang. Wortlos liefen sie nebeneinander zurück und verließen das Archiv. Als der Oberste Worthüter die Flügeltür schloss, fiel Tom auf, dass er noch eine Antwort schuldig war.

»Ich will ihr beistehen – wenn sie mich nur lässt. Ich liebe sie, das ist eigentlich ganz einfach.«

Noch einmal wandte Trakan sich ihm zu, wieder lächelnd, dieses Mal aufmunternd. »Das genügt mir.«

Tom stand noch immer an der Flügeltür und starrte Trakan nach, der den Gang entlang entschwand und mit ihm seine Chance, etwas über Mellies wahre Gefühle zu erfahren.

Berggeist

30.

Viel später begann die Zeit auf einmal, wieder zu vergehen. Sofort folgte der nächste Schlag. Kary war nicht auffindbar. Als hätte er sich einfach in Luft aufgelöst. Laryon zweifelte kurz, den richtigen Gang gewählt zu haben, doch an der Stelle, wo er Kary zurückgelassen hatte, lagen sein Rucksack, daneben der Schwertgürtel. Das Schwert fanden sie nicht weit entfernt. Sie suchten die nahe gelegenen Stollen ab und fanden Blut und mehrere Fußspuren an einer feuchten Stelle am Boden. Doch schnell stellten sie fest, dass weitere Höhlen und Abzweigungen eine Unzahl von Möglichkeiten eröffneten, in welche Richtung er verschwunden sein könnte. Es war aussichtslos. Schweren Herzens kehrten sie in die Höhle zurück.

Eine gnädige Betäubung erfüllte Laryons Sinne, dämpfte die Geräusche ihrer Schritte, legte einen Schleier über seine Sicht. Andere Wahrnehmungen existierten nicht. Am Rande bekam er mit, dass Fynn Anweisungen folgte. Sie würden Unterstützung auf dem Weg zum Ausgang erhalten. Überdies behauptete Fynn, Tom wäre wohlauf. Laryon empfand nichts, als er das erfuhr. Er fragte sich nur, wann Tom sich zurückmelden würde. Doch erstaunlicherweise spürte und hörte er nach wie vor nichts von dem Menschen, der sein unliebsamer Begleiter geworden war.

Es war ihm ganz recht so. Er wollte allein sein.

Obwohl es Fynns Aufgabe gewesen wäre, überließ er es Laryon, Nolens Stempel an sich zu nehmen und zu zerstören. Dieser zerbrach das Siegel, reichte Fynn ein Stück als Erinnerung und eines, das er der Stadtwache überbringen musste. Den Rest warf er in eine der Spalten. Er brauchte nichts, um Nolen im Gedächtnis zu behalten. Er trug die beiden verschlungenen Buchstaben des Siegels für immer als Brandmal auf seiner Haut.

Fynn bestand darauf, Nolens Leichnam aus der Höhle zu bringen, zu verbrennen und anschließend zu bestatten, wie es bei der Bergwache üblich war. Dieser Brauch, erklärte Fynn, sollte sicherstellen, dass die Seele des Verstorbenen sich bis über die Gipfel erheben und dem Körper entfliehen könnte. Es war Laryon gleichgültig, welchem Aberglauben die Menschen hier im Norden folgten. Er scherte sich auch nicht darum, woher der Jüngere dies wusste. Es würde nicht ganz einfach werden, den Toten aus der Höhle zu transportieren. Doch Fynn war es wichtig, die Rituale der Bergwache zu vollziehen, und das allein zählte. Laryon respektierte seinen Wunsch, auch wenn er keinen tieferen Sinn darin sah.

Fynn hatte sich etwas gefangen. Er wirkte erschöpft und am Ende seiner Kräfte, doch er führte sie sicher und ohne zu zögern aus dem Berg. Keiner von ihnen sprach. Für den Moment war alles gesagt.

Als sie endlich ins Freie traten, atmete Laryon tief durch. Er hatte gar nicht gewusst, wie groß seine Anspannung war, bis sie sich endlich löste. Er war wieder in seinem vertrauten Element. Dankbar spürte er die Wucht der Winterkälte, mit der ein Stück seines Selbst zurückkehrte. Er hörte den Wind, sah in den Himmel, roch die feuchte Luft. Er konnte kaum glauben, dass er die Hände ausstrecken konnte, ohne auf nackten Fels zu stoßen.

Inzwischen war die Dunkelheit hereingebrochen. Ein fast sternenklarer schwarzer Himmel lag über den Gipfeln, die das Tal der Halle umrahmten.

»Wenn wir diesem Weg dort folgen, erreichen wir in wenigen Stunden die Halle«, meinte Fynn mit leiser Stimme, als wollte er die Stille des Abends nicht vertreiben. Laryon nickte gleichgültig. So würde er letztendlich an den Ort gelangen, an dem ihn alle Welt – sich selbst ausgenommen – sehen wollte. Er würde dorthin gehen. Es interessierte ihn nicht.

Sie legten den Leichnam, den sie mit Laryons Schlafrolle umhüllt hatten, behutsam ab und schauten sich um. Laryons erfahrener Blick entdeckte bald ein paar Steine, unter denen er Feuermoos stechen konnte. Kurzerhand betteten sie den Toten zwischen eine Gruppe kahler Büsche, schichteten die Moosplatten darum herum und zündeten alles an. Nebeneinanderstehend warteten sie darauf, dass das Feuer seine Aufgabe erfüllte.

Laryon hatte Bedenken, das wenige Holz in der feuchten Luft würde erst gar nicht brennen, doch sehr zu seinem Erstaunen leckten schon bald helle Flammen empor. Zischend schmolz der Schnee ringsherum. Die Hitze wurde stärker, und sie wichen zurück, ohne die Augen von dem Scheiterhaufen abwenden zu können. Es knisterte und knackte, Rauch stieg auf und stach ihnen in die Augen. Laryon drängte einen Anflug von Übelkeit zurück, als der süßlich-beißende Gestank verbrannten Fleisches sich mit der Winterluft mischte. Fynn heulte gequält auf. Laryon zog ihn eng an sich. Er schwieg. Nichts war heilsamer als die Berührung eines anderen Menschen, erst recht eines Freundes. Langsam, ganz langsam ließ das starke Beben des Körpers in seinen Armen nach und wich einem angespannten Zittern. Funken stoben in den Abendhimmel.

»Es ist nicht richtig, Lary. Es ist nicht richtig, es ist nicht richtig«, wiederholte Fynn plötzlich heiser immer wieder.

»Schh.«

»Ich habe ihn getötet. Ich war es! Ich habe ein Menschenleben vernichtet.«

»Fynn.« Laryon beugte hilflos den Kopf und drückte ihn fester an sich.

»Es ist nicht richtig. Es ist nicht richtig zu töten. Es steht uns nicht zu.«

Laryon wusste nicht genau, was in der Höhle vorgefallen war und ob Fynn sich nun für den Tod ihres Mentors verantwortlich fühlte oder für den eines Angreifers. Doch er hatte während seiner Ausbildung gelernt, dass die, wie es hieß, »Erfahrung einer Kampfhandlung mit tödlichem Ausgang« eine schwere Belastung darstellen konnte. Was für eine unbegreifliche Wahrheit sich doch hinter diesen trockenen Worten verbarg. Genau das hatte er niemals herausfinden wollen. Es machte kaum noch einen Unterschied, dass er nicht selbst am Kampf beteiligt gewesen war.

Er schluckte ein paarmal und versuchte sich einzureden, dass seine Tränen vom Rauch herrührten.

Nolen war fort. Laryons altes Leben war endgültig und unwiderruflich zerstört.

Mit aller Kraft, die er noch aufbieten konnte, drängte er diese Erkenntnis zurück und mit ihr die Auswirkungen, die sich daraus ergeben würden. Er konzentrierte sich nur noch auf das Hier und Jetzt. Auf Fynn, der sich wie ein Ertrinkender an ihn klammerte, und darauf, ihm sanft über den Rücken zu streicheln. Fynn verstummte. Lange standen sie so, eingehüllt in friedliches Schweigen.

Laryon richtete seinen Blick auf die tanzenden Flammen. Manche der Funken sahen aus wie kleine Buchstaben.

»Fynn, schau!« Fynn löste sich ein wenig und starrte in die Flammen.

Es knisterte. Doch es hörte sich nicht an wie ein Feuer, sondern als ob jemand die Seiten eines alten Buches umblätterte.

Und dann erhob sich ein Flüstern. Durcheinanderwirbelnde Worte, gleich den Flammenzungen, die sich wanden, scheinbar Worte formten und sofort wieder vergingen. Immer mehr Stimmen fielen ein, wisperten überirdisch und doch deutlich vernehmbar, lachten, weinten und verhallten ebenso. Dann gab es einen dumpfen Knall. Ein letztes Aufbäumen des Feuers, und es sank in sich zusammen, als hätte man ihm seine Nahrung entrissen. Was blieb, war ein schwelender Haufen schwarzer Asche

inmitten des schmelzenden, tropfenden Schnees. Ein grauer Rauchschleier lüftete sich, wurde von der klaren Luft davongetragen, bis er immer schwächer wurde und sich schließlich auflöste.
Nolens Geschichte war beendet.

Es sollte kein stundenlanger Fußmarsch werden. Man hatte sie expediert. So nannte Fynn diese widerwärtige Erfahrung, die Laryon schon einmal mitten aus seinem Leben nach Münster in Toms Wohnheimzimmer gebracht hatte. Jetzt standen sie auf einer Anhöhe am anderen Ende des Tals und blickten direkt auf die Halle, die sie in nicht allzu langer Zeit betreten würden.
Fynn war stehen geblieben und starrte ehrfürchtig hinab. »Ich hoffe, sie noch oft zu sehen, und ich bin sicher, sie wird nie ihren Reiz verlieren«, murmelte er mehr zu sich. Laryon verstand, was er meinte. Das Gebäude war perfekt. Fast unsichtbar fügte es sich in die umliegende Landschaft ein.
Ihn überkam zum ersten Mal seit Tagen Ruhe. Dieses Mal war es nicht dieser betäubende Stumpfsinn. Das Geschehen gönnte seinem Geist eine Verschnaufpause. Er griff unter seine Jacke, zog das Amulett hervor und betrachtete mit einem grübelnden Blick das Herzsymbol. Es zeigte nicht auf das Gebäude.
»Laryon, danke für alles«, sagte Fynn unvermittelt und unterbrach ihn in seinen Gedanken. Es war ohnehin nicht mehr wichtig. Er verstaute das Amulett in dem Samtbeutel und diesen unter seiner Jacke. »Wofür?«
»Dafür, dass du für mich da bist. Dass du mir gerade geholfen hast, obwohl dir solche Rituale nicht wichtig sind.«
»Das ist doch nicht der Rede wert.«
»Trotzdem danke.«
Laryon nickte wortlos. »Es tut mir leid, was mit deinem Vater passiert ist. Ich glaube, er hatte sich nichts vorzuwerfen«, fügte er unbeholfen hinzu.

»Ich weiß. Du hast genauso einen Freund verloren«, erwiderte Fynn schlicht. Sie beide wussten, dass sie nicht von Trogge sprachen.
Ihre Blicke trafen sich. Beide empfanden das Gleiche. Bisher hatte ihnen niemand die Gelegenheit gegeben, sich mit dem, was mit ihnen geschah, auseinanderzusetzen. Stattdessen waren sie von Ereignissen mitgerissen worden, an denen sie keinen eigenen Anteil hatten. Ohne Vorwarnung überkam Laryon Heimweh. Es waren nicht nur die Berge, die ihn erdrückten, und die Sehnsucht nach Weite. Er vermisste auch seine Freunde, seine Pferde, seine Aufgaben. Er wollte, dass alles wieder so war wie noch vor wenigen Tagen. Es war ein sinnloser Wunsch.
Über der Pforte hockte ein kleiner bunter Vogel und beäugte sie misstrauisch. Laryon lächelte wider Willen. Woher er wohl schlagartig wusste, dass es eine Blaumeise war?
Sie gelangten zu der flachen Treppe, die zu dem erleuchteten Eingangsbereich führte. Große gläserne Flügeltüren standen weit offen. Laryon spürte die Wärme der großen Feuerschalen auf den breiten hüfthohen Steinmauern zu beiden Seiten. Ein Mann erwartete sie, grüßte kurz und erklärte, er würde sie zum Obersten Worthüter geleiten.
Er führte sie in einen großen Speisesaal, der überwiegend leer war und fast im Dunkeln lag. Mehrere Personen saßen oder standen an einem der vorderen Tische und unterhielten sich leise. Erst jetzt wurde Laryon richtig bewusst, dass der Abend in die Nacht übergegangen war. Dann entdeckte er ein bekanntes Gesicht. Tom stand etwas verloren neben einem Tisch. Laryon ging zu ihm. Er hatte einen Entschluss gefasst.
»Tom! Ich freue mich, dich gesund und munter wiederzusehen«, rief er aufrichtig. Der Angesprochene wich seinem Blick aus und betrachtete stattdessen seine Fingernägel, während er eine unverständliche Erwiderung murmelte.

»Tom? Was hast du?«
»Ich schlage vor, mal wieder ein schlechtes Gewissen«, mischte sich eine Frau ungefähr in seinem Alter ein. Sie wirkte ungehalten und warf Tom böse Blicke zu.
»Nein, Mellie!«, rief Tom empört.
»Was meinst du damit?«, fragte Laryon verwirrt.
»Laryon, sie hat mir doch vorher überhaupt nichts erklärt. Ich sollte einfach sofort machen«, beschwerte sich Tom.
Laryon überlief es heiß. Er spürte einen unangenehmen Klotz in der Magengegend. »Worum geht es, Tom?«, fragte er betont ruhig.
»Er ist für Nolens Tod verantwortlich«, antwortete Mellie an seiner Stelle. Ungläubig starrte Fynn ihn an. Tom schwieg, panisch den Kopf schüttelnd, die Hände abwehrend erhoben.
Laryon rührte sich nicht.
»Ich wusste nicht, dass Nolen den Angriff überlebt hatte. Wenn Tom es mir gesagt hätte, hätte ich ihn retten können«, erläuterte Mellie mit kalter Stimme.
Tom öffnete den Mund und schloss ihn wieder. Laryon zuckte mit keiner Wimper.
»Toms Plan war, dass du Nolen hilfst, Laryon. Was er nicht bedacht hatte, war die Tatsache, dass nur ich Nolen vor größeren Schäden bewahren konnte«, hörte Laryon Mellie ihre Erklärung vollenden.
Ein roter Schleier legte sich über seine Augen. Geräusche wurden von einem hellen Rauschen gedämpft. Laryon selbst war es, als bewegte er sich in Zeitlupe, tatsächlich jedoch sprang er mit der Geschwindigkeit einer angreifenden Schlange auf Tom zu. Vergeblich versuchte dieser zu fliehen. Noch halb in der Drehung riss Laryon ihn an der Schulter zurück und schleuderte ihn herum.
»Laryon, nicht!« Fynn versuchte, ihn zu packen, doch er reagierte viel zu spät. Hilflos musste er mit ansehen, wie Laryon

Tom packte und zu Boden rang. Tom keuchte verzweifelt auf und versuchte, sein Gesicht vor Hieben und Tritten zu schützen.
»So, also du bist das Schicksal?!«, brüllte Laryon, während er wie von Sinnen auf ihn einprügelte. »Herr über Leben und Tod?! Hast du gar kein Gewissen? Spielst mit dem Leben anderer! Du verdammter jämmerlicher Haufen Abschaum!«
Endlich kam Bewegung in die Anwesenden. Laryon spürte mehrere Hände, die nach ihm griffen, um ihn wegzuziehen. Doch er richtete sich auf und fegte sie mit einer kräftigen Armbewegung zur Seite. Fynn taumelte zwei Schritte weit, ehe er sich fangen konnte. Verzweifelt rief er etwas, doch Laryon hörte nur noch ein dumpfes Rauschen. All seine aufgestaute Wut und Verzweiflung brachen aus ihm heraus.
»Du wirst über niemanden mehr richten! Lass uns selbst entscheiden, wie wir leben wollen!«, schrie Laryon.
»Und wie lautete Nolens Entscheidung?« Die Stimme hinter ihm war kaum mehr als ein lautes Wispern. Trotzdem drang sie Laryon bis ins Herz. Er hielt mitten in der Bewegung inne, drehte sich mit gefährlicher Behäbigkeit um und fühlte, wie ihn mit einem Schlag alle Energie verließ. Das Lächeln der Frau wirkte unverbindlich, doch ihre Augen erinnerten an pures Eis. Ihr Blick katapultierte Laryon zurück in die Vergangenheit. Er kannte diesen Ausdruck nur zu gut. Seit Jahren war er als Mahnung hinter seinen Lidern eingebrannt. Er senkte verlegen den Kopf.
Tom nutzte die Gelegenheit, um sich mit Fynns Hilfe aufzurappeln und in Sicherheit zu bringen. Seine Lippe war aufgeplatzt und blutete ebenso stark wie seine Nase, die er vorsichtig betastete.
»Wer bist du, Laryon, dass du die Arroganz besitzt zu wissen, was Nolen wollte? Wie gut kanntest du ihn? Wieso glaubst du, die Wahrheit zu kennen? Ist deine Wahrheit besser als Toms?«

Laryon wurde durchbohrt, aufgespießt. Die Augen zerrten an seiner Seele, legten sie bloß. Er wich einen kleinen Schritt zurück. Die Frau folgte ihm, rückte sogar näher. Niemand sonst konnte hören, was sie sagte. »Du richtest über Tom. Was weißt du schon über seine Freiheit, über andere zu entscheiden?«

Es war meine Entscheidung.

Das war nicht Toms Stimme.

Der Boden unter Laryon schwankte. Scham durchflutete seine Brust. Er wollte sich abwenden, doch der Blick hielt ihn unerbittlich fest und zwang ihn, sich seinem Verhalten zu stellen.

»Niemand kennt Nolens Entscheidung. Und genau das ist es, was er wollte. Meine Wahrheit lautet, Laryon: Er wollte sterben.« Die Frau hielt inne, während er sich der Bedeutung ihrer Worte bewusst wurde. Das war zu viel. Betroffen senkte Laryon den Kopf, und ein Zittern durchlief seinen Körper.

»Akzeptiere, was geschehen ist«, forderte die Frau ihn mit sanfter Stimme auf.

Der zarte Geruch nach Sommerwind, der Hauch einer Handbewegung. Mit überwältigender Wucht nahm er ihre Weiblichkeit wahr, doch er sah nur den beherrschten Ausdruck und den kalten Blick Nolens.

»Was ist das für ein Zauber?«, stöhnte er gequält auf.

»Kein Zauber, Laryon«, erwiderte die Frau weich. Sie lachte kurz auf, aber es klang traurig und verlassen. »Familienbande.«

Wie gut kanntest du ihn, hatte sie ihn gefragt. Die Antwort stand vor ihm. Schlank und hochgewachsen wie ihr Vater, ernst und hart wie er. Doch mit ihrem Lachen schmolz das Eis in ihren Augen. Statt Nolens Strenge schimmerte nun unbekümmerte Sanftmut im Hintergrund, Liebe zum Leben und der Glaube an das Gute.

Laryon nickte bedächtig. Auf einmal ergab alles einen Sinn. »Dann habe ich eine Nachricht für dich – von deinem Vater. Seine letzten Worte galten dir.«

»Wirklich?« Ganz kurz huschte ein ungläubiger Ausdruck über ihre Miene, doch rasch hatte sie sich wieder unter Kontrolle. Laryon nickte nachdrücklich.
»Nicht jetzt. Vielleicht solltest du erst einmal zur Ruhe kommen, deine Differenzen mit Tom klären – ein Bad nehmen«, fügte sie energisch hinzu. Doch ihr Lächeln wurde wärmer.
Laryon richtete den Blick auf seine Umgebung. Mit einer verlegenen Geste strich er sich die Haare zurück. Tom saß wie ein Häufchen Elend an einem der Tische, den Kopf im Nacken und stöhnte, von Trakan aufmerksam beobachtet, leise vor sich hin. Fynn warf Laryon wütende, verständnislose Blicke zu.
Mit ein paar großen Schritten kam der Grenzreiter auf Tom zu. Dieser zuckte kurz zurück, blieb jedoch sitzen.
»Tom, ich …«
»Verpiss dich! Lass mich in Ruhe.« Tom sprach undeutlich, seine Lippe war bereits dick angeschwollen. Aus seiner Nase sickerte noch immer Blut. Trotzdem klang er nicht wütend, sondern schlicht erschöpft.
»Ich …«
»Laryon, halt die Klappe, ja?! Ist schon gut. Jetzt sehe ich wenigstens so mies aus, wie ich mich fühle.«
»Aber …«
»Es ist okay. Ich glaube, ich habe es wohl auch irgendwie verdient.« Tom schniefte.
»Niemand verdient es, ohne Vorwarnung durchgeprügelt zu werden!«, warf Fynn scharf ein.
Laryon rieb sich ratlos das Kinn. Ganz unverdient fand er die Prügel für Tom tatsächlich nicht, nach allem, was passiert war. Aber er hatte die Kontrolle über sich verloren, das fand er nicht akzeptabel. Außerdem hatte Tom sich nicht gewehrt, und das machte ihm erst recht zu schaffen. Hunde hören auf zu beißen, wenn der Gegner auf dem Rücken liegt, hatte Nolen ihm immer wieder eingeschärft.

»Sie haben es gewusst«, murmelte Tom und deutete mit einer Handbewegung auf Nolens Tochter, die geduldig hinter ihnen wartete. »Bendis hat es gewusst, und Mellie wollte es verhindern. Ich habe es vermasselt.« Kläglich starrte er auf den blutverschmierten Lappen in seiner Hand. »Lass uns morgen reden. Lass gut sein für heute, Laryon. Wirklich!«
Wortlos reichte Laryon ihm die Hand. Tom nahm sie mit einer ungelenken Bewegung. Dabei stöhnte er leise auf, während er sich mit der anderen Hand an die Schulter fasste.

Laryon folgte Bendis rasch durch die Gänge. Wortlos öffnete sie eine der zahlreichen Türen und bedeutete ihm mit einer Geste einzutreten. Es war ein kleiner Raum, ausgestattet mit einem Bett, einem Tisch mit zwei Stühlen und einem schmalen Schrank. Ein bodentiefes Fenster ließ den Ausblick auf die fernen Berggipfel erahnen, die sich als dunkler Schatten vor dem schwarzen Nachthimmel abhoben.
Bendis betätigte einen Schalter. Licht flammte in der Nähe des Bettes auf und tauchte den Raum in einen warmen Schein. Dann ließ sie sich mit einem leisen Seufzer auf einen der beiden Stühle fallen und betrachtete Laryon nachdenklich. Er vermied es, sie anzusehen, indem er sich neugierig umschaute.
»Dort hinter der Tür ist ein Waschraum«, meinte sie irgendwann. Laryon unterdrückte ein Lachen. Die Aufforderung hinter dieser Aussage war mehr als deutlich. Doch er musste zugeben, dass sie recht hatte, und er sehnte sich selbst danach, den ganzen Schmutz abzuspülen.
Er betrat den schmalen Raum und fand einen Schalter, der eine helle Lampe über dem Waschbecken erstrahlen ließ. Die Einrichtung erinnerte ihn an das kleine Bad in Toms Wohnheimzimmer. Rasch zog er sich aus und drehte die Hähne der Dusche in der Ecke auf. Das Wasser war glühend heiß, bald zogen dichte Nebelschwaden durch den Raum. Lange genoss Laryon

es, das Wasser einfach nur über sein Gesicht laufen zu lassen, bevor er sich mehrmals gründlich wusch. Fast hatte er den Eindruck, mit dem Dreck würde auch ein Teil der Erlebnisse der vergangenen Tage in den Abfluss gespült. Was blieb, war wohltuend betäubende, neblige Leere.

Jemand hatte große graue Handtücher bereitgelegt. Nachdem er sich abgetrocknet hatte, schlang er sich eins davon um die Hüften und trat an das kleine Waschbecken. Mit dem Zipfel eines weiteren Handtuchs wischte er den kleinen Spiegel darüber klar, um sich zu betrachten. Er wirkte erschöpft, doch von der Schwellung seiner Lippe abgesehen, konnte er keine Spuren von dem entdecken, was alles mit ihm geschehen war. Mit einem leicht ungläubigen Grinsen fuhr er sich durch die dichten Barthaare. Das musste noch einen Tag warten. Er fand auf der Ablage frische Salinzblätter, zerkaute eins gründlich und spülte mit warmem Wasser nach. Schließlich ging er zurück in den Schlafraum. Befangen blieb er nach zwei Schritten neben dem Tisch stehen. Bendis hatte er vollkommen vergessen.

Sie starrte mit unergründlichem Blick auf den Rand des Handtuchs. »Was ist das?«

Laryon senkte zögernd den Blick. Sie betrachtete das Brandzeichen. Das vertraute Siegel ihres Vaters.

»Eine Erinnerung an meine Dummheit«, flüsterte er heiser. Ihm wurde schwindelig. Mit einem Schlag war alles wieder da. Laryon taumelte gegen den Tisch und stützte sich mit einer Hand auf der Tischplatte ab. Er biss die Zähne zusammen. Die andere Handfläche gegen die Augen gepresst, spürte er, wie ihm die Tränen in die Augen schossen. Es half nichts. Seine Schultern zuckten, als er tief aufschluchzte.

Er spürte, wie die Hand von seinen Augen mit sanfter Gewalt weggezogen wurde. Bendis' Hände strichen über seinen Rücken. Willenlos ließ Laryon sich umarmen und vergrub sein Gesicht an ihrer Schulter. Die Trauer wallte durch seinen Körper und ließ ihn erzittern. Er klammerte sich an sie, nahm den weichen Körper in seinen Armen wahr. Sie fühlte sich stark an, weiblich und gut. Durch sein Unterbewusstsein streifte ein leichter Sommerwind.

Als er sich nach unendlich langer Zeit so weit gefasst hatte, dass er seinen Kopf heben konnte, sah er Bendis offen ins Gesicht. Ihre Wangen glänzten ebenso vor Tränen. Ihre Augen strahlten voller Tiefe. Er würde nichts vor ihr verbergen können.

Ihre Lippen öffneten sich leicht. Doch statt etwas zu sagen, beugte sie sich unvermittelt vor und küsste ihn. Es fühlte sich leicht an, wie ein Schmetterlingsflügel. Laryon zögerte. Er schloss die Augen, während sich in seinem Inneren Hitze ausbreitete. Er spürte, wie etwas von ihm Macht ergriff, von dem er nicht gewusst hatte, dass es in ihm war. Leicht und unbeschwert fühlte er sich plötzlich, als ob nichts Falsches mehr geschehen könnte. Mit einem Mal erfüllte ihn tiefe Zufriedenheit. Ihre Berührung stillte eine Sehnsucht nach Geborgenheit und Schutz, gab der Trauer einen Platz, an dem er sie spüren konnte, ohne dass es weh tat. Doch sie weckte auch eine neue Sehnsucht. Ein neues Verlangen nach etwas, das er noch nicht begriff, nicht einordnen konnte und das sich doch urtümlich vertraut anfühlte.

Er nahm ihr Gesicht in beide Hände. Heftig erwiderte er den Kuss, während Bendis sich an ihn drängte. Sein Herz schlug, als wolle es der Brust entfliehen. Wie von selbst glitten seine Hände unter ihr Hemd. Behutsam, als befürchtete er, sie könnte es sich anders überlegen, tastete er über ihre weiche Haut.

Laryon schluckte. Er war nicht sicher, ob er das wollte, nicht jetzt und nicht ausgerechnet mit ihr. Was würde Nolen davon halten? Aber noch weniger wollte er nachdenken, auch nicht darüber, was daraus für ihn folgen mochte. Bendis hatte die Entscheidung übernommen, sie hatte die Verantwortung zu tragen. Sie richtete sich auf, um ihre Arme um seinen Nacken zu legen

und ihn ein zweites Mal zu küssen. Das Handtuch glitt von seinen Hüften. Selbst wenn er gewollt hätte – ab diesem Augenblick hätte er sich nicht mehr zurückhalten können.
Bendis ging rückwärts auf das Bett zu, ohne ihn dabei loszulassen. Er folgte ihr bereitwillig. Längst hatte er ihr die Führung überlassen. Es wäre ihm niemals in den Sinn gekommen, sich ihr zu widersetzen. Etwas an ihr zog ihn magisch an. Es war nicht nur ihre strahlende Schönheit, ihre weiß schimmernde Haut, es war mehr. Ein unsichtbares Band, das begann, sich enger um ihn zu legen. Es fesselte ihn an sie. Und er wollte es, von ganzem Herzen.

A problem has been detected and windows has been shut down to prevent damage to your computer.
»Ja, ja, ja, Neustart bitte, du blödes Teil!« Der Computer piepte gequält, bevor er sich endlich dazu bereit erklärte, seine Arbeit fortzusetzen. Das Dokument endete natürlich an derselben Stelle.
»Das ist doch unfair!«
»Was machst du da?«
Tom hatte Mellie gar nicht kommen hören. Er fuhr herum und konnte einen kleinen Aufschrei nicht unterdrücken, als ihm die Bewegung neuen Schmerz durch den Oberkörper jagte. Hastig schlug er den Laptop zu, was das Gerät ihm mit einem erneuten langgezogenen Piepser dankte. »Ich, äh … gar nichts. Wollte nur kurz was nachsehen. Nichts Wichtiges, ist auch egal«, stammelte er. Mellie runzelte die Stirn und bedachte ihn mit einem skeptischen Blick. Tom legte den Laptop, den er auf den Knien balanciert hatte, auf dem flachen Tisch vor sich ab und lehnte sich vorsichtig zurück. Der riesige weiche Sessel in Mellies Büro bot die beste Sitzmöglichkeit, die er in seinem Zustand finden konnte, nachdem Fynn seine Wunden versorgt hatte und die Nase endlich aufhörte zu bluten.

Seine betont unschuldige Miene schien erst recht Mellies Misstrauen zu erregen. »Wolltest du schreiben?«, fragte sie lauernd.
»Klar, wieso auch nicht?«
»Über Laryon?«
»Schon.«
Mellies Augen flogen erst zum Laptop, dann zu ihm. Er zwang sich, ihrem Blick standzuhalten.
»Und?«
»Was, und?« Tom schaut sie immer noch an.
»Was macht er denn gerade?«
»Nun, er ist mit Bendis in seinem Zimmer und kam gerade vom Duschen. Was weiter groß zwischen den beiden vorgefallen ist, weiß ich eben nicht, weil …«
»Es geht nicht, stimmt's?«
»Na ja, bis du kamst, habe ich … also, der Computer ist gerade abgestürzt, aber sonst …«
»Du bist ein Spanner! Das ist wirklich nicht zu fassen!!«, rief Mellie aufgebracht.
Tom zog ein Gesicht. »Was ist daran jetzt wieder verkehrt? Ich mache gar nichts, dokumentiere nur brav, was die beiden da machen, und jetzt ist das auch wieder nicht erlaubt. Kannst du mir das mal erklären?«
»Du kannst es nicht schreiben, weil es Privatsache ist.«
»Wie jetzt? Wieso Privatsache? Was sollte da Privatsache sein?«, fragte Tom entgeistert. Mellie schüttelte resigniert den Kopf. Sie setzte sich ihm gegenüber auf den flachen Tisch.
Mit ihrer so vertrauten belehrenden Miene sah sie ihn an. »Sex ist Privatsache. Große Gefühle sind Privatsache. Die Gedankenblockade beruht auf einer der Grundemotionen: Wut, Trauer, Angst oder Freude. Wenn Wortgestalten sich an diese Gefühle klammern, können sie die Worthüter von ihren Gedanken fernhalten. So funktioniert das.«
»Was hat Sex mit Gefühlen zu tun?«, brummte Tom gereizt. Er

fühlte sich ganz und gar zu Unrecht angegriffen. Er hatte wirklich nur wissen wollen, wie es Laryon gerade ging. Wie hätte er denn voraussehen können, dass die beiden umgehend übereinander herfielen?

»Mach dir dein eigenes Bild.«

»Tu ich auch! Bendis ist bestimmt auch nackt ein schöner Anblick.« Tom grinste anzüglich. Auch wenn er wusste, dass er damit wieder seinem Ansehen bei Mellie schadete, konnte er nicht widerstehen, sie zu reizen.

»Du bist neidisch«, stellte Mellie fest. Ihr Tonfall klang nüchtern, während sie konzentriert ihre Fingernägel säuberte. Tom betrachtete sie genauer. Sie war gar nicht so sauer, wie sie tat. Tom fühlte die altbekannte Panik aufsteigen, in den nächsten Minuten etwas entscheidend Falsches zu sagen. »Mellie?«

Sie sah ihn fragend an. Erst jetzt bemerkte Tom die roten Kränze um ihre Pupillen. Es konnte nicht lange her sein, dass sie geweint hatte. »Es geht nicht um mich, oder? Was stört dich?«

Sie ballte unbewusst ihre Hände zu Fäusten. »Es ist nicht richtig!«

Das überforderte Tom endgültig. »Was ist nicht richtig?«

Sie schüttelte hilflos den Kopf. Tom streckte einen Arm aus und ergriff ihre Hand. Sie ließ sich willenlos neben ihn auf den Sessel ziehen. Ganz vorsichtig, bedacht, sich nicht zu sehr zu bewegen, legte er den Arm um sie.

»Was ist nicht richtig?«, wiederholte er.

»Wie können sie so etwas tun? Wie? Er war ihr Vater, sie hat ihm so nahegestanden. Und für ihn, für Laryon bedeutete er mindestens genauso viel! Ich verstehe das nicht.« Mellie schluchzte leise. Sie legte den Kopf an seine Schulter.

»Hm, ich finde das jetzt nicht so schlimm. In Büchern kommt es doch ganz häufig vor.«

»In Büchern?! Tom, das hier ist die Wirklichkeit! Die wahrhaftige Realität! Das ist kein Buch! Es passiert wirklich und wahrhaftig, sieh es doch endlich ein!«

»So meinte ich das nicht. Ich wollte damit sagen, dass es gar nicht so ungewöhnlich ist. Außerdem ist es ist doch nichts, was Nolens Andenken beschmutzt.«
»Dir hat er auch nicht nahegestanden. Ich könnte das nicht!«
Tom senkte die Stimme, schlug einen beruhigenden Ton an. Auf einmal war es ganz leicht, die richtigen Worte zu finden. »Was ich eben gesagt habe, war nur Blödsinn. Bei Laryon sind eine Menge Gefühle im Spiel. Ich glaube nicht, dass es bei Bendis anders ist. Sie finden Trost. Sie spüren einander. Es geht dabei doch nicht um Lust. Es ist ein Symbol. Es ist der mächtigste Beweis für das Leben: Du spürst, dass du selbst lebst. Du spürst, dass das Leben weitergeht – und vielleicht in diesem Augenblick ein neues beginnt, wer kann das schon wissen? Der Kreislauf des Lebens.« Tom hielt sie sanft umarmt, streichelte ihr leicht den Arm. »Das ist auch so eine abgegriffene Floskel. Aber ich glaube, es passt ganz gut.« Mellie war still geworden. Schließlich spürte er, wie sie tief Luft holte und nickte. »Vielleicht hast du recht. Aber ich könnte es trotzdem nicht.«
»Ich bin ehrlich, ich auch nicht, selbst wenn ich in der Verfassung wäre. Ist doch okay.«
Mellie stimmte widerwillig zu. Sie lehnte sich an ihn, und er spürte ihre wohltuende Nähe. Eine Weile saßen sie einfach da. Dann stupste Mellie Tom freundschaftlich in die Seite. Er zuckte zurück und schrie dann leise auf.
»Was ist, tut das immer noch weh?«
»Ich glaube, das Schlüsselbein ist gebrochen.«

31.

Tom konnte sich nicht erinnern, jemals eine Nacht so schlecht überstanden zu haben. Er hatte recht gehabt: Sein Schlüsselbein war gebrochen, genau wie seine Nase. Hinzu kam ein großer Bluterguss an der Schulter. Laryons schwere Reitstiefel waren auf wenig Widerstand gestoßen. Obwohl Mellie ihm noch Schmerzmittel und Salbe für die unzähligen Prellungen und blauen Flecken gegeben sowie für einen speziellen Verband gesorgt hatte, hatte er keine Sekunde geschlafen.

Da ihn ohnehin niemand hören konnte, gönnte Tom sich den Luxus, laut vor sich hin zu jammern. Das half ein ganz kleines bisschen. Beim Anziehen musste er allerdings heftig die Zähne zusammenbeißen. Zum Glück hatte Mellie ihm ein Kapuzenshirt mit einem durchgehenden Reißverschluss geliehen, so dass er es wenigstens nicht über den Kopf ziehen musste.

Schaudernd befühlte er die Überreste seiner Nase, während er die Gänge entlang zum Speisesaal lief. Er hoffte, dass sie einigermaßen gerade verheilen würde. Den Blick in den Spiegel hatte er sorgfältig vermieden. Auch wenn er nicht übermäßig eitel war, war er mit seinem Aussehen bisher ganz zufrieden gewesen und nicht scharf darauf, dass sich das änderte.

Auf eine gewisse Art und Weise erleichterte es Tom, dass es endlich zu dem Ausbruch gekommen war. Laryons Wut hatte beständig unter der Oberfläche gegärt. Es war nur eine Frage der Zeit gewesen, bis er sich nicht mehr hatte beherrschen können. Jetzt hatten sie es hoffentlich hinter sich.

Einerseits war Tom sich sicher, dass ihn tatsächlich keine Schuld traf. Mellie hätte nichts mehr für Nolen tun können. Er selbst hatte entschieden, dass sein Leben so endete. Das war nach Toms Auffassung auch der Grund, warum er sich von Mellie abgeschottet hatte. Aber gleichzeitig mahlten in seinem Kopf

beständig Fragen. Was wäre geschehen, wenn er Mellie sofort Bescheid gesagt hätte? Was wäre geschehen, wenn Fynn die Blutungen hätte stoppen können? Fynn war zweifelsohne geschickt, das wusste Tom spätestens seit gestern aus eigener Erfahrung. Was wäre geschehen, wenn er Laryon irgendwie dazu gebracht hätte, schneller zur Höhle zu gelangen? Hätte er eingreifen können, bevor Nolen getroffen wurde? Es waren unsinnige, nutzlose Gedanken, doch Tom war nicht in der Lage, diese Endlosschleifen zu unterbrechen. Er fühlte sich irgendwie verantwortlich, und Laryon hatte ihm die Quittung dafür präsentiert.
Tom überlegte, wie er mit Laryon umgehen sollte. Er konnte es ihm nicht einmal wirklich nachtragen, kannte er doch seinen eigenen Anteil an dessen Zorn. Nein, wenn er sich nicht gerade so bewegte, dass er seine gebrochenen Knochen spürte, und genug Schmerzmittel gegen das Pochen in seinem Gesicht nahm, konnte er Laryon ganz gut verzeihen.
Er betrat den Speisesaal und verschaffte sich einen Überblick. An einigen Tischen saßen Fremde, die ihm außer vereinzelten erstaunten Blicken keine weitere Aufmerksamkeit schenkten. Dann entdeckte er zwei vertraute Gestalten. Fynn und Mellie standen einträchtig schweigend in der Kälte der geöffneten Balkontüren und starrten nach draußen auf die Schneelandschaft, die sich vor ihnen in der klaren Luft ausbreitete.
»Hi, ihr beiden«, grüßte Tom sie, als er nahe genug war. Sie drehten sich herum, und Fynn schloss die Türen.
Mellie schaute ihn entsetzt an. »Wie geht es dir?«, fragte sie zaghaft. Tom machte eine wegwerfende Handbewegung und grinste, was er besser nicht getan hätte. Der Schmerz zog sich bis über seinen Hinterkopf.
»Ich lebe noch«, murmelte er etwas verkrampft. »Und dann diese lila Elefanten, die nachts um mein Kissen kreisten. War ein verdammt guter Stoff, diese Tabletten.«
»Bitte?«

»Scherz. Ich sage mal: den Umständen entsprechend gut. Ist nicht gerade angenehm. Wozu braucht man schon ein Schlüsselbein?«

»Hast du starke Schmerzen?«, wollte Fynn wissen.

Tom zog die Schultern hoch. Der nächste Fehler. Statt einer Antwort stöhnte er leise und griff sich an die schmerzende Stelle.

Verlegen schaute Mellie zur Seite und deutete auf einen freien Tisch in der Nähe. »Setzt euch. Ich hole uns was zum Frühstücken.« Sie kamen ihrer Aufforderung nach und warteten darauf, dass sie mit dem Essen zurückkehrte.

»Ich sollte mich für Laryon entschuldigen«, sagte Fynn halblaut. »Ich habe das schon einmal erlebt, aber da war Nolen dabei und hielt ihn zurück.«

»Wieso du?« Tom musterte Fynn verwirrt.

Dessen Miene wirkte aufrichtig schuldbewusst. »Ich hätte schneller eingreifen können.«

»Mellie hätte dir auch mit ein paar Worten helfen können«, gab Tom gleichmütig zu bedenken. Er sah Fynn an, dass er daran gar nicht gedacht hatte.

»Nein«, bekräftigte Tom noch einmal. »Wenn einer an dem ganzen Geschehen absolut unschuldig ist, dann du. Aber ich will gar nicht mehr darüber reden, außer mit Laryon selbst. Das ist eine Sache zwischen uns beiden.«

Fynn wirkte ehrlich erleichtert, und mit einem dankbaren Nicken beließ er es dabei.

Mellie kehrte mit einem vollen Tablett zurück. Sie war ungewöhnlich still, aß kaum etwas und warf Tom immer wieder verstohlene Blicke zu.

»Was machen wir jetzt? Wir stehen wieder am Anfang, Kary ist wie vom Erdboden verschluckt«, fragte Tom irgendwann.

Mellie brummte zustimmend. »Leider wahr. Vielleicht wurde er von seinem Worthüter geholt. Aber das hilft uns nun auch nicht weiter.«

»Glaubst du das?«, wunderte sich Fynn.
»Nein, eher nicht.« Mellie schüttelte nachdrücklich den Kopf. »Ich gehe im Moment nicht davon aus, dass derjenige, der ihn hütet, weiß, dass das möglich ist. Toms Experimente mit seiner Wortgestalt haben sich noch nicht herumgesprochen. Ich habe diejenigen, die zurzeit in der Halle aus und ein gehen, genau unter Beobachtung. Dagegen wissen wir nicht, wie groß die Gruppe der Entführer war. Fynn, ich denke, ihr könnt nach Hause zurückkehren. Ohne Nolen haben wir keine Chance, dem Versteck der Schwarzkünstler auf die Spur zu kommen.«
Fynn zuckte unschlüssig mit den Schultern. Man sah ihm an, dass ihm die Idee nicht behagte. Laryon dagegen, vermutete Tom, würde sie begrüßen.
»Woher wusste Nolen das denn eigentlich?«, wandte Tom sich an Mellie. Doch sie winkte entschieden ab. »Das war nun mal so. Ich bin sicher, Nolen hätte ein Riesenproblem damit, wenn ich darüber rede. Das geht niemanden etwas an.«
Tom nickte etwas enttäuscht. Bald erhob sich Fynn, sah sie beide etwas hilflos an und verabschiedete sich schließlich unter einem Vorwand. Tom und Mellie blieben unbeholfen schweigend zurück.
»Wie normal alles wirkt. Die meisten Menschen hier um uns herum tun, als wäre nichts geschehen«, stellte Tom endlich fest, während sein Blick durch den Raum schweifte, in dem ein beständiges Kommen und Gehen herrschte.
Mellie drehte müßig den Kaffeebecher zwischen ihren Händen. »Für sie ist auch nichts Besonderes passiert. Wortgestalten kommen und gehen, das ist der normale Lauf der Dinge. Die meisten, die du hier siehst, sind keine Worthüter, sondern Helfer der Halle. Sie sammeln Geschriebenes, ordnen, katalogisieren, füttern die Datenbank, erhalten das tägliche Leben hier aufrecht. Sie waren Wortgestalten, die aus den verschiedensten Gründen hier gestrandet sind und eine Heimat gefunden haben.

Sie wissen nichts vom großen Ganzen, es interessiert sie auch nicht.«

»Machen wir uns – du dir – denn zu viele Gedanken?«, überlegte Tom laut. Mellie hob den Kopf und entgegnete ihm mit einem verständnislosen Stirnrunzeln.

»Ich meine, vielleicht«, wagte Tom sich weiter vor, »ist es doch genauso, wie ... na ja, wie es eben vorgesehen war. Vielleicht war es nicht einmal Zufall, dass wir beide uns begegnet sind.«

Mellie warf ihm einen verächtlichen Blick zu. »Und wer sollte das geplant und umgesetzt haben?«

»Trakan?«

»Das wüsste ich dann doch wohl. Es sind nicht alle so link wie du!«, zischte sie leicht verärgert.

Tom ließ sich nicht beirren. Er wusste, dass er sich mit jedem Wort mehr auf dünnes Eis bewegte und Mellies Vertrauen endgültig verspielen würde, wenn er sie nicht überzeugte. »Wenn er es dir aber nicht sagen konnte? Weil es ihm selbst nicht bewusst war?«

»Wie könnte das sein?«

»Wer ist denn Trakans Worthüter?«

Jetzt war Mellie verdutzt. »Keine Ahnung.«

»Na ja, ich dachte, vielleicht ist es der Geist.«

Sie zögerte lange, ehe sie antwortete.

»Könnte vielleicht sein. Habe ich nie weiter darüber nachgedacht. Aber der ist nicht zugänglich. Er erinnert sich nicht daran, wer und was er war.«

»Also, dass er keine Erinnerungen hat, heißt doch nicht, dass er seine Wortgestalten nicht lenken kann. Und wenn er nicht zugänglich ist, kann das auch bedeuten, dass die sonst übliche Verbindung zwischen ihm und seinen Wortgestalten nicht funktioniert. Und er lenkt sie wieder wie vorher, also ohne dass sie etwas davon mitbekommen.«

Tom sah Mellie fragend an. Mellie erwiderte seinen Blick ebenso unsicher. »Vielleicht«, meinte sie schließlich gedehnt. Sie schwieg nachdenklich.

»Außerdem ist es ja nun kein Zufall, dass Nolen Laryon kennt. Jemand hat Nolen in den Süden geholt, als Schutz für Kary.«

»Ja«, bestätigte Mellie und starrte ihn plötzlich überrascht an. »Und nicht nur das. Es gibt einen Schlüssel. Beim ersten Mal kann jeder von uns nur mit seinem Worthüter in die Halle kommen. Wenn eine Wortgestalt selbst kein Worthüter ist, was ja auf Kary zutrifft, kann sie die Halle sogar nie ohne ihren Worthüter betreten. Sie finden sie einfach nicht. Ohne Karys Worthüter ist der Schlüssel fast so wichtig wie Kary selbst. Jetzt pass auf: Nolen hat mir bei unserer letzten Begegnung gesagt, er wüsste, dass Laryon Karys Schlüssel hat.«

»Siehst du!«, rief Tom triumphierend. »Wenn Nolen also auch nach dem Schlüssel gesucht hat, wäre er so oder so früher oder später auf Laryon getroffen. Wortgestalten gibt es ja nun auch nicht wie Sand am Meer. Sie fallen auf. Man kann sie finden, das ist gar nicht mal so schwer – auf Willerin ohnehin nicht, da kennt in einem Ort doch fast jeder jeden.«

»Jetzt übertreibst du.«

»Du weißt trotzdem, wie ich das meine, oder? Das ist alles kein Zufall. Das ist Teil einer großen Geschichte – des großen Ganzen, wie du eben gesagt hast.« Tom konnte Mellie ansehen, dass sie, wenn auch höchst widerwillig, seinen Überlegungen folgte.

»Worauf willst du denn jetzt hinaus?«, fragte sie nach erneutem längeren Schweigen.

»Ich will, dass du aufhörst, dich verantwortlich zu fühlen«, erklärte er aufrichtig. »Du hast eine Aufgabe, die du bestmöglich erfüllen möchtest. Aber du darfst dich nicht darin verrennen. Manche Dinge liegen jenseits deiner Kontrolle, und du kannst nicht alles planen und vorhersehen.« Mit seinen Worten hatte er sie getroffen. Sie sah aus, als ob sie nahe daran war, in Tränen auszubrechen.

Eilig streckte Tom beide Hände aus und legte sie über ihre, die immer noch den Kaffeebecher umklammert hielten. »Tut mir leid, das wollte ich nicht. Es ist nur ... Laryon hält mir die ganze Zeit vor, dass ich mich zu sehr einmische, und du sitzt hier und redest dir ein, du hättest Nolens Schicksal abwenden können. Ich habe ja wirklich noch nicht die Riesenahnung, aber ich glaube, in diesem Punkt liegst du falsch, und Laryon hat recht. Es ist *ihr* Leben.«

»Es ist ihr Leben«, wiederholte Mellie zustimmend, »und trotzdem ist es Teil eines großen Plans? Jeder entscheidet für sich selbst, und trotzdem passiert nichts zufällig? Das ist typisch deine Logik. Wer trägt denn dann die Verantwortung?«

»Niemand. Oder auch alle. Ich weiß nicht.« Tom hörte selbst, wie lahm das klang. Sie hatte ihn wieder einmal ausgekontert.

»Du musst noch viel lernen, Tom. Es gibt ein großes Ganzes, ja, aber es gibt keinen Plan. Genauso, wie es nicht nur *eine* Wahrheit gibt. Niemand weiß das besser als wir! Ich kann dir nicht sagen, wo die Entscheidungen des Worthüters aufhören und die der Wortgestalt anfangen. Es wird eins, man kann es nicht mehr trennen.«

»Ich will dir doch nur helfen«, murmelte er hilflos.

Mellie löste eine Hand und wischte sich über die Augen. Dann lächelte sie und legte die Hand auf seine zurück. »Du hast recht, Tom. Ich fühle mich verantwortlich, auch wenn mein Verstand mir etwas anderes sagt. Aber es hat nicht nur mit Verantwortung zu tun. Wie hast du gestern gesagt? Es sind auch eine ganze Menge Gefühle im Spiel. Nolen war mehr als ein Partner für mich, wir waren Freunde, verstehst du? Und wie die Dinge nun mal lagen, hatte ich ein Stück Verantwortung über sein Leben. War es also seine alleinige Entscheidung, oder habe ich mir heimlich gewünscht, dass er ...« Sie konnte nicht weitersprechen und senkte den Kopf.

Tom ließ sie los, erhob sich, um den Tisch zu umrunden, und

setzte sich neben sie, um sie an sich zu ziehen. »Er hat ein Ende für sich gesucht, oder? Und du wusstest das.« Er sprach mehr zu sich als zu Mellie, die den Kopf an seine unverletzte Schulter legte. Dann spürte er, wie sie nickte, während sie fast lautlos weinte.

Nach einer Weile versuchte Tom, einen lockeren Ton anzuschlagen. »Weißt du was? Ich möchte sowieso vorläufig nicht nach Hause zurück. Wir werden Kary finden. Laryon soll uns den Schlüssel geben, und dann regeln wir beide das.«

»Zu Befehl, Major Tom!« Mellie nickte noch einmal.

Tom dagegen lachte leise. »Ist ja super! Ich fand es bisher immer einfach zu wissen, dass ich dich liebe. Aber wie kann ich denn nun sicher sein oder sogar eine Antwort von dir verlangen?«

Mellie veränderte ihre Haltung nicht, und ihre Antwort kam ohne Zögern. »Vielleicht solltest du eins wissen: Wie immer das große Ganze aussieht und wie viel Zufall im Spiel ist: Ich hätte mich nicht auf dich einlassen müssen. Ein Worthüter kann Handlungen verändern, und auch Empfindungen. Aber irgendwo gibt es ein Limit. Die wirklich großen Gefühle, die gehören der Wortgestalt allein. Und Trakan ist extrem pingelig darin, sich nicht einzumischen.«

Glücklich senkte Tom den Kopf tiefer auf ihr Haar, bis es ihn leicht auf der Haut kitzelte. Auch wenn das die seltsamste Liebeserklärung war, die jemand in der gesamten Geschichte hätte geben können: Etwas Schöneres konnte er sich kaum vorstellen.

Schweren Herzens ließ Tom Mellie zu ihrer Unterredung mit Trakan gehen. Da er selbst nicht wusste, was er tun sollte, kehrte er in sein Zimmer zurück. Dort überlegte er, wie er an Kleidung kommen wollte, wenn er nun tatsächlich noch ein wenig länger blieb. Er hatte sein ganzes Gepäck auf dem Bett ausgebreitet, um alles zu sortieren. Nachdenklich wog er Laryons

Umhang in seinen Händen. Mellie hatte die Risse mit feinen Stichen nähen lassen, doch man sah dem Leder an, was es mitgemacht hatte.

Als die halb offene Tür aufgestoßen wurde, fuhr er herum.

»Ich weiß gar nicht, was ich sagen soll.« Laryon war in der offenen Tür stehen geblieben und fuhr sich unsicher mit seiner Hand durch die Haare. In dem Moment, als Tom ihn sah, fühlte er sich noch schlechter. Nachdem er sich gewaschen, die Kleider gereinigt und eine Nacht geschlafen hatte, sah Laryon genau so aus, wie Tom ihn stets in seinen Romanen beschrieb. Er strahlte ein ruhiges Selbstbewusstsein aus. Fließende weiche Bewegungen deuteten auf Kraft und Gewandtheit, unterstrichen seine schlanke, hochgewachsene Statur. Das schwarze Haar umrahmte sein fein geschnittenes Gesicht mit dem ungewöhnlich ernsten Ausdruck. Tom bemerkte sehr wohl das Schuldbewusstsein in seinem Blick.

Er reckte sich unbeholfen und hielt Laryon den Umhang hin. »Hier ist das gute Stück. Hat leider ziemlich gelitten.« Zögernd kam dieser in den Raum und nahm das Bündel entgegen.

»Das ist in Ordnung. Du konntest nichts dafür, dass du in die Spalte gefallen bist.« Laryon lächelte versöhnlich.

»Für einiges andere schon.« Tom ließ sich ungelenk auf die Bettkante nieder. Laryon zog einen der beiden Stühle heran und setzte sich seitlich darauf, um sich auf der Lehne abzustützen. Den Umhang legte er sich auf den Schoß.

»Wegen gestern …«, begann Laryon.

Tom warf ihm einen wütenden Blick zu. »Ich will nicht mehr darüber reden. Du hast dich entschuldigt. Es ist passiert, ich habe es irgendwie verdient, und wir beide müssen jetzt damit leben. Punkt. Ich bin nicht nachtragend. Du wirst dir keinen Kopf darum machen müssen.«

»Du hast damit gerechnet.«

Tom war es schon unangenehm, wie zerknirscht Laryon war.

Gleichmütig schüttelte er den Kopf. »Eher nicht. Ich dachte, du hättest gelernt, dich zu beherrschen. Du hast dafür eine harte Lektion bekommen. Das hat nicht funktioniert, was mich in meinen Ansichten nur bestätigt: Man kann Gewalt nicht mit Gewalt und Härte bekämpfen.«
»Du hast dich nicht gewehrt.« Laryons Augen wurden dunkel.
Tom schüttelte wieder den Kopf, dieses Mal energisch. »Wozu? Ich wäre dir niemals gewachsen. Außerdem ist Gewalt für mich keine Lösung. Ich bin so erzogen worden.«
Laryon lachte bitter. »Jetzt machst du es dir gerade sehr einfach! Vielleicht gibt es in deiner Welt keine Gewalt, dann musst du dich auch niemals zur Wehr setzen. Du sprichst wie jemand, der nie größere Nöte kannte als die Frage, wann er sein Abendessen zu sich nimmt. Ich habe einen Fehler gemacht, und du magst mich dafür verachten, aber bitte erspare mir deine Moralvorstellungen.«
»Schon gut, so meinte ich das doch gar nicht«, beeilte Tom sich klarzustellen. »Ich verachte dich doch nicht. Alles, was ich sagen wollte, ist, dass du besser ein paar andere Erfahrungen gemacht hättest, als du jünger warst. Dann hättest du vielleicht gelassener reagiert.«
»Du hast auch Nolen verachtet«, beharrte Laryon. »Fynn hat mir erzählt, wie die Begegnung zwischen euch beiden verlaufen ist.«
»Nicht dafür«, wich Tom dieses Mal aus. »Das hat nichts damit und nichts mit dir zu tun. Ich finde es sogar gut, wie er sich all die Jahre um dich gekümmert hat. Nur wäre weniger Härte vielleicht angemessener gewesen. Laryon, hör auf, dich zu bemitleiden! Sieh zu, dass es nicht wieder passiert.« Tom versuchte, mit einer endgültigen Geste die Arme vor der Brust zu verschränken, was ihm Schmerzen durch den Körper jagte. Heldenhaft biss er die Zähne zusammen. Laryon sah es trotzdem und drehte beschämt den Kopf zur Seite. Für einen Moment saßen sie sich

wortlos gegenüber, bis die Miene des Grenzreiters sich leicht entspannte.
»Fynn und ich werden gleich aufbrechen«, erklärte Laryon schließlich. »Ich bin auch gekommen, um mich zu verabschieden.«
»Wirklich? Willst du nicht helfen, Kary zu finden?«
»Tom, was werdet ihr denn tun? Was kann ich tun?«
Die Antwort bestand in ratlosem Schweigen. Laryon hatte recht. Im Moment konnte niemand etwas tun.
»Darf ich mich denn melden, falls uns doch noch was einfällt, womit du uns helfen könntest?«, fragte er schließlich vorsichtig.
»Ja.« Laryon nickte erst zurückhaltend, dann entschiedener. »Einverstanden. Vielleicht sehen wir uns einmal wieder. Dann können wir noch einmal versuchen, ein *Team* zu werden.« Sein Blick wurde aufrichtig freundlich. Tom lächelte erfreut zurück. Laryon erhob sich und verließ, ohne sich noch einmal umzudrehen, den Raum.
Tom fluchte. Was war er doch für ein Idiot! Er sprang auf, den Schmerz seiner Schulter dieses Mal ignorierend, und war mit wenigen Schritten an der Tür. »Laryon, warte!«
Laryon drehte sich um. »Was ist?«
»Mellie sagte, du hättest Karys Schlüssel. Wir werden Kary weiter suchen, bis wir Gewissheit haben. Und wenn wir ihn finden, braucht er seinen Schlüssel, um in die Halle zu kommen«, erklärte Tom hastig.
»Kary hat mir in der gesamten Zeit nichts gegeben. Wer behauptet, ich hätte diesen Schlüssel?«
»Nolen hat es wohl Mellie gesagt. Die beiden mussten neben Kary auch diesen Schlüssel suchen, und Nolen war der Meinung, du hättest ihn.«
Laryon zögerte und dachte angestrengt nach. Dann schüttelte er bestimmt den Kopf. »Ich habe keinen Schlüssel.«

»Nun, also.« Tom grinste verlegen. »Ich wollte dich nicht aufhalten. Mögen gute Worte dich behüten. Mach es gut.« Er drehte sich um und lief in sein Zimmer zurück, langsam erschöpft davon, flach zu atmen und keine falsche Bewegung zu machen. Nur wenige Sekunden später klopfte jemand an die Tür.
Laryon war zurückgekommen. »Ich wurde gerade gebeten, mit dir in einen Versammlungsraum zu kommen, neben Mellies Büro«, erklärte er. »Wo ist das?«
Tom war nicht weniger verwirrt. »Ich weiß schon, komm mit.« Gemeinsam liefen sie durch die Flure und fanden eine Tür nahe Mellies Büro unverschlossen. Sie betraten einen Raum, in dem, an den Maßstäben der Halle gemessen, nur wenige Regale die Wände bedeckten, und diese waren sogar nur halb mit Büchern gefüllt. Den Rest nahmen Kisten ein, die mit »Netzwerk«, »WLAN« oder »Sicherung«, gefolgt von einem Datum, beschriftet waren.
Sie setzten sich an den schweren runden Holztisch und warteten. Tom spürte Laryons Ungeduld und Verdruss, aufgehalten zu werden. Darüber hinaus haderte er mit der Frage, ob er sie nicht ohnehin unterstützen sollte. Zu gern hätte Tom ihn aufgemuntert, doch ihm wollte nichts einfallen.
Seine Gedanken wanderten zurück zu seiner eigenen Rückkehr. Trakan hatte ihm mitgeteilt, dass mit seinem Worthüter vereinbart war, Tom so lange in der Halle zu belassen, wie er es wünschte. Wenn er schon nicht freiwillig nach Willerin gekommen war, so sollte er wenigstens über den Zeitpunkt seiner Rückkehr bestimmen können. Tom hatte sich vorgenommen, seinen Aufenthalt in der Halle zu nutzen, um nach Möglichkeiten zu suchen, Arthur Greenhands Namen zu dem Ansehen zu verhelfen, das ihm gebührte. Schließlich war jetzt klar, dass dieser Mann, was immer er gewusst oder geahnt hatte, alles andere als verrückt gewesen war. Außerdem hatte Tom es seinem Sohn versprochen.

Endlich betrat Trakan den Raum, begleitet von der Frau, die Tom als diejenige aus dem Archiv wiedererkannte. Trakan trug zu Toms Verwirrung eine ausgebeulte braune Cordhose und ein passendes, vorn verschnürtes helles Hemd mit Stehkragen. Woher, dachte Tom, kenne ich diesen Mann nur? Ein Sakko mit Lederflicken auf den Ellbogen zu der Cordhose und er wäre …
Trakan setzte sich ihnen gegenüber und wandte sich Tom mit listigem Blick zu. »Hast du mich immer noch nicht erkannt?«
Fieberhaft überlegte Tom. Das Studium … das Semester in Edinburgh … der Kurs über zeitgenössische englische Literatur … der verrückte Dozent …
»Der Dozent, der Stimmen hörte, auf deren Befehl er angeblich Studentinnen belästigt hatte und dann …«
»… in die Psychiatrie eingeliefert wurde, samt Einleitung eines Strafverfahrens«, vollendete Trakan bitter lächelnd den Satz. »Ja, Tom, wir beide sind uns bereits begegnet. Doch bevor ich die Gelegenheit erhielt, deine Bekanntschaft zu machen, warst du wieder in Münster. Dabei wollte ich dir danken.«
»Wofür? Ich habe nichts gemacht.«
»In der Tat! Du hast dich nicht an den umfassenden Verleumdungen beteiligt, die dazu führten, mich einige Monate in dieser unerfreulichen Situation zu belassen.«
Tom versuchte, eine unbeteiligte Miene aufzusetzen, nichtsdestoweniger war er von Trakans schlichten Worten berührt. Tatsächlich hatte ihn diese Hexenjagd auf den freundlichen Doktor MacLeod damals angewidert. Er hatte sogar mehrfach versucht, die anderen dazu anzuhalten, sich zu fragen, ob es nicht andere Erklärungen für dessen Verhalten gab. Auch die Tatsache, dass es überhaupt keine unmittelbar Betroffenen gab, fand Tom damals komisch, denn angeblich gab es eine ganze Reihe geschädigter Frauen, aber alle, denen er begegnet war, kannten die Vorfälle nur vom Hörensagen. Der Ruf des Dozenten als Frauenschwarm, vermutlich gepaart mit dem Neid

einiger männlicher Studenten, hatte ausgereicht, um ihn zu Fall zu bringen. Danach hatten Frank MacLeods interessierter Umgang mit seinen Mitmenschen und seine begeisternde Art ihm nicht mehr weitergeholfen, im Gegenteil: Es wurde gegen ihn verwendet.

»Das liegt ausreichend lange zurück«, beendete Trakan sowohl Toms Überlegungen als auch weitere Diskussionen. »Wir beschäftigen uns mit der Gegenwart. Melanie, setzt euch.«

Mellie, Fynn und Bendis betraten den Raum und nahmen in der Runde Platz. Eine Frau brachte warme Getränke sowie Krüge mit Saft und Wasser. Tom musste wider Willen grinsen. Eigentlich fehlten nur noch Kugelschreiber und Schreibblöcke mit der Aufschrift »Die Halle – Ihr Worthüter-Business-Tagungshaus«. Trakan stellte die Frau an seiner Seite als Farnya vor, seine treue Unterstützung bei der Führung der Halle. Es hörte sich so an, als ob es sich um eine reine Geschäftsbeziehung handelte, aber Tom war sicher, dass zwischen den beiden mehr lief. Sie erweckten durch ihren Umgang miteinander, kleine Gesten, vertraute Reaktionen und flüchtige Berührungen eher den Eindruck eines alten eingespielten Ehepaars.

Außerdem wunderte Tom sich, wieso diese Farnya in dem Buch ihre eigenen Wortgestalten nachgeschlagen hatte. Sie lebte doch sogar in der Halle, sie müsste doch wissen, für wen sie zuständig war? Trakan ließ ihm jedoch keine Gelegenheit, weiter darüber nachzugrübeln, und ergriff nun das Wort: »Ihr wisst, wie viel Zeit und Mühe wir für die Suche nach Kasaryon eingesetzt haben. Der Junge zählt inzwischen zwölf Lebensjahre, und nach dem Tod seiner Mutter ist er unsere letzte Hoffnung, die alte Ordnung der Halle wiederherzustellen.

Kasaryon wurde bis unlängst versteckt gehalten. Wie ich inzwischen erfahren habe, von Nolen und einem seiner alten Weggefährten der Bergwache – und zwar im Namen von Kasaryons Worthüter.« Tom erkannte an Mellies erstaunter Miene, dass ihr diese Information ebenfalls neu war. »Es tut nichts zur Sache, wie es zu dieser Übereinkunft kam und warum. Sicher ist, das Kasaryons Versteck aufgrund unglücklicher Fügungen offenbart wurde und Schwarzkünstler ihn entführten. Laryon fand ihn, doch Kasaryon ist erneut verschwunden.

Nach jetzigem Wissen haben wir es mit zwei Schwarzkünstlern und noch einem Magier zu tun, und wir gehen davon aus, dass Kasaryon sich in ihren Händen befindet.

Melanie hat sich entschieden, doch noch einmal die Stollen abzusuchen, um Karys Spur aufzunehmen. Fynn wird sie dabei unterstützen.«

»Dann werde ich Fynn begleiten«, mischte sich Bendis mit ruhiger Stimme ein. Trakan nickte ihr dankbar zu und warf Laryon einen fragenden Blick zu. Doch Tom hätte ihm sagen können, dass dieser mit seinen Gedanken ganz woanders war. Tom versuchte, seine Wortgestalt zu erreichen, ohne sicher zu sein, ob es ihm gelingen könnte.

»Du kannst es Fynn nicht verbieten.«

»Was kann ich nicht? Soll ich ihn auch noch verlieren, indem ich zulasse, dass er mitten in sein Verderben rennt?«

»Bei Mellie ist er in besten Händen. Es gibt niemanden, der besser auf ihn achtgeben könnte.«

»Das habe ich gemerkt!«

Jetzt erst wandte Laryon sich um und funkelte Tom wütend an.

»Laryon, wirst du die beiden begleiten und anführen?«, mischte sich Trakan in ihre stumme Auseinandersetzung.

Laryons Kopf flog herum. »Auf keinen Fall!«

Fynn starrte ihn mit weit aufgerissenen Augen an, doch Trakan hob beschwichtigend die Hände. »Wir bilden dich und Tom einen Tag lang aus. Es liegt mir fern, dich unnötig in Gefahr zu bringen. Ihr beide bringt viel an natürlichem Instinkt mit, um gut miteinander zu arbeiten. Wir haben sonst niemanden, den ich mit dieser Aufgabe betrauen könnte.«

Der Schmerz in seinem Gesicht hinderte Tom daran, breiter zu grinsen, und aus den Augenwinkeln sah er, dass Mellie sich ebenso zusammenreißen musste. Und wie erwartet, hatte Laryon Mühe, Trakan nicht seine gesamte Verachtung ob dieser unmöglichen Idee entgegenzuschleudern.

»Laryon, ich werde streng nach ihren Anweisungen arbeiten, du kannst dich auf mich verlassen!«, versicherte Tom ihm daher hastig.

»So wie du Versprechen hältst?«

Wenigstens hatte er es nicht laut ausgesprochen. Aber auch so hatte Tom Mühe, die Kränkung hinunterzuschlucken. Sein Grinsen erstarb. Betroffen senkte er den Blick auf die feine Holzmaserung der Tischplatte. Wenn Laryon nicht einverstanden war, musste er das einsehen. Es gab nichts, was er daran ändern würde. Nicht einmal, wenn er damit wiederum Mellie gegenüber sein Versprechen brach, alles in seiner Macht Stehende zu tun, um ihr zu helfen. Er konnte sich nur für einen von beiden entscheiden. Ihm wurde innerlich ganz flau, als ihm die Tragweite bewusst wurde. Falls Mellie das nicht verstand, hatte er im Moment keine Idee, was er dann machen würde.

Jemand schob seinen Stuhl zurück. Tom schaute auf. Er wollte gar nicht so recht wissen, was als Nächstes kam.

»Laryon, komm. Wir müssen reden«, rief Fynn. Er war ganz im Gegensatz zu seiner häufigen Röte ungewöhnlich blass. Die Mienen der anderen wirkten überwiegend unbeteiligt-neutral, nur Bendis hatte die Stirn leicht in Falten gelegt. Beherrscht nickte Laryon. Nebeneinander verließen sie den Raum und ließen die Versammlung in gespanntem Schweigen zurück.

Ungeduldig schob Fynn Laryon in Mellies Büro, warf die Tür zu und baute sich vor ihm auf. »Bist du völlig von Sinnen? Was geht in dir vor?«

Laryon war unfähig, seine Gefühle länger zurückzuhalten. »Ich frage mich eher, was in *dir* vorgeht!«, stieß er wütend hervor. »Hast du immer noch nicht begriffen, mit welchen Gegnern du dich anlegen willst? Eben noch haben wir gemeinsam beschlossen, nach Hause zurückzukehren!«

»Fängst du jetzt an wie mein Vater? Mir vorzuschreiben, was ich zu tun und zu lassen habe?«, knurrte Fynn im gleichen scharfen Ton.

Dieser Vorwurf traf Laryon unerwartet und erstickte seinen Zorn im Keim. Mit verschränkten Armen trat er einen Schritt zurück, um Fynn besser betrachten zu können. Ihm war, als sähe er ihn seit langem zum ersten Mal. Zu dem braunen Haar mit den widerspenstigen Wirbeln hatte sich ein dichter Bartschatten gesellt. Den Mund umspielte noch immer ein trauriger Zug, und doch wirkte Fynn ernst und gefasst. Seine Schultern waren breiter, als Laryon es in Erinnerung hatte, und seine Arme fast genauso muskulös wie bei Trogge. Er hielt sich aufrecht und selbstbewusst. Um die verletzte Hand hatte Mellie ihm einen frischen Verband angelegt. Die andere ruhte locker auf dem Schwertgurt, an dem er sein Schwert – Nolens Schwert – und das Wurfbeil trug.

Es bestand kein Zweifel daran: Sein kleiner Bruder war erwachsen geworden. Vielleicht war es an Laryon, das auch einzusehen. Doch Fynn war noch nicht fertig. »Und was soll aus Kary werden?«

Ja, zweifellos, Fynn verstand es nicht nur, das Messer in die Wunde zu legen, sondern es auch noch herumzudrehen. Laryon hatte im Morgengrauen lange Stunden damit zugebracht, sich davon zu überzeugen, dass er nichts für Kary tun konnte, da er weder wusste, was mit ihm geschehen war, noch einem Suchtrupp in dem Gangsystem von großem Nutzen sein würde. Bis dahin hatte ihn auch niemand darum gebeten, weiter nach dem Jungen zu suchen, und so konnte er sich irgendwann einreden, es gäbe keine Verpflichtung für ihn, nur weil er

Kary gern hatte. Er war einfach nicht der Richtige für diese Aufgabe.
Laryon wich Fynns forderndem Blick aus. »Ich kann das nicht«, wehrte er ab, doch es klang in seinen eigenen Ohren eher verzweifelt als überzeugt.
»Doch, du kannst das!«, widersprach Fynn unerbittlich.
Laryon lief ein paar unruhige Schritte durch den Raum, ehe er sich, gegen einen Sessel gelehnt, Fynn wieder zuwandte.
»Warum ich? Ich möchte Kary helfen, aber wie soll ich das anstellen? Ich bin ein einfacher Grenzreiter. Wozu brauchen du und Bendis einen Anführer?«
»Wenn Nolen uns begleiten würde, wäre er es. Ich habe keine Erfahrung, und Bendis ist keine Kämpferin. Wir brauchen jemanden, der Entscheidungen trifft.«
»Du hast gesehen, wie es mit mir durchgegangen ist. Das macht keinen guten Anführer aus.«
»Was soll das werden, Lary? Versteckst du dich hinter deinen Fehlern, damit du keine Verantwortung übernehmen musst?« Fynn war ihm gefolgt und stand wieder dicht vor ihm. Empörung sprang aus seinen Augen, doch dieses Mal hielt Laryon stand.
»Warum ich?«
Fynn zögerte einen langen Moment. »Soweit Mellie das beurteilen kann, wäre es Nolens Wunsch gewesen, wenn er es nicht selbst tun könnte. Du hast so etwas schon gemacht.«
Laryon schüttelte unwillig den Kopf und strich sich nervös die Haare zurück. »Ich war Anführer, na und! Von Suchtrupps, was bedeutet das schon? Einer musste es ja sein. Ich habe keine Ahnung, warum jeder immer der Meinung war, dass ausgerechnet ich das sein sollte. Und es ist nie zu ernsthafteren Kämpfen gekommen.«
»Was ist mit deinen Siegen im Turnier?«
»Turnier! Einen Schaukampf könnte man jederzeit abbrechen.

Es gibt Schiedsrichter und Regeln. In einem echten Kampf gibt es keine Regeln, da geht es nur darum zu überleben!«
Jetzt war es Fynn, der sich abwandte, während ihm eine vertraute leichte Röte ins Gesicht stieg. »Und du denkst, das hätte ich noch nicht begriffen?«, murmelte er.
Ohne nachzudenken, hob Laryon eine Hand und berührte das Abzeichen am Oberarm seines Freundes. Das Abzeichen der Bergwache, frisch auf das Hemd gebrannt, wie er verwundert feststellte, während es so vertraut wirkte, als wäre es schon immer dort gewesen.
»Ich kann dich nicht davon abhalten«, sagte Laryon leise. »Fynn, wenn du diese Aufgabe übernehmen möchtest, sollte ich froh sein, dass du bereit bist, für Kary dein Leben zu riskieren. Du hast recht, ich werde dir selbst die Wahl lassen, das zu tun, was du tun willst. Mögen gute Worte dich behüten. Umso mehr, seit mir klar ist, was sich in Wahrheit hinter dieser Floskel verbirgt.« Er hob die Stimme. »Das trifft nur leider nicht auf mich zu. Du hast Tom kennengelernt. Die Vorstellung, mein Leben wissentlich in seine Hände zu legen, treibt mir pure Angst gleich einem Dolchstoß durch die Brust. Es geht nicht – nicht einmal für Kary.«
»Dann tu es für Nolen!« Fynn sah ihn eindringlich an, fast flehend. Seine Augen glitzerten verdächtig. »Er hätte nicht zurückgeblickt. Er hätte einfach getan, was getan werden muss. Ich vermisse ihn so, und gerade jetzt, wo wir ihn so sehr brauchen.«
Unruhe erfasste Laryon, vermischt mit einem Gefühl der Befreiung. Seine Hand ruhte noch immer auf dem Abzeichen. Diese Geste war bei allen Wachen der Insel einheitlich. Eine kurze Berührung bedeutete Unterstützung und Beruhigung bei Gefahr. Aber sie war auch eines der wenigen formellen Rituale. Die Situation erinnerte Laryon schmerzhaft an seinen Ehrenpakt mit Nolen vor so langer Zeit, als er über seine Zukunft entschieden hatte.
Die Hand länger auf das Abzeichen eines anderen zu legen, hieß,

seine Dienste in Anspruch zu nehmen. Ein Anführer übernahm auf diese Weise seine Leute in die Staffel.

Fynn hatte recht. Laryon hatte sich längst entschieden. Er kämpfte gegen niemanden außer sich selbst. Er musste aufhören, sich hinter der Behauptung zu verstecken, sich gegen die Einmischung anderer zur Wehr setzen zu müssen. Und was Tom betraf: Zwar hatte er Tom das Angebot seiner Freundschaft in der Gewissheit gemacht, ihn so bald nicht wiederzusehen, aber er konnte genauso gut heute damit anfangen. Das würde dennoch der schwierigste Teil der gesamten Angelegenheit.

Laryon verstärkte den Druck seiner Hand, und mit einem leichten Klaps ließ er sie endlich sinken. Er lächelte Fynn an. Dabei fragte er sich, ob man ihm seine Angst vor dem, was kommen mochte, ansah. Fynn wirkte wieder ruhig, nachdem er sich eine einzelne Träne weggewischt hatte.

»Ich werde dich begleiten. Aber ich mache es nicht für Nolen. Auch nicht für dich. Ich mache es ausschließlich für mich. Weil ich es so will.«

Fynn nickte verwirrt, fragte aber nicht weiter nach. Laryon war nicht sicher, ob er ahnte, was dahintersteckte. Es sollte nicht geltungsbedürftig klingen. Alles, was Laryon wollte, war, dass Fynn sich frei von Schuld fühlte, falls … nun, niemand wusste, wie diese Geschichte enden würde. Doch jetzt war es dringend an der Zeit, ein paar Worte mit Tom zu wechseln.

32.

Was ist mit ihm?«, rief Fynn besorgt und ließ den Stock in seiner Hand fallen. Mellie winkte ab, während sie sich über Tom beugte. Dieser saß mit glasigem Blick halb zusammengesunken auf dem Sofa in Mellies Büro. Laryon legte

seinen Stock zur Seite und nahm vorsichtig den Laptop an sich, der Tom von den Knien gerutscht war. Henry hockte neben seinem Frauchen und versuchte, Tom die Nase abzulecken, woran Mellie ihn mit resoluten Gesten hinderte. Behutsam tätschelte sie ihrerseits Tom die Wangen, bis er leise stöhnte. »Alles okay?«, fragte sie. »Fynn, kannst du ein Glas Wasser holen?«
Der Angesprochene sprang auf und verließ eilig den Raum. Langsam kam Tom wieder zu sich. Laryon fragte sich besorgt, was das zu bedeuten hatte. Sie hatten nach Mellies Anweisungen Doppelhandlungen geübt. Dabei hatte Laryons Aufgabe gelautet, sich zu drehen und Fynn unablässig nicht aus den Augen zu lassen, während dieser einen größeren Kreis um ihn beschrieb. Tom sollte zur gleichen Zeit seine Wahrnehmung auf etwas richten, das hinter Laryon geschah. Dabei war er plötzlich ohnmächtig geworden.
»Was ist passiert?«, stöhnte Tom. Er hatte Mühe, deutlich zu sprechen.
»Nichts Schlimmes. Du bist von der Wucht eurer doppelten Wahrnehmung getroffen worden«, erklärte Mellie grinsend. »Es gibt nicht nur seitens der Wortgestalt sensationelle Erfahrungen. Manches, was du erlebst, haut dich um.«
Tom schob sich weiter nach oben, bis er wieder richtig saß, und rieb sich die schmerzende Schulter. »Heißt im Klartext?«
»Du bist der Erste von euch beiden, der zwei Wahrnehmungserlebnisse gleichzeitig verarbeiten muss. Also – eigentlich hast du schon verloren, wenn du genau das tust. Denn dann passiert das, was du gerade erlebt hast. Du wirst im wahrsten Sinne des Wortes von deiner Wahrnehmung überwältigt. Der Trick besteht darin, dass du bewusst erst deine, dann Laryons Eindrücke verarbeitest.
Normalerweise richtet ihr eure Wahrnehmung instinktiv auf das Gleiche. Dann siehst du mit Laryons Augen, was er sieht. Aber ihr könnt das bewusst trennen, darin liegt ja der Vorteil.

Deshalb machen wir diese Übung. Du deckst sozusagen Laryons Rücken. Deine Wahrnehmung ist auf das gerichtet, was hinter ihm geschieht. Das musst du verarbeiten. Laryon sieht oder hört, was Fynn vor seiner Nase macht. Das musst du ebenfalls verarbeiten. Aus beiden Eindrücken zusammen ergibt sich dann die Handlungsanweisung für Laryon. Das alles natürlich in Bruchteilen von Sekunden.«

»Aber ich kann doch gleichzeitig sehen und hören, ohne in Ohnmacht zu fallen?«

»Ja, aber jetzt verdoppelt sich alles. Es fällt einem ja normalerweise schon schwer, Wahrnehmungen aufzuschlüsseln, die sich widersprechen. Die meisten Menschen können zum Beispiel nicht einen Text lesen und gleichzeitig einen anderen hören und beide vernünftig verarbeiten.«

»Habe ich sonst kein Problem mit«, stellte Tom mürrisch fest.

»Ich glaube, ich könnte das nicht«, widersprach Laryon.

Mellie nickte ungeduldig. »Tom kann es, weil er Worthüter ist. Er wird es auch schaffen, die doppelte Information zu verarbeiten, aber er muss es üben. So viel Training wie möglich, Tom. Was du jetzt lernst, ist eine Art Multitasking de luxe.«

»Wie habt ihr das rausgefunden?«, bohrte Tom weiter.

Fynn war zurückgekehrt und reichte Mellie das Wasserglas, die es wiederum an Tom weitergab.

Sie räusperte sich entschuldigend, ehe sie antwortete. »Wir haben die Gehirnaktivität während der Durchführung von Doppelhandlungen im Kernspintomographen beobachtet.«

Tom hätte sich fast verschluckt und fing an zu husten, während Laryon vergeblich versuchte, die Bedeutung hinter dieser Aussage zu erkennen, ehe er entschied, dass es sich um ein interessantes Thema handelte, das er jetzt aber nicht vertiefen wollte. Er nahm den Stock wieder auf.

»Du bist ja bescheuert. Das ist mir zu wissenschaftlich«, keuchte Tom zwischen zwei Hustenanfällen.

Mellie lachte. »Du hast gefragt. Und du weißt genau, dass ich Dingen gern auf den Grund gehe. Wäre es dir lieber, wenn ich dir erkläre, du hättest einen Fehler gemacht und der Fluch der Halle hätte dich getroffen?«

»Nein«, brummte Tom nach kurzem Zögern grantig. »Können wir weitermachen?«

»Fühlst du dich gut genug?«, erkundigte Laryon sich vorsichtshalber. Tom versuchte, gelassen zu wirken, doch er war schon jetzt sichtlich mitgenommen, und sie hatten noch nicht lange geübt. Niemals hätte Laryon es offen zugegeben, aber er sorgte sich schon ein wenig um seinen Partner. Inzwischen nicht mehr nur, weil es ihn selbst betraf, sondern weil Toms Eifer ihn wirklich beeindruckte. Er blieb beharrlich, wenn eine Anweisung von Mellie ihm nicht genügte, und bestand darauf, eine Übung so lange durchzuführen, bis keiner von ihnen mehr einen Fehler machte. Indem Mellie ihm die Struktur gab, die er zum Arbeiten benötigte, war er bereit, bis an die Grenzen seiner körperlichen und geistigen Leistungsfähigkeit zu gehen. Dabei erhob er einen Anspruch, der nahe an Laryons eigenen heranreichte.

Laryon hatte schnell begriffen, dass seine Aufgabe für den Moment die einfachere war. Wie das aussah, wenn sie sich in einer realen Situation befanden, die eine Doppelhandlung erforderte, war etwas anderes.

Fynn nahm seinen Stock und setzte spielerisch zu einer Attacke auf Laryons Brust an. Laryon parierte erfolgreich, ohne darüber nachzudenken.

»Brauchst mich wohl gar nicht, hm?«, fragte Tom mit gespielter Empörung, zog seinen Laptop heran und tippte. Laryon drehte sich zu ihm um, während Fynn überrascht aufschrie, als ihre beiden Stöcke aufeinanderknallten. Er hatte nicht damit gerechnet, dass Laryon – beziehungsweise Tom – seinen Angriff bemerken und reagieren würde. Als Mellie auflachte, grinste Laryon und

schob sich verlegen die Haare aus der Stirn. Er musste sie dringend schneiden lassen, wenn er wieder nach Hause zurückkehrte.
Und er würde zurückkehren.

Erschöpft drehte Tom sich auf der Couch und versuchte vergeblich, eine bequeme Position zu finden, in der er für ein paar Minuten die Augen schließen konnte. Die anderen hatten ihn genötigt, sich etwas auszuruhen, und ihn dann in Mellies Büro allein gelassen. Obwohl er todmüde war, hielten ihn Schmerz und Adrenalin aber davon ab zu schlafen. So starrte er vor sich hin, während er darauf wartete, dass es weiterging. Auf dem Tisch vor ihm lag Mellies Schlüsselbund.
Plötzlich stutzte er. Vorsichtig setzte er sich auf und nahm den Bund in die Hand. Neben den ihm bekannten Wohnungs- und Fahrradschlüsseln hing ein neuer Anhänger daran, ein rundliches schwarzes Plastikteil. Tom drehte und wendete es, als Mellie den Raum betrat.
»Wieder wach? Konntest du überhaupt schlafen?«
Tom hielt ihr den Schlüsselbund entgegen. »Was ist das?«
»Ein Autoschlüssel.«
»Ein Autoschlüssel? Seit wann hast du ein Auto? Und wie soll man denn damit aufschließen?«
Mellie lächelte. »Das Auto steht am Flughafen von Edinburgh, wenn ich ohne Trakan in die Halle muss und nicht den ganzen Weg laufen will. Es ist ein elektronischer Schlüssel. Ohne Bart.«
»Ohne Bart.«
»Ja, du weißt doch wohl, was ein Schlüsselbart ist? Das Ding hier hältst du einfach vor die Tür, und das Zündschloss – na ja, Zündgegenstück, wie auch immer, ein Schloss ist da auch nicht mehr –, und das Auto springt an.«
Tom glotzte sie verdattert an. »Kein Bart, kein Schloss.«
»Ist nicht so schwer zu verstehen.«

»Mellie, deine Datenbank, wie funktioniert die?«

»Wie bitte?« Jetzt schaute Mellie ihn an, als ob sie an seinem Verstand zweifelte. Doch Tom war sich seiner Sache auf einmal ganz sicher. »Du hast von den Abfragen und den Paarungen erzählt. Kannst du nachsehen, wie Karys Mutter hieß und ob sie einen Beruf hatte?«

»Klar, aber warum?«

»Die Hebamme, die Frau, die Laryons Eltern Karys Schlüssel gab – das war Karys Mutter. Der Schlüssel funktioniert nicht, weil Laryon nicht ›rechten Blutes ist‹. Genau wie dein Schlüssel beim falschen Auto nicht funktionieren würde.«

»Rechten Blutes?«

»Eine Zeile aus der Prophezeiung, die ich gedichtet hatte. Habe ich dir doch erzählt.«

»Du meinst diesen Vierzeiler, den du mit dem Holzhammer gestrickt hast.«

»Über die Qualität müssen wir doch jetzt nicht streiten, er war nicht sehr elegant komponiert, stimmt schon. Aber interessant ist doch, wie ich auf diese Worte gekommen bin. Ich glaube nämlich, dass sie doch mehr bedeuten. Zusammen mit dem Schlüssel …«

»Du hast doch gesagt, Laryon hätte den Schlüssel nicht«, warf Mellie verwirrt ein. Sie verstand immer noch nicht. Aber Tom war bereits stöhnend aufgestanden und in Richtung Computer unterwegs.

»Er wusste nicht, dass er ihn hatte. Das Amulett. Wir haben immer an Schlüsselbart und Schloss gedacht. Es ist kein normaler Schlüssel. Als Laryon und ich das Amulett in der Hand hielten, zeigte es in dieselbe Richtung, wir dachten zur Halle. Aber Laryon hat festgestellt, dass dem nicht so ist. Wenn Kary es in der Hand hält, könnte es aber so sein.«

Endlich folgte Mellie Tom, schob ihn sanft zur Seite und startete das Programm. »Und wohin zeigt das Amulett dann?«

»Auf Kary!«
»Wieso ausgerechnet auf Kary? Woher weiß du das?« Mellies Augen folgten bereits ihren Eingaben auf dem Bildschirm. Tom setzte sich auf den Stuhl neben sie und versuchte, sich einen Krampf aus dem Arm zu massieren.
»Ich vermute es erst einmal nur. Aber wenn wir wissen, ob diese Hebamme Karys Mutter war, wäre das ein guter Beleg, oder? Und es würde erklären, wieso Laryon zu Karys Verlies kommen konnte, als er in den Stollen herumlief. Er ist ja dem Herzen gefolgt. Nachdem er Kary gefunden hatte, sah er erst wieder auf das Amulett, als er vor der Halle stand. Wir wissen nicht, wo Kary zu diesem Zeitpunkt war, es könnte also sein, dass das Herz auf ihn zeigte. Die Zeile in der Prophezeiung heißt doch ›führ *zu* meinem Herz‹. Kary *ist* das Herz, oder meinetwegen im übertragenen Sinne der Schlüssel, damit das Herz der Halle wieder schlägt. Vielleicht auch nicht er, sondern seine Erinnerungen. Irgendwie so, such dir was aus.« Tom lächelte mit einem Mal verlegen. Wie gern hätte er seine Überlegungen so sachlich und sortiert dargelegt, wie er das von Felix oder Mellie kannte. Stattdessen waren wieder all seine Gedanken einfach aus ihm herausgepurzelt.
Sehr zu seiner Freude grinste Mellie ihn jedoch anerkennend an. »Du bist gar nicht so schlecht, wenn du deinen Kopf mal zum Denken benutzt. Womit wir dann auch eine Richtung hätten, in die wir unsere Wortgestalten schicken könnten.«

Tom hatte ein wenig geschlafen, bis eine falsche Bewegung wieder glühende Schmerzen entzündete und ihn viel zu früh weckte. So nutzte er die Zeit, um sich in eins der unzähligen Zimmer zu setzen und in den Biographien verschiedener berühmter Persönlichkeiten zu blättern, von denen er nicht geahnt hatte, dass an ihnen etwas Besonderes wäre. Im Nachhinein betrachtet wunderte es ihn allerdings bei keinem von ihnen.

Mellie hatte ihm am Vorabend noch mehr Schmerztabletten besorgt, nachdem er sich geweigert hatte, sich von Bendis helfen zu lassen. Wenn er es richtig verstanden hatte, könnte sie einen Teil des Schmerzes übernehmen, und die Verletzungen in seinem Gesicht würden zwar nicht schneller heilen, aber weniger weh tun. Nachdem man Tom erklärt hatte, dass Bendis diese Schmerzen dennoch empfinden würde – dann genau in dem Ausmaß wie er selbst –, lehnte er ab. Sie war auch nur ein Mensch, der nicht unendlich belastbar war, und wer wusste schon, wozu sie ihre Fähigkeiten noch einsetzen musste? Das führte seine Gedanken unweigerlich zu Laryon und der Aufgabe, die ihnen bevorstand. Etwas an Laryon hatte sich verändert. Indem er aufgehört hatte, gegen die an ihn gestellten Anforderungen zu kämpfen, hatte er auch seinen Widerstand gegenüber seinem Worthüter nahezu aufgegeben. Tom war sicher, dass niemand die Erleichterung nachvollziehen konnte, die er darüber empfand.

Um ungefähr fünf Uhr in der Frühe verließ Tom seinen bequemen Sessel und begab sich in Richtung Speisesaal. Als er den großen Raum betrat, machte sein Herz einen freudigen Hüpfer. Mellie saß allein im Schein einer Deckenlampe an einem der Tische und wartete auf die Ankunft der anderen.

Tom versuchte, dem Ganzen etwas Gutes abzugewinnen, indem er sich auf die Tage mit Mellie freute. Sie hatte sich nicht dazu geäußert, was danach käme, und Tom redete sich ein, dass es nichts mit ihm zu tun hatte. Für sie war einfach alles zu ungewiss.

»Guten Morgen, Frau Agentin. Gut geschlafen?«, grüßte er sie freundlich, sobald er in Hörweite war. Mellie drehte sich zu ihm und deutete einladend auf den Stuhl neben sich.

»Hey, Major Tom. Ja, gut schon, nur zu wenig. Aber deinen dicken Augen nach zu urteilen, immer noch mehr als du. Kaffee?«

Tom nahm dankend an, und Mellie füllte einen Becher für ihn. Sie wirkte insgesamt entspannter als in den letzten Tagen, und Tom nahm es als gutes Zeichen, dass sie ihn wieder »Major« genannt hatte. Die sorgenvolle Miene, mit der sie seine kaputte Nase betrachtete, tat einfach nur gut.

»Du solltest zusehen, dass du so schnell wie möglich nach Hause zurückkommst«, sprach sie prompt ihre Gedanken laut aus.

»Wieso? Willst du mich loswerden?«, rutschte es Tom heraus. Doch zu seiner Erleichterung schüttelte sie den Kopf und lächelte sogar leicht. »Im Gegenteil. Aber dein Gesicht wird nicht heilen.«

»Was, wieso das denn nicht?«

»Weil hier die Zeit kaum vergeht, schon vergessen? Man altert nicht, aber auch solche Prozesse wie die Heilung von Wunden werden extrem verlangsamt. Es hat eben nicht nur Vorteile.«

»Schade.« Tom grummelte enttäuscht. Dann erinnerte er sich an etwas. »Geht mich ja nichts an, aber wie lange liegt denn diese Sache mit den Narben an deinem Bauch zurück?«

»Drei Jahre«, erwiderte Mellie leichthin. »Sie sahen viel frischer aus, stimmt's? Es war eine Fehlgeburt.« Sie ignorierte seinen schockierten Blick, um sich aus dem Korb vor sich eine Scheibe Brot zu nehmen und sie mit Butter und Honig zu beschmieren. »Ich kann es dir genauso gut auch jetzt sagen: Es liegt daran, dass zwei Wortgestalten aus verschiedenen Welten keine Nachkommen haben können. Es war ein Unfall. Als ich merkte, dass ich schwanger war, habe ich trotzdem gehofft, dass es vielleicht klappen könnte. Um ein Haar hätte ich zu lange gewartet.«

»Du meinst, der Vater war jemand von hier? Von Willerin?«

»Korrekt.«

»Und wer?«

»Das geht dich wirklich nichts an.« Sie sagte das ganz ruhig und nicht vorwurfsvoll, und irgendwie hatte sie ja recht.

Tom seufzte. »Aber warum erzählst du mir das?«

»Weil ich nicht möchte, dass du dich vielleicht mit jemandem hier einlässt und die Sache durch Unwissenheit schlecht ausgeht oder sogar eine Frau in Gefahr bringt. So gut die gesundheitliche Versorgung gerade auf Willerin auch ist: Sie reicht lange nicht an unseren Standard heran.«
»Mit wem sollte ich mich denn einlassen?«, fragte Tom verständnislos. Mellie wusste doch, für wen sein Herz schlug! Hatte er ihr das noch nicht deutlich genug zu verstehen gegeben, oder war das gerade die Einleitung einer endgültigen Abfuhr mit der Aufforderung, sich nach jemand Neuem umzusehen?
»Nein!« Er stellte den Kaffeebecher mit solch einer Heftigkeit ab, dass die Flüssigkeit über die Tischplatte schwappte. »Nein!«, wiederholte er. »Hast du es immer noch nicht begriffen? Ich liebe dich! Nur dich, und sollen alle sagen, es gäbe nicht diese eine Liebe, die ein Leben lang hält. Ich will den Gegenbeweis antreten!«
Mellie lächelte, und es lag ein seltsamer Ausdruck auf ihrem Gesicht. Fast schien es Tom, als wäre sie berührt.
»Du bist ein hoffnungsloser Romantiker.«
»Ist mir egal!« Als sie schwieg, fuhr er in heftigem Tonfall fort. »Du bist etwas Besonderes für mich, vom ersten Tag an. Du bist doch nicht die erste Frau, in die ich mich verliebe, aber alles, was ich vor dir erlebt habe, erscheint mir grau und langweilig, weniger wahrhaftig. Es fühlt sich echt an, wenn du mich berührst.«
»Tom.« Sie legte ihm eine Hand auf die Schulter und zog sie im gleichen Moment zurück, als sie merkte, dass sie den Bluterguss erwischt hatte. Stattdessen nahm sie seine Hand. »Hör mir zu. Du kennst jetzt den wichtigsten Teil meiner Geschichte. Aber du wirst noch andere Frauen kennenlernen, die ebenfalls Wortgestalten sind. Denn das ist das ganze Geheimnis dahinter. Mit ihnen wird es genauso sein wie mit mir.«
»Nein, glaube ich nicht!« Tom blieb störrisch. »Es ist ja okay,

wenn du es anders siehst – meinetwegen. Aber dann sag mir das, und ich werde dich nicht weiter belästigen!«
Zögernd nahm Mellie ihre Hand zurück und wich seinem Blick aus. Tom verharrte, wurde unsicher in der Erwartung, was folgen könnte.
»Ich habe«, begann Mellie stockend, »mein ganzes Leben mit dieser Aufgabe verbracht. Es ist wirklich sehr viel verlangt, dass du verstehst, dass ich das nicht alles einfach hinschmeißen kann.« Sie starrte ihn plötzlich hilfesuchend an. »Vielleicht wird es auch endlich Zeit für mich, nicht immer rationale Entscheidungen zu treffen.«
»Das könnte wirklich sein«, stimmte Tom ihr vorsichtig zu, unfähig zu erkennen, was sie hören wollte.
Mellie schwieg wieder, innerlich mit einer Entscheidung kämpfend. »Aber ich habe das Gefühl«, sagte sie endlich, »dass wir ganz nahe dran sind, die Sache zu Ende zu bringen. Wenn du mir so lange Zeit gibst?«
Tom wartete, doch sie sprach nicht weiter. So bemühte er sich, die Enttäuschung aus seiner Stimme herauszuhalten. »Na gut.«
Als kurz darauf Bendis und Fynn den Raum betraten, fragte Tom sich einen Moment lang, ob Mellie etwa gedacht hatte, er könnte sich für Nolens Tochter interessieren. Sie war zweifellos wunderhübsch, und ihre Ausstrahlung ging noch über das hinaus, was er bei Mellie insgeheim als »Leuchten« bezeichnet hatte. Aber sonst? Sie war überhaupt nicht sein Typ und außerdem einige Jahre älter als er. Laryon schien das seinerseits nicht zu stören, aber das war schließlich seine Sache. Nein, Tom hatte seine Wahl getroffen, und er war sich seiner Entscheidung absolut sicher.

Laryon konnte nicht anders und grinste breit, als er bemerkte, wie verstört Tom reagierte. Er musste selbst zugeben, dass Bendis in Bekleidung einer Bergkämpferin und mit voller Bewaffnung ein imposanter Anblick war. Toms tiefe Verunsicherung konnte er dagegen nicht nachvollziehen. Als Laryon ihn fragte, was daran so ungewöhnlich wäre, wo doch die Bergwächterinnen meistens allein lebten, wusste Tom so recht keine Antwort.

Sie beließen es dabei, allerdings vermutete Laryon, dass die Ähnlichkeit zu Nolen eine Rolle spielte. Bendis hatte ihre Haare zu einem Zopf geflochten und im Nacken zusammengesteckt, und wenn er nur flüchtig hinsah, erinnerte ihr Profil ihn an das ihres Vaters. Auch wenn es ihm jedes Mal einen Stich versetzte, konnte er sich schwer abwenden.

Vorräte für den Marsch waren bereits am Abend zuvor zusammengestellt worden, jeder nahm nur das Nötigste mit. Tom und Mellie begleiteten sie zum Ausgang. Laryon nahm eine schwache Veränderung im Umgang der beiden miteinander wahr. Das verlieh ihm zusätzliche Sicherheit, denn Mellie übte einen guten Einfluss auf seinen Worthüter aus.

»Mögen gute Worte dich behüten, Laryon!«, verabschiedete Tom sich feierlich. Er hielt ihm die rechte Hand ausgestreckt hin, und Laryon erinnerte sich daran, dass dies zu seinem Begrüßungsritual gehörte. Er nahm die Hand, schüttelte sie kurz und legte dann seine Rechte kurz auf Toms Oberarm. Dessen einfache Freude darüber ließ Laryon lächeln. »Mögen gute Worte deinen Weg begleiten«, erwiderte er gemessen. Dann winkte er den anderen beiden, und sie brachen auf.

Mellie bestand darauf, dass Tom sich ausruhte, sooft es ging, doch er war immer noch viel zu aufgekratzt. Also wanderte er ziellos durch das Archiv, mit halbem Herzen auf der Suche nach dem Geist. Er wollte versuchen, ihn anzusprechen, auch wenn Mellie behauptet hatte, es wäre sinnlos.

Als er unschlüssig vor einem Regal stand und auf die Namen der Bücher starrte, ohne sie zu lesen, hörte er plötzlich, wie sich ein erregtes Stimmenpaar näherte. Ein Mann und eine Frau stritten. Erst dachte Tom, es wären Farnya und Trakan. Mellie hatte ihm erzählt, dass beide in letzter Zeit heftige Auseinandersetzungen hatten, die zumindest Mellie sehr bei ihrer Arbeit störten.

»Wie viele?« Das war ziemlich sicher Farnyas Stimme.

»Ich weiß nicht genau.« Nein, das war nicht Trakan.

»Von wie vielen weißt du?!«

»Drei. Vielleicht ein vierter. Zu ihm habe ich Kontakt, aber da stimmt einiges nicht.«

»Verdammt, Frederic, das kann doch nicht sein, dass ihr nie etwas bemerkt habt! Wie können die eigenen Wortgestalten *abhandenkommen?!*«

»Es tut mir leid, es tut mir so leid! Was machen wir denn jetzt?«

»Ruhig bleiben. Euch trifft keine Schuld.« Farnya schnaubte wütend. Ihre Stimme entfernte sich wieder und wurde so leise, dass Tom den Rest des Gesprächs nicht mehr verstehen konnte.

Er schauderte. Wortgestalten, die abhandengekommen waren. Bei Schwarzkünstlern handelte es sich um Wortgestalten ohne jegliche Führung.

So schnell er konnte, hastete er zu Mellies Büro zurück. Es war leer, doch ihr Computer lief. Tom startete die Datenbank. Er war unsicher, ob er irgendetwas kaputt machen konnte, aber er hatte jetzt nicht die Zeit, Mellie zu suchen.

Nach nur wenigen erfolglosen Versuchen verstand er, wie er die Eingaben für eine Suchabfrage machen musste. Wie er es von Mellie erwartete, hatte sie die Bedienung der Datenbank konsequent logisch strukturiert. Und als das Ergebnis auf dem Bildschirm erschien, konnte Tom es kaum fassen, dass er tatsächlich recht gehabt hatte. Als er Farnya zum ersten Mal vor dem Buch hatte stehen sehen, hatte sie Zuordnungen überprüft. Sie lenkte zwei Wortgestalten. Diese wiederum waren laut Buch Worthüter von insgesamt zwölf Personen. Die Datenbank wies jedoch nur acht bekannte Wortgestalten aus. Vier, die abhandengekommen waren. Vier, die Schwarzkünstler genannt wurden und ihrerseits Magier lenkten. Vier, die Kary gejagt hatten.

Tom entschied, dass er dringend mit Farnya sprechen musste, oder mit Trakan. Am besten mit beiden zusammen. Er sprang auf und machte sich auf die Suche nach dem Obersten Worthüter und seiner langjährigen Weggefährtin.

Er fand beide im Archiv. Sie saßen hinter Trakans Schreibtisch, verglichen Namen von Büchern mit einer ausgedruckten Liste und sortierten sie anschließend auf verschiedene Stapel.

»Darf ich stören?«, fragte Tom höflich. Trakan lächelte ihn an, Farnyas Blick blieb eher misstrauisch. Ahnte sie, dass Tom sie in Verdacht hatte, an der Schwarzkünstler-Geschichte beteiligt zu sein?

»Ich glaube, ich habe etwas herausgefunden«, setzte er, entgegen dem sonst für ihn typischen Verhalten, eher vorsichtig an. »Es betrifft diese Schwarzkünstler und ihre Motive.«

Trakan und Farnya wechselten einen bestürzten Blick. Dann wies Trakan mit einer kurzen Handbewegung auf einen der Stühle vor dem Schreibtisch. »Nimm Platz.«

»Ich möchte niemanden zu Unrecht beschuldigen und keinen falschen Verdacht wecken. Es ist nur so …«, stammelte Tom verlegen, während er sich umständlich niederließ.

»Du hast herausgefunden, dass ich die Schuld dafür trage, dass es Schwarzkünstler gibt«, ergänzte Farnya seinen Satz und lächelte säuerlich. Trakan lehnte sich zurück, atmete tief ein und schloss die Augen. Tom wusste nichts zu erwidern und starrte auf den Schreibtisch.

»Es gibt einige wenige Dinge, die mehr werden, wenn man sie teilt, Tom«, fuhr Farnya leise fort. »Liebe gehört dazu und Wissen. Niemand von uns hier hat die Pflicht, sein Wissen ohne Anlass zu teilen, doch wenn du fragst, hast du das Recht, alles zu erfahren.«

Als Tom den Kopf hob, konnte er ihre Angst deutlich von ihrer Miene ablesen. »Ich möchte wissen, was die Schwarzkünstler sind und warum es sie gibt.«

Farnya seufzte. »Zwei einfache Fragen. Schwer zu beantworten.« Trakan hatte die Augen wieder geöffnet und beobachtete sie unauffällig. Um seinen Mund lag ein trauriger Zug.

»Meine beiden Wortgestalten lenken insgesamt acht Wortgestalten«, erklärte die Frau nun widerwillig. Dass sie Tom zugesagt hatte, ihm alles zu erzählen, musste nicht bedeuten, dass sie es gern tat. »Ich lasse ihnen dabei freie Hand. Und so habe ich erst vor sehr kurzer Zeit erfahren, dass ihnen mehrere Wortgestalten ›verlorengegangen‹ sind. Sie haben es selbst nicht gemerkt, sie hatten genug mit den anderen zu tun. Es begann damit, dass meine Wortgestalt Frederic – er stammt aus deiner Welt – mit einer seiner Wortgestalten in Konflikt geriet. Es war ein ungestümer junger Mann von Willerin, aus dem Gebiet jenseits des Nordgebirges, wo es sehr viele Wortgestalten gibt. Frederic hatte sich entschieden, sich zu offenbaren, seine Wortgestalt jedoch nicht in die Halle zu lassen, um mehr Kontrolle über ihn zu haben.«

Tom wandte sich halb dem großen Buch auf dem Ständer zu. »Kann jeder mehrere Wortgestalten haben? Und kann ich mir das aussuchen? Ich habe gehört, die Zuordnungen wären zufällig.«

»Du kannst mehrere Wortgestalten haben«, mischte Trakan sich ein. »Doch nicht, bevor du fertig ausgebildet bist, und ganz nebenbei würde Laryon dir das vermutlich übelnehmen, wenn du ihn nicht angemessen unterstützt.«

Tom grinste reumütig. »Stimmt wohl.«

»Was die Zuordnungen anbelangt: ja und nein«, fuhr Trakan fort. »Sie sollen zufällig sein, aber ich habe diese Regel außer Kraft gesetzt und nehme die Zuordnungen selbst vor. Das kostet mich viel Zeit, die ich eigentlich nicht habe.« Tom verkniff sich die Frage, wie man an einem zeitlosen Ort keine Zeit haben konnte. Ihn interessierten jetzt andere Dinge. »Warum?«

»Weil genau diese Wortgestalt Frederics wiederum Worthüter wurde und seinerseits anfing, seine Wortgestalten zu quälen und später zu töten«, nahm Farnya den Faden wieder auf. »Die hohe Rate an ständigen Neuzuweisungen und Todesfällen machte Trakan aufmerksam. Er konnte diesem in der Folge selbsternannten Schwarzkünstler keinen Einhalt gebieten, aber er konnte ihm seine Wortgestalten wegnehmen, die für ihn nicht mehr waren als ersetzbares Spielzeug.«

Tom schnaubte voller Abscheu. »Warum tun Menschen so etwas?«, murmelte er ungläubig.

»Eine interessante Frage, die ich dir nicht befriedigend beantworten kann«, erwiderte Trakan nüchtern. Er schien sich damit abgefunden zu haben, dass es unmöglich war, auf so etwas Antworten zu finden. »Ein Grund bestand vermutlich in seinem Verlangen, Macht über andere zu besitzen. Das Verlangen nach absoluter Macht und ein Mangel an Verantwortung und Respekt vor dem Leben. Deshalb jedenfalls wollte er – und in der Folge auch die anderen, die er von seinen Machtgedanken überzeugen konnte – in die Halle. Um mich zu beseitigen und Kontrolle über möglichst viele Menschen zu gewinnen.

Als sie erkannten, dass sie nicht ohne ihre Worthüter hierhin kommen können, suchten sie nach anderen Wegen, zum Beispiel dem Schlüssel.«

»Von dem wussten sie«, fiel Farnya wieder ein, »weil ihre eigentliche Aufgabe lautete, Kary und vor ihm seine Vorfahren zu suchen. Und das war meine Schuld. Ich wollte nicht, dass jemals ein Nachfahre des Geschichtenerzählers in die Halle zurückkehrt. Ich wollte nicht, dass der Geist seine Erinnerungen zurückerhält. Denn das ist es, was ihm fehlt, damit er wieder Substanz bekommt.« Sie sah Tom flehentlich an. »Du musst mir eines glauben: Ich wollte nie, dass es so kommt! Ich habe niemals den Befehl gegeben, jemanden zu töten. Wir haben Karys Familie aufgespürt und in ein Exil gebracht, wo sie friedlich lebten. Hätten Frederics Wortgestalten Kary vor den Schwarzkünstlern gefunden, hätten sie ihn dorthin gebracht, lebend und unversehrt. Es sollte einfach alles so bleiben, wie es jetzt ist. Mehr nicht!«

Tom sah sie erstaunt an. Die logisch folgende Frage nach dem Warum wollte ihm nicht über die Lippen kommen. Plötzlich fand er es unangemessen, danach zu fragen. Vielleicht war es sein eigener Worthüter, der ihn davon abhielt, vielleicht einfach nur die Art, wie Farnya Trakan anschaute, voll aufrichtigen Schuldbewusstseins und Hilflosigkeit, während er ihren Blick mit liebevoll verzeihender Nachsicht erwiderte. Gleichzeitig hatte Tom den Eindruck, die Antwort zu kennen. Sie war naheliegend, in dem begründet, was Farnya ganz zu Beginn gesagt hatte, er konnte es nur noch nicht greifen.

»Aber warum hast du nicht eingegriffen?«, wandte er sich dann doch an Trakan.

»Ich hatte keine Ahnung, dass es Farnyas Wortgestalten waren, die meine und Melanies Suche behinderten. Ich habe nie gefragt. Und es war ihre freie Entscheidung, dies zu tun, ihre Wahl.«

»Es war falsch.« Farnya hatte jetzt den Kopf gesenkt und kaute auf ihrer Unterlippe. Es gab ihr ein fast mädchenhaftes, verletzliches Aussehen. Trakan streichelte ihr über den Rücken.

Es gab nichts mehr zu sagen. Tom erkannte, dass Trakan bereits alles gewusst und längst eine Entscheidung getroffen hatte, wie er mit den Informationen und dem Verrat Farnyas umgehen wollte. Es stand ihm nicht zu, die Entschlüsse des Obersten Worthüters in Frage zu stellen. Schweigend erhob er sich, nickte dem Paar kurz zu und ging.

Zum ersten Mal befriedigte es ihn nicht, seiner Neugier nachgegeben zu haben, und irgendwie fühlte er sich mit dem zusätzlichen Wissen nicht wohl. Das war nicht seine Geschichte und auch nicht Laryons. Außerdem machte das Wissen um diese wahnsinnigen Motive der Schwarzkünstler sie noch bedrohlicher, unberechenbarer. Er bekam Angst um Laryon, er wusste, dass er diese in den Griff bekommen musste, wenn ihm das Leben seiner Wortgestalt lieb war – und das war es.

33.

Laryon fand sich schnell in seine Rolle ein. Er hatte eine Aufgabe, für die er sich selbst entschieden hatte. Er hatte Fynn an seiner Seite. Er hatte ein Ziel und eine Strategie, wie er es erreichen könnte. Das alles gab ihm das Gefühl, sich allmählich aus der Umklammerung der Geschehnisse zu befreien, auf die er nicht hatte einwirken können.

Wenn Toms Vermutung richtig war, würde das Amulett sie hoffentlich zu Kary führen. Falls es zu einem offenen Kampf käme, mussten sie um jeden Preis zuerst die Schwarzkünstler außer Gefecht setzen, dann erst alle anderen, auf die sie ihren unguten Einfluss ausübten. Es war unklar, wie viele Gegner sie erwarteten, aber Mellie hatte ihnen versichert, dass diese ganz sicher nicht im vollen Umfang Doppelhandlungen durchführen könnten, wenn überhaupt. Trotzdem würde die Konfrontation mit den Schwarzkünstlern gefährlich. Gefährlich ja, dachte Laryon grimmig. Aber es sollte sich zeigen, für wen.

Am Abend schlugen sie ein Nachtlager auf. Sie hatten eine geschützte Mulde nahe einer Felswand gefunden, die – halb unter einem natürlichen Dach aus Schlingpflanzen und totem Gestrüpp – weitgehend frei von Schnee geblieben war.

Bendis übernahm die erste Wache, und sie legten sich im Schutze des Felsens schlafen. Laryon versuchte, Fynns ruhigen Atemzügen zu lauschen, doch das sanfte Knistern des kleinen Lagerfeuers brachte ihn immer wieder zu dem Scheiterhaufen zurück, den sie entfacht hatten. Irgendwann stand er auf und ließ sich vom schwachen Schein der Flammen anziehen. Bendis hatte ihre Schlafrolle auf einen flachen Felsen gebreitet und saß so, dass sie den Weg und die Umgebung gut im Blick hatte. Als sie Laryon kommen hörte, wandte sie sich zu ihm.

»Wie geht es dir?«, fragte sie leise.

Laryon zuckte unschlüssig mit den Schultern und setzte sich neben sie. »Ich muss an deinen Vater denken. Ich frage mich, was Nolen für ein Mensch war und wie wenig ich ihn doch gekannt habe.«

»Ich glaube, es gab einiges, das wir nicht über ihn wissen. Niemand, nicht einmal Mellie«, murmelte Bendis vor sich hin. Laryon hatte Mühe, sie zu verstehen. Er beugte sich etwas zu ihr. Plötzlich sehnte er sich nach ihrer Nähe, wagte jedoch nicht, sie zu berühren.

Sie starrte in die Flammen. »Für meinen Vater war es nie leicht, Empfindungen zu zeigen. Je mehr er einen Menschen liebte, desto abweisender war er zu ihm.«

»Was meinst du damit?«

»In all den Jahren nach dem Tod meiner Mutter durfte ich ihn nicht einmal mehr berühren. Keine Umarmung, nicht einmal ein Händedruck. Die Berührung einer Bergwächterin heilt. Aber er wollte das nicht mehr. Es war seine Entscheidung, mir in dieser Form keinen Schmerz mehr zuzumuten. An dem Tag, an dem er Fynn zu meiner Hütte brachte, ließ er es zu, dass ich ihn umarmte. Da wusste ich, dass es mein Abschiedsgeschenk war und ich ihn nicht wiedersehen würde.« Sie zögerte ein wenig, ehe sie fortfuhr. »Meine Mutter hatte ihn nach seiner Verletzung geheilt. Allein das Wissen, dass sie ähnlichen Schmerz ertrug wie er selbst, quälte ihn unendlich. Er hat sie leidenschaftlich geliebt.«

»Jetzt fällt es mir schwer zu glauben, dass wir von der gleichen

Person sprechen. Nolen stand mir näher als meine eigenen Eltern. Aber ich kann mir kaum vorstellen, dass er jemandem Leidenschaft entgegengebracht hat.«

»Mich würde es eher verwundern, wenn es dir gelungen wäre, das über ihn herauszufinden«, widersprach Bendis sanft, und Laryon konnte das Lächeln in ihrer Stimme hören. Dann wurde sie wieder nachdenklich. »Er hat alles darangesetzt, dass sie ihn verachtete. Je mehr sie versuchte, sich ihm zu nähern, desto gemeiner war er zu ihr. Manchmal auch unbeherrscht.«

»Unbeherrscht?« Laryon lachte erstaunt auf. Es spürte Bendis' Blick auf sich ruhen. »Du weiß nicht, wovon du sprichst«, flüsterte er bitter. »Ich war in meiner Jugend unbeherrscht. Wenn dieser Rausch mich erfasste, existierte nur noch ein Wunsch in mir: zu zerstören, ohne Sinn oder Rechtfertigung. Dein Vater hat mir das ausgetrieben. Ich dachte, ich hätte das für immer hinter mir gelassen. Es macht mir zu schaffen, was ich Tom angetan habe.«

»Erzähl mir davon.«

Zuerst zögerte Laryon, versuchte, in ihrem Gesicht zu lesen, was sie von ihm erwartete. Dann wandte er sich ab und starrte in die ersterbende Glut. Der Felsen hinter ihm strahlte Kälte aus. Am liebsten wäre er näher an Bendis herangerückt, an ihre Sicherheit verheißende Wärme. Doch er wusste, dass es für den Augenblick unmöglich war. Seine Gedanken wanderten zu jenem heißen Sommertag zurück.

»Vor einigen Jahren nahm Nolen mich mit auf den Platz, auf dem Kary viel später entführt werden sollte«, begann Laryon widerwillig. Er wollte es Bendis nicht erzählen. Gleichzeitig wurde der Wunsch in ihm übermächtig, diese Erinnerungen zu teilen. Mit jemandem, der Nolen verstand und nicht verurteilen würde. Wer wäre dafür besser geeignet als sie?

»Ich hatte Schwierigkeiten mit mir selbst. Meine Ausbildung lief außerordentlich gut, aber es fiel mir schwer, mich unter Kon-

trolle zu halten. Der kleinste Anlass genügte, um meinen Zorn zu entfesseln. Schon unter normalen Umständen gab es wenige, die es mit mir aufnehmen konnten, verfiel ich jedoch erst einmal in diese Raserei … Jedenfalls erwischte mich dein Vater eines Tages in einem der Pferdeställe von Antron. Ich weiß nicht mehr genau, worum es ging. Meine Pferde wurden nicht ausreichend oder schnell genug versorgt, oder etwas Ähnliches. Es war einer dieser unmöglichen Tage, ich hatte ohnehin schon eine gehörige Wut. So ein kleiner Stallbursche hatte dann den Fehler begangen, sich mit mir anzulegen. Nolen ging dazwischen.« Trotz aller Wehmut huschte ein Grinsen über Laryons Miene. »Er packte mich wie einen Welpen, was sicherlich nicht einfach war, denn ich war damals schon so groß wie er. Dann wies er mich an, am nächsten Morgen mit gepacktem Rucksack zu ihm zu kommen. Als ich fragte, was er vorhätte, meinte er nur, er wollte mit mir in den Wald. Das war alles.
Den ganzen Weg über sprach er kein Wort mit mir. Als wir den Platz erreicht hatten, befahl er mir, all meine Sachen abzulegen. Wirklich alles, verstehst du? Ich sollte mich hinknien. Ich war zu diesem Zeitpunkt schon halb panisch, erwartete eine Bestrafung für all meine Wutausbrüche. Dann legte er einen Stock oder etwas Ähnliches auf meinen Rücken.« Laryon erwiderte Bendis' angewiderten Gesichtsausdruck mit einem aufmunternden Lächeln und schüttelte sachte den Kopf.
»Du solltest deinen Vater besser kennen, als ihm das zuzutrauen. Im Gegenteil: Er packte mich an der Schulter und zog mich hoch. Fast kam es mir vor, als wäre es ihm peinlich. Ganz sicher war er enttäuscht, weil ich es ihm so einfach gemacht hätte. Aber schon damals hätte ich jede Strafe von ihm erduldet. Ich hatte einen unumstößlichen Glauben daran, dass er stets das Richtige tat. So einfach war das.«
»Das war schon immer so. Zu seiner Zeit als Hauptmann in Zweipass«, bestätigte Bendis nachdenklich. »Die meisten haben

ihn verehrt, geliebt, ein paar wenige gehasst, aber selten etwas dazwischen. Alle zollten ihm Respekt. Doch er hat seinen Status nie ausgenutzt. Er war einfach der Meinung, einer müsste es tun, und er wusste, dass er seine Sache gut machte. Was dies betrifft«, Bendis lächelte, »bist du ihm ein Stück weit ähnlich. Und er hat nie zurückgeblickt.«

»Oh ja, genauso war es«, stimmte Laryon munter zu. Er freute sich über ihr unerwartetes Lob. Da er jedoch nichts darauf zu sagen wusste, tat er so, als hätte er es nicht gehört. Stattdessen fuhr er fort. »Geschehen ist geschehen, sagte er zu mir. Er könnte nichts rückgängig machen, indem er jetzt auf mich einprügelte. Er halte nichts von solch sinnloser Grausamkeit. Genau das waren seine Worte.« Laryons Stimme erstarb in der Dunkelheit. Unvermittelt spürte er, wie Bendis einen Arm um seine Hüften legte.

»Was geschah dann?«, flüsterte sie ganz nahe an seinem Ohr. Laryon nahm ihren schwachen Hauch von Sommerwind wahr und schloss die Augen. Seine Trauer war zu frisch, um nicht zu schmerzen.

»Wir verbrachten über einen Monat auf dem Platz. Geplant hatte Nolen acht oder zehn Tage. Am Ende dieser Zeit übten wir uns im Schwertkampf. Wie schon die ganzen Tage zuvor reizte er mich. Ich durfte auf keinen Fall die Beherrschung verlieren. Ich dachte, ich hätte mich nach unzähligen Übungen langsam im Griff. Ich weiß nicht mehr, was er tat, warum es in mir durchging. Ich weiß nicht, warum wir mit scharfen Waffen statt Stöcken kämpften. Es war dumm. Auf einmal war er wieder da, der rote Schleier vor meinen Augen. Wie von Sinnen ging ich auf ihn los. Mir fehlt die Erinnerung an das, was ich tat, aber ich sehe Nolen vor mir. Er wurde von meiner Attacke vollkommen überrascht. Er verlor das Schwert, taumelte in der Verteidigung auf den Abhang zu.

Das Nächste, woran ich mich erinnere, ist der Boden, der auf mich zuraste. Ich landete mit dem Gesicht im Gras. Und dann hat er zugeschlagen.« Ein Zittern durchlief Laryons Körper. Mit voller Wucht überkam ihn die Erinnerung. Er räusperte sich, holte einige Male tief Luft, ehe er weitersprechen konnte. Bendis war bei ihm, verharrte bewegungslos.

»Was ich am ersten Tag für einen Stock gehalten hatte, war diese Rute, die viele bei der Stadtwache tragen, um Pferde oder Hunde zum Gehorsam zu zwingen, oder manchmal auch Rekruten. Ich kann mich nicht daran erinnern, dass Nolen sie jemals gegen Mensch oder Tier eingesetzt hat. Er hatte es einfach nicht nötig – bis zu diesem Tag. Ich habe gedacht, er bricht mir alle Knochen.« Laryon lachte wieder traurig. »Tatsächlich brach ich mir einige Rippen durch den Aufprall auf einem Stein unter mir. Ein Schlag, Bendis. Ich konnte spüren, wie die Haut aufplatzte. Alles tat mir weh, ich bekam kaum Luft. Ich war sicher, ich müsste sterben. Dann hörte ich, wie Nolen aufschrie. Es klang verzweifelt. Weiter geschah nichts. Endlich drehte er mich ganz vorsichtig auf die Seite, um mich anzusehen. Ich konnte ihn kaum erkennen, meine Augen waren voller Dreck und tränten. Aber ich sah meine Qual in seinen Augen gespiegelt. Du wirst es vielleicht nicht glauben, aber ihm ging es schlechter als mir. Er wollte das nicht.«

»Doch, ich verstehe dich. So ähnlich war es auch zwischen ihm und meiner Mutter«, murmelte Bendis betroffen.

»Ich glaube schon. Deshalb erzähle ich es dir«, erwiderte Laryon freundlich. »Ich verstehe seine Reaktion bis heute nicht. Er hatte die Situation längst unter Kontrolle.« Er schwieg lange, während er versuchte, das damalige Geschehen mit den Erkenntnissen zu betrachten, die er in den letzten Tagen gewonnen hatte. Bendis stocherte mit einem Stock in der Glut und ließ das kleine Feuer wieder etwas aufleben.

»Seltsam auch, was er sagte, als wir auf den Platz kamen: ›Auf keinen Fall werde ich dir freiwillig etwas antun. Hast du ver-

standen, Laryon? Niemals! Behalte das gut im Gedächtnis. Es könnte eines Tages wichtig für uns werden!‹«
Bendis wartete geduldig, während er lange nachdenklich in die Flammen starrte.
»Ich frage mich, ob Nolen befürchtete, ihn könnte jemand benutzen. Aber wer und wie? Und warum? Doch niemals seine Worthüterin Mellie?« Dieser Gedanke war schwer vorstellbar. Auch Bendis schwieg ratlos.
»Ich erwachte auf meinem Lager in der Hütte«, fuhr Laryon irgendwann fort. »Die Wunde auf dem Rücken entzündete sich. Ich bekam Fieber. Ich konnte weder auf dem Bauch noch auf dem Rücken liegen. Im Nachhinein empfinde ich es als Gnade, dass ich die meiste Zeit nicht bei mir war. Einmal bekam ich mit, dass er sich Vorwürfe machte, wobei ich nie ganz verstanden habe, weswegen genau. Ich glaube, ich hatte ihn enttäuscht.«
»Es lag gewiss nicht an dir, Laryon.«
»Nicht?«
»Nein, da bin ich sicher.« Bendis klang zutiefst überzeugt. Laryon nickte. Erstaunt erkannte er, wie sehr ihn ihr Zuspruch erleichterte. Ihm wurde klar, warum er ihr dies alles überhaupt erzählte.
»Er gab mir regelmäßig seltsame weiße längliche Dinger zu essen. Sie sahen aus wie gepresstes Mehl. Er erklärte, es wäre gegen die Entzündung. Ich bekam davon Durchfall.«
Unwillkürlich schnaubte Bendis. »Bitte erspare mir weitere Einzelheiten.«
Laryon lachte leise, als er Bendis zart an der Wange berührte und sie dazu brachte, verlegen zu lächeln. Beide entspannten sich etwas. Ihm selbst ging es viel besser. Diese intensive Zeit mit Nolen erschien an diesem Abend in einem neuen Licht.
»Und danach hast du dir sein Siegel einbrennen lassen, nicht wahr?«, stellte Bendis amüsiert fest.

Jetzt war es an Laryon, verlegen zu sein. »Findest du das lächerlich?«
»Das ist deine Entscheidung, mein Lieber. Es zeigt, wie sehr du meinen Vater verehrst«, gab sie unverbindlich zurück. »Mich wundert nur, dass Nolen es getan hat.«
»Ich habe ihm gedroht, es ohne ihn zu tun, da zog er es vor, es selbst zu verantworten.« Laryon lachte erneut. »Gerade weil ich dachte, er wäre enttäuscht von mir, wollte ich ein Zeichen setzen, dass ich immer sein Mann sein würde und ihm nichts übelnähme. Was den Schmerz angeht, war es lächerlich. Das Einatmen dabei war schmerzhafter.«
»Du musst mir gegenüber nicht damit prahlen, was deine Fähigkeit angeht, Schmerzen zu erdulden«, entgegnete Bendis spitz. Laryon schwieg betroffen. Er hatte vergessen, dass sie Bergwächterin war.
»Seit diesem Vorfall trug er keine Waffen mehr griffbereit, wusstest du das?«, fragte er schnell, um davon abzulenken, wie unangenehm ihm das war. Bendis schüttelte den Kopf.
»Es stimmt. Die Rute habe ich seither nie wieder gesehen. Aber er trug auch weder Messer noch Beil und nie ein Schwert. Lediglich im Einsatz hatte er oft eine Armbrust schussbereit. Als ich ihn einmal danach fragte, sah er mich ernst an und meinte, es wäre zu gefährlich. Ich war verwirrt. Was er denn machen würde, wenn ihn jemand angreife? Dann, so sagte er, wäre er in jedem Fall schneller. Falls nicht, wäre das ebenfalls in seinem Sinne. Jetzt, da ich von seiner Worthüterin weiß, ist mir klar, dass er recht hatte, was die Geschwindigkeit seiner Reaktion betrifft. Warum er jedoch solch eine Todessehnsucht verspürte?«
»Es steckt mehr dahinter«, beschloss Bendis seine Überlegungen. »Da jedoch nicht einmal Mellie etwas darüber weiß, wird das wohl ewig ein Geheimnis bleiben.« Ihre Stimme war wieder leiser geworden. Ihre letzten Worte hallten in Laryons Kopf

nach. Er löste sich bedauernd aus ihrem Arm, nickte ihr zu und begab sich zu seinem Schlafplatz. Das Gefühl der Befreiung verstärkte sich, begleitete ihn und trug ihn endlich in den Schlaf.

34.

Aufmachen, du sollst aufmachen!«, schrie Fynn in wildem Entsetzen. Sie wirbelten gemeinsam herum, und Laryon verbannte die Angst aus seinen Gedanken. Er duckte sich unter einem Schwerthieb und wäre beinahe auf dem feuchten Schnee ausgerutscht. Vergeblich versuchte er, sich seinen Gegnern wieder zuzuwenden, während sein Blick auf eine Schar Hühner fiel, die keine zehn Schritte entfernt hektisch flatternd versuchten, sich vor den kämpfenden Menschen in Sicherheit zu bringen. Laryon fluchte. Das war doch wohl der denkbar ungünstigste Moment für Tom, sich mit irgendwelchem Federvieh zu beschäftigen!

»Hinter dir!«

Laryon warf sich zur Seite und wurde damit endgültig von Fynn getrennt, der bis dahin seine linke Flanke gedeckt hatte. Drei ihrer Gegner folgten ihm.

»Hau ab!! Der will dir …«

Toms Gedanke ging in einem Schrei unter, der Laryon das Blut in den Adern gefrieren ließ. Statt ihm zu folgen, wirbelte er herum und sah Fynn zu Boden gehen. Panik wallte durch seinen Körper und schloss Tom ungewollt wieder aus. Im nächsten Moment versperrte einer seiner eigenen Gegner ihm die Sicht, und er musste sich wieder darauf konzentrieren auszuweichen. Es waren einfach viel zu viele. Statt der erwarteten drei hatten sie sich nicht weniger als neun Gegnern gegenübergesehen.

Sie hatten versucht, sich anzuschleichen, um die Situation auszukundschaften, doch sie wurden entdeckt. Obwohl einer aus dem Lager sofort, nachdem der Kampf begonnen hatte, wortlos auf ihre Seite wechselte, waren sie viel zu schnell ins Hintertreffen geraten. Mehr als ein Mal verwünschte Laryon seine Ungeduld, sich dem Lager noch am Nachmittag ihrer Ankunft genähert und nicht bis zur Nacht abgewartet zu haben. Es könnte sein, dass sie alle einen hohen Preis dafür zahlen würden.

Fynn schrie wieder auf, es klang nach Verzweiflung und nach Wut. Immerhin ist er noch am Leben, dachte Laryon bitter. Er sah einen breiten, von Schnee befreiten Felsen, auf dem er vielleicht einen guten Stand haben könnte, wenn er daraufsprang. Obwohl er keine Verbindung zu Tom hatte, spürte er dessen Einfluss, als er mit einem unmenschlichen Sprung auf dem Stein landete und so den Abstand zu zweien seiner drei Gegner etwas vergrößerte. Sie wandten sich ihm zu. Für einen kurzen Moment traf ihn der tote Blick des einen. Das lenkte ihn für einen Wimpernschlag ab. Gleichzeitig mit seiner Abwehr wurde sein Körper wie von selbst zur Seite gerissen und wich einem weiteren Hieb aus. Laryon taumelte und musste wieder von dem Felsen abspringen, wenn er nicht fallen wollte. Seine Stiefel platschten in den Schnee, und er kämpfte abermals um sein Gleichgewicht. Toms Worte hüten mich, Ruhe, du musst zur Ruhe kommen, befahl er sich selbst. Er wies seinen Worthüter in Gedanken an, ihn durchatmen zu lassen. Sein unwillkürliches tiefes Luftholen zeigte ihm, dass die Verbindung zumindest in dieser Richtung funktionierte.

Laryon versuchte, sich zu orientieren, und sah zu seiner unendlichen Erleichterung Fynn wieder aufstehen. Bendis befand sich außerhalb seiner Sicht. Zumindest hoffte er, dass es so war und sie nicht verletzt irgendwo lag.

»Jetzt geht es wieder! Los, der links von dir ist an den Beinen ungedeckt.«

Mit beiden Händen das Schwert führend, holte Laryon weit aus und folgte der Anweisung. Er legte all seine Kraft in den Hieb, und zu seiner Überraschung unterstützte Tom ihn nicht dabei. Doch das war auch nicht nötig. Keiner seiner Gegner hatte mit einem Schlag in diese Richtung gerechnet. Er traf den Mann oberhalb des Knies, und dieser knickte schreiend ein. Noch ein Ruck fuhr durch Laryons eigenen Körper. Irgendwie hatte er auch den Gegner rechts von sich getroffen. Dessen Fluch gellte ihm in den Ohren.

Es war beängstigend und doch merkwürdig berauschend. Sie kämpften zu zweit mit einem Körper, und das machte den Kampf für seine Gegner unvorhersehbar.

Der Mann vor ihm ließ sich allerdings davon überhaupt nicht beeindrucken. Es war einer der Schwarzkünstler, und er trug einen Handschuh an der linken Hand, genau so, wie es in unzähligen Schauergeschichten beschrieben wurde. Doch im Gegensatz dazu kämpfte er auch mit einem Schwert und wusste sehr gut damit umzugehen.

»Greif ihn an!«

Statt zurückzuweichen, hob Laryon seine Waffe und attackierte seinen Gegner mit blitzschnellen Schlägen, die dieser nicht minder geschickt allesamt abwehrte. Sie drehten sich wie ein Tanzpaar umeinander.

Das gesamte Auftreten, der geschmeidige Kampfstil und die kraftvolle Wucht der Schläge erinnerten Laryon an Nolen, und das jagte ihm ungewollt so große Angst ein, dass Tom wieder den Kontakt verlor. Wenn der Schwarzkünstler seinem alten Mentor an Kampfgeschick gleichkam, machte Laryon sich kaum Hoffnung auf ein gutes Ende für sich – Doppelhandlungen hin oder her.

Er setzte eine weitere Serie Attacken, ohne auch nur einen erfolgreichen Schlag zu landen. Der Schwarzkünstler lachte höhnisch, und dann startete er mit dem Angriff.

Schritt für Schritt drängte er Laryon vom Kampfgeschehen ab. Bald fühlte dieser sich wie eine Maus, die von einer Katze, in die Enge getrieben, noch einige Male herumgeschubst wurde, bevor sie ihr endgültiges Schicksal ereilte. Ihr Schicksal …

Das fremdartige Wort zog wie ein flackernder Blitz durch seine Gedanken. Mehr nicht. Tom blieb fort. In der Ferne hörte er wieder jemanden schreien. Er konnte nicht erkennen, ob es Fynn war.

Und dann war es vorbei.

Als ob er neben sich stehen und sich selbst zusehen würde, sah Laryon das Ende des Kampfes nahen. Er drehte sich ein letztes Mal, hob schützend das Schwert vor seinen Oberkörper, ehe der Schwertgriff des Schwarzkünstlers auf sein Handgelenk niederkrachte. Er wusste nicht, ob es Einbildung war oder ob er seine Knochen wirklich brechen hörte. Der Schmerz raubte ihm den Atem. Er war nicht mehr in der Lage, seine Waffe zu halten. Sie entglitt seinen kraftlosen Fingern und fiel lautlos zu Boden. Mit der Kraft der Verzweiflung warf Laryon sich gegen seinen Gegner und brachte ihn zu Fall. Gemeinsam rollten sie durch den aufgewühlten Schnee.

Einen Moment wagte Laryon zu hoffen, denn auch der andere hatte dadurch sein Schwert verloren. Doch an Körperkraft hatte er dem Schwarzkünstler noch weniger entgegenzusetzen. Viel zu schnell lag Laryon am Boden, ein Knie seines Gegners schmerzhaft auf seiner Brust, das andere auf einem Unterarm. Vergeblich versuchte er, ihn mit der freien Hand von sich zu stoßen. Er bekam kaum noch Luft, hustete und keuchte. Der Schwarzkünstler hob die Hand mit dem Handschuh, und jetzt konnte Laryon die feinen Nadeln an der Innenseite sehen, die gleich seine Haut zerfetzen würden.

Das war endgültig das Ende. Laryon fühlte sich plötzlich ganz ruhig. Er würde sterben. Tom musste sich keine Vorwürfe machen. Es war seine eigene Entscheidung gewesen. Zu gern hätte er den Menschen, die er liebte, noch einmal in die Augen gesehen und ihnen gesagt, wie viel sie ihm bedeuteten.

»Neeeeeiiiiiin!!!«

Der Handschuh sauste nieder.

Laryon schloss die Augen so fest, bis kleine Punkte hinter seinen Lidern tanzten. Sämtliche Geräusche verstummten. Er stemmte sich gegen das Gewicht auf seinem Oberkörper, warf sich dagegen und endlich zur Seite. Matschiger Schnee klatschte ihm ins Gesicht, drang ihm in Mund und Augen.

Laryon hob die Hand unter seinem Körper, warf sich mit aller Kraft gegen das Gewicht auf seiner Brust und stach zu. Er spürte, wie warme Flüssigkeit über die nackte Haut seiner Hand lief.

Jetzt war es ganz sicher er selbst, der schrie, und seine Stimme hallte von sämtlichen Gipfeln des gesamten Gebirges wider.

»Lary! Laryon, komm zu dir. Lary, sag etwas, ein Wort nur!«, flehte Fynn wieder und wieder, bis es zu einem beständigen Murmeln wurde.

»Geht es ihm gut?«

»Ich weiß nicht …«

Die Feuchtigkeit des Schnees drang allmählich an seinen Knien durch die Hose. Ihm war kalt, und er fühlte sich erbärmlich. Seine Angst mischte sich mit Mellies Anteilnahme, und er spürte ihre Sorge so intensiv, als stünde sie neben ihm. Er straffte die Schultern, um sich gegen das Zittern seines Körpers zu stemmen. Es würde nicht mehr lange dauern, bis Bendis zurückkehrte.

Fynns Beine wurden von Laryons Gewicht langsam taub. Er wollte gerade versuchen, den leblosen Körper seines Freundes etwas mehr an sich heranzuziehen, um die Oberschenkel zu entlasten, als Laryon leise stöhnte und sich rührte.

»Er kommt zu sich!«

»Gott sei Dank! Ich gehe Tom wecken.«
»Nein, lass uns einen Moment allein.«
»Keine Sorge. Er knabbert selbst genug daran. Aber er sollte wissen, wie es Laryon geht.«
Sofern Fynn Mellie richtig verstanden hatte, war Tom unmittelbar, nachdem Laryon seinen Gegner getötet hatte, zusammengebrochen. Die ständige Angst um seine Wortgestalt und der Versuch, Laryons ungewollte Abwehr zu überwinden, um ihm beizustehen, hatten Tom in seiner Unerfahrenheit überfordert.
»Was ist geschehen?«, krächzte Laryon mühsam. Fynn hätte vor Erleichterung am liebsten geweint. Es schnürte ihm die Kehle zu, und so verstärkte er nur den Druck der Umarmung, in der er seinen Freund auf dem Schoß hielt. Laryon hob den Kopf, und noch während er sich umsah, befreite er sich mit langsamen Bewegungen, bis er mit Fynns Hilfe endlich schwankend auf die Beine kam.
»Es ist vorbei, wir haben es geschafft.« Fynn wunderte sich, wie fest und nüchtern seine Stimme klang. Er klopfte sich den nassen Schnee von den Beinen und löste die Wasserflasche von seinem Gürtel, um sie Laryon zu reichen. Prüfend musterte er seinen Anführer, während dieser gierig trank und anschließend das Wasser nutzte, um sich die blutüberströmte Hand zu säubern. Es schien einige Augenblicke zu dauern, bis Laryon begriff, was er da tat. Er hob die Hand bis in Augenhöhe und spreizte die Finger. Hellrote Tropfen fielen in den Schnee.
Fragend sah er Fynn an. »Der Schwarzkünstler? Was ist mit ihm?«
»Du hast ihn getötet. In dem Moment gaben unsere Gegner jeglichen Widerstand auf.«
Laryon schüttelte ungläubig den Kopf. Seine Stimme klang immer noch brüchig. »Ich erinnere mich nicht.«
»Es dauerte ein wenig, bis ich dich gefunden hatte. Ihr habt euch weit wegbewegt«, erläuterte Fynn.

Sie hatten das Lager in einem Felseinschnitt gefunden. Während des Gefechts mit dem Schwarzkünstler hatte Laryon sich wieder aus diesem Einschnitt hinausbewegt, so dass er der Sicht der anderen durch mehrere Felsbiegungen entzogen wurde.
Mit langsamen Schritten ging Laryon zu der Felswand, die den breiten Zugang zu einer Seite begrenzte. Er lehnte sich gegen das graue Gestein und rieb sich mit der sauberen Hand über das Gesicht. Dann presste er Daumen und Zeigefinger gegen die Schläfen, als könnte er auf diese Weise seinen Verstand dazu bewegen, sich wieder an das Geschehene zu erinnern. »Er hatte mich entwaffnet. Wir gingen beide ohne Schwert zu Boden«, murmelte er heiser. »Er wollte mit dem Handschuh zuschlagen. Ich bin ausgewichen. Er war viel stärker als ich. Ich musste meine ganze Kraft darauf verwenden auszuweichen.«
»Du hast ihm dein Messer in den Bauch gerammt«, widersprach Fynn. Fassungslos sah Laryon ihn an und ließ die Hand sinken. Er schüttelte bestimmt den Kopf »Nein. Ich trage das Messer wieder bei mir, seit Tom es mir in der Halle zurückgegeben hat. Aber ich habe es noch nie im Kampf eingesetzt. Ich habe in diesem Moment nicht an das Messer gedacht.«
»Du nicht. Tom schon«, beharrte Fynn. Laryon öffnete den Mund, schloss ihn wieder, blieb sprachlos.
»Du hast ihn getötet, und du bist ausgewichen – bevor er dich mit dem Handschuh treffen konnte«, fügte Fynn hinzu. Es gelang ihm, ganz sachlich zu sprechen, doch als er es mit einem aufmunternden Lächeln versuchte, wollte es ihm nicht gelingen. Das Unbehagen vor dem, was seinem Freund nun bevorstand, lähmte seine Mundwinkel.
»Wo ist er?«, wollte Laryon wissen.
»Er liegt dort drüben. Wir haben dich hier hinüber in den Schutz der Felsen getragen. Lary, geh nicht dahin!« Fynn sprang hinzu, als dieser sich in Bewegung setzte, wurde aber mit einer unwirschen Handbewegung abgehalten, ihn zu hindern. So folgte

er in kleinem Abstand und beobachtete ihn, wie er sich vor dem Schwarzkünstler hinkniete und in das tote Gesicht blickte. Lange verharrte Laryon in dieser Position.
Fynn wusste, was in ihm vorging. Er hatte es selbst durchlebt. Es war der Versuch zu rechtfertigen, dass man ein Leben ausgelöscht hatte. Ganz gleich, was derjenige getan hatte, ob und wie sehr er den Tod verdiente, weil er es auf das eigene Leben abgesehen hatte – Fynn war es nicht gelungen. Es war nicht möglich. Das Leben war das höchste Gut eines Menschen, und es zu nehmen, stand niemandem zu. Es war Bestandteil ihrer Kultur, niemals darüber zu richten und es gegen den Willen des anderen zu beenden. Es war diese wichtigste Erkenntnis, die sie überhaupt erst zu Menschen machte und von einem sozialen Tier unterschied.
Und doch geschah es häufig – häufiger, als Fynn sich eingestehen wollte, viel zu häufig.
Bendis hatte ihm einen Teil seiner Schuldgefühle genommen und ermöglicht, wieder durchzuatmen und die Bilder vor seinem geistigen Auge zu verdrängen. Heute hatte er zwei Menschen getötet. Er glaubte nicht, dass es irgendwann wirklich einfach wurde, aber es wurde erträglich, solange er es nicht mehr an sich heranließ.
Leise trat er auf Laryon zu und legte ihm eine Hand auf die Schulter. Er wünschte sich, dass Bendis endlich käme, um sich seines Freundes anzunehmen.
»Lary.«
»Können wir die Schuld teilen – Tom und ich?« Laryon lachte leise. Er klang ein wenig irre.
»Laryon.«
»Können wir nicht. Ich war es. Ich ganz allein. Jetzt verstehe ich, was du mir sagen wolltest, am Abend des Feuers. Des Todesfeuers.«
Fynn wusste keine Antwort.

Laryon richtete sich auf, und mit einem kräftigen Tritt bohrte er seinen Stiefel in den Bauch des Toten. »Er hat es verdient, nicht wahr?«

An seinen dunklen Augen konnte Fynn erkennen, dass er nicht glaubte, was er sagte und tat. »Ich habe inzwischen den Zweck dieser Handschuhe erfahren«, erklärte er hastig. »Die Opfer, die verletzt wurden und überlebten, wurden zu willenlosen Sklaven der Schwarzkünstler. Sie waren nichts, keine Wortgestalten, auch keine Magier. Lebende Tote ohne eigenes Denken, eigene Empfindung. So war es ihnen möglich, im Bergkrieg immer und immer wieder neue Gegner der Bergwache zu rekrutieren. Indem du ihn getötet hast, hast du den Einfluss auf diese Giftopfer beendet. Sie stellten den Kampf in diesem Moment ein.«

Laryon war blass. Es war kein Funken Energie in seinem Blick, als er die Augenbrauen hob und sich hinter beißendem Spott versteckte. »Es war also richtig.«

Dann streckte er den Rücken durch und bückte sich, um endgültig seine Hände im Schnee zu säubern.

»Es wird einfacher«, murmelte Fynn hilflos.

Laryon verzog verächtlich den Mund. »Das hoffe ich nicht. Habt ihr Kary gefunden?«

»Bendis sucht noch. Wir wissen von sieben Gefangenen. Die Schwarzkünstler nahmen Worthüter gefangen und erpressten sie, um sie dazu zu bringen, ihre Wortgestalten in ihre Dienste zu stellen. Sie waren zum Zeitpunkt des Angriffs alle eingesperrt – mit Ausnahme desjenigen, der sich auf unsere Seite geschlagen hat. Er heißt Landrik, ist so alt wie ich und wollte auch Bergkämpfer werden. Er sagt, er wisse nichts von einem Jungen.«

»Kary ist nicht hier«, murmelte Laryon mehr zu sich.

»Wir haben außerdem erfahren, dass auch der Schwarzkünstler eine kleine Verbindung zu seinem ehemaligen Worthüter hatte und so von unserem Kommen wusste. Wir hätten sie niemals überraschen können. Deine Entscheidung, nicht bis heute Nacht zu warten, war also richtig.«

»Schön zu hören, dass ich es richtig gemacht habe«, antwortete Laryon bissig.

»Du machst es gut, ganz gleich, was du selbst über dich denkst.«

Fynn bekam keine Antwort. Stattdessen öffnete Laryon seine Jacke am Kragen, holte das Amulett hervor und betrachtete es.

Hinter ihnen erklangen Schritte. Landrik und ein weiterer Mann, vermutlich sein Worthüter, näherten sich.

»Bist du der Anführer unserer Befreier?«, wandte sich der Fremde an Laryon, der zur Bestätigung nickte. Der Mann schien tief bewegt, rang kurz um Fassung. »Mein Name ist George. Ich danke euch, euch allen. Wir stehen in eurer Schuld. Landrik meinte, ihr sucht einen kleinen Jungen?«

Laryon fuhr sich mit der Hand durch die Haare und ließ sie im Nacken liegen. »Hast du ihn gesehen?«, fragte er zurück. Er schien jetzt äußerlich gefasst, doch Fynn erkannte an der vertrauten Geste, dass er nervös wurde. Ihm selbst war nicht wohl dabei, denn er wusste, dass dort, wo sie die Gefangenen befreit hatten, kein Junge eingesperrt war.

»Ja«, bestätigte George. »Sie haben ihn erst heute Morgen hergebracht und in eine der kleinen Nischen unter dem Fels drüben gesperrt. Nicht dort, wo wir anderen Gefangenen waren, weiter drinnen im Fels.«

»Kannst du mir den Weg zeigen?«

»Eure Bergwächterin kümmert sich bereits darum.« Er lächelte kurz. »Eine bemerkenswerte Frau.«

Doch Laryon schien ihm schon gar nicht mehr zuzuhören. Jegliches Gefühl wich aus seiner Miene, als er mit langen Schritten an Fynn vorbeiging. Er warf kaum einen Blick auf die am Boden liegenden Toten und die herumstehenden Männer und Frauen, denen nach und nach erst bewusst wurde, dass sie vom Einfluss der beiden Schwarzkünstler befreit waren.

Schon von weitem sahen sie die hochgewachsene Frau, die von einer kleineren Gestalt begleitet wurde. Fynns Herz machte vor Erleichterung einen Sprung. Das musste Kary sein, und es ging ihm offensichtlich gut. Als der Junge sie erkannte, lief er sofort los und fiel Laryon in die Arme. Dieser lachte leise vor Freude. Bendis trat an Fynn heran. »Da werde ich wohl nicht mehr gebraucht«, raunte sie ihm lächelnd zu. Er verstand, was sie meinte: Alle Last schien von seinem Freund abgefallen zu sein, während Kary ihn geradezu fixierte und leise auf ihn einsprach. Trotzdem schob Laryon den Jungen bald ein wenig von sich und richtete sich auf.

»Bendis«, wandte er sich an sie, »ich möchte, dass du diese Menschen hier unterstützt, indem du sie ein Stück begleitest. Durchsucht das Lager nach Marschverpflegung und Ausrüstung, die ihr verwenden könnt. Zuvor sollen sie sich um die Bestattung der Gefallenen kümmern.« Die Bergwächterin nickte und bedeutete Landrik und George, die in gebührendem Abstand gewartet hatten, ihr zu folgen. Fynn blieb unschlüssig stehen.

»Komm!« Laryon legte Fynn eine Hand auf die Schulter und drückte ihn sanft, aber bestimmt in Richtung einiger flacher Felsen, die vermutlich schon häufig als Sitzgelegenheit benutzt worden waren. Sie setzten sich und nahmen Kary in die Mitte.

»Ich denke nämlich, Kary ist uns einige Erklärungen schuldig«, begann Laryon mit einem aufmunternden Blick. Er spürte die Anwesenheit seines Worthüters wieder, und er ließ sie zu. Tom hatte das gleiche Recht wie er darauf zu erfahren, was Kary zu sagen hatte. Außerdem hatte er gelernt, sich unaufdringlich, aber trotzdem spürbar bemerkbar zu machen, wie ein Gedanke, den man auf einmal im Kopf hatte und der einen nicht mehr losließ.

»Ihr wisst jetzt, was wir sind und wozu wir imstande sind, nicht wahr?«, sprudelte Kary aufgeregt hervor. »Diesen Teil meines

Wissens habe ich Gorn zu verdanken, denn erst einmal bin ich eine Wortgestalt, genau wie ihr. Und ich habe herausgefunden, was der Anteil meines Worthüters an der ganzen Geschichte ist. Seiner Meinung nach sollte ich nie in die Halle kommen.« Kary senkte verlegen den Kopf. »Dabei möchte ich dorthin. Es ist und war immer schon meine größte Sehnsucht.

Mein Worthüter glaubte, Trakan wolle mir etwas antun, und wollte mich nur beschützen. Ich entstamme nämlich der Familie der Geschichtenerzähler. Laryon, deshalb weiß ich so viel über Wortgestalten. Es ist in mir!« Kary schlug sich mit der flachen Hand auf die Brust, und die Größe und Ernsthaftigkeit dieser Geste entlockte seinen beiden Zuhörern ein Grinsen.

»Und was sind Geschichtenerzähler?«, fragte Fynn verständnislos, während Laryon innerlich nun von Tom mit Fragen überschüttet wurde.

»Es reicht, eins nach dem anderen!«, knurrte Laryon laut. Die anderen beiden verstanden, wen er meinte.

»Eigentlich gibt es nur einen Geschichtenerzähler«, erklärte Kary, zu Fynn gewandt. »Er ist, wie soll ich es sagen? Der Ursprung von allem, das Herz der Halle. Vielleicht war er vor langer Zeit ein Mensch, wer kann das schon wissen? Er verlor seine Erinnerungen, und damit gleich auch das gesamte Gedächtnis für alle Wortgestalten, die jemals existiert haben. Wie könnten wir sein, wenn niemand an uns denkt?«

»Aber dein Worthüter denkt an dich und Mellie an mich, so wie Trakan an Mellie denkt«, gab Fynn zu bedenken. Kary lächelte traurig. »Ja, natürlich. Aber niemand denkt an Trakan. Oder seht euch diese Schwarzkünstler hier an. Nein«, betonte Kary nachdrücklich. »Ich bin ein Nachfahre des Geschichtenerzählers und habe alle Erinnerungen, auch wenn mir die wenigsten zugänglich sind. Und deshalb muss ich in die Halle, um sie – bildlich gesprochen – zu ihrem Ursprung zurückzubringen. Wenn mir etwas zustieße, wären sie für immer verloren.«

Laryon überlief ein Schauer, als er diese Worte – schicksalsschwere Worte, ergänzte Tom stumm – aus dem Mund dieses unglaublichen Jungen hörte. Er war froh, dass er bisher nichts von der Verantwortung geahnt hatte, die ihn mit Kary verband.
»So hat also dein Worthüter dich von Gorn und Nolen verstecken lassen?«, versuchte er, die Ausführungen wieder auf ein weniger schwerwiegendes Thema zurückzubringen.
»Ja«, bestätigte Kary. »Mein Worthüter hatte Nolen zu meinem Schutz rekrutiert, weil sie wussten, dass er sich von seiner Worthüterin abgeschottet hatte und weil er einfach der Beste für diese Aufgabe war: Sie brauchten eine verschmolzene Wortgestalt, die nur im Falle einer Gefahr auf seinen Worthüter zurückgegriffen hätte und ansonsten unabhängig war. Sie ahnten nicht, dass Nolen die Suche nach mir nie aufgegeben hatte, sondern seine Aufgabe zu Ende bringen wollte. Früher oder später hätte er mich in die Halle gebracht, doch dieser Zeitpunkt war noch nicht gekommen, als mein Versteck verraten wurde.«
»So haben die Schwarzkünstler dich gesucht, weil sie glaubten, mit deiner Hilfe in die Halle vordringen zu können.« Und wenn sie dich getötet hätten, wäre vermutlich alles zerstört worden, ergänzte Laryon in Gedanken, um Kary nicht zu beunruhigen. Aber vielleicht war das nie ihr Ziel gewesen. Das würden sie wohl nie erfahren. »Und nun hat der Schlüssel, das Herz, mich zu dir geführt«, sagte er stattdessen laut.

Erlaub, was sonst verboten.
Führ zu meinem Herz.
Führ hin, der rechten Blutes.
Zum Wort der Ewigkeit.

»Das Amulett erlaubt Kary, weil er rechten Blutes ist, nämlich ein Nachfahre des Geschichtenerzählers, was sonst nicht möglich ist: ohne seinen Worthüter die Halle zu betreten. Zum Wort der Ewigkeit, zur Bibliothek jenseits von Raum und Zeit.
Es hat dich angezogen, zu mir geführt, deshalb hast du dein

Versteck verlassen und an der Wachhütte auf mich gewartet. Nicht ich, das Amulett war es, was du haben wolltest«, fasste Laryon zusammen, während er die Kette des Amuletts von seinem Hals löste und es Kary feierlich hinhielt. »Es ist von deiner Mutter. Ich habe es nur aufbewahrt.«

»Nein, Laryon, begleite mich«, bat Kary mit einer abwehrenden Handbewegung. »Nolen hat euch vertraut, ihr und Gorn solltet mich zur Halle führen. Wenigstens ihr seid mir geblieben.« Die letzten Worte gingen in ein Schluchzen über, als ihm die Bedeutung des Gesagten bewusst wurde. Laryon umarmte ihn wortlos und wiegte ihn sanft. Fynn legte ihm eine Hand auf den Rücken. Kary weinte leise.

»Tom, du bist so still. Bist zu zufrieden?«

»Ich wollte dann doch nicht mehr stören. Schon beeindruckend, woher Kary das alles nun plötzlich weiß.«

»Kary weiß eine ganze Menge, das sollte man nicht unterschätzen. Er erinnert sich nur nicht immer sofort, das ist alles.«

»Hm.«

»Er ist jetzt in Sicherheit. Nun lass es gut sein.«

»Hätte nie gedacht, das du *das mal zu* mir *sagst!«*

Laryon lächelte in Gedanken.

»Tut mir leid, wenn ich eben so ungeduldig war. Meine Fragen können warten. Laryon? Bist du auch zufrieden mit mir?«

»Das hast du alles sehr gut gemacht.«

»Oh, danke! Meinst du, wir sind jetzt ein Team?«

»Wir sind ein phantastisches Team, Tom. Bringen wir es zu Ende!«

Worthüter

Wortschöpfung

Laryon und Fynn waren spät am Nachmittag des nächsten Tages mit Kary zurückgekehrt, der das Amulett jetzt umgehängt hatte. Ohne diesen »Schlüssel«, erfuhren sie, würden sie sich in den Gängen, trotz der Führung ihrer Worthüter, verirren.

Beide wollten sie dem weiteren Geschehen nicht beiwohnen. Laryon meinte, ihre Aufgabe wäre erledigt und sie zögen sich zurück. So waren es Tom, Mellie und Farnya, die Trakan begleiteten, als er Kary nach einer herzlichen Begrüßung an die Hand nahm und zum Archiv führte.

Tom konnte sich kaum zügeln, doch Mellies giftige Anweisung, bei ihr im Hintergrund zu bleiben, tat ihre Wirkung. Ihm kam es sogar so vor, als fehlte nicht viel, und sie hätte ihn wie ein ungehorsames Kind an die Hand genommen, damit er bei ihr blieb.

Endlich fanden sie den Geist an einem der Stehpulte, wie er Bücher nach einer nur ihm selbst bekannten Logik zu Stapel sortiert. Als er spürte, dass sich Menschen näherten, drehte er sich um und lächelte sie strahlend an.

»Dieses ewige Lächeln! Er war mir immer irgendwie vertraut, aber du glaubst nicht, wie oft es mich halb in den Wahnsinn getrieben hat! Es konnte sein, was wollte, er lächelte und lächelte. Zum Verrücktwerden!« Mellie war stehen geblieben, und sehr zu seinem Leidwesen hielt sie Tom nun tatsächlich am Oberarm fest.

»Lass mich los, ich laufe schon nicht dahin!«, protestierte er unwirsch und stieß ihre Hand fort.

Mellie ließ verlegen den Arm sinken. »Sorry. Musste mich nur irgendwo festhalten. Das ist schon ein besonderer Moment.«

»Schon klar.« Erstaunt bemerkte Tom, dass sie doch etwas unsicher auf den Beinen wirkte. Er umfasste ihre Hüfte und zog sie an sich.

Trakan und Farnya waren ebenfalls ein paar Schritte hinter Kary zurückgeblieben, der sich zögernd dem Geist näherte. Dieser erwartete ihn lächelnd.

»Normalerweise, wenn der Geist überhaupt darauf reagiert, dass jemand kommt, und sich ihm zuwendet, dreht er sich schnell wieder ab. Allein die Art, wie er Kary erwartet, ist schon bemerkenswert«, kommentierte Mellie, was sie beobachtete.

»Hast du bemerkt, dass Trakan und Farnya sich versöhnt haben?«, fragte Tom beiläufig. Immer wieder reckte er sich und veränderte seine Position, um besser sehen zu können.

»Natürlich. Würde mich interessieren, was sie denn jetzt für eine Rolle in der ganzen Geschichte gespielt hat«, murmelte Mellie.

Tom lächelte leicht. »Keine besonders ehrenhafte. Sie ließ Jagd auf die Nachfahren des Erzählers machen. Es waren ihre Wortgestalten, denen wiederum deren Wortgestalten abhandengekommen waren, die zu Schwarzkünstlern wurden. Sie wollte nicht, dass der Geist erweckt wird.«

»Woher weißt du das?«

»Ich habe sie gefragt, ganz einfach. Wir hatten recht. Der Geist ist Trakans Worthüter. Aber eigentlich ist er noch mehr. Farnya sagte, der Geist wäre der Erzähler. Eine Randfigur, unauffällig in die Geschichte eingewebt und doch unabdingbar, um sie zusammenzuhalten und ihr den Rahmen zu geben, in dem sie sich abspielt.«

»Und warum wollte sie nicht, dass er erweckt wird?«

»Ich vermute aus Liebe.«

»Das zu erkennen, darin bist du auch Experte«, schnaubte Mellie belustigt, doch als sie Toms gekränkte Miene sah, hob sie sofort ihre Hand und drückte mit der Fingerspitze ganz sanft seinen Mundwinkel nach oben. »Nein, lach wieder, das meine ich ganz ernst! Ich habe Trakan immer geglaubt, weil er behauptete, ihm würde nichts an Farnya liegen. Dabei stimmte das gar nicht, und du hast das sofort erkannt. Dir hat es gereicht, ein Mal zu sehen, wie die beiden miteinander umgehen.« Sie lächelte ihn verschwörerisch an. »Aber du wolltest von Farnyas Motiven erzählen. Ja, sie würde eine Menge für ihn tun, das habe selbst ich erkannt. Und was war es nun?« Mellie lehnte sich leicht bei Tom an, während sie jetzt auch versuchte, einen besseren Blick auf das Geschehen vor ihnen zu erhaschen.

»Na ja, Trakan war der Gewinner des Umstandes, dass der Geschichtenerzähler sich in einen Geist verwandelte«, fuhr Tom grinsend vor Freude fort. »Trakan entscheidet über die Geschicke der Halle. Farnya wollte ihm diesen Status erhalten und gleichzeitig vermeiden, dass er bestraft würde, sollte der Erzähler herausfinden, was Trakan ihm angetan hat. Was das genau war, weiß ich noch nicht. Sie sagte, die Geschichte kenne jedes Kind auf Willerin. Die ›Fabel von der freien Entscheidung‹ wäre Trakans Geschichte. Da war es mir zu peinlich, weiterzufragen.«

»Kennt Laryon sie nicht?«, wunderte sich Mellie.

Tom wandte zum ersten Mal den Blick ab, weil zwischen dem Geist und Kary nichts weiter passierte, als dass sie sich gegenüberstanden. »Glaube nicht. Vielleicht war das zu der Zeit, als er die Schule geschwänzt hat.«

»Den Kindern wird es als Fabel erzählt, in denen Wölfe sich streiten«, erklärte Mellie ihm. »In der Erwachsenenversion sind es Menschen. Der Wanderer hat ihnen irgendwann lateinische Namen gegeben, Animus und Forma Verbi. Er behauptet gern, es wäre seine eigene ›Mythologie‹. Dort geht es in dem Streit um Animus' Macht über Forma, der sich weigert, für sein Tun Verantwortung zu übernehmen. Tja, kleine Recherche-Hausaufgabe für Major Tom.« Sie grinste als Antwort auf Toms

gequältes Grunzen. Ihm war klar, dass er nicht mehr von ihr erfahren würde.
Mellie stemmte sich gegen den Arm um ihre Hüfte und blieb stehen. Sie hatten sich beide, ohne dass sie es bemerkt hatten, ein paar Schritte genähert. Jetzt konnten sie hören, dass Kary ganz leise zu dem Geist sprach, der erstaunlicherweise mit deutlich auf den Jungen gerichtetem Blick zuhörte.
»Und wann kam Farnyas Sinneswandel?«, fragte Mellie weiter.
»Nach eurer Sache in Edinburgh. Zum ersten Mal war Trakan persönlich betroffen, weil er Kary zu dicht auf der Spur war. Als sie erleben musste, wie schlecht es ihm nach dieser Erfahrung ging, von fast allen gehasst und verleugnet worden zu sein, kam sie zur Besinnung.«
Vor ihnen war Kary weiter auf den Geist zugegangen, sonst tat sich nichts.
»Mellie? Wo wir gerade bei Rückkehr und so sind ...« Toms Worte verhallten zaghaft. Für einen Augenblick verlor sich die unwirkliche Leichtigkeit, mit der er dem Geschehen bisher gefolgt war. Ihm ging es um etwas Größeres, zumindest von seinem Standpunkt aus gesehen.
»Was denn?«
»Deine Aufgabe ist beendet. Kary ist hier. Was jetzt kommt, ist für deinen Erfolgt unerheblich. Stimmt doch, oder?« Er versuchte, seine Stimme fest klingen zu lassen.
»Stimmt.« Mellie wandte ihr Gesicht ab, doch Tom hatte den Eindruck, dass sie sich etwas mehr an ihn lehnte.
»Ich weiß nicht, was ich tun soll. Ich habe Angst, dich zu verlieren, verstehst du das?«, murmelte sie nach einer langen Weile.
»Ich habe zweimal Freunde verloren, einfach nur, weil ich ein anderes Leben führte als sie. Und auch wenn ich jetzt frei bin, das zu tun, was ich möchte, wird mein Leben immer speziell bleiben. Ich will mir nicht vorstellen, wie es ist, jemanden zu verlieren, den man liebt. Ich könnte es nicht ertragen!« Die

letzten Worte stieß sie ungewöhnlich heftig hervor. Tom lächelte unwillkürlich. Mellie war im Begriff, eine nichtrationale Entscheidung zu treffen, und sie merkte es.

»Na und?«, erwiderte er unbeschwert. »Das kann uns doch schon mal nicht passieren. Glaubst du, mein Leben wird so sein wie vorher? Ich bin jetzt eingeweiht. Du wirst mich nicht verlieren. Ist doch ganz einfach!«

Ganz langsam hob Mellie den Blick. »Na gut.« Sie lächelte ungewohnt schüchtern. »Vielleicht ist es tatsächlich einfach. Es kommt auf einen Versuch an.«

Für den Moment war das mehr, als Tom erwartet hatte. Etwas unbeholfen, aber zuversichtlich erwiderte er ihr Lächeln. Dann wandte er sich glücklich wieder nach vorn, wo er Trakan und Farnya miteinander flüstern sah.

»Trakans Name, Frank MacLeod, ist der eigentlich Zufall?«, ergriff er die Gelegenheit, das Thema zu wechseln.

Mellie lachte ihn fröhlich an. »Die Anspielung auf den Highlander? Du findest auch alles.« Sie wurde wieder ernst, und Tom drückte sie flüchtig, als sie ihren Mund grimmig verzog. »Ich fand die Wahl seines Namens von Anfang an eine bescheuerte Idee. Auf jeden Fall nicht sehr hilfreich, denn natürlich flog im Laufe der Ermittlungen seine gesamte falsche Identität auf. Falscher Doktortitel, der Name aus einem alten Film, keine gültigen Papiere, der ganze Kram. Das Strafverfahren läuft übrigens noch. Sollen sie sehen, wie sie an ihn herankommen!«

Tom lachte ebenfalls leise. »Diese Geschichte wird wohl in den Akten der Polizei unvollendet bleiben.«

Mellie brummte zustimmend.

Tom bewegte sich ungeduldig von einem Fuß auf den anderen. »Farnya hat danach begriffen, dass Trakan nicht an seinem Status hängt. Er wollte nur, dass der Erzähler zurückkehrt. Was hoffentlich nicht mehr lange dauern wird!«

Als ob Kary etwas davon mitbekommen hätte, trat er jetzt an

den Geist des Erzählers heran. Ein wenig hatte Tom den Eindruck, die Umrisse des Jungen flackerten und würden unscharf, als ob er sich auflösen würde. Und genau wie bei seiner ersten Begegnung mit Laryon vernahm er plötzlich ein Rauschen, und Worte schossen ihm durch den Kopf, unbekannte, ungedachte und längst ausgesprochene. Tom zog Mellie fester an sich und konnte nur hoffen, dass er dieses Mal nicht ohnmächtig wurde. Dann ergriff Kary die Hände des Geistes. Er nahm sie richtig, so wie man etwas Festes greift, und sie glitten nicht hindurch. Mellie sog scharf die Luft ein, während Tom einen überraschten Laut ausstieß. »Himmel, wie soll ich denn das später Laryon erklären?«, murmelte er zu sich.

Dort stand ein ehrwürdiger alter Mann, der genauso aussah wie vorher der Geist, jedoch ganz aus Fleisch und Blut war und die Konturen des Stehpultes mit den Büchern hinter sich verdeckte.

Kary war verschwunden.

Er hatte sich einfach in Luft aufgelöst.

Der Mann lächelte sie alle nacheinander an. Und es war kein strahlendes und dennoch nichtssagendes Lächeln, sondern erfüllt von dem Wissen um den Lauf der Welt und die Zufriedenheit damit. Es waren Karys Augen, und es war sein Lächeln. Der Junge selbst war nie mehr als Erinnerung gewesen.

Und das war es, was blieb: eine gute Erinnerung.

Tom lächelte zurück und fühlte sich bei der Dankbarkeit, die er ebenfalls aus den Zügen des Erzählers las, irgendwie auch ein ganz kleines bisschen stolz.

WORTSCHATZ

Laryons Blick folgte dem Greifvogelpaar, das in gemächlichen Spiralen majestätisch über den Himmel segelte. Vielleicht war es das gleiche, das er mit Tom gesehen hatte, die beiden Schwarzmilane. Er war sich nicht sicher.

Der Anblick ließ ihn auch an Kary denken. Die Erinnerung an ihn verblasste bereits, es war sogar fast so, als hätte es den Jungen nie gegeben. Dennoch wehte sein Geist gleich dem sanften Flügelschlag der Vögel über die Gipfel.

Nachdem Trakan sie entlassen hatte, waren sie mit Bendis noch am frühen Abend aufgebrochen, hatten den Felsgang durchquert und schließlich Bendis' Hütte erreicht. Mit einem freundschaftlichen Stupser in die Seite hatte Laryon Fynn das Vorrecht überlassen, in der Felsenkammer zu übernachten. Noch bevor Bendis ihm Decken geben konnte, war er auf das Bett gefallen und erschöpft eingeschlafen. Leise verließen die anderen beiden den Raum. Dabei war Laryon sicher, dass Fynn nicht einmal mehr aufwachen würde, wenn ein Wirbelsturm über ihn hereingebrochen wäre.

Erstaunlicherweise fühlte Laryon sich wohltuend allein. Zum ersten Mal seit Tagen schien Tom auf seine gedankliche Anwesenheit zu verzichten, ohne dass er sich verschließen musste. Ja, er war sogar sicher, dass Tom – ob freiwillig oder nicht, war dabei erst einmal unerheblich – sich im Moment ausnahmsweise nicht mit ihm beschäftigte. Bendis lächelte wissend und schwieg vielsagend, als Laryon ihr gegenüber seine Beobachtungen äußerte. Bis tief in die Nacht saßen sie im Wohnraum zusammen und unterhielten sich. Noch nie hatte Laryon sich so geborgen gefühlt. Eine Zufriedenheit, die er sonst nur empfand, wenn er mit sich selbst im Reinen mit einem seiner Pferde unterwegs war, erfüllte ihn und gab ihm seine Gelassenheit

zurück, die er in dem Augenblick verloren hatte, als er Gorn gefunden und sich Tom in sein Leben eingemischt hatte.
Irgendwann musste er eingeschlafen sein, auch wenn er sich nicht mehr daran erinnerte. Bendis hatte mehrere Decken und Schaffelle unter dem Fenster für sie ausgebreitet. Alles, was Laryon noch wahrnahm, war das silbrige Mondlicht, das sich in feinen hellen Streifen durch das Fenster ergoss.
Als er erwachte, stand die Sonne bereits hoch am Himmel. Bendis hatte die Hütte verlassen, denn ihre Abwesenheit war spürbar. Fynn hatte sich sichtlich erholt, als er ebenfalls endlich aus seinem Nachtlager hervorkroch.
Gemeinsam bereiteten sie sich mit dem Brot, das sie fanden, trockenem Winterobst und Honig ein spätes Frühstück. Anschließend stapelten sie ein paar größere Scheite des Brennholzes, das unter dem leicht vorspringenden Dach des Schuppens lagerte, neben die Eingangstür und sie setzten sich in die Sonne, um auf Bendis zu warten. Fynn war schon fast wieder eingeschlafen, als sie aus dem kleinen Wohnraum hinter sich Geräusche hörten.
Im nächsten Augenblick stand Bendis polternd unter dem Türsturz des Eingangs, der halb offen gestanden hatte. Mit gespielter Entrüstung stemmte sie die Hände in die Hüften und blitzte die beiden mit drohenden Blicken an. Die Jacke verbarg ihre schlanke Erscheinung und ließ sie größer und imposanter wirken, als sie tatsächlich war. Ihre Haare umrahmten wirr ihr verschwitztes, gerötetes Gesicht, was ihr nur noch mehr die Wirkung einer Rächerin verlieh.
»Schlafen, essen, meine Gastfreundschaft ausnutzen, das könnt ihr. Von Aufräumen oder es wenigstens warm zu halten, davon haltet ihr dagegen nichts?!«, schalt sie, konnte sich das Lachen aber kaum verkneifen.
»Wo warst du?«, wollte Fynn neugierig wissen.
Bendis lächelte ihn nachsichtig an. »Meine Aufgaben erfüllen.

Ich denke, du musst nicht alles wissen, mein lieber Junge.« Dabei ließ sie ihren Blick weiter schweifen und zwinkerte Laryon verschwörerisch zu. Fynn erstarrte, dann sprang er auf, als ob ihn etwas gestochen hätte.
»So ist das. Ich störe wohl!«, murrte er und war mit wenigen langen Schritten in Richtung des Lagerschuppens verschwunden.
Bendis' Lächeln erstarb, als sie ihm bestürzt nachsah. »Oh nein, das wollte ich nicht. Was hat er denn jetzt?!«, fragte sie.
»Kommt mir so vor, als wäre er eifersüchtig«, grinste Laryon und schaute anzüglich zu ihr auf. Bendis schien sich gar nicht darüber im Klaren zu sein, dass sie einen atemberaubenden Anblick bot. Sie zog die Augenbrauen nachdenklich zusammen und ließ sich auf den Holzstoß fallen. »Wirklich? Ich könnte fast seine Mutter sein.«
»Was ihn kaum davon abhalten wird, in dir eine wunderschöne Frau zu sehen«, erwiderte Laryon trocken.
Bendis biss sich schuldbewusst auf die Unterlippe. »Glaubst du, er hat etwas mitbekommen?«
»Wenn schon. Wäre dir das peinlich?«
»Es wäre mir unangenehm. Es wäre einfach schade für euch beide, wenn es so ist, wie du glaubst, dass es ist«, antwortete sie streng. Laryon spürte, wie ernst es ihr war. Er blickte in ihr Gesicht und erschauerte. Für einen Wimpernschlag war es ihm, als ob er sich wieder in der Höhle unter den Bergen ihrem Vater gegenübersah. Sein Blick war fest gewesen, doch im hintersten Winkel des tiefen Blaus hatte er den Kummer und das Entsetzen wahrnehmen können. Eine Woge heftiger Trauer zog sich schmerzvoll durch seinen Körper. Bendis hob die Hand und berührte sachte mit der Fingerspitze seine Wange. So schnell, wie der Schmerz gekommen war, verschwand er wieder.
»Vermisst du Nolen nicht?«, fragte er sie nachdenklich.
»Ich wurde dazu ausgebildet, schlechte Gedanken fernzuhalten. Schwieriger wird es erst, wenn ihr geht. Wenn der Sommer

kommt.« Ihre Stimme nahm einen liebevollen Klang an. Sie lächelte betrübt und schaute zu den fernen Bergen, die sich im Sonnenschein vor ihnen ausbreiteten.

»Nolen kam mich jeden Sommer einige Tage besuchen. Ganz am Anfang haben wir versucht, hier gemeinsam zu leben. Er musste immer bestimmen, das war wie eine zweite Haut. Erst als wir uns darauf geeinigt hatten, dass er im Lagerschuppen übernachtet, ging es. Sehr oft blieb er auch in Zweipass. Im Sommer ist es nicht weit bis zur Kaserne. Dort konnte er seinen Ruf pflegen und sich von den jungen Rekruten bewundern lassen. Weißt du, er war auch ganz schön eitel.« Laryon brummte zustimmend. Gemeinsam überließen sie sich wehmütigen Erinnerungen.

»Vielleicht könnte ich im Sommer hochkommen. Auch wenn ich die Berge nicht mag. Und wenn du es mit einem molanischen Grenzreiter aushältst, denn ich werde sicherlich nicht im Schuppen schlafen«, schlug Laryon schließlich vor. Genauso intensiv wie seinen Kummer verspürte er jetzt ein verwegenes Glücksgefühl durch seinen Körper fluten.

Bendis wandte sich ihm zu und lächelte warm. »Du bist herzlich willkommen.«

»Abgemacht. Dann werde ich mal sehen, was Fynn da hinten anstellt.«

Laryon fand ihn, auf dem Hackblock sitzend vor dem Brennholzstapel, wie er mit seinem Wurfbeil Splitter von einem Scheit abschabte. Bendis hatte den Schnee von der Schuppenwand bis zum Felsen komplett geräumt und zu den beiden offenen Seiten hin aufgetürmt, so dass sie sich auf einem kleinen Fleck befanden, der von allen Seiten umschlossen war und nur den Blick auf den Himmel freigab. Laryon trat hinter seinen Freund und legte ihm eine Hand auf die Schulter.

Fynn schüttelte sich unwillig. »Lass mich in Ruhe«, knurrte er böse.

»Ich denke nicht daran. Sag mir, was mit dir los ist.«

»Du legst doch keinen Wert auf meine Gesellschaft. Ich bin eben nur ein lieber Junge.«

Solange du dich auch benimmst wie einer, dachte Laryon bissig, verkniff es sich aber, das laut auszusprechen. »Wer wollte denn wen allein lassen?«, gab er stattdessen gutmütig zu bedenken.

»Was?« Fynn drehte sich um und blickte zu ihm auf.

»Du wolltest doch von Antron weg – von uns allen. Es ist nicht einmal zehn Tage her, da hast du Tag und Nacht mit deinem Vater darum gestritten, Bergkämpfer zu werden. Hast du das schon vergessen?« Laryon sah, dass seine Antwort richtig und zugleich falsch war. Er entschied sich, den dunklen Schatten erst einmal zu ignorieren. »Außerdem hast du keinen Grund, eifersüchtig auf mich zu sein.«

Fynn knurrte widerwillig und schabte weiter an seinem Holzstück. Fingerlange Splitter segelten zu Boden. Beiden war klar, dass Laryon recht hatte. Fynn hatte nie Probleme damit gehabt, Mädchen kennenzulernen oder Freundschaften zu schließen.

»Das ist nicht dasselbe.« Das kleine Beil drang ins Holz.

Auch das stimmte, musste Laryon ihm zugestehen. Jetzt, wo sie wussten, woran es lag, dass sie beide eine ähnliche Anziehung auf ihre Mitmenschen ausübten, hatte ihre Freundschaft eine neue Dimension bekommen. Fynn hatte in den letzten Tagen mehrere Verluste erlitten.

»Magst du sie?«, fragte Fynn.

»Kann schon sein. Es ist das erste Mal, dass ich nicht das Weite suchen möchte, wenn ich mich mit einer Frau unterhalte.« Hätte Fynn ihn angesehen, hätte er bemerkt, dass Laryon mit dieser abfälligen Antwort nur versuchte, seine Verlegenheit zu überspielen. In Wahrheit wollte Laryon die Zeit des Davonlaufens endgültig beenden. Bendis spielte dabei eine große Rolle, und zwar nicht als Bergwächterin, sondern als Frau. Und so ärgerte er sich im gleichen Moment über sich selbst, aber Fynn schien

mit seinen Gedanken woanders zu sein und konzentrierte sich stattdessen auf das Holz in seinen Händen.
Laryon stellte einen Fuß auf den Hackblock und stützte mit verschränkten Armen den Oberkörper auf sein Knie. Damit vermied er, dass Fynn zu ihm aufsehen musste, doch dieser drehte den Kopf weg.
Ruhig musterte er seinen Hinterkopf. »Ich glaube nicht, dass ich auf deine Freundschaft verzichten möchte.«
Fynn schwieg. Ein neuer Splitter landete auf den anderen.
»Willst du in Zweipass deine Ausbildung beginnen? Oder kommst du mit zurück nach Antron?«, bohrte Laryon weiter.
Zum ersten Mal sah Fynn ihn an. »Du willst zurück nach Antron?«, fragte er ungläubig.
»Nach Cahrm«, verbesserte Laryon ihn. »Ich hatte da mal ein Leben, weißt du? Arbeit, Pferde, für die ich immer noch verantwortlich bin.«
»Ich dachte, du bleibst hier.«
»Fynn, sei nicht so naiv.« Er bemerkte, dass Fynn diese Bemerkung verletzte, aber er schob es darauf, dass er im Moment ziemlich empfindlich war, was die Beurteilung seines Verhaltens anging. »Wir sind beide noch viel zu jung, um uns mit schweren Gedanken und Erinnerungen zu belasten«, fuhr er daher ganz leise fort. »Du weißt genau, wie viel mir an dir liegt, und ich hoffe, dass es auch umgekehrt so ist. Daran wird sich erst einmal nichts ändern.« Dann erhob er seine Stimme. »Und jetzt hör auf zu schmollen, ich werde dir das nur einmal sagen.«
Fynn holte aus und schlug das Beil schwungvoll in das Scheit. Dann legte er beides auf das Häufchen Späne, verschränkte die Arme vor die Brust und betrachtete das Werkzeug. »Schon gut. Ich bin wahrscheinlich im Moment nicht ganz bei mir.«
Es sollte zweifelsohne gelassen klingen, aber Laryon hörte den feinen schmerzlichen Unterton. »Was ist es noch, Fynn?«
»Es ist nicht mehr wichtig.«

»Jetzt stell dich nicht so bockig an!«, grollte Laryon drohend. Fynn stellte seine gerade erst wiedergefundene Geduld auf eine harte Probe.
»Was soll das, es ist ohnehin nicht mehr zu ändern!«, schnappte dieser patzig zurück. Laryon fuhr sich mit der Hand durch die Haare und sah ihn auffordernd an.
»Ich weiß, dass Trogge am Abend vor seinem ... am letzten Abend noch bei Mora war, um sich zu entschuldigen. Zu mir ist er nicht gekommen. Ich würde einfach gern wissen, warum. Wenn er gar nicht mehr da gewesen wäre – vorher –, gut. Aber so weiß ich nicht, was ich ihm getan haben soll, dass er zu Mora kommt, aber nicht zu mir. Na und? Kannst du daran jetzt etwas ändern?« Fynn warf Laryon einen giftigen Blick zu, während er ihm die letzten Worte herausfordernd entgegenschleuderte.
Das war es also. Fynn fühlte sich für den Tod seines Vaters verantwortlich. Ohne ihren Streit hätte Trogge sich nicht zu einer zusätzlichen Wachschicht gemeldet. Laryon erinnerte sich, dass Tom ihm berichtet hatte, er hätte dafür gesorgt, dass es zwischen Mora und Trogge noch zur Aussöhnung kam. Tom hatte es zwar gut gemeint, als er die Veränderung der Handlung an dieser Stelle vorgenommen hatte, aber für Fynn war es dadurch umso schmerzhafter geworden. Vielleicht hätte Tom gar nicht weiter gehen können, selbst wenn er gewollt hätte, da er nicht in dieser Tiefe über Fynn schreiben könnte. Das wäre dann vermutlich Mellies Aufgabe gewesen, so genau konnte Laryon die Zuständigkeiten der einzelnen Worthüter nicht auseinanderhalten. Tom hatte sich jedenfalls viel zu weit eingemischt und es dann nicht zu Ende gebracht. Es gab noch etwas aufzuräumen. Laryon richtete sich auf und stieß Fynn an, der sich noch weiter zusammengekauert hatte. »Geh in die Sonne, und warte auf mich. Ich habe noch eine Kleinigkeit zu erledigen.« Er wandte sich um, verließ den Platz und folgte dem Pfad zwischen den Schneewällen zurück.

»Tom?«

Was hatte Bendis gesagt? Sie wäre dazu ausgebildet, schlechte Gedanken fernzuhalten. Das galt wohl auch für aufdringliche Worthüter. Laryon würde sich vorsehen, jemals wieder die Fähigkeiten einer Bergwächterin zu unterschätzen. Er machte ein paar Schritte auf das Ende des Felsvorsprungs und den Weg zu, der ins Tal führte.

»Tom!«

Die Mischung aus geschmolzenem und wieder hart gefrorenem Schnee knirschte unter seinen Stiefeln. Laryon drehte sich kurz um und sah Fynn zur Hütte gehen, die Schultern nach vorn gezogen und die Hände tief in den Taschen vergraben. Die Sonne glitzerte auf der weißen Fläche.

»Tom, wo steckst du?«

»Hey, Laryon, ich hätte nicht gedacht, freiwillig so schnell von dir zu hören. Was ist los?«

»Nun, nicht ganz freiwillig. Wenn ich mich nicht irre, wirst du dagegen alles daransetzen, die Verbindung zu pflegen.«

»Ach, komm. Ich werde mir Mühe geben. Aber ich habe auch eine Aufgabe zu erfüllen, kann mich sicher nicht ganz raushalten.«

»Da hast du wohl recht. Bist du noch in der Halle?«

»Ja. Wir arbeiten daran, das Ansehen Arthur Greenhands wiederherzustellen. Du weißt schon, Nolens alter Worthüter.«

»Klingt sinnvoll. Ist Mellie bei dir?«

»Und wie, selbstredend.«

»Gut. Ich habe ebenfalls noch eine Aufgabe für sie und dich.«

»Schieß los, ich bin ganz Ohr.«

Laryon atmete tief durch und betrachtete die Felswände, die vor ihm aufragten. Er kämpfte einen Moment gegen den Eindruck an, die Steinmassen würden ihn erdrücken und die Luft zum Leben nehmen. Es ging schon etwas besser als noch vor einigen Tagen.

Er spürte keine Veränderung, alles war noch genau wie wenige Augenblicke zuvor. Trotzdem wusste er, dass ein kleines Kapitel eingefügt worden war. Ein Kapitel, das nicht vom wahren Geschehen erzählte, sondern von Fynns wahrhaftiger Erinnerung an die Aussöhnung mit seinem Vater vor dessen gewaltsamem Tod. Tom mochte neugierig, penetrant und unbedacht sein, aber genauso war er aufrichtig und gewissenhaft. Er würde seine Aufgabe ordentlich erfüllen. Oder erfüllt haben, wie auch immer.

Mit langen Schritten ging er zurück und genoss die Sonne, die ihm im Nacken kitzelte. Fynn hockte mit angezogenen Knien neben der Tür auf dem Holzstoß. Laryon schaute ihn aufmunternd an und ließ sich neben ihn sinken. »Geht es dir besser?«

Fynn stutze. »Ja, irgendwie schon. Was hast du gemacht?«

Laryon zuckte gleichmütig mit den Schultern. »Nichts Besonderes. Nur einem Schäfer einen kleinen Tritt gegeben, besser auf seine Herde aufzupassen.«

Epilog

Sonnenstrahlen, in denen Staubkörner ihre langsamen, immerwährenden Kreise zogen, fielen in schrägen Bahnen bis auf die Holzdielen des Archivs. Trakan saß am Schreibtisch, vor ihm wie immer seine Arbeit. Doch statt sich ihr zu widmen, hatte er sich, die Arme locker vor der Brust verschränkt, zurückgelehnt, um den Erzähler zu beobachten. Er stand zwischen den Bücherregalen, manchmal ging er ein paar Schritte, wandte den Kopf bald hierhin, bald ein anderes Regal hinauf. Seine Begeisterung, seine Liebe zu diesem Ort war spürbar. Die Luft summte voller Worte und Geschichten, Erinnerungen und Gedanken. Der Geist des Erzählers war zu seinem Ursprung zurückgekehrt, er war der Anfang der Geschichte, der Hort der Erinnerung. Er gab den Rahmen, in dem die Wortgestalten existieren konnten.

Doch nur mit der Freiheit ihrer eigenen Entscheidungen konnte jede Wortgestalt eine eigene, eine gute Geschichte erschaffen.

Trakan merkte plötzlich, dass er lächelte. Als eine Hand sich auf seine Schulter legte, wurde das Lächeln breiter. Er streckte sich und streichelte Farnyas Hand liebevoll.

»Man hat immer eine Wahl«, murmelte Farnya leise an seinem Ohr.

»Ja«, erwiderte Trakan einfach.

So war es.

Stammbaum der Worthüter

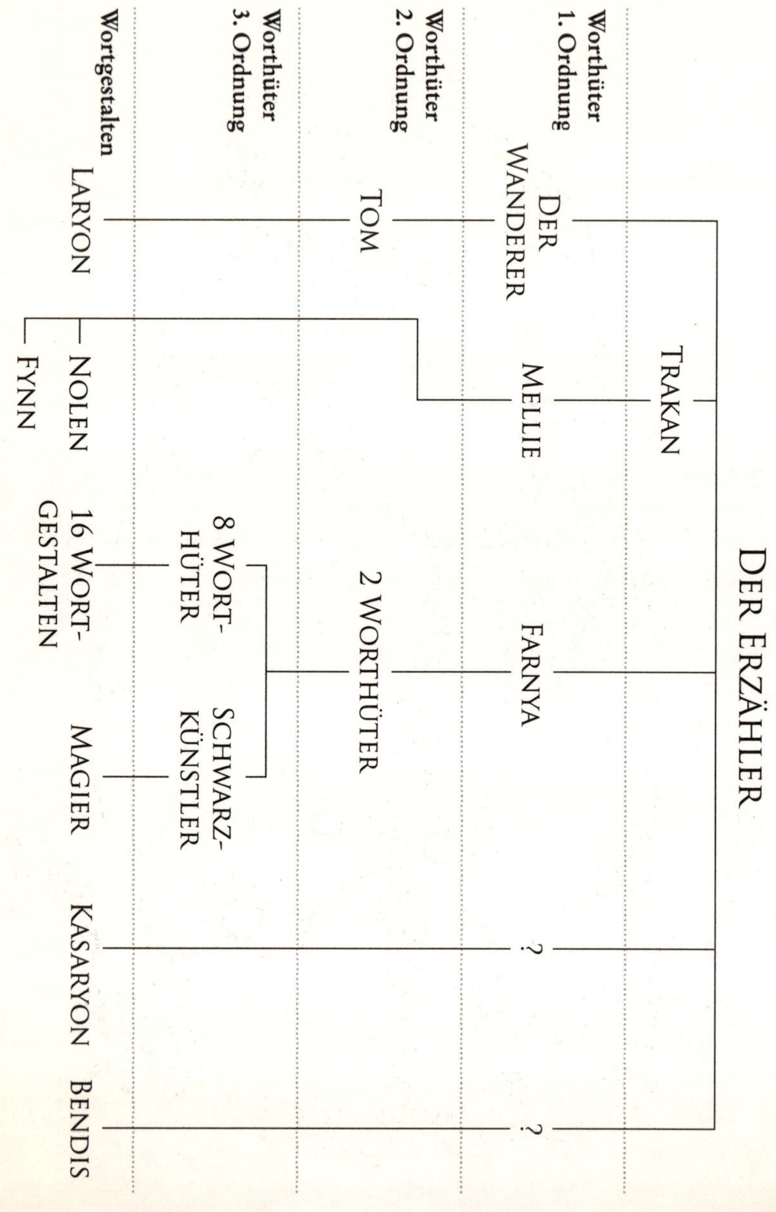

Karte von Willerin

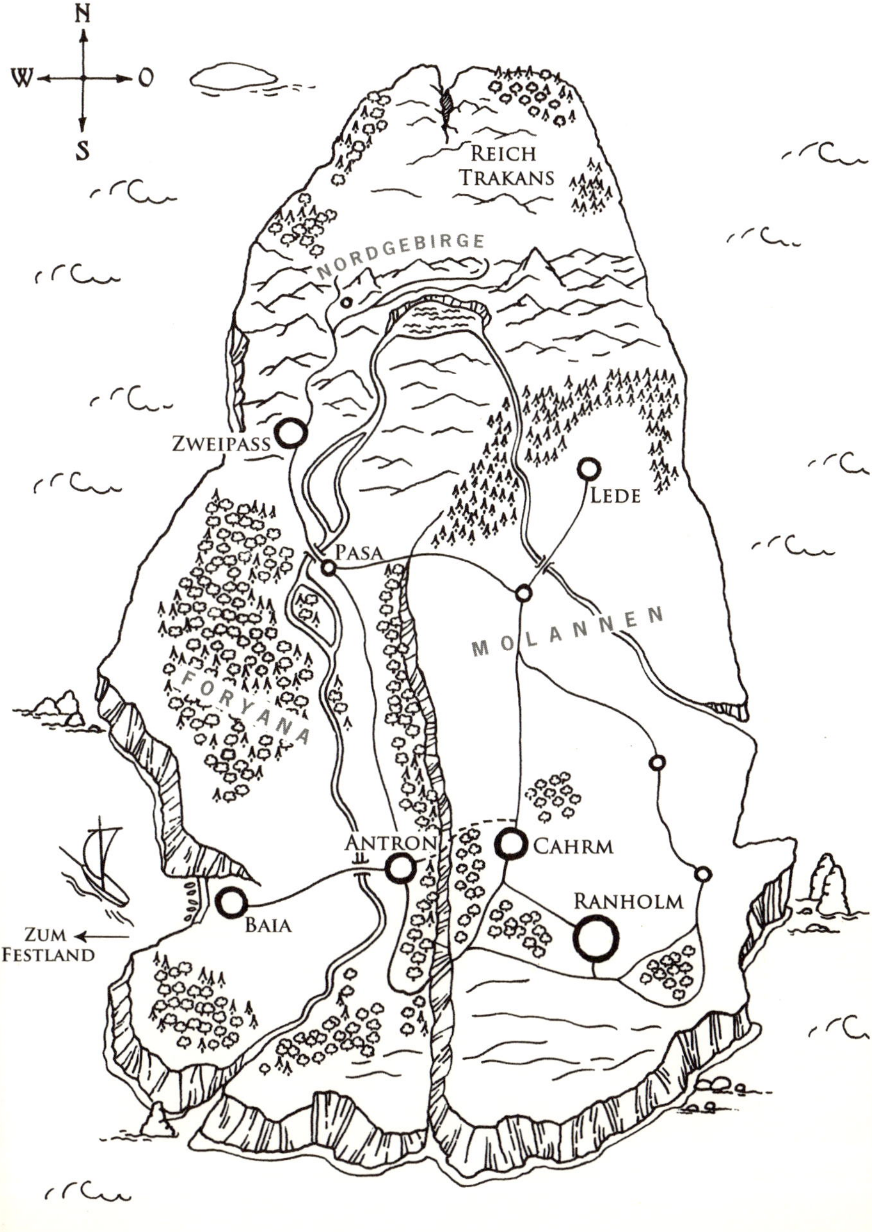

Letzte Worte – Mein Dankeschön an alle Mitwirkenden

Liebe Leser, vielen Dank, dass Sie Tom und Laryon auf ihrem Ausflug begleitet haben. Ich hoffe, Sie hatten so viel Spaß beim Lesen wie ich beim Schreiben.
Natürlich ist mein Buch, wie die meisten anderen, nicht von ganz allein entstanden. Es gibt einige Menschen, die entscheidenden Anteil daran hatten und denen ich an dieser Stelle von Herzen danken möchte. In der Reihenfolge ihres Auftritts sind das:

- Momo Evers, mit der ich zwei wundervolle Arbeitstage im Haus der Sprache verbracht habe. Die Aussage: »Es ist noch viel Arbeit, aber es ist zu gut, um es nicht zu veröffentlichen«, hat mich erst dazu gebracht, ernsthaft daran zu glauben. Momo, es hat über drei Jahre gedauert, und es war viel Arbeit, ich hoffe, sie hat sich gelohnt!
- Timothy Sonderhüsken, der eifrig twitterte und schon ganz früh ein offenes E-Mail-Postfach für mich hatte, so dass meine schüchternen Annäherungsversuche an die große Verlagswelt sehr erleichtert wurden.
- Dann natürlich die nach der Autorin zweitwichtigste Person für das Entstehen eines Buches: die Lektorin, in meinem Fall Martina Wielenberg. Unsere *Zusammen*arbeit kann ich nur als hart, aber herzlich beschreiben – nein, sogar sehr herzlich! Meinem Buch hat das sicher gutgetan, und ich muss inzwischen einsehen, dass auch Lektoren ab und zu recht haben …

Außerdem bin ich sehr froh, dass es Literaturagenturen gibt, die einem all die lästigen Kleinigkeiten rund um das Vermarkten abnehmen. In meinem Fall sind das Natalja Schmidt und Julia

Abrahams, deren Agentur Schrift-Art einfach nur phantastisch ist. Vielen Dank für die tolle Betreuung von Beginn an!

Sehr wichtig sind natürlich auch meine Testleser und alle, die inhaltlich beigetragen haben. Meine Dankes-Oskars gehen an:

- Ingo, der mich mit so manch trockenem Kommentar zu Lachtränen gerührt hat. Das Bild von Laryon als Versicherungsvertreter mit Anzug und Aktenkoffer bekomme ich sicher nie wieder aus dem Kopf.
- Martin, dessen Kommentare fast an Ingos herankommen. Ich werde nie wieder »Unterleib« sagen können, ohne daran zu denken, dass Männer fast alles »Bauch« nennen.
- Susanne für ihre sehr treffende Last-Minute-Rückmeldung, die sich zu erstaunlich großen Teilen mit den Kritikpunkten des Lektorats deckte.
- Meinen Vater für die Vertretung der »Best Agers«.
- Guido, Michaela, Doris, Anja und Yvonne für ihren unerschütterlichen Optimismus sowie Sebastian und seinen ehrenwerten Versuch, vernichtende Kritik in nette Worte zu kleiden (hätte fast geklappt).
- Meine »Posse« dafür, dass ich unsere kostbare Rollenspielzeit für Weltendiskussionen nutzen durfte.
- Jerôme für den ersten wundervollen Entwurf der Karte.
- Bernhard Hennen für die Erlaubnis der winzigkleinen Anspielung an »Nebenan«.
- Und alle, die ich jetzt vergessen habe.

Und natürlich an Lars für viele schöne gemeinsame Jahre und Unterstützung. Lars, du musst es nicht lesen, um mir zu beweisen, dass du mich liebst, ich weiß, dass dir das Genre nicht liegt. Eines Tages werde ich ein Buch schreiben, das ist nur für dich.
~ Diana Menschig – Viersen im Frühjahr 2012